COLLECTION FOLIO

L'amour du cinéma

50 ans de la revue *Positif*

*Anthologie établie
par Stéphane Goudet*

Gallimard

Docteur en cinéma, Stéphane Goudet est membre du comité de rédaction de *Positif* où il écrit depuis 1993. Il enseigne le cinéma à l'université Paris VII-Jussieu et dirige le cinéma Georges-Méliès de Montreuil.

© Positif *pour l'ensemble des articles cités.*
© *Éditions Gallimard, 2002, pour la présente édition.*

AVANT-PROPOS

Le cinéma au présent

Mai 2002 : Positif, *revue de cinéma fondée par Bernard Chardère, célèbre ses cinquante années d'existence. L'un des meilleurs moyens de fêter cet anniversaire était sans nul doute de republier quelques-uns des articles qui en ont marqué l'histoire. Et puisque ce travail s'apparente à celui d'un monteur face à des centaines d'heures de rushes, il nous est apparu très rapidement qu'il était préférable, pour gagner en lisibilité, de respecter l'ordre chronologique de parution. Mais comment rendre compte de cinquante ans de critique cinématographique en une cinquantaine de textes seulement*[1] *? Quels critères élire pour arrêter nos choix ? Pour réduire le champ des possibles et éviter l'éparpillement, le comité de rédaction de* Positif *a proposé que soient écartés de ce volume, à la fois les entretiens (avec des réalisateurs, acteurs, chefs opérateurs, décorateurs, musiciens) et l'ensemble des textes rétrospectifs, qu'ils figurent dans la rubrique consacrée aux reprises ou dans les dossiers revisitant l'histoire du cinéma. Ce choix peut surprendre de la part d'une revue reconnue sur la scène internationale pour la*

---

1. Une anthologie ne pouvant se substituer à une collection complète, signalons la reparution de l'intégralité des trente et un numéros des années 1950 aux Éditions Jean-Michel Place (2000).

rigueur de ses études historiques et à qui l'on accorde souvent le mérite de publier les entretiens les plus longs et les plus riches de la presse cinématographique française[1]. Cette décision renforce cependant la cohérence de ce florilège : s'efforçant de refléter au mieux les goûts et les options esthétiques et politiques majeures de la revue, il correspond désormais à 50 ans de critique au présent.

Trois exigences principales ont été croisées pour constituer ce corpus : le premier critère retenu concerne naturellement la qualité intrinsèque des articles. De bons textes écrits pour accompagner la sortie des films en salles peuvent plus ou moins mériter d'être reproduits vingt ou trente ans plus tard. Décisifs à l'époque de leur parution, les textes de découverte de cinématographies, de genres ou d'auteurs méconnus — fondés, par exemple, sur des inventaires raisonnés — peuvent ainsi se révéler incomplets, voire dépassés aujourd'hui. Mieux valait donc sélectionner des articles de référence, alliant, malgré l'urgence ou grâce à elle, esprit d'analyse et de synthèse et susceptibles d'aider, aujourd'hui encore, à penser le cinéma, à aimer et comprendre les films des grands auteurs. D'autres critères liés aux textes eux-mêmes ont pu entrer en ligne de compte, à commencer par leur dimension : ainsi, l'ironique Éloge d'André Bazin *de Gérard Gozlan (n°s 46-47) ne pouvait-il être reproduit... sans occuper à lui seul un volume.*

Le deuxième critère de sélection des textes consistait à privilégier les films et les réalisateurs qui avaient joué un rôle important dans la constitution de l'identité singulière de Positif. *Autant dire qu'ont été souvent préférés les œuvres et les auteurs qui n'étaient guère (ou*

---

1. Nous espérons qu'en contrepoint le deuxième volume anthologique, consacré à Alain Resnais et paraissant simultanément, témoignera de ces qualités.

pas encore) défendus hors des colonnes de Positif. *Robert Altman avait, de ce point de vue, davantage sa place dans cette anthologie que Clint Eastwood, par exemple, dont la critique salue unanimement chaque nouveau film. Rares sont également les cinéastes retenus parmi ceux dont la fortune critique était assurée avant la naissance de la revue. Point n'est besoin d'insister sur les lacunes auxquelles une telle sélection contraint. Les absences ne sauraient donc être tenues pour des jugements de valeur ou pour des reniements. Il n'est d'ailleurs guère difficile de dresser une liste alternative d'une trentaine de cinéastes régulièrement défendus par* Positif *: Robert Aldrich, Bernardo Bertolucci, Richard Brooks, Alain Cavalier, Claude Chabrol, Joel Coen, Arnaud Desplechin, Michel Deville, Bruno Dumont, Clint Eastwood, Blake Edwards, Atom Egoyan, Miloš Forman, Georges Franju, Elia Kazan, Emir Kusturica, David Lynch, Joseph L. Mankiewicz, Dušan Makavejev, Chris Marker, Patricia Mazuy, Claude Miller, Vincente Minnelli, Kenji Mizoguchi, Ivan Passer, Arturo Ripstein, Dino Risi, Glauber Rocha, Jerzy Skolimovski, Billy Wilder, Wong Kar Waï... Mais cent autres encore pourraient être nommés, y compris certains cinéastes, dont malheureusement les films ne sont plus guère diffusés, comme ceux du Philippin Lino Brocka. Ces deux listes ignorent également les revirements historiques que connut* Positif. *Exemplairement, Alfred Hitchcock et Max Ophuls furent ainsi tous deux rejetés dans les années cinquante avant d'être tenus pour deux des plus grands créateurs cinématographiques par la majorité de la rédaction. Au moins notre règle du jeu nous imposait-elle de ne pas réviser notre propre histoire...*

La majorité des textes sélectionnés (études de films ou transversales) est imprégnée d'admiration et d'enthousiasme, sentiments fondateurs de l'écriture critique. Il nous a cependant paru important que cet ouvrage se fasse également l'écho de quelques polémiques majeures. S'il est peu probable qu'un jeune lecteur ou rédacteur puisse aujourd'hui se reconnaître dans le rejet violent des œuvres de Rossellini et de Godard, il n'est pas inintéressant de redécouvrir ce qui motiva une telle hostilité. Notre époque étant plus consensuelle que les années 1950 à 1975, ces textes polémiques sont en outre susceptibles de redonner le goût des articles de partis pris, pour peu que ceux-ci fussent à la fois conscients et personnels. Ils éclairent, à contre-jour, le conformisme et la peur de l'engagement qui caractérisent, pour partie, la critique contemporaine[1]. « *Sans doute, tout philosophe a eu son mauvais quart d'heure. Je serais de peu d'importance si l'on ne croyait pas aussi à mes mauvais arguments* », écrivait Nietzsche dans Le Gai Savoir.

Notre troisième exigence consistait à respecter la variété des caractères, des pensées et des styles des collaborateurs, en oubliant le moins possible de rédacteurs emblématiques de la revue. Or, force est de constater qu'une trentaine de collaborateurs importants font encore défaut, notamment, parmi les plus prolifiques, Jean-Pierre Berthomé, Pierre Berthomieu, Albert Bolduc, Olivier Curchod, Yannick Dahan, Pierre Eisenreich, Olivier Eyquem, Franck Garbarz, Jacques Goimard, Gérard Gozlan, Yannick Lemarié, Jean-Louis Leutrat, Suzanne Liandrat-Guigues, Philippe Niel, Agnès Peck, Jean-Luc Pouillaude, Marcel Ranchal, Frédéric Richard, Sylvie Rollet, Michel Subiela, Jean-François Tarnowski, Laurent Vachaud et Grégory Valens. À tous les rédacteurs, anciens et actuels, qui ne figurent pas dans ce volume, nous présentons donc nos sincères excuses. Nous espérons que ce flo-

---

1. Stéphane Goudet et Claire Vassé, « Les grands airs de la critique » (dictionnaire des idées reçues de la critique contemporaine), *Positif*, n° 440.

rilège sera appelé à être complété, ce qui permettrait de réduire lacunes et injustices. Rappelons simplement qu'une anthologie ne saurait remplacer une histoire de Positif[1] *comparable à celle qu'Antoine de Baecque a consacrée aux* Cahiers du cinéma[2], *ni a fortiori une histoire des revues françaises de cinéma, esquissée dans l'ouvrage collectif* La Critique de cinéma en France[3].

La publication d'une telle anthologie est cependant bel et bien une invitation à redéfinir l'exercice critique. Après les polémiques successivement initiées par Patrice Leconte et Jean-Pierre Jeunet, il nous semble en effet plus que jamais nécessaire d'en revenir aux textes eux-mêmes pour réaffirmer que la critique n'est évidemment pas réductible à l'expression d'un jugement injurieux et imbu de lui-même formulé par un « eunuque » (Flaubert dans son Dictionnaire des idées reçues*). En dépit de l'image souvent véhiculée par les médias audiovisuels, le critique n'est pas, rappelait Serge Daney, un « guide du consommateur, même éclairé ou mimant l'éclairage, même insolent ou mimant l'insolence » qui, « sur le modèle de la critique de mode, trie[rait]"ce qui se porte" et "ce qui ne se porte pas"*[4] *». Si la hiérarchisation des œuvres participe du geste critique, elle n'en est, en aucun cas, la raison d'être ou l'enjeu principal. Le critique, au-delà du jugement, s'efforce de réfléchir, par l'écriture, les films qu'il a vus. Comme l'indiquait André Bazin, dans* Cinéma 58,

---

1. Cf. Thierry Frémaux, « *Positif* », *les années lyonnaises*, Lyon 2, 1984 et Anne-Laure Brion, « *Positif* » *et le champ de l'édition cinématographique (1952-1968)*, Lyon 2, 2001.
2. Antoine de Baecque, *Les Cahiers du cinéma, histoire d'une revue*, vol. 1 : 1951-1959 et vol. 2 : 1959-1981, Éd. Cahiers du cinéma, 1991.
3. Michel Ciment et Jacques Zimmer (sous la dir.), *La Critique de cinéma en France*, Ramsay cinéma, 1997.
4. Serge Daney, *L'exercice a été profitable, Monsieur*, Paris, POL, 1993, p. 288.

« la fonction du critique n'est pas d'apporter sur un plateau d'argent une vérité qui n'existe pas, mais de prolonger, le plus loin possible dans l'intelligence et la sensibilité de ceux qui le lisent, le choc de l'œuvre d'art[1] *».
« Je jette des germes que je laisse à la fécondité de votre tête à développer »*, écrivait déjà, près de deux siècles plus tôt, Denis Diderot, critique d'art, dans l'un de ses Salons[2]. *Entre texte argumentatif et poème en prose, la meilleure critique rend donc justice au film qui l'inspire, considéré dans sa singularité ou mis en regard des œuvres littéraires, picturales ou cinématographiques qui lui sont proches. En toute subjectivité, elle met en lumière ce qui produit sens et sensation.* A contrario, *elle cerne dans le film qui rebute son auteur les incohérences, les dysfonctionnements, les lieux communs, les impasses et les facilités. Autant dire que l'activité critique ne saurait se concevoir sans une sincérité incorruptible, insensible aux modes, aux amitiés, aux pressions socioculturelles ou économiques et aux enjeux de pouvoir, mais également sans une humilité profonde et exigeante.* Positif *est un des supports de presse où ces qualités peuvent encore s'exercer, car elle s'est toujours efforcée de se tenir aussi loin que possible des fléaux qui menacent aussi bien l'art que la société : l'anti-intellectualisme primaire et l'élitisme sectaire. Indifférente aux regains religieux des années cinquante, aux revirements politiques des années soixante et soixante-dix comme à la surenchère éthique des années quatre-vingt-dix/deux mille, la revue s'est toujours voulue libre, indépendante et fidèle à ses convictions. Restera au lecteur de ce florilège à confronter cette histoire*

---

1. André Bazin, « Réflexions sur la critique », dans *Le Cinéma français de la Libération à la Nouvelle Vague*, Petite bibliothèque des *Cahiers du cinéma*, 1998, p. 308.
2. Denis Diderot, sur Deshays, « Salon de 1763 », dans *Essais sur la peinture, salons de 1759, 1761, 1763*, Paris, Hermann, 1984, p. 210.

au présent du mensuel pour vérifier la permanence d'un « esprit Positif ».

STÉPHANE GOUDET
Créteil, janvier 2002.

Remerciements à tous les rédacteurs qui ont accepté la republication de leurs textes et plus particulièrement à Françoise Audé, Michel Ciment, Jean-Pierre Jeancolas, Mme Legrand, Alain Masson, Hubert Niogret, François Thomas, ainsi qu'à tous ceux qui ont bien voulu confier leur opinion et prodiguer leurs conseils à propos de cette délicate entreprise de sélection.

Pour le plaisir : bref survol de cinquante années positives

Si le paysage politique, culturel mais aussi cinématographique a considérablement changé depuis cinquante ans, il n'est peut-être pas vain de s'interroger sur les racines de *Positif*, sur sa croissance et sur l'éventuel fil rouge qui relierait entre elles plusieurs générations, donnant à cette revue sa spécificité au-delà des nécessaires évolutions. Ce qui fait, par exemple, que pendant cinq décennies un groupe d'amis animés par un même amour du cinéma se retrouve chaque dimanche après-midi, pendant trois ou quatre heures, pour discuter de l'actualité cinématographique (et de l'actualité tout court !), du contenu des numéros, du choix de la couverture, pour lire les textes parvenus à la rédaction et voter leur éventuelle publication, pour attribuer à tel ou tel d'entre nous la recension d'un film ou élaborer les projets futurs ? Trait distinctif — rare à notre connaissance dans la presse spécialisée —, la rencontre au sein du comité de rédaction — que ne préside, autre caractéristique, aucun rédacteur en chef — de collaborateurs entrés par vagues successives depuis les premiers temps. Ceux qui participèrent aux premiers numéros (ou presque) se retrouvent ainsi aux côtés des benjamins dont la signature est apparue pour la première fois il y a un an à peine.

Ces strates successives — accompagnées bien sûr de disparitions mais aussi du départ de certains vers d'autres occupations — ont créé une continuité et aussi un dialogue, parfois contradictoire, qui font de *Positif* une revue pour laquelle on peut réellement parler d'un « esprit », d'un « ton » selon un processus d'additions successives et non une politique d'« un pion chasse l'autre ». Comme toute tribune d'opinion, *Positif* reçoit pour publication des textes de lecteurs qui se sentent en empathie avec les rédacteurs et désirent à leur tour joindre leurs rangs. Ce sont ces textes-là en tout cas qui retiennent l'attention et non tel article, photocopié à x exemplaires, envoyé comme autant de bouteilles à la mer à tous les organes de presse.

Que la revue ait été fondée en province — à Lyon plus précisément, par Bernard Chardère, devenu plus tard conservateur à l'Institut Lumière — n'est pas sans incidence. Un certain refus du parisianisme l'a toujours caractérisée, ce qui ne contribue pas peu à ce qu'elle ne soit guère favorisée par les diverses instances médiatiques, même si, après ses débuts lyonnais, elle a su profiter du centre cinématographique et du lieu de rencontre qu'est Paris pour mieux connaître la production mondiale passée et présente.

Au noyau lyonnais original (Bernard Chardère, Jacques Demeure, Paul Louis Thirard et quelques collaborateurs éphémères) se sont vite associés Roger Tailleur, Michel Pérez, Louis Seguin, pensionnaires du sanatorium voisin de Saint-Hilaire-du-Touvet, qui avaient fondé leur propre revue, *Séquences*. Montés à Paris (sauf Chardère), ces jeunes gens devaient rencontrer Ado Kyrou, Robert Benayoun et Gérard Legrand, anciens rédacteurs de *L'Âge du cinéma*, revue d'obédience surréaliste, qui allaient ajouter une autre dimension à *Positif*. Autre apport provincial : les hommes du Midi, Marcel Oms (futur animateur des « Confrontations » de Perpignan et des *Cahiers de la cinémathèque*), Raymond Borde, fondateur de la cinémathèque de Toulouse, et Jean-Paul Török. Gérard Gozlan et Michèle Firk, communistes (déjà) oppositionnels, représentaient enfin par leur militantisme un engagement à gauche partagé par tous les rédacteurs.

Car l'originalité de *Positif* dans ces années cinquante si fortement dominées à gauche, en particulier dans le champ culturel, par l'influence du parti communiste et de ses compagnons de route, c'était bien de fusionner l'amour du cinéma sous toutes ses formes (et en particulier hollywoodiennes), loin du puritanisme stalinien, et la participation active aux luttes politiques. Qui n'a pas vécu cette époque ne peut imaginer les clivages politiques intenses provoqués par les guerres coloniales, l'influence encore grande de l'Église et de son ordre moral, le rôle de la censure. Si on peut faire grief à la revue d'être passée à côté de cinéastes importants comme Rossellini ou Hitchcock, ses rédacteurs d'alors seraient en droit de répondre comme Sartre dans un autre contexte, mais avec de meilleures raisons que lui : « Nous avions tort, mais nous avions raison d'avoir tort. » Car la défense de Rossellini ou de Hitchcock se faisait en d'autres lieux, au nom de la « grâce » ou autres valeurs religieuses, en magnifiant le « miracle » ou la « confession ». Il paraissait plus nécessaire alors de défendre de tout autres valeurs autour de quelques noms symboliques qui firent souvent les couvertures de *Positif* : Vigo, point de référence pour un cinéma français à renaître, libertaire, poétique, révolté ; Buñuel, exemple d'une fidélité totale à soi-même, décrypteur ironique de la société bourgeoise ; Kurosawa, fer de lance d'un nouveau cinéma japonais ; Wajda, premier témoignage d'un frémissement dans les régimes honnis à l'est de l'Europe ; Antonioni, créateur de modernité, cette modernité qui allait caractériser la décennie suivante ; Huston enfin, scénariste-réalisateur, individualiste rebelle qui bousculait les conventions du cinéma américain. Car si *Positif* fut l'un des deux pôles (avec *Les Cahiers du cinéma*) de la cinéphilie hollywoodienne, elle privilégiait le cinéma qui, outre-Atlantique, s'opposait à la majorité silencieuse ou du moins n'exaltait pas les valeurs de l'ère Eisenhower. C'est du côté du rêve incarné par la comédie musicale (Minnelli, Donen), du pessimisme des films noirs, de la critique radicale d'un Aldrich ou d'un Welles, du libéralisme d'un Brooks, de la nouveauté incarnée par un Tashlin, un Kubrick, que son regard se portait, sans oublier le délire anarchisant des dessins animés de Tex Avery ou de Chuck Jones.

Cette vocation internationale de la revue, qui allait s'épanouir sans solution de continuité dans les années soixante avec l'explosion de par le monde de tant de nouveaux mouvements cinématographiques, s'est toujours reflétée dans l'importance qualitative et quantitative de collaborateurs étrangers qui, au sein du comité de rédaction ou en dehors, apportèrent leur sensibilité complice mais différente : les Iraniens Hoveyda et Gaffary, les Italiens Fofi, Volta et Codelli, le Brésilien Paranagua, le Tchèque Král, le Suédois Aghed, le Polonais Michalek, le Suisse Buache, les Anglais Elsaesser et Le Fanu, le Mexicain Perez-Turrent. Que certains d'entre eux aient appartenu à des groupes surréalistes dans leur pays respectif souligne, là encore, l'apport réel de ce mouvement à la revue.

Car à *Positif* le cinéma, s'il n'a jamais été séparé de l'engagement civique, n'a jamais non plus été dissocié de la peinture, de la littérature et des autres arts. La politique des auteurs s'est ainsi toujours vue complétée par une attention portée aux collaborateurs de création, scénaristes, décorateurs, chefs opérateurs, musiciens. L'intérêt constant manifesté pour l'animation, par exemple, vient sans nul doute d'une connaissance des arts plastiques ou de la BD. Et que quatre éditeurs réputés pour leur production littéraire — les Éditions de Minuit, le Terrain Vague d'Éric Losfeld, POL et aujourd'hui Jean-Michel Place — aient croisé le chemin de *Positif* ne saurait surprendre. Comme le fait que de nombreux collaborateurs anciens et présents soient également poètes, romanciers ou essayistes, de Frédéric Vitoux à Jean-Philippe Domecq, de Gérard Legrand à Emmanuel Carrère, de Jean-Loup Bourget à Petr Král et à Robert Benayoun.

Il fut parfois fait grief à la revue de négliger le cinéma français. Faux procès. Mais c'est sans doute à son esprit internationaliste que l'on doit une attitude plus circonspecte et une volonté de juger la production nationale à l'aune de celle des autres pays, sans la complaisance trop courante, l'esprit Samu ou la politique des copains. Si, par exemple, la Nouvelle Vague ne fut pas acceptée en bloc (le *package deal* alors d'usage) comme un phénomène révolutionnaire prodigue en mille talents (dont la carrière pour beaucoup fut d'ailleurs éphémère), on trouvera dès leurs débuts des éloges de Truffaut pour *Tirez sur le pianiste*, de Demy pour *Lola*, de Rivette pour *Paris nous appartient*, même si Godard est resté le point aveugle de *Positif*. Plus proche, on s'en doute, était le groupe de la « Rive gauche », Marker, Resnais, Varda, Franju. Et il fallait aussi soutenir les solitaires qui ne bénéficiaient pas du snobisme associé à un groupe avec ses trafics d'influence : les Sautet, Deville, Cavalier et autres Pialat.

Les étiquettes sont sécurisantes. *Positif* déroute les amateurs de rangement et de classifications, déplaît à certains pour sa liberté de manœuvre. Trop théoricienne ou pas assez, c'est selon. Et puis ces intellectuels, coupeurs de cheveux en quatre, qui se délectent des labyrinthes de *L'Année dernière à Marienbad*, des spéculations de Raoul Ruiz ou des jeux piégés de Peter Greenaway, mais qui défendent aussi bien le film d'horreur de la Hammer ou *Le Voyeur* de Michael Powell, unanimement rejeté à l'époque par la presse « sérieuse », que la comédie italienne méprisée dans son âge d'or, en deçà aussi bien qu'au-delà des Alpes ! Des porteurs de valise du FLN et des signataires du Manifeste des 121 chantant les louanges des westerns d'Anthony Mann ou des comédies de Blake Edwards, ces « opiums du peuple », sans trouver obligatoirement des vertus aux films du tiers monde ! Il est toujours dangereux de ne pas être synchrone avec la mode, d'explorer les contours d'un cinéma à venir, au risque d'être qualifié d'élitiste ou de raviver des plaisirs anciens trop vite pris pour un goût rétro.

Les années soixante voient le triomphe d'un unanimisme critique. Des confrères naguère peu politisés et moins curieux du cinéma étranger (hormis Hollywood) se découvrent des préoccupations idéologiques et une vraie curiosité cinéphilique. Ils rejoignent *Positif* sur ses positions de toujours. Cette décennie prodigieuse voit la défense pêle-mêle de ce qui se fait de plus novateur dans le cinéma mondial : renouveau polonais avec Polanski et Skolimowski, hongrois avec Jancsó, Gaal et Szabó, russe avec Tarkovski, Iosseliani et Panfilov, italien avec Bellocchio, Bertolucci et Mingozzi, brésilien avec Rocha, Guerra et Diegues, tchèque avec Forman, Passer et Chytilova. *Positif* et les *Cahiers* lancent leurs semaines de films inédits qui concrétisent dans la programmation cette volonté de découverte. La fin de la décennie et le début de la suivante voient la revue d'en face se figer dans le garde-à-vous maoïste, réduire son pré carré à Godard-Gorin, Straub-Huillet et au *Détachement féminin rouge*, faire ses choux gras (avant de faire chou blanc) de la Révolution culturelle et lire en chœur *Pékin Information* à la gloire des camps de travail. Aux résistants de la dernière heure que caractérise toujours l'excès de zèle, *Positif*, tout en participant activement à Mai 68 qu'elle accueille, ravie mais non surprise, tant ce mouvement de révolte incarnait l'esprit qui l'animait, maintient la barre malgré les quolibets de donneurs de leçons définitivement acquis aux vertus des gardes rouges. C'est dans ce climat vicié où, la guerre du Viêt-nam aidant, l'antiaméricanisme fait rage, que *Positif* se refuse à associer dans l'opprobre les cinéastes d'outre-Atlantique qui, précisément, ne partagent pas les valeurs dominantes de leur société et renouvellent les formes et les thèmes du cinéma hollywoodien : Altman, Hellman, Scorsese, Coppola, Rafelson, Schatzberg, Pollack, Malick, De Palma.

Le calme, hélas, revient après la tempête. Mais si les affrontements sont moins voyants, les luttes sont tout aussi nécessaires. C'est que le contexte a changé. *Positif* était né à une époque de cinéphilie profonde et intense, nourrie par l'extraordinaire activité des fédérations de ciné-clubs. Dans chaque ville — même d'importance très relative — il était possible de découvrir régulièrement les classiques du cinéma. Ce tissu culturel avait permis la naissance d'une multitude de revues. Certaines, dans les années cinquante et soixante, se trouvaient proches de *Positif*, comme *La Méthode* de René Château, *Miroir du cinéma* de Francis Gendron et Jean-Louis Pays, *Midi-Minuit fantastique* de Michel Caen et Jean-Claude Romer, ou encore la toujours vaillante *Jeune Cinéma* fondée par Jean Delmas et où débutèrent Jean-Pierre Jeancolas, Françoise Audé, Hubert

Niogret. Et c'est autour du *Cine-qua-non* que je rencontrai Bernard Cohn, son animateur, avant que nous entrions tous les deux à *Positif*, au début des années soixante, tout comme Bertrand Tavernier, cofondateur du *Nickel Odéon*, commença à y donner des articles à cette époque. On a laissé dépérir ces ciné-clubs, foyers culturels irremplaçables, au profit d'opérations médiatiques et culturelles plus spectaculaires mais de moindre portée. Comme la télévision joue moins que jamais son rôle — la programmation de films non anglo-saxons ou français est dérisoire sur l'ensemble des chaînes —, rien n'a remplacé le travail en profondeur des ciné-clubs. La distribution par ailleurs se porte de plus en plus mal, car les rares indépendants qui cherchent hors des sentiers battus sont victimes de la concentration des circuits d'exploitation et ne peuvent équilibrer leur trésorerie en vendant à une télévision malthusienne les films de leur catalogue.

La soif de découverte, encore vivace chez certains spectateurs, explique en retour le succès des festivals de cinéma dont la France est riche et qui permettent au public local pendant une courte durée de faire connaissance chaque année, au gré d'une rétrospective ou d'un panorama, avec un passé et un présent du cinéma mal explorés. *Positif* a maintenu plus que jamais ses exigences dans ce domaine. La part accordée au cinéma retrouvé et aux dossiers historiques nous semble indispensable : une réflexion sur l'état actuel du cinéma et sur son futur ne peut faire l'économie d'une exploration de son legs culturel.

L'affirmation de la curiosité cinéphilique, des choix artistiques, de la connaissance historique et de l'analyse critique nous paraît ressortir aujourd'hui d'une attitude polémique face au matraquage promotionnel et à la portion de plus en plus congrue accordée à la critique cinématographique dans la presse généraliste. Et la valorisation de l'appréciation esthétique est d'autant plus nécessaire que les pages culturelles se transforment progressivement en rubriques économiques avec considérations détaillées sur le box-office. Les lecteurs de magazines cinématographiques se voient informés régulièrement des recettes-salles à Los Angeles, New York et Chicago. L'échec américain devient mauvais augure pour l'accueil en France, comme si la qualité d'un film se jugeait au tiroir-caisse. La rapidité de l'information entraîne un nivellement de la réception médiatique. Truffaut, Benayoun, Tailleur ou Godard, que je sache, se souciaient comme d'une guigne, quand ils étaient critiques, des jugements portés par les journalistes new-yorkais ou californiens sur *La Nuit du chasseur*, *La Soif du mal*, *Le Gaucher* ou *La Comtesse aux pieds nus*, vilipendés par leurs compatriotes. Et tant mieux pour les critiques français, car leur indépendance de jugement permit à ces films d'acquérir leur notoriété !

Mais le paysage des périodiques de cinéma s'est sensiblement modifié ces derniers temps. Les mensuels ont tous adopté peu ou prou la formule magazine : mise en pages qui permet le zapping, prolifération des rubriques, atomisation du sommaire, accents mis sur les articles « people », calendriers des manifestations, tableau des cotations, informations économiques, films en tournage accompagnés ou non de reportages... D'autre part, on a vu se multiplier les revues bimestrielles, trimestrielles, biannuelles, soit spécialisées (court métrage, scénario), soit consacrées à des études théoriques ou d'histoire du cinéma pour un public pointu. *Positif*, mensuel distribué dans les kiosques et les maisons de la presse, tient pourtant, au sein de cette évolution générale, à garder le sigle « revue de cinéma » qui suit depuis toujours son titre, ce qui lui donne aujourd'hui une identité encore plus affirmée. Avec l'expansion de l'information qu'Internet n'a fait qu'accroître dans des proportions inouïes, l'arrivée de nouveaux supports (chaînes cryptées, DVD), il nous semble nécessaire d'opérer des choix clairs, de trier dans ces flots d'images. C'est ainsi que, parmi les premiers, *Positif* a su détecter l'émergence d'une nouvelle générations de réalisateurs français dans les années quatre-vingt-dix ainsi que l'étonnante fécondité des cinéastes asiatiques. Aux premiers lecteurs d'il y a cinquante ans comme aux nouveaux d'aujourd'hui de nous dire si cet apport est nécessaire et si le plaisir est partagé.

MICHEL CIMENT

Une critique sans classicisme

Une des singularités de *Positif* à ses débuts aura été de heurter de front trois principes ordinaires du jugement cinématographique.

D'abord en refusant quelques classicismes. Le premier, soutenu par le courant des ciné-clubs et la tradition communiste, opposait catégoriquement au « cinéma commercial » les « écoles » les plus explicitement « artistiques » : le cinéma soviétique, l'expressionnisme, quand ce n'était pas l'avant-garde française des années vingt ; une deuxième tendance, issue de l'héritage humaniste et chrétien, accordait la primauté à l'affleurement de la spiritualité dans l'art : à Dreyer, à Bresson, à Rossellini, et le développement des interprétations humanitaires, parfois misérabilistes, du néoréalisme devait accentuer l'agacement de plusieurs à l'égard de cette mouvance intellectuelle ; le troisième mouvement, qui datait de la fin de la Première Guerre mondiale, entreprenait, triant impitoyablement le bon grain et l'ivraie, de constituer la liste des classiques américains, sans grande considération pour la tradition et les réalités américaines, comme l'indiquait alors le slogan de la « politique des auteurs ».

Ensuite, *Positif* a ignoré le messianisme cinématographique. Le cinéma n'a pas changé le monde, probablement moins que la télévision, par exemple. Il n'a pas démodé le langage, il n'a pas défini une civilisation de l'image, il n'a pas été le sacrement eucharistique des foules internationales, il n'a tué ni le théâtre ni le roman, il n'a guère servi d'instrument à l'éducation des masses. Or toutes ces fonctions lui furent tour à tour promises par une longue liste de prophètes : Balász, Eisenstein, Gance, L'Herbier, les « jeunes cinéastes » de diverses époques, Malraux, Rossellini.

Enfin, *Positif* n'a guère eu de liens privilégiés avec le milieu du cinéma français, ou avec l'une de ses tendances.

En dépit des modifications, jamais révolutionnaires, qu'a connues cette revue, il n'est pas impossible d'écrire une partie de son histoire à partir de ces choix initiaux. L'hostilité au classicisme avait ses motifs politiques, mais elle exprimait aussi une impertinence, la volonté de ne pas s'en laisser conter, une rigueur dévastatrice. Contemporaine des essais littéraires de reconstruction du baroque, contemporaine du style vif et insolent qui triomphait chez les romanciers d'alors, elle tentait de mettre en valeur un goût neuf, passionné, sincère : le plaisir de lancer des jugements, paradoxaux et excentrés, sans référence à une tradition. Ni bien sûr à une fonction du cinéma. Ni à une offensive particulière dans le cinéma national.

Cette attitude a entraîné beaucoup d'erreurs de jugement. Elle en entraîne encore. Mais la critique est à ce prix. Elle ne peut se borner à qualifier les œuvres en fonction de leurs précédents.

Or les trois vides capitaux, fondateurs, continuent d'orienter la manière dont cette revue envisage le cinéma.

Pour commencer : quelque intérêt qu'on lui porte, si convaincu qu'on soit de sa valeur propre, il n'apparaît jamais seul dans les quelque trente mille pages que nous avons noircies. Populaire, grecque, américaine, française, policière, latine, la littérature constitue ici un objet de référence constante. Non seulement à cause de notre pédantisme, mais aussi parce que, faute d'établir nos jugements actuels comme termes d'une longue chaîne de valeurs filmiques incontestables, nous devons placer le cinéma dans une tradition plus vaste, indéfinie en somme. C'est ainsi également que des éléments politiques et moraux sont impliqués dans notre appréciation des films, et singulièrement des films français. La vivacité de ses préférences initiales a fait de *Positif* une revue excessivement discursive ; le retournement était inévitable : les classiques, après tout, c'est ce sur quoi on ne revient pas ; quant à nous, nous ruminons.

C'est sans doute ce style cultivé qui a guidé l'intérêt récent de la revue vers un cinéma cultivé, enclin à jouer avec des formes issues de l'histoire de l'art plutôt qu'à saisir immédiatement la réalité. Le développement de ce cinéma, que déplorent certains critiques, est caractéristique de l'Europe actuelle.

L'incertitude initiale a aussi entraîné une curiosité sur les perspectives les plus profondes et les plus lointaines. Libres de toute idée d'une évolution progressive du cinéma, peu soucieux de juger les films à leur seule jeunesse, les amateurs qui ne se reposaient pas sur des grands classiques devaient devenir des curieux maladifs. S'interroger sur les conditions de production des films d'autrefois et interroger les professionnels sur celles d'aujourd'hui. Griffith, Capra, Chaplin ou Antoine nous intéressent autant que Wenders ou Scorsese. En Chine, en Turquie, en Hongrie, en Amérique latine, nous trouvons moins de quoi satisfaire un exotisme que des objets nécessaires à une exploration interminable, voulue comme telle par un intérêt qui ne s'est pas fixé de centre.

Ceux qui ont trouvé à Hollywood le modèle du cinéma (ou le modèle de l'oppression, cela revient en l'occurrence au même) n'ont pas cette peine : il leur suffit de tout mesurer à ce classicisme ou d'opposer les grandes œuvres à cette narration industrialisée. Ceux qui voient de saison en saison se traduire, comme en une prophétie de plus en plus lisible, précise et vraie, l'avènement du cinéma moderne (qui serait contradictoirement l'absolu du cinéma), que leur faut-il d'autre que d'en analyser les sept étapes ? La préoccupation de ceux qui envisagent le cinéma comme un langage ne devrait pas leur permettre moins d'insouciance. Mais sont-ils encore légion ? La plupart se sont métamorphosés en ce qu'ils ne savaient pas être : de simples serviteurs de la mode ; qu'apprendrait un film bizarre à des gens persuadés que le renouvellement — retour ou bouleversement — constitue l'évolution du cinéma en une série de phases ?

Enfin, faute d'une histoire apocalyptique, une incertitude demeure quant au nombre des élus. Que valent tant de films ? Combien de films ont quelque valeur ? Le besoin de bilan qui assaille sans cesse la critique cinématographique démontre à quel point la mesure est difficile à conserver. Sans parler de ceux pour qui le cinéma se termine en 1912, ou commence en 1927, voire en 1950, ou s'arrête en 1960, personne ne peut avoir en ce domaine une vision panoramique aussi claire que celle qui est courante en littérature. La jeunesse du cinématographe n'est pas la seule en cause. Après tout, l'idée d'un temple du goût littéraire très dépeuplé se fonde largement sur la simple ignorance des littératures étrangères et bientôt des lettres anciennes. La critique cinématographique a conservé une belle ambition œcuménique et les admirateurs de Mizoguchi sont relativement plus nombreux que ceux d'Akinari ou de

Saikaku. D'autre part la nature de nos enquêtes nous a conduits à nous intéresser aux genres, au cinéma populaire. Impies envers l'art, nous nous divertissons au cinéma. Ce genre d'aveuglement, qui mêle aux mérites décisifs des valeurs secondaires (le cocasse, le palpitant, le savoureux), est-il compensé par le retour dans nos mémoires de certaines œuvres, par l'attention permanente que nous leur prêtons ? Les méthodes iconographiques de nos études sur le mélodrame, la comédie italienne ou le film d'horreur nous excusent-elles de sauver des films si nombreux que beaucoup doivent être médiocres ? Il faut avouer que l'absence de critères canoniques joue ici son rôle. Point de classicisme, encore une fois. Sur les mérites qui font un bon film, aucun d'entre nous n'est d'accord avec les autres, ni sans doute avec lui-même.

Cet inconvénient se fait particulièrement sentir dans l'estimation du cinéma français. Les réévaluations plus ou moins limitées de Duvivier ou de Decoin suffisent-elles à reconstituer l'arrière-plan du paysage ? Faut-il continuer à s'incliner devant l'étrange pacte international qui réserve au cinéma français les sujets bavards, les atmosphères décourageantes, les personnages incertains et qui abandonne à Hollywood les héros, la fortitude et l'action ? Cette convention recueille les signatures des commerçants (de droite) américains et de cinéastes et critiques, même de gauche, français. Il faut s'en inquiéter.

Impossible de conclure, pour longtemps encore : tant que nos lacunes nous obligeront à écrire sur les films.

ALAIN MASSON

ANNÉES 1950

Luis Buñuel

Dédié pour partie à L'Auberge rouge *de Claude Autant-Lara et à la musique de film (étudiée par André Ottavi), le n° 1 est marqué du sceau de son fondateur, Bernard Chardère. Après avoir signé l'éditorial intitulé* Pourquoi nous combattons, *il consacre sa première critique à* Los Olvidados *de Luis Buñuel, tandis que* Miracle à Milan *de Vittoria de Sica lui inspire quelques réticences.* « Nous le côtoyons de si près que les coups qui l'atteignent nous frappent aussi », *écrira plus tard Louis Seguin de Buñuel (n° 106). Il fut, à tous points de vue, l'un des cinéastes les plus proches de la rédaction, qui accordera à ses films pas moins de huit couvertures et quantité d'analyses fournies. Parmi celles-ci, une lecture anticléricale de* El *(n° 10) qui scandalisera notamment le critique spiritualiste Henri Agel («* Positif » a-t-il une âme ?, *n° 11).*

BERNARD CHARDÈRE, « De l'honnêteté » (*Los Olvidados*), n° 1, mai 1952.

Principaux ouvrages de Bernard Chardère : Jacques Prévert *(avec André Heinrich et Guy Jacob), coll. Premier Plan, 1960;* Jean Vigo *(avec Philippe Sand), coll. Premier Plan, 1961;* Jean Renoir *(avec Raymond Borde et Max Schoendorff), coll. Premier Plan, 1962;* Les Lumière, *Lausanne, Payot, 1985;* Lumières sur

Lumière, *Institut Lumière/Presses universitaires de Lyon, 1987;* Le Roman des Lumière, *Gallimard, 1995;* Les Images des Lumière, *Gallimard, 1995;* Au pays des Lumière, *Institut Lumière/Actes Sud, 1995;* Figurez-vous qu'un soir, en plein Sahara, *Institut Lumière/Actes Sud, 1993;* Jacques Prévert : inventaire d'une vie, *Gallimard, coll. Découvertes, 1997;* Carnet de guerre, *Climats, coll. Arc-en-ciel, 1998;* Les Dialogues cultes du cinéma français, *Larousse, 1999;* Le Cinéma de Marcel Pagnol, *Castor astral, coll. Essais, 2001;* Un demi-siècle, ici, dans la culture *(3 vol.), Aléas, 2001.*

BERNARD CHARDÈRE

De l'honnêteté

Los Olvidados

> *Il me semble que lors qu'on rapporte une action bonne ou mauvaise, on ne doit ny la louer ny la blâmer, parce qu'elle fait assez sentir ce qu'elle est, et qu'il sied mieux d'en laisser le jugement libre.*
>
> CHEVALIER DE MÉRÉ

> *C'est une histoire qui arrive journellement...*
>
> L'AVEUGLE

Après sept ans de vie de famille, d'historiographie officielle — et échappant au danger de la pièce de patronage — Racine donne une réplique à *Phèdre* avec *Athalie*.

Après dix-huit ans consacrés à tourner des films de série, l'auteur du *Chien andalou* (1928) et de *L'Âge d'or* (1930) donne un pendant à *Las Hurdes* (1932) avec un chef-d'œuvre plus accompli et pour ainsi dire parfait : *Las Olvidados* (1950).

Buñuel n'a même pas eu, tel Bresson entre *Les Dames du bois de Boulogne* (1944) et *Le Journal d'un curé de campagne* (1950) le silence et le calme pour méditer, pour créer. Et malgré le succès des *Olvidados* (tourné en quatre semaines, on le sait, avec très peu d'argent — d'où l'obligation, par exemple, de remplacer un extérieur ou même un décor par une toile peinte), loin d'avoir maintenant les mains libres, Buñuel a dû se remettre, paraît-il, aux productions commerciales [1]...

Dans cette lutte incessante contre le dollar, on a vu von Stroheim, Welles, et d'autres (quelles difficultés n'a pas rencontrées Chaplin) succomber. Si Buñuel a gardé intact son besoin de témoigner vigoureusement, on peut supposer que maints efforts pour le faire ont été longtemps tenus en échec par des puissances matérielles (financières et idéologiques) plus fortes qu'une volonté d'artiste : et voilà qui suffirait à justifier, ne disons pas le pessimisme — *Los Olvidados* n'est pas pessimiste, nous l'allons voir, puisqu'il marque une certaine confiance en l'homme — mais le manque d'optimisme annoncé en prologue.

On aimerait que d'un film si clair chacun entende les significations. Malheureusement, l'immense majorité des opinions exprimées, même et surtout quand elles sont des louanges, tombent trop souvent

---

[1]. Voici qu'on nous annonce pour Cannes, cette année, un film « rose et gai » de Luis Buñuel, et les courriéristes de se scandaliser. Racine n'a pourtant pas affaibli *Andromaque* en faisant *Les Plaideurs* ; ni Clouzot *Le Corbeau*, avec *Miquette*. D'ailleurs, peut-être sera-ce « léger » comme *L'Auberge Rouge* ou *Sullivan's Travels*... De toute façon, souhaitons à certains de ne pas recommencer à préjuger, comme pour *Los Olvidados*, apprécié par eux, sous le seul rapport des fiches qu'ils pouvaient avoir sur *Le Chien andalou*.

à faux pour ne pas révéler la plus néfaste incompréhension, les plus totales erreurs[1].

Nous n'allons pas tout relever : il n'y a qu'à consulter la presse depuis octobre 1951. Le petit fascicule distribué comme programme dans certaines salles était une belle anthologie de contresens, hormis le poème de Prévert (*Spectacle*, p. 209). Et puisque nous en sommes aux recensements, signalons plutôt les quelques-uns qui, une fois de plus, ont vu juste et loin : Nino Frank (*Arts*), Doniol-Valcroze (*Cahiers du cinéma*), André Bazin (*Esprit*) et surtout Pierre Kast, qui a écrit d'excellentes pages sur Buñuel dans *Les Cahiers du cinéma* n° 7, décembre 1951.

Il y aurait donc quelque ridicule à vouloir commenter encore *Los Olvidados*, s'il ne paraissait pas utile d'insister une fois de plus sur certaines idées qui s'en dégagent bien clairement, mais que trop de gens n'ont pas eu l'air de vouloir comprendre ; et d'ailleurs, nous ne serons jamais, nous *tous*, assez convaincus.

Une œuvre classique. On peut parler de violence, évidemment, de cruauté : Racine aussi ne manque pas de violence et de cruauté. Expliquer cette violence par le tempérament espagnol de Buñuel n'est qu'un retour bien inutile aux théories de Taine : si tous les Espagnols se ressemblent, il n'y a cependant pas eu deux Goya ! Et ce genre d'interprétation eth-

---

[1]. Il faut lire l'article de M. René Guyonnet (*Les Temps modernes*, janvier 1952), curieux exemple d'erreur « par excès ». Les idées au nom desquelles est critiqué le film sont excellentes et trop souvent (hélas) valables — mais elles ne peuvent justement pas s'appliquer à *Los Olvidados*.
Comment y voir « du formalisme du pittoresque, des personnages coupés du monde et une fuite... un film où nous ne sommes accusés de rien, qui nous rassure ! ». Il me paraît vraiment paradoxal qu'on puisse confondre dans la même condamnation *Los Olvidados* et *Miracle à Milan*.

nico-géographique est une trop belle excuse pour prendre le point de vue sinon de Sirius, du moins du Français que toutes ces histoires ne regardent pas, et qui les apprécie de loin en toute tranquillité. Ainsi peut-on récuser les leçons de Tolstoï et de Dostoïevski ou la portée cependant universelle de *L'Enfance de Gorki* de Donskoï (qui n'est pas sans ressembler par certains traits aux *Olvidados* [1]).

Il ne paraît guère plus valable d'invoquer ici le surréalisme. Buñuel — ceci n'est pas un paradoxe — n'a pas voulu choquer, ni être « d'avant-garde », mais bien réaliste : réalisme, authentique, mots qu'il met en tête des *Olvidados*, il les disait déjà à propos de *L'Âge d'or*. C'est errer totalement que de voir du sadisme, de la complaisance pour les brutalités, le sang (les lames de couteau). Quoi de plus violent que la vie ?

Mexico : Deux enfants de la haute société, un garçon de sept ans et sa sœur, neuf ans, font agenouiller leur jeune bonne (douze ans) au pied de son lit et la tuent d'un coup de fusil dans la tête. Motif : « pour s'amuser ». Dans le nord de la France, un brave mineur à qui on n'avait jamais rien eu à reprocher pose les billets de sa paye sur le coin de la table. En son absence, son gosse s'amuse avec ces papiers et les jette au feu « pour voir la flamme ». Le père arrive, lui prend la main, la pose sur la table et la

---

[1]. Nous ne rappellerons pas tous les films « sur » l'enfance. Il en est d'excellents : *Les Aventures de Tom Sawyer*, *Émile et les détectives*, ou *La Symphonie des brigands*..., Plus proches des *Olvidados* sont *Le Chemin de la vie* de Nicolaï Ekh, ou *Sciuscià*, *Quelque part en Europe* (auquel collabora Béla Balázs) — voir, dans le dernier numéro de *Ciné-Club* (1951), ce que disent de ces deux derniers films de jeunes « surveillés ».

On sait d'autre part que René Clair avait commencé en 1939 *Air pur;* et que Prévert aurait donné depuis longtemps son avis sur la « rééducation » si la censure n'avait jugé inutile un second Vigo. Les producteurs aussi, d'ailleurs : on a vu récemment le cas de Wheeler.

tranche d'un coup de hache. Lyon : Des enfants, furieux de voir la cabane où ils se réunissaient pour jouer, occupée par un vieux mendiant, lui écrasent la tête à coups de pierre.

À la fameuse lame de rasoir tranchant lentement un œil, on pouvait peut-être trouver quelque gratuité, et par là une certaine inhumanité : trop subjectif, le témoignage surréaliste perd, à l'extrême, la possibilité d'être généralisé, il ne garde plus que la valeur restreinte d'une expérience unique et difficilement communicable. Mais de ces faits divers il nous faut bien assumer toute la cruauté : elle est humaine — et quotidienne...

Buñuel *constate*. Il enregistre, avec une objectivité qui sait s'abstenir de l'apparence du moindre frémissement. Il relate ce qu'est la vie d'un groupe d'enfants, et de grandes personnes ! Il peint, sans complaisance ni parti pris ; il reste, et sait nous laisser libres. L'auteur n'a pas à conclure lui-même : son rôle est de fournir tous les éléments, non pas tant d'ailleurs d'une conclusion que d'une représentation exacte de la vie ; disons : d'une humaine tragédie.

La première vertu des très grandes œuvres de cet ordre réside dans l'impassibilité de l'auteur : il ne laisse transparaître ses souffrances personnelles que par une plus sûre connaissance du cœur et de la douleur humaine. C'est à cette pudeur et à cette énergie que doivent d'être classiques les œuvres d'un Racine — et aussi bien d'un Chaplin, Mme de La Fayette ou Laclos ne se mettent pas *devant* leurs œuvres ; ni Bresson.

Buñuel ne donne pas l'impression d'accuser lui-même l'« ordre » établi, alors que les motifs personnels ne lui manqueraient pas. *Los Olvidados* n'est pas un cri de révolte, une charge contre la société, une attaque de ces hypocrites conventions sociales qui admettent un tel état de chose. Simplement, un homme nous fait part de ce qu'il a vu, laissant le moins possible affleurer sa propre émotion. Ainsi déjà *Las Hurdes* : qu'on se rappelle le ton neutre et froid du commentateur, la sobriété sèche des images [1]. Ce n'était pas là un artifice, mais l'expression à la fois d'une esthétique et d'une éthique : l'émotion ne doit pas être directe, physique et comme viscérale — mais passer par l'intelligence d'abord. (On peut prévoir que l'indignation ainsi provoquée sera raisonnée, et donc bien plus efficace à promouvoir une action réfléchie.) Mais ici Buñuel ne nous demande pas tellement même d'agir. Il faut d'abord comprendre. D'abord voir.

Dès les premières images, chacun se rend compte qu'il va être question de vie et de mort. Sur l'écran où se sont déjà inscrits les mondes d'un Visconti ou d'un Dassin, Buñuel à son tour nous retrace la vraie vie, la vraie mort. New York, Londres, Paris ou Mexico : ce drame est le nôtre. Tout à l'heure, le public sera un instant gêné par le rêve de Pedro, qui lui semble se dérouler sur un autre plan. Mais la compréhension est vite faite : il n'y a pas d'un côté la vie, de l'autre les rêves, domaines respectifs de films de genres bien différents. Nous devons tout voir, dans cette œuvre authentique : des gens qui vivent, mangent (ou ont faim), s'aiment ou se haïssent jusqu'à en mourir — et quelquefois rêvent, ce

---

[1]. Le meilleur procédé semble être dans l'emploi de plans très courts, dans une succession d'images nombreuses. Que la caméra bouge, et cerne un à un les êtres, au lieu de les laisser se mouvoir sur l'écran (ce qui donne toujours comme une impression de *liberté*).

Ainsi le *Goémons* de Yannick Bellon n'atteint pas au degré d'intensité des *Hurdes*, sans doute pour avoir photographié des scènes, trop longtemps, et avec une trop grande profondeur de champ. Buñuel, dans ce découpage qui juxtapose rapidement des séquences plutôt brèves, pour nous donner le sentiment d'un monde foisonnant où les événements se succèdent et s'interfèrent, a retrouvé la technique de *La Règle du jeu*.

qui n'est pas le moins important. Le spectateur le moins habitué à réfléchir sur ce qu'il voit est pris par cette histoire sérieuse, sérieuse au point de lui faire songer moins à un film « où tout est truqué » qu'à un documentaire où « l'on dirait que tout se passe comme si la caméra n'était pas là ». Suppression des effets et des fioritures ; rien n'a une fin en soi : l'œuvre est une et chaque détail concourt à sa plénitude.

On sait quelle collaboration de tous les instants est nécessaire entre le musicien et le metteur en scène : si ce dernier n'écrit pas toujours la partition (Feher, Grémillon — ou Chaplin) il est responsable de son utilisation : Pabst et Kurt Weill, René Clair et Auric... La musique des *Olvidados* est excellente en elle-même d'abord : qualité des thèmes (pour la plupart tirés de bruits du réel : trompes d'autos...). Développements sobres et transitions discrètes ; en parfaite adéquation, surtout, avec les images. Non pas en coïncidence : elle ne souligne pas directement, elle n'accentue pas les sens et les effets ; elle concourt à l'impression d'ensemble, et d'abord de chaque séquence, en brodant comme un contrepoint parallèle. En somme, elle n'est pas qu'un accompagnement, mais une sorte de commentaire qui paraît même parfois s'occuper d'autre chose et être en porte à faux. Ces contresens apparents augmentent l'ambiguïté et l'émotion tragiques, confèrent plus de vraisemblance, d'« épaisseur », à cette peinture de la réalité, puisque en fait les menaces sont rarement signalées, les catastrophes pressenties : la Mort sait se vêtir de rose. Et de même sous les dehors les plus futiles se cache parfois l'essentiel. La musique saura affecter les images de leur *signe* véritable et préfigurer le Destin, ou, tout aussi bien, nous donner le change en feignant de sourire, comme qui cherche à cacher ses larmes par son ironie.

Ainsi le chant de la flûte qui s'élève pendant que Pedro apprend la mort de Pierrot ; ou la petite fugue joyeuse de la scène derrière la glace (scène qui n'est pas sans faire songer d'ailleurs, justement par ce mélange des genres, au style de Chaplin). Notons aussi l'exactitude des bruits de la rue (les liaisons de séquences au son) : toute la bande sonore a, surtout en V O, un extraordinaire relief.

Le souci d'*unité* de l'œuvre est aussi sensible dans la photographie. Figueroa ne compose plus ses trop magnifiques tableaux d'ombres et de lumières. Le fond du décor est blanc, terne : pas de spectacle, ni poses sculpturales ni pittoresque plus ou moins mexicain. Pas la moindre concession à ce qui pourrait distraire ou se faire admirer aux dépens de l'ensemble. Le soleil, les costumes, la chanson de l'aveugle : tout cela n'a guère d'importance ; au fond nous sommes n'importe où. Des voitures qui passent dans une rue, des enseignes de magasin, de petites boutiques, de pauvres maisons de banlieue, des terrains vagues, des ruines — une fête foraine (qui ne doit rien à Carné)... C'est plutôt au lieu tragique racinien que ce décor peut faire songer, ou à Bresson. En même temps que ce réalisme authentique que nous admirions, on peut donc remarquer une certaine « abstraction » : le drame n'est-il pas avant tout « intérieur ».

Mais là il nous faut prendre garde : si l'essentiel est *intérieur* — les passions, le tragique (il n'y a pas lieu de dire : le mal) — en même temps parfaitement *extérieures* sont les causes de ces drames et de ces maux.

Nous voici sans doute au cœur de l'œuvre de Buñuel.

Il ne faudrait pas, en effet, aller jusqu'à dénier toute importance à la peinture de la vie quotidienne que nous présente *Los Olvidados*. On déambule dans les rues, on joue comme on peut, on essaie de trouver à travailler, à manger ; les frères rient quand la mère se moque méchamment du petit affamé (mais pour elle aussi, la vie est méchante) ; un père abandonne son fils sur la place, et si cet autre reste avec sa famille, c'est pour être ivre perpétuellement. Et tout se passe dans des maisons faites de pierres sèches, de tôles rapiécées, des terrains vagues, une banlieue banale, où les quelques immeubles en construction seront bien sûr pour ceux qui passent en voiture...

Le décor est bien quelconque — on peut voir le même aux environs de Madrid, Rome ou Paris. Mais en même temps précis, exact, il est le cadre de la misère. Mieux, il est la misère. (On aurait pu traduire « Los Olvidados : Les Misérables » — ce titre que choisit Hugo, après avoir longtemps pensé à « Les Misères »). Ces enfants sont malheureux : ce n'est pas leur faute, ils préféreraient certes le bonheur. Ce n'est pas non plus la faute des parents, leurs égaux dans la même pauvreté sordide. Peut-être de leurs parents à eux ? Ils devaient être malheureux aussi. La « faute » n'incombe à personne. L'aveugle le dit (lui que le malheur rend encore plus méchant et plus bête). Le rééducateur le répète (compréhensif, habile — et impuissant) : c'est la faute de la misère.

Autre nom du Destin. Non pas un Destin comme abstrait, et uniquement intérieur : mais incarné, précis, obsédant, il n'est autre chose que leur vie. Leur destin ? — c'est leurs taudis, les planchers (des autres) si durs à frotter, les beaux messieurs derrière les vitres qui offrent de l'argent aux enfants, oui mais si... « Décor », mieux vaudrait dire « conditions économiques et sociales... ». Voilà ce qui façonne ces âmes. On peut mépriser le corps, et même découvrir un théorème à la faveur d'une rage de dents. Mais quand des influences physiques, *matérielles*, s'accumulent pendant plusieurs générations, qui pourrait les surmonter si de plus on n'a même pas appris qu'il faut essayer de leur résister ? « On est tous meilleurs quand on a le ventre plein », dit le rééducateur. Mais ceux dont les parents l'ont eu trop souvent vide... Un « pur esprit » n'y pourrait résister : on sait ce que dit le docteur Delbende, devant les hérédités du Curé de campagne.

Qui ne voit qu'un tel *destin* peut malgré tout être modifié ? Il faut partir de loin, bien sûr, et travailler pour l'avenir. Mais cela reste au pouvoir de l'homme. Buñuel est *humaniste*, au sens le plus vrai du terme. Tout en évitant un optimisme ridicule quant aux possibilités pratiques immédiates (car il est réaliste et constate : que fait-on actuellement dans notre société pour supprimer de tels milieux ? — Bien peu. Il note l'échec des maisons de rééducation et marque sa confiance envers des « forces du progrès [1] »). Il a compris et affirmé qu'il n'y a pas de Destin, mais une *condition humaine*.

Il est des choses demeurant aujourd'hui plus fortes que l'homme : d'autant qu'il n'a pas encore pris pleinement conscience de son autonomie et de sa puissance. Buñuel n'ignore pas — son film les montre tout au long — les difficultés qu'on rencontre

---

1. Ce qui reste bien vague, va-t-on dire. Buñuel a été précis : *Las Hurdes* saluait le Front populaire espagnol qui avait supprimé de telles conditions de vie. On sait (mais on oublie trop) ce qui s'est passé depuis, et que certaines « démocraties » sont toujours prêtes davantage à tendre la main aux totalitarismes ennemis qu'à secourir les autres démocraties. Ce n'est donc pas à Buñuel qu'on peut faire reproche d'un certain manque d'enthousiasme (politique) : c'est à la France et à l'Angleterre de *1936* ; c'est à l'Amérique de *1945*.

Renvoyons à la fin de *L'Espoir*, aux divers articles des *Temps modernes*, ou d'*Esprit* — à la presse espagnole : nous n'avons pas lieu d'être fiers.

à vouloir « devenir homme sans le secours des dieux ». Mais le destin dont il nous retrace les effets n'a plus rien de commun avec cette notion de *Nécessité inexorable* léguée par l'Antiquité, et prolongée par le dogme chrétien du péché originel. Nous n'avons plus affaire au pouvoir occulte et surhumain qui mène Oreste ou Phèdre à la catastrophe. Il n'est pas question non plus de prédestination, de nature *fondamentalement* viciée, inclinant au mal, et exigeant que l'homme n'espère son salut que d'une grâce surnaturelle. Exigeant aussi qu'il pense plutôt à son salut éternel qu'à sa passagère condition terrestre. (L'influence des mythes chrétiens marque encore par exemple une œuvre qui se voulait pourtant humaine avant tout : l'inégal *Give Us the Day* de Dmytryk.)

Nous avons dit le film *classique*, parce que l'accidentel même obéit aux exigences intérieures ; mais il faut bien voir d'autre part que les passions les plus violentes ont leur source dans des choses contingentes et non essentielles. Pour insurmontables (actuellement) que soient les influences dont nous avons parlé, elles demeurent sur le seul plan humain. Et si ces violences, ces meurtres semblent surgir du plus profond de ces êtres, si méchanceté et perversité paraissent faire partie d'eux-mêmes — les vrais responsables : la misère, créatrice de cette hérédité, de cette éducation, de ces habitudes... sont entre les mains des hommes.

Le destin est sur la terre : ceux mêmes qui le subissent savent qu'ils n'ont pas à s'en prendre à quelque force supérieure. Jaïbo meurt seul, mais ce n'est pas d'un dieu qu'il se sent abandonné, c'est de ses frères. « Ils » lui ont foutu une balle dans la tête au lieu de lui donner des visages à aimer. Avec quelle tendresse simple et vraie — et dans une scène en même temps assez trouble — ne parle-t-il pas de sa mère. Sa rancune comme sa tendresse sont maladroites jusqu'au meurtre (« ce n'était pas mon intention » — de tuer Pierrot «... On se mariera », dit-il à la petite fille), est-ce une raison de le supprimer « pour l'empêcher de recommencer », comme dit l'aveugle.

Cocteau, je crois, notait que les gestes de celui qui marche sur une corde raide au-dessus de l'abîme, paraissent, si l'on regarde d'en bas en toute tranquillité, crispés, maladroits et bien excessifs. Jaïbo, au-dessus du gouffre où on l'a mis, se débat *seul*, sans pitié, sans amour. Le noyé qui entraîne son sauveteur voulait vivre. Ainsi Jaïbo ne veut que se défendre, il tient à se venger de celui qui l'a fait mettre « en cage » (il en est persuadé, et on ne nous convainc pas du contraire) : la société a-t-elle trouvé mieux pour punir ceux qui lui nuisent ? Un des mots de l'aveugle, sous sa cruauté imbécile, cache un autre sens : «...Tous des criminels... on devrait les supprimer avant qu'ils naissent. » Il faut comprendre : on devrait s'en occuper avant leur naissance. Tout le problème est là.

Ces hommes, qui ne peuvent pas encore être maîtres de leurs natures, mais qui le pourraient bientôt si on les aidait à se soustraire à des forces momentanément écrasantes — ces hommes accusent les autres hommes d'indifférence. Pis : quand un homme agit dans la mesure de ses possibilités, et sacrifie cinquante pesos, pour le mieux de l'humanité[1], quelqu'un se trouve prêt à en dépenser davan-

---

1. De quels pauvres moyens, répétons-le, dispose le rééducateur. Dire à un gosse qu'il est libre (« il n'y a pas de porte ») quand il sait très bien que s'il s'en va, les gendarmes le ramèneront... Buñuel montre comment les explications psychanalytiques (les poules assommées) à la fois sont valables en partie — et complètement insuffisantes (inactives surtout. On ne guérit pas d'un rhume parce qu'on se sait enrhumé !). Et l'échec du « coup — archi-usé — de la confiance ». Dans *Les Chemins de la vie* l'enfant revient. Dans *Los Olvidados*, il ne pourra pas revenir. Dans la réalité... Veut-on un

tage pour... Et l'on sait bien qu'en général les agents, s'ils ne sont pas occupés à la circulation, protègent plutôt les messieurs à cols de fourrure, défenseurs de la famille, contre les petits voyous.

Avec tous ses défauts, le monde de ces enfants nous donnerait plutôt l'exemple de la pureté. D'une pureté faite de spontanéité, de réflexes directs où n'entre pas le calcul. Leurs violences ne sont que des réactions envers d'autres violences : qu'on leur caresse les cuisses, et ils sortiront leur poignard... l'aveugle, lui, est de loin le plus brutal, et sa bestialité (mais lui non plus n'a pas été comblé, et ne le jugeons pas) semble faire ressortir l'inanité, la duperie définitives de la croix blanche sur sa porte. Comparons avec la grandeur de la mort du Jaïbo, déjà annoncée, dirait-on, par la splendide fierté de sa promenade en liberté, au début du film. Prince en haillons, il régnait, trop pur pour ce monde ! La transposition lyrique (si habituelle dans ce milieu — si familière à un Jean Genet, par exemple) est simplement indiquée par Buñuel — les rêves — : c'est à nous de la faire.

Même si l'on s'attache uniquement à la lettre, il faut savoir relever, à côté des exemples de cruauté d'une Règle du Jeu guère plus sanguinaire, somme toute, que celle des grandes personnes nanties de confort et de civilisation, maintes preuves de tendresse, de candeur... Non, *Los Olvidados* n'est pas « un bijou de sadisme », et sa méchanceté — plus

---

exemple au hasard. Un rééducateur de mes amis tente l'« expérience » : un de ses surveillés, jugeant qu'on avait été injuste à son égard, prévenait qu'il allait s'enfuir. On lui donne mille francs « pour aller lui chercher un paquet de tabac ». Le gosse revient avec la monnaie exacte, la rend et disparaît un moment après comme il avait dit.

Face aux petites manœuvres que doit perpétrer la bonne volonté du rééducateur, voilà l'éclatante loyauté des purs.

qu'excusable, *justifiable*, nous l'avons vu — est loin d'être générale. Ce n'est pas en ces enfants qu'est la perversité. Est-ce leur faute si leur bonne volonté s'achoppe à un obstacle ou un autre, qui viennent le plus souvent fausser leurs actes et les engager dans une série de malheurs, dont ils ont déclenché bien involontairement le mécanisme.

Comment a-t-on pu trouver, par exemple, dans la scène où la petite fille se passe du lait sur les cuisses pour s'embellir la peau, le paroxysme d'un « sentiment insoutenable » (?), tout autre chose enfin que la coquetterie qui y est rendue avec discrétion et sans équivoque. Le petit paysan abandonné donne ses sous sans hésiter à Pedro, qui lui rapporte de quoi manger et l'emmène coucher à l'abri. Quand on lui fait mal, il pleure, se trahit, veut se venger ; mais il est gentil avec les copains, défend sa petite amie et lui fait cadeau de sa dent magique. Quant à la petite fille, elle veut éviter que Pedro soit battu ; elle a protégé courageusement son ami ; peut-on lui tenir à crime de se laisser embrasser pour deux pesos ? Et Pedro, qui fait tous ses efforts pour trouver du travail ; fidèle à sa parole, comme à ses justes rancunes, c'est néanmoins sur lui que vont s'accumuler tous les malheurs jusqu'à la mort. Jaïbo lui-même...

Si l'innocence (enfance et vieillesse, toutes deux impuissantes) ne peut faire autre chose que jeter aux ordures un corps d'enfant, c'est bien à nous, qui pourrions agir, à nous sentir accusés. *Los Olvidados* : c'est bien nous qui oublions.

Sans moralisme ni didactisme, s'appliquant avant tout à une tragédie sur un sujet de notre temps, Buñuel nous donne aussi — pour reprendre un titre d'Éluard — *une leçon de morale*.

Nous saurons désormais que ces actions accomplies alors qu'il n'est pas possible, qu'on n'est pas libre de faire autrement, nul n'a le droit de les condamner, mais bien, s'il ne peut les supporter (et il ne faut pas les supporter), le devoir de travailler à les supprimer.

Quand maintenant nous penserons « cinéma », nous aurons à l'esprit *Los Olvidados*, chef-d'œuvre sans faille ; cette scène par exemple entre Jaïbo et la mère de Pedro qui intègre musique et théâtre, dose le silence et la parole, montre enfin comment le cinéma peut être plus qu'un art autonome : le couronnement de tous les arts. Et davantage, lorsque désormais nous dirons : un *honnête homme*, nous pourrons penser à Luis Buñuel.

Federico Fellini

Le n° 11 revient sur le néoréalisme italien, qui est loin de faire l'unanimité au sein de Positif. *Certains se reconnaîtront certainement dans le courrier adressé par Jacques B. Brunius à la rédaction, publié dans le n° 28.* « Vous ne me demandez pas mon opinion sur le néoréalisme. La voici donc : moi, les petits garçons qui font pipi contre les murs, ça me fait chier, révérence parler. » *Fellini lui-même divise encore.* « Je n'aime pas La Strada, et guère plus, je le crains, M. Fellini. (...) Dans les méditations sur les cailloux et tout cet existentialisme du pauvre, ce n'est pas à tort que les chrétiens intelligents ont entendu leurs modulations familières », *écrit Chardère (n° 15). Mais Paul Louis Thirard lui répond treize numéros plus tard (alors que* Senso *de Visconti figure en couverture) :* « Les films de Fellini sont d'inspiration chrétienne, ou plutôt spiritualiste. (...) Toute œuvre est justiciable d'une étude de contenu, d'un examen idéologique (et non seulement religieux). Mais qu'il faille s'arrêter là est moins sûr : cela n'aboutirait-il pas à rejeter la majorité du cinéma américain actuel ? Dussent quelques idées reçues en souffrir, il faudra bien reconnaître ouvertement quelque jour la possibilité qu'un film idéologiquement confus, ou incomplet, ou spiritualiste, etc., puisse être un bon film, et refuser toute* *application mécanique (même si elle prétend s'appeler dialectique) d'un schéma critique préexistant.* »

BERNARD CHARDÈRE ET ROGER TAILLEUR, « *Les Vitelloni* de Federico Fellini », n° 11, septembre-octobre 1954.

Principaux ouvrages de Roger Tailleur : Michelangelo Antonioni *(en collaboration avec Paul-Louis Thirard), Paris, Éditions universitaires, 1963;* Elia Kazan, *Seghers, 1966;* Le Western, *coll. 10/18, 1966;* Humphrey Bogart, *Éric Losfeld, 1967;* Viv(r)e le cinéma *(anthologie), Institut Lumière/Actes Sud, 1997.*

BERNARD CHARDÈRE
ET ROGER TAILLEUR

Les Vitelloni *de Federico Fellini*

Disons dès l'abord qu'il est malaisé de parler d'un tel film, qu'il est impossible de ne point l'aimer. *I Vitelloni* ne nous écrase d'admiration ni sous son poids épique ni par de séculaires rouéries psychologiques. C'est un film *proche*, qui nous concerne, s'adressant à nous à hauteur d'hommes. On rit. Et l'on comprend.

Son sujet, parfaitement choisi, est l'image ironique de ce que fut un moment, plus ou moins, chacun de nous. Allons, pourquoi ne pas l'avouer quand les auteurs ont eu les premiers ce gentil courage :

« ... Ils sont arrivés à la trentaine bien sonnée, en pérorant ou en rabâchant leurs blagues de gamins. Ils brillent pendant les trois mois de la saison balnéaire, dont l'attente et les souvenirs occupent pour eux le reste de l'année. Ce sont les chômeurs de la bourgeoisie, les chouchous à leur mémère, les Vitelloni.

« Ce sont aussi des amis à moi, et je leur veux du bien. Un soir, avec mes collaborateurs Flaiano et Pinelli, nous nous sommes mis à parler d'eux, et chacun de nous, comme ex-Vitellone, avait une foule de choses à raconter. Après toute une suite d'histoires drôles, nous avons été, à la fin, pris d'une grande mélancolie. Et nous en avons fait un film. »

Les scénaristes l'ont dit sans fausse honte : leurs Vitelloni se nomment véritablement Fellini, Tullio Pinelli, Ennio Flaiano. Ce dernier nous révélant, par ce flash-back sur sa vie, que le temps de tuer (*Tempo di uccidere*, son roman) n'avait pas su être précédé du temps de vivre mais d'une tuerie continuelle, au long des jours, du temps.

Donc nous apprendrons sans surprise que Riccardo Fellini vend des voitures et chante réellement dans les fêtes locales; que Léopoldo Trieste a naguère écrit quelques tragédies; que le réalisateur connaît bien, par exemple, la vie des petites tournées de comédiens. C'est une expérience identique qui sourd de l'attachant *Cómicos* de l'Espagnol Bardem.

Sans doute d'ailleurs existe-t-il quelques traits communs — et déjà notre tendresse, dans ces films de début, souvent premières réalisations de jeunes scénaristes, où se retrouvent acuité de vision, sûreté dans la conduite du récit, style précis et « cinématographique », sensibilité surtout : *Premières Armes* de Wheeler, *Dimanche d'août* d'Emmer, *Les Dernières Vacances* de Leenhardt, et même, plus loin, l'adorable *Symphonie des brigands* de Feher, Vigo enfin.

I Vitelloni est, bien sûr, un film de détails, de détails réels. Mais il y a autant de différences entre ceux-ci (jaillis du souvenir, des plaisantes histoires de chacun : « *Lavoratori*, pff ! » et la suite !) et les « détails » vides, points de ralliement aujourd'hui d'un certain cinéma franco-américain (petit rien recueilli, desséché, monté en épingle, en sketch, dûment cadré et encadré) qu'il en existe entre le travail d'équipe de huit scénaristes italiens autour d'une table de trattoria et le résultat de successives additions, sur un synopsis dactylographié, à travers huit bureaux hollywoodiens.

La force des *Vitelloni* est que le détail n'y paraît jamais sélectionné pour lui-même, mais qu'il figure avec insouciance dans la foule prodigue des autres petits faits vécus. Les épisodes ici ont été choisis comme pêle-mêle, tout chauds, dans le creuset en gestation de la mémoire. D'où justement notre participation. Finalement, *I Vitelloni* est un film *réaliste* parce qu'il a su être subjectif et partisan, non pas témoin objectif et myope. Pour être vrai, il faut commencer par savoir dire *je*.

Morte et morne saison, le temps passe, comme dans un roman de Queneau, comme dans la vie : tantôt lent, tantôt fuyant, parfois on y prend garde, parfois on l'oublie.

Le découpage juxtapose des fragments de ce temps, compose épisode par épisode la mosaïque sensible de ces velléités, de ces demi-actes, de ces vies.

Il entrait peut-être dans le propos des auteurs plus d'attendrissement (légitime) que de froide autocritique ou de volonté de « leçon ». Mais le film peu à peu prend son sens. Le mutisme de Moraldo finit par représenter la position de l'auteur vis-à-vis de ce passé : un jugement sévère sans doute en définitive, mais qui n'est jamais proféré... sinon justement dans cet acte : le départ final de Moraldo, et plus tard enfin dans cet autre, son film (celui de Federico Fellini, *I Vitelloni*).

Ce départ est un grand moment cinématographique. En vérité, nous partons avec Moraldo, quittant la sécurité ensommeillée pour l'inconnu. La scène est simple techniquement, il suffisait d'y penser : un gros plan de Moraldo de profil, qui tourne vers nous son regard triste; le train, dans lequel il monte après l'adieu à son copain le petit employé, et qui démarre; enfin une série de brefs travellings latéraux courbes devant le lit des Vitelloni, comme s'ils s'étaient vus du wagon qui fuit. Merveilleuse trouvaille, dramatique et poétique.

Le visage grave de Franco Interlenghi fut celui, plus déchirant, du Pasquale de *Sciuscià*. Après l'enfance malheureuse, l'adolescence douillette trop prolongée, voilà un nouveau pas incertain dans le difficile chemin de la vie.

Maurice Burnan

Le n° 13 (mars-avril 1955) est dévolu au « cinéma d'aujourd'hui ». Il célèbre principalement quatre auteurs : Fellini (par Robert Benayoun, à propos de La Strada*), Lazlo Benedek (par Pierre Kast), Georges Franju (par Freddy Buache) et Maurice Burnan (par Paul Louis Thirard). Ce dernier signe là son tout premier texte, lui qui, aujourd'hui encore, collabore régulièrement à la vie de la revue. Ce coup d'essai est un coup de maître : Thirard est le tout premier critique à s'intéresser aux premiers films du jadis célèbre Maurice Burnan (dont Éric Derobert, attristé, nous annonça le décès, passé inaperçu, le 5 septembre 1992). Son étude fait d'ailleurs sensation, bientôt complétée par un dossier Burnan (n° 14, novembre 1955) composé d'un long texte de Georges Sadoul (qui rappelle le maître mot de l'auteur : « Le cinéma est mort ! Vive le tographe ! ») et de témoignages de Jean Ferry, Maurice Henry, France Roche, Boris Vian et d'un certain Maurice Burnan, soupçonné de n'être autre que l'« ami Luis Buñuel ». Les filmologues américains se firent l'écho de l'avancée scientifique que représentait cet article dans la prestigieuse revue* Films in Review, *en intégrant à la filmographie de Jean Gabin l'excellent* Coin fenêtre *de Maurice Burnan. Cet article restera donc dans l'histoire... des plus beaux* *canulars littéraires, aux côtés de l'analyse consacrée par le même Thirard au trop méconnu « cinéma dubrovnien » (n° 77). Le premier fut repris, en 1964, dans la pataphysicienne* Encyclopédie des farces, attrapes et mystifications *(dirigée par François Carades et Noël Arnaud et publiée chez Jean-Jacques Pauvert), mais l'un et l'autre sont bien plus que de simples blagues. Ils ironisent sur le double désir critique d'invention (au sens de découverte) d'auteurs méconnus et de territoires cinématographiques non balisés, désir qui tenaille* Positif *comme ses consœurs — même si, dans son* Génie de Couzinet *(Émile, qui, lui, a bien existé, les éloges de Truffaut en attestent), Michel Mardore parodie explicitement la politique des auteurs pratiquée par* Les Cahiers du cinéma... *son futur employeur (n° 30). Ils soulignent également la dimension ludique qui caractérise certains des meilleurs textes de* Positif, *dont les rédacteurs n'hésitèrent pas à s'imaginer également des confrères, nommés, par exemple, Albert Bolduc (qui écrit encore, de temps en temps, malgré son grand âge) ou Aymé Genoussé du Poulet (qui, lui, n'exerce plus, grillé, dit-on, par son nom).*

PAUL LOUIS THIRARD, « Une question mal connue : les débuts de Maurice Burnan », n° 13, mars-avril 1955.

Principaux ouvrages de Paul Louis Thirard : Michelangelo Antonioni *(avec Roger Tailleur), Paris, Éditions universitaires, 1963;* Luchino Visconti cinéaste *(avec Alain Sanzio), Paris, Éditions Persona, 1983.*

PAUL LOUIS THIRARD

Une question mal connue :
les débuts de Maurice Burnan

À l'heure actuelle, le nom et l'œuvre de Maurice Burnan sont bien connus : les palmarès des festivals ont vu figurer *Terrible* et *Le Coin fenêtre*. Mais maintenant qu'il a acquis une renommée internationale, on semble oublier ses débuts : les études qui ont paru sur lui exécutent très rapidement toutes ses œuvres antérieures à 1945 et, fait plus grave, négligent l'histoire de sa formation cinématographique, histoire pourtant pittoresque et instructive.

Certes, il n'y a aucun doute : la place qu'il occupe maintenant, il la doit à *La Marche à la mer*, *Terrible*, *Le Coin fenêtre* et *Le Beau Monde*. Mais j'aimerais dans cet article éclaircir ses origines.

Maurice Burnan est né en 1899 à La Ferté-sous-Jouarre. En 1925, après de solides études sanctionnées par une licence de lettres, il entre à *L'Intransigeant*, où il tient toutes sortes de rubriques : variétés, critique littéraire, et cinématographique à l'occasion. Il fait très vite la connaissance des pionniers d'alors, des futurs « grands » du cinéma.

Nous reviendrons tout à l'heure sur les scénarios qu'il écrivit à cette époque ; mentionnons tout de suite l'histoire curieuse de son premier film, *La Tartine de cacao*.

Burnan fréquentait beaucoup le groupe surréaliste ; il était l'ami de Clair, de Cocteau, de Delluc. Il tourna en 1926 *La Tartine de cacao*, court métrage, avec l'aide bénévole de quelques techniciens et une caméra empruntée. On revoit souvent encore ce court métrage dans les ciné-clubs. C'est peut-être le plus ahurissant de tous les films tournés à cette époque, et pourtant Dieu sait ! On se rappelle l'oiseau mettant ses gants jaunes pour manger la tête du nègre ligoté, la voiture d'enfant pleine de bimbeloterie scintillante...

Ce film eut un beau succès de cénacle, mais étonna ceux qui connaissaient Burnan : en effet, à l'époque, sa grande intelligence s'extériorisait plutôt par une ironie assez violente que par je ne sais quel ésotérisme lyrique. Quant aux essais de ses amis, il en parlait souvent avec une indulgence amusée. Plusieurs critiques crièrent au canular.

En 1946, dans *La Revue du cinéma*, André Bazin, à l'occasion d'une reprise de ce film, écrivit un remarquable article, dont voici un passage : « Burnan, dans *La Tartine de cacao*, est allé d'un seul coup plus loin que tous ses amis. Alors qu'*Entracte* n'était qu'un divertissement, *Un Chien andalou* qu'un "passionné appel au meurtre" mais qui nous laissait seuls au milieu d'un monde désorienté, le film de Burnan a accompli cette difficile symbiose entre une espèce de terrorisme anarchique (et libérateur), et en même temps l'affirmation de valeurs proprement humaines, comme le montre la magnifique image de ce glaive jeté en travers de l'écran pendant dix secondes, seul et immobile. »

Ce fut seulement après la parution de cet article laudateur que Burnan se résigna à avouer publiquement qu'il avait toujours considéré ce film comme un canular, et qu'il l'avait composé au petit bonheur, sans aucun but autre que le plus grand ahurissement du spectateur. Il ajoutait, assez perfidement, qu'en ce qui concernait M. Bazin, il lui semblait être parvenu à ses fins.

Mais cela n'est rien de plus qu'une pittoresque histoire. Plus instructive est pour nous l'étude des nombreux scénarios écrits par Burnan entre 1923 et 1927. *Un crime défini*, que tourna Julien Duvivier, puis *À toi, Darling*, mis en scène par Marcel L'Herbier, comptent parmi les plus importants. On voit déjà se profiler dans ces canevas de films muets ce que deviendra l'univers burnanien : ironique et toujours amer, cynique et risible, au fond très désespéré, mais en surface mousseux et pétillant comme du champagne.

Après 1927, lassé par des disputes avec Léon Poirier au sujet d'un scénario dont Burnan prétendait qu'il n'avait pas été respecté au tournage, notre auteur abandonne provisoirement le scénario. On le verra, dans quelques films, comme figurant ou acteur secondaire : c'est lui, ce ramoneur livide qui apparaît à plusieurs reprises dans *L'Homme au feutre blême* de Jacobsky. C'est lui également, le clochard édenté qui mange du saucisson, accroupi dans l'embrasure de la porte lorsque Henri Garat et Claire Juvy font leurs adieux, dans la séquence finale du déchirant *Nini Peau d'Chien*, de Jacques Feyder.

1932. Le parlant. Le premier film sérieux et commercial réalisé par Burnan passa presque inaperçu. Reconnaissons d'ailleurs que ce *Légionnaire du bled*, malgré d'incontestables trouvailles cinématographiques étonnantes pour un scénariste, ne se voit pas, aujourd'hui, sans ennui. De plus, Burnan, s'il savait fignoler un cadrage, ne savait pas très bien diriger ses acteurs. Enfin il avait écrit son scénario lui-même : sans doute avait-il un peu perdu la main. Le manque d'habitude d'un dialogue exigé par le parlant fit le reste.

Nullement découragé par cet échec, Burnan étudia sérieusement la direction d'acteurs. Et son film suivant *Poste 503* fut un triomphe commercial et passe encore maintenant pour un chef-d'œuvre. Mais on le revoit rarement aujourd'hui, même dans les ciné-clubs ; les écrans de ces derniers accueillent encore fréquemment, pourtant, *La Tartine*.

Poste 503 était à l'origine un scénario d'Henri Fouquié. Adapté par Burnan lui-même, en collaboration avec Jacques Coirrat et Henri Jeanson, il fut dialogué par Jeanson.

Tout le monde se rappelle cette magnifique histoire d'amour aux confins du bled, ce Roméo et cette Juliette modernes, la majesté des photos de Rudolf Maté ; Pierre Brasseur y fit une création sensationnelle, ainsi que Robert Campi et Nikita Bottine dans le rôle de la tireuse de cartes.

Après cette perfection, Burnan, jusqu'en 1939, donnera une suite de films inégaux, mais dont aucun n'est indifférent : *Passage interdit* (1935) sauvé par le dialogue de Prévert et l'éblouissante interprétation de Gabin ; *Ma Jolie Belle* (1937), comédie musicale sans prétention mais où resurgissent quelques thèmes chers à notre auteur, *Propos en l'air* (1938) et enfin *Suite en ré*, interrompu par la guerre et qui ne vit jamais le jour, la censure avait fait savoir qu'elle verrait d'un mauvais œil ce film où une putain disait « merde » à un général, devant une bouche de métro dégorgeant des ouvriers goguenards.

Mis à l'index par Vichy, Burnan, pendant les quatre années d'Occupation, profita de ce répit forcé pour étudier à fond l'art du film. Il publia deux volumes de théories fort attachantes : *Pellicule demi-vierge* (Grasset, 1941) et *En tournant la manivelle* (Gallimard, 1943).

La période de production buranienne qui commence en 1945 est marquée par un renouvellement total. Nous acceptons maintenant de placer Burnan à côté de Bresson ou de Renoir ; nous nous rappelons mal l'étonnement avec lequel le public de 1946 accueillit *La Marche à la mer*. La rigueur, l'austérité que le film tirait d'une fidélité absolue à l'œuvre de Borges, les nombreux gros plans, la sobriété des acteurs dont certains jouaient pour la première fois une tragédie métaphysique (quelle révélation fut ce Raymond Bussières mystique), tout cela indiquait un ton neuf.

André Bazin (qui avait été le premier à rire de la mystification de 1926) écrivit que « l'avenir, l'avant-garde, c'est désormais le cinéma intérieur ». Mais Pierre Laroche parla de la « renaissance du cinéma emmerdant » tandis que Lo Duca démontrait la « résurgence des thèmes burnaniens » que masquait une forme différente.

Et depuis, on s'est rendu compte qu'il ne s'agissait pas là d'une réussite isolée, comme *Poste 503* en 1934. On a vu, depuis *Terrible, Le Coin fenêtre, Le Beau Monde* enfin, dont *Positif* a rendu compte [1]. Mais il était, n'est-ce pas ? instructif de montrer la genèse de cet auteur aujourd'hui consacré, le lent cheminement du génie qui se cherche.

BIBLIOGRAPHIE

On consultera avec fruit les deux livres de Burnan cités dans l'article. La meilleure étude sur Burnan me paraît être le *Maurice Burnan* de Jean Queval : son défaut est classique, Queval ne traite pratiquement que de la période écoulée depuis 1945. Mais le volume est antérieur à la sortie du *Beau Monde*. Sur ce film, signalons une étude très poussée dans la revue *Cinéaste* n° 4. On y trouvera trois articles de Bazin, A.-J. Cauliez et Maurice Schérer, une interview recueillie sur magnétophone, de nombreuses photos, un extrait du découpage, etc.

---

1. Cf. la pertinente analyse de ce film par B. Chardère (février-mars 1954). Mais quand verra-t-on enfin *Le Beau Monde* sur nos écrans ?

FILMOGRAPHIE

1926. *La Tartine de cacao.* Sc. et réal. de M. Burnan avec la collaboration de L.-H. Burel et de Forster. Décors d'après les croquis de Mallet Stevens. Inter. : Marcel Duhamel, Gaby Morlay, Georges Charensol et P.-F. Mocquert. Mus. : Germaine Tailleferre.

1932. *Le Légionnaire du bled.* Sc. et dial. : Pierre Mac Orlan. Réal. : M. Burnan. Décors : Ferdinand Léger. Mus. : Marcel Gondon. Op. : B. Samette et R. Legrand. Inter. : Philippe Hériat, Émile Drain, Nita Naldi. Coul. : R.A.M.A. Ciné.

1934. *Poste 503.* Sc. : Jean-Marie Cérure. Adapt. : M. Burnan, Jacques Coirrat et Henri Jeanson. Dial. : H. Jeanson. Photo. : R. Matté. Décors : J. Bertin. Mus. : M. Jaubert. Inter. : Pierre Brasseur, Robert Camp, Nikita Bottine.

1935. *Passage interdit.* Sc. : Boris Dupont. Dial. : J. Prévert. Mus. : Henri Jacquemet. Photo. : Roger Hubert. Décors : Vivry. Inter. : Jean Murat, Gaston Modot, Thérèse Montel.

1937. *Ma Jolie Belle.* Sc. : J.-Claude Palerme. Mus. : Robert Robert. Photo. : Marcel Vernon. Décors : Trauner. Inter. : Ray Ventura et son orchestre, Florelle, Henri Garat.

1938. *Propos en l'air.* Sc. : Joseph Kessel. Décors : Barny. Mus. : A. Thiriet. Inter. : Charles Vanel, Madeleine Renaud, Tony Ravel et Elmire Erikson.

1939. *Suite en ré.* (Projet). Sc. : H. Jeanson.

1946. *La Marche à la mer.* D'après Borges. Adapt. et dial. : M. Burnan. Mus. : J. Kosma. Photo. : Thirard. Inter. : R. Bussières, Maria Casarès, J. Brochard, Suzy Delair, Alberto Nordi.

1948. *Terrible.* Sc. P.-H. Spaak. Dial. : P.-H. Spaak. Mus. : Grunenwald. Photo : Roger Hubert. Décors : C. Bérard. Inter. : Gérard Philipe, Madeleine Robinson, Lucien Coëdel, Marjorie Cuningham, Antoine Balpétré. (Prix du Décor et de la Musique, Venise 1948.)

1951. *Le Coin fenêtre.* (Grand Prix international du meilleur scénario et de la meilleure interprétation masculine réunis, Cannes 1951.) Coproduction franco-yougoslave, d'après le roman de Thomas Boileau. Adapt. et dial. : J. Sigurd. Photo : Armand Thirard. Mus. : Jean Wiener.

Inter. : Fernandel, Wladimir Vsopöpol, Martine Carol et Joseph Talerdun.
1954. *Le Beau Monde*. D'après une nouvelle de Jacques Robert. Adapt. : M. Burnan. Dial. : France Roche. Mus. : Jean Wiener. Décors : Moulaert. Photo : Jacques Cougant. Inter. : Pierre Brasseur, Mireille Jardin, Daniel Gélin, Raymond Bussières et France Roche.

Andrzej Wajda

Longtemps, le Polonais Andrzej Wajda resta le seul réalisateur que Positif *salua par trois couvertures pour ses trois premiers films :* Une fille a parlé *(n° 21, février 1957),* Kanal *(n° 25) et* Cendres et Diamant *(n° 31, novembre 1959). Les toutes premières lignes qui lui furent consacrées, à l'issue d'une projection à la cinémathèque française, par Ado Kyrou sont déjà éloquentes :* « Je ne connais pas Wajda. Pourtant, depuis que j'ai vu son film, Une fille a parlé, *nous sommes amis, et je serais fier et heureux de lui serrer la main. » Six ans plus tard, Kyrou saluera le* « dégel cinématographique » *des pays de l'Est touchés par le* « raz de marée polonais » *et écrira :* « Wajda n'est pas un cinéaste qui trahit. (...) (Lui) qui avoue pour Buñuel une grande admiration, est aujourd'hui un cinéaste exemplaire. Nous savons certes qu'il n'est pas un cas unique, que la Pologne de Gomulka compte un bon nombre de cinéastes originaux et courageux, d'hommes comme Kawalerowicz, Haas, Polanski, Rybkowsky, etc. Ces hommes sont pour le cinéma actuel les garants de la mort définitive de Staline et du stalinisme, et les exemples d'un cinéma révolutionnaire romantique. (...) Wajda, je le répète, doit être considéré comme un chef de file. » (« Sur deux films* *d'Andrzej Wajda »*, *n° 50, mars 1963, à propos de* Lotna *et de* Samson.*)*

ADO KYROU, « Canaux sanguins » (*Kanal*) n°s 25-26, rentrée 1957.

Principaux ouvrages d'Ado Kyrou : Le Surréalisme au cinéma, *Arcanes, 1953 (rééd. augmentée, 1963),* Amour, érotisme et cinéma, *Éric Losfeld, 1957 (1966);* Manuel du parfait petit spectateur, *Éric Losfeld, 1958;* Luis Buñuel, *Seghers, 1962.*

ADO KYROU

Canaux sanguins

Kanal (*Ils aimaient la vie*)

J'ai dit, dans un précédent numéro de *Positif*, combien le premier film d'Andrzej Wajda m'avait surpris et enchanté. Nous étions quatre ou cinq des rédacteurs de notre revue, ce soir-là, à la Cinémathèque où, sans tambour ni trompette, passait, devant — tout au plus — vingt personnes, ce chef-d'œuvre qu'est *Une fille a parlé*, et tous, à la fin de la projection, nous nous sommes regardés comme lorsqu'on vient de faire une rare découverte. Il fallait le dire, le clamer. Pour nous, un metteur en scène était né — c'est tellement rare — mais aussi quelle appréhension. À un moment où les fausses valeurs, le clinquant pour midinettes intellectuelles, pour concierges s'habillant chez Nina Ricci, le maniérisme de ceux qui n'ont rien à dire, les minauderies formelles des décorateurs de grands magasins de province, sont portés au pinacle, au moment où on dédaigne les films de Santis pour prôner... — suivez mon regard —, il est dangereux d'affirmer : « Nous tenons l'oiseau rare. » L'enthousiasme et le manque de prudence ayant le dernier mot, nous avons quand même tous dit : « Wajda est un grand nom. »

Et avec angoisse, espoir, nous attendions le deuxième film de ce jeune Polonais. Était-il ce que nous croyions ? ou *Une fille a parlé* était-elle le résultat d'un heureux hasard, comme il s'en produit souvent au cinéma ? N'ayant pas été à Cannes, j'ai dévoré toutes les critiques de *Kanal* (*Ils aimaient la vie*). Nous ne nous étions pas trompés. Le public endimanché du Festival avait reçu ce film en pleine gueule, les jolies robes des vieilles rombières ont été éclaboussées par la beauté cruelle des égouts et les amateurs du « bo » ont été estomaqués par ce film où la plus brillante mise en scène qui soit n'est jamais gratuite mais est *toujours* fonction d'un sujet atroce et important.

Voilà ce que m'ont dévoilé — entre les lignes — les critiques. Depuis, j'ai rencontré Wajda, j'ai bavardé avec lui — vous avez déjà lu la relation de cette rencontre dans les précédentes pages — et j'ai vu — malheureusement une seule fois — *Kanal*.

Donc, calmement, posément, je déclare : Wajda prend place à côté de Buñuel et de Bergman. Il est de la lignée qui va de Feuillade à Borzage, et de Vigo à Franju. Il est, avant tout, le seul jeune Européen à posséder une violence de ton digne de *Terre sans pain* et des *Olvidados*, et cela, à une époque de mollesse et de paresse intellectuelles, de salons efféminés et psychologie sommaire. C'est, je vous assure, très important.

L'action de *Kanal* est située pendant les derniers jours de l'insurrection tragique du peuple polonais contre les nazis. Un groupe de quarante-trois combattants se bat dans Varsovie depuis plusieurs semaines. Les hommes commencent à être fatigués, car ce mouvement, qui s'annonçait comme un vigoureux coup de pouce à la libération, est déjà devenu une lutte sans espoir, une lutte atrocement meurtrière. Un des plus importants dialogues du film nous apprend que la confiance n'existe plus. Et, pourtant, ces combattants engageront la plus terrifiante des batailles *pour vivre*, car ils auront, jusqu'à leur dernier souffle, confiance en la vie.

Pour mieux comprendre les réactions de ces hommes et de ces femmes, pour mieux saisir l'intérêt que leur porte Wajda, il faut préciser qu'il ne s'agit pas d'armée, comme on a malheureusement trop l'habitude d'en voir. Des volontaires, mus par leur seul et immense désir de liberté et de joie, par leur terrible haine contre le nazisme, prirent les armes, sans porter obligatoirement d'uniforme, en gardant intacte leur nature d'homme — ce qui ne se passe jamais dans une armée régulière —, en ne cessant jamais d'être des soldats d'une cause librement choisie. Donc, cette armée populaire où se côtoient des gens de tous âges — il y a même des enfants —, de toutes conditions, et qui rappelle tellement les glorieuses brigades de la guerre civile espagnole, est formée d'individus dont le métier n'est pas de porter les armes ni de risquer à chaque moment la mort, cette armée obéissant aux seuls ordres de la liberté est la merveilleuse union combative qui doit s'élever chaque fois que le fascisme dresse son odieuse gueule.

Dans ce cas précis, tous ces éléments sont exacerbés par la certitude de l'anéantissement. L'espoir peut seulement être individuel, mais la vie est un tel bien précieux, surtout sachant que peut-être demain — aujourd'hui ? — la joie aussi sera là, l'instinct — si vous voulez — de la conservation est si fort que tout sera mis en œuvre pour échapper à la mort.

Encerclé par les chars nazis, bombardé jour et

nuit par les stukas, le petit groupe sera obligé d'emprunter les égouts pour regagner le centre de la ville, provisoirement calme, quoique déjà détruit. Les trois quarts de *Kanal* sont l'odyssée cauchemardesque de ces hommes dans les égouts, pendant que, sur terre, les Allemands guettent aux issues.

La première partie du film — la plus courte — est traitée en pleine lumière. Le soleil est aveuglant, les pierres chaudes et les combats de rues clairs, bien que désespérés. Même le sang semble propre. C'est avec calme, avec un sérieux réfléchi, que, sous le soleil, dans la blancheur environnante, notre groupe envisage la bataille imminente qui signifie leur perte à tous. Trouvant refuge dans une maison bourgeoise abandonnée, ils profitent des quelques heures de répit pour vivre encore un peu, se comporter comme des êtres normaux qui ignorent la date de leur mort. Un compositeur joue du piano, une jeune fille romantique croit trouver le grand amour, un gosse joue du revolver comme jouent les gosses, d'autres dorment, se rasent, discutent de choses et d'autres. Pendant cette attente, nous faisons connaissance avec les principaux personnages. Le mot qui vient sous la plume est « juste », mais comme cela ne veut rien dire, j'essaierai de m'expliquer : les personnages *vivent*, ils *sont*, la caméra les scrute et on a l'impression qu'ils sont surpris par elle. Les mouvements de caméra extrêmement savants accrochent, non pas les seuls éléments plastiques, mais aussi et surtout le geste de prime abord sans importance qui caractérise inexplicablement un individu, le détail insolite qui *est la vie*, le regard à première vue gratuit. Voilà pourquoi tous ces personnages sont justes ; parce qu'ils sont vrais, non pas superficiellement, mais en profondeur, dans le temps et l'espace, dans la vie qui, elle, n'est pas simplifiée ni dénuée d'inattendu.

La vision de Wajda est poétique.

De la poésie violente, de la clarté combattante, nous passons à la poésie quotidienne mais transfigurée par le décor absurde de la maison bourgeoise protégeant les combattants, et enfin à la poésie noire, atroce des égouts où les vies des héros trouveront leur fin.

L'entrée dans les égouts est hallucinante. L'ordre a été donné à la compagnie de fuir par le « Kanal » et la compagnie, sans enthousiasme, obéit, mais à l'entrée des égouts, des centaines de gens qui veulent fuir la barbarie nazie se pressent. Dans un tumulte impressionnant, dans une atmosphère de terreur et de panique, les quarante-trois femmes, hommes et enfants s'enfoncent sous terre pour trouver la puanteur, le silence, l'humidité, les ténèbres. La marche cauchemardesque commence, entrecoupée des hurlements d'épouvante de ceux qui croient que des gaz courent dans les couloirs souterrains. Des cadavres flottent sur l'eau noire et gluante, les murs suintent la terreur.

Là, chacun des personnages de Wajda rencontrera sa vérité. La peur et la volonté de vivre lutteront et parfois la mort ne sera pas une défaite, car, et ici nous touchons le fond de la vision de Wajda, l'amour peut être une grande victoire, même dans les égouts.

J'avais déjà écrit à propos d'*Une fille a parlé* que l'apport le plus important de Wajda est l'intégration de la merveille amour dans la lutte pour la liberté et la vie. Dans *Kanal*, cela est encore plus violemment exprimé car le lieu où se déroule l'action est atroce et les circonstances effrayantes.

Il serait fastidieux de suivre chacun des personnages dans les égouts, d'autant plus qu'ici réside le seul reproche qu'on puisse faire à *Kanal* : l'action est trop dispersée, fragmentée, le découpage est quelquefois lâche, mais y avait-il moyen de faire autrement ?

Je n'examinerai donc pas — pour le moment, car après avoir revu plusieurs fois ce film, il faudra y revenir — les cas du compositeur devenu fou, du responsable du groupe qui préfère se suicider plutôt que de se sauver seul et de tous les autres, héros malgré eux d'une aventure sans panache, pour suivre un peu plus attentivement les deux histoires d'amour.

La première a pour protagonistes un combattant fanfaron, « beau garçon » courageux qui porte l'uniforme parce que « ça fait bien » et une toute jeune combattante romantique et naïve pour qui la lutte, comme l'amour, est une hallucination pleine de charme. Elle y croit, lui veut simplement vivre quelques heures d'amour, d'autant plus qu'il est certain d'avoir un nombre limité d'heures à vivre. Dans les égouts, la véritable personnalité du garçon, dont le manque de sincérité est la principale caractéristique, se dévoilera, et la jeune fille se suicidera dans l'eau polluée. Lui, fou de terreur, désireux avant tout de retrouver son calme foyer bourgeois, oublieux de tout ce qui faisait sa carapace héroïque, se jettera dans la gueule du loup. Il ira à la rencontre du peloton d'exécution et, comme ivre de panique, flageolant sur des jambes cotonneuses, se laissera exécuter, abruti par la réalité qu'il n'avait pas imaginée sous de telles couleurs.

C'est une histoire d'amour raté, car à sens unique. La barque de l'amour se brise parce que l'homme n'a pas voulu ou su aimer.

La seconde histoire d'amour est sublime. Elle, une jeune fille aux nombreux amants, provocante et sûre d'elle, est la seule à connaître parfaitement les dédales des égouts, car depuis longtemps elle emprunte ce chemin, étant l'agent de liaison entre le centre et notre groupe. Lui, Jacques, un combattant sincère et enthousiaste, un jeune semblable au héros d'*Une fille a parlé*, sensible et toujours à la recherche de sa propre vie, inquiet et pour cela homme dans la pleine acception du mot, a été gravement blessé quelques heures avant l'entrée dans les égouts. Il l'aime désespérément, mais sans même vouloir se l'avouer, il est torturé et jaloux devant les airs affranchis de la jeune fille, qui porte le beau surnom de Pâquerette.

Le guidant, le soignant, le protégeant, elle préfère rester avec l'homme qu'elle aime, plutôt que de prendre la tête de toute la compagnie, car elle l'aime, d'un amour véritablement fou et son attitude est le masque de toute une jeunesse moderne tiraillée par des désirs contradictoires. Elle a en elle tout le romantisme révolutionnaire de Lya Lys dans *L'Âge d'or*, toute la sincérité de la petite fille qui aime pour la première fois, mais sa terrible timidité lui fait adopter les attitudes fausses du scepticisme, du doute devant tout.

Une séquence — la plus belle de tout le film — me semble particulièrement caractéristique. Jacques, fiévreux, perdant son sang, ne voit plus clair; il distingue à peine, à la lumière d'une lampe électrique, une inscription sur un mur des égouts : « J'aime Jacques ! » Nous, spectateurs, avons compris que Pâquerette, seule, avait écrit cela pendant un de ses voyages souterrains. Là, hors du monde, elle criait sa véritable nature. Jacques lui demande ce qui est écrit ; elle répond : « J'aime Jean », craignant même alors de paraître ridicule en avouant ce qu'un monde faux veut nous faire prendre pour une faiblesse. Elle pourrait se sauver, seule, mais Jacques ne peut pas la suivre dans un couloir glissant. Elle reste avec lui. Ils aboutiront au soleil, mais une grille infranchissable les retient prisonniers des égouts. Elle lui parle doucement, lui fait sentir la chaleur et l'air pur et ils s'allongent au soleil, derrière ces barreaux qui sont leur mort.

Il ne faut surtout pas croire que Wajda se complaît dans l'idée de la mort. Au contraire, tout son film est une affirmation de la vie. Dans une des premières séquences, la jeune fille qui se suicidera par la suite, dit : « Il est plus facile de mourir quand on aime », et un autre personnage réplique : « Cessez de prononcer des lieux communs. »

Pour Wajda, comme pour tout homme libre, il est plus facile, surtout plus grand, de vivre quand on aime. Mais nous sommes embringués dans une époque où il est aussi difficile de vivre que d'aimer et il faut combattre même au risque de notre vie pour atteindre à la liberté de la vie et de l'amour.

Voilà pourquoi *Kanal* est un film atroce ; parce qu'il ne baigne pas dans un optimisme béat ni dans un pessimisme faux, parce qu'il voit la cruauté et l'absurde, parce qu'il retire de cela l'immense joie de vivre. Comme Buñuel, Wajda est un homme conscient qui raconte la réalité en essayant de changer le monde et l'homme, en dégageant de l'atroce la merveille. Et Wajda raconte à l'encre rouge et noire avec un talent qui vous laisse pantelants. La technique n'existe plus, les acteurs n'existent plus parce que la technique *est* le film, parce que les acteurs *sont* les personnages. Tout est poésie.

En espérant que *Kanal* passera très prochainement sur les écrans parisiens, je répète : Wajda est le cinéaste de l'essentiel, le cinéaste de demain.

Roberto Rossellini

Positif *se caractérise aussi par sa tradition polémique que perpétuent certains éditoriaux récents et dont témoignait exemplairement la rubrique « Les infortunes de la liberté », apparue dans le n° 12 pour dénoncer toutes les formes de censure, de bêtise et d'hypocrisie. Un texte non signé, « Quelques réalisateurs trop admirés : Hawks, Hathaway, Cukor, Lang, Ray, Preminger, Mankiewicz », suffit à témoigner de l'audace de quelques prises de position, mais aussi d'un certain aveuglement, qu'au demeurant aucun critique ne peut prétendre n'avoir jamais connu (n° 11, septembre 1954). Dans un autre grand texte polémique de l'époque, « L'histoire se répète ou l'inhumaine Lola » (n° 16, mai 1956), Ado Kyrou complète le tableau de chasse en rejetant* Lola Montes *d'Ophuls, assimilée à* L'Inhumaine *de Marcel L'Herbier : « Jamais un escalier monumental ne remplacera un clignement d'yeux, ni un verre dépoli un roulement de hanches. » Et Kyrou de dénoncer dans le même élan l'esthétisme mystique de Hitchcock et de Rossellini. Mais c'est Marcel Oms qui aura l'occasion de développer ce point de vue sur le réalisateur de* Voyage en Italie *dans un texte qui exerça, sans doute, sur la rédaction, une influence bien plus durable que les deux textes précédemment cités —* Max Ophuls, *par exemple, fera l'objet d'une réhabilitation marquée par le dossier des n°ˢ 232-233 (juillet-août 1980), ouvert par cette remarque de Michel Ciment :* « *Dans ses premières années,* Positif *accueillit les derniers films d'Ophuls, soit par le silence* (Madame de...), *soit avec hostilité* (Lola Montes). *C'est dire combien ce numéro se présente aussi comme l'expression d'une dette et d'un regret.* » *La polémique est aussi nécessaire à la pensée que la reconnaissance de ses erreurs.*

MARCEL OMS, « Rossellini : du fascisme à la démocratie chrétienne », n° 28, avril 1958.

Principaux ouvrages de Marcel Oms : J. A. Bardem, Leopoldo Torre Nilsson, Buster Keaton, Alexandre Dovjenko, *coll.* Premier Plan, *Lyon, 1962-1968;* Joseph von Sternberg *et* Grigori Kozintsev, *Anthologie du cinéma, 1969 et 1976;* Carlos Saura, *Edilig, 1981;* Don Luis Buñuel *et* La Guerre d'Espagne au cinéma, *Cerf, 1985 et 1986;* Alain Resnais, *Rivages, 1988;* Claudia Cardinale, *Corlet, 1991.*

MARCEL OMS

Rossellini : du fascisme à la démocratie chrétienne

> *Il faut rester ferme dans la lutte des idées.*
>
> ROBERTO ROSSELLINI

Roberto Rossellini est un des rares cinéastes au monde qui soit resté libre, que l'on peut donc juger sans précautions oratoires, un cinéaste dont on peut dire qu'il répond de ses œuvres. La chose est en sois assez admirable; elle l'est moins après examen d'un contenu qui, de Mussolini à la démocratie chrétienne, s'est toujours cherché le même alibi mystique. L'annonce d'une probable et prochaine conversion au bouddhisme ne change en rien mon sentiment d'être en présence d'un individu « qui ne s'est pas encore trouvé, ou qui s'est déjà perdu ».

Rossellini et le fascisme

On aurait tort, sous prétexte que Rossellini voulait surtout travailler, de ne tenir aucun compte des titres auxquels il a collaboré ou qu'il a réalisés de 1938 à 1943. J'attacherai pour ma part beaucoup moins d'importance aux origines bourgeoises de Rossellini, enfant gâté d'une famille aisée, peu d'importance aussi aux courts métrages (*Fantaisie sous-marine*, 1936; *Prélude à l'après-midi d'un faune*, 1937; *Daphne*, 1937; *Il taccuino prepotente*, 1938; *La vispa Teresa*, 1938; *Il ruscello di Pipasottile*, 1940) sinon comme témoins de sa vocation.

En 1938, Rossellini fait partie de l'équipe de *Luciano Serra, pilote*, sous la direction de Goffredo Alessandrini et la supervision de Vittorio Mussolini. Il apprend son métier en apprenant les impératifs de la propagande. « Le thème central du film était la passion instinctive du vol transmise chez les aviateurs de père en fils. » (Vernon Jarrat, *Italian Cinema*.)

La nave bianca (*Le Navire blanc*, 1942) marque les débuts de réalisateur de Rossellini, surveillé par De Robertis. Je ne sais au nom de quelle aberration, au nom de quelles amitiés quelques-uns des plus compétents parmi les historiens veulent à tout prix ne voir dans les films que Rossellini tourna à cette époque que les prémices du néoréalisme, c'est-à-dire, selon C.-L. Rondi, « le culte de la vérité pour le bénéfice de l'humanité... ».

Les explications embarrassées de G. Sadoul (qui n'avait pas vu ces films à l'époque où il écrivit son *Cinéma pendant la guerre*...) visent à séparer la part de Rossellini de celle de De Robertis. En fait le contenu forme un tout. Le côté documentaire du film, la vie à bord d'un navire sanitaire et l'histoire d'amour qui se noue entre la petite infirmière et le matelot, voulaient montrer au peuple italien que les blessés étaient bien soignés et vite rapatriés ; ils visaient aussi à « un parallélisme entre l'esprit et la matière, entre les hommes blessés au combat et le navire également blessé »... dit De Robertis et ce dernier a beau regretter « la superposition d'une histoire postiche et banale d'un pur amour »... « l'anecdote indispensable d'ailleurs pour une exploitation commerciale ne contredit nullement les impératifs officiels : Soutenir et promouvoir un esprit fondamentalement optimiste en montrant comment — jusque dans les répercussions les plus tragiques de la guerre — les combats exercent une action bénéfique sur les esprits de ceux qui ne se sont pas soustraits à l'expérience suprême que la vie destine fatalement à chaque homme ».

Dans l'un des plus émouvants moments de *La nave bianca*, après une messe célébrée sur le pont du navire, tous les blessés, d'un seul élan, levaient le bras droit pour crier : « *Viva el Re, saluto il Duce.* » Le film, enfin, se terminait sur un mouvement d'appareil cadrant l'insigne du Fascio épinglé sur la blouse de l'infirmière.

Avec *Un pilota ritorna* (*Un pilote revient*, 1942), Rossellini continue dans cette ligne, bien qu'il ne s'agisse plus de faire l'éloge de l'efficacité de la marine mais de l'aviation. Un jeune pilote abattu découvre l'unité italienne dans le sort commun des prisonniers, il découvre aussi l'amour en la personne de la fille d'un officier. Une fois de plus, Rossellini unit amour et cruauté (séquence de l'amputation); la cruauté du monde rapproche ceux qui sont faits pour s'aimer... Ainsi se préfigure un goût très personnel pour le macabre comme faisant partie du chemin qui mène à Dieu.

Le pilote s'évade à la faveur d'un bombardement et, dans une séquence « lyrique », le survol de la péninsule nous redit l'unité du pays. Si on rapproche cette séquence de celle de *Stromboli* où Karin du haut du volcan découvre l'île à ses pieds « plus belle vue d'en haut », on admettra que nous sommes bien en présence d'une même manière de penser et de voir à travers des époques apparemment différentes.

Au souci, commun à Rossellini et à Mussolini, de proclamer une factice unité italienne, répondront l'année suivante les De Santis, Visconti et autres Pietrangeli du groupe *Cinema*. « À bas toute rhétorique, présentant tous les Italiens comme pétris de la même pâte humaine, enflammés tous ensemble par les mêmes nobles sentiments et pareillement conscients des problèmes de la vie » (*Cinema*, février 1943).

Le sabre et le goupillon

Une isba russe sur le front de l'Est entre les deux lignes de belligérants : les Rouges et les Chemises noires. Une avant-garde italienne arrive au village. Mais de par sa situation, le village est sous le feu croisé des artilleries italienne et soviétique. Alors va commencer pour l'aumônier militaire fasciste, l'« *homme à la croix* » qui a donné au film son titre, une nuit de grande charité chrétienne : il va réconforter les affligés, soigner les blessés, protéger les enfants, baptiser un bébé et même convertir à la vraie religion une farouche partisane « fourvoyée dans le mal », et dont le compagnon, un commissaire du peuple, est mort. Le père de la partisane, raconte-t-elle, lui apprenait *L'Internationale* en la faisant sauter sur ses genoux. Ce qui explique bien des choses. Un peu plus tôt, le prêtre pénètre chez les rouges : dans une pièce, sur un tableau noir, est peinte la femme nue des obligatoires débauches marxistes. Le commissaire et un acolyte s'y tiennent, avec de belles têtes de rôdeurs de barrière. Dévoré d'eczéma, l'adjoint du commissaire a la tête bandée. Il avise la croix, sur la poitrine de l'homme, et la prend : « Qu'est cela ? — Tu ne vois pas, dit un autre, c'est une amulette. — Ah... et crois-tu qu'elle guérirait mon eczéma ? » Après une critique aussi subtile du marxisme, la fin du film ne pouvait qu'être grandiose.

À l'aube, les Italiens attaquent et s'emparent de la localité. L'homme à la croix sort de l'isba à la tête des soldats et des civils. Puis il revient sur ses pas pour assister un soldat russe agonisant. Blessé à mort, il expire, étreignant le corps du soldat à qui il a fait prononcer les premières paroles du *Pater*.

Giuseppe De Santis, parlant de la seule forme, conteste en ces termes le réalisme de Rossellini : « Dans l'isba russe où, au début, viennent se réfugier les soldats italiens, tous les éléments réunis là pour créer une ambiance appartiennent à une terminologie déjà largement utilisée dans les romans populaires type *Les Mystères de Paris* ou *Les Deux Orphelines*. »

Cette critique a son importance dans la mesure où elle permet de mettre en doute le préjugé du documentaire, garantie de réalisme. Le décor vrai, le détail vrai, l'acteur non professionnel ne sont qu'éléments publicitaires ou nécessités d'économie.

Plus important est l'accord de Rossellini avec la

doctrine fasciste par le truchement du catholicisme. L'impérialisme s'identifiant à la lutte pour l'écrasement du matérialisme athée, l'adhésion devenait facile et immédiate. On me rétorquera que dans son film suivant, *Rome, ville ouverte* (1945), Rossellini nous a montré un prêtre résistant. Mais les circonstances s'étant quelque peu modifiées, j'en conclurai que le propre de l'Église catholique, apostolique et romaine paraît être, sans aucun souci du temporel, de préserver ses arrières en utilisant la bonne foi de quelques-uns des siens. Nous verrons d'ailleurs plus loin que *Rome ville ouverte* n'a été qu'une parenthèse dans l'œuvre de Rossellini.

Il importe de rappeler ici que deux des plus officiels propagandistes de ce régime, Genina et De Robertis, réduits au silence par la victoire de la Résistance, reprirent du service sous la démocratie chrétienne remplaçant le culte du héros par la vénération de la sainte : la ligne est toute droite, de *Benghasi* à *Une fille nommée Madeleine*, du *Siège de l'Alcazar* à *La Fille des marais*. La volte-face de Rossellini n'est donc pas un cas d'espèce, mais un phénomène général.

Le courant de l'Histoire

L'Homme à la croix ne fit qu'une brève carrière sur les écrans, à cause de certaine bataille de Stalingrad. Si j'ai accordé une assez large part aux films de 1938 à 1945, c'est qu'ils me semblent expliquer *Rome ville ouverte*, et puis parce que, comme dit Pascal, « je tiens impossible de connaître les parties sans connaître le tout, non plus que de connaître le tout sans connaître particulièrement les parties ».

Bref, de 1945 à 1950, c'est pour Rossellini une sorte de saison en enfer pendant laquelle il tente de faire surnager quelques-unes des valeurs auxquelles il s'est toujours accroché. Un prêtre dans *Rome ville ouverte*, un couvent dans *Paisa*, un orgue dans les ruines de Berlin ; quelques points de repère dans le tableau déchirant d'un monde apocalyptique. De 1945 à 1950, préoccupé d'un monde face à la guerre et à ses suites, Rossellini traduira ses interrogations, ses inquiétudes, à sa façon.

Avec une prudence digne du plus roué des jésuites, Rossellini opère un lent cheminement et plante enfin sa caméra au sein même des ruines du nazisme. Là il cherche en quoi le nazisme fut en contradiction avec les valeurs chrétiennes : destruction interne de la famille. Il cherche et trouve les causes du nazisme : la défaite militaire de 18, l'inflation, Rosa Luxemburg et Karl Liebknecht (ce sont les responsables que désigne le père du petit Edmund...). De grands moments de cinéma parsèment cette démarche : la voix d'Hitler par la grâce d'un phonographe et d'un disque retentit dans les ruines de Berlin, l'enfant seul joue sur les trottoirs parmi les vasques, les monuments, sur les places, dans les décombres puis rejeté, repoussé s'enfuit et soudain d'entre des pans de murs, d'entre des ogives sans vitraux l'orgue lance son céleste appel. L'enfant mourra pour atteindre Dieu.

À l'heure du grand pardon

Allemagne année zéro a été utilisé pour proclamer la nécessité du grand pardon. 1948-1949, il fallait mettre vite tous les morts dans la fosse commune, tous : bourreaux et victimes... C'est toujours aux mêmes, aux frères des bourreaux, que profite la « paix à tout prix ».

Les nécessités très terrestres du tripartisme ont

aidé Rossellini à apporter sa contribution à la grande trahison de la Révolution dupée.

Avec *La Machine à tuer les méchants*, sorte de parabole en forme de farce, Rossellini aborde le problème du bien et du mal. Amalfi se prépare pour la procession annuelle. Le photographe Célestin voudrait bien prendre quelques photos mais un garde s'y oppose. Rentré chez lui, il reçoit la visite d'un mendiant qu'on prend pour un saint et qui lui dit : « Il faut détruire les méchants... » À commencer par le garde. Le mendiant demande à Célestin de reproduire une photographie du garde. Aussitôt le garde tombe raide mort dans la rue. Le contretypeur du brave Célestin a le pouvoir de punir les méchants. À l'usage, les frontières entre justice et injustice, entre le bien et le mal, se révéleront bien imprécises : le maire communiste est un vilain démagogue, l'ancien chemise noire n'est pas si méchant que ça (on l'avait trompé), etc.

Écrasé par ses responsabilités de juge, Célestin va voir le curé qui lui explique que ce n'est pas aux hommes de juger et que seul Celui qui est *là-haut* (ses yeux regardent le ciel) a le droit de trancher. Célestin pense à se suicider mais il veut d'abord punir le mendiant. Il photographie donc une image du mendiant. Dans une explosion, celui-ci apparaît alors sous l'apparence du diable. Célestin le force à ressusciter les victimes. *Happy end !* Le film est encadré par deux courts prologue et épilogue où un montreur de marionnettes prépare le retable où va se jouer la farce.

Voici comment j'interprète ce film, connu des seuls rats de cinémathèque que nous sommes : la justice des hommes est une farce, une bien ridicule comédie qu'ils se jouent. Cette justice, d'ailleurs, ne tient pas compte de la réalité des êtres, mais de leur apparence ; enfin, elle est inspirée par le diable qui sait, lorsqu'il le faut, prendre l'aspect et les manières d'un saint...

La Machine à tuer les méchants s'inscrit dans la ligne où viendront ensuite *Justice est faite*, d'André Cayatte, ou *Naples millionnaire*, d'Eduardo de Filippo. Les hommes n'ont pas le pouvoir de juger... surtout au moment où les vaincus du fascisme relèvent le front.

Pour en finir avec la guerre, Rossellini tourne en 1949 *Stromboli*, l'histoire d'une rescapée des camps de concentration qui, pour échapper à son sort, épouse un homme qu'elle n'aime pas : un pêcheur de Stromboli. Le premier contact avec l'île et ses habitants est désastreux. Tantôt Karin pense à s'adapter, tantôt elle veut fuir. Le balancement de ses hésitations se reflète en quelques séquences : la pêche au thon, l'éruption du volcan, la visite au curé, la sérénade au mari cocu... Le conflit entre la Slave et les Latins atteint son point culminant. Karin décide de fuir. Mais elle a présumé de ses forces diminuées par une maternité future. Assaillie par les vapeurs du cratère, Karin s'écroule... Quand elle reprend connaissance, le lendemain, elle regarde l'île et la trouve belle. Elle s'agenouille, prie. Elle se résignera : puisqu'elle n'aime pas son mari, elle sera une bonne mère, car il y a des valeurs qui dépassent le monde des hommes. N'est-il pas écrit dans Isaïe : « Ceux qui ne me cherchaient pas m'ont trouvé ; je me suis présenté à ceux qui ne m'attendaient pas » ?

Stromboli n'est pas un film de guerre, mais il tente de liquider les séquelles de la conflagration mondiale. Sur les ruines du nazisme il fallait ou construire un monde nouveau ou jeter les semences des « valeurs éternelles ».

C'est cette dernière solution (de facilité) qu'a choisie Rossellini.

Des courts métrages qui en disent long

Les nécessités d'un regroupement logique des thèmes m'ont forcé à bouleverser quelque peu la chronologie. Parmi ces thèmes, il en est un qui domine : la misogynie. Dans *La Voix humaine*, Cocteau et Rossellini font se vautrer dans une literie sale une femme amoureuse, accrochée désespérément au téléphone qui lui apporte l'écho de la rupture définitive. L'amour humain dégrade la femme.

Dans *Le Miracle* (accolé au précédent pour des raisons autres que simplement commerciales), la femme se rachète grâce au fruit de ses entrailles.

Dans *L'Envie*, une femme dispute à une chatte l'amour de son mari et finit par tuer le minet pour que l'époux sache à quelle chatte se consacrer...

Dans *Siamo donne* (*Nous les femmes*), Ingrid Bergman, jouant son propre rôle, est aux prises avec un gallinacé qui la ridiculise devant ses invités.

Le dénominateur commun de ces courts ou moyens métrages est à la fois un profond mépris pour la femme et un constant désir d'avilissement, de vengeance : une terreur avouée devant la chair dont l'aboutissement est *La Peur*, d'après Stefan Zweig, un long métrage dont le propos englobe toutes les mesquineries esquissées ici. Un mari, pour se venger de sa femme qui le trompe, imagine avec l'ancienne maîtresse de l'amant actuel de l'épouse adultère un odieux chantage à la peur. Doublement coupable parce que mère de famille, la femme mesure l'étendue de sa faute. Le mari lui fait apprendre qu'il pardonnera si elle avoue. Elle n'avoue pas. Acculée au suicide, elle va en finir lorsque le bras du mari arrête le geste fatal. La souffrance, la torture morale ont racheté le péché. Ils tombent dans les bras l'un de l'autre. Rideau.

On se croirait au Boulevard... Hélas ! le grotesque

des situations ne doit pas nous cacher les intentions de l'auteur : la femme est coupable, elle ne se délivrera qu'en expiant. Fini, mort le néoréalisme et son propos de refaire le monde, nous revoici dans le monde du mélodrame bourgeois.

Il y avait à cette misogynie deux conclusions possibles : la première était de détruire la femme, c'est-à-dire de porter à l'écran l'oratorio d'Honegger et (surtout) de Claudel : *Jeanne au bûcher*.

Les puceaux

La deuxième manière de mépriser la femme était de l'ignorer. Quoi de plus logique dans l'œuvre de Rossellini que d'avoir porté à l'écran ce monument de l'abêtissement qu'est *Francesco, giullare di Dio* (*Onze Fioretti de François d'Assise*). Jamais avec une telle évidence crétin et chrétien n'ont été aussi proches l'un de l'autre. Et c'est l'éloge de l'humilité et des minables, le coup du baiser au lépreux, les vaines et sottes dissertations sur la grandeur de l'œuvre de Dieu. Certains s'extasient sur ce « moment de grand cinéma » qu'est la rencontre de saint François et de sainte Claire. Songe-t-on à ce qu'aurait pu être ce film si les deux saints, poussant plus loin l'éloge de l'œuvre de Dieu, avaient chanté sa créature chacun à travers l'autre ; découvrant la passion, ils se seraient isolés dans la cabane ou auraient fait l'amour devant les frères... Puis François aurait fait l'éloge de la chair, aurait renoncé à la prédication, pour vivre... Mais je rêve, le film est loin d'avoir cette grandeur. Il reste au ras de la bêtise.

Frère cochon par-ci, sœur laitue par-là ; et je te coupe la patte et je me déshabille, et je me roule dans la boue, et je me fais cracher au visage, et je reçois des coups de pied au cul..., etc. C'est à n'y pas croire...

La mystification est à son comble lorsqu'on veut nous faire prendre ce film pour une révolution dans l'art cinématographique. Dans la forme, aucun soin, le total mépris du spectateur, une mise en scène bâclée, un dépouillement qui à vouloir être pauvreté devient déficience. Quant au fond, certaines valeurs du franciscanisme (dont ce film est incontestablement une des plus fidèles images) ont été repensées par le surréalisme dans la mesure où elles furent, il y a quelques siècles, pressentiment que la vie est autre. Aujourd'hui certaines confusions doivent devenir impossibles. J'avoue que l'extrême sensibilité du sermon aux oiseaux, ou la poignante humanité du sketch avec le lépreux, auraient pu donner lieu à des scènes bouleversantes, axées sur la communication de l'homme et du monde extérieur. Pourquoi faut-il qu'une dimension spirituelle vienne tout anéantir ?

Il reste à l'actif du film sa valeur de témoignage. Par son parti pris de réalisme, *Francesco, giullare di Dio* reste objectivement un documentaire irréfutable sur ceux qui sont dans le besoin de l'esprit (avec un petit *e*). Il nous reste aussi quelques images de masochisme : lorsque François se fait piétiner par ses frères, ou que Ginepro affronte le tyran... Ce n'est, hélas, pas en s'humiliant devant eux que l'on abat les tyrans.

Néocléricalisme

Avec *Europe 51*, les intentions de Rossellini s'avouent plus précises ; dans le temps et dans le lieu. Le titre révèle le secret désir de donner un tableau particulier pouvant passer à l'Universel. L'héroïne du film, Irène, est à la fois Jeanne d'Arc et saint François d'Assise. Une mère éplorée dont le fils s'est jeté dans la cage de l'escalier : il faisait un complexe d'abandon. Enfoncée dans sa culpabilité, elle va chercher le moyen de sortir du cercle infernal en se dévouant pour les autres. Son cousin, communiste (plus proche, il est vrai, de Kanapa que de Lénine), ne lui proposera que des solutions qui oublient l'homme ; une ouvrière, sorte de Gelsomina lapineuse, lui révélera le monde infernal du travail... Mais cette quête d'un absolu insaisissable éloigne Irène de son mari qui, la croyant folle, la fait enfermer.

Les derniers dialogues, avant que ne se referment les portes de la clinique, la mettent en présence d'un prêtre. Il cherche à l'éclairer par les paroles de la foi, mais en vain : la foi d'Irène est d'un autre monde. La visite du juge n'a pas plus de résultat. Le mot « orgueil » rassure les consciences. Seul le chœur assemblé de ceux qu'Irène a un jour rencontrés et aidés, sera par-delà les barreaux de la clinique, l'unique témoignage de fraternité qu'elle recevra du monde.

Comment une femme sort du carcan de son égoïsme et découvre les autres, comment elle peut passer pour folle dans le monde de 1951, c'étaient là des points de départ passionnants. Pour les aborder, Rossellini a adopté l'attitude du reportage qui seul convenait à l'œuvre. Aussi a-t-on pu parler à ce propos de néoréalisme.

Il me faut ici rouvrir un débat. Le lecteur attentif aura remarqué que j'ai à maintes reprises opposé aux options de Rossellini les prises de position du groupe *Cinema* théoricien du néoréalisme. C'est que le néoréalisme s'est d'abord défini comme une opposition doctrinale au fascisme.

Ensuite on semble oublier que le néoréalisme est

autant néo que réaliste ; c'est une nouvelle écriture à base de réel, mais essentiellement détournée du simple documentaire, du naturalisme et du vérisme. Le néoréalisme (le seul en tout cas auquel nous puissions adhérer) est dans la ligne du « point de vue documenté » de Jean Vigo.

Et cette documentation doit tendre vers la dialectique, c'est-à-dire vers une théorie de la connaissance totale et objective. Tout réalisme est matérialiste ; le néoréalisme est matérialiste dialectique.

Avec *Europe 51*, Rossellini donne à son œuvre l'apparence d'une recherche matérialiste et dialectique ; il a vu les tendances contradictoires et opposées des phénomènes humains et sociaux. Arrivé là, incapable d'affronter et de résoudre ces contradictions, il choisit, pour conclure, l'idéalisme, c'est-à-dire qu'il « remplace l'explication scientifique des causes des phénomènes par des intentions antiscientifiques, ou bien passe franchement sur le terrain de la religion [1] ».

En poussant son héroïne sur le chemin ouvert par « le jongleur de Dieu », Rossellini confirme le caractère régressif de l'idéalisme qui « spéculant sur les difficultés, sur le caractère contradictoire du processus de la connaissance engage la pensée scientifique dans l'impasse du scepticisme, de l'agnosticisme, de l'absence de confiance en la possibilité pour l'homme de connaître le monde [2] ». *Europe 51* est le type même du film sincère ; il fait penser à tous ces prêtres de choc qui avec toute leur bonne volonté et leur bonne foi récitent toujours le même sermon et sont utilisés pour un retour à l'aliénation sous des formes nouvelles.

---

1. M. Kammari, « La dialectique matérialiste », in *Recherches soviétiques*, cahier 1.
2. *Ibid.*

Voilà aussi pourquoi *Europe 51* est un film important : il ouvre la porte aux assassins du néoréalisme : Genina, Fellini, et aux traîtres : Germi, Castellani, etc. Toute une école (où les anciens mussoliniens retrouvent facilement leur place) qui, retroussant ses manches, affronte la réalité à bras-le-corps puis lui tourne le dos quand il faut conclure ; c'est le cinéma du bidonisme ; « une fleur stérile poussée sur l'arbre vivant de la connaissance humaine, vivante, féconde, vraie, robuste, toute-puissante, objective, absolue » (Lénine, à propos de l'idéalisme philosophique...).

Le monde des prisons

Si *Europe 51* traduisait fort bien l'impasse du personnalisme, *Dov'è la libertà ?* (*Où est la liberté ?*) franchit allègrement en son aspect souriant le tragique des conflits humains qui se peuvent aisément résoudre par la prison... Salvatore Lojacono, après vingt-cinq ans de prison, retrouve la vie, mais il n'y a pas de liberté dans la rue, et après maintes péripéties et déceptions, c'est derrière les murs et les barreaux que Salvatore trouvera la liberté...

Pendant vingt-cinq ans, le captif avait rêvé à sa liberté ; il avait imaginé un monde autre que celui qu'il trouve... Une fois de plus le thème rossellinien d'une réalité qui n'est pas à l'échelle de l'espérance vient glisser le fiel du scepticisme dans l'esprit du spectateur. C'était déjà ce qu'il y avait de plus négatif dans des films pourtant positifs (parfois) comme *Paisà*...

Le calme du couvent, la plénitude de la prison, la résignation de Karin, la clinique d'*Europe 51* sont pour Rossellini la seule réponse aux contradictions que le monde extérieur oppose au monde intérieur de l'individu.

Pour échapper à l'enfer que sont les *autres*, une seule solution, la fuite, la tour d'ivoire ; un seul refuge : la Foi. Rossellini pourrait faire siens ces mots de Kierkegaard : « Pour se résigner, il ne faut pas la foi, mais elle est nécessaire pour obtenir la moindre chose au-delà de la conscience éternelle... Par la foi je ne renonce à rien ; au contraire, je reçois tout... Il faut un courage purement humain pour renoncer à toute la temporalité afin de gagner l'éternité. »

*Le Dieu caché, ou
les miracles n'ont lieu qu'au cinéma*

Jamais autant qu'avec *Voyage en Italie* Rossellini n'est allé aussi loin dans le déballage de son linge familial. Il est vrai qu'il veut, dit-il, « montrer l'importance de l'aveu, de la confession... ». Bref, Alexander et Katherine ou Roberto et Ingrid, *Voyage en Italie* est l'histoire d'un couple chancelant, au seuil du divorce.

Peu à peu, au contact d'une réalité cachée, révélée par les volcans, les catacombes, les fouilles de Pompéi et les statues des musées, l'épouse découvre l'éternité de la nature humaine, le sentiment de valeurs transcendantales au regard desquelles les pauvres passions humaines sont bien dérisoires... Une promenade dans les rues de Naples au milieu de matrones déformées par leur grossesse, couronne l'interrogation angoissée que suscita la découverte dans la lave d'un couple uni pour l'éternité.

La métaphysique de ce film n'est guère différente de la réflexion du touriste extasié devant un beau paysage : « Quand on voit ça, on est bien obligé d'admettre qu'il y a quelque chose au-dessus de nous... »

Encore sous le coup de la Révélation, le couple

revient à Naples et tombe sur une procession... La folie mystique de la foule gagne nos deux époux et le miracle a lieu. Réconciliés, ils vont vite faire des enfants qui, désespérés par leurs parents, se jetteront à leur tour dans une cage d'escalier.

Ingmar Bergman

Le 1ᵉʳ mai 1956, le festival de Cannes programma en compétition Sourires d'une nuit d'été, *élogieusement qualifié par Frank Hoda (alias Fereydoun Hoveyda) et Farok Gaffary de « sperme champagnisé ». Le mois suivant, Ado Kyrou remarque que « pour Bergman, les miroirs mènent au pays d'une Alice recouverte de sueur, de sperme et de sang ». Où l'on perçoit que la dimension érotique de l'œuvre bergmanienne ne fut pas sans conséquences sur sa reconnaissance critique. Mais pour que celle-ci advînt, il fallut également un événement : la grande rétrospective scandinave de la Cinémathèque française, rue d'Ulm, qui suivit le festival de Cannes. Les témoins de la manifestation en parlent comme d'un événement aussi considérable que les rétrospectives Buster Keaton et Erich von Stroheim. Quant à Ado Kyrou, il ouvre ainsi le tout premier article de* Positif *sur Bergman, en qui il reconnaît « un des plus grands cinéastes de tous les temps », bien avant que lui soient attribuées des couvertures pour* Cris et Chuchotements, La Flûte enchantée *et* Une passion *: « Grâce à la Cinémathèque française, nous commençons à connaître l'histoire du cinéma » (n° 17, juin-juillet 1956).*

ROGER TAILLEUR, « L'aller et le retour » (*La Prison* et *Les Fraises sauvages*), n° 31, novembre 1959.

ROGER TAILLEUR

L'aller et le retour

La Prison et *Les Fraises sauvages*

1948-1958 : dix ans de la vie d'un homme. *La Prison*, *Les Fraises sauvages* : dix ans de l'œuvre d'un auteur. Un long voyage au bout de notre nuit, interrompu aux portes mêmes de la mort. Une expression ambitieuse, tourmentée et en perpétuelle quête de sa plénitude et de sa paix. Toute « la courbe lascive et cruelle », et bien d'autres choses encore, de l'œuvre d'un des rares auteurs de films qui nous rendrait non seulement « politiciens » mais militants en faveur de sa politique.

La Prison, Béranger 6 de l'œuvre du réalisateur (comme on dit Koechel 219 ou 466), consacre en fait sa vraie naissance. Jusque-là, scénariste pour d'autres metteurs en scène, metteur en scène pour d'autres scénaristes, Bergman avait « collaboré », plus ou moins heureusement, en des occupations diverses. Le cinquième de ces films bâtards, *Hamnstad* (*Ville portuaire*) donne, confronte à son presque contemporain *Fangelse* (*La Prison*), la mesure de cette soudaine révélation. *Hamnstad* pourtant, comme les travaux précédents de Bergman, porte évidemment les traces de la personnalité en gestation, et aujourd'hui nous pouvons y voir prendre source, une source encore trouble et amère, *Monika* comme *La Soif* et même *Le Septième Sceau*. Avec *Fangelse* cependant, Bergman délaisse les pièces et les nouvelles de ses compatriotes et confrères, se retrouve seul dans un décor qu'il connaît bien : un décor de studio de cinéma et au milieu, de personnages qu'il côtoie chaque jour : des metteurs en scène et comédiens, et cet autre lui-même, Thomas, un scénariste atteint d'une maladie souvent mortelle qui est celle des suicidés.

Pour signaler au mieux l'originalité du nouvel auteur, nous lui choisirons, imitant en cela notre éminent confrère des *Lettres nouvelles*, trois littéraires parrains, à savoir Sartre, Breton et Pirandello. Avec Pirandello, Bergman partage le secret de confondre dans l'inextricable le monde et sa représentation, le passé et le présent, la réalité et le rêve. Comme Breton, il sait au cœur de cette réalité discerner ce qui la transcende, à ce rêve donner les clés les plus troublantes, accorder à l'amour l'importance démesurée qui est, très humblement, la sienne. De Sartre enfin, il retrouve la prédilection naturaliste, la prise directe sur l'existence qui font que c'est tout contre l'épiderme du monde que s'embrassent les plus graves et les plus métaphysiques des problèmes. Prison = huis clos = cette étroite rue pavée de noir, triste galerie ou s'égrène soudain le générique. *Fangelse* est le premier des films cérébraux de Bergman, non pas thèses bien sûr puisque rien n'est affirmé d'avance sinon cette évidence « Dieu n'existe pas », mais équations fiévreusement posées sur la pellicule sensible et périssable. *Le Septième Sceau* accroîtra encore l'aspect mathématique de la pensée. Comme *La Nuit des forains*, *La Prison* se contente d'illustrer une proposition philosophique : Dieu n'existe pas (d'ailleurs s'il existait, il faudrait lui cracher au visage, déclare l'héroïne de *Sommarlek*), et la vie éternelle pas davantage, non plus que l'enfer ou le paradis. Ou plutôt tout cela existe, mais sur la terre qui est quelquefois si jolie. L'enfer et le paradis tout ensemble, et l'éternité dans l'instant de bonheur ou de souffrance indicibles. Il n'y a pas à sortir de là, et d'ailleurs on ne le peut. Nous voilà dans le monde, condamnés à la vie, c'est-à-dire à la prison, à la chasse perpétuelle de l'instant qui ne peut être que celui de l'amour. Bergman ignore l'amitié, ne connaît que l'autre sexe, ne conçoit de communication qu'amoureuse, d'enfer que solitaire et glacé. Dans sa nuit, une seule flamme, prodigieuse et vacillante, qui éclaire toujours, réchauffe souvent mais parfois brûle cruellement les amants seuls capables de la faire jaillir. Douze films depuis *La Prison* ont jalonné, patiemment exploré, retourné, exploité ce domaine, notre domaine, celui de notre vie. Comment se contenter de l'humaine condition, comment rendre la vie vivable, depuis la naissance contre quoi bute pathétiquement le très bel *Au seuil de la vie* jusqu'à la mort au mur de laquelle cogne désespérément *Le Septième Sceau*, la quête sisyphéenne de Bergman se poursuit d'œuvre en œuvre, qui vise à « épuiser », selon les mots de Pindare, « tout le champ du possible, sans nulle aspiration à la vie éternelle ». Plus pessimiste, mais aussi il faut le dire beaucoup moins entreprenant, un Antonioni œuvre sur une voie contiguë d'humanisme crispé, toujours en quête, lui, d'une sérénité conquise par Bergman de haute lutte.

Les Fraises sauvages pourraient bien être le terme définitif de ce chemin de la vie. Même si Béranger devait numéroter dans l'avenir quelque quarante ou cinquante autres œuvres (et Bergman sur ce point aussi ne le décevra pas, ne nous décevra pas), *Smultronstället* constituerait un testament fort acceptable. Et d'abord, où se trouve ici *la* question qu'on s'obstine à lire dans tout film de Bergman ? *Les Fraises sauvages*, ce n'est pas une question, c'est une réponse, et c'est presque une mise au point, une mise en ordre, un rangement avant le grand départ. Pour la première fois, le héros bergmanien n'est pas un homme de son âge, encore moins l'adolescent tout proche, comme le Henrik de *Sommarlek* ou le fils de l'avocat Egerman des *Sourires*, en lesquels il était facile, trop facile de reconnaître, avec ou sans béret, l'homme Ingmar Bergman. Isaac Borg a soixante-dix-huit ans, l'âge de Victor Sjöstrom son interprète, je veux bien, mais tout simplement l'âge d'un homme vieux et, comme on dit : un grand âge. Pour l'auteur des *Fraises sauvages*, il n'est plus question de recul, ou même de jugement « contemporain », il s'agit d'avance et même de prescience. Car Isaac Borg c'est surtout lui-même. Non pas dans la simple mesure où tout personnage est automatiquement projection de son auteur, mais dans la juste mesure où Bergman l'a voulu ainsi. Comme mon ami F. Hoda l'a remarqué je ne sais plus où, mais sans en tirer semble-t-il toutes les conséquences, Isaac Borg = I.B. = Ingmar Bergman. Et *Les Fraises sauvages* de se présenter comme une œuvre d'anticipation autocritique.

Orgueilleux vieillard, couvert d'honneurs, gloire de sa profession, à qui il a sacrifié, véritable bourreau de travail, des rapports humains trop vite jugés parasites, I.B. est l'image achevée, trente ou quarante ans après, de l'activiste ulcéreux et cycliquement sanatorial sous les traits duquel Benayoun (*Positif*, n° 30) a voulu voir le cinéaste. Le labeur acharné, le détachement causé par le génie ont eu leur châtiment : la noblesse est fausse, le cœur sec, et l'isolement s'est mué en solitude. Un extraordinaire rêve-semonce préviendra Isaac Borg que la mort est là : le temps, tissu de la vie, est mort lui-même ; il a perdu ses aiguilles, sur le cadran du cauchemar comme sur la montre du père défunt.

Il est temps pour Isaac de demander pardon et,

avant de mourir, de réapprendre à vivre, de renouer avec les « autres » qui sont l'enfer et le paradis à la fois : retour au pays natal, à la vieille demeure familiale, à la villa des dernières vacances, aux fraises des jeux d'été, à Sara, amour malheureux mais, par-delà soixante années, seule raison, seule saveur de vivre. Selon le procédé de *Mademoiselle Julie*, l'octogénaire se mêle, invisible, aux fantômes du passé et, mieux, rejoue, sous les traits de Victor Sjöstrom, le rôle ancien de son adolescence. Une autre Sara, étudiante blonde et rieuse rencontrée au cours du voyage, défiera le temps écoulé en réincarnant, pour la sérénité du vieil Isaac, l'amour de jeunesse. Si Sara = Sara, la similitude des noms et le choix de la seule Bibi Andersson pour les deux personnages ne sont l'objet d'aucun commentaire, d'aucune précaution ou justification, même onirique. Simplement, Sara est revenue, gaie et nostalgique, pour dire à Isaac en le quittant : « Adieu, je n'aime que toi, aujourd'hui, demain et toujours. » Seul l'amour pouvait ainsi, tout comme chez Mizoguchi, enfreindre la règle de l'éphémère existentiel. Et quand Victor Sjöstrom sourit, à la fin, cette image est d'une beauté qui, pour être différente de la beauté d'un plan de Cyd Charisse par exemple, n'en est pas moins très intense.

L'autocritique, dans *Les Fraises sauvages*, ne s'en tient pas à ce stade préventif. Succédant immédiatement au *Septième Sceau*, *Smultronstället* reprend, en le dilatant, le moment de paix complète où le chevalier goûtait auprès des comédiens les fraises et le lait de l'hospitalité. Parallèlement, le dialogue passionné de ce dernier film est ironiquement rappelé par une brève polémique d'étudiants raisonneurs. « Ne sont-ils pas adorables ? » commente Sara, la complice, cependant qu'Isaac entonne, sous la forme d'un poème populaire suédois, le chant de préoccupations plus sérieuses. Chant goethéen, tolstoïen, d'amour insatiable. « Dieu, c'est la vie », concluait l'auteur de *Guerre et Paix*. Cette « idée supérieure » à laquelle veut croire Bergman est-elle autre chose ?

Ayons garde de simplifier à outrance une pensée qu'on a déjà tendance, dans les milieux pensants, à trouver trop simple. Gardons-nous surtout de figer une œuvre au cœur même de son évolution. *Les Fraises sauvages* n'est sans doute que le second terme d'un simple mouvement d'alternance. Le chemin de la vie reste large ouvert devant Ingmar Bergman.

ANNÉES 1960

Cinéma et politique

Les débuts de Michèle Firk à Positif *furent assez fracassants, puisqu'elle éreinta, dans le même n° 30, non seulement* Sueurs froides (Vertigo) *d'Alfred Hitchcock, mais* Le Beau Serge *et* Les Cousins *de Claude Chabrol, accusés de conformisme et de conservatisme. Elle témoignait déjà dans ces deux textes polémiques d'un engagement radical, que la suite de sa trop courte vie ne fit que confirmer. La troisième de couverture du n° 97 l'été 1968 nous apprit en effet sa mort au Guatelama : Suivant « le modèle du Che (...), pour éviter de parler sous la torture, (...) elle se serait suicidée à l'arrivée de la police, qui venait la questionner au sujet de l'attentat qui supprima l'ambassadeur américain ». Peu après, un numéro spécial lui fut entièrement consacré, tandis que, récemment et non sans goût du paradoxe, Jean-Luc Godard en fit l'un des dédicataires de ses* Histoire(s) du cinéma. *Le texte le plus important de Michèle Firk reste certainement son étude en deux parties intitulée « Cinéma et politique » (n*[os] *33 et 34), que vinrent compléter les réponses de quelques intellectuels à un questionnaire sur la critique de gauche (n° 36, novembre 1960). Les réponses de Bernard Dort et de Roland Barthes restent aujourd'hui encore passionnantes, à l'image de cette réflexion de*

101

Barthes : « *La culture du lecteur de gauche est, en gros et sauf quelques points sensibles (le racisme par exemple), une culture petite-bourgeoise, c'est-à-dire essentiellement dépolitisée.* »

MICHÈLE FIRK, « Cinéma et politique 2 », n° 34, mai 1960.

Principaux ouvrages de et sur Michèle Firk : Michèle Firk : écrits réunis par ses camarades, *Éric Losfeld/Le Terrain Vague, 1969;* Hommage à Michèle Firk, *numéro spécial de* Positif, *mars 1970.*

MICHÈLE FIRK
Cinéma et politique 2

Sur l'engagement et la condition sociale du réalisateur

L'écartèlement de nos grands-pères entre l'art « engagé » et l'art « non engagé » fait aujourd'hui sourire les intellectuels les moins préoccupés de la réalité. L'Art qui plane au-dessus des partis, de la vie politique et sociale est, au même titre que l'Amour platonique, un mythe, cultivé par les mêmes sociétés et qui a perdu de son éclat depuis quelques lustres... La résolution fameuse du parti bolchevik qui affirmait en 1925 que « dans la société de classes, il n'y a pas et il ne peut y avoir d'art neutre, quoique la notion de classe, dans les arts en général et dans la littérature en particulier, s'exprime sous des formes infiniment plus diversifiées que, par exemple, en politique », rappelle opportunément que ni Jacques Laurent ni Kenneth Anger ne planent bien haut au-dessus des partis et que le « la littérature, c'est la littérature, et la politique, c'est la politique » de Wells proposant à Gorki de créer un club littéraire où l'on ne ferait pas de politique, relève d'une conception idéaliste du monde, sans cesse démentie par la réalité.

Par ailleurs, comme le notait encore récemment notre ami Bolduc le cinéma est une industrie, et c'est donc la branche artistique la plus fortement organisée en entreprise capitaliste. Plus encore que l'écrivain, que Marx d'un point de vue strictement économique définissait comme « un ouvrier productif non parce qu'il produit des idées, mais parce qu'il enrichit le libraire-éditeur et est donc salarié par un capitaliste », le réalisateur de films est un salarié productif. Dans l'engrenage de la production cinématographique, sa situation est originale, comme le faisait remarquer Louis Seguin[1]; elle se rapproche de celle de l'ingénieur dans la production industrielle : employé par le patronat (les producteurs) à la fois comme spécialiste d'une technique et comme dirigeant d'un personnel (l'équipe), il se trouve par la dualité de cette fonction, mais aussi grâce à l'importance de son salaire, et à sa position de créateur intellectuel, dans une zone privilégiée et ambiguë.

Son mode de vie le rapproche du patronat, comme son éducation, le milieu dont il est issu étant toujours (sans qu'il soit nécessaire, je pense, de le prouver à l'aide de *n'importe quel* exemple précis) la bourgeoisie.

Mais l'insécurité du marché d'un « produit de luxe » tel que le film, ajoutée au fait qu'il est victime de la spéculation des producteurs, des distributeurs, des exploitants (c'est-à-dire entrepreneurs et marchands) et surtout la toute-puissance de l'État qui,

---

1. *Positif*, n° 31 (« Quoi de neuf ? »).

par le jeu des décrets et des censures a pratiquement droit de vie et de mort sur lui, mettent la plupart des réalisateurs de films en demeure de combattre pour sauvegarder leur liberté d'expression, donc de s'opposer au régime.

L'influence exceptionnelle du cinéma sur le public, qu'analyse longuement Edgar Morin, est résumée par Buñuel d'une manière admirable[1] : «... assis confortablement dans une salle obscure, ébloui par la lumière et le mouvement qui exercent sur lui un pouvoir quasi hypnotique, fasciné par l'intérêt des visages humains et les changements instantanés de lieux..., le spectateur de cinéma, en vertu de cette espèce d'inhibition hypnagogique, perd un pourcentage important de ses facultés intellectives.» C'est justement cette influence qui conduit l'État à surveiller d'aussi près un art, qui peut être un auxiliaire précieux ou une arme redoutable selon celui qui l'anime. Il est révélateur que les ouvrages de Frantz Fanon ou de Francis Jeanson se vendent dans toutes les librairies en 1960, alors que *Moranbong*, film de J.-C. Bonnardot, est à la même époque totalement interdit par le ministre de l'Information, parce qu'il «oppose l'attitude du Chinois libérateur à celle des troupes de l'ONU, montrée sous un jour peu favorable alors que la situation de la Corée n'est pas définitivement réglée». De la même manière et malgré la menace des saisies, les journaux disposent d'une certaine liberté, dans la mesure où ils sont les porte-parole des différents partis politiques, alors que les actualités françaises d'une semaine, signées Gaumont, Pathé ou Éclair-Journal, ont un air de famille que les esprits subversifs peuvent trouver suspect. Vous connaissez l'histoire : «Monsieur désire pour son dîner? — Eh bien, mais, montrez-

---

1. Buñuel, «Poésie et cinéma», *Cinéma 59*, n° 37.

moi la carte... — Je veux dire : de quelle manière Monsieur souhaite-t-il qu'on lui accommode les nouilles ? »... En Espagne au moins, les choses sont simplifiées sans hypocrisie puisqu'il ne paraît qu'une série unique d'actualités hebdomadaires, le **NO-DO**, organe d'État, qui lui appartient, comme la régie des tabacs.

Je disais que les empiétements multiples de l'État sur la liberté des créateurs, et spécialement des réalisateurs de films, font que ces derniers s'opposent au régime qui représente pour eux une menace constante, et se trouvent ainsi jetés souvent malgré leurs convictions profondes dans les rangs des « hommes de gauche », dont ils adoptent certaines revendications. Car à moins de faire une apologie totale du système social dans lequel ils vivent, donc d'en devenir en quelque sorte le porte-parole (et peu m'importe que ce soit de bonne ou de mauvaise foi), ce que furent en leur temps Rossellini en Italie fasciste, Leni Riefenstahl en Allemagne hitlérienne, Elia Kazan en Amérique maccarthyste, Tchiaourelli en URSS stalinienne et Gance en France pétainiste pour ne citer qu'eux, le réalisateur sera, c'est évident, en désaccord (du moins partiel) avec le régime de l'État dans lequel il vit. Oubliant ainsi le principe fondamental du « *qui bene amat, bene castigat* », qui fait la fortune des chansonniers, l'État et l'Église fustigent leurs meilleurs amis ; deux exemples récents nous en fournissent la preuve : un film absolument respectueux des valeurs morales bourgeoises traditionnelles, *Les Liaisons dangereuses*, dont toute mère de famille devrait recommander la vision à ses filles pour illustrer dignement la lecture des dix commandements, a subi et continue de subir toutes les tracasseries possibles de la part du gouvernement, des municipalités et des ligues familiales et religieuses, interdit qu'il est à l'exportation et dans diverses circonscriptions, ne pouvant être vu que par les plus de dix-huit ans et bénéficiant de la cote 5 de la Centrale catholique. De la même manière le très orthodoxe Fellini voit son dernier film *La Dolce Vita* interdit aux fidèles par l'office catholique du cinéma italien et dénoncé publiquement par Sa Sainteté Jean XXIII en personne. Voilà donc des amis de l'Ordre, devenus les parangons de l'opposition et revendiqués à ce titre par ceux qu'ils auraient plutôt tendance à considérer comme leurs ennemis, probablement à leur profond étonnement et à leur gêne non moins profonde...

Les films véritablement offensifs sont *impossibles* à faire par les réalisateurs trop honnêtes ou trop naïfs qui appellent un chat, un chat et ne lui connaissent pas d'autre nom : seuls la parabole chère à Kast, un certain comique destructeur (pour ça, voir les lumineuses explications de Kyrou), ou une forme de tricherie qui fait prendre aux imbéciles les vessies pour des lanternes, permettent à de rares esprits libres, Chaplin, Buñuel, Franju, de secouer les fondations mêmes du monde où nous vivons. Les autres, bien forcés d'accepter des concessions, qui deviennent des compromis, sinon des compromissions s'ils n'y prennent garde, parviennent à glisser quelque message, mais sous la constante menace de « dépeindre l'exceptionnel, même atroce, et de justifier par là implicitement ce qui ne l'est pas, exceptionnel, comme les vertus populaires, nationales ou domestiques », et de ne pas mettre « en cause la société où ils vivent, seulement ses écarts ou ses excès... Il semble que les porteurs de message ne puissent que s'inscrire dans le périmètre défensif de la société qu'ils voulaient attaquer ou accuser »[1].

---

1. Pierre Kast, « Des confitures pour un gendarme », *Les Cahiers du cinéma*, n° 2.

Il reste enfin ceux qui croient à la pensée, force ordonnatrice du monde, à la conciliation intellectuelle et pacifique et se jugent de bonne foi indépendants et autonomes, ce qui fait d'eux des opportunistes sans le savoir ; les « objectivistes » qui recherchent « les rapports constants entre les phénomènes », oubliant ou ignorant la conception marxiste de « la liaison interne et nécessaire entre deux apparences » ; et surtout les individualistes qu'une citation empruntée à Kautsky sur les intellectuels (dans une étude sur Franz Mehring) analyse remarquablement. « Il [l'intellectuel, pour nous le réalisateur de films] ne peut acquérir quelque importance qu'en faisant valoir ses qualités personnelles. La pleine liberté d'exprimer son individualité lui apparaît comme la première condition de réussite dans son travail. Il ne se soumet qu'avec peine à un but déterminé et il s'y soumet par nécessité, mais pas par élan personnel ». Et Kautsky ajoute : « Il ne reconnaît la nécessité de la discipline que pour la masse, mais non pas pour l'élite, et, bien entendu, il se classe dans l'élite. »

Cette dernière phrase devrait permettre d'éviter bien des confusions et de replacer à l'intérieur de leurs véritables limites les professions de foi, les revendications, le point de vue et la morale de bien des auteurs de films.

Sur la critique de gauche

Il est remarquable que les critiques, intellectuels eux-mêmes, donc d'une forme d'esprit très proche des réalisateurs, représentant d'autre part leurs lecteurs, lesquels se recrutent parmi le public, entrent dans le jeu et, victimes plus ou moins volontaires d'erreurs et de confusions, se servent de leurs tribunes pour prêcher la mauvaise parole...

Je ne parlerai que de cette partie fluctuante et variable de la critique qui se donne à elle-même et non sans fierté le doux nom de « critique de gauche ». Nul n'ignore que déployé, l'éventail de la gauche française est si vaste qu'il couvre le centre en empiétant presque sur la droite, et qu'à l'honnêteté cynique de Lucien Rebatet-François Vinneuil, d'autres préfèrent une hypocrisie qui donnera toujours le change aux âmes pures. Il semble même qu'un certain pirandellisme entre en vigueur pour définir cette très sérieuse notion de critique de gauche : « tu te crois à gauche, mais moi je considère que tu es à droite et que c'est moi qui suis à gauche, bien que tu prétendes que je suis à droite »... Et les modérés, connus pour leur inévitable libéralisme, d'applaudir à tant de complexité : « chacun sa vérité ; d'ailleurs il n'y a pas une vérité... tout dépend de la manière dont on envisage la chose... », le chanoine Kir et le révérend père Bigo réunis ne sauraient trouver mieux.

C'est ainsi qu'on renverra les extrémistes dos à dos, dans le rassurant « il y a les fascistes de gauche comme les fascistes de droite, oui, ma chère... », afin de se réfugier dans la zone douillette et non périlleuse de la compréhensive largeur de vue et d'opinion : est-il besoin de souligner combien cette largeur de vue à sens unique est en fait une apologie pure et simple de la société actuelle ?

Pour l'approche d'une définition j'ai relevé les réponses de Jean Carta (*Témoignage chrétien*) et Raymond Borde (*Positif* et *Les Temps Modernes*) à une enquête sur la critique, dirigée par Philippe Esnault dans *Cinéma 59* (n° 33) et je jure n'y avoir éprouvé aucun plaisir pervers. Le rédacteur de *Témoignage chrétien* qui, comme son nom l'indique... écrit :

« Journaliste de gauche, écrivant dans un hebdomadaire de gauche... », tandis que Borde déclare, péremptoire : « Nous sommes de gauche... Nous sommes, est-il besoin de le dire, athées »... Et à l'affirmation de Carta : « Notre premier critère doit être — et ne peut qu'être esthétique », Borde répond, dans un harmonieux duo : « Nous pensons que la critique de cinéma doit être, en premier lieu, une critique de contenu » ; si, conciliant, il ajoute : « nous sommes évidemment sensibles aux qualités formelles », Carta s'empresse d'admettre : « Il me semble que la critique de gauche doit soutenir... des œuvres... dont les préoccupations politico-sociales ne soient pas non plus absentes ».

Être ou ne pas être critique de gauche n'est que le prélude à des divergences, critiques justement : « Ce film est-il ou n'est-il pas de gauche ? » Il est heureux pour le cinéphile du samedi soir en quête du plus grand nombre de garanties, mais à la réflexion troublant pour l'homme-qui-se-pose-des-questions que peut être ce même personnage, d'apprendre que Louis Chauvet et Georges Sadoul ont des opinions rarement contraires sur les mêmes films, alors qu'incontestablement, leur choix sera distinct sur une liste électorale.

En revanche un choix électoral identique n'empêche nullement de fondamentaux désaccords sur un film donné...

Que le cinéma soit langage, soit, mais à quoi sert le langage sinon à s'exprimer ? Encore que le temps se charge de dire qui avait tort ou raison, vivent les querelles de forme ! Mais existe-t-il des querelles de forme ? Qui peut encore accepter l'idée qu'académisme et art moderne n'engagent pas le fond des œuvres ?

Je ne saurai cacher plus longtemps que je crois qu'il existe ceux qui ont tort et ceux qui ont raison...

Zazie saurait résumer mon opinion sur la critique de gauche, englobant celle que m'inspire la notion tout entière de gauche ceci et gauche cela, en une formule brève et percutante.

Je crois qu'un critique marxiste (et ce n'est pas là où vous dirigez instinctivement le regard qu'il faut espérer en trouver) doit avoir avant toutes choses des notions d'histoire, rattacher les œuvres à un courant, un contexte historique, mais surtout à l'ensemble des œuvres d'un même auteur, et l'œuvre à l'homme en tenant compte des changements de l'homme qui s'expliquent d'ailleurs par l'œuvre... Par exemple, une étude définitive de Marcel Oms (*Positif*, n° 38) montre la continuité de l'œuvre rossellinienne depuis *Le Navire blanc* (1942) parce qu'il n'ignore pas plus *L'Homme à la croix* que *Rome ville ouverte* au contraire de la plupart des exégètes de Rossellini. Par exemple, Michel Delahaye consacre un long article au *Quiet One* (*Cinéma 59*) sans jamais mentionner que le film date de 1949 et que son auteur Sydney Meyers fut avec Strand un fondateur de « Frontier Film ». Par exemple seul de la presse (*Lettres françaises*) P. L. Thirard rappelle que le réalisateur d'*Impudeur* et du *Troisième Sexe*, sortis l'été dernier sur les écrans, est Veit Harlan, auteur du *Juif Süss*, etc. Les exemples ne manquent pas.

Je crois qu'un critique marxiste cultive la notion d'auteur de films et en rejette avec horreur la politique : il aime le Renoir de *La Règle du jeu* et pas celui de *Déjeuner sur l'herbe* (et ce n'est pas contradictoire avec l'exemple de Rossellini puisque dans les deux cas il tient compte de l'évolution de l'artiste). Je crois qu'il n'est pas plus indulgent envers la petite révolte du fils à papa qu'envers le gâtisme du vieillard goutteux.

Je crois qu'il déteste la gentillesse des brav' gens bien d'chez nous et la résignation des pauv' bougres qui s'arrangent comme ils peuvent et acceptent leur destin.

Inutile donc de dire que je suis *totalement* du côté de Borde.

Je me propose d'ailleurs de revenir sur la question de la critique, de son choix et de ses raisons, à l'aide d'exemples précis.

N.-B. Dans notre prochain numéro, Michèle Firk terminera son article à l'aide de citations extraites de critiques de films. Nous publierons d'autre part les réponses de Roland Barthes, Pierre Billard, Raymond Borde, Albert Cervoni, Jean Domarchi, Philippe Esnault, René Guyonnet, Louis Marcorelles, Marcel Martin, Edgar Morin, etc. à la question : « *Donnez votre opinion sur la critique de gauche ainsi qu'une définition de cette critique.* »

Joseph Losey

L'activité critique de Bertrand Tavernier dans les colonnes de Positif *fut surtout fournie en entretiens avec des cinéastes américains (Mamoulian, Ford, Brooks, Biberman, Boetticher, Donen, Polonsky, Frankenheimer, Hattaway...). Son tout premier texte fut pourtant une critique du film* Temps sans pitié *de Joseph Losey. Et l'on ne peut qu'être frappé de voir les rapports père-fils en constituer le sujet principal, comme dans son premier long métrage,* L'Horloger de Saint-Paul. *Bertrand Tavernier ne fut pas le seul collaborateur de la revue à devenir réalisateur, mais il reste sans aucun doute le plus important d'entre eux (avec Chris Marker et Pierre Kast), sans offenser Ado Kyrou, Robert Benayoun et Bernard Cohn, dont certaines des œuvres mériteraient d'être redécouvertes. Jusqu'à présent,* Positif *fut en effet plutôt un lieu d'accueil privilégié pour romanciers et poètes, puisque Gérard Legrand, Emmanuel Carrère, Jean-Philippe Domecq et Frédéric Vitoux, notamment, prirent une part active à la vie de la revue — sans parler naturellement des nombreux écrivains qui se sont exclusivement consacrés au cinéma.*

BERTRAND TAVERNIER, « Les vaincus » (*Temps sans pitié*), n° 35, juillet-août 1960.

Principaux ouvrages de Bertrand Tavernier : 30 ans de cinéma américain *(avec Jean-Pierre Coursodon), CIB, 1970;* Action!, *Séguier, coll. Lumière, 1990;* 50 ans de cinéma américain *(avec Jean-Pierre Coursodon), Nathan, 1991 (Omnibus, 1995);* Qu'est-ce qu'on attend?, *Le Seuil, 1993;* Amis américains, *Institut Lumière/Acte Sud, 1993;* Le Dictionnaire du cinéma américain, *Nathan, coll. Fac Cinéma-image, 1995.* Ça commence aujourd'hui *(avec Dominique Sampiero et Tiffany Tavernier), Mango-Jeunesse, 1999;* La Guerre sans nom : les appelés d'Algérie, 1954-1962 *(avec Patrick Rotman), Le Seuil, 2001.*

BERTRAND TAVERNIER

Les vaincus

Temps sans pitié

Dès la première séquence, le premier plan, on sait que l'on va voir un film réalisé par quelqu'un allant jusqu'au bout de ses idées, quelqu'un qui refuse de se laisser enfermer dans un genre, écraser par un système de production, tout le contraire du cinéma lâche et anonyme déversé par les studios britanniques. Un film « à la dynamite », dont on sort comme de *Kiss me deadly* ou de *La Dame de Shanghai*, car nous venons d'assister à la destruction d'un monde, d'une société pourrie, à sa désagrégation tant physique que morale. Des œuvres gênantes que l'on qualifie d'exercices de style pour ne pas être dérangés.

David Graham (Michael Redgrave) arrive à Londres, un matin, vingt-quatre heures avant l'exécution de son fils Alec, condamné à mort pour meurtre. David n'a pu assister au procès, car il subissait une cure de désintoxication éthylique dans une clinique canadienne. Persuadé de l'innocence de son fils, et voulant se racheter à ses yeux, il va tenter de découvrir la *preuve* qui arrêtera la marche de la justice. Le spectateur connaît le coupable, ayant assisté au meurtre durant la première — et admirable — séquence, meurtre commis par Stanford (Leo McKern), un riche industriel. Engagé dans cette terrible course contre la montre, Losey pouvait tomber dans bien des pièges. Non seulement il les a évités, mais a réussi, de plus, à concilier la démonstration mathématique précise et sèche et qui touche à l'épure, et la poésie la plus folle, le lyrisme le plus bouleversant.

Tout ce qui se rapporte en effet au déroulement de l'intrigue policière, au mouvement d'horlogerie qui le rythme, est admirable, aussi bien par l'enchaînement des scènes, la façon dont les personnages se croisent, se trouvent, et cette évidence de l'innocence d'Alec qui apparaît de plus en plus aveuglante, que par l'aspect sous lequel David, désintoxiqué sans cesse au bord de la rechute, « voit » les choses avec des yeux neufs, s'apercevant des mensonges et des injustices ; tout cela gêne les gens habitués à vivre dans cette société bourgeoise qui sert leur égoïsme et leur bassesse. Aussi importants que le résultat de l'enquête sont les changements que provoque Graham chez toutes les personnes qu'il rencontre, et cela jusqu'à la fin, ultime et étonnant coup de théâtre, scène brutale dans laquelle on peut voir le pendant inversé de la magistrale scène d'ouverture. Tout le film est ainsi construit sur ce va-et-vient, cette recherche du renversement, cet appel des contraires. La première partie accompagne Graham qui rend visite à tous ceux susceptibles de lui procurer des renseignements intéressants. Puis, le soupçon qui n'avait cessé de croître bascule brusquement dans la certitude. La seconde partie nous fait alors retrouver les mêmes lieux, les mêmes comparses, dans un ordre presque identique, mais cette fois l'éclairage a changé, et chaque scène parallèle devient l'inverse de son modèle. Non seulement les personnages ont menti, et leur attitude doit changer radicalement, mais encore les objets de leur entourage, leur place, leur rôle, sont montrés, « utilisés » de façon symétriquement contraire à celle de leur première apparition. Comme si la preuve de l'innocence d'Alec faisait écrouler un monde pour le remplacer par son envers (un peu comme dans les nouvelles du Bradbury du *Pays d'octobre* et du Fredric Brown de *L'Univers en folie*). Les miroirs, dont les reflets ne renvoient, selon une loi optique bien connue, qu'une réalité inversée, trouvent dans ce contexte une importance particulière.

L'innocence d'un homme concerne la terre entière, surtout s'il s'agit d'un homme dont on est trop content qu'il serve de bouc émissaire, car cela évite d'attaquer l'ennemi le plus dangereux. L'anecdote policière a éclaté. Nous sommes en présence d'un film politique et moderne, comme seuls les Américains ont su en faire, un film qui se réfère de toute évidence aux théories marxistes ; et cela, pas tellement à cause du plaidoyer contre la peine de mort, de l'attaque contre la presse, ou même la dénonciation de l'incapacité de la justice, sinon de sa mauvaise foi, mais surtout par la façon dont Losey nous décrit ses personnages. Ces êtres seuls, aliénés dans leur solitude par cette société qui les écrase, et à laquelle ils ont cessé de s'opposer, sont des vaincus, presque des lâches. Cette solitude les tue ; ils ont besoin d'aide (« *help* » revient très souvent dans le film). N'en trouvant pas, ils se tournent vers des « trucs » : l'alcoolisme pour David, les voitures de course pour Stanford, la drogue pour Mme Harker, et même l'homosexualité pour Brian. Certains se sont ancrés dans leur égoïsme, satisfaits de la vie minable qu'ils mènent ; ceux-là refusent d'aider David, ce trouble-fête. D'autres, au contraire, profitent des circonstances pour se libérer, s'affranchir, soit par le refus de continuer à dissimuler leurs mensonges, soit par l'amour qui leur permettra de s'élever au-dessus de cette société : la scène d'amour entre Alec Graham et Honor Stanford (Ann Todd) est une des plus belles du film. C'est aussi le seul moment où l'auteur connaît un temps de répit, d'apaisement.

Ce monde social, admirablement décrit, c'est l'Angleterre presque vierge. Jamais, si ce n'est chez Dassin (*Les Forbans de la nuit*) ou chez Antonioni (troisième sketch de *I vinti*), nous ne vîmes une Angleterre si vivante, débarrassée des gentlemen, des vieilles rombières respectables, une Angleterre souvent pauvre et triste, aux appartements crasseux, aux pubs accueillants et mornes. Qu'on revoie l'appartement de Stanford, l'escalier, les estampes, ce parc où court la Mercedes, ce music-hall minable, cette prison. Deux ou trois plans suffisent pour imposer un lieu ; ce cinéma n'a pas peur de la laideur et garde les yeux ouverts sur le monde, même si ce témoignage doit blesser, et la vérité blesse toujours.

Temps sans pitié ne prône ni la résignation ni la non-violence, et apparaît comme une œuvre destructrice : le seul moyen de faire triompher la vérité est la violence ; en attendant la victoire finale, la lutte se mêle à l'amour, à l'amitié, à la solidarité. La mise en scène prend sa valeur lorsqu'on songe aux idées politiques de Losey (et nous espérons bien revoir *Le Rôdeur, Haines, La bête s'éveille* et voir *The Big Night*) : la direction d'acteurs est entièrement l'œuvre du réalisateur qui la façonne, la modèle ; bien moins proche en cela de Kazan que de Brecht auquel il faut bien venir, Brecht dont Losey monta, au théâtre, *Galileo Galilei* avec Charles Laughton. Redgrave ou Daneman sont dirigés dans le moindre de leurs gestes avec une rigueur totale, Losey les pousse l'un vers l'autre ou les éloigne à son gré, selon ses nécessités (c'est particulièrement sensible dans la deuxième scène entre David et Alec). De Leo McKern, on ne peut dire s'il « joue bien » ou non, sa performance se situe au-delà. Il est, un point c'est tout. Cette virulence énorme et puissante dans la satire fait songer à Welles, que visiblement connaît l'auteur de *M*. À travers Welles, nous sentons la présence de ce cinéma shakespearien, débordant de force physique, étincelant de santé. Mais Losey marque un point dans la mesure où sa réalisation ne sent jamais la virtuosité, où l'on ne découvre pas un seul « morceau de bravoure », pas un seul travelling métaphysique. Technique et scénario sont ici inséparables. Bien peu, avouons-le, sont les réalisateurs qui parviennent à un tel résultat.

Mario Bava

Très tôt, l'une des spécificités de Positif *fut son goût prononcé pour le cinéma* bis*, dont les deux pôles géographiques étaient, en Europe, l'Italie et l'Angleterre. Jean-Paul Török se fit ainsi le défenseur des films de la Hammer (*H Pictures*, n°s 39 et 40, mai et juillet 1961) — quelques mois après avoir pris le parti du* Voyeur *de Michael Powell (*Peeping Tom*, n° 36, novembre 1960). Gérard Legrand confessait, quant à lui, son penchant pour le péplum et « le cinéma italien d'inspiration fantastique » (de Mario Bava, Vittorio Cottafavi...) : « Celui qui parle ici aurait toutes les raisons de détester les paysages farfelus que Cinecittà brosse à partir de l'Antiquité : lecteur dans le texte des Grecs et des Latins, nourri de la tradition romantique allemande (...) il devrait maudire ce que, de ce côté-ci des Alpes, on appelle les "péplums" — un peu abusivement puisque leur principale tare est l'exhibition d'athlètes en caleçons. (...) Aucun de ces films, dira-t-on (péplums et films fantastiques), ne donne une impression d'achèvement : il faut y saisir la poésie par éclats. (...) Le cinéma rejoint alors (...) cette vision transparente et solennelle du monde (...) qui semble avoir été l'apanage des poètes anciens : nous saisissons en un unique reflet l'impérissable et l'éphémère, l'insecte et l'ambre de son tombeau, le fantôme et sa* *statue, la loi inflexible des étoiles et la rassurante gloire quotidienne du matin. C'est pour de tels instants de grâce que j'aime, à des niveaux d'émotion distincts, mais communicants, une douzaine de "réalisateurs", et aussi la foule naïve des mortels enveloppée dans les couleurs de l'écran. » (« Le péplum et la cape », n° 50, mars 1953.)*

JEAN-PAUL TÖRÖK, « Le cadavre exquis » (*Le Masque du démon*), n° 40, juillet 1961.

Principaux ouvrages de Jean-Paul Török : Le Scénario, Veyrier, 1984; *Pour en finir avec le maccarthysme : lumières sur la liste noire à Hollywood,* L'Harmattan, coll. Champs visuels, 1999.

JEAN-PAUL TÖRÖK

Le cadavre exquis

Le Masque du démon

De certains films on peut remarquer qu'ils déconcertent, suspendent, ou au mieux abolissent le jugement critique. Non pas qu'ils passent inaperçus : ils sont passés sous silence. S'exclament les amateurs éclairés au sortir du *Masque du démon*, « c'est le plus beau film de l'année », et, la part étant faite belle à la provocation, ils retournent à leurs chères études. Rien d'étonnant à ce que celles-ci gravitent de préférence autour des films les plus aisément répertoriables et les mieux répertoriés. Multiplier les points de repères, établir des connexions, le jeu où s'applique le critique est d'insérer chaque pièce dans l'univers intelligible et cohérent dont il porte en lui la nostalgie, sinon l'exigence. Qu'un film météore illumine en un éclair l'horizon, on le salue au passage, et, dispose-t-on du temps nécessaire, on formule un vœu. Mais ce n'est qu'une étoile filante, dont il importe peu de prolonger la persistance rétinienne, quand on a « la réalité rugueuse à étreindre ». La main à la caméra est la main à la charrue, on travaille, on prend de la peine, et si la forme est déficiente, c'est le fond qui manque le moins. Qu'en fait de trésor caché on ne mette au jour que des tartes à la crème (ici devrait prendre place un petit répertoire des tartes à la mode), tant pis, il en faut pour tous les dégoûts. Il est à craindre cependant que l'apparition imprévue d'une comète de la grande espèce n'aveugle définitivement ceux qui mettaient déjà un peu trop de complaisance à s'aventurer dans la nuit. Eh bien, il est possible depuis peu de tirer à coup sûr des plans sur cette comète-là.

De cette introduction je voudrais justifier l'obscurité volontaire en assignant à la critique une tâche dont la nouveauté n'échappera à personne. À trop éclairer l'évidence on risque de perdre la vue. L'espace filmique est encombré de pellicules surexposées, sur-impressionnées, par ceux qui utilisent volontiers le film comme une *transparence* pour le jeu gratuit de leurs systèmes ou de leurs rêves. Sans doute, pour débarrasser l'écran de ces parasites et de ces interférences, suffirait-il d'un regard limpide. Ce regard, c'est au sein du plus beau noir qu'il brillera du plus bel éclat. Je ne veux pas d'autre ambition pour la critique que d'être cet art « d'obscurcir les ténèbres » dont se réclamait l'auteur de *Melmoth*.

Le genre dit fantastique est situé très en marge du cinéma sur lequel se fonde la critique. Que les numéros spéciaux et les études spécialisées ne fassent pas illusion. Outre qu'ils tablent aisément sur le goût contemporain pour le bizarre, le ton y est soit persifleur et condescendant, soit inutilement enflé dans une emphase poétique qui pallie quelque indigence de pensée. Au nom d'impératifs purement esthétiques, le critique en titre d'une revue littéraire de l'étrange exécute sans conviction aucune tous les films de sa catégorie, et traite la quatrième dimension de l'écran en cousine bête des trois autres. À l'opposé, dans une étude comme celle consacrée dans le présent numéro au cinéma d'horreur anglais, la surestimation systématique, même si elle a pour excuse une admiration naïve, ne supplée nullement à un dilettantisme qui se complaît dans le pittoresque sans aucun esprit de sérieux.

En ce sens, la critique type d'un film comme *Le Masque du démon* s'établirait ainsi :

1) Résumé du scénario.

2) Quelques notes d'érudition : citer la nouvelle *Viï* de Gogol, dont fait état le générique, pour remarquer qu'elle n'a aucun rapport avec le scénario. Mario Bava, le réalisateur, fut chef opérateur avant de réaliser *Le Masque du démon*, son premier film, dont il signe aussi la photographie. S'extasier en passant sur la beauté des images (elles sont très belles). Petit détail qui a son importance : le monteur habituel de Visconti, Mario Serandrei, a collaboré au scénario.

3) La beauté magnétique de Barbara Steele (elle est *très* belle).

4) Petite exégèse psychanalytique.

5) Conclusion hautement poétique. Magnifier l'irrationnel, l'érotisme. On déplorera la défaveur du film d'horreur en France. On terminera en clamant bien fort que *Le Masque du démon* (et non pas *Le*..., ou *La*..., suit le titre du film en vogue) *est* le véritable cinéma.

Qu'il soit bien entendu que ce style de critique, qui a fait ses preuves, n'est en soi nullement condamnable, même s'il a pour seul effet de faire hausser les épaules des gens sérieux qui ne le prennent pas au sérieux. La petite place ménagée au divertissement se trouve heureusement comblée par certains films dont on ne retiendra ainsi que l'aspect de belle exception, l'irruption providentielle *from outer space*. Dans un cinéma tiré au cordeau par une critique *à la française*, le film fantastique, comme une *fausse ruine* romantique, gêne beaucoup moins qu'il ne joue le rôle d'une *folie*, propre à relever par son aspect délicieusement incongru la suave harmonie de l'ensemble. On saluera au passage ce témoin émouvant de ce que le cinéma aurait pu être.

En effet, le cinéma fantastique n'existe qu'à l'état de vestiges. Vestiges d'un cinéma qui n'a jamais existé que virtuellement, mais qui a bien failli exister. Cinéma parallèle, comme on parle d'un univers parallèle. Car dans le temps et dans l'espace, les films fantastiques relèvent d'une dimension extérieure au cinéma tel qu'on le fait. Dans le temps, il est évident que depuis, disons, *Nosferatu*, le film fantastique n'a ni évolué ni progressé, et a même échappé à toutes les influences. Dans l'espace, il suffit de comparer de récents films fantastiques réalisés dans des pays aussi différents que les États-Unis, la Grande-Bretagne, le Mexique ou l'Italie, pour se rendre compte qu'ils échappent totalement aux classifications nationales. Le film fantastique est le seul genre cinématographique véritablement international.

Il faut préciser que je ne tiens compte ici que du fantastique de terreur, le seul auquel la terreur apporte une garantie absolue d'authenticité. La terreur manifeste l'*inadmissibilité* de l'apparition. Alors le passage est ouvert à l'Épouvante, à l'Effroyable, à la sensation indicible de la peur délicieuse.

Dans *Le Masque du démon* s'entremêlent plusieurs thèmes traditionnels du fantastique : les abominations des rites magiques ; les morts qui se libèrent de la malédiction des vivants et reviennent accomplir leur vengeance ; le crime ancien dont la menace pèse sur une race écrasée par son destin ; les monstruosités surgies à la mi-nuit, dans les ténèbres, la possession d'une vivante par une morte ; la femme fantôme, objet à la fois de désir et de répulsion, la demeure, le château, les draperies funèbres, les portes secrètes, les souterrains conduisant à la crypte, les sépultures, tout l'appareil labyrinthique du beau idéal de la laideur souterraine ; les signes de terreur, les prémonitions lues dans les tableaux, dans les miroirs, dans les reflets des liquides.

Les trois données immédiates du fantastique sont l'Apparition, l'Événement et l'Objet. Comme l'amour et le désir, la terreur commence avec l'Apparition. Celle-ci se situe au cœur révélateur du fantastique, elle est l'intrusion de ce qui ne peut pas survenir, de ce qui ne survient qu'au prix de l'abolition de la raison. Elle est ce dont on ne peut pas rendre compte, un élément poétique pur qui épuise le rationnel et le langage. L'Événement est lié à l'Apparition. Il la situe et la prolonge. L'Objet participe du décor magique où se joue l'Événement. Son rôle, incantatoire, est d'évoquer l'apparition. Il traverse le temps sans connaître la destruction, il échappe à l'emprise du temps, il est le véhicule secret de la terreur ensevelie, l'instrument par lequel la vie seconde échappe à la décomposition des corps, le vestige victorieux de l'obscurité et de la corruption. Dans *Le Masque du démon* l'objet privilégié est le masque de bronze indestructible, à la face interne hérissée de longues pointes perforantes qui pénètrent le visage de la victime et en protègent les traits décomposés. L'icône du tombeau, l'emblème du griffon héraldique, la croix rituelle, jouent leur rôle dans la mécanique du décor noir, les ruines, les couloirs sombres, les tentures, tout l'appareil à fonctionnement symbolique de la demeure.

L'Apparition est la reine aveuglante exsudée des ténèbres, l'avènement subit et scandaleux de l'impossible. Elle surgit d'où l'impossibilité est le moins contestable : le sépulcre, la terre du cimetière. Apparition du visage de la morte, et, dans ce visage décharné où grouillent les scorpions, c'est la merveilleuse résurrection des yeux qui se recomposent sur le néant, la renaissance hallucinée du regard. Dans un au-delà de toute conscience, tout ce qui peut surgir des profondeurs de plus caché et de plus sombre se métamorphose en la lumière noire de la vie réinventée. Apparition, hors de la terre lourde qui pèse sur le tombeau, de la masse effroyable du sorcier, à la lueur des éclairs. Apparition de la survie effroyable du sorcier, traits crispés des morts vivants. Apparition enfin, la plus belle, la plus pure et la plus émouvante, qui suspend les battements du cœur et du temps, de cette jeune fille réelle, vivante et morte à la fois, mais réelle et terrorisée, brune et vêtue de sombre sur un fond de ciel d'orage, parmi les ruines, tenant en laisse deux chiens de haute race, et dont les yeux ne cillent pas, ne brillent pas, mais s'ouvrent là, sur une invite irrésistible à l'Épouvante.

L'Événement alors se déroule, s'enroule, serre à la gorge et aux tempes, comme un dernier frisson détaché d'un corps à l'agonie, une vibration dans l'air épaissi des ténèbres. Fait dramatique pur, émotion qui ne doit rien au mécanisme d'une histoire, mais s'impose comme à son insu au spectateur fasciné, envoûté par le seul pouvoir de la forme. De même que le pouvoir de l'apparition ne relève que de l'entour de l'être, et nullement de sa psychologie, la toute-puissance de l'événement pèse sur le sens, d'une manière sans réplique non pas par son contenu anecdotique, mais par le poids d'une évidence interne, immédiatement ressentie dans une communication extatique. En proie à des circonstances qui font d'elle, en des rites sexuels, la victime érotique élue, que l'innocence, la solitude, le désarroi désignent aux outrages, la jeune fille, tirant un rideau, pousse un cri d'horreur en découvrant une chose qu'on ne peut pas distinguer, noyée dans l'ombre.

Quand l'admiration esthétique ne fait plus qu'un avec le désir ou l'effroi, il est impossible d'en rendre compte. Où sont votre belle intelligence et votre goût précieux quand tout en vous se fige et se fascine devant la découverte de l'horreur répugnante ? Sous la robe flottante de cette jeune femme au si beau visage tremblent confusément des lambeaux de squelette. En est-elle moins désirable ? Devant ces métamorphoses du vampire, en cette double postulation du désir et de la peur, qui sont les monstres ? C'est en nous que le démon est masqué.

La Nouvelle Vague

« Le roi est nu », *longue charge de Robert Benayoun contre la Nouvelle Vague publiée en mai 1962 reproduite partiellement ci-après, est conçu comme un texte de synthèse visant à démystifier cette gloire nationale naissante, seule susceptible, selon l'auteur, de rivaliser avec celle du général de Gaulle. Si sa relecture, aujourd'hui, ne convainc pas absolument, elle permet néanmoins de redécouvrir les griefs retenus contre les anciens critiques des* Cahiers du cinéma, *Jean-Luc Godard, François Truffaut, Éric Rohmer ou Claude Chabrol, fondés non seulement sur leurs films, mais sur leurs propos et entretiens, jugés réactionnaires. Pour autant, cette étude ne reflète qu'imparfaitement les prises de position critiques de la revue sur les films issus de ce mouvement. Car nombre d'entre eux, malgré tout, trouvèrent grâce aux yeux des rédacteurs : les films de Pierre Kast, qui collabora, il est vrai, à l'une et l'autre revue,* Jules et Jim *et* L'Enfant sauvage *de Truffaut,* Paris nous appartient, L'Amour fou *et* Céline et Julie vont en bateau *de Rivette, Chabrol à partir des* Biches (Que la bête meure, Le Boucher...), *Rohmer après* Ma Nuit chez Maud *et* Le Genou de Claire. *Considérés comme proches de la Nouvelle Vague,* La Proie pour l'ombre *et* Les Mauvaises Fréquentations *d'Alexandre Astruc,* Moi un Noir,

de Jean Rouch, Léon Morin, prêtre *de Jean-Pierre Melville,* Lola *et* Les Demoiselles de Rochefort *de Jacques Demy, puis* La Maman et la putain *de Jean Eustache, par exemple, furent également défendus avec force, sans parler des films de Georges Franju jusqu'à* Thérèse Desqueyroux *ou des cinéastes dits de la rive gauche, Alain Resnais, Chris Marker et Agnès Varda. En revanche, les œuvres de Godard furent systématiquement éreintées, ce qui ne l'empêchera pas d'être placé en deuxième position des plus grands cinéastes francophones lors d'une consultation des rédacteurs pour le quarantième anniversaire de la revue. Mais il faudra attendre janvier 1999 pour qu'ait lieu la première rencontre entre Godard et* Positif, *autour des* Histoire(s) du cinéma.

ROBERT BENAYOUN, « Le roi est nu », n° 46, juin 1962.

Principaux ouvrages de Robert Benayoun : Bonjour Monsieur Lewis, *Éric Losfeld / Le Terrain Vague, 1972, Le Seuil, 1989;* Le Mystère Tex Avery, *Le Seuil, 1973, coll. Points virgule, 1988;* Les Marx Brothers, *Seghers, 1980,* Alain Resnais, arpenteur de l'imaginaire : de Hiroshima à Mélo, *Stock, 1980, Ramsay poche cinéma, 1986;* Le Regard de Buster Keaton, *Herscher, 1982, Ramsay poche cinéma, 1987;* Woody Allen : au-delà du langage, *Herscher, 1981 (1985);* John Huston : la grande ombre de l'aventure, *Lherminier, coll. Cinéma classique, les cinéastes, 1985;* Les Dingues du nonsense : de Lewis Carroll à Woody Allen, *Balland, 1984. Le Seuil, coll. Points virgule, 1986;* Les Marx Brothers ont la parole, *Le Seuil, 1991.*

ROBERT BENAYOUN
Le roi est nu
(extraits)

(...)

Une Weltanschauung de l'incompétence

La Nouvelle Vague est une école de critiques qui se lancent le défi de mettre la main à la pâte. C'est un *cinéma pour voir si l'on est capable de faire du cinéma*. On ne comprend pas pourquoi les cinéastes de la NV ont, dans leur exercice de la critique, jeté un discrédit sur John Huston en le traitant d'amateur. Car c'est un cinéma de l'amateurisme qu'ils promulguent. Un cinéma où l'incompétence, si elle n'est pas de règle, est adoptée comme clause de style.

Infiltrés dans une production techniquement surfaite, les films faits à la diable ont un moment surpris le public qui leur a attribué, à juste titre, un certain don de fraîcheur. Mais cette fraîcheur fut celle des premiers films. La Nouvelle Vague fut un événement tant qu'il y eut beaucoup de premiers films. L'incompétence surmontée (sans doute à contrecœur), puis remplacée par un constat de virtuosité, on remarqua bien vite chez quelqu'un comme Chabrol une irrémédiable dégradation de la sincérité. Qu'un metteur en scène de Nouvelle Vague acquière du métier, et sa désinvolture de base fait long feu, elle devient grimace. M. Godard, au stade actuel de sa carrière, ne fait plus de cinéma, il cherche tout au plus à *n'avoir pas trop l'air d'en faire*.

La critique de cinéma ayant subi pendant dix ans

les gloses exténuantes des deux grands mahatmas du double talk : Georges Sadoul et André Bazin, les cinq dernières années ont été marquées tout naturellement dans le métier par la certitude qu'il valait mieux faire du cinéma que d'en parler. La Cinémathèque française fut prise d'assaut par des jeunes gens voraces qui, pour satisfaire leur rêve secret d'*en* être un jour, se mirent en devoir d'avaler les Cent Vingt Chefs-d'œuvre.

Cela donna d'abord des films où l'on *digère le cinéma*.

Des films de citations, où telle scène de Hitchcock, accolée à telle autre de Buñuel, prélude à une longue séquence Vigo tournée dans un esprit rossellinien, mais rajeunie par les techniques chayevskiennes. Cette assimilation plus ou moins boulimique reflétait par ailleurs une fascination réelle pour l'acte nutritif. Ceux qui admirèrent tant la scène du pâté de foie dans tel film de Becker nous ont donné de longues scènes de petit déjeuner, de casse-croûte, ou de banquet[1]. Mais lorsque l'acte de création est remplacé par l'acte d'ingestion, il se produit ce phénomène que connaissent tous les cannibales : le mangeur croit avoir inventé ce qu'il avale[2].

Un cinéma perpétuellement remâché par lui-même aboutit fatalement à l'insipide. La Nouvelle Vague cerne à grand-peine un microcosme où l'on imite autour d'une table de bistrot tel petit geste esquissé en 1955 à la troisième bobine du remake musical en cinémascope d'un vieux western de

---

1. On sait que Roger Blin ne consent à mettre en scène que des pièces où l'on mange quelque chose. Elles sont seules dotées, dit-il, d'un quotient de réalité.
2. Tout le début de *Jules et Jim*, le meilleur film de F. Truffaut, est disgracié par une série de private jokes et d'emprunts absolument parasitaires et qui donnent l'impression d'un préambule de circonstance destiné à *faire* Nouvelle Vague.

série B. Le fin du fin consiste à faire un film pour dire qu'on aimerait en faire un autre : « Je voudrais danser comme dans une comédie musicale de Minelli », déclare Mme Karina, qui ne le fait justement pas. Et le reflet fugitif d'un fragment de mimique doté de plusieurs immortalités simultanées, comme une dent de pharaon retrouvée dans une momie de crocodile, doit être qualifié de génial parce qu'il vacille entre les mains d'un « vrai cinglé de cinéma ». Comme si la folie des salles obscures n'était pas devenue aujourd'hui d'une absolue banalité. Comme si tout le monde, en 1962, depuis le Goncourt du samedi soir jusqu'au vieil académicien privé de cordes vocales, ne se prenait, à sa façon, pour un cinglé du cinéma.

Avez-vous quelque chose à « dire » ?

(...)

Quand l'ineffable Luc Moullet écrit : « La morale est affaire de travellings », c'est pour admirer chez un Samuel Fuller « la gratuité heureusement totale » des mouvements d'appareil [1]. La beauté de ses travellings, si j'ai bien compris, *dispense* Fuller de toute préoccupation morale, ou mieux encore elle l'autorise à transcender le monde dans un orgasme de mouvements latéraux et circulaires qui sont selon certains le trademark même de l'apolitisme. Or il se trouve que chaque mouvement de la caméra révèle un mouvement de la pensée (mouvement inverse, parallèle, ou asymptotique), plus encore que l'usage de l'adjectif ou de la troisième personne du singulier chez un écrivain. L'emploi de la violence dans la

1. « Sam Fuller sur les brisées de Marlowe », *Les Cahiers du cinéma*, n° 93.

mise en scène de cinéma, tant admiré par les critiques d'extrême droite, ne relève jamais du seul esthétisme, car chaque style a sa morale. M. Molinaro, qui s'inspire du cinéma américain le plus défendable, ne peut s'empêcher, en transposant les techniques d'un Wise ou d'un Aldrich, d'y insérer à son insu une morbidité de l'impact, un goût de l'écrasement physique, un mépris de la fibre humaine, qui illustrent en lui le policier refoulé d'*Appelez le 17*. Comme la phrase en raz de marée de Céline trahit son fanatisme inquiet et sa terreur de l'argument, les travellings en traître de Fuller ont l'hystérie du viol intellectuel (du *menticide* selon Joost A. Merloo). « C'est un beau style de brute », résume Moullet, admiratif. Les alibis de l'extériorité sont donc insuffisants. Il manque au cinéma contemporain un enseignement esthétique et philosophique, qui puisse distinguer la création de la simple régie, ou mise en scène. Le pianiste Oscar Peterson, devenu professeur de musique moderne, déclare : « Je n'apprends pas le style à mes élèves, je leur apprends à *penser*. Un musicien a besoin avant tout d'un sens de la direction, et d'une certaine honnêteté dans l'invention. » Il est bien net que les films de Nouvelle Vague sont dans l'ensemble *mal pensés*, exception faite des plus littéraires *(Lola, Le Farceur*, voire *Paris nous appartient)*.

Le refus du sujet chez les cinéastes de la NV est donc très éloquent. C'est un refus de l'engagement, une fuite dans le formalisme. Il n'est pas de sujet qui ne puisse être transcendé, dépassé, élargi ou contrarié par son adaptateur. On peut faire un film antiraciste avec un script raciste, un film intimiste qui se passerait en marge de la fin du monde, un film social sur la chute d'un pétale de rose, une épopée cosmique sur le changement d'heure au méridien de Greenwich. Mais l'attitude morale d'un réalisateur face à son sujet est la justification même de son rôle. Chabrol a dit qu'il n'y avait pas de grands sujets parce qu'il n'a pas osé en « réduire » un, comme on réduit une tête, en lieu de quoi il préfère grossir des vérités infinitésimales. Ce refus est aussi celui de l'invention totale, sur le plan d'une autoanalyse par l'expression. On peut tripoter une bande sonore, une photographie, bousculer des acteurs et houspiller la caméra. On ne malmène pas impunément quelques idées de base.

La peur du sujet chez les cinéastes de la NV se trahit par une activité fébrile de diversion. On se réfugie dans l'anodin, dans la banalité, dès qu'on frôle le sérieux, ou la gravité. On interprète tout en gags de mise en scène, on traite en facétie une réflexion sournoise sur la trahison intellectuelle. On pratique le clin d'œil qui rassure, on clame que rien de tout cela ne porte à conséquence. Et on camoufle le vide mental d'un monologue en égrenant quelques titres de livres, ou une citation de Gorki, qu'on attribue, pour faire mieux, à Lénine.

Une dialectique de la confusion

À ce stade, la querelle du contenu côtoie fatalement le débat politique. Je me méfie toujours de ceux qui affichent leur complète neutralité sur le plan de l'idéologie. En supposant l'effacement de la distinction entre critique de droite et critique de gauche, l'enquête des *Cahiers du cinéma* l'attribuait d'office à « un effacement de l'éthique au profit de l'esthétique ». J'aimerais souligner que les « artistes » Truffaut-Godard, qui se refusent catégoriquement, au nom de l'esthétique, à être rangés dans un camp ou dans l'autre, se rejoignent dans leur credo de base : « Ce qui m'amuse, dit Godard, c'est de brouiller les cartes[1] ». « Ce qui m'intéresse, dit Truffaut, c'est de me contredire... J'aime tout ce qui est trouble[2]. » Activités, il va sans dire, que personne ne leur dispute. Truffaut, qui me reprochait en 1956 de le ranger parmi les jeunes Turcs de la critique de droite, accorde aujourd'hui à *Clarté* une interview qui nous permet de mieux jauger son évolution politique, qui est notable, qu'on en juge : « L'homme doit voter, l'artiste pas. Il ne peut pas. Il doit chercher ce qu'il y a d'intéressant dans le camp adverse... Il y a en France des réalisateurs communistes, c'est à eux qu'il faut demander de filmer des ouvriers... Je refuse d'opposer l'amour à la bourgeoisie ou aux flics. Les flics aussi sont amoureux[3]. » Ailleurs, dans un élan de candeur, il avoue : « En politique, je ne savais rien. J'aurais été incapable de vous dire ce que c'était que le FLN et d'un seul coup, *grâce à la télévision*, je me suis intéressé à l'actualité[4]. »

Cette conception de l'art, voué à l'équivoque et à la confusion délibérée, ce goût affirmé de ce qui brouille la vue, de ce qui obscurcit l'entendement, représente sans doute ce que Godard, dans une brève illumination, a mis au compte d'une « anarchie de droite » dont voici l'argument typique : « Pour moi, dans *Le Petit Soldat*, l'honnêteté, c'était de montrer les amis, enfin les gens avec lesquels j'irais me battre s'il le fallait, et *même si je ne suis pas de leur bord*, disons le peuple algérien, de les montrer, eux, torturant. Je pensais que l'accusation contre la torture est plus forte si l'on voit son propre ami la pratiquer[5]. » Une réflexion qui ne double en aucun cas cette autre-ci : « Comme je suis sentimental, je serais

---

1. *L'Express*, 27 juillet 1961. Cité par Michèle Manceaux.
2. Interview de Truffaut dans *Clarté*, n° 42.
3. *Ibid.*
4. *Télé-7 Jours*, janvier 1962.
5. *L'Express*, 27 juillet 1961.

plutôt à gauche. Surtout par rapport à mes meilleurs amis, qui, eux, sont nettement à droite. » Sur cette lancée, citons encore : « Pour moi, un artiste est forcément de gauche. Même Drieu la Rochelle était de gauche. De même Khrouchtchev et Kennedy sont de droite, ils sont totalitaires. » Et pour finir : « Moi, je suis contre la police, et puis je suis pour. Au sens balzacien, dans la mesure où c'est mystérieux [1]. »

Bien entendu, il faut faire la part de la provocation dans cette série d'affirmations vaguement hilares, qui ont pour but premier de méduser, et comme c'est facile, une Michèle Manceaux [2]. Mais cela fait, on réalise vite que Godard n'attribue aucune importance à ce qu'il dit. Le poids d'un mot ne le concerne pas, il dit n'importe quoi, tout comme il tourne n'importe quoi, sans doute parce que « avec le remords vient peut-être la liberté [3] ». Une telle assurance permet évidemment de vénérer par abstention l'ordre établi. Sous le label de l'anarchie, on pratique l'attentisme le plus catatonique, l'hivernage mental.

Certains de mes lecteurs auront sans doute trouvé quelque peu sibyllin le cheminement de cet article. Mais je n'ai pas pour le seul plaisir joué le jeu un peu ingrat des citations : je pense qu'il y a identité presque fatale entre les propos ci-dessus et le genre de cinéma qui les sous-tend. Il importe peu de savoir si ceux qui les ont tenus y résumaient inconsciem-

---

1. *L'Express*, 27 juillet 1961.
2. Je ne citerai pas ici la longue interview de Godard sur la torture, qui relève, elle, de la pire ignominie. Elle fut pourtant citée sans commentaires dans *L'Express*, le 16 juin 1960. Notons que *L'Express* est le porte-voix attitré de Jean-Luc Godard. Chacun de ces messieurs, au reste, y va (sait-on jamais?) de sa petite interview dans *Clarté*. Même Rivette et Claude Chabrol, lequel se mesura longuement, à la Semaine de la pensée marxiste, avec Grigori Tchoukraï.
3. *Le Monde*, 13 septembre 1960.

ment leur morale de l'esthétique, ou si au contraire l'exercice d'un cinéma de diversion intellectuelle les vouait tôt ou tard à se trahir sur le plan politique. Ce serait entrer dans l'anecdote quand seules les œuvres nous concernent.

Et c'est ici que les réalisateurs de la NV voient se retourner contre eux leur parti pris de formalisme. N'ayant aucune notion des démarches élémentaires de l'inconscient dans la création artistique, ils se croient quittes de tout ce qu'ils refoulent, et invoquent un apolitisme qu'ils contredisent par une provocation permanente dans le déni de parti pris. Ceux qui toutefois se réclament d'eux sont moins prudents : « Beau est le fascisme », énonce Luc Moullet, qui écrit un peu plus loin : « Seul le point de vue sur le fascisme de quelqu'un qui a été tenté est digne d'intérêt [1]. » Marc C. Bernard, qui estime que « tout sujet historique doit être conçu et traité comme un sujet policier », déclare que « la brutalité est une méthode et aussi l'honnêteté même [2] ». Il va de soi, précise son mentor Michel Mourlet, qu'il s'agit seulement de « la brutalité de la photographie et de la brutalité de l'expression [3] ». Nous avions bien compris la nuance. M. Michel Mourlet, dans un article intitulé « Apologie de la violence », l'expliquait bien : « L'œuvre de Walsh est l'illustration de l'aphorisme de Zarathoustra : L'homme est fait pour la guerre, la femme pour le repos du guerrier, et le reste est folie [4]. » Chez ces admirateurs éperdus de Jacques Laurent, « l'écrivain qui a écrit les phrases les plus propres et les plus franches sur les muscles des filles [5] », on retrouve les

---

1. « Sam Fuller sur les brisées de Marlowe », *Les Cahiers du cinéma*, n° 93.
2. *Présence du cinéma*, n° 13.
3. *Présence du cinéma*, n° 14.
4. *Les Cahiers du cinéma*, n° 107.
5. Marc C. Bernard, *Présence du cinéma*, n° 14.

alibis esthétiques traditionnels de l'extrême droite, et le manque de courage de quiconque admire et exalte la *pensée* policière et le *langage* de la brutalité, tout en repoussant avec des cris d'orfraie leur inévitable contexte.

Disons-le tout net, c'est dans ce jeu furtif que finalement surgissent les caractéristiques les plus perfides de la pensée de droite. Bien peu d'intellectuels *revendiquent* de nos jours une idéologie réactionnaire. C'est chez les fins causeurs sourds d'eux-mêmes, chez les défenseurs trop assidus de la *manière*, et les amateurs passionnés de la confusion mentale envisagée comme une liberté de dire n'importe quoi qu'on retrouve immanquablement les nostalgiques de l'arbitraire.

Il est un autre cinéma

La querelle du contenu est donc pour nous cet élément chimique qui *précipite* le milieu ambiant et sépare les molécules. Définir contre toute attente un cinéma de gauche par rapport à un cinéma de droite ne revient pas à sanctionner politiquement la réussite sur le rapport de l'efficacité. Il me semble qu'on peut tout au contraire définir le cinéma de gauche par ses défauts. Un film de gauche raté a toujours trop de contenu, il est souvent d'une maladroite sincérité, couvre trop de problèmes par volonté trop grande de convaincre. Il a tendance à être trop explicite, et à simplifier les structures d'exposition. À partir de là, il serait absurde de prôner aux cinéastes de gauche l'indifférence, la désinvolture, le flou et l'impressionnisme délibéré, sous prétexte qu'ils sont de mode. On peut par contre réclamer d'eux un usage plus fréquent de la dialectique hégélienne, une certaine distanciation de leur sujet, un usage plus fré-

quent de l'analogie, un lyrisme plus délirant, une technique de la surprise qui s'opposerait aux postulats de paresse actuellement en cours, toutes qualités qu'on retrouve chez des cinéastes comme Valerio Zurlini, Alexander Singer, ou Alain Cavalier.
(...)

Jerry Lewis

Que Robert Benayoun soit l'une des plus grandes plumes de Positif *ne fait aucun doute. Son don pour le verbe polémique ne doit cependant pas occulter sa finesse d'analyse (sensible notamment dans ses textes sur Resnais) et son talent pour communiquer ses enthousiasmes, aux premiers rangs desquels figurent notamment le cinéma d'animation, le comique et le burlesque (de Buster Keaton à Frank Tashlin, même s'il ne fut guère sensible à la nouveauté de* Playtime *de Jacques Tati). Benayoun restera comme l'un des premiers laudateurs de Woody Allen et de Jerry Lewis, l'un et l'autre ignorés par la grande majorité de la critique américaine. Sa complicité avec Lewis donnera d'ailleurs lieu à une série de films et à un livre exceptionnels :* Bonjour, Monsieur Lewis.

ROBERT BENAYOUN, « Jerry Lewis, Man of the Year », n°s 50-51-52, mars 1963.

ROBERT BENAYOUN

Jerry Lewis, Man of the Year

> *Si vous avez un bâton, je vous en donnerai un.*
> *Si vous n'en avez pas, je vous le prendrai.*
>
> Proverbe Zen.

Tout arrive, dirent un jour successivement Héraclite, Léonard de Vinci, Pic de la Mirandole, Mme du Barry, P.-T. Barnum, Jack l'Éventreur, Henry Clay et un couvreur bègue de Cincinatti, Ohio, dont le nom m'échappe. La critique française, cinq ans après *Positif*, vient de reconnaître le génie de Jerry Lewis[1]. Le jury de la Nouvelle Critique, en attribuant à *The Ladies' Man* son prix du meilleur film étranger pour 1962, a donné le coup de pouce à une légitime consécration, et forcé la main à nombre de ronchons tatifiants pour lesquels l'humour demeure encore une forme perfide d'antigrippine[2].

Dans *The Errand Boy*, Jerry Lewis, au cours d'un

---

1. Voir *Positif*, n° 29 : « Simple Simon ou l'anti-James Dean » fut la première étude globale parue en France sur Jerry, mais c'est en mai 1956, dans *Demain*, que j'avais publié le premier article sur « Le comique de Jerry Lewis ». Ce genre de mise au point n'aurait pas le moindre intérêt si elle ne s'équilibrait du record inverse. En avril 1962, dans *Paris-Presse*, mon confrère Michel Aubriant titrait encore sur *The Ladies'Man* : « Un pitre laborieux ».

2. Une note spéciale doit être consacrée à Michel Capdenac. Ce personnage ridicule, dont le visage exprime tout le relief d'une Beauce mentale définitive, est à ma connaissance le seul membre d'un jury qui passe son temps à dénigrer les votes de ses cojurés, et à chanter en un fausset superbe le couplet du monsieur que personne n'écoute. Dans *Les Lettres françaises* du 17 janvier 1963, ce monsieur qui ne mérite même plus que je lui fasse le cadeau de collectionneur d'une de mes lettres d'insultes si cotées parle du « crétinisme galopant » de Jerry Lewis. Comme dit le nonsensiste : une tabatière n'est pas censée éterner.

petit intermède sentimental, raconte à une marionnette comment, né dans le New Jersey, il est venu à Hollywood, et a tenté d'y faire carrière. Puis, dans un commentaire à peine voilé de sa propre expérience, il réclame (pour le créateur) une adhésion plus intuitive, et un refus de l'analyse. Le mot clé de cette étrange scène est le suivant : «*I like liking you*» (j'aime vous aimer). Venant d'un personnage aussi visiblement épris de sympathie que l'est Joseph Levitch, ce discours n'a rien de surprenant. Pourtant, son audace vaut d'être notée. Habitué depuis longtemps à susciter de la part des critiques les commentaires les plus hargneux, ce garçon au cœur d'or, persuadé (il l'expliqua jadis à une journaliste de *McCalls*) de ce que le rire est une forme de thérapie, ne se satisfait pas d'une appréciation rationnelle de son œuvre, il demande pour ainsi dire *qu'on vienne à lui* les mains tendues.

En octobre dernier, Jerry Lewis a expliqué à *Variety* non seulement pourquoi ses vingt-sept films avaient *tous* été, sans la moindre exception, des succès commerciaux énormes, mais encore pourquoi l'industrie cinématographique dans son ensemble faisait fausse route. «Elle n'utilise plus ces trois mots très simples : je vous aime.» Il semble décidément que cette idée, chez notre comédien, soit purement obsessionnelle. Or, refusons froidement la suggestion qu'il nous offre, et analysons point par point son œuvre, nous en arriverons au même résultat : nous serons obligés d'aimer Jerry Lewis.

Dans *The Errand Boy*, Jerry porte le nom tout transparent de Morton S. Tashman. Devenu metteur en scène, il paie sa dette à Frank Tashlin, dont une longue interview, publiée dans *Esquire* par Peter Bogdanovich [1], nous indique qu'il le considère comme son

---

1. «Mr. Lewis is a pussy cat» par Peter Bogdanovich (*Esquire*, nov. 1962). Dans la longue liste des interviews connues de

père spirituel. Ici Jerry, que l'on a souvent taxé de mégalomanie, révèle sa profonde modestie. Tout indique à présent que, sous la férule de Norman Taurog ou de Don McGuire, Jerry, aidé de ses dialoguistes Simmons et Lear, était déjà l'auteur de son propre matériel. Et Tashlin lui-même, épuisé par de folles sessions avec un acteur insaisissable, encombrant et irrésistible, mais qui se délivre de ses scènes en une seule prise, soupire pendant le tournage de *It's Only Money* : « Un metteur en scène n'obtient aucun crédit pour un film qu'il tournerait avec Lewis. »

Jerry Lewis, metteur en scène, n'entre jamais sur le plateau sans qu'une fanfare spécialement appointée à cet effet n'éclate littéralement, lui fournissant une arrivée synchronisée aux roulements bien étudiés de ses tambours. D'un coup, comme dans un rêve d'enfant (ou d'Orson Welles), il devient le maître absolu d'un univers magique qu'on pourrait surnommer le Lewisland. Sur ce plateau, deux rangées de chaises sont réservées aux enfants qui veulent voir tourner leur grand frère Jerry, chaque technicien a sa petite tasse de café portant son nom (un peu comme les nains de *Blanche-Neige*) et porte une chemise-polo ornée de la caricature du grand chef. Le grand chef (*the chief*, comme l'indique une immense pancarte à l'entrée de sa loge) distribue à la ronde des cadeaux et des démérites, diffuse des mémos, fait des farces à l'équipe technique en plein tournage, apparaît inopinément dans un costume d'Indien fou, et se perche avec une satisfaction d'aga au sommet d'une grue gigantesque qu'une autre pancarte nous désigne comme *le joujou de Jerry*. (Ce goût prononcé pour les pancartes ne s'arrête pas là. À l'entrée du studio il y a une inscription : *Ce plateau*

Jerry Lewis, celle de Bogdanovich constitue sans doute la plus brillante pièce de journalisme que je connaisse.

est ouvert. Entrez, vous êtes le bienvenu. À l'entrée de sa maison splendide de 350 000 dollars, qui appartint à feu Louis B. Meyer, il y a une plaque : *Notre maison est ouverte au soleil, aux amis, aux invités et au bon Dieu.* Sur le bureau de Jerry, il y a une autre plaque avec ces mots : *Je ne serai de passage en ce monde qu'une seule fois.* Et l'une de ses manies est d'offrir à ses associés de petites plaques de bronze où sont gravées des démonstrations sentimentales d'amitié et de fidélité.)

Depuis ses premiers rôles, Jerry fut un metteur en scène de coulisses, féru de technique, et possédant un équipement ultramoderne. Il fonda les Productions Ron-Gar (Ronnie et Gary sont deux de ses fils) et tourna avec des amis intimes comme Tony Curtis et Janet Leigh d'innombrables pastiches de grands films à succès comme *Tant qu'il y aura des hommes.* Tous ceux qui ont vu, dans la somptueuse villa de Bel-Air, ces courts métrages burlesques, affirment que le metteur en scène s'y manifesta des années avant *The Belboy.* Aujourd'hui, les pitreries de Lewis sur le plateau ne dissimulent pas son aptitude de technicien et de professionnel. Jerry possède une salle de montage perfectionnée attenante à son bureau, a inventé deux systèmes inédits de contrôle technique : l'un consiste à utiliser sur le set quatre récepteurs de télévision synchronisés avec ses caméras qui lui permettent en plein tournage de confronter à la seconde ses propres rushes, et un complexe de soixante micros dispersés dans le studio qui avance de plusieurs heures le réglage du son pour chaque scène envisagée.

Tashlin ne mâche pas ses mots en affirmant que Jerry est « un génie de l'électronique ». La vie de notre comédien est littéralement hantée par les gadgets. Jerry possède un téléphone dans chacune de ses quatorze autos, sa maison est truffée de micros et de magnétophones, possède un ingénieux système d'interphone, et permet à son propriétaire suractif de s'adresser à toute heure du jour et de la nuit aux résidents de Los Angelès et de la vallée de San Fernando grâce à sa station de radio privée, la KJPL, sur les antennes de laquelle il interviewe ses enfants ou discute inopinément politique avec l'un quelconque de ses visiteurs. Enfin on sait que le symbole de richesse le plus spectaculaire de Hollywood est à ce jour le sonotone de 15 000 dollars, élaboré par les plus grands ingénieurs de l'électronique, que Jerry a fait fabriquer pour son épagneul Chips, atteint de surdité.

Dans *It's Only Money*, de Frank Tashlin, Jerry visite la propriété modèle d'un génie de l'électronique. Cette demeure (qui pourrait être celle de Joseph Levitch à Bel-Air) contient des appareils compliqués de contrôle à distance, des téléviseurs clandestins, des aspirateurs et des tondeuses téléguidables, et surtout un système perfectionné de hi-fi dont l'usage est hallucinant : si l'on y écoute des enregistrements de trains en marche, la maison se met à trembler, des signaux s'allument, la fumée envahit la pièce, et le contrôleur lui-même, comme un spectre, surgit pour poinçonner votre ticket. (Un gag que je n'hésite pas à attribuer de confiance à Jerry lui-même, car il porte sa marque, même si le scénario est signé par un certain John Fenton Murray.) Jerry, lancé sur un sujet qu'il connaît bien, y explique l'électronique par de longs discours où le jargon technique se mêle aux onomatopées, et aux explications mimées, dans un superbe doubletalk.

Dans le décor somptueux de *The Ladies' Man*, encombré de caméras, de micros et de floods, on peut non seulement interpréter le rêve mécanique de notre auteur, mais être confronté au cadre exact de son activité directoriale. Le décor du film s'identifie avec celui du tournage effectif (le plateau ne va pas plus loin). Il représente, au sens wellésien du mot, un merveilleux train électrique, que Lewis nous met dans les mains, avant de s'en servir.

On peut dire que les ambitions directoriales de Jerry sont l'élément de plus en plus dominant de sa carrière. Un acteur comique désire généralement plus que toute autre chose jouer un rôle tragique : ce fut le cas d'Ed Wynn, de Groucho Marx et de bien d'autres. Jerry, indépendamment d'une expérience à la télévision (où il joua *Le Chanteur de jazz*, sans doute tenté par l'élément israélite du sujet), ne veut pas devenir un tragédien : on lui a offert en vain des rôles dans *The Last Angry Man*, ou *Qu'est-ce qui fait courir Sammy ?* Ernest Borgnine et Yul Brynner l'ont réclamé comme partenaire, et Shirley Booth a demandé à être dirigée par lui. « J'ai refusé ces offres, dit Jerry, parce qu'il y a 5 000 acteurs dramatiques qui peuvent les jouer mieux que moi, mais aucun qui puisse jouer le genre de rôles qui me convient [1] ».

En 1959, après onze années avec Hal Wallis, Jerry a signé un nouveau contrat entre sa propre compagnie et la Paramount suivant lequel cette dernière a les droits exclusifs pour sept années sur toutes les productions de Lewis, et sur sept films ayant Lewis pour vedette. Au minimum donc, Jerry jouera un film par an pour Paramount (dirigé par un Tashlin ou un Taurog) et produira lui-même un autre film dont il assurera la mise en scène. Cela, bien entendu, ne changera rien à son train de vie habituel qui inclut deux mois par an de cabaret à Las Vegas, et trois semaines à Chicago, deux grands shows télévisés annuels, et la direction d'une école de jeunes comédiens auxquels il offre automatiquement leur première expérience dans ses films et ses émissions. Autant dire tout de suite que Jerry a signé un contrat avec nous, garantissant sa présence persistante sur

---

[1]. Interview dans *Newsweek*, le 29 décembre 1958.

les écrans, une forme d'assurance rire qu'on est bien heureux, en ce début d'année, d'avoir contractée.

Lorsqu'on a fait le tour des excentricités de Jerry, de ses caprices et de ses clowneries, on tend à escamoter le sérieux foncier de ses ambitions, le développement systématique de son œuvre. Ayant débuté dans la mise en scène par une sorte d'accident (il fallait produire du néant un film d'été pour Paramount, Jerry voulant faire sortir *Cinder Fella* pendant les fêtes de Noël), il fit les preuves de sa compétence en improvisant sur place, à l'hôtel Fontainebleau en Floride, où il était censé se reposer, un film de long métrage sans histoire et pratiquement sans paroles, qui, ayant coûté 900 000 dollars, en gagna 8 millions. C'était un tour de force, mais pour Jerry une simple entrée en matière, un hommage à la forme la plus pure du gag, un *Ziegfeld Follies* du slapstick muet.

Avec *The Ladies' Man*, l'entreprise atteignait à un sommet : en construisant une boîte de poupée géante, vue en coupe, afin de nous donner le coup d'œil entomologique sur une fourmilière matriarcale, Jerry trouvait l'équivalent plastique du coup d'œil d'Asmodée, une vision de voyeur démiurgique et de passe-muraille, mais aussi démontrait un dédain suprême des divers clichés de narration qui lui permettait, en un seul plan, nous découvrant le secret de son décor, d'abattre cartes sur table, de nous indiquer comment il mènerait sa barque, et, partant de là, de nous conduire tout de même de surprise en surprise.

The Errand Boy mise sur un principe différent. Considérant d'emblée ce fait indiscutable que tout gag a déjà été exploité une fois au moins, Jerry décide de nous faire *deviner* les siens. Tout se passe en coulisse, et nous voyons seulement l'*avant* suivi de l'*après*. Nous ne voyons pas Jerry tomber dans une piscine qui depuis un moment lui faisait des avances. Mais après une longue scène sous-marine, qui nous le montre virevoltant autour d'un homme-grenouille avec toute l'aisance d'Esther Williams, nous apprenons qu'il se consacre entièrement à la noyade. Nous ne voyons pas Jerry manipuler le tableau de bord d'une salle de doublage, mais nous voyons la copie de travail que des magnats consternés se font projeter. Nous ne voyons pas Jerry faire laver la Cadillac décapotable du patron (avec Mme Patron à l'intérieur), mais nous voyons émerger, à l'issue de l'opération, une matrone essorée et chuinteuse, mais qui ne sort pas assez de son rôle presque abstrait d'accessoire pour protester. Tout cela se développe dans un silence presque général, et sur un tempo assez lent. *The Errand Boy*, exception faite de quelques «chutes», est un film fait de murmures, de bruits de pas feutrés dans des couloirs, de chocs mineurs comme celui des berlingots dans leur bocal. De tous les styles en cours dans la période du slapstick, Jerry semble avoir, dans ce film, souligné son inavouée prédilection pour ce que l'on nomme le *slow burn*, c'est-à-dire une certaine attitude de patience stoïque pendant que s'accumule pour un personnage donné une indignité après l'autre. (Le *slow burn* a été mis au point et illustré pendant plus de trente ans par un acteur nommé Edgar Kennedy, notamment face à Laurel-Hardy dans leurs scènes de destruction [1].)

Dans une séquence magistrale du film, Jerry monte dans un ascenseur bondé. Il se retrouve

---

[1]. Jusqu'à présent, Jerry avait confié l'usage du *slow burn* à des acteurs spécialisés dans le rôle de victime, comme Fred Clark, Sig Ruman, ou même Peter Lorre. Dans *The Ladies' Man*, il a conçu une scène magistrale de slowburn pour Buddy Lester : celle du chapeau longuement malaxé du gangster irascible. Le transfert du *slow burn* à son propre personnage représente donc pour lui un effort de sobriété considérable, et confirme sa connaissance parfaite des «temps morts» où le rire s'accumule sur une pure expectative.

coincé (visage contre visage) avec un certain nombre d'inconnus masticateurs, baveux ou tressaillants. L'immobilité oppressante des personnages finit par provoquer une série de péripéties nauséabondes (on connaît le complexe sadique-anal de Lewis, scène du repas forcé dans *The Ladies' Man*). Un cure-dent passe d'une bouche à l'autre, les cigares et les éternuements préludent à l'explosion (invisible, elle aussi) d'un gros morceau de bubble-gum. Le slow burn de Jerry participe là d'un fatalisme consterné, d'une hébétude polie, empreinte de gentillesse, qui est celle du *schlemiel* de la tradition juive.

Lorsque, à l'issue de telles scènes, une catastrophe bruyante et sismique vient détruire l'harmonie de ce monde lisse et douillet, on est vraiment en présence d'un cataclysme. Chez Lewis, le thème de la maladresse a quelque chose d'irréel. Les objets ont une manière à eux de se rebeller entre ses mains. Je rappelle l'anecdote suivante, relatée dans la biographie officielle du comédien : Le premier emploi de Jerry, qu'il tint à l'âge de onze ans dans un drugstore, se termina par la catastrophe suivante : il planta une fourchette dans un grille-toast avec un tel élan qu'il fit sauter les plombs de l'immeuble, plongea la boutique dans l'obscurité, et permit à cinquante clients de partir sans payer leur note. Dans plusieurs de ses films (notamment *Artistes et Modèles*), Jerry se trouve aux prises avec un distributeur d'eau, cet appareil typiquement américain. Dans *The Errand Boy*, il lui arrive ce colossal désagrément : le réservoir se vide d'un seul coup devant lui, dans une éructation abominable, comme en un seul gigantesque sanglot, et le laisse frustré, tenant en main son gobelet désespérément vide. Un peu plus tard, c'est une bouteille géante de champagne qui, entre ses mains, déverse un niagara mousseux sur les grands responsables du studio et inonde le plateau.

Mais le plus souvent dans *The Errand Boy*, comme dans *The Bellboy*, nous sommes dans le registre discret de la vignette, dotée d'une boucle, et qui n'enchaîne pas sur d'autres épisodes. Cette pratique du « soft humor » s'accompagne d'un recours plus fréquent que d'usage aux noms invraisemblables (péché mignon de Fields et de Groucho). Tenu de présenter Mr. Babewoesentall à Mme Warbenlathney ou à Mr. Vermendnitting, Morty S. Tashman a le plus grand mal du monde à respecter le sérieux de ses pairs [1]. En outre, la précision de plus en plus contrôlée de ses gestes acquiert désormais une structure *musicale*. Jerry, dans chacun de ses films, mime une scène sur un accompagnement d'orchestre : ici, c'est une conférence de table ronde, où chaque intervention, chaque geste, et surtout chaque mot prononcé épouse une forme musicale identifiable. J'ai vu moi-même Jerry Lewis, au Birdland de New York, présenter Count Basie et son orchestre, et en réalité le mener pendant deux heures d'affilée, au cours desquelles chaque note apprise par cœur (Basie l'accompagna dans *Cinder Fella*) lui inspirait un discours muet tout aussi éloquent que le sont les illisibles calligraphies de Saül Steinberg.

The Errand Boy, somme toute, s'écarte indiscutablement du registre Tashlin, tout en le dépassant. L'argument est notable si l'on compare ce film, entièrement centré sur Hollywood, avec *Un vrai cinglé de cinéma*. Dans le Tashlin, Jerry arrivait à Hollywood comme un navigateur du XVIe siècle, et découvrait les indigènes, leur magie, et leurs coutumes inconcevables. *Hollywood or Bust* : Jerry atteint son objectif sans coup férir, mais Hollywood n'éclate pas. Nous ne pénétrons pas dans le sanctum. À peine visitons-

---

1. Le S. de Morty S. Tashman signifie *scared* parce que, dit Morty avec une touchante franchise, je suis un grand froussard.

nous quelques plateaux, en enfilade (dans une scène d'ailleurs désopilante), mais, si j'ose dire, en passant. Au contraire dans *The Errand Boy* nous découvrons Hollywood vu de l'intérieur, du point de vue déjà cité : celui d'un jeune homme du New Jersey qui était fou de cinéma et qui parvint à s'immiscer dans la machinerie.

Nous voyons d'abord Hollywood en survol, comme dans un documentaire de Fitzpatrick, mais c'est une architecture sans âme, une série de carcasses qui retransmet cette notion de vide qu'ont tous les visiteurs de La Mecque du film. Les studios eux-mêmes, au patronyme transparent de Paramutual, ont quelque chose de désertique, d'abandonné. En se donnant le rôle d'un garçon de courses (en l'occurrence d'un espion appointé par la direction pour détecter de mystérieuses « fuites »), Jerry se met en situation d'explorer les coulisses d'un mythe, d'arpenter des couloirs dont nous ne savons rien, nous qui voyons seulement le produit achevé : quelques séquences de films nous sont montrées, dont on nous dévoile ensuite les dessous, cruellement décevants. Les titres mêmes des films sont pastichés avec bonheur : *Hot Heat*, *Tall Pain* désignent des entreprises mornes, dont la fabrication laborieuse nous est montrée sans ménagement, mais qui, au stade de la grande première, deviennent des monuments de glamour. Depuis le stade du script (où des tonnes de papiers multicolores sont triés laborieusement par une horde lasse de dactylos) aux tripotages sans limites de la bande sonore, Jerry confronte (et sabote malgré lui) toutes les étapes de la production. On le voit manipuler sans interférences un train de plates-formes roulantes, démolir une pointeuse, ruiner une séquence musicale 1925 et une scène sophistiquée tournée dans un salon par un metteur en scène viennois (« I do it all mit musik », déclare Sig Ruman), fureter à son aise dans les magasins d'accessoires, où les armures sont vivantes et où les hommes, pris pour des mannequins, sont accrochés aux cintres. Enfin on le voit transformer en débâcle l'anniversaire d'une grande star du mélo, de style Lana Turner, qui se suicide devant les caméras selon l'optique généreuse de Douglas Sirk.

Tout cela constitue le témoignage d'un jeune homme ambitieux mais maladroit qu'un accident transforme en vedette du rire, et qui, comme Jerry lui-même, finit par prendre possession du studio, tel un César satisfait de son dû. Réflexion sur lui-même d'un homme qui a connu les deux extrémités du processus, *The Errand Boy* est une expérience de dédoublement fort curieuse : Jerry y fait alterner le serein et le frénétique, l'allusion et le gag énorme, le bon goût et l'insensée vulgarité (il y a une plaisanterie de dos gratté un peu trop bas que seul Jerry peut se permettre, et se permet d'ailleurs régulièrement). Qu'il y ait deux hommes dans Jerry, je l'avais autrefois montré, mais nous en trouverons une éclatante confirmation dans sa prochaine mise en scène : *The Nutty Professor*, qui est, tout simplement, une adaptation extrêmement souple du *Docteur Jekyll et Mister Hyde* de Stevenson.

En 1959, Jerry Lewis confiait à Isabella Taves de *Look Magazine* : « On n'obtient rien d'un livre qu'on ne puisse obtenir des gens. Je n'ai lu qu'un seul livre dans ma vie, il s'agit de *Courtroom* de Quentin Reynolds. » Honteux de voir ma culture prise en défaut, j'avoue que je n'ai pas lu ce chef-d'œuvre, mais je sais qu'il s'agit d'une biographie du juge Samuel Liebowitz, qui en envoya à Jerry une copie autographiée. En 1958 pourtant, le même Jerry avouait à Helen Eustis de *MacCalls* : « J'aime lire tout ce qui a trait à la psychanalyse. » Accueillons donc avec circonspection toute tentative qui consisterait à jauger le bagage intellectuel d'un homme qui, s'il n'achète pas les livres par malles pleines comme W. C. Fields, doit avaler dans l'enthousiasme tout ce qui se rattache de près ou de loin à ses préoccupations précises du moment. Je vois dans notre comédien un grappilleur, un feuilleteur, un consulteur. Et il faut bien enregistrer sa remarque récente à Bogdanovich : « Avez-vous lu *L'Attrape-cœur* ? Je suis un gars dans le genre de Holden Caulfield. » Une prédilection pour Salinger ne dénote pas un esprit inculte, ou une perception confusionnelle. L'auteur de *Franny et Zooey* est tout de même l'écrivain américain contemporain le plus subtil et le plus raffiné. Et je suis bien certain que la bibliothèque de Bel-Air contient tout autre chose que ses scripts et albums de presse[1]. En véritable autodidacte qui n'a pas eu d'éducation, et a tout appris de ses avocats, de ses imprésarios, de ses médecins, de ses metteurs en scène et de ses techniciens, Jerry est très sensible à ses lacunes : « Bien entendu, l'éducation est une chose terriblement importante, dit-il, mais si elle vous manque, vous pouvez tout apprendre avec un peu d'observation. »

Rappelons aux petits malins que Jerry est devenu producteur et metteur en scène en commercialisant les handicaps dont on lui fit grief toute sa vie durant. Lui qui fut tour à tour « *The id* » (l'idiot) puis « *Ug* » (le laid), a su, avec une intelligence quasi diabolique bâtir de ces surnoms si insultants une mythologie toute personnelle, un style comique, et un petit empire industriel. Alors on a fini par s'apercevoir que notre comédien utilisait fort bien sa matière grise (mieux que ne le fait ce pauvre Capdenac) et

---

1. J'ai pris la peine d'examiner à la loupe une immense photo du bureau de Jerry Lewis. Parmi de nombreux livres, j'ai reconnu, outre *Harpo speaks* par Harpo Marx, un gros livre sur le yoga au voisinage très immédiat d'un in-quarto sur le base-ball !

qu'il pouvait projeter, à l'occasion, une séduction toute particulière sur les femmes. On sait ce qu'en pensait feu Marilyn (« je le trouve sexy »), mais on pourra extraire avec profit de son courrier cette phrase écrite à Jerry par l'une de ses admiratrices : « Chaque fois que je vous vois apparaître sur un écran, j'ai envie de vous prendre dans mes bras comme un petit bébé, et de vous faire faire votre rot. »

Cette remarque a juste assez de dynamisme, de vérité psychologique, et de mauvais goût innocent pour avoir pu flatter notre Jerry hors de toute mesure.

Je ne voudrais pas terminer cet article sans souligner la gentillesse unique de Jerry, son adoration fraternelle pour les enfants (elle est de son âge) et cette légère touche de spleen qui, ne versant jamais dans le pathos, dévoile sans excès une inquiétude de chaque instant. Quand il quitte les siens, chaque matin, pour partir au studio, Jerry avoue son moment de terreur : « J'ai le sentiment qu'ils ne seront plus là, au même endroit et dans le même état, quand je rentrerai le soir. » Lorsque Jerry, dans *Le Zinzin*, s'endort en contemplant les gauches ébats d'un petit clown en chiffon, nous sommes à des lieues du sanglot chaplinien. Jerry ne nous donne pas à entendre qu'il est un pauvre saltimbanque, un paillasse qui pleure sous son maquillage et qui aime les marguerites, un pierrot tzigane qui connaît Nietzsche, a frayé avec Bernard Shaw et qui redoute de vieillir sans sa dose quotidienne d'applaudissements. Non, il regarde ce qui est tout simplement une ébauche de lui-même avec les yeux qu'il nous souhaite de porter sur lui et sans chercher à comprendre d'où vient ce pincement au plexus solaire qui le sépare du robot. La scène est brève, mais il y tient, et je la crois irremplaçable. Elle s'insère utilement dans un complexe de destruction, d'iconoclastie sociale, et de révolte anti-matriarcale. Jerry, étranger au monde qu'il traverse, ne l'appréhende que par sa maladresse destructrice, par ce don qu'il a de provoquer une révolte des objets et des lieux.

Mais son personnage reste posé sur un plan sentimental, d'ailleurs burlesque. Jerry joue à plaisir le rôle d'un pauvre orphelin sans défense (on pourrait dire *Little Orphan Jerry*), d'un enfant trouvé, d'un naïf exploité par ses pairs ou ses meilleurs amis. Il a toujours quelque histoire lamentable à raconter, il a perdu son poisson rouge, sa fiancée l'a abandonné, il rêve d'épouser une large famille afin d'avoir une *instant kin*[1]. C'est en compensation de ce handicap presque fatal qu'il peut, fort de son innocence, annihiler avec notre total consentement le monde qui l'entoure. Cette pureté fondamentale l'autorise également à violer le bon goût. L'innocence n'est jamais vulgaire. Et nous ne supporterions de personne autre toutes ces scènes de déglutition, ces sous-entendus égrillards, ces méprises embarrassantes dont Jerry fait un ample usage. Le principe de plaisir qui lui est accordé avec l'infantilisme l'autorise à transgresser tous les tabous.

Au cours d'un débat télévisé en septembre 59, Jerry, s'adressant à un public de jeunes (dans l'émission *Youth Wants to Know*), a prononcé cette phrase inattendue : « L'obscénité est un élément primordial dans toute description honnête d'un personnage donné. » Réflexion qui double de manière fort surprenante cette constatation d'Havelock Ellis : « L'obscénité est un élément permanent de la vie sociale, elle correspond à un besoin profond de l'esprit. Les adultes ont besoin de littérature obscène,

---

1. Comme on dit de l'*instant coffee*. Une famille instantanée, déshydratée, en poudre, prête à servir.

autant que les enfants ont besoin de contes de fées, comme un allégement de la force oppressante des conventions. »

Jerry Lewis offre en même temps aux adultes et aux enfants un conte de fées obscène dont il est à la fois Cendrillon et le Prince Charmant. Un achèvement paradoxal dont je vois mal l'équivalent, dans toute l'histoire du comique.

Satyajit Ray

Les années 1960 et 1970 se caractérisent par un souci accru de découvertes de cinématographies méconnues, d'Amérique latine, d'Europe de l'Est ou d'Orient. « Le monde de Satyajit Ray », publié dans le n° 59 (mars 1964), est, par exemple, le premier article général écrit en France sur le plus grand cinéaste indien. Michel Ciment prolongea quinze ans plus tard son analyse en l'étendant à une dizaine d'autres films de Ray dans « Tous les feux du Bengale » (n° 219, juin 1979). Car l'actuel directeur de la rédaction de Positif, *principal animateur de la revue depuis près de quarante ans (son premier texte, sur* Le Procès d'Orson Welles, *date de juin 1963), n'est pas seulement un spécialiste du cinéma anglo-américain. C'est aussi l'un des rares critiques et historiens contemporains à avoir une vue à la fois synoptique et précise de presque tous les cinémas du monde.*

MICHEL CIMENT, « Le monde de Satyajit Ray », n° 59, mars 1964.

Principaux ouvrages français de Michel Ciment : Kazan par Kazan, *Stock, 1973 (Ramsay, 1985);* Le Dossier Rosi : cinéma et politique, *Stock, 1976 (Ramsay, 1987);* Le Livre de Losey : entretiens avec le cinéaste, *Stock, 1979 (Ramsay, 1986);* Stanley

Kubrick, *Calmann-Lévy, 1980 (éd. déf. 2001)*; Les Conquérants d'un Nouveau Monde : essais sur le cinéma américain, *Gallimard, coll. Idées, 1981*; Schatzberg : de la photographie au cinéma, *Le Chêne, 1982*; Boorman : un visionnaire en son temps, *Calmann-Lévy, 1985*; Passeport pour Hollywood : entretiens avec Wilder, Huston, Mankiewicz, Polanski, Forman, Wenders, *Le Seuil, 1987 (Ramsay, 1992)*; Théo Angelopoulos *(avec Hélène Tierchant), Edilig, 1989*; Le Crime à l'écran : une histoire de l'Amérique, *Gallimard, coll. Découvertes, 1992*; L'Œil du maître *(choix de textes annotés de Joseph Losey), Institut Lumière/Actes Sud, 1994*; Elia Kazan, une odyssée américaine, *choix de textes, Ramsay poche cinéma, 1994*; La Critique de cinéma en France *(dir. avec Jacques Zimmer), Ramsay cinéma, 1997*; Abbas Kiarostami : photographies, *Hazan, 1999*.

MICHEL CIMENT
Le monde de Satyajit Ray

Pather Panchali (*La Complainte du sentier* 1952-1955); *Aparajito* (*L'Invaincu*, 1957); *Parash pathar* (*La Pierre philosophale*, 1957); *Jalsaghar* (*Le Salon de musique*, 1958); *Apur sansar* (*Le Monde d'Apu*, 1959); *Devi* (*La Déesse*, 1960); *Trois Filles* (1960); *Rabindranath Tagore* (documentaire, 1960); *Kanchenjunga* (1961), tels sont les neuf films, pour la plupart inconnus en France, qui constituent l'œuvre de Satyajit Ray. La sortie récente et bien tardive du *Monde d'Apu*, dernier volet de la trilogie, nous permet de situer avec plus de précision les réalisations d'un auteur qu'une distribution incohérente ne nous offre que par bribes. *Aparajito,* film à tous points de vue de transition, deuxième partie de la trilogie, centré sur l'adolescence d'Apu et témoin d'une période de recherche de la part de Ray, fut le premier à être présenté en France. Floue dans sa conception, composée de séquences liées entre elles de façon fort lâche, tournant autour d'un héros mollement dépeint, l'œuvre, gratifiée de surcroît d'un Lion d'Or abusif, provoquait le désarroi chez les spectateurs et suffisait à faire de Ray un de ces cinéastes dont on ne présenterait plus les films en France qu'à la dérobée et comme par un sentiment du devoir, si on les présentait jamais. Pourtant *Le Monde d'Apu* et *Pather Panchali* renferment des beautés nombreuses qu'on ne trouvait qu'éparses dans *Aparajito* et qui suffisent à faire de Ray un auteur important. Les films à suite sont par nature dangereux. Ray a su éviter les recettes et nous offre une œuvre inégale mais d'une cohésion interne suffisante pour que nous soyons frappés par son ampleur et la richesse humaine et poétique de son expression. Donskoï que nous évoquerons encore par la suite, seul avait su jusqu'ici mener à bien une telle entreprise.

Le film s'apparente dans sa construction aux grands romans européens du XIXe siècle (le feuilleton des années trente de Bibhutibhusan Bandapaddhay dont il est tiré n'en était peut-être d'ailleurs qu'un avatar populaire). De *Wilhelm Meister* aux *Illusions perdues* on retrouve le thème de l'apprentissage, du voyage, bref du façonnement d'un héros à travers les épreuves de la vie. Un Romain Rolland, un Gorki sont les héritiers d'une telle conception littéraire. Mais ce n'est que superficiellement que le film de Ray nous fait penser à eux. Le passage de la campagne à la ville est bien plus ici que le désir d'une conquête sociale ou d'une émancipation morale : c'est la confrontation de l'Inde des mythes et de l'Inde moderne (confrontation qui est au cœur des nouvelles de Tagore filmées par Ray : *Trois Filles*). L'itinéraire d'Apu, de l'enfance à l'âge adulte, c'est celui, symbolique, de l'Inde primitive qui part à la conquête de sa maturité avec ce regret de l'enfance qui marque, fût-ce contre toute apparence, l'adolescence[1]. D'où l'attitude ambivalente de Ray à l'égard de ce passage, refus et fascination à la fois pour un passé qui est celui de son pays comme le cadre de son enfance. Le train, observé à travers les épis par les yeux émerveillés d'Apu et de Durga, et dont le passage était rendu plus saisissant encore par un sens de l'étirement du temps qui donnait à la séquence, dans cette impression de ralenti, les couleurs mêmes du rêve, ce train, signe de l'aventure, de l'inconnu qui transportera plus tard Apu vers Bénarès, c'est le même qui le réveille au matin dans sa chambre sordide de Calcutta, c'est celui sous lequel il veut se jeter après la mort de sa femme. C'est par cette symbolique discrète, parfaitement intégrée au récit, que Ray suggère l'attitude de son héros à l'égard du progrès.

À l'enfance d'Apu, *Pather Panchali* proposait comme cadre un monde dont le comportement reflétait cet âge de la vie. Les vieillards dans leur extrême résignation offraient une attitude complémentaire mais non point antagoniste. Tout sens du temps semblait inconnu chez les personnages comme il l'est chez un enfant et les projets du père par exemple étaient aussi

---

1. Sur la symbolique du film voir l'intéressante étude d'Eric Rhode (*Sight and Sound*, été 1961). Rhode propose une lecture du film à un autre niveau. Le film ferait écho à la mort d'un dieu et à sa résurrection, Apu serait la réincarnation de Krishna, le dieu qui joue de la flûte. Krishna aima pendant une brève période une laitière, Radha. Après la mort d'Aparna, Apu descend dans les régions souterraines où il est emprisonné. Le contexte du film nous semble exclure une telle interprétation mystique. Sur de nombreux points par contre nous rejoignons les conclusions d'Eric Rhode.

inconsistants et utopiques que ceux que pouvait entretenir son fils. L'activité ludique était le moteur même du film ; et dans cet univers intemporel Apu et Durga, sa sœur, voyaient le monde s'offrir à eux dans sa fraîcheur première, à la fois hostile et fascinant, forêt refuge et jungle conquérante. On a comparé à juste titre Ray à des auteurs comme Donskoï ou Flaherty, poètes d'une innocence perdue, lyriques et contemplatifs à la fois, exprimant dans leurs œuvres ce contact de l'homme avec la nature où il retrouve le sens des grands principes premiers : l'Amour, la Vie, la Mort. Il n'est pas étonnant que de *Nanouk* à *Salut les enfants* (dernière œuvre de Donskoï) en passant par *L'Homme d'Aran*, *Ma vie d'enfant*, *L'Arc-en-ciel*, *Louisiana Story*, *Thomas Gordeiev* on retrouve l'enfant au point de convergence du film, l'enfant qui capte par son sens de la poésie et de l'absolu les sources de la vie. Si Ray privilégie chez l'enfant le réveil, qu'il sait décrire avec un sens merveilleux de l'observation, c'est qu'il est étonnement, naissance au monde chaque jour renouvelée. D'une façon très signifiante la trilogie se termine par la rencontre du père et du fils qui ne s'étaient pas encore connus. En retrouvant son fils, Apu, non seulement se réconcilie avec la vie, mais franchit ce pas en renouant symboliquement avec sa propre enfance que Ray évoque discrètement par les jeux et les expressions, si troublantes dans leur répétition, même, de Kajal.

Non moins symbolique est la présence de l'eau, témoin de cette réconciliation. Comme chez Donskoï ou Flaherty[1] l'eau est l'élément essentiel chez

---

1. Que l'on songe au rôle de l'eau dans leurs œuvres, source et reflet à la fois de l'activité humaine : eaux violentes et agressives qui forcent les pêcheurs d'Aran à un âpre combat ; eaux calmes qui rythment du bruit sourd de leurs vagues l'existence apaisée de *Moana* ; eaux glacées qui emprisonnent Nanouk ; eaux dormantes, stagnantes et mélancoliques de *Louisiana Story*, témoins d'une vie

Ray. Le fleuve, est dans son cours même, l'expression de l'existence humaine, son mouvement imperceptible et pourtant réel, la négation et l'affirmation du temps. Le reflet de la rivière est invite à la contemplation, mais son flux est incitation au voyage, appel de l'aventure, dichotomie qu'exprime l'œuvre de Ray. C'est la rivière qui conduit Apu à son mariage, c'est près d'elle qu'il prend la décision d'épouser Aparna, et plus tard c'est au bord d'un fleuve que son ami Pulu le convainc de revoir son fils. Sens symbolique de la rivière dont Renoir, très admiré par Ray, avait su saisir toute l'importance pour une compréhension profonde de l'Inde. L'eau purificatrice est aussi menace de mort. C'est la mousson nécessaire et nuisible à la fois, c'est le Gange qui baigne les pèlerins à Bénarès et qui par ses crues détruit les récoltes. Dans *Pather Panchali*, Dourga danse sous la pluie et meurt en communion avec la nature. Dans *Le Monde d'Apu* le héros se douche sous l'averse en riant. Le plan splendide de *Pather Panchali* où les herbes aquatiques se referment sur le collier que leur lance Apu est l'expression de cette capacité d'engloutissement et de destruction que possède l'eau comme des richesses qu'elle renferme.

La volonté chez Ray de situer l'homme dans son décor physique fait qu'un film comme *Pather Panchali* sera pour le spectateur une œuvre plus poétique, la nature étant le protagoniste essentiel. *Le Monde d'Apu* ne saurait avoir cette simplicité. Ray y décrit avec plus de rigueur les rapports humains,

---

comme arrêtée et que viendra troubler le machinisme moderne. De même chez Donskoï le fleuve est le symbole de « l'ailleurs » dans *L'Enfance de Gorki* ; le témoin de la mort dans *Le Cheval qui pleure* en même temps que la frontière entre deux vies ; le lieu où s'éloignent sur un radeau dans la nuit les fêtards, débris d'un empire, de *Thomas Gordeiev*.

s'interroge sur la difficile tentative de s'accorder avec un monde « autre » déjà touché par le modernisme. Son personnage en quête de travail et de logement connaît le difficile passage à la maturité. Certes l'angle de vision de Ray est limité. On ne trouve pas chez lui la prise de conscience sociale que l'on pourrait attendre d'un artiste de l'Inde actuelle. Tout au plus notera-t-on quelques accents nouveaux dans ce film : le refus d'Apu d'entrer aux Chemins de Fer comme jaune et les cris « off » des étudiants, « nous exigeons nos droits ». Rien de révolutionnaire, on le voit. Ses dernières œuvres pourtant témoignent de préoccupations nouvelles : critique de la superstition dans *Devi* où une jeune femme passe pour être une réincarnation de la déesse Kali et finit par y croire, et des nouvelles couches sociales dans *Kanchenjunga* à l'occasion d'un après-midi de vacances à Darjeeling d'une riche famille du Bengale [1]. Bref, dans l'état actuel de sa réflexion et de sa culture, le seul équivalent cinématographique que Ray pourrait peut-être donner d'un livre sur l'Inde serait celui de *Route des Indes* (*A Passage to India*), admirable roman d'E.M. Forster mais dont la réflexion sur le colonialisme et les rapports de l'Orient et de l'Occident date de 1925.

Contrairement à Gorki d'ailleurs *Mes universités* précède ici *En gagnant mon pain*. Il ne faudrait pas voir pour autant en Ray je ne sais quel apôtre de la résignation. « Rester au même endroit vous rend mesquin », avoue un villageois dans *Pather Panchali*. Certes les voyages incessants d'Apu dans la trilogie prennent parfois l'aspect d'une fuite en avant mais ils sont aussi l'expression d'une soif de découverte (que la mappemonde et le cadran solaire d'*Aparajito*

---

1. Cf. Mary Seton : *Kanchenjunga* (*Sight and Sound*, printemps 1962).

viendront récompenser) comme les témoins de l'activité de la vie dans sa difficile transition de l'ancien au nouveau. Abandonner la science pour être un écrivain, chercher un éditeur et du travail pour vivre, décider de ne jamais voir son fils parce qu'il a tué sa mère en naissant, autant d'actes qui témoignent de l'absence d'un fatalisme que l'on peut retrouver présent, j'en conviens, à d'autres détours du chemin. Mais l'on ne se détache pas si aisément d'une civilisation plusieurs fois millénaire.

Dans la décision inattendue de se marier, il faut voir, bien plus qu'un signe d'abdication, un pari audacieux. Un plan, d'une brièveté extrême, foudroyant comme un éclair, nous montrait le regard d'Apu fixant Aparna et visiblement fasciné par sa beauté. L'amour devait s'épanouir après le mariage, dans l'abondance de ces détails intimes que sait nous dévoiler érotiquement la caméra de Ray, mais il était déjà là, dans cette ambiance superstitieuse qui exigeait qu'un mari soit trouvé pour remplacer le fiancé devenu fou et détourner la malédiction de la femme. L'amour est d'ailleurs un thème nouveau dans l'œuvre de Ray, exprimé d'emblée avec ce sens de la présence qui rendait si convaincantes déjà ses descriptions de la mort, comme elle, d'ailleurs, inattendu et immédiat. La timidité, la gêne qui accompagnent les premiers contacts des deux jeunes mariés cèdent le pas à une ivresse que les moindres détails suffisent à traduire. Dès l'échange de répliques : « As-tu peur de la pauvreté ? — Oui. — Pourras-tu vivre avec un mari pauvre ? — Oui, l'accord s'instaure entre eux dans la certitude du bonheur. Le messager qui annonce à Apu la mort d'Aparna, partie accoucher chez ses parents, devient un personnage de tragédie grecque. En écho résonne encore la voix d'Aparna présente dans la dernière lettre qu'elle avait écrite et qu'Apu tentait, au milieu de la curiosité de la ville et des hommes, d'entendre pour lui seul. Cette brusque rupture qui rend les séquences de vie amoureuse encore plus belles, prend évidemment la signification du destin. L'œuvre de Ray oscille constamment, on le voit, entre la manifestation du vouloir-vivre et le sentiment de la destinée.

Le thème de l'amour rejoint celui de l'art, qui est au cœur même du film, comme d'autres œuvres de Ray, puisque Apu est un écrivain. Apu avoue à Aparna qu'il n'écrit plus depuis qu'il la connaît mais qu'elle compte plus pour lui que son roman. Il sait aussi que son roman ne peut pas être une œuvre accomplie tant qu'il n'a pas connu l'amour. L'art entre en conflit avec la vie, s'il ne tient pas compte de la totalité de la vie. Apu en compagnie de son ami Pulu, avant de connaître sa femme, invoque la terre dans une envolée mi-lyrique, mi-ironique. Il lui demande de le prendre dans son sein, de laisser son cœur s'échapper de sa cage, de faire tomber les murs de son moi. C'est qu'en dépit de leur beauté, les vers d'Apu ne traduisent qu'une expérience intellectuelle et sont d'une beauté précisément coupée de la vie. La flûte dont joue Apu témoigne d'une certaine forme de narcissisme, comme son roman, *L'Homme de la terre*, n'est qu'une œuvre autobiographique à laquelle manque pour lui donner sens une expérience de la vie. Lorsque, théâtralement, et par un de ses effets appuyés comme le vol des colombes après la mort du père dans *Aparajito* que l'on rencontre parfois dans Ray, Apu jette les feuilles de son livre qui descendent en planant vers la vallée, il rompt avec ses premières tentatives littéraires frappées de dérision par ce qu'il vient de vivre. Les cinq ans d'exil en Inde centrale, dans l'ignorance du nom même de son fils, seront le prélude à une renaissance dont nous avons vu déjà la signification symbolique qu'elle prenait. Ce thème de l'art coupé de la vie, refuge contre la vie qui se fait, est le centre de *Jalsaghar* où un noble au seuil de la mort, incapable d'affronter les problèmes de l'Inde moderne, trouve dans la musique un idéal alibi. Ray ne se prive pas, par ailleurs, de montrer la pérennité en Inde d'un art du spectacle sans lien avec la vie, théâtre populaire dans *Pather Panchali*, cinéma dans *Le Monde d'Apu*, dont les pitoyables représentations ne sont que la caricature d'un monde fascinant.

Car l'art de Ray est justement la recherche d'une vérité poétique. L'amour ne s'exprime pas dans les entrelacs d'un dialogue subtil ou la construction élaborée d'un récit mais dans le mouvement d'une tête penchée, d'une femme qui se coiffe, dans des regards ou des rires échangés. Rien pourtant de néoréaliste dans cette histoire qui condense en elle une charge symbolique très forte. Ray sait résumer en trente plans brefs toute l'activité d'une journée comme il sait rendre le poids d'une attente par la lenteur savamment dosée de ses mouvements d'appareil. Je ne crois pas qu'il rêve de filmer quatre-vingt-dix minutes de la vie d'un homme moyen. Ses paysages, surface de l'eau troublée par le vol des insectes, frémissement des feuilles dans le vent, bourdonnement des fils électriques rejoignent, vus par un regard semblablement contemplatif, la vibration des tubulures dans *L'Éclipse* et tout le final de cette œuvre. La moiteur de l'Inde, ses ciels lourds porteurs d'orage sont le cadre oppressant du film que la photo de Subatra Mitra rend à merveille. La musique de Ravi Shankar, dont quelques thèmes suffisent à évoquer pour le spectateur telle séquence de *Pather Panchali* comme la mort de Dourga et à charger soudain les images du présent d'un rare pouvoir émotionnel, par son inspiration très concrète, nous convainc définitivement des hautes ambitions d'une œuvre qui, comme dans son propos, offre dans son style le mélange tout à fait insolite d'une tradition cinématographique classique (Flaherty, Renoir, Donskoï, Ford) et de recherches très modernes.

Reflété par les prismes de son œuvre nous est révélé un grand metteur en scène, moins grand sans doute que ceux auxquels nous avons pu le comparer mais dont la personnalité déchirée ne saurait cesser désormais de nous intéresser. On aura vite fait de reprocher à Ray de ne pas nous aider à mieux connaître le monde. Disons avec Bachelard que « ce n'est pas la *connaissance* du réel qui nous fait aimer passionnément le réel. C'est le *sentiment* qui est la valeur fondamentale et première ». Par son sens des objets et des bruits, de la texture même des êtres et des choses, par sa perception aiguë du calme et du frémissement de la vie que certains confondent avec la lenteur, par son exaltation des moments privilégiés de l'existence, Ray, pour reprendre l'expression d'un de ses maîtres, fait au spectateur de sa trilogie une véritable « offrande lyrique ».

John Huston

Le cinéma américain fut l'une des premières amours de Positif. *À une époque où le parti communiste dominait la vie intellectuelle, il n'était pas si fréquent de se définir comme une revue engagée à gauche et de louer le meilleur du cinéma hollywoodien (Anthony Mann, Frank Tashlin, Charles Walters, Blake Edwards, Richard Fleisher, Don Siegel ou Stanley Donen...). Le n° 64-65 (rentrée 1964), distinguant en première et quatrième de couverture* Les Cheyennes *de John Ford et* Le Sport favori de l'homme, *de Howard Hawks, se proposait une nouvelle fois de faire le point sur le sujet. John Huston, qui avait fait l'objet d'un numéro spécial dès le n° 3, se voyait consacrer un nouvel article sous la plume de Raymond Borde, futur fondateur de la Cinémathèque de Toulouse. Autant dire que Huston figure en très bonne place sur la liste des cinéastes américains les plus admirés et commentés, aux côtés de Robert Aldrich, Richard Brooks, Orson Welles, Joseph L. Mankiewicz ou Vincente Minnelli. Ce même n° 64 saluait également Elia Kazan, Rouben Mamoulian et Stanley Kubrick.*

RAYMOND BORDE, « La Nuit de l'iguane », n°s 64-65, rentrée 1964.

Principaux ouvrages de Raymond Borde : Panorama du film noir américain *(avec Étienne Chaumeton), Minuit, 1955 (rééd. augm., Flammarion, coll. Champs contrechamps, 1988)*; Le Néoréalisme italien, une expérience de cinéma social *(avec André Bouissy), Lausanne, Cinémathèque suisse, 1960*; Nouvelle vague *(avec Freddy Buache et Jean Curtelin), Lyon, Cerdoc, 1962*; Le Nouveau Cinéma italien *(avec André Bouissy), Lyon, Premier Plan, 1963*; Le Cinéma réaliste allemand *(avec Freddy Buache et Francis Courtade), Lyon, Serdoc, 1965*; Laurel et Hardy *(monographie, avec Charles Perrin)* et Harold Lloyd, *Lyon, coll. Premier Plan, 1965 et 1968*; Charles R. Bowers, ou le mariage du slapstick et de l'animation *(avec Louise Beaudet), Cinémathèque québécoise, 1980*; Les Cinémathèques, *Lausanne, L'Âge d'homme, 1983 (rééd. Ramsay poche cinéma, 1988)*; Les Offices du cinéma éducateur et la survivance du muet, *1925-1940 (avec Charles Perrin), Presses universitaires de Lyon, 1992*; La Crise des cinémathèques et du monde *(avec Freddy Buache), L'Âge d'homme, coll. Cinéma vivant, 1997*.

RAYMOND BORDE
La Nuit de l'iguane

Moralement, John Huston a évolué. Je sais ce qu'il y a d'arbitraire à expliquer un cinéaste par des thèmes qui ne sont pas forcément de lui, puisque le cinéma est un mélange inextricable de scénarios écrits par d'autres, de repas d'affaires, de prévisions économiques sur les besoins de la clientèle, d'options sur des best-sellers et d'acteurs disponibles ou non.

Je n'avance donc ici que des hypothèses, qu'il faudrait vérifier en endormant Huston et en l'interrogeant. Mais à défaut de penthotal, il me semble qu'on peut, dans les hasards d'une carrière où la création artistique s'est glissée sous les barbelés des valeurs d'échange, apercevoir plusieurs façons d'être, ou du moins plusieurs types de réponses morales à des motivations affectives.

D'abord, ce fut la rêverie autopunitive d'un Huston athlétique, fort en gueule, haut en couleur, qui donnait à son entourage le spectacle du punch, qui incarnait la virilité du géant désinvolte au regard de fer, qui était pour tout dire l'Américain mythologique d'une Amérique victorieuse et qui, dans le secret de son moi hésitant, nourrissait l'âpre joie de l'échec noir. Les films ne sont à bien des égards que des témoignages de seconde main, mais tout de même... Dans les années cinquante, on avait raison de parler chez Huston du thème de l'insuccès. Il n'y manquait même pas cette ironie suprême de l'échoué qui se marre. Le grand éclat de rire sur lequel s'achève *Le Trésor de la sierra Madre* était à la fois une belle colère rentrée d'un homme d'action qui philosophe sur les limites de l'action, et un humour de détachement, un Non radical, un refus méprisant des intérêts et des passions qui font courir les gens dans le cercle infernal de la réussite.

Ce nihilisme était à l'image d'un mandarin costaud qui ne parvenait pas à choisir entre sa propre énergie — la preuve, il faisait des films — et la dérision de cette énergie. Logiquement, il eût dû se condamner à la Tour de silence, à la rêverie métaphysique dans l'embrasement glacé de l'imaginaire. Mais il jurait, il buvait et il entreprenait. Il n'était pas seulement la négation de John Huston, il était aussi John Huston. Il avait beau détruire les illusions des autres, il s'attachait lui-même au char de sa victoire.

Il triomphait en racontant l'échec des chercheurs de mirages (*Le Faucon maltais, Le Trésor de la sierra Madre*), des gangsters asociaux (*Key Largo*) et hypersociaux (*Quand la ville dort*), du dressage amoureux (*Plus fort que le diable*) ou religieux (*African Queen*) et même du sacrilège (*Moby Dick*). Si le schéma Huston-Échec est aujourd'hui insuffisant et périmé, reconnaissons qu'il était valable jusqu'en 1955. De toutes les théories qu'a pu faire naître la politique des auteurs, celle-ci (que l'on doit simultanément et sans qu'il y ait eu osmose à Gilles Jacob et à Étienne Chaumeton) apparaissait comme l'une des moins caricaturales.

Huston était donc cette antinomie : la lucidité prise dans l'engrenage du succès d'Hollywood. Il avait l'inconfort intellectuel que le néocapitalisme assigne à l'opposant complice, c'est-à-dire au libéral qui utilise les haut-parleurs des mass media pour proclamer son scepticisme et son refus. Il avait été logé à la même enseigne qu'Aldrich et que Tashlin, auxquels je m'étonne qu'on ne l'ait jamais comparé. Il était soumis aux mêmes pressions écartelantes d'une société qui exploite l'esprit d'insoumission à condition de le désarmer dans l'industrie du spectacle.

À ce jeu où la dupe est toujours la même, il n'y a pas trente-six solutions. John Huston céda au je-m'en-foutisme. Cette réaction d'usure est une constante du cinéma américain. La démission morale de Dieterle après *Juarez* ou celle d'Aldrich après *Racket dans la couture* — qui par ailleurs n'enlèvent rien au savoir-faire, aux dons techniques de ces auteurs — ont les mêmes circonstances atténuantes ou aggravantes, selon le point de vue où l'on se place. Et comme eux, Huston se mit à faire des films sans éclat, usinés dans l'indifférence, que vingt types auraient pu signer : *Dieu seul le sait, Le Bar-*

bare et la Geisha, Les Racines du ciel... On y sentait le désintérêt d'un homme las, un peu éteint, qui allait sur le plateau comme on va au bureau.

Il aurait pu continuer, glisser doucement vers la maison de retraite, quand il trouva le deuxième souffle. Un bon sujet d'Arthur Miller lui redonna sa vigueur perdue : ce fut Les Misfits. J'ignore ce qui a joué, comme tensions affectives, dans le microgroupe Huston-Miller-Gable, trois hommes d'âge mûr, trois expériences, trois qualités de l'amertume et de l'ennui. Mais quelles qu'en aient été les raisons profondes, Huston est sorti du tunnel. Il y a dans la mise en scène des *Misfits* quelque chose de très neuf : une façon de rendre des états de tension qui sont aussi des désarrois. La violence y est voilée d'incertitude. Les personnages crient, dansent ou se battent à côté d'eux-mêmes. On songe à deux images qu'un instrument d'optique ne superposerait pas. Il y a une frange entre elles, entre l'acte et sa motivation, entre hier et demain.

Ces instants fugitifs, où quelque chose d'assez vrai a été saisi, marquent, je crois, la modification de Huston lui-même. L'homme n'est plus le grand romantique des croyances bafouées et des échecs retentissants. Sauf résurgence improbable, il a passé l'âge de ce tout ou rien où l'intelligence entre en conflit avec le monde. Par ailleurs, il a surmonté son passage à vide des années 1956-1958 (l'excellent *Vent de la plaine* fut une transition). Il va maintenant, à travers les scénarios des autres, se comporter en moraliste du quotidien.

Une chose frappe en effet dans *Les Misfits* : c'est qu'il s'agit d'un personnage, Marilyn Monroe, dont la seule présence met les autres en demeure d'avoir à sortir de leur petit système d'habitudes et de montrer ce qu'ils valent. C'est l'heure de la vérité par intrusion d'un tiers. Un tiers qu'on n'élude pas, qui est gênant, qui contraint à répondre, qui force les plus malins à se découvrir.

Désormais ce thème de *la mise en demeure* va devenir la préoccupation d'Huston (sauf tel ou tel retour au divertissement, comme le très agréable *Dernier de la liste*). Ainsi, *Freud* n'est pas seulement l'admirable objectivation d'une aventure intellectuelle de très haute volée, c'est aussi l'histoire d'une présence qui polarise et modifie. Avec sa douceur et sa compassion, accentuées volontairement, avec son regard presque tendre, Freud remue le couteau dans la plaie. Ni Cecily, ni Mme Freud, ni même Breuer ne pourront se soustraire à l'injonction qui leur est faite de s'évader d'eux-mêmes et de briser le réseau protecteur des vanités, des politesses, des mille marchés de l'existence. On me dira que le film respecte la vérité d'un personnage qui fut, plus que tout autre, un révélateur, mais le choix d'un tel sujet indique la voie dans laquelle John Huston s'est engagé.

Car *La Nuit de l'iguane* (*The Night of the Iguana*, 1964), qui vient d'être présenté au festival de San Sebastián, est lui aussi l'histoire d'une présence qui explicite les tensions et qui force les êtres à se dévoiler.

Cette catalyse de la vérité commence dès le prégénérique. Le héros, Lawrence Shannon, un révérend de Géorgie (Richard Burton), monte en chaire à l'office du dimanche. Il récite son sermon d'un air distrait, un peu hagard, puis sa voix s'enfle. Il accuse, il blasphème et le diable s'empare de la maison de Dieu. Médusés, les fidèles doivent se rendre à l'évidence : leur pasteur a dépassé les bornes. Et les voilà mis en demeure de quitter le temple au milieu de l'office ou d'assister au sacrilège et d'entendre les cris de la déraison. La prudence l'emporte. Courageusement, ils disparaissent sur la pointe des pieds.

Un an plus tard, Shannon est devenu convoyeur dans une agence touristique de quatrième ordre. Sarcastique, suant, le menton bleu, toujours à demi saoul, il accompagne des institutrices qui font le Mexique en autocar. De temps en temps, les vieilles filles se donnent du cœur au ventre en chantant des hymnes sur le bonheur, puisqu'elles sont là, dans la poussière et les moustiques, sous le soleil écrasant des plateaux, pour être heureuses. Mais parmi ces bourriques, il y a une Lolita (Sue Lyon) qui assaille Shannon de toute sa ruse de vierge folle. Excédé, celui-ci change d'itinéraire et amène son troupeau dans un hôtel bizarre, enfoui sous la verdure, qui est tenu par une veuve encore très belle, Maxine (Ava Gardner). Les péronnelles ne tardent pas à fuir ce lieu de perdition où Maxine injurieuse, méprisante, donne aux cœurs chastes l'image du défi amoureux. D'ailleurs deux jeunes Indiens très beaux, le torse nu, dansent autour d'elle un ballet obsédant qui chaque soir, à minuit, explose sur la plage.

Mais entre-temps, un couple étrange a demandé l'hospitalité : il s'agit d'une Américaine, Hannah (Deborah Kerr), qui, dans la misère noire, garde une dignité méticuleuse, et de son père au chef branlant qui se nomme lui-même « le poète le plus vieux du monde ».

Tel est l'entourage humain dans lequel Shannon va déclencher les vérités. Au long d'une nuit où quelque part, dans la maison, un iguane reste prisonnier, les deux femmes livreront le secret de leurs faux-semblants. Et au matin, si rien n'arrive en apparence, si Hannah reprend sa route vagabonde, si Maxine reste chez elle avec Shannon, après avoir joué à tout quitter, ce sera du moins en connaissance de cause.

Cette pièce de Tennessee Williams, chargée d'éclats et de fureurs, Huston l'a transposée avec l'extraordinaire maîtrise d'un très grand cinéaste classique. Sa mise en scène est le scalpel des états seconds. Elle fouille la marge d'incertain où l'être cherche à ressembler à l'image qu'il se donne de lui. Elle est à la frontière — pour employer le vocabulaire de Pirandello — de la vie et de la forme : de la vie qui coule, instinctive et multiple, et de la forme qui trahit cette vie qu'elle emprisonne. À travers les ambiguïtés, Shannon passe comme un arbitre, involontaire et vociférant.

Le film est étouffant et d'une sombre beauté. Mais il fait constamment vrai : on croit à cette nuit tropicale, à cet hôtel du bout du monde, à ces personnages qui cessent d'être Ava Gardner et Richard Burton pour devenir les visages du hasard, de l'aventure, du désespoir.

Est-on en droit, sur de telles bases, de redéfinir Huston ? Est-il vrai que ce nostalgique des amertumes flamboyantes soit devenu un moraliste pointilleux, au niveau harassant de la crise intérieure et du choc des êtres ? *La Nuit de l'iguane* vérifie un schéma séduisant dont j'ai bien peur, cependant, qu'il n'oublie une chose : la routine d'un métier où le commerce et l'art sont imbriqués à un point tel que l'on se demande qui tient l'autre en liberté surveillée. Car John Huston, cet homme libre, ce peintre d'atmosphère, ce chantre du défi, cet aiguilleur des périls, cet analyste chaleureux tourne aujourd'hui *La Bible*.

ANNÉES 1970

Jean-Marie Straub
et Danièle Huillet

En parfaite cohérence avec la rubrique illustrée d'Éric Losfled intitulée « Nous ne pensons qu'à ça », le n° 96 de juin 1968 expose en couverture le corps dénudé de Raquel Welch dans Phantasmes de Stanley Donen. *« Qu'en de tels temps,* Positif *s'occupe de l'Érotisme au lieu de dresser par le menu un bilan économique, social et politique du cinéma français pourra surprendre. Nous avons une mauvaise excuse et une bonne explication. L'excuse est que le numéro avait été prévu et préparé avant les "événements". L'explication est la sentence maintenant fameuse : "Plus je fais la révolution, plus j'ai envie de faire l'amour. Plus je fais l'amour, plus j'ai envie de faire la révolution." » La politique, peu présente dans ce numéro (à l'exception d'un texte défendant Henri Langlois, évincé de la Cinémathèque française), fut en revanche omniprésente au début des années 1970. Après Roger Tailleur fustigeant « la conscience toute neuve » des* Cahiers du cinéma *dans le n° 89 (novembre 1967), Louis Seguin s'interrogeait à son tour dans le n° 113 (février 1970) sur le virage procommuniste de la revue rivale, sous l'influence de* Cinéthique *— influence raillée par Claude Chabrol dans le n° 115 de* Positif. *Robert Benayoun lui emboîtait le pas dans le n° 122, dans le plus célèbre et virulent de ses articles polé-*

miques, intitulé « Les enfants du paradigme », où l'auteur dénonce notamment les excès de la sémiologie. Cette charge est précédée par un article sur le cinéma politique et Othon *de Jean-Marie Straub et Danièle Huillet, cosigné par deux autres grands polémistes de la rédaction, Michel Ciment et Louis Seguin (lequel consacrera, vingt ans plus tard, un ouvrage laudateur aux films des Straub). Ce pamphlet fait suite à une notule de Michel Ciment, qui, après avoir salué* Non réconciliés *comme « l'un des premiers films les plus marquants de ces dernières années » (n° 97, été 1968), décrit* Othon *comme « un exercice parfaitement réactionnaire », où « un cinéaste naguère doué "se noie" dans les eaux boueuses de la provocation stérile et de la prétention intellectuelle » (n° 119).*

MICHEL CIMENT et LOUIS SEGUIN, « Sur une petite bataille d'*Othon* », n° 122, décembre 1970.
Principaux ouvrages de Louis Seguin : Une critique dispersée, *Paris, UGE, 10/18, 1976 ;* Aux distraitement désespérés que nous sommes (sur les films de Jean-Marie Straub et Danièle Huillet), *Toulouse, Ombres, 1991 ;* L'Espace du cinéma, *Toulouse, Ombres, 1999.*

MICHEL CIMENT et LOUIS SEGUIN
Sur une petite bataille d'« Othon »

> *Certains futuristes ont commis des erreurs et des fautes manifestes. Ils ont posé une citrouille géante sur un cube géant, ils ont peinturluré le tout en rouge et ils ont appelé ça : portrait de Lénine. Ce qu'ils voulaient obtenir, c'était que Lénine ne ressemble à rien de ce qu'on*

> *avait pu voir ailleurs. Ce qu'ils obtenaient, c'était que son portrait ne ressemblait à aucun des portraits qu'on avait pu voir ailleurs. Le portrait ne devait rappeler en rien ce qu'on connaissait et qui appartenait à tout le maudit passé. Malheureusement il ne rappelait pas non plus Lénine. Voilà qui est effroyable. Mais cela ne donne pas pour autant raison à ceux dont les portraits de Lénine sont certes ressemblants mais dont la façon de peindre ne rappelle en rien les méthodes de lutte de Lénine. Erreur non moins manifeste.*
>
> BERTOLT BRECHT.

> *Il faut prendre toute la culture laissée par le capitalisme et bâtir avec elle le socialisme. Il faut prendre toute la science, la technique, toutes les connaissances, tout l'art. Autrement nous ne pourrons édifier la vie de la société communiste. Or cette science, cette technique, cet art sont dans les mains et dans la tête des spécialistes.*
>
> LÉNINE, 1919.

Une querelle mûrit depuis quelque temps, avec des périodes de latence et d'apparence, entre *Les Cahiers du cinéma* et *Positif*. Elle reprend la plus vieille opposition des deux revues qui se cristallise à intervalles réguliers autour de phénomènes par ailleurs dissemblables, hier Rossellini ou la Nouvelle Vague, aujourd'hui *Othon*. La courte analyse du film, dans notre numéro 119 (Cannes), semble avoir provoqué quelque rage, assez négligeable en elle-même mais qui recouvre une attitude qui demande à être appréciée et discutée, puisqu'en un prodige tout nouveau elle se veut « marxiste ».

La personne même de Straub est peu en cause et *Othon*, dernier degré d'un regrettable affaissement intellectuel, est un événement mineur, un gaspillage fâcheux mais sans grande importance. Personnage velléitaire, généreux et contradictoire qui affirme : « Je crois que le cinéma, comme la musique selon Stravinsky, est incapable d'exprimer quoi que ce soit [1] » mais qui figure au comité de rédaction de *Cinema e rivoluzione*, revue qui publie des textes de cinéastes et de films militants (Ogawa, Solanas, Ivens), « volontaristes » donc, ou « révolutionnaristes » selon l'optique des *Cahiers*, il disparaît un peu hagard, sous le flot de commentaires complaisants et intéressés, reste à savoir en quel sens.

Quelque sinueuse, et bavarde, qu'elle soit, la théorétique « marxiste » des *Cahiers* ressasse et triture obstinément la même loi simpliste, que le langage présent du cinéma étant un langage bourgeois, rien ne pourra s'y dire tant qu'il ne sera pas détruit, thèse déjà discutable ne serait-ce qu'à la lumière du marxisme-léninisme (les écrits de Lénine sur l'art et la littérature affirment inlassablement le contraire), mais dont il est en outre tiré cette règle confondante, et d'une logique douteuse, que le premier devoir du cinéaste et donc du critique est de se restreindre au projet formel de sa subversion. Insistons : cette subversion sera limitée au seul domaine du langage, excluant donc toute analyse, considérée comme « peu marxiste » sans doute, non seulement des sujets mais aussi des conditions économiques et

---

1. La spontanéité du verbalisme straubien n'est pas sans gêner un peu ses thuriféraires. Narboni explique cette phrase en disant qu'elle ne veut pas « revendiquer le non-sens, l'irrationnel ou la "forme pure" mais affirmer le pouvoir d'une écriture travaillant le sens, et produisant des *effets de sens* sans s'en remettre à lui en dernière instance ». Ce sauvetage laborieux est malheureusement vain. L'affirmation de Straub demeure, qui affirme le contraire : « quoi que ce soit ».

sociales de la fabrication ou de la diffusion des films. Loin des contingences sordides du dire, du faire et du comprendre, *Les Cahiers du cinéma* ont découvert la pureté et l'austérité de la science, qui prend pour objet favori une agitation également pure et austère, dont la politique est soigneusement déphasée. « Je trouve, dit Straub, Corneille en fin de compte plus épique que Brecht et je ne connais rien de plus subversif que *Horace*[1]. »

Le discours, malgré quelques apparences marginales et révolution obligeant cependant, n'étant pas destiné à la satisfaction, fût-elle subversive, de quelques intellectuels, la question se pose de savoir à qui il s'adresse, sinon pourquoi. La réponse est immédiate. « J'ai, assure Straub, rêvé *Othon* pour les ouvriers et les paysans français », et Glauber Rocha, un peu trop pressé de surenchérir, ajoute qu'*Othon* est le seul film digne d'être projeté devant les paysans du Nordeste. Mais l'intéressant n'est pas tant cette inflation verbale que l'interprétation qui en est faite ensuite. L'excès même, en effet, de l'orateur — qui renvoie d'ailleurs au syndrome le plus classique de la mauvaise conscience de l'intellectuel — a incité les commentateurs de Straub à quelque modération et l'expression de cette prudence est significative. Narboni (*Cahiers*, n° 222, p. 43) ne parle plus que d'un appel à « pénétrer dans le champ d'une plus large lisibilité ». Et puis il nuance encore, d'une note, sa circonspection. Il reconnaît qu'« espérer une lisibilité *instantanée* d'"*Othon*" pour les couches sociales les plus défavo-

---

1. La phrase de Straub est caractéristique d'un désir secret d'échapper, l'« art » aidant, à une contemporanéité trop pressante, mais elle est aussi d'un rare arbitraire, relevant du paradoxe le plus scolaire. Brecht n'a pas prétendu à l'épopée. Autant écrire : « Je trouve Racine plus drôle que Courteline, et je ne connais rien de plus érotique qu'*Andromaque*. »

risées » relève d'une « illusion charismatique », qu'elle en appelle à l'illumination mystique. Une fois exclue, d'autre part, la bourgeoisie qui ne peut accepter *Othon*, qui reste-t-il ? Il reste « les couches intellectuelles petites-bourgeoises voulant s'aligner sur des positions marxistes » et qu'il faut aider par un « travail réciproque », rôle qui veut être celui des *Cahiers*. Et puis aussi, tout de même, le « type de travail à accomplir dans le domaine des classes sociales ne disposant pas de la culture. Problème *directement politique* » et dont l'initiative ni la maîtrise ne doivent être « récupérées par des illusionnistes, ni dévoyées en pratique spontanéiste sans portée ». Autrement dit, Narboni admet que le dessein d'*Othon* n'est pas encore lisible par ceux à qui il reste destiné, ouvriers et paysans, français ou brésiliens, mais il se refuse à leur proposer quoi que ce soit de différent.

Il est intéressant de voir comment le phantasme de cette restriction culturelle recouvre la réalité de la tactique politique du PCF. Il faut attendre et, pour meubler cette attente, protéger les « secteurs les moins favorisés » d'un révolutionnarisme ou d'un aventurisme intellectuels qui englobent tout ce qui ne relève pas, au cinéma, des *Cahiers*. De même, sous le couvert d'une critique du spontanéisme complètement décalée historiquement, de 1902 à 1970, on bloque, en les canalisant, les revendications des travailleurs pour ne rien dire de leurs aspirations révolutionnaires. Du même coup on leur refuse tout pouvoir de décision. Poser le cinéma comme une « culture », pour le moment hermétique et inaccessible et vis-à-vis de laquelle le seul travail raisonnable est une subversion interne exercée par quelques privilégiés relève de la même démarche. Pas plus que, pour le PCF, la classe ouvrière n'est mûre pour la révolution, elle n'est, pour les *Cahiers*, mûre pour le cinéma. En attendant le mûrissement, on la préservera de l'une et de l'autre. Ces « couches les plus défavorisées » que l'on veut mettre à l'abri de l'aventure, et dont on constate qu'elles ne sont pas assez préparées pour recevoir cet *Othon* qui seul leur est destiné, on les coupe délibérément, non seulement de la culture mais encore de toute communication réelle. On les abandonne à la TV et à de Funès.

Au cours d'une vie déjà longue, les *Cahiers* ont passé par bien des avatars. Défenseurs inconditionnels de Hollywood jusqu'en 1964, laudateurs fanatiques, avec un temps de retard mal rattrapé à force de surenchère, du jeune cinéma jusqu'en 1969, ils sont donc devenus marxistes et scientifiques. Nous nous réservons de revenir sur les volte-face réjouissantes auxquelles ont donné lieu ces dérapages peu contrôlés, mais il faut reconnaître qu'au-delà de ces bévues, incertitudes, prises de trains en marche suivies de chutes sur le ballast, contradictions, reniements et simagrées, les rédacteurs, nouveaux ou anciens, ont indéfectiblement maintenu une profession de foi essentielle. Qu'ils aient été de droite, pardon : apolitiques, ou de gauche, pardon : scientifiques, ils ont toujours manifesté le même mépris souverain pour le cinéma explicitement politique. Il était, jadis, considéré comme relevant d'un romantisme ridicule aux yeux de Rebatet, hier, d'une contestation qui peinait fort de Gaulle[1] et aujourd'hui d'un gauchisme odieux au regard de Marchais, mais il était et est tout autant inacceptable.

Réactionnaires, gaullistes ou révisos, les *Cahiers* ont cultivé la constance de ce mépris. Il n'y a pas si longtemps que, métaphysique, Comolli écrivait :

---

1. Une relecture des *Cahiers* de 58 et 59, alors que Malraux commençait à exercer le pouvoir, est riche d'enseignements.

« Au cinéma nous passons de westerns que, par complexe, nous croyons vite dédaigner, au *Cuirassé Potemkine*, à *Alexandre Nevski*, œuvres qui satisfont pour un temps aussi bien notre besoin de formes que notre romantisme politique puis que nous laissons elles-mêmes pour un cinéma plus aride et plus riche, pour Lang, pour Murnau, trouvant à la fois notre mesure et la mesure des films », *Cahiers*, n° 141, « Vivre le film ». L'itinéraire a changé, et les étapes, mais le but reste le même, prôner un formalisme élevé, difficilement accessible, enflé de sa propre substance et sévèrement gardé par la barricade d'un langage faussement « scientifique », à l'intérieur duquel toutes les audaces subversives sont permises mais qui n'aura jamais pour tâche de communiquer.

Vivant avec son temps, cette aristocratie ne peut aujourd'hui que tirer avec dévotion les sonnettes du PCF, voire du PCUS. Tous les moyens sont bons et surtout les plus bas. C'est ainsi que l'on condamne sommairement *Roublev*, et que l'on abandonne Iosseliani et Kontchalovski à leur triste sort pour mieux étudier Dziga Vertov et publier des écrits d'Eisenstein. C'est ainsi que, du même coup, la condamnation des Américains Biberman ou Polonski s'élève dans le silence dont sont entourés des films soviétiques ultra-académiques, d'une forme on ne peut plus bourgeoise, et qui furent coproduits avec ce que le cinéma occidental pouvait offrir de plus corrompu. Que *Tchaïkovski* porte à son générique le nom de Dimitri Tiomkin, ou *Waterloo* celui de De Laurentiis et de Rod Steiger, et que les produits soient des monuments d'académisme pompier et de servilité historique (l'homosexualité de Tchaïkovski est pieusement voilée, la figure de Napoléon parfaitement réduite à sa légende), voilà qui, pourtant, devrait relever d'une analyse sémantique et politique des plus sévères, non[1] ?

Cet immobilisme et ce protectionnisme « dans la ligne » n'ont pas que le privilège de ressusciter, sous un habit neuf, le sectarisme formel du jdanovisme, interdisant au discours toute évasion hors de l'anodin et de l'apolitique, ils désamorcent toute lutte réelle. C'est avec raison que, lors d'un débat récent sur la censure, Narboni prit la parole pour rappeler que la notion de liberté d'expression n'était pas un absolu idéaliste mais qu'elle relevait d'un certain ordre politique, le libéralisme bourgeois. C'est avec raison aussi qu'il affirmait la nécessité, en régime socialiste, de combattre une réaction possible. Mais lorsqu'un peu plus tard il en profitait pour condamner les cinéastes de l'Est, les Tchèques surtout, qui comme on dit avaient des ennuis, en les traitant de petits-bourgeois, la confusion qu'il instaurait allait dans le sens de la servilité et de l'attentisme les plus complets. Il faut tout de même se rappeler que la condamnation à l'Est, d'un certain cinéma « libre », « petit-bourgeois » si l'on veut mais aucune voie « de gauche » n'est ouverte à la critique, ne se fait pas au profit d'un cinéma plus révolutionnaire, dans le langage ou dans les thèmes ou dans les deux, mais au contraire d'un cinéma parfaitement futile et moralisant, dépolitisé et académique donc « de droite ». La condamnation absolue de toute défense libérale bloque en outre toute possibilité de lutte en régime capitaliste, toute mise à profit des contradictions de la bourgeoisie — l'obsession de la récupération aidant — et se met au service de sa partie la plus

---

1. Le silence des *Cahiers* sur des films soviétiques récemment projetés à Paris, tels que *Libération*, de Youri Orzov (*Positif*, n° 119), dont l'importance idéologique (réapparition du « personnage » de Staline) est pourtant considérable, est significatif de cette circonspection « scientifique ».

répressive et la plus conservatrice. À quoi bon défendre le cinéma militant « gauchiste » puisqu'il est aventuriste ? À quoi bon lutter pour la sortie du *Condé* puisqu'il s'agit d'une mystification ? Laissons les choses comme elles sont et faisons tout pour qu'elles demeurent ainsi, « en attendant ». À l'époque du voyage de Pompidou en URSS, il est assurément confondant, mais normal, de voir un soi-disant marxisme substituer au vieux « la censure n'existe pas » de Truffaut, un « la censure est un phénomène de classes » juste mais que l'on utilise vis-à-vis du régime, pour une même démobilisation [1]. Faut-il s'étonner de ce qu'à côté de la « rigueur » toujours croissante et de plus en plus obscurcie de ce « marxisme » on ne trouve jamais, par exemple, la moindre attaque, voire la moindre analyse, dirigée contre le rôle du système capitaliste dans le cinéma français et dans son contrôle économique, donc politique, par le Centre ? N'est-il pas normal que cet opportunisme de style PCF ménage avec autant de soin M. Astoux ?

Par contre, en bons staliniens, les *Cahiers* ne sont pas économes de coups à gauche. Passons sur les injures, du style « social-démocrate », assez bien venues dans la bouche de révisionnistes [2]. Mais lorsque Eisenchitz, échoué aux *Cahiers* après avoir navigué dans toutes les revues possibles, exécute,

---

[1]. « Limiter le marxisme à la doctrine de la lutte des classes, c'est le tronquer, le déformer, le réduire à ce qui est acceptable pour la bourgeoisie. Celui-là seul est marxiste qui *étend* la reconnaissance de la lutte des classes jusqu'à la reconnaissance de la *dictature du prolétariat* » (Lénine, *L'État et la révolution*).
[2]. Insulte pour injure, procédé indéfiniment réversible, soit. Et alors ? Cela posé il faut applaudir à l'habileté de la provocation verbale. En parlant à Straub, qu'ils savent plus gauchiste qu'eux, de « la critique dite de gauche (nous dirons social-démocrate) » *Les Cahiers* obtiennent la réaction violente souhaitée, procédé usuel de l'amalgame stalinien.

pour donner en passant un petit gage à ceux à qui il veut plaire, Trotski d'une phrase dédaigneuse, ou lorsque Comolli, donnant à choisir entre *Othon* et *L'Aveu*, ne suppose même pas que l'on puisse rejeter l'un et l'autre, et pratique un amalgame du modèle le plus courant, ils appliquent, en prosélytes zélés, les règles les plus classiques du dogmatisme. La technique est poussée jusqu'au mensonge le plus grossier, quand un Bonitzer signale et souligne, dans *Camarades*, « un manque aveuglant — et compte tenu du sujet, proprement hallucinant : *l'absence radicale de toute référence aux syndicats ouvriers* » alors qu'il en est question à plusieurs reprises dans la seconde partie du film de Karmitz. La falsification n'est pas aussi naïve qu'il semble. Bonitzer sait très bien que *Camarades* aura, surtout en province, une diffusion difficile et que, tant que les lecteurs des *Cahiers* n'auront pu voir le film, ils seront accessibles à toutes les calomnies, surtout aux plus péremptoires[1].

Aucune théorie du cinéma ne peut, politiquement, se concevoir si elle ne renvoie à une pratique du cinéma. Seule cette pratique permet d'éviter les jouissances solitaires, fussent-elles meublées par l'obsession de la castration, d'une pure théorie du sens. Seule aussi elle permet, inversement, d'éviter les pièges, aujourd'hui répandus, d'un certain snobisme révolutionnaire. Car il faut bien s'entendre. Il n'est aucunement question de donner dans l'admiration automatique de ces cinéastes qui veulent tous travailler « pour le peuple » ou du moins faire œuvre de « contestation ». Il faut se garder de toute estimation, comme de toute sympathie trop hâtive et

---

1. Il serait illusoire et politiquement vain, parce que trop facile, d'assimiler ce prosélytisme avec les thèses exposées dans *La Nouvelle Critique* (*Cinéma et Idéologie*) ou bien avec la critique telle que la pratique Albert Cervoni. L'une et l'autre appellent à une discussion d'un tout autre ordre.

considérer avec une attention *politique* non seulement ce qui veut être dit, mais ce qui est dit, comment cela est dit, pour qui cela est dit et à qui cela est dit. Il est évident aussi (ce sont là des vérités premières mais qu'il est temps, aussi, de répéter ou de rappeler) que la technique même est étroitement dépendante des moyens, du thème et des spectateurs proposés. Solanas hier, Espinosa aujourd'hui, entre autres, ne perdent pas une occasion d'insister sur le concret de ces nécessités. Nous leur donnerons, ou redonnerons prochainement la parole. Il est évident, également, que les impacts de, disons *Le Reptile*, *Willie Boy*, *L'Heure des brasiers*, *Le Peuple et ses fusils* ou *La Palestine vaincra*, en quelque estime que, par ailleurs, on puisse les tenir, sont de forces, de natures et de portées différentes. Ce peut être le rôle de la critique, rôle dialectique et non éclectique, que de préciser les lois et d'apprécier la justesse de leur balistique, au lieu de les admettre ou non au paradis d'une prétendue forme révolutionnaire. Ce rôle n'a aucunement l'intention d'être déterminant. C'est une petite roue et une petite vis parmi d'autres, d'un mécanisme complexe, mais dont le marxisme-léninisme nous a appris le fonctionnement. Et l'important pour nous, prétention plus ou moins justifiée peut-être mais c'est à la pratique de nous l'apprendre encore une fois, est d'aider, loin des exclusives sectaires, à cette longue marche[1].

---

1. L'aventure de Louis Althusser est, à cet égard, exemplaire de certains problèmes évoqués plus haut. Autour, par-delà sa lecture de Marx, de trois textes (*Notes sur un théâtre matérialiste*, *Lénine et la philosophie*, *Idéologie et Appareils Idéologiques d'État*) qu'il nous faut, nous critiques, tenir pour capitaux. Il est en même temps un exemple admirable du mépris relatif dont le PCF entoure ses intellectuels. Louis Althusser a raconté lui-même, dans la préface de *Pour Marx*, pourquoi et comment, tenus par le stalinisme dans un militantisme étroit, ils se sont vus, après le Dégel, ouvrir l'accès de la recherche théorique. C'était sortir du bagne pour

Akira Kurosawa

Étrangement, l'œuvre d'Akira Kurosawa fut loin de faire l'unanimité de la presse nationale, dont l'une des traditions consiste à ériger les uns contre les autres les représentants contemporains d'une même cinématographie nationale (Mizogushi contre Kurosawa, comme Wyler contre Ford). Si Positif *accorda à Kurosawa sa toute première couverture française (pour accompagner une étude de Farok Gaffary) en 1957 (n° 22, après avoir défendu* Rashomon *sous la plume d'Henri Agel dès le n° 2), elle ne fut pas indifférente aux révélations, parfois tardives dans l'Hexagone, de Kenji Mizogushi et Yasujiro Ozu (qui figureront en couverture de la revue en 1978 et 1980).*

---

entrer en prison, à l'écart, plus que jamais, de toute politique pratique comme de toute pratique politique.

Louis Althusser tient, dans *La Pensée*, à une élite donc, les propos les plus subversifs et les mieux articulés, où l'École se voit, aujourd'hui, substituée à l'Église comme Appareil Idéologique d'État Dominant. Propos qui ne recoupent guère la pratique ni même les déclarations des syndicats enseignants à majorité communiste (SNES, SNESUP) beaucoup plus prudents et participationnistes.

Pour bien se rendre compte des étroites limites de cette nouvelle liberté théorique, on se rappellera que *Les Lettres de l'intérieur du Parti*, de Maria Antonietta Macchiocchi, adressées d'Italie à Louis Althusser, ont été publiées en France, à la demande du philosophe, sans ses réponses. La correspondance datait de mai 68.

BERNARD COHN, « Un humaniste sceptique » (*Dodes'-kaden*), n° 131, octobre 1971.

BERNARD COHN
Un humaniste sceptique
Sur *Dodes'kaden*

Le sujet de *Dodes'kaden* n'est pas, *a priori*, très engageant : il s'agit en effet de la description d'un bidonville et de la vie quotidienne de ses habitants. Le film est fait de saynètes qui prennent les personnages les uns après les autres, les abandonnent et les retrouvent un instant plus tard mais il ne se soumet pas à la rigueur d'un scénario qui nous conterait, de manière toute classique, les aventures de quelque héros : il privilégie tout au plus certains personnages mais leur situation et leur évolution n'influencent guère la construction du récit, dont le principe est donné dans les premières minutes. Nous avons affaire là à une mosaïque de portraits qui expliquent la longueur du film (près de 2 heures 30) et en même temps sa charge d'émotion, de tragique, de drôlerie : chaque personnage est traité avec une extrême minutie, ses gestes, son comportement le rendent prodigieusement vivant. Le film s'inscrit dans la série des œuvres « sociales » de Kurosawa : *L'Ange ivre, Les Bas-fonds, L'Idiot, Vivre, Barberousse*. Il en est la somme et le prolongement mais il utilise aussi certains éléments des films « historiques » pour les parodier, comme en témoigne la séquence où un ivrogne, sous la pluie, se prend pour un samouraï et jongle, de façon toute ridicule, avec un sabre.

Les deux écueils que le film risquait, au départ, de

rencontrer, Kurosawa les évite constamment. Jamais il ne méprise ou ne rend grotesques les habitants du bidonville. Jamais il n'est condescendant mais au contraire, en montrant la souffrance, la misère, la mort, il fait preuve d'une étonnante chaleur humaine, d'une affection réelle qui ne devient jamais apitoiement insincère ou complaisance sentimentale. Tous ses personnages, qu'ils soient tragiques, comiques, voire simplement pitoyables, ont une force qui en fait des « types » inoubliables. La direction d'acteurs est toujours exceptionnelle qui réussit à aller aux extrêmes. Cela va des grimaces, tics, haut-le-corps d'un quinquagénaire accompagné d'une épouse acariâtre et hurlante, sorte de super Kathleen Freeman nippone, au visage émacié, grisâtre et pourtant étonnamment beau d'un aveugle insensible au monde. Kurosawa retrouve d'ailleurs constamment le ton de ses adaptations de Gorki et de Dostoïevski. Du premier la variété des figures qui peuplent le bidonville, le réalisme des descriptions, la sagesse qui surgit parfois au détour d'un dialogue, d'une scène traitée comme un tableau. Du second la profondeur psychologique, mais aussi la détresse mentale, les illuminations soudaines, l'oubli du réel pour quelque chose de plus beau. À cet égard les portraits du père et du fils affamés sont deux parmi ses plus belles créations. Le père, en des rêves colorés, somptueux, aperçoit de magnifiques maisons alors qu'avec son fils il habite une 2 CV délabrée. De même appartient à la catégorie des victimes cette jeune fille, véritable zombie, qui se laisse violer par son tuteur et qui passe, dans l'oubli de soi et des autres, définitivement traumatisée.

Le lien de tous les personnages entre eux est donné par le jeune garçon qui, se prenant pour un conducteur de tramway, dirige, de nuit comme de jour, sous les huées des gosses du voisinage, entre les cabanes branlantes et les tas d'ordures, un véhicule et des voyageurs imaginaires, tout en faisant le bruit qui donne le titre au film. Certes ce n'est pas la première fois que les fous et les enfants tiennent une place importante chez Kurosawa, mais ici son attention et son estime se portent sur eux tout particulièrement. Le film commence et se clôt sur des dessins d'enfants, sur ce très émouvant petit garçon qui rêve d'un tramway atteignant le bidonville. Du tramway on ne voit en réalité, au tout premier plan du film, qu'un reflet sur les vitres d'une boutique.

Mais la force du film est due aussi au fait qu'il n'est jamais à une seule dimension. Si les scènes tragiques sont les plus nombreuses, Kurosawa a su créer quelques îlots de comique pur né de retournements de situations, de prises de paroles qui n'en finissent pas, d'une gestuelle qui rappelle Jerry Lewis. Un sentiment d'absurde naît souvent qui provient de l'incompréhension des personnages entre eux, de leur impossibilité de communiquer autrement que par une violence bouffonne. Un vieillard décide de mettre fin à ses jours, il accepte le poison qu'un vieil ami lui offre mais, après l'avoir ingurgité, il s'aperçoit que la vie vaut tout de même d'être vécue. Furieux il se rue sur l'autre en trépignant comme un enfant dont on aurait cassé les jouets. Il n'avait pourtant avalé qu'un produit inoffensif. L'ironie n'est pas non plus absente du film et elle se traduit par la présence, au centre du bidonville, d'un chœur de femmes qui épient les voisins et papotent entre elles. Le bidonville devient alors une sorte de capharnaüm où certains s'exhibent, mettent en scène l'espace qui leur est attribué dans un décor de couloirs boueux, de labyrinthes, de portes coulissantes, de montagnes de gravats, de terrains ravagés : sorte de no man's land peu ouvert sur l'extérieur et où les habitants eux-mêmes parfois se perdent.

Si l'on excepte un plan rose au pochoir dans *Entre le ciel et l'enfer* (1963, toujours inédit en France), *Dodes'kaden* est le premier film en couleurs (à soixante ans) de Kurosawa. Et c'est par l'utilisation peu ordinaire de la couleur que le réalisateur échappe au second danger que recelait le sujet : montrer la misère comme si elle était belle et tomber dans un naturalisme crasseux aux conséquences morales que l'on devine. Or le film est beau parce que le traitement de la couleur ne fait pas oublier la misère mais la rend plus atroce, proprement hallucinante, terrifiante même. Kurosawa a totalement accentué l'aspect irréaliste des décors en utilisant des tons d'une franchise extrême. Le film bascule par instants dans un fantastique qui rend plus pathétiques les situations. La scène de la mort par inanition du petit garçon est traitée en teintes bleues, noirâtres, éclairées d'une lumière blafarde, tandis que le fond du décor est d'un rouge presque sanglant. Les visages livides éclairés par de brusques lueurs rendent encore plus pénible le surgissement de la Mort. Mais Kurosawa utilise aussi la couleur à des fins non dramatiques pour mieux situer un personnage, pour le rendre inséparable du décor où il vit. La blouse de l'aveugle et son visage grisâtre sont en harmonie avec les tôles de son baraquement. De même les rouges et les jaunes allègres se marient avec les costumes bariolés des deux ivrognes et de cette vamp[1] qui passe et repasse au milieu du bidonville. Tout naturellement Kurosawa, qui fit des études de peintre, retrouve la finesse dont font souvent preuve les artistes japonais : un plan où un panoramique découvre un arbre mort sur fond de ciel blanc a la beauté d'un Okusaï. Tout le film oscille entre la cal-

---

1. Akemi Negishi jouait le rôle de la « fille » dans *Anatahan* de Sternberg.

ligraphie, un expressionnisme totalement irrationnel et un art de l'informel où le réalisateur célèbre des pans de murs, des débris, des objets détériorés, des matériaux mis au rebut. La beauté des éclairages crée constamment d'ailleurs un espace purement fictif qui oblige les acteurs à évoluer comme s'ils se trouvaient, sur une scène de théâtre. On songe, pour certaines scènes, à *La Petite Marchande d'allumettes* de Renoir, non pas seulement par la parenté des thèmes, mais par la théâtralité assumée qui dote les personnages, paradoxalement, d'un surcroît de réalisme.

On pourra bien sûr reprocher à Kurosawa de n'avoir pas abordé l'aspect politique du problème et d'avoir fait du bidonville une création presque autonome, vivant quasiment en circuit fermé, séparée pratiquement d'un extérieur qu'on ne voit pour ainsi dire pas. Cette objection serait valable si le film faisait preuve d'optimisme ou si y était exploitée une métaphysique qui serait tout simplement trop atroce pour qu'on puisse y voir un quelconque espoir, et une prière absurde devant un bouddha, au début, ne renvoie guère à un au-delà réconfortant. Tout au plus l'humanisme dont Kurosawa a fait preuve jusqu'à présent dans la plupart de ses films se charge-t-il ici d'un scepticisme qui prouve le peu d'illusions qu'il se fait sur la condition humaine.

Leonard Kastle

Positif *affichait un goût prononcé pour le grand cinéma hollywoodien de Brooks et Minnelli. Mais la revue ne négligeait pas pour autant le cinéma indépendant américain de John Cassavetes, Monte Hellman, Shirley Clarke ou Barbara Loden. Ainsi fut-elle l'une des rares revues à saisir l'importance des* Tueurs de la lune de miel, *de Leonard Kastle, sous la plume de Michel Pérez, critique régulier de* Combat, *du* Matin *et du* Nouvel Observateur.

MICHEL PÉREZ, « L'opéra vériste et le fait divers » (*Les Tueurs de la lune de miel*), n° 131, octobre 1971.

Principal ouvrage de Michel Pérez : Les Films de Carné, *Ramsay, 1986.*

MICHEL PÉREZ
L'opéra vériste et le fait divers

Les Tueurs de la lune de miel
(*Honeymoon Killers*)

On ne sait trop sur quels chemins nous emmène Leonard Kastle dès les premières images de son film.

Ou plutôt, on redoute de trop bien les connaître. On redoute de se retrouver une fois de plus sur la piste trop carrossable de la comédie anglaise pimentée de cet humour noir incroyablement éventé qu'on ose encore nous servir de temps à autre. On craint aussi d'être embarqué sur les « highways » de l'horreur sophistiquée et vénéneusement misogyne inaugurée par Robert Aldrich avec *Baby Jane*. Si l'on s'aperçoit assez vite que la direction empruntée par Kastle n'est pas le moins du monde britannique, on met plus de temps à s'assurer que l'infirmière diabolique dont il nous décrit froidement l'aventure criminelle n'appartient nullement à la galerie de monstres décrépits dont s'esbaudissent encore les amateurs de « camp » des deux mondes. On croit longtemps que ce personnage a été conçu en fonction d'une esthétique de la monstruosité physique en faveur auprès des fabricants de bandes dessinées avant de se rendre compte clairement que son originalité tient au refus d'obéir aux canons établis par les inventeurs de beauté féminine employés par les grandes compagnies cinématographiques et les agences de publicité. Dès lors, c'est une manière de révélation : *Honeymoon Killers* est peut-être le premier film à détruire l'image conventionnelle de l'« aventurière » qu'on nous impose depuis plus d'un demi-siècle. Traditionnellement, la femme criminelle est une vamp. Son attrait physique répond aux désirs des poètes romantiques, elle est l'Ève future de Villiers, elle est rompue aux subtilités froides des calculs égoïstes, elle doit avoir toute la séduction hiératique des Salomé de Gustave Moreau pour que nous acceptions de nous passionner pour ses méfaits et que se transforme en exquise fascination l'horreur qu'ils nous inspirent. Leonard Kastle détruit froidement cet archétype. Non seulement son héroïne n'a point, il s'en faut, l'apparence d'une sylphide, ni la cruauté implacable de la jeunesse triomphante (ce qui nous la fait croire, un moment, échappée du cirque de Robert Aldrich), mais elle n'a pas non plus la sereine inhumanité des animaux sacrés exhibés dans les séries noires. Martha n'est pas une mante religieuse, ni une idole narcissique tout occupée du culte d'elle-même, elle n'est pas non plus un génie criminel qu'aucune faiblesse sentimentale ne viendra détourner de ses entreprises. Elle est avant tout une femme longtemps frustrée qui a vu se réaliser ses désirs impossibles et qui, à la manière des grandes dames de la presse du cœur, s'apprête à défendre chèrement son bonheur nouveau. Le plus chèrement possible, cela coûtera ce que cela coûtera, jusqu'au meurtre froidement consenti, s'il le faut [1].

Le comportement de Martha est celui d'une mère jalouse de sa progéniture. La passion qu'elle éprouve pour Ray se teinte de nuances incestueuses que ne viennent jamais atténuer, au contraire, les petites comédies qu'elle lui impose lorsqu'elle s'acharne à vouloir le suivre pas à pas dans les méandres sans surprises de sa « vie professionnelle ». Au départ, Martha est une mère qui prend plaisir à partager les jeux de son enfant. L'activité de Ray a des couleurs d'innocence, un aspect presque ludique. Il séduit des dames mûres candidates au remariage, s'empare du peu d'argent qu'elles ont l'étourderie de mettre à sa disposition (ces dames, en fait, « achètent » un homme bien plus qu'elles ne se vendent) et s'esquive gentiment, en espérant de tout son cœur, sans doute, que l'amertume de leur déception ne parviendra pas à ternir les beaux souvenirs qu'elles lui doivent. Mâle objet de luxe, Ray est un gigolo de grande classe qui ne se contente pas d'offrir à ses pratiques une satis-

---

[1]. Voir *Positif*, n° 122, p. 31 (compte rendu du festival de Pesaro, par Louis Seguin).

faction physique qu'elles n'espèrent plus mais qui se montre fort habile à combler leur vide affectif.

Visiblement, son métier le passionne, il l'exerce avec le plus grand plaisir et l'on ne voit pas chez lui de mépris pour ses dupes. C'est au contact de Martha qu'il se permettra de sourire de leurs ridicules et ce n'est que pour lui être agréable qu'il lui arrivera de se montrer cruel envers elles.

Dans une société réellement débarrassée de tous préjugés sexuels, Ray serait un « samaritain érotique », exerçant une activité honorable avec une grande conscience professionnelle. Martha vient brusquement l'arracher à cet état d'innocence. Avec elle, la comédie du mariage devient une escroquerie odieuse, dès les premiers instants. Le jeu disparaît, alors même qu'elle semble vouloir le partager avec un certain amusement : elle joue le rôle de la grande sœur protectrice, femme de tête qui s'inquiète de voir son petit frère la quitter pour une « étrangère ». Craignant que l'attachement de son amant ne soit d'une nature semblable à celle des services affectifs qu'il rend à ses victimes, il lui importe d'éclairer de la façon la plus violente le caractère criminel de ces relations passagères et d'affirmer par là la légitimité de leur union. Il apparaît bientôt que cette légitimité, qui n'a pas été confirmée par la cérémonie du mariage (un « vrai mariage » qui consacrerait définitivement la facticité des impostures de Ray), ne le sera jamais que par le meurtre des prétendantes fournies par les petites annonces. C'est après le meurtre, et après le meurtre seulement, que le jeu « cessera », laissant Ray, dont l'âme est moins « trempée » que celle de Martha, dans une entière dépendance. Le drame naît du refus de Ray de reconnaître et d'accepter cette dépendance, de son entêtement à prolonger le jeu, de sa dérobade face aux choix qu'il doit faire : assumer l'union scellée par le meurtre, renoncer au bonheur enfantin de l'irresponsabilité, accepter enfin de vieillir et de ne plus être un garçon protégé.

On le voit, la tragédie de Leonard Kastle s'inscrit au nombre des œuvres qui nous entretiennent de la démission du mâle américain et elle est d'autant plus signifiante qu'elle ne pare pas ses héros des séductions érotiques auxquelles Hollywood nous a depuis longtemps accoutumés, particulièrement dans les adaptations des pièces de Tennessee Williams qu'on y a faites. Cela vient, de toute évidence, de la fidélité de l'auteur au fait divers authentique qu'il a choisi d'illustrer. *Honeymoon Killers*, on le sait, a été réalisé de façon presque documentaire, avec un souci constant d'éliminer toute coquetterie de cinéaste et un refus tellement systématique du baroque et du merveilleux criminel qu'il étonne chez un auteur dont les premières expériences artistiques ont été des expériences lyriques au sens propre du terme.

On est si émerveillé de la maîtrise de Leonard Kastle qu'il est presque impossible de ne pas y voir le fruit d'un hasard bénéfique. La tentation est grande de considérer *Honeymoon Killers* comme une réussite exceptionnelle, unique et de craindre qu'un second film ne confirme pas ses promesses.

Nous ne connaissons pas les deux opéras composés par Leonard Kastle, mais nous sommes enclins à les croire (suivant en cela l'aveu de l'auteur lui-même) plus proches de l'opéra vériste italien que des recherches récentes de la musique contemporaine. Or, ce n'est peut-être pas une si grande merveille de voir un homme passionné d'opéra traditionnel traiter un sujet criminel avec une si grande rigueur. Il n'est pas besoin d'une longue analyse pour se rendre compte que le sujet de *Honeymoon Killers* est un sujet d'opéra et, qui plus est, d'opéra italien. Son traitement, nous l'avons dit, désobéit aux conventions du romantisme, mais, en en prenant le contre-pied, il n'en oublie aucune. La fatalité de théâtre s'y insinue, le développement de ses péripéties s'effectue selon les règles d'une mécanique dramatique irréprochable, la courbe de l'action nous apparaît d'un tracé pur de tout repentir, les « grands airs », quatuors, trios et duos sont judicieusement distribués et nous reconnaissons sans nous tromper les moments privilégiés où le lyrisme échevelé *pourrait*, brusquement, faire irruption. Certes, nous avons le droit de songer, devant *Honeymoon Killers*, au seul héritier du vérisme italien, à Gian Carlo Menotti, et nous pouvons nous souvenir que les chefs-d'œuvre de Puccini sont souvent construits à partir de faits divers mélodramatiques : *Tosca* ou *Il tabarro*. L'évocation du *Tabarro* (grand « fait divers » admirablement dépouillé et quasi documentaire de la littérature opératique) sert sans doute trop bien notre propos. Mais il est trop tentant d'imaginer ce drame de la jalousie conjugale porté à l'écran et privé de toute la partition de Puccini. Nous aurions une œuvre voisine de *Honeymoon Killers*, le négatif pur et simple de l'opéra.

Abandonnant la composition musicale pour la caméra, Leonard Kastle ne renie certainement pas la discipline à laquelle il avait d'abord choisi de s'astreindre et il est très possible qu'il suive la même démarche créatrice. Le compositeur lyrique traque son sujet avec la même patience implacable, il s'acharne à en exploiter toutes les possibilités, à en extirper à tout moment le potentiel dramatique. Il le sert aussi bien qu'il s'en sert, sans le moindre scrupule, et c'est sans le moindre scrupule que Leonard Kastle se laisse porter par son sujet, allant jusqu'à tourner son film chronologiquement, contrairement aux règles habituelles. C'est cette suprématie accordée au sujet qui peut autoriser quelques craintes quant à l'avenir cinématographique de cet homme d'opéra. L'aventure des héros de *Honeymoon Killers* est d'une richesse telle qu'elle commande impérieusement la sobriété d'exécution la plus rigoureuse. Cette richesse dramatique impose le classicisme de la mise en scène, préside à la direction des acteurs, dont le style de jeu sera capital. On imagine qu'un sujet moins fort laisserait le cinéaste dans l'obligation de recréer artificiellement une tension qui ne serait plus acquise dès le départ, ce qui l'entraînerait aux inévitables excès d'un tempérament que nous supposons peu janséniste.

Quoi qu'il en soit, les qualités documentaires de *Honeymoon Killers* sont inappréciables. Nous avons rarement vu peinture plus lucide de la femme américaine des classes moyennes. Peinture sans indulgence, mais qui se refuse aux facilités de la caricature en même temps qu'elle se garde de donner dans la mythologie misogyne en vigueur chez les beaux esprits new-yorkais. La force de Leonard Kastle tient en ce qu'il éprouve une tendresse non déguisée pour ces créatures despotiques et frustrées. Il ne les voit pas comme des monstres propres à épouvanter les jeunes garçons et les moins jeunes mais comme des êtres dépossédés, victimes pitoyables d'une société qui les a juchées sur un piédestal où elles sont contraintes de demeurer de gré ou de force, enchaînées. La radiographie du puritanisme qu'il nous livre est terrible, d'autant plus qu'il nous la glisse à la faveur de scènes que la ligne générale de son intrigue tend à rendre anodines. C'est la soumission des victimes du couple meurtrier aux tabous de la société puritaine qui provoque, précipite, et finalement autorise le crime. La présence acceptée, considérée comme naturelle, de la « sœur » au cours des lunes de miel sans cesse recommencées provoque les meurtres. Sans elle, l'industrie de l'escroc au mariage ne connaîtrait pas ces extrémités. Cette « sœur », dont la présence est un gage de respectabilité, empêche les prétendantes de considérer avec lucidité l'aventure dans laquelle elles se lancent. Elles entrent réellement dans une famille, elles ne sont plus des acheteuses de chair humaine et la représentante de cette « famille » qui les empêche de consommer immédiatement leur union, de profiter de l'objet qu'elles ont acquis les délivre de tout sentiment de culpabilité. Cette acceptation les rend infiniment vulnérables et se rebellent-elles un seul instant qu'elles ne font que précipiter leur perte, les tueurs de la lune de miel devenant, du même coup, les instruments de la vengeance d'un dieu rigoriste.

C'est dire que Leonard Kastle ne craint pas de multiplier les traits d'humour dans son film et c'est précisément par là qu'il révèle un tempérament exceptionnel. *Honeymoon Killers* ne tombe pas dans les pièges de l'humour noir, résiste aux séductions du grotesque et met le pittoresque à la porte sans pour autant donner dans le solennel. Il se pourrait que ce fût la plus belle tragédie moderne que le cinéma nous ait donnée depuis fort longtemps.

Nagisa Oshima

Pour son diptyque constitué de L'Empire des sens *et de* L'Empire de la passion, *Nagisa Oshima eut droit, dans* Positif, *aux honneurs de deux grands écrivains français : André Pieyre de Mandiargues et Roger Caillois. Quant au court article de Louis Seguin sur* La Cérémonie, *publié dans le n° 143, c'est un texte d'introduction à la diffusion du film au Quintet, salle de cinéma où la revue programma, pendant quelques années, des films qui ne trouvaient pas de distributeurs, comme* La vengeance est à moi *d'Imamura ou* Soleil Ô *de Med Hondo. C'est, par exemple, en voyant, dans ce contexte,* La Troisième Partie de la nuit *qu'Albina de Boisrouvray découvrit le cinéma d'Andrzej Zulawski, dont elle allait produire ensuite* L'Important c'est d'aimer.

LOUIS SEGUIN, « Présentation de *La Cérémonie* », n° 143, p. 1, octobre 1972.

LOUIS SEGUIN

Présentation de La Cérémonie

> *Les hommes placés sur un plan éloigné n'ont pas d'yeux, les arbres dans le lointain, point de branches, les collines, point de rochers : elles sont indistinctes comme les sourcils ; et les eaux lointaines n'ont pas de vagues, mais elles se dressent et touchent aux nuages.*
>
> WANG-WEI (VIIIe siècle).

> *Ce bouleversement continuel de la production, ce constant ébranlement de tout le système social, cette agitation et cette insécurité perpétuelles distinguent l'époque bourgeoise de toutes les précédentes. Tous les rapports sociaux, traditionnels et figés, avec leur cortège de conceptions et d'idées antiques et vénérables, se dissolvent ; ceux qui les remplacent vieillissent avant d'avoir pu se donner une ossature. Tout ce qui avait solidité et permanence s'en va en fumée, tout ce qui était sacré est profané, et les hommes sont forcés enfin d'envisager leurs conditions d'existence et leurs rapports réciproques avec des yeux désabusés.*
>
> KARL MARX
> et FRIEDRICH ENGELS
> *Manifeste du parti communiste.*

Aujourd'hui, en 1972, et ici, en France, *La Cérémonie* lance un triple défi.

Depuis *La Règle du jeu*, il peut être déploré que le cinéma français, tour à tour tancé et adulé par une critique acrimonieuse ou dévote, n'ait plus jamais réussi à mener à terme un projet politique. Si estimables, ou non, que soient certaines tentatives, elles ne parviennent guère, ou mal, à s'écarter des détours que leur impose l'écueil peu évitable de la spontanéité (Karmitz, Godard) ou le refuge de la complaisance mystificatrice (Costa-Gavras, Courrières). Mais voici, exemplaire, un film où la scène et la politique ne tournent plus l'une autour de l'autre, n'errent plus en quête d'une mise irrécupérable, mais où elles se rejoignent dans le lointain de leur perspective.

Au « oui » franc et massif de ce grand public que l'on invoque avec une hypocrisie toute libérale, sans vouloir y reconnaître le nom « humaniste » de l'argent, *La Cérémonie* entend préférer les ruptures. Précisons bien : il ne s'agit aucunement d'invoquer, depuis un cinéma du Quartier latin, un prolétariat tutélaire ni de lui faire jouer les pitres invisibles de la fausse conscience. Il s'agit, au contraire de l'adhésion, de la conviction ou de la reconnaissance dont on se contente d'habitude, de provoquer des clivages, d'appeler à la prise de parti, d'avancer un jugement qui reconnaisse la classe d'où et pour laquelle il s'énonce. C'est ainsi que *La Cérémonie* peut être « utile ».

Provocation critique enfin. Jusqu'ici et à de rares exceptions près, la réaction des chroniqueurs, commentateurs, analystes et autres appréciateurs a été, vis-à-vis d'Oshima, d'une singulière faiblesse. On a vu s'amonceler au hasard de la paresse intellectuelle les lieux communs de la critique des mœurs, de la complexité vécue, de la réalité nourricière ou de la soumission biographique. *La Cérémonie*, passé à ce crible, se voit réduit à un vague témoignage, au renvoi d'une digestion incertaine. L'occasion qu'offre Oshima est pourtant des plus remarquables. Elle peut, plus que beaucoup d'autres, permettre de quitter le marais de ces certitudes. La double exergue qui, sur deux tons, reprend une réflexion sur l'effet d'éloignement, qui confond mais aussi dépouille, devrait l'y aider.

Miklós Jancsó

L'admiration pour Andrzej Wajda a sans doute développé la curiosité des rédacteurs pour les cinémas venus d'Europe de l'Est à l'heure des premiers dégels. Cette nouvelle vague-ci, aujourd'hui trop négligée, fut particulièrement bien accueillie, quelle que fût la provenance des films : Yougoslavie (Mladomir Djordjević, Dušan Makavejev), Tchécoslovaquie (Miloš Forman, Věra Chytilova, Ivan Passer), Roumanie (Lucían Pintilié) ou Hongrie (Miklós Jancsó).

JEAN-PIERRE JEANCOLAS, « Vers le corpus sacré de la révolution » (*Psaume rouge*), n° 147, février 1973.

Principaux ouvrages de Jean-Pierre Jeancolas : Cinéma, service public *(avec Olivier Barrot et Gérard Lefèvre), François Maspéro, coll. Malgré tout, 1977;* Le Cinéma des Français (la cinquième République, 1958-1978), *Stock cinéma, 1979;* 15 ans d'années 30 (Le Cinéma des Français : 1929-1944), *1983;* Cinéma hongrois, 1963-1988, *Budapest, Éd. Corvina et Paris, Éd. du CNRS, 1989;* Histoire du cinéma français, *Nathan, coll. 128 cinéma, 1995;* L'Auteur du film, description d'un combat *(avec Jean-Jacques Meusy et Vincent Pinel), Institut Lumière/Actes Sud, 1996;*

L'Œil hongrois, quatre décennies de cinéma à Budapest, 1963-2000, *Magyar Filmunió, 2001*.

JEAN-PIERRE JEANCOLAS
Vers le corpus sacré de la révolution
Psaume rouge

> *Mais il est vrai que dans l'art, les concepts, les idées, les conceptions du monde, etc., concrètement universels, apparaissent toujours dépassés dans la particularité. L'objet du travail artistique n'est pas le concept en soi mais le mode selon lequel ce concept devient un élément concret de la vie dans des situations concrètes où des hommes concrets sont engagés.*
>
> GYÖRGY LUKÁCS [1]

Peu nombreux sont à ce jour les cinéastes qui ont tenté une totale reconstruction du monde — c'est-à-dire qui ont tenté d'édifier par la grâce du cinéma un monde qui soit leur. Eisenstein certes, Fellini, Miklós Jancsó aujourd'hui. C'est une tâche prodigieuse, qui exige tout à la fois du métier, du talent, du génie, et de la chance. La chance, c'est cette toute petite dose d'imprévu qui vient soudain mettre une touche de fantaisie dans le plan le plus médité, dans l'architecture la plus technicienne. Dans un des plus beaux moments de *Psaume rouge*, la caméra, après avoir décrit une de ces courses savantes et folles dont on sait depuis longtemps combien Jancsó les

---

1. Cité par Barthélemy Amengual, in *Clefs pour le cinéma*, Seghers, 1971.

domine, aborde une table chargée de victuailles : des fruits, de la charcuterie, une miche de pain dorée, l'image d'une plénitude qui réconcilierait la terre avec ceux qui la travaillent. Or deux guêpes accompagnent un moment le mouvement de l'objectif (du regard) qui s'attarde sur une grappe de raisins lourds de soleil... La vie soudain sur une nature morte. Je ne crois pas que Jancsó sache aussi diriger le vol des guêpes. Jancsó a de la chance.

Jancsó est aujourd'hui un cinéaste heureux. Comme Fellini, on a l'impression qu'il peut faire ce qu'il veut, absolument ce qu'il veut. On lui donne les moyens de faire un film, assurément sans aucune contrainte, et ces moyens ne sont pas négligeables. Qu'hommage soit ici rendu aux responsables de la cinématographie hongroise, qui ont compris qu'un État socialiste pouvait sans se rompre produire les films de Peter Bacso et ceux de Miklós Jancsó — qui ont compris qu'on pouvait faire confiance à un auteur. Et qui peuvent en retour se prévaloir de *Temps présent*, de *Silence et Cri*, et de ce *Psaume rouge* qui nous occupe aujourd'hui. Qu'hommage soit rendu parallèlement à la RAI, à cette télévision italienne qui a donné carte blanche et moyens techniques à Jancsó pour *La Technique et le Rite* comme elle l'avait fait antérieurement pour Bertolucci *(La Stratégie de l'araignée)* ou pour Fellini *(Les Clowns)*.

Psaume rouge, évocation allégorique des luttes menées par les paysans hongrois à la fin du siècle dernier, nous donne enfin la possibilité de voir où, depuis dix ans, nous conduit Miklós Jancsó — en tenant compte du danger qu'il y a à éclairer *a posteriori* une œuvre par la seule lumière d'un film, quel que soit son éclat. La source, la racine, le tronc de l'œuvre, c'est la Hongrie, appréhendée tant dans son histoire que dans sa géographie.

Son histoire : celle d'un petit peuple isolé au cœur de l'Europe depuis quinze siècles, accablé de dominations étrangères ou de dictatures nationales. Sans remonter à Attila (les Huns et les Hongrois sont deux rameaux d'une même branche, Jancsó s'en souvient dans *La Technique et le Rite*), il y eut pendant des siècles la résistance contre les Ottomans, le poids écrasant de la monarchie viennoise (la machine bureaucratique grâce à quoi les Habsbourg tenaient leur immense empire a atteint des raffinements, dans le XIXe siècle des *Sans-Espoir*, auprès desquels nos régimes centralisés sont jeux d'enfants), puis après la brève flambée de la Commune de Budapest, une répression féroce, les vingt-cinq ans de régence de l'amiral Horthy (un amiral à la tête d'un pays sans mer ni marine, et pourtant ce ne fut en rien une comédie à la Lubitsch...), dix ans d'un stalinisme particulièrement obtus (Rajk et Nagy du côté des victimes, Rakosi et Geroe du côté des bourreaux), enfin 1956, et la suite.

Sa géographie : une plaine où se fixèrent les éleveurs de chevaux, cette Puszta plate comme la main, battue des vents, parsemée de ces petites maisons au pignon blanchi, un fleuve, quelques collines. Un pays sans accident, et pourtant une terre dont le lyrisme s'est depuis toujours exprimé dans une musique que les grands romantiques ont fait découvrir à l'Europe.

Ce sont ces réalités qu'il faut garder à l'esprit en abordant tout film de Jancsó. Il est l'homme de cette terre, le fils de ce peuple. Il vit charnellement sa Hongrie, la plaine et les hommes, la sève, le sang, le vent qui ploie les hautes graminées. L'œuvre majeure de Jancsó c'est, sur ce pays, la mise en évidence de plus en plus emblématique du poids de l'histoire. Contre-preuve : l'échec partiel de *Sirocco d'hiver* dont l'intrigue, située au sein d'un groupe d'exilés croates, ne concerne plus directement la terre hongroise, et celui (puisque nous ignorons toujours *La Pacifista* tourné en 1970 à Milan avec Monica Vitti et Pierre Clémenti) du seul film italien que nous en connaissions à ce jour, *La Technique et le Rite*.

Assumant et dépassant ce poids de l'histoire, d'une histoire éclairée sans cesse par un marxisme maintenu vivant (la Hongrie est aussi la terre de György Lukács), Jancsó veut créer, au sens le plus noble du terme, une imagerie du fait révolutionnaire. Il veut se situer là où la poésie rejoint l'histoire, donner à la révolution sa *Légende dorée*. Il veut créer les emblèmes, n'avoir pas peur des outrances, tel un Jacques de Voragine du XXe siècle.

« Ce que l'on trouve souvent à la base des épisodes les plus extraordinaires — on est tenté de dire les plus extravagants, — c'est en somme une rhétorique que l'on a prise au mot, des métaphores qui se sont en quelque sorte solidifiées, matérialisées, des hyperboles interprétées au pied de la lettre. C'est de l'éloquence qui s'est faite histoire. » Cette citation n'est pas extraite d'un commentaire de *Psaume rouge*, mais d'une préface écrite par le R.P. Hervé Savon à une édition récente de la *Légende dorée*[1]. Et pourtant, la métaphore solidifiée, n'est-ce pas cette plaie qui, dans la main de la suppliciée, devient soudain fleur ou cocarde, l'hyperbole prise au pied de la lettre, n'est-ce pas le « ruisseau de sang » dans lequel s'abîme le jeune cadet...

L'imagerie visionnaire de Jancsó intègre des formes, joue des thèmes élémentaires de toutes les cosmogonies. L'eau (« l'eau, le lieu où l'on meurt », notait déjà Tristan Renaud en 1968). Le feu, qui mord sur les sacs de blé, qui embrase le buisson de

---

1. Traduction de J.-B. M. Rose. Éd. Garnier-Flammarion, 1967.

fusils (nouveau buisson ardent, plus proche sans doute d'une mythologie anarchiste, genre « crosse en l'air », que de la tradition marxiste qui valorise l'arme à feu — on voit dans le même plan une série de fusils fichés dans le sol, ils ont concrètement la crosse en l'air), puis qui dévore la chapelle dans une fête qui rappelle la jubilation sacrilège de Vertov.

À ces images, Jancsó intègre des musiques : depuis *Ah ! ça ira*, il nous invite à un merveilleux décrassage des thèmes et du folklore (d'autant plus merveilleux qu'on se rappelle combien, aux heures les plus noires du stalinisme, cette imagerie sonore a pu être ossifiée, ou récupérée, par les pouvoirs des démocraties populaires, qu'on se rappelle ces groupes nationaux empesés, alignés, sans âme ni vie, dont Milan Kundera, un voisin, a fait justice dans *La Plaisanterie*). À cette musique de partout, à ces hymnes qu'on pouvait croire déconsidérés à jamais (même notre *Marseillaise*, soudain rajeunie et faite plébéienne par la vertu d'un joueur de vielle) Jancsó rend une jeunesse immédiate. Il retourne les litanies :

> *Les repas de betteraves,*
> *Épargne-nous, Seigneur,*
> *Les choux sans viande,*
> *Épargne-nous, Seigneur,*

et donne aux vieux refrains un contenu tout proche :

> *Si nous ne pouvons être heureux ici,*
> *Nous serons bien forcés d'aller ailleurs,*
> *Tant pis ! Que vive l'ouvrier !*

Je veux dire que ces paroles, chantées sur un podium par une chorale, sont tissu de mots creux. Mais que sur l'écran, dans le tournoiement des fouets, dans ce ballet qui rend dramatiquement présents les rapports d'oppression, dans cette plaine si évidente, elles retrouvent soudain une charge d'émotion universelle. L'hymne, soudé de nouveau à la terre (à cette terre qui avait su tirer de sa musique une arme passive de résistance contre la vieille machine des Habsbourg, nous l'avons dit), redevient un outil tout neuf.

La réussite est totale. Jancsó crée ce qu'on pourrait appeler le corpus sacré de la révolution. Il invente des formes poétiques originales comparables à celles des grands poèmes originels (la Bible ou Homère). Il prolonge et développe, pour en revenir au cinéma, le propos de Dovjenko. Du Dovjenko muet, celui de *Zvenigora* (la permanence d'une terre aimée, à la fois le décor et l'enjeu des luttes historiques), et, bien sûr, celui d'*Arsenal* : c'est presque, de la part de Jancsó, un hommage au grand Ukrainien que cette mort du violoniste qui continue à jouer malgré les salves qui le tuent à bout portant, comme Timoch devant la porte de l'Arsenal.

Jancsó fait passer son propos à travers un langage unique, qui pèse de tout le poids de ce que, faute de mieux, on appelle encore le plan-séquence. L'expression n'est pas satisfaisante : le plan-séquence, tel que défini dans les années de l'immédiat après-guerre par André Bazin en particulier, reposait essentiellement sur une nouvelle maîtrise de la profondeur de champ. Je renvoie ici aux analyses publiées, par exemple, dans *Qu'est-ce que le cinéma ?* tome I, *Ontologie et langage*. Or, pour Bazin, « le plan-séquence en profondeur de champ du metteur en scène moderne ne renonce pas au montage — comment le pourrait-il sans retourner à un balbutiement primitif ? — il l'intègre à sa plastique » (*op. cit.*, p. 142-143). La profondeur de champ permettait une sorte de montage à l'intérieur du plan qui venait multiplier la richesse du montage traditionnel.

Il me semble que chez Jancsó nous n'en sommes plus là. La mobilité de la caméra et la mobilité conjuguée/opposée des sujets créent un rapport spatial autre : des fragments de réel viennent sous nos yeux, nous quittent, nous retrouvent, nous perdent à nouveau, au cours d'une errance savante que nous, spectateurs, sommes condamnés à subir. Dans le plan-Jancsó nous sommes emprisonnés au centre des multiples entrelacs décrits par la caméra et par les personnages (du gros plan qui semble à portée de bras tendu aux silhouettes de cavaliers découpées sur l'horizon bas), totalement assujettis aux décisions de l'auteur souverain qui nous affronte, à son gré, à telle ou telle tranche d'espace. D'où peut-être cette impression de sur-théâtre que Barthélemy Amengual évoquait déjà à propos des *Sans-Espoir* et de *Rouges et Blancs*[1]. De montage traditionnel (je veux dire le bout à bout de la vingtaine de plans qui font *Psaume rouge*), il n'est presque plus question. On sait que Jancsó prend plaisir à dire qu'il serait incapable de monter le plus simple des champs-contrechamps... C'est à tel point que presque tous les changements de plans sont perçus par nous comme des brisures, comme le blanc qui sépare deux strophes d'un poème...

Ce plan-Jancsó n'est pas seulement un tic de langage, un truc pour grammairien, mais une forme neuve : il implique l'investissement de l'espace par la caméra qui n'est plus seulement machine à enregistrer le réel, mais machine à créer un autre uni-

---

1. Barthélemy Amengual : « Ce cinéma qu'on nous dit dédramatisé, déthéâtralisé, n'est qu'un sur-théâtre d'une incontestable puissance, avec l'essentielle préméditation, l'essentielle élaboration de tout théâtre » in « Les périls de l'abstraction », *Études cinématographiques*, n⁰ˢ 73/77, 1969.

vers[1]. L'espace normalement perçu par nous avec ses trois dimensions est bouleversé. Il se crée alors, par la vertu du mouvement, des rapports de préséance dans un champ illimité : le mouvement fonde le rapport de force (bien au-delà de ce travelling qui fut jadis étiqueté affaire de morale...). Et ce d'autant plus nettement que depuis *La Technique et le Rite*, et avec une assurance certaine dans *Psaume rouge*, il happe au passage et suit dans son déplacement même le gros plan : qu'on pense à la manière dont est saisi, suivi, perdu, retrouvé, perdu définitivement au cours de l'admirable plan d'ouverture de *Psaume rouge*, le personnage de l'intendant en veste de cuir.

Ce pouvait être ce jeu du chat et de la souris que décrivaient l'un autour de l'autre les protagonistes de *Silence et Cri*, ce peut être le ballet abstrait des obstacles qui surgissent des rochers pour s'interposer entre Attila et le pouvoir, dans *La Technique et le Rite*. C'est incontestablement le jeu, trop confus pour être maîtrisé d'un mot ou d'un plan, que jouent, dans *Psaume rouge*, l'ancien et le nouveau : un ancien et un nouveau dont on sait aujourd'hui qu'ils n'ont pas cette clarté d'évidence du temps d'Eisenstein[2].

C'est par exemple la superposition, toujours mal définie (mais les historiens patentés eux-mêmes ne l'ont jamais bien définie), des vieux maîtres et des

---

1. Dans *La Corde* de Hitchcock, les mouvements de la caméra *suivaient*, ingénieusement, une action préexistante. Dans *Agnus Dei* ou dans *Psaume rouge*, les mouvements relatifs de l'appareil et des protagonistes *créent* une action qui n'existerait pas en dehors d'eux.
2. Il y a ceux qui ne comprennent pas et qui donnent des leçons. De Louis Chauvet, par exemple, que l'on n'attendait pas au nombre des nostalgiques de Jdanov : « Mais quelle étrange attitude ont ces danseurs et danseuses condamnés à tourner en rond. Ils ont l'air d'élaborer un manifeste esthétique là où le réalisme socialiste devrait prévaloir. Et qu'est-ce qu'une stratégie courbe quand la conscience exige une marche en avant des plus résolues ? », *in Le Figaro* du 17 novembre 1972.

forces de la répression (dans *Psaume rouge*, les premiers étant peut-être illustrés par l'intendant évoqué plus haut, puis par le jeune comte, les autres par les divers uniformes qui les remplacent), qui s'enroulent en arabesques éblouissantes autour des paysans, qui parfois les cernent, parfois les isolent, parfois doivent leur abandonner un terrain où ils se reforment...

Ce n'est pas un « tic de langage ». C'est peut-être, cette fois, l'éloquence ou la rhétorique, se faisant histoire...

Il reste, dans le vocabulaire de Jancsó, une figure dont il a été beaucoup parlé, qui parfois surprend et parfois dérange ou inquiète : la nudité. Il faut distinguer : depuis les premiers films, Jancsó utilise le nu féminin. Mais le sens en a changé. Dans *Les Sans-Espoir*, le nu (la jeune femme flagellée par deux haies de soldats) était encore, si l'on peut dire, littéral. Il s'agissait, dans le cours d'un récit beaucoup plus traditionnel que celui des films qui suivront, d'une femme effectivement battue par les soudards de l'ordre, pour faire pression sur un groupe de détenus politiques. À partir de *Rouges et Blancs*, et jusqu'à *Agnus Dei*, le nu se déréalise : il devient thème (au sens musical du terme) ou signe. La femme dénudée, les femmes dénudées et embrassées deviennent l'image même, métaphorique — mais forte comme le sont les métaphores neuves, et durement ressentie par le spectateur —, de l'humiliation. C'est l'image simple qui couvre immédiatement les dénudeurs d'opprobre. Qui en fait, nonobstant tout le reste, des salauds.

Dans *Psaume rouge*, le rapport s'inverse. La nudité, comme jadis la beauté stendhalienne, devient promesse de bonheur. Dès le second plan, trois jeunes femmes s'éloignent vers le fond de l'écran. Elles abandonnent spontanément les pièces de leurs vêtements. Soudain les soldats qui encombrent le premier plan s'élancent derrière elles, abandonnant chefs et fusils. Ils les dépassent, les enveloppent, forment autour d'elles une ronde empressée et joyeuse. Sans jamais qu'on imagine la moindre menace. Le nu est devenu l'appel du bonheur : une figure du ballet de la Grande Libération.

Cela dit, dans aucun des trois cas le nu n'est chargé de cette fonction que généralement on lui prête de prime abord : l'érotique. Ni provocant ni chaste. Je veux dire que, par exemple, dans cette ruée des soldats de *Psaume rouge*, le spectateur ne ressent pas la moindre pulsion sexuelle. Le nu féminin, comme la grande plaine, comme la trajectoire savante de la caméra, est moment d'un langage.

Il n'en est pas de même du nu masculin. Soyons plus précis, de ces torses nus présents dans tous les derniers films — plus précisément encore : de la poitrine, du dos, des épaules musclées de l'acteur József Madaras. Jancsó en isole au passage des détails, des *particolare* comme on dit de la peinture italienne. Car c'est bien un peu de cela qu'il s'agit : comme Luca Signorelli aux fresques d'Orvieto, comme Michel-Ange à la Sixtine — mais aussi, si l'on veut s'en tenir au cinéma, comme Eisenstein campant les péones mexicains ou les prisonniers crucifiés aux murs de Kazan, le metteur en scène s'exalte dans une contemplation (qu'il serait sans doute exagéré d'appeler homosexuelle — pendant un moment cependant, le regard n'est pas innocent) qui masque la plus grande émotion : Quand József Madaras prêtre est dépouillé de sa soutane, quand József Madaras Attila résout la mort de ses proches, quand József Madaras paysan s'allonge sur le blé répandu près du cadavre du vieil homme suicidé (Ferenc Pesovar), la caméra n'interrompt pas sa quête continue, mais s'attarde, caresse, isole au point d'en faire une image quasi abstraite un morceau de peau, de muscle, de vie latente. Passent l'émotion, la pudeur qui la masque, un léger trouble, et déjà la caméra est ailleurs...

Roger Vailland jadis croyait, de foi et de bonne foi, que de l'URSS et des démocraties populaires triomphantes naîtrait un nouvel art de la tragédie, un nouveau classicisme. Il est mort conscient de s'être trompé. Des démocraties populaires déchirées, échouées (d'échec et d'échouage), c'est peut-être, barbare et inventive, fondant les grands mythes du passé dans les contradictions du présent, une nouvelle renaissance qui commence à nous venir...

Claude Sautet

Dès juin 1962, Claude Sautet figure en bonne place dans le « Dictionnaire partiel et partial d'un nouveau cinéma français » que publie Positif *(n° 46, avec éloge de* Classe tous risques, *1959, par Roger Tailleur). Avec huit entretiens, cinq couvertures (pour* Les Choses de la vie, Vincent, François, Paul et les autres, Mado, Quelques jours avec moi *et* Nelly et Monsieur Amaud*) et deux quatrième de couverture (pour* Une histoire simple *et* Garçon!*), Sautet fait partie de ces metteurs en scène, mésestimés ailleurs, auxquels la rédaction a toujours été fidèle. Exceptionnellement, c'est donc une photographie du cinéaste qui ornera sa dernière couverture près d'un an après sa disparition pour le numéro spécial 485-486 de juillet-août 2001.*

MICHEL SINEUX, « Tu disais, la banlieue... » (*Vincent, François, Paul et les autres*), n° 163, novembre 1974.

MICHEL SINEUX
Tu disais, la banlieue...
Vincent, François, Paul et les autres

Tension-détente, puis rebond; euphorie-mélancolie, violence, confiance-panique, banlieue-détente, ville, faubourg et puis banlieue encore, ou état d'âme; stabilité toujours compromise, instabilité sans cesse rééquilibrée, décharge-recharge sans fin, comme on dit « la rose est la rose est la... », en mineur, en majeur; et surtout le passage incessant, la modulation permanente, d'un émoi, d'un registre à l'autre, forcenés, contrariés, comme le flux têtu des humeurs...

Au-delà de (presque) toute psychologie ou convention narrative [1], le dernier film de Claude Sautet, *Vincent, François, Paul et les autres* (il faudra revenir sur ce titre qui, comme *Max et les ferrailleurs*, *César et Rosalie*, désignerait — peut-on croire — des types psychologiques, comme on dit Adolphe ou Corinne), est à l'écoute, presque abstraite en réalité, si elle n'était en même temps si pleine de chair, de nerfs et de sang, du rythme des comportements humains et de ses fluctuations. Dans cette préoccupation, il surenchérit ambitieusement sur les tentatives précédentes, encore entachées, malgré tout, d'un minimum de conventions dramaturgiques : flash-back des *Choses de la vie*, « suspense » de *Max et les ferrailleurs*, de même que *César et Rosalie*, beaucoup plus libre déjà, laissait transparaître encore çà et là,

---

1. L'hostilité de Sautet à l'égard de la psychologie est déclarée depuis ses tout premiers films (cf. interviews, *Positif* n°s 115 et 126).

en filigrane, la trame éprouvée de la comédie triangulaire.

Ce que les personnages de Sautet conservent de commun avec la dramaturgie classique, et ce par quoi ils s'en démarquent en même temps, réside seulement dans le fait qu'ils sont saisis en état de crise. Mais ladite crise ne vient pas de l'extérieur, et le moins qu'on puisse dire est qu'elle n'a rien de cornélien. Elle est l'aboutissement provisoire d'une évolution interne, biologique autant que morale, que sanctionne un certain rapport conflictuel avec l'univers ambiant pris dans sa globalité. Par là même, la crise, si elle peut être pathétique, ne prend jamais les atours de la tragédie ; car elle ne connaît pas de point final, seulement des points d'orgue — pour recourir à une terminologie musicale qui vient spontanément sous la plume quand on parle de Sautet — et des *résolutions* aussi fallacieuses que provisoires. La mort, dont il est parfois question, reste néanmoins toujours *hors champ* ; elle ne se manifeste que travestie dans l'ombre du temps et à seule fin de rendre à la banalité factuelle apparente des jours et des choses leur juste poids comparatif.

Le pathétique sourd brutalement du conflit de l'aveugle, vitale et intemporelle euphorie qui meut les personnages et de la lucidité panique qui impose soudainement à la conscience la présence coercitive du flux chronologique. On ne s'étonnera donc guère que ces personnages si vitaux, dont la caractéristique première est de vivre, fébrilement, de l'instant qui passe, la jouissance en même temps que la hantise de la retombée, tournent presque tous autour d'une quarantaine bien comptée. La quarantaine, c'est la stabilité des apparences, sociales notamment, mais c'est en revanche, souterrainement, le temps des mutations, morales et biologiques, des bifurcations, de la fin d'un équilibre illusoire entre des périodes ascendante et descendante, trompeur comme la sérénité de l'été ou la fixité de l'hiver coincées entre les saisons intermédiaires. Ce n'est pas par hasard d'ailleurs que ces comparaisons avec les cycles saisonniers viennent à l'esprit, car les films de Sautet les appellent souvent en renfort pour nous donner à sentir la modulation intime des états d'âme. Telles sont donc, à travers leurs tempéraments propres, les quarantaines et les cinquantaines de Pierre *(Les Choses de la vie)*, de Max, de César, de Vincent, François et Paul. D'ailleurs, on pourrait presque parler d'un véritable retour des caractères, d'un film à l'autre, tant l'œuvre globale paraît n'être que la somme des échos renvoyés par chacune de ses composantes. Nous sommes bel et bien en présence d'un véritable univers, dont la cohérence, à notre sens, s'étend bien au-delà du « quatuor », mais concerne également les œuvres de commande que furent initialement *Classe tous risques* et *L'Arme à gauche*, que Sautet avait su subvertir et faire siennes en les arrachant à leur « genre » : le premier laissait déjà deviner, dans l'amitié de deux hommes n'appartenant pas à la même génération, la nostalgie d'une permanence contaminée par l'éphémère, et le second métamorphosait l'aventure anecdotique en chimère de l'Aventure. On trouverait d'ailleurs d'autres passerelles entre ces ouvrages de circonstance et ceux dans lesquels l'auteur s'exprime dès le choix du matériau initial ; dans le fait, par exemple, que ces quadragénaires, qui sont parfois des pères, vivent éloignés de leur progéniture, aussi bien physiquement que moralement *(Classe tous risques, Les Choses de la vie)*, et qu'ils ne vivent un semblant de rapport filial que transposé dans l'univers des copains, univers qui, pour être parallèle, n'a rien de marginal, mais qui prend au contraire une importance proportionnelle à la volonté inconsciente d'isolement des intéressés. François suit concrètement la même trajectoire « isolationniste » que celle de Pierre, métaphoriquement développée dans *Les Choses de la vie* à travers sa mort physique, ou que celle de Max, qui aboutit à un suicide social. Que ces trois personnages, aux données initiales différentes, convergent vers une même désintégration, est encore souligné par le fait qu'ils sont tous interprétés par le même Piccoli, dont les compositions successives, si renouvelées soient-elles, rendent finalement tangible le même fantasme d'un rêve d'ordre absolu, préservé des bavures du réel. À cette utopie du repliement, Sautet confronte, sans l'opposer d'ailleurs, une autre forme de fuite, celle d'un vitalisme toujours en quête d'une relance euphorique, qu'incarnent, encore une fois sous la forme sensible du même acteur (Montand), César et Vincent. La galerie de ces types masculins se nuance, dans *Vincent, François, Paul et les autres*, grâce au personnage de Paul, incarné très subtilement par Reggiani, dont la sensibilité nettement plus « perspicace » agit comme un trait d'union entre un univers masculin essentiellement instinctif et un univers féminin non moins résolument intuitif. Il est clair, en outre, que Sautet, également brillant dans la peinture de la psyché féminine que dans celle de l'autre sexe, accorde à la première — bien qu'il nourrisse une même tendresse pour tous ses personnages — le bénéfice d'une plus grande dignité, ou d'une plus grande intelligence, si l'on veut parler de celle du cœur. Comme Vincent prolonge César, comme François prolonge Pierre que Max nuançait déjà, Lucie (Marie Dubois) apparaît comme l'un des aboutissements possibles, ici durci et tendu jusqu'à la rupture, du type féminin qui s'incarnait en Hélène, Lily ou Rosalie (Romy Schneider). Et, loin d'être une facilité, la réutilisation du même acteur pour camper ces variantes typologiques répond à une exigence humaniste bien particulière à Sautet qui, certes, ne prétend pas, mièvrement, discourir sur l'homme universel, mais rappeler sans cesse que tel homme n'est pas seulement ceci ou cela, mais qu'il est ou pourrait être, simultanément ou dans un autre contexte, également cela ou ceci.

Le propos n'est pas de répondre aujourd'hui aux objections, doctes mais néanmoins futiles, que peut susciter, chez les détracteurs d'un cinéma intimiste, la volonté affirmée chez Sautet de s'en tenir à un univers restreint, mais qu'il *sent totalement,* et à une problématique émotionnelle de caractère strictement privé. La mauvaise conscience combattante exige aujourd'hui de l'artiste qu'il conduise ses orchestres avec un revolver en guise de baguette, faute de quoi il se verra voué sans appel aux gémonies de la réaction et de la récupération réunies. Oserai-je répéter — ce qui à mon sens relève de la plus évidente lapalissade — que l'artiste ne contribue à restituer une vision claire de la société dans laquelle il s'inscrit que lorsqu'il peint ce qu'il sent. Fellini l'affirmait en personne, avec quelque lassitude, dans *Roma,* en réponse à une question qu'il se faisait poser pour les besoins de la cause. En des temps moins agités, sinon plus sereins — il y a dix ou quinze ans —, un Losey, un Cavalier (*Le Combat dans l'île*) se voyaient décerner le label de cinéastes politiques — d'ailleurs à bon droit — alors qu'ils se « contentaient » de décrire les mœurs particulières d'une société qu'ils laissaient au spectateur le soin de critiquer, après l'avoir seulement donné à sentir, c'est-à-dire en montrant ce qui était et non ce qui aurait dû être. Or, ce qu'on demande aujourd'hui au cinéaste, et plus généralement à l'artiste, c'est de peindre ce qui devrait être — une destruction, une utopie — au prix d'un gauchissement ou d'un refoulement de sa personnalité profonde, sans voir que cette ascèse calotine n'engendre, dans son dérèglement, qu'un surcroît de confusion. Les « intimistes bourgeois » ne sont d'ailleurs pas les seules victimes de cet ostracisme ; les analystes directs de la *res publica*, tel Rosi, vont les rejoindre dans les mêmes culs-de-basse-fosse. Et l'on jette un voile pudique sur la cohérence et le courage du citoyen dont la trajectoire ne présente aucune faille, aucune fluctuation, et se reflète en filigrane dans l'œuvre, pour peu qu'on la lise avec quelque bonne foi.

Il ne sert donc à rien de vouloir châtrer l'artiste de son style — qui fait aussi l'homme — pour gagner un hypothétique apôtre, en oubliant, comme le dit si joliment Claude Roy, que l'œuvre d'art n'est pas destinée à faire se battre, mais seulement à faire battre le cœur ; sans compter qu'il est toujours plus confortable d'expliquer à l'artiste ce qu'il aurait dû dire ou montrer que d'analyser ce qu'il a voulu faire, de traduire en langage théorique l'essence concrète de son art, ici de la mise en scène de Sautet. Celle-ci répondrait mieux, semble-t-il, à la notion de *pulsion* qu'à celle, trop vague, de mouvement : pulsion à l'intérieur du plan, ou dans la séquence, pour saisir, justement, un mouvement invisible, des intermittences, celles du cœur, de l'âme, ou simplement des humeurs, comme autant d'*embardées* que l'on préférera donner à sentir qu'à analyser. L'incroyable bougeotte des personnages est la manifestation palpable de ce choix, de cette alternance des réflexes de diastole et de systole, que traduit une esthétique fondée, d'une part, sur le couple déplacement/repliement, avec ses avatars variés, et, d'autre part, sur un langage de nature foncièrement musicale. Analysant la construction des *Choses de la vie* (*Positif*, n° 115), Gérard Legrand évoquait la forme de la sonate. À cette référence, qui met l'accent sur une structure, je préférerais, pour ma part, celle de modulation, qui renvoie à une *tonalité,* une mouvance, et restitue mieux l'alchimie instable des comportements, leur mouvement brownien, qui est le thème profond et commun à tous les films de Sautet. On pourra citer des exemples de cette esthétique, en soulignant bien qu'ils ne sont pas des moments enclavés dans un discours qui pourrait être ailleurs de nature différente, mais qu'ils en sont au contraire la trame continue. *César et Rosalie* et *Vincent, François, Paul et les autres* ont en commun une longue introduction euphorique et polyphonique, où sont posés, non seulement des personnages et leurs rapports psychologiques, mais aussi une tonalité de l'ambiance et des comportements physiques qui se révèlera bientôt mensongère. L'art avec lequel Sautet introduit son thème mineur, l'affleurement du malaise qui dissoudra l'unité apparente et la gaieté superficielle, ressortit du principe de modulation déjà évoqué : dans *César et Rosalie,* une fois retombée l'euphorie de la fête (le remariage de la mère de Rosalie), César et Rosalie sont confrontés à une menace qui avait pris corps au cœur même de la fête. Le procédé est appliqué, plus magistralement encore, et de manière plus complexe, dans *Vincent, François...* : un plan remarquable, qui joue sur des reflets dans les vitres d'une fenêtre, rend tangibles la dissolution d'un thème majeur ludique (la partie de campagne) et la montée irrépressible d'un thème mineur pathétique (la première manifestation de la crise qui, à des degrés divers, affectera tous les personnages, et qui se cristallise ici autour du visage, soudain anxieux et assombri, de Vincent). La manière dont Sautet équilibre et rend indissociables, par le jeu de contrepoint qu'ils engendrent, les registres comique et pathétique, découle naturellement de cette ambivalence des *modes.* L'unité factice qui réunit les personnages correspond, en même temps, à leur plus grand isolement individuel et appelle la *dissonance* qui les renvoie à une solitude en forme de fuite en avant, jusqu'à ce que, une fois encore, le groupe se reconstitue éphémèrement ; groupe qui ne survit qu'en tant que principe euphorique régressif et qui éclate dès que la *communication* se fraie un chemin entre ses membres. L'introduction de *Vincent, François...* se clôt sur la *précipitation* de cet éclatement et la retombée sur tous les personnages, dans une lumière crépusculaire de fin de partie, où perce une dernière fois par la voix de Vincent le thème majeur euphorique, de la menace qui semblait ne concerner que le seul Vincent. Le ton mineur s'affirme définitivement et pose son point d'orgue sur la dureté coupante de l'échange entre François et Lucie. Pour illustrer cette sensibilité musicale, on pourrait encore évoquer tel *staccato* de *César et Rosalie*, quand César, dans le confort de la complicité qui le lie à David, là encore expression d'une régression mentale dans un isolement euphorique, découvre la chambre désertée de Rosalie ; ou telle échappée rhapsodique, véritable leitmotiv de tous les films de Sautet, qui fait de lui le peintre incontesté du vitalisme déboussolé de l'homme au volant.

Cette qualité spécifique des mises en scène de Sautet colore, bien sûr, au premier chef, sa direction d'acteurs, l'une des meilleures du monde, sensuelle comme celle d'un Kazan et chargée de toutes les arrière-pensées d'un Antonioni. On y retrouve le principe de modulation qui régit par ailleurs la globalité de la mise en scène. Véritable sismographe des humeurs, elle donne à sentir la crise imminente avant même le séisme ; et si « la présence » a jamais signifié quelque chose à l'écran pour un acteur, on peut affirmer qu'avec Sautet cette présence physique et mentale dans le rôle étonne chez des acteurs et des actrices qui tous, pourtant, sont des « natures », tant le hiatus qui subsiste d'ordinaire, si mince soit-il, entre l'*être* et la *recréation*, paraît ici aboli, coinçant même les comédiens, si l'on en croit les témoignages, dans un pirandellisme dont ils n'émergent qu'avec effort et non sans cicatrices. Lino Ventura (*Classe tous risques*), Leo Gordon (*L'Arme à gauche*), Piccoli, Montand, Romy Schneider ont rarement retrouvé pareil état de grâce, et l'on se prend à rêver aujourd'hui des films que Sautet pourrait construire autour de Gérard Depardieu, de Reggiani ou de Marie Dubois.

Cette mise en scène aussi, dont on a tenté de définir la singularité, en mettant en lumière ce qu'elle peut avoir de commun avec le plus frémissant des autres modes d'expression, la musique, rend le spectateur particulièrement exigeant, en raison même de l'exceptionnelle réceptivité, à la fois intellectuelle et tactile, qu'elle crée en lui. Si Sautet est un auteur — et nous le pensons — c'est davantage par son style que par sa thématique ; ce style est de nature foncièrement affective et vise à obtenir du spectateur, avant toute autre chose, des réactions émotionnelles. Et rien n'est plus étranger à ce mode d'appréhension directe, physique, du monde que la figure du symbole, quand celle-ci n'est pas suffisamment incarnée dans une forme sensible qui permette d'oublier, et même de *ne pas percevoir*, *l'idée* qui la sous-tend. Ainsi je m'interroge — trop subjectivement peut-être — sur l'efficacité, dans *Vincent*, *François*, *Paul et les autres*, d'une scène comme celle du combat de boxe, où le symbole paraît s'imposer avec une clarté et une insistance quelque peu théoriques, en dépit de sa qualité spectaculaire, comparé à l'intégration sensible parfaite qui en était donnée dans l'ouverture déjà citée, laquelle jouait même, sans la moindre « arrière-pensée » apparente, d'un accessoire symbolique aussi éculé que le feu. Défaut minime, certes, mais néanmoins ressenti comme une bavure dans un art partout ailleurs souverain, aux harmoniques subtils et apparemment infinis comme la pulsation même de la vie, et dont la vibration confère au microcosme banlieusard, banal et ennuyeux qu'il nous dépeint, la séduction de l'universel et du captivant, qui étonne et retient les voyageurs venus de loin, comme David, dans *César et Rosalie*, et Jacques aujourd'hui, ces voyeurs fascinés...

Orson Welles

Welles représenta toujours, pour de nombreux critiques de Positif, *une des références majeures du cinéma américain. Bernard Chardère écrivit ainsi pour le n° 50 une « ouverture pour un index », qui faisait retour sur les vingt premiers numéros et notamment sur le n° 6 : en plus du scénario* Y a des punaises dans le rôti de porc *de Robert Desnos, « une quinzaine de pages situaient Orson Welles au tout premier rang :* Othello *venait de sortir, mais nous étions épris tout autant du shakespearien* Macbeth *ou de la géniale* Dame de Shanghai, *pour ne rien dire de* Kane *ou des* Amberson. *Notre opinion depuis n'a fait que se renforcer :* Arkadin, *entre autres, n'est-il pas un des chefs-d'œuvre méconnus ? ». Le progressisme de Welles — comme celui d'un Richard Brooks —, sa relative marginalité, fondée sur ses difficultés à mener ses projets à bien dans le système de production américain, servirent naturellement cette admiration, quand d'autres metteurs en scène (Hitchcock ou Hawks, par exemple) pâtirent, dans un premier temps, de leur conservatisme. Mais cette passion pour Welles témoigne aussi d'une fascination pour l'artifice et pour ces « puissances du faux » que célèbre* Vérités et Mensonges.

GÉRARD LEGRAND, « De Xanadu à Ibiza (et retour) » (*Vérités et Mensonges*), n° 167, mars 1975.

Principaux ouvrages de Gérard Legrand : Edmond T. Gréville, *Anthologie du cinéma-L'Avant-scène, 1970;* Cinémanie, *Stock, 1979;* Paolo et Vittorio Taviani, *Éd. de l'étoile-Cahiers du cinéma, coll. auteurs, 1990;* Otto Preminger *(avec Jacques Lourcelles et Michel Mardore), Yellow Now, coll. Rétrospectives, 1993;* M le Maudit : un film de Fritz Lang *(avec Bernard Eisenschitz et Noël Simsolo), Plume, 1995.*

GÉRARD LEGRAND

De Xanadu à Ibiza (et retour)

Vérités et Mensonges (*F for Fake*)

> *La moitié des gens passent leur temps à faire semblant d'être quelqu'un d'autre. Et je serais le plus humble de ceux-là, si je n'étais pas le seul à admettre que je suis ce que je suis et qui est ce que je ne suis pas, voilà en quoi je suis unique.*
>
> (Le faux « faux Archiduc » dans *Miracle à Hollywood* d'Orson Welles trad. fr., Paris, 1952)

L'un des derniers tenants d'une spécificité cinématographique qui s'éloigne ne peut qu'éprouver une certaine gêne à parler de Welles. Tout a été dit, dans un premier temps, pour le présenter comme le champion d'un prétendu « cinéma total » qui eût suffi à faire jeter aux oubliettes ce qui se faisait avant ou à côté de lui. Puis, quand l'enfant prodige se fut montré peu sensible à ces avances, pour le réduire à une victime de Hollywood, empêtrée dans ses contradictions « libérales » et susceptible de toutes les variations littéraires et moralisatrices autorisées par son exhibitionnisme, lequel n'a d'égal que son goût du secret (cf. l'épigraphe de *Confidential Report*). On lui suggéra de mille manières de « faire pardonner » son génie, car c'est à notre époque un produit dangereux où qu'il surgisse (Richard Wright avait été bon prophète). C'est le même mégalomane qui, à l'occasion d'*Othello*, déclarait : « Je combats pour un cinéma universel comme un géant dans un monde de nains » et d'autre part : « Ce qui empêche le cinéma d'atteindre à la dignité d'un art véritable, c'est le manque de tradition... Je crois à la mort du cinéma[1]. » Enfin, comment prendre au sérieux cet homme-orchestre sans instruments (et parfois sans public) ?

Aujourd'hui, Welles se retourne, peut-être pour la première fois, sur son propre passé avec humour et calme. Non seulement parce qu'il évoque *Citizen Kane* (et, en deçà, son émission sur *La Guerre des mondes*) ou encore Howard Hughes qu'il défie un peu comme Norman Mailer disputant rétrospectivement Marilyn à Arthur Miller). Mais parce que *F for Fake*, fabriqué par Welles à partir d'un noyau dont il n'est pas l'unique « auteur », invite lisiblement à s'interroger sur ce qu'est le cinéma pour Welles.

Rappelons-en les articulations principales :

1) Présentation d'Oja Kadar sur laquelle tous les hommes se retournent dans la rue ;

2) présentation de Welles en prestidigitateur ;

3) allusion à un film inachevé que Welles déteste, et « arrivée » à Ibiza ;

4) présentation du journaliste Clifford Irving, auteur des faux Mémoires de Hughes, et, précédem-

---

1. Cité par Claude Mauriac, *L'Amour du cinéma*, 1954.

ment, d'un livre sur le peintre faussaire Elmer de Hory ; présentation de ce dernier qui entreprend aussitôt de se justifier ;

5) intervention de Welles qui « rassure » le spectateur : pendant une heure celui-ci ne verra et n'entendra « rien de faux » ;

6) « dialogue » entre Elmer et Clifford Irving : le peintre expose sa méthode, son ambition, ses activités, exposé souvent « réctifié » par Irving ;

7) commentaires de Welles et de Reichenbach dans un grand restaurant parisien ; autres histoires de faussaires ;

8) Welles raconte sa jeunesse en Irlande, ses démêlés avec Hollywood, ses rapports avec Hughes ; interviews de Joseph Cotten et de Richard Wilson sur *La Guerre des mondes* et *Citizen Kane* ;

9) méditation de Welles face à la cathédrale de Chartres ;

10) histoire d'Oja Kadar. Son aventure avec Picasso. Histoire du grand-père d'Oja. À la fin de cet épisode, Welles réintervient, pour signaler au spectateur que « l'heure » est largement passée, et que depuis vingt minutes (l'aventure avec Picasso) on le « fait marcher ». Conclusion par un nouveau tour de prestidigitation.

Il est évident que Welles considère son activité de cinéaste comme un *médium* pour communiquer au monde entier, si possible, sa culture, ses idées, bref « son message ». Ce n'est pas le contenu de celui-ci qui nous importera ici, mais la contradiction sur laquelle repose la lucidité de Welles. Qui dit « message » (et à plus forte raison émanant d'un génie !) dit *volonté de puissance*. Qui dit cinéma dit *constat d'une illusion*. D'entrée de jeu, cette illusion est acceptée par Welles, elle est même revendiquée. En 1959, lors de la réédition de *Citizen Kane*, Jacques Rivette remarquait avec raison la part assez considérable qu'y tiennent les « stock-shots ». On peut même dire que l'introduction directe par le montage de la bande *March of Time* fait de Welles l'un des créateurs du « collage » cinématographique (après le Buñuel des scorpions de *L'Âge d'or*, le Renoir de l'écureuil de *La Règle du jeu*, et surtout, puisque nous sommes à Hollywood, après le Leo McCarey des « secours » de *Duck Soup*). Or le collage constitue l'un des aveux majeurs de l'illusion. L'obstination qu'il a mise longtemps à présenter ses acteurs à la fin de ses films, voire à filmer le plateau qui s'éteint (*Ambersons*) relève de la tradition théâtrale, mais contribue à un même aveu.

De film en film, le duel entre « volonté de puissance » et « constat de l'illusion » nourrit l'œuvre pourtant si peu concertée : Welles joue de la volonté de puissance de *tous* ses héros, avec des nuances infinies, comme d'autant de réfractions de la sienne, et de leurs constats d'échec ou d'illusion[1] comme d'effets de ces réfractions dans le prisme de l'illusion cinématographique. « Incarnant » Kane, mais ne laissant pas de s'incarner en lui, il introduit par exemple le trucage exemplaire, hors de tout temps autre que le temps « mise en conserve » par le cinématographe, grâce auquel il bavarde avec Hitler sur la terrasse de Berchtesgaden.

On distinguerait en vain, à cet égard, les films confectionnés par Welles à titre de « commande » de ses créations originales ou de ses transpositions shakespeariennes. Inutile de rappeler la machination (et la somptueuse machinerie optique) de *The Lady of Shanghai*. À propos du travelling gigantesque qui

---

1. C'est la même chose pour eux : cet unique aspect existentialiste de ce qu'il faut bien appeler la littérature wellésienne explique son intérêt pour Kafka. Mais *Le Procès*, c'est la volonté de dissiper l'illusion qui est tenue en échec et aboutit à l'Apocalypse.

« globalise » la petite ville du début de *Touch of Evil*, Welles a pris la peine d'écrire au *New Statesman* de Londres : « Vu que Mr. Whitebait s'étend sur la richesse du paysage urbain à la frontière mexicaine, il sera heureux peut-être de savoir que tout ce passage a été entièrement tourné à Hollywood. » L'avion vide aperçu dans le ciel de Barcelone avant le générique de *Confidential Report* impulse le film de manière analogue à la « fausse entrée » des sorcières dans *Macbeth*, cette fausse entrée dont tous les critiques sagaces ont marqué que, loin d'être apocryphe parce que superfétatoire ou maladroite, elle prouvait son authenticité par sa rupture de la convention, et plus profondément par son piégeage poétique du Macbeth qui sommeille en chacun de nous. Aussi figure-t-elle dans l'adaptation de Welles, film dont la pauvreté extrême de moyens concourt à souligner le ressort artificieux. Au contraire, dans la mesure où *Othello* repose sur la crise d'identité double du More (qui se veut « civilisé », vénitien, etc.) et de Iago (« Il est ce qu'il est, je ne suis pas ce que je suis »), tout l'espace des remparts et des corridors déserts n'est pas de trop pour suggérer l'illusion : Iago, maître du jeu, prend à témoin le « monstrueux univers » quand il profère un mensonge, et l'univers, docile, bascule à 180° (plan inversé de la mer écumante). Le même Iago, démasqué, sera réduit à l'espace d'une cage.

Le caractère cyclique de tant de films de Welles (et *F for Fake*, entre ses deux tours de prestidigitation, ne fait pas exception à la règle) s'indique ainsi non comme un procédé rhétorique, mais comme la conséquence d'une forgerie fondamentale. Le but du cinéma de Welles n'est pas d'étudier une évolution psychologique : Kane vieillit et change, mais garde son secret, qui est peut-être un néant, qui est probablement un néant. (Inutile d'évoquer l'existentialisme européen ou le behaviorisme américain :

Shakespeare suffit, et son « étoffe de rêves » ontologique répond au « ruban de rêves » par quoi Welles définit le cinéma.) Mais, contrairement à ce qui se passe chez les cinéastes de la « boucle bouclée », le cycle n'est jamais parfait : la volonté de puissance s'use, le constat d'illusion l'emporte. Le procédé journalistique qui « dissipe » sous nos yeux l'empire de Kane n'a ni plus ni moins d'importance que le brisement de la boule de verre qui contenait sa vie. La machination de *Confidential Report* se vide de sa substance dès que Mister Arkadin convoque au téléphone son pitoyable émissaire qui se trouve tout près de lui sans le savoir, et elle se retourne contre Arkadin au prix d'un mensonge supplémentaire de ce petit truand (qui n'en profitera pas). Mais il n'est pas indifférent que *Confidential Report* se soit intitulé en manuscrit *Masquerade*, et que les groupes essentiels de figurants y soient les pénitents costumés (« Que font-ils ? — Ils font pénitence »), les danseurs démoniaques, inspirés de Goya, et les secrétaires-espions, dont on peut dire que tout ce qu'ils font, c'est d'espionner. Bref, rien que des apparences. Même l'intrigue d'*Histoire immortelle*, qui visait à interrompre la transmission secrète d'un « mythe » en le réalisant, échoue, non seulement grâce à la « sincérité » du matelot qui préservera l'illusion, mais contradictoirement selon le vœu subconscient du secrétaire qui se trouve vengé de sa position subalterne, puisque, sans compter Virginie, lui du moins *sait* que l'histoire s'est accomplie.

Ici, dans *F for Fake*, le constat de l'illusion se substitue intégralement à la volonté de puissance. De là, déjà, l'*euphorie* exceptionnelle que dégage le film. Quand Welles commence par pasticher Lattuada (*Les Italiens se retournent*), il n'ignore pas que ce prétendu sketch de « cinéma-vérité » avait été fabriqué d'une manière qui vérifie cruellement ses attaques, à l'époque, contre le cinéma « semi-réaliste » ou « semi-documentaire » des Italiens (comme il l'appelait). Nous avons donc la parodie d'une « escroquerie », précédant les « affaires sérieuses ».

Affublé de la cape et du chapeau de *La Décade prodigieuse*, Welles clairement désigne sa manière [1]. C'est un « jeu d'enfant » comme disent les alchimistes (et Elmer de Hory), que de changer une clé en monnaie, ou de faire apparaître un lapin blanc. Une fois ses deux faussaires en présence, Welles suggère sa propre version du paradoxe d'Épiménide, en posant la vertigineuse question : « Et si Clifford Irving était lui-même un faussaire avant de rencontrer Elmer de Hory ? » (ce qui jetterait un doute sur son analyse de celui-ci, qui dès lors...). On se rassure : l'affaire Howard Hughes n'est « reliée » à Elmer de Hory que par une complice de Clifford Irving, complice passée, après quelques faux chèques, en Suisse. Bien entendu, Welles symbolise la Suisse par un coucou, alors qu'après les protestations engendrées par sa célèbre phrase dans *Le Troisième Homme*, il a dit bien savoir que ce n'est pas en Suisse mais en Forêt-Noire qu'on a inventé le coucou [2] ! Mais le principe de surenchère est donné, que tout l'art de Welles va consister à « faire oublier [3] » pour ajouter un chapitre mensonger à la vie de Picasso. De Picasso qui disait (le mot est authen-

---

1. Il faudrait étudier de près l'athéisme caché de Welles, lié étroitement à sa « modernité » : il inspire la satire de Hollywood dont j'ai tiré l'épigraphe du présent article, il justifie sa présence dans le film (injustement boudé) de Chabrol, il n'est pas absent d'*Histoire immortelle* (« Paul et Virginie » surveillés par un voyeur impuissant ne sont pas sans rappeler Adam et Ève).
2. Cf. Maurice Bessy, *Orson Welles*, p. 56.
3. L'amnésie, prétexte qui relie *Confidential Report* à la « série noire » (j'étudierai ailleurs ce thème), est aussi l'arme supposée d'un croupier de Monte-Carlo qui veut empêcher la Troisième Guerre mondiale dans la pièce de Welles, *À Bon Entendeur* (1952).

tique) : « Je suis capable aussi de faire des faux Picasso », et qui mérite donc, aux yeux de Welles, le titre que celui-ci lui décerne (après une légère dénégation sur son propre nom) de « plus grand génie du XXᵉ siècle ».

Auparavant, nous avons eu droit à un vrai Welles : l'histoire de sa jeunesse en Irlande doit en effet être tenue au moins pour une « vulgate intangible » depuis les récits qu'il en a faits [1]. Et aussi à un faux Malraux : méditant sur la condition humaine et la survie artistique du « nom de l'homme » devant la cathédrale de Chartres, filmée dans un éclairage brumeux et avec parfois les angles mêmes de la vision inaugurale de Xanadu, Welles reparle de sa vieille connaissance, la bombe atomique (ou thermonucléaire), qui explosait au dernier plan du *Procès* après avoir joué un rôle capital dans l'argument de *The Lady of Shanghai* (l'imposture de Grisby repose sur cette hantise).

L'ambiguïté de *F for Fake* et de sa conclusion mystificatrice ne doit pas égarer. Nous avons pu apprécier le talent spécial de Elmer de Hory qui, pièces en main, prononce un éloquent discours contre les « experts » : vertu corrosive du film, qu'il ne faut d'ailleurs ni exagérer ni déplacer [2]. Mais après que Welles lui-même s'est également prêté à la supercherie d'Oja Kadar, il abat son jeu : il se retourne vers l'enfant anonyme, cité rapidement parmi les grands artistes. Non par puérilité, mais parce que

---

[1]. *F for Fake* est presque une autocitation, sur cet épisode, des propos reproduits par exemple dans *Le Nouvel Observateur* du 27 juillet 1966.
[2]. Le véritable « connaisseur » n'est pas le pédant qui, méticuleusement, rend à un élève de Raphaël telles mains ou tels pieds des fresques des « Stanze », qu'on attribuait jadis au maître et qu'un autre pédant lui restituera peut-être, c'est le pape Jules II, qui reconnaît d'emblée Sanzio et chasse tout le monde pour lui confier la direction et l'esquisse souveraine des travaux.

(par-delà toute psychanalyse, se dissimulât-elle derrière les grilles de Xanadu) le secret de l'enfance reste le dernier auquel lui-même puisse « croire ». Il a assez insisté sur le fait qu'Elmer ne s'était jamais fait prendre en flagrant délit de signature : lui, il signe. Il ne dit plus avec une fausse modestie : « My name is Orson Welles » (dernière phrase de *The Magnificent Ambersons*). Il revient à ses vieux trucs de music-hall, à sa vieille lanterne magique, à sa conviction la plus profonde : « Si l'étonnement et l'enchantement n'amènent pas le public dans une salle de spectacle, c'est qu'alors il y a quelque chose de pourri aux États-Unis et ce n'est pas la magie seulement qui est condamnée [1]. » C'est le monde entier qui est le royaume du Danemark et la terrasse d'Elseneur, même centré ici sur une île méditerranéenne où se réfugient snobs plus ou moins apocryphes, acteurs en vacances, bref le cortège possible d'Arkadin.

Parler du brio « technique » de *F for Fake* serait de peu de sens. La virtuosité et la subtilité du montage poussé au cube ne prouvent rien en faveur d'une théorie abstraite. Depuis toujours, Welles met sa coquetterie à affirmer qu'il « fait » ses films à la moviola, et Gregg Toland a vu vingt-sept moutures différentes de *Kane* avant de cosigner la dernière. L'excellence du matériau de base demeure : les deux personnages principaux sont des cabotins-nés, et Oja Kadar mérite les coups d'œil de Picasso (dont on sait qu'il fut le recours de maints photographes en quête de sujets). Le cinéaste prend même un malin plaisir à « intégrer » les grossiers effets spéciaux d'un vieux film, *Les Soucoupes volantes attaquent*. Après nous avoir intéressés à de multiples considérations sur « l'art », l'authenticité et le reste, après nous avoir

---

[1]. Orson Welles, préface à Bruce Elliott, *Magic as a Hobby*, Trad. fr., *Précis de prestidigitation*, Payot, 1952.

montré avec insistance ses boîtes de pellicule et ses bandes magnétiques, il se contente de poser un paraphe élégant à maintes entreprises antérieures. Qu'on songe seulement à la série de mensonges sur lesquels reposent la puissance et l'impuissance de Kane (et celles de son « double » Leland) : *Falstaff* est symétriquement une tragédie sur l'« imposture » de la bonté (la bonté prise pour une imposture) et le courage de l'imposture (la guerre, la métamorphose du prince héritier). J'attribuerai volontiers à Welles qui joue, on le sait, le rôle principal de ce film, la seule scène surprenante du *Cagliostro* de Gregory Ratoff (1947) : un bal où des infirmes et des mendiants hideux jettent tout à coup leurs défroques et « se révèlent » être un quadrille de gentilshommes.

Dans *F for Fake*, il s'agit moins d'ironie que d'une certaine sérénité, d'ailleurs solidement amarrée dans le « monde réel » : Welles mange et boit avec appétit, en écoutant Reichenbach lui raconter ses aventures financières. Mais *F for Fake* obéit de bout en bout à la loi calmement posée par Chris Marker (*Si j'avais quatre dromadaires*) : « Nous ne participons pas à la vie des gens que nous voyons sur l'écran, nous participons à la vie de leurs images. » La violence destructrice souvent à l'œuvre, sourdement, dans les films de Welles (depuis *The Lady of Shanghai*), se mue en un sourire. À l'illusion d'une volonté, répond la puissance d'un divertissement. On ne (se) massacre plus dans le Palais des Mirages, on y brûle des dessins qu'on sait pouvoir recommencer l'heure d'après. Ici (comme dans la modération et la netteté des cadrages) le prétendu « baroquisme » de Welles dévoile une vision ludique du monde, vision multiforme et épidermique (« superficielle », diront certains), dont la nostalgie est celle d'une Renaissance qui eût été possible (Welles aidant, bien sûr) dans les années cinquante et que nous avons perdue.

Bertrand Tavernier

Après avoir défendu, contre une certaine nouvelle vague, des cinéastes isolés comme Claude Sautet, Alain Cavalier, Louis Malle ou Michel Deville, Positif *chercha à faire entendre la voix d'une nouvelle génération de réalisateurs français : Jacques Doillon, Alain Corneau, Claude Miller et Patrice Leconte, ainsi que l'ancien collaborateur de la revue et des* Cahiers du cinéma, *Bertrand Tavernier, salué dès son premier film.*

JACQUES DEMEURE, « Avant l'heure des brasiers » (*Que la fête commence*), n° 168, avril 1975.

JACQUES DEMEURE
Avant l'heure des brasiers
Que la fête commence

Pour son deuxième long métrage, Bertrand Tavernier manifeste une très nette fidélité à son équipe de *L'Horloger de Saint-Paul* : le même scénariste, Jean Aurenche, le même directeur de la photographie,

Pierre-William Glenn, les mêmes acteurs principaux, Philippe Noiret et Jean Rochefort, pour ne citer tout d'abord que ceux-là. Mais, tel le joueur de poker assuré de sa propre autorité et de la valeur de son carré d'as, il relance. Il renonce à tout ce qui put conforter le réalisateur débutant à son premier film : le décor d'une ville familière, la description d'une réalité d'aujourd'hui, l'adaptation du roman d'un auteur éprouvé. Abandonnant ainsi l'idée de transposer à l'écran *Une fille du Régent*, d'Alexandre Dumas père, il opte, avec Jean Aurenche, pour l'historique contre le romancé, et nous offre une redécouverte de la Régence. Le choix de cette époque aussi peu connue que décriée porte déjà en lui le ton de l'œuvre, celui de l'irrespect. Ce qui ne veut certes pas dire le manque de sérieux, puisque, pour rendre cette période à la vie, il choisit des informateurs qui vont des chroniqueurs aux nouveaux historiens, des contemporains de Philippe d'Orléans aux nôtres, de Saint-Simon à Arlette Farge en passant par Michelet, éventail de médiateurs tous nécessaires, car l'enjeu n'est pas seulement de nous donner à voir, mais aussi de nous faire découvrir les ressorts cachés d'aventures qui commencent sur la côte bretonne le dimanche des Rameaux 1719.

Elles s'ordonnent en séquences qui ont chacune leur autonomie ; bien souvent, celles-ci débutent alors que l'action est déjà en cours, sur un temps fort. Mais elles n'en forment pas pour autant une mosaïque invitant le spectateur à la dispersion, car, loin d'effets de simultanéité, elles s'ordonnent suivant une stricte succession chronologique. Et cette ordonnance est d'autant plus nette que toutes ou presque sont closes avec force, par un trait marqué, souvent une réplique qui fait mouche. *Que la fête commence* est aussi une œuvre de dialoguistes. Nous apprenons ainsi que, dans la France en proie à la famine, « les pauvres meurent parce qu'ils ne savent pas lire ». Le Régent conclut une conversation avec Monsieur de Villeroi, responsable de l'éducation du futur Louis XV par « Sachez, Monsieur le Maréchal, que je suis aussi patient que vous êtes bête ». Et son Premier ministre, l'Abbé Dubois, exulte en apprenant l'évasion du marquis de Pontcallec, révolté contre la couronne pour créer une République de Bretagne, qu'il a mis sur la route de la déportation, mais dont la tête tranchée servirait mieux ses intérêts : « Il va la regretter, la Louisiane ! » Tandis que celui-ci, écrivant à sa femme pour l'informer de sa nouvelle arrestation, s'entend préciser son identité par l'officier qui l'a fait prisonnier : « La Griollais, en deux mots. — Vous m'en direz tant... » Ce choix de la truculence des situations et des paroles réclame une interprétation toute en vigueur, telle qu'elle triomphait dans le cinéma français d'avant-guerre. Aussi Jean-Pierre Marielle - Pontcallec opère-t-il en soliste virtuose, avec l'inconscience d'un Don Quichotte, indifférent à l'énormité des propos qu'il profère en exposant son plan d'insurrection mettant en branle à peu près toute l'Europe, insensible au dérisoire de ses inventions, tel le « mistouflet », arme à la fois blanche et à feu, comme au scabreux des situations, lorsque dans un couvent il trouve refuge tout habillé dans la cuve où se baigne nue Séverine, la jeune filleule du Régent, par exemple. Et cela avec suffisamment de force pour qu'une religieuse bretonne puisse dire après son exécution : « C'est notre héros, surtout maintenant. »

Quant à Philippe Noiret - le Régent et Jean Rochefort - l'Abbé Dubois, ils travaillent en duettistes éblouissants qui, loin de se voler la réplique, se servent les effets l'un à l'autre. C'est de la sorte que leurs personnages, fort différents d'un Pontcallec tout d'une pièce, trouvent leur complexité. La sécheresse et la méchanceté de Dubois se communiquent au Régent qui le raille (« avec ton candélabre, tu as l'air d'un bedeau ») ou l'agresse, lorsque ce malade de la vessie se tient le bas-ventre de douleur (« il y a des moments où j'aime vous voir souffrir »). Ces attaques confèrent à leur victime l'humanité qui lui faisait défaut, la mettent à égalité pour l'échange final, avant que Philippe d'Orléans, refusant à son Premier ministre l'entrée dans son propre carrosse, ne l'envoie s'asseoir comme un domestique à côté du cocher : « Vous ne m'épargnez pas, Monseigneur. — Est-ce que tu m'as épargné, Archevêque ? » Car autrement ce cupide abbé de cour, ce maquereau associé aux bénéfices des « petits soupers » avec la Fillon, tenancière de bordel, ne serait qu'un pitre qui, pour faire croire qu'il fait maigre, dissimule un poulet dans son écritoire et peut, de joie, courir sur les tables et les chaises (détail rapporté par Saint-Simon). On ne pourrait le croire fin politique, totalement dépourvu de scrupule, mais prêt à jeter sa démission dans la balance pour obtenir l'exécution des conjurés bretons, et assez sûr de sa place dans l'Histoire pour dire à Philippe d'Orléans : « Si on parle de vous, on parlera de moi. » La dualité du personnage se manifeste au mieux lorsque, à la veille de sa consécration tant désirée comme archevêque, il passe sans transition, dans une église, d'un apprentissage bouffon de la célébration de la messe à une cynique organisation du procès truqué des conspirateurs de Bretagne.

Le Régent, lui, est d'une autre espèce. Cet homme à qui répugnent les exécutions politiques, qui arrête les dragonnades et épargne les paysans bretons, qui veut les écoles gratuites, qui souhaite contraindre l'Église à vendre ses terres, se révèle aussi comme un être fragile qui refuse la royauté au point de fuir de chez la voyante où on la lui promet, qui ne peut renoncer totalement à son amitié pour Dubois qui lui a sauvé la vie à la bataille de Nerwinden, et qui s'inquiète de savoir s'il restera de lui autre chose que le souvenir des fameux « petits soupers ». Cette fragilité est marquée dès sa première apparition, étendu tout habillé sur un lit, sortant de son sommeil, tandis que dans la pièce à côté l'on procède à l'autopsie de sa fille, la duchesse de Berry, « Joufflotte », morte à moins de vingt-quatre ans, arriérée comme une enfant de neuf, habituelle compagne de ses orgies, et dont il déclare : « C'est le mal qu'elle ne me fera plus qui me manquera. » Cette fragilité se retrouve à la fin, lorsqu'il est mis en présence du corps d'un jeune garçon tué par son carrosse. Inscrit tout entier entre ces deux cadavres, *Que la fête commence* se déroule aussi dans un climat de crainte de la maladie, de la vieillesse et de la mort, crainte qui entretient les plus étroits rapports avec la débauche, nourrie, elle, de vigueur (des valets y font office de « mirebalai » pour suppléer les énergies viriles défaillantes) et de jeunesse (le plus cher projet de Philippe d'Orléans est de ramener sa filleule Séverine de son couvent de Bretagne à Paris pour en faire sa nouvelle maîtresse).

Mais ces situations tranchées, ces répliques percutantes, ces chutes dramatiques fortes, ces personnages nettement dessinés ne constituent nullement une dramaturgie de complaisance, car Bertrand Tavernier mène son récit au galop. D'une façon générale, il monte rapidement, ne craignant nullement les plans très courts. L'enchaîné ou le fondu sont à peu près bannis lorsqu'il s'agit de passer d'une séquence à une autre, chacune cédant sèchement la place à la suivante, sans que le réalisateur s'accorde à sa fin une petite seconde de satisfaction. C'est avec cette vivacité qu'il narre les débauches du Régent et de son entourage, vivacité qui réduit leur description à peu de chose, somme toute. Une séance de lanterne magique se ramène à une affaire de porte ouverte ou fermée, un « petit souper » est pour l'essentiel consacré à un malaise de Philippe d'Orléans, un autre est surtout occupé par les hébétudes et délires qui suivent la fête au petit matin. Ce n'est certes pas dans de telles scènes où se manifeste à nouveau la menace de la maladie et de la mort, que le film atteint à l'érotisme. Celui-ci est verbal, parlé. Il naît d'une évocation des bons offices que pouvait rendre Joufflotte à un couple, d'une rêverie sur l'initiation de Séverine au plaisir. Il ne peut être suscité que par un être jeune, Émilie la putain, à laquelle Christine Pascal, qui révéla la force de sa présence muette dans *L'Horloger de Saint-Paul* où elle était l'amante du jeune assassin, donne la généreuse ingénuité de celle qui n'a pu choisir une autre condition et l'énergie raisonnable de qui est bien décidé à y échapper. Ce personnage féminin apparaît comme la conscience du Régent, comme le seul être capable de le comprendre au-delà des apparences. De la remarque formulée par l'une de ses anciennes maîtresses : « Il aime comme on va à la chaise percée », Émilie nous propose comme l'explication, lorsqu'elle dit au Régent : « Vous n'aimez pas la débauche, vous aimez le bruit qu'elle fait. »

Et ce bruit que nous donne à entendre Bertrand Tavernier, bien plutôt que de nous donner à voir cette débauche, va, comme la grossièreté de langage qui l'accompagne, nous permettre de redécouvrir l'un des courants de pensée majeurs de cette époque. Qu'à un « bal de calamiteux » se présentent devant Philippe d'Orléans des travestis tels que la Misère, le Désordre et le Crime, le Système de Law après sa faillite et la Grande Dame du Royaume, masque de la mort dissimulé sous le masque de la vieillesse, c'est autant de la lucidité que du cynisme, pour l'essentiel une assez juste peinture de l'héritage de Louis XIV. Ce défi n'est que la forme la plus divertissante, avec la débauche à l'occasion, du libertinage tel qu'il s'affirmait depuis le XVIIe siècle. Tandis que sa maîtresse, Mme de Parabère, estime avec un bel empirisme matérialiste qu'« une tristesse, ça vient toujours de l'estomac », le Régent ne cesse de s'en prendre à Dieu avec force ou sarcasme, le persiflage rendant au mieux le doute, pour ne pas dire la négation. Après la mort de Joufflotte, il dit : « Dieu est méchant, Madame. » Parlant à Émilie de son autre fille abbesse, et donc épouse du Christ, il confie : « J'aime autant te dire que je ne suis pas bien avec mon gendre. » Au jeune Louis XV, inquiété par ses éducateurs parce qu'il a connu dans la nuit sa première éjaculation, il déclare : « Ce sont les hommes qui ont inventé le péché. » À Mme de Parabère disant : « Allons tirer un coup avant la messe », il réplique : « Tu mourras chrétienne. » Et lorsqu'il voit à quel point l'orientation de sa politique peut être modifiée par son entourage, à commencer par Dubois, il s'exclame : « J'en ai assez d'accomplir les desseins de Dieu. » Le premier mérite de Philippe d'Orléans est de nous apparaître sous l'aspect authentique d'un homme du parti libertin, courant de liberté et de progrès, face au parti de l'Église, l'église des dragonnades arrêtées par le Régent et des pères jésuites auxquels il reproche leurs activités de trafiquants d'armes parmi les Indiens d'Amérique.

C'est ainsi que la recréation historique va bien au-delà des références culturelles, du côté farce de Molière ou des réflexions sur le pouvoir de Corneille. Et même au-delà de l'emploi d'une musique d'époque, complainte bretonne (*Gwerz marv Pont Kallec*) et surtout extraits d'opéras écrits par Philippe d'Orléans, pourtant devenus, grâce à Antoine Duhamel, parfaite musique de film et occasion d'entendre avec le chœur de l'Opéra Studio de Paris celle qui pourrait très vite devenir l'une des plus grandes chanteuses classiques, Colette Alliot-Lugaz, compositions qui témoignent non seulement pour l'art de l'époque, mais aussi de la qualité intellectuelle de leur auteur. Dans ce domaine de la reconstitution, la plus grande originalité de Bertrand Tavernier me semble être l'utilisation des costumes. Ils font plus que marquer la classe sociale ; par un certain air de négligé, par leur caractère sommaire ou incomplet à l'occasion, ils perdent tout aspect de déguisement solennel ; et ainsi les travestis du « bal des calamiteux » peuvent en contraste devenir, eux, d'authentiques déguisements, apportant en fin de film leur note dérisoire. Le même jeu se pratique avec les perruques, rectifiées dans leurs positions, ôtées, remises, éléments encombrants de l'habillement, mais nécessaires à la bonne tenue vestimentaire des nobles, à la tenue, au sens aristocratique du terme. Leur absence sert, en début et en fin de film, à marquer la fragilité humaine du Régent, étendu sur son lit ou auprès d'un enfant mort. Cette reconstitution faite en profondeur se nourrit de détails dont le caractère insolite n'est que l'effet de notre ignorance du réel d'alors : abus des masques par les conspirateurs, mais aussi par les médecins, parcs et châteaux où l'on pisse dans des seaux portés par les domestiques, où l'on rencontre des rats crevés, où les enfants jouent aux fléchettes sur les tableaux de maîtres. Cette sensation de réel est renforcée par le recours aux décors naturels, aux rues et routes habitées d'une vie quotidienne, où les chariots chargés d'or renversent les éventaires et où les accidents de carrosse tuent.

Mais elle provient d'abord de la très grande mobilité de la caméra, habile à accompagner les déplacements les plus rapides en d'amples mouvements toujours interrompus sèchement, sans complaisance, tel, en ouverture, ce long travelling suivant la chasse donnée à un voleur d'enfants sur la lande bretonne, habile aussi à plonger dans l'agitation des groupes, parmi les fêtards préparant dans une cuisine un « petit souper », par exemple. Cette mobilité a une fonction encore plus essentielle : elle ouvre chaque décor sur un autre, chaque lieu sur un au-delà où se déroule, tout autant que la suite de l'action, une action nouvelle et si différente qu'elle pourrait paraître, en première analyse, étrangère à la précédente : la chambre du Régent jouxte le salon où l'on autopsie sa fille, son bureau donne sur l'antichambre où Dubois s'empiffre de poulet, le cachot de Pontcallec domine l'échafaud, la maison des débauches ouvre sur la campagne où triment les paysans. Et c'est ainsi que s'opère une analyse sociale des classes du passé, sans précédent, je crois, dans le cinéma français. Au-delà de Philippe d'Orléans, l'Église, le parti de l'Église, face au parti libertin, et qui compte bien annexer Dubois promu archevêque, qui, pour défendre ses biens fonciers et échapper à l'impôt, en « pilier de la banque, c'est-à-dire de l'État », provoque la banqueroute de Law en poussant à changer les billets en or. C'est là pour Jean Aurenche une occasion de renouer avec son anticléricalisme que ne trouvent « primaire » que ceux qu'il dérange, dans la scène d'initiation du ministre à l'art de dire la messe, ou celle des mariages forcés de déportés en Louisiane célébrés à la chaîne. Au côté de l'Église, la noblesse de cour, tout occupée aussi de spéculations et à la fabrication d'un roi conforme à ses intérêts à partir de l'enfant Louis XV, pleine de la morgue d'un duc de Bourbon qui méprise le roturier Corneille et de la crapulerie d'un comte de Horn que le Régent fait rouer le jour où l'on décapite Pontcallec et ses complices, représentants, eux, d'une autre noblesse, qui, pour ruinée qu'elle soit, ne peut pas davantage entraîner un peuple qui lui est étranger. Car pour ces gens-là, le peuple vraiment visible n'est que la domesticité, qui entretient avec eux des rapports de vol qui provoquent parfois jusqu'à la pendaison d'un laquais, cadavre auquel à son tour un plus pauvre dérobe ses chaussures, mais semble le plus souvent se borner heureusement à faire les poches des fêtards. Forme ultime de cette domesticité, les putains, promises à la vérole et à la déportation, parvenues au dernier stade de l'aliénation.

Or tout au long de *Que la fête commence* Bertrand Tavernier nous offre l'image d'un autre peuple, peuple réel ; il ouvre et clôt son film avec lui, paysans bretons du début, paysans de l'Île-de-France à la fin. Il le laisse toujours présent, même si les grands tiennent les premiers rôles. Et c'est à cette existence que vient se heurter l'humanité du Régent, qui trouve là ses limites. Sa lucidité à propos de la Bretagne où l'on meurt de faim, qui lui faisait dire en songeant à la révolte de Pontcallec : « La misère ne peut pas faire d'un paysan le frère d'un noble », ne lui sert alors de rien. C'est ce que souligne cruellement Dubois lorsqu'il lui déclare à propos du déni de justice dont ont été victimes les conjurés bretons, déni que Philippe a dénoncé en disant : « Ce procès est une infamie », déni qu'il s'efforce de compenser en faisant rouer le comte assassin de Horn, et qui lui fait perdre Séverine entrant au couvent par protestation : « S'ils n'avaient pas été nobles, vous ne les auriez pas remarqués. » À ce degré, peu importe en effet qu'il ait fallu bâillonner Pontcallec pour la lecture du verdict. Car le pouvoir et la politique voient ainsi leur importance réelle se réduire aux dimensions d'un jeu pour initiés que mènent leurs ambitions personnelles, où les exécutions capitales et les manœuvres coloniales n'ont que valeur de monnaie d'échange, d'avertissement, de rappel à l'ordre, où les dirigeants tiennent chaque État pour un pion sur un échiquier, jeu dont les divagations de Pontcallec ne sont qu'une caricature somme toute fort ressemblante. La réalité profonde de l'époque est, bien sûr, économique ; c'est celle des actions de la Louisiane et du Mississippi, du système Law, système perfectionné d'enrichissement pour la noblesse, d'exploitation et d'oppression pour le peuple, promis à la déportation pour faire prospérer les colonies, menacé du rapt de ses enfants et des coups de feu de la soldatesque, système dont les manifestations les plus insolites sont le billet de banque que découvre avec surprise un hobereau breton ou le jeune Iroquois que les Jésuites offrent en cadeau à l'enfant Louis XV, système de misère dont Arlette Farge a minutieusement analysé les conséquences dans *Le Vol d'aliments à Paris au XVIIIe siècle*.

C'est à ce plan que Bertrand Tavernier et Jean Aurenche arrêtent leur récit, le bouclant sans recourir à un dénouement classique, tel que la mort d'un protagoniste ou l'exécution de condamnés, car on ne peut donner à l'Histoire la conclusion qui sied aux anecdotes. Au lendemain d'une nuit de débauche, le Régent se retrouve encore plus vulnérable, veut faire couper sa main gauche qu'il juge atteinte de puanteur. Dans la course vers Paris, son carrosse écrase un jeune garçon. Après qu'il est reparti, son délire disparu, ayant prodigué des consolations surtout financières, la sœur de la victime entraîne les paysans à brûler sa voiture endommagée, puis redressant le cadavre, parce qu'« il faut qu'il voie ça », lui dit : « Regarde comme ça brûle bien. Et on va en brûler d'autres, petit frère, beaucoup d'autres », lui offrant ce brasier qui annonce ceux d'une autre fête, la Grande Peur de juillet 1789. À ce point d'analyse sociale extrêmement rigoureuse et de révolte violente, *Que la fête commence* trouve son impact contemporain, encore plus sûrement que par la présence d'un médecin de cour nommé, par une malice de l'Histoire, Chirac, voleur de statuette proche de Diafoirus, et rejoint *L'Horloger de Saint-Paul*. Ce premier film popularisait les idées de gauche de notre temps à la façon dont *Le Crime de Monsieur Lange* l'avait fait pour celles du Front populaire. Ici, l'hommage est direct : confondant sur sa mappemonde l'Afrique et l'Amérique, le duc de Bourbon s'écrie : « C'est toujours des nègres », belle maxime à la Prévert pour un monde qui s'écroule, peint par un cinéaste de notre temps. Dès lors, on aurait mauvaise grâce à chicaner les auteurs pour les infidélités qu'ils avouent avoir commises envers l'Histoire (Dubois rajeuni, le voyage à Paris et le mariage forcé de Pontcallec inventés), à moins d'être un fanatique de la chronique événementielle ou des reconstitutions minutieuses. Il serait d'ailleurs facile alors de revenir à Alexandre Dumas qui jugeait licite de violer l'Histoire à condition de lui faire un enfant. Car il est beau, le bougre.

Francesco Rosi

L'Italie a toujours été l'un des pays les plus proches du cœur de Positif. Des années 1950 à nos jours, des critiques italiens ont pris part à la vie de la revue (Goffredo Fofi, Lorenzo Codelli, Aldo Tassone...), tandis que nombre des rédacteurs français ont accompli, de l'autre côté des Alpes, des voyages déterminants — Fréderic Vitoux rendra d'ailleurs un bel hommage posthume à Roger Tailleur sous le titre Il me semble désormais que Roger est en Italie *(Arles, Actes Sud, 1986). La dimension politique de la critique et du cinéma italiens explique pour partie ces affinités électives. L'œuvre de Francesco Rosi est ainsi perçue comme le contrepoint salutaire des films politiques français du groupe Dziga Vertov (de Jean-Pierre Gorin et Jean-Luc Godard), jugés, quant à eux, naïfs, confus et doctrinaires.*

BARTHÉLEMY AMENGUAL, « D'un réalisme "épique", sur Francesco Rosi », n° 181, mai 1976.

Principaux ouvrages de Barthélemy Amengual : Alfred Hitchcock, *Lyon, Serdoc, Premier Plan, 1960;* S.M. Eisenstein, *Lyon, Serdoc, Premier Plan, 1962;* Charlie Chaplin, *Lyon, Serdoc, Premier Plan, 1963;* René Clair, *Paris, Seghers, coll. Cinéma d'aujourd'hui, 1963;* G.W. Pabst, *Paris, Seghers, coll. Cinéma d'aujourd'hui, 1966 ;* Vsevolod Poudovkine, *Lyon, Serdoc, Premier Plan, 1968 ;* Alexandre Dovjenko, Paris, Seghers, coll. *Cinéma d'aujourd'hui, 1970 ;* Clefs pour le cinéma, *Paris, Seghers, 1971 ;* Prévert, du cinéma, *Cinémathèque québécoise, 1978 ;* Que Viva Eisenstein, *Lausanne, L'Âge d'homme, 1981 ;* Le Cuirassé Potemkine, de S.M. Eisenstein, *Nathan, 1992 ;* Bande à part, de Jean-Luc Godard, *Yellow now, 1993 ;* Du réalisme au cinéma, Anthologie, Nathan, 1997.

BARTHÉLEMY AMENGUAL

D'un réalisme « épique »

Sur Francesco Rosi

Simplifions : le vrai Rosi commence à *Salvatore Giuliano* (1962) ; l'originalité de Rosi, c'est de conjoindre, dans une synthèse inédite, le romanesque et la quête documentaire pour une exploration politique de la réalité contemporaine ; la singularité de Rosi, c'est de se tenir à un réalisme têtu qui s'interdit les voies faciles de la parabole, de la fable et de l'allégorie.

Durant les années trente, Brecht a développé sa conception de l'œuvre didactique, discontinue, épique. L'acteur y montre son personnage et raconte les faits. L'auteur ne mène pas d'enquête devant le public, il l'a déjà menée. Durant ces mêmes années, romans et films policiers ébauchaient une première forme de fiction politique : pouvoir, polis, police. À la fin des années trente, Welles produit *Citizen Kane* : film-enquête et film-dossier. C'est le moment où d'aucuns s'interrogent sur un suicide possible du roman. Certains auteurs de romans policiers n'en sont-ils pas venus, pour obliger leur lecteur à se faire auteur et détective, à ne lui livrer qu'un matériel brut, une chemise emplie de rapports, de dépositions, de procès-verbaux, de photographies, d'empreintes, de pièces à conviction, l'identité du criminel étant dissimulée dans une enveloppe à ne décacheter qu'en désespoir de cause[1] ? *L'Ère du soupçon* ouverte par Nathalie Sarraute dès 1950, voilà le roman contraint de se placer entier sous le signe de l'investigation, de l'interrogation, de la vérification, policières ou non. Le Nouveau Roman explorera à sa façon les données de cette condition nouvelle.

L'énormité du réel hérité de la Seconde Guerre mondiale, parce qu'elle déborde souvent les moyens de l'écriture, suscite l'apparition d'un *roman document* dans lequel l'auteur se limite à produire ses matériaux en les ordonnant selon sa propre optique — « point de vue documenté » — dans une lointaine analogie avec ces romans par lettres des siècles derniers qui n'étaient rien d'autre qu'une correspondance reconstituée. C'est dans les premières années soixante qu'un Peter Weiss propose son « théâtre du compte rendu », *théâtre document* qui « ne met pas en scène des conflits individuels mais des comportements liés à leurs motivations socio-économiques », ainsi que le dit son auteur. *L'instruction* est de 1965, *Salvatore Giuliano* de 1962. Le cinéma de Rosi s'insère dans l'impétueux courant que nous venons de jalonner.

Ses meilleurs films ouvrent un dossier — avec ses « trous », ses blancs, ses incertitudes — sur quelque homologue de Kane — Giuliano, Nottola, Mattei, Luciano — et ils obligent le spectateur à l'étu-

---

[1]. Cf. Roger Caillois, *Puissances du roman*, Sagittaire, 1942.

dier[1]. Empruntant, comme le Welles de *Kane* précisément, les méthodes et les structures propres au journalisme et à la télévision, Rosi réinscrit dans l'histoire une enquête que, pour le profit d'une fiction, d'un plaisir spectaculaires, il feint néanmoins de mener au présent. Premier paradoxe esthétique : la fidélité réaliste du témoignage va de pair avec son interprétation. Des vides de sa documentation, des lacunes de son savoir, Rosi tire un autre profit, didactique celui-là : le spectateur se voit invité, sinon toujours contraint, à les combler s'il peut, à les méditer en tout cas, à édifier sur eux ses propres hypothèses pour ensuite les rectifier à mesure que le film lui apporte des éléments qui précédemment manquaient. Processus dialectique et participation active.

Dans le film-dossier, « assemblage de pièces » dit Rosi, « chaque pièce a sa fonction dans le tout et garde en même temps son autonomie[2] ». Le montage et la construction a-chronologique restituent pour le public « cette impression de confusion, d'absence de clarté avec laquelle ces faits sont advenus en réalité[3] ». Réalisme encore, tout autant psychologique que politique — brechtien —, puisque ces zones d'ombre qui persistent ne sont que rarement le fait d'une science impuissante mais, généralement, le produit d'un black-out organisé et défendu par les forces sociales intéressées à son maintien. Confusion dominée, repensée, qui ordonne une liaison logique

---

1. La nouveauté de ce cinéma s'éprouve encore dans la résistance qu'elle oppose à une définition. Ainsi après *Main basse sur la ville,* le philosophe Galvano della Volpe parla de « pamphlet filmico-théâtral » et l'écrivain Rosario Assunto « d'un nouveau genre : l'essai allégorique ». Essai oui, allégorie, non.
2. Michel Ciment, « Entretien avec Francesco Rosi », *Positif,* n° 155, janvier 1974.
3. M. Ciment, G. Fofi, P. Gobetti, « Entretien avec Rosi », *Positif,* n° 69, mai 1965.

et/ou explicative entre des moments éloignés dans l'espace et le temps[1]. Il n'est pas jusqu'au décalage entre ce que le public (de *Giuliano*, de *Mattei*, de *Luciano*) peut espérer trouver, voire même croire trouver (au bout de quelques séquences) dans le film, sur la foi de ses apparences policières, de son « style américain », et ce que le film lui apporte effectivement, qui ne fonctionne comme structure politiquement efficace[2]. Cette « déception » du public, au lieu de l'attitude austère, agressive, déplaisante, qu'elle affecte chez les Godard, Straub, Duras, Giannarelli, prend ici la forme d'une promesse attrayante, mais retardée, déportée, d'une attente excitée sur un certain plan et satisfaite sur un plan tout autre. « Je choisis les choses les plus spectaculaires, les plus séduisantes pour le public et aussi les plus indicatives[3]. » Autre leçon brechtienne.

Sa propre recherche, sa propre quête, Rosi la fait passer comme matériau fondamental, directement dans ses films : « Ce que je veux montrer, c'est mon propre combat pour la vérité[4]. » Cela est flagrant dans *L'Affaire Mattei* où on le voit enquêter en personne (que ces plans soient « joués » ou « documentaires » quelle importance ?). Cette recherche entre dans le film non seulement comme contenu informatif mais également comme narration dramatique — comme travail et comme émotion. Et elle y entre

---

1. Rosi qui, en 1960, projetait d'adapter le recueil de nouvelles *La Galleria*, de l'Américain Burns, sur la Naples de 1944-1945 « occupée » par les troupes américaines, donne entre autres raisons : « C'est un merveilleux livre qui n'est pas un roman et qui offre donc matière à interprétation, à réélaboration ». (Cf. *Positif*, n° 69, *cit.*)
2. Cf. Freddy Buache, *Le Cinéma italien d'Antonioni à Rosi*, La Thièle, 1969.
3. Voir note 3, p. 260.
4. Gidéon Bachman, « Propos de Francesco Rosi », *Cinéma 65*, n° 97, juin 1965.

sans le détruire, sans tourner à cette parade chère aujourd'hui à tout un cinéma maximaliste pour qui le fin du fin est l'autodisparition du prestidigitateur d'*Entracte* (exemple type : le tournage qui dynamite *La Montagne sacrée* de Jodorovski).

Les films de Rosi intègrent même le vécu conflictuel — intellectuel et moral — du travail, de l'expérience du cinéaste, l'aller-retour de ses sympathies, de ses incertitudes, de ses fascinations. Dans la distance, toujours niée au départ, toujours retrouvée à l'arrivée, entre le film à faire et le film fait, l'œuvre rêvée et l'œuvre possible, Rosi projette ce qu'il appelle sa problématique personnelle, « la balance entre l'hypothèse [attirante] révolutionnaire et la réalité possible d'un vrai réformisme et, en même temps, l'illusion que ce vrai réformisme pourrait représenter une sorte de révolution possible [1] ». Illusion reconnue, reconduite, contestée, dialectique intérieure, « discussion avec soi-même » dont les films tiendraient de quelque façon le journal. *Essais*, films-essais au sens de Montaigne. Le moment de la vérité, c'est d'abord la vérité de Rosi.

« L'américanisme », éloge ou blâme, est la première des marques qu'on a appliquées à Rosi. On a vu en lui un héritier du film de gangsters et du cinéma social américain du second après-guerre, filiation qu'il ne nie pas — la Mafia n'est-elle pas aussi américaine qu'italienne ? (De son Mattei, on a écrit qu'il est le « Little Caesar des hydrocarbures ».) Cette filiation cependant obéit à l'histoire. Né en 1922, Rosi a eu le temps de partager, durant ses années de formation, le mythe culturellement actif et fécond, dans l'Italie fasciste, de l'« Amérique premier amour », — terre d'une littérature et d'un cinéma de l'authenticité. L'Amérique italianisée,

---

1. Voir note 3, p. 260.

chez Visconti, ce fut *Ossessione*. Rosi a été assistant de Visconti [1]. Rosi, en 1944-1945, a travaillé à la radio de Naples auprès d'un service américain (Psychological Worker Branch). La rencontre violente des civilisations américaine et napolitaine dans un contexte d'« occupation libératrice » le bouleversa. Tout cela d'ailleurs ré-émerge dans *Lucky Luciano*. Mais qui soutiendrait que la Sicile de *Guiliano* ou de *Mattei* n'est pas sicilienne, que la ville de *Main basse* n'est pas napolitaine ?

S'il fit ses premières armes à l'école du néoréalisme (avec Visconti, Emmer, Antonioni, Luigi Zampa), Rosi s'est affirmé contre lui. Moins pour avoir refusé, ainsi qu'il le dit, « d'appliquer une formule à une histoire déjà construite [2] », que pour avoir récusé la volonté d'intimité, d'identification existentielle, de cohabitation et de co-présence, de sympathie avec ses héros non héroïques qui était au fond de l'idéal néoréaliste. Rosi interroge la réalité selon une démarche de documentariste. « Il n'y a pas besoin d'inventer. » Une analyse exigeante et chaleureuse de ce qui existe doit suffire à livrer un sujet, des personnages et même une histoire. La tâche essentielle, alors, sera d'en interpréter les contradictions dans une vérification vivante, la documentation étant mise à l'épreuve, durant le tournage, du milieu humain auquel elle se rapporte.

Le réalisme est difficile. Il impose des limites à l'interprétation du réel. Ni trop ni trop peu. Aussi, chez Rosi, les mythes sont contrés mais non détruits,

---

1. Entre les images savamment élaborées de *La Terre tremble* et celles de la mère de Giuliano hurlant sur le cadavre nu de son fils, la parenté plastique est évidente. Plus subtile, la relation qui unit Giuliano toujours en imperméable clair et le mystérieux « Homme à l'imperméable » qui, dans *La Terre tremble*, représente la dernière tentation, la dernière espérance pour les désespérés d'Aci Trezza.

2. Voir note 3, p. 260.

puisqu'ils sont. Giuliano reste une légende avant de devenir un objet encombrant qui fait problème pour un certain nombre de gens et d'instances qui l'avaient fait Giuliano [1]. Miguel Miguelín, dans *Le Moment de la vérité*, reste auréolé des splendeurs tauromachiques ; son ascension sociale demeure une assomption. Gloire et splendeurs sont des faits. Rosi montre le mythe à l'œuvre, objectivement, compréhensivement, mais il l'assortit du contexte qui l'explique, le provoque et l'entretient. Nottola, le promoteur corrompu de *Main basse sur la ville*, écrase de sa créativité, de sa force, de son pragmatisme, le « romantique » élu communiste De Vita. Mais De Vita est comme il est, mieux, pour être entendu dans le Sud, en tant que militant de gauche, il lui faut, dit Rosi, s'exprimer « romantiquement ». Réalité oblige, et si le sinistre général des *Hommes contre* « a tout de même une grandeur [2] », c'est qu'il est, « bourreau et victime », dévoré, rongé jusqu'à l'os par l'idéologie de classe avec laquelle il s'est — on l'a — identifié. Mais à ces gloires, ces grandeurs, ces énergies, ces légendes, Rosi ne serait-il pas sensible, trop sensible ? Ne le piégeraient-elles pas, entre refus et admiration ? C'est un risque qu'il nous faut courir — lui et nous. Rosi l'assume lucidement : « J'ai mes

---

[1]. Leonardo Sciascia, qui juge le film de Rosi « l'œuvre la plus vraie que le cinéma ait jamais donnée sur la Sicile », signale la difficulté pour les paysans siciliens de se situer dans ce réalisme : ils se reconnaissaient et reconnaissaient leur réalité dans le film mais ils pensaient que le massacre della Ginestra était inventé. Sciascia se demande si l'« invisibilité » de Giuliano, que Rosi a voulue à la fois comme expression de la dimension légendaire et comme principe d'abstraction (la personne du bandit comptant moins que les forces, occultes ou non, qui le manipulaient), n'a pas déséquilibré le film au profit du mythe. (Cf. « La Sicilia e il cinema », in *Film 1963*, Feltrinelli, 1963) traduit en français dans *Le Cliquet de la folie*, Denoël éditeur.
[2]. Michel Ciment, « Entretien avec Francesco Rosi », *Positif*, n° 121, novembre 1970.

doutes et je ne suis pas opposé à les montrer. J'espère que le public ressent cette dualité en moi[1]. »

Le réalisme est généreux. Il apporte beaucoup plus de choses que, généralement, on ne le lui en demande. Encore est-il bon de s'en rendre compte. Le réaliste croit, par exemple, en la continuité-contiguïté du réel. S'il tire sur une plante qui casse au ras de terre, il *sait* qu'elle a aussi des racines, même des racines différentes suivant la plante arrachée, et il se comporte en conséquence. Les super-brechtiens d'aujourd'hui ne partagent apparemment pas cette conviction : à côté de la plante arrachée, ils veulent encore un schéma, un topo ou mieux une pièce d'anatomie en coupe et en carton bouilli. Réaliste, Rosi, quand la tige lui importe plus que la souche, s'en tient à la tige. Le spectateur n'en aura pas moins *les deux*. Ce réalisme transparaît dans son argumentation : « Selon moi, le destin psychologique de Nottola, tel qu'il se déroule dans le film, permet très bien de comprendre comment est la femme de Nottola, quels rapports il a avec elle et avec son fils[2]. » Ce qu'on voit explique aussi ce qu'on ne voit pas.

Par ailleurs la psychologie véritable, selon Rosi, est le fruit de cette continuité-contiguïté conflictuelle du réel, le produit dialectique des éléments contradictoires qui l'entre-tissent. « La psychologie des films, pour moi, c'est le montage du film, ce n'est pas la psychologie des personnages[3]. » Le montage s'efforce d'exprimer, de manifester le maximum de cohésion, de cohérence possible entre les individus, leurs rapports de force, l'époque et la société de classes. Le flash-back remplit donc une fonction non temporelle mais idéologique. Une fonction émotion-

---

1. Voir note 4, p. 261.
2. Voir note 3, p. 260.
3. Voir note 2, p. 264.

nelle aussi, car si un Eisenstein poursuivait, suivant ses voies propres, une « expression purement physiologique du concept », Rosi ambitionne de donner à comprendre par la seule émotivité. « Les images sont émotionnelles, non logiques, alors que le propos, la mise en place, est logique. Je m'adresse au spectateur en provoquant en lui des émotions qui lui fassent comprendre les raisons logiques[1]. » « Toute logique peut être exprimée au cinéma par l'intermédiaire de l'émotion[2] ».

De là, l'importance, chez Rosi, de la passion. On dira que *Les Hommes contre* mystifie pour ne dresser qu'une suite de tableaux — ici d'ailleurs chronologiques — conventionnellement dramatiques. Ce serait oublier que leur charge de réalité monstrueuse est, de par soi, politiquement explosive, destructrice, et qu'au bout de la tragédie ce n'est pas seulement la bourgeoisie italienne de 1916 qui fait scandale mais l'ordre bourgeois dans son entier, donc le système dans sa réalité d'aujourd'hui. L'originalité remarquable d'un tel film, c'est de concilier la « domination » du spectateur avec sa liberté, avec du moins son activité orientée, laquelle devrait normalement se poursuivre hors du film. Ici, Rosi assume la leçon des maîtres qu'il s'est choisis, Rossellini et Visconti, les dialectisant l'un par l'autre ; le « pur » regard est dépassé vers un point de vue conflictuel.

Rosi ne renonce pas au héros (Eisenstein, contre Vertov, le tenait lui aussi pour nécessaire). L'histoire n'est pas seulement faite par les masses, elle l'est aussi par les leaders (fussent-ils négatifs). *Le Défi*, *I Magliari*, *Giuliano*, *Mattei*, *Luciano*, qui racontent d'abord l'aventure d'une personnalité, ne sont pourtant pas des biographies. La dialectique qu'ils ins-

---

1. Voir note 3, p. 260.
2. Voir note 4, p. 261.

taurent entre l'individu historique, cerné dans son individualité, et l'individu social défini en extériorité par ses agissements et ses appartenances, débouche sur un tableau politique général, un discours sur le Pouvoir. La distance qui sépare l'individu privé de l'individu public joue comme « mystère ». Son opacité, qu'il n'est pas question de combler avec quelque « Rosebud », figure la densité du réel, sa complexité, la difficulté, politique, qu'il oppose à ses déchiffrements. Dans les cas les plus simples, avec les héros de moindre envergure, la formule de cette biographie non biographique éclaire quelques exemples de réponses individuelles à une question générale, — solutions provisoires ou essais inappropriés qui confortent la question et la maintiennent pendante. La morale existe bien, mais elle se déduit, comme le voulait Brecht, de l'action manifeste des personnages.

Bien plus intéressants sont les « géants », Mattei, le général Leone, Luciano. Rosi les construit comme personnalités et comme problèmes. Avec eux, la sphère du pouvoir s'agrandit démesurément. L'ensemble de l'organisation sociale les traverse. Fascination et raison scientifique, à mesure qu'il s'éloigne de ses débuts, du néoréalisme, Rosi passe des petits aux grands, à ceux qui, dirait Vittorini, sont « *uomini e no* », humains et non humains. Kane pourrait être leur modèle à tous. (Ce n'est pas Welles ni Rosi qui en ont ainsi décidé, mais la réalité du système.) Kane ou Mackie Messer. Mattei est une sorte de citoyen Kane qui va, dans sa volonté de puissance, aussi loin que d'autres le laissent aller. Giuliano, Nottola, Luciano sont des Mackie, entre Kane et Mabuse [1]. Et

---

1. Devant l'alliance des forces militaires et de la Mafia, dans la Sicile de 1943, l'envie ne pourrait-elle venir de chanter, comme Mackie avec le préfet Brown, le chant de l'armée des Indes de *L'Opéra de quat'sous* ?

le général Leone est comme un Giuliano de la haute, un autre pion manipulateur/manipulé qui s'« accomplit » en accomplissant son devoir, sa mission.

Pour Rosi, la Mafia est devenue la métaphore de tout pouvoir. La vraie Mafia, la Mafia légale — capitalisme monopolistique et multinationales —, coiffe toutes les autres, dont elle aménage l'illégalité. « Dans un système déterminé, le pouvoir, afin de se maintenir sur ses pieds, a besoin de la Mafia et si elle n'existait pas, il devrait la créer[1]. » Comme Mackie avec sa bande passe du menu meurtre et du casse banal à l'entreprise bancaire, Luciano élimine la vieille Mafia, tribale et chauvine, et porte la nouvelle au plan industriel, « avec la perspective d'une multinationalité[2] ». Et que Rosi, comme on lui en a fait reproche, s'éprenne de ses aventuriers au moment où, dépassés par les mécanismes qu'ils ont mis en branle, ils voient leur pouvoir se vider de tout contenu, cela a-t-il tellement d'importance dès lors que le personnage y gagne en chaleur humaine et en tragique sans que son problème en soit oblitéré ?

Les choses sont plus compliquées avec Siragusa qui dispute à Luciano, jusqu'à le lui ravir, le rôle de héros. Siragusa, du Narcotics Bureau, est-il à Lucky ce que Brown est à Mackie ? Oui et non, pour la bonne raison que le réalisme n'a pas les faciles coudées de la fable. Oui, puisqu'en serviteur de l'ordre il s'attaque à Luciano comme le Préfet de Londres s'attaquait à Mackie. Non, parce que lui ne vire pas de bord, ne change pas de camp, qu'il reste un instrument loyal d'un pouvoir légal. Si *Lucky Luciano* était *L'Opéra de quat'sous* de Rosi, il faudrait que la

---

1. Aldo Tassone, « Propos de Francesco Rosi », *Cinéma 74*, n° 183, janvier 1974.
2. *Ibid*.

Reine relâchât Mackie malgré Brown et le fît protéger pour services rendus. Siragusa est coincé — comme nous tous — parce qu'il n'y a pas d'en-dehors du système, — pris entre servir un ordre (qui suscite le désordre et s'en sert) et servir le désordre que cet ordre institue aussi. À moins qu'il ne se range sans retour soit du côté de l'illégalité soit du côté d'un contre-pouvoir à créer, le destin de Siragusa est sans issue. Le policier sert courageusement un système de désordre qui l'utilise et le manipule, mais c'est pour *aussi*, parfois, servir la liberté des honnêtes gens. Bien sûr, il pourrait se contenter de n'être qu'un fonctionnaire tiède. Seulement il ne veut pas renoncer à la part de pouvoir qui lui est déléguée [1]. De ce rouet, la dernière réplique du film donne une formule désenchantée : « Nous poursuivons Luciano, Dewey nous poursuit, Kefauver poursuit Dewey et, à la fin, nous nous retrouvons tous au même endroit. » Ce que Siragusa corrige ainsi : « Non, pas tous. Pas Luciano. » Il y aurait donc, en dépit de tout, du progrès ?

C'est le moment d'aborder le réformisme de Rosi que le cinéaste, au demeurant, reconnaît volontiers comme sa « tentation ». Comment l'a-t-on cerné ? Généralement, à partir du point de vue selon lequel les films se centrent. Ainsi dans *Le Défi*, un petit et nouveau mafioso prétend passer outre à la volonté des anciens, mais les paysans que ces grossistes grugent et exploitent demeurent hors de la ligne de mire du film. *Les Hommes contre* réaffirme ce choix élitiste. Les fantassins sont des demi-hommes — il

---

1. Rosi déclare : « (Luciano et Siragusa) sont les deux faces de la Sicile et peut-être les deux faces du même problème. J'entends, l'acharnement avec lequel un homme qui vit dans un pays appartenant à une sous-culture affronte la vie... en même temps c'est la conscience peut-être qu'ils sont tous deux des produits d'un monde frustré, opprimé, sous-développé. » (Cf. *Positif*, n° 155, *cit.*)

est vrai qu'ils procèdent d'une culture sous-développée — incapables d'invention, de réflexes politiques. Sans chefs — bourgeois — le prolétariat est-il condamné à l'impuissance ? Dans *L'Affaire Mattei*, le leader de l'ENI, Kane positif, se battant pour un capitalisme d'État contre des trusts étrangers, fait fonds sur toutes les forces politiques qui peuvent servir son empire, quitte à les mystifier (ainsi de la tournée de discours en Sicile). Le film finit par le traiter en martyr alors qu'il n'est, au bout du compte, comme Luciano, que l'instrument d'une multi-mafia. Mattei ne parle pas de politique. Il en fait. Mais laquelle ? L'efficace de son travail, même si cela ne va pas sans conflits, apporte aux puissances en place la caution d'une réussite. En ce sens, Mattei fut un politicien de la démocratie chrétienne, ce que le film gomme, et qu'il eût tout aussi bien servi et utilisé de tout autres gouvernements ne modifie pas son profil historique. Ici comme dans *Lucky Luciano*, l'histoire est donc bien présente, mais elle articule seulement un pouvoir invisible aux figures d'exception que ce pouvoir contrôle. Le prolétariat est toile de fond, figuration passive.

Ces griefs sont justes. Ils reviennent cependant à exiger du cinéaste d'autres films que ceux qu'il fait et que sans doute il ne saurait faire. Puisque, dans les limites qu'il s'assigne, ses analyses sont éclairantes et politiquement instructives, pourquoi ne nous en accommoderions-nous pas ? L'œuvre de Rosi informe, met en alerte ; c'est vrai, elle ne mobilise pas. L'engagement de Rosi, cinéaste *civique* et non révolutionnaire, se réclame de la démocratie ; ce n'est pas peu. Ses films-dossiers proposent démocratiquement un itinéraire pour un combat qui ne serait pas forcément l'itinéraire de tous. « Je dois faire comprendre que ce que je montre est une vérité mais que d'autres vérités existent[1]. » L'important n'est-il pas, déjà, de chercher ? Bien que Proust ne puisse guère passer pour un esprit politique, on peut se rappeler qu'il écrivait fort justement, dans *Pastiches et Mélanges* : « Nous sentons très bien que notre sagesse commence où celle de l'auteur finit et nous voudrions qu'il nous donne des réponses quand tout ce qu'il peut faire est de nous donner des désirs. »

On a souvent tenté, pour situer Rosi, de le confronter à Welles. C'est vrai qu'ils présentent des affinités sérieuses tant sur le plan formel (usage du grand angulaire ; accent toujours vigoureusement mis sur le cadrage et l'angle ; dialectique des plans généraux et des plans rapprochés serrés comme dans un carcan ; refus de préciser la place des séquences de détail à l'intérieur des séquences d'ensemble ; et cet abrupt, ce tranchant qui dynamise le monde exploré) que sur le plan thématique : Arkadin, Kane, Quinlan, l'avocat du *Procès*, le trafiquant d'*Histoire immortelle*, « nés pour être rois », balancent aussi entre leur magnification et leur condamnation. (Mais le réalisme de Rosi ne connaît pas le grandissement shakespearien propre aux figures de Welles.)

D'aucuns, ainsi Giuseppe Peruzzi[2], soutiennent que la démarche wellésienne se caractérise toutefois par un souci d'éclairement, d'explication du personnage là où celle de Rosi aboutirait, dans un quasi-« culte du héros », à la contemplation d'un mystère indéchiffrable. L'opposition a du juste mais sa conclusion non. Il s'agit de ne pas confondre personnage et histoire. Précisément parce que l'histoire

---

1. Voir note 4, p. 261.
2. « Lucky Luciano », in *Cinema nuovo*, XXIII, n° 227, janvier-février 1974.

— le contexte social — chez Rosi est proche de nous, circonstanciée, datée, documentée (à l'opposé de celle dans laquelle un Quinlan, un Arkadin ont pu se forger), parce que les forces politiques et économiques réelles, dominantes, qui gouvernent cette histoire sont toujours agissantes, Rosi ne peut pas en venir au fin mot de l'histoire (qui serait aussi celui du personnage). Il n'en a pas les moyens. Welles, auteur-dieu omnipotent, se les donne. Le « mystère » ainsi, ni échec esthétique ni dérobade politique, doit être reçu pour ce qu'il est : un aspect majeur du réel. Une analyse, extrapolant, généralisant, peut légitimement dépasser ce qu'elle ignore en s'appuyant sur ce qu'elle sait et livrer une théorie d'ensemble parfaitement claire et satisfaisante pour l'esprit ; l'étude d'un cas historique concret, d'un « dossier » réel, n'en a pas le droit. (On dira peut-être : pourquoi alors choisir de tels cas et non ceux qui, limpides, s'ouvriraient à une élucidation rigoureuse ? Je répondrai — après Gide — qu'on n'écrit pas les livres [les films] qu'on veut et que l'art réaliste est au prix de ces risques, qu'il vit de ces contradictions.)

Un autre reproche qu'avance Peruzzi ne me semble pas non plus recevable. Il aperçoit des liens dommageables entre Rosi et Kazan. Qu'au début de *Lucky Luciano* on pense à *Sur les quais*, quoi de plus naturel (avec cette haie de dockers armés de leurs crochets qui barre le passage à la presse invitée par l'Administration). Mais ne fallait-il pas rappeler que, pour un trafic clandestin international, le banditisme commence sur les quais ? Quant au style de cette violence, c'est chez Kazan que son exaspération expressionniste travaille précisément à susciter le mystère, postulant comme un arrière-monde réfractaire aux emprises de la raison. La mise en scène, chez Kazan, comme généralement chez Welles, conspire « métaphysiquement » à brouiller les cartes du bien et du mal (qu'on pense au « C'était un homme » que prononce Marlene pour toute oraison funèbre de Quinlan), et à les brouiller déjà sur le corps même du monde. L'acuité du réel, dans *Luciano*, serait plutôt du même ordre que celle de *La Dame de Shanghai* : univers d'individualistes, où les monstres sont assez bien visibles mais où les combattre n'est guère facile, d'autant qu'il ne s'agit que du combat d'un seul (Michael O'Hara) ou de quelques-uns (Anslinger, Siragusa) sur un terrain miné.

Wim Wenders

Le cinéma allemand n'a plus guère le vent en poupe aujourd'hui. Raison de plus pour rappeler l'importance qu'il avait reconquise dans les années soixante-dix et quatre-vingt après l'âge d'or des années vingt. Trois cinéastes, régulièrement défendus par Positif, *dominaient alors la scène nationale : Rainer Werner Fassbinder, Werner Herzog et Wim Wenders. Si les œuvres récentes de ce dernier laissent parfois perplexe ou agacent, il n'y a aucun sens à renier les enthousiasmes légitimes suscités par ses films pendant plus de vingt ans, à commencer par les quatre premiers qui ont fait l'objet d'une critique dans les colonnes de* Positif, Au fil du temps *(n° 183),* Alice dans les villes *(n° 194),* Faux mouvement *(n° 194) et* L'Ami américain *(n° 198).*

ALAIN MASSON, « Hermès au verso » (*Au fil du temps*), n°s 183-184, juillet-août 1976.

Principaux ouvrages d'Alain Masson : Comédie musicale, *Stock, 1981 (Ramsay, 1994);* L'Image et la parole : l'avènement du cinéma parlant, *La Différence, 1989;* Le Récit au cinéma, *Les Cahiers du cinéma, 1994.*

ALAIN MASSON

Hermès au verso

Au fil du temps

Dernière image d'*Im Lauf der Zeit* : l'enseigne lumineuse d'une salle de cinéma qui s'appelle « L'Écran blanc » suggère avec évidence la mort du cinéma. Dans cette allégorie, on est tenté de reconnaître le point culminant d'une construction thématique soutenue tout au long du film : nostalgie du temps du muet, projections manquées, appareils désuets, invasion de mauvais films pornographiques, souvenirs de Lang, de Chaplin, de Laurel et Hardy. Toutefois le contexte propose une interprétation différente : si l'écran reste blanc, ou plus précisément vierge, c'est que la propriétaire du théâtre refuse de le salir en y projetant des cochonneries ; mais elle veut maintenir son appareillage en état de marche, parce qu'on ne sait jamais. La blancheur de l'écran devient alors la condition matérielle de la possibilité du cinéma : symboliquement, c'est en ombres chinoises que les deux personnages principaux de cette histoire ont réincarné les héros du burlesque, suscitant le souvenir ému d'une candide préhistoire du cinéma. Or les lettres de néon n'affichent un sens qu'en se détachant en clair sur fond de nuit ; le mouvement de caméra qui s'attache à elles est parti de la même inscription en lettres noires sur un mur blanc : c'est faire la part de l'ombre mais aussi procéder à l'inverse d'un travail mimétique, qui passerait du noir au blanc. Enfin quelques lettres restent éteintes, indices de délabrement.

Voilà pour esquisser la complexité de l'image à laquelle parvient Wim Wenders. La signification, l'allégorie, le symbole, l'indice, la *mimésis* s'y soutiennent et s'y détruisent. La plénitude du fonctionnent symbolique de l'image provient sans doute d'une réflexion sur les grands anciens du muet, Lang et Murnau notamment, mais il s'agit d'une réflexion critique. Le fondu enchaîné de la foule (vue d'un mirador) au col de chemise de Robert Lander, brillant, arbitraire et précis, capable de résumer la relation de ce personnage avec l'autre qui le voit d'en haut, peut faire songer aux *Trois lumières* (*Der müde Tod*, Fritz Lang, 1921); l'enchaînement brutal des bobines d'une enrouleuse aux roues du camion doit se définir dans la poétique de l'expressionnisme; le soin apporté à la tonalité de la photographie et la virtuosité de certains mouvements d'appareil font sans doute songer à Murnau; mais entre-temps nous avons appris que le cinéma n'était pas un langage, et Wenders l'a bien compris. Tous les rapports abstraits, toutes les significations proprement dites sont donc ici le résultat de coups de force présentés comme tels. Poursuivre un sens au cinéma est un jeu désespéré, et l'analyse de la dernière image ne serait pas complète si l'on n'ajoutait que « cinéma » s'écrit ici, tant bien que mal, *Lichtspiel*, c'est-à-dire « jeu de lumière ».

L'image est toujours plus que ce qu'elle dit, et cela suffit à refuser l'interprétation allégorique : comme dit Bruno Winter, un village qui s'appelle Machtlos (« Sans-pouvoir » ou « Impuissant ») n'en est pas moins un village tout à fait ordinaire, et la situation géographique du film, à la frontière de la RDA, pour significative qu'elle soit, ne doit pas nous inciter à le lire comme la carte du Tendre. Plutôt qu'une « lecture » du film, ne convient-il pas de s'en proposer l'accompagnement musical, comme le suggère le prologue, où un musicien se souvient de l'époque où il jouait sur les images des *Niebelungen* ou de *Ben Hur*?

L'accompagnement apparaît en effet comme l'un des motifs fondamentaux du film. C'est l'histoire d'un homme qui fait un bout de chemin avec un autre. L'un est réparateur projectionniste ambulant, il se nomme Bruno Winter ; l'autre est psycholinguiste, spécialisé dans les troubles qui se manifestent à l'occasion de l'apprentissage de l'écriture, il se nomme Robert Lander. Leur relation ne prend jamais de forme définitive, et ils se séparent à l'aventure comme ils s'étaient rencontrés par hasard. Diverses figures peuvent rendre compte de leur rapport : variante d'Ulysse et Nausicaa, un homme nu accueille sur la rive un inconnu qui vient d'échapper à la noyade ; parabole du bon Samaritain, il le nourrit, l'habille et le soigne, et ils se reconnaissent comme prochains ; appliquant les découvertes de la psychanalyse, l'un écoute les rêves de l'autre, et porte sur lui un diagnostic ; tels Bloom et Dedalus, ils renforcent mutuellement leur liberté ; à la manière de certains personnages de Balzac, ils exploitent réciproquement leurs expériences et leurs désirs, dans une sorte d'existence par procuration ; Lander imite Winter en recueillant un homme qui comme lui-même a perdu sa femme et sa voiture ; oppositions systématiques, Lander dont le père est imprimeur, se définit comme le porteur de l'écriture, alors que Winter est le préposé à l'image, et Winter suit un itinéraire dans un pays qui lui est étranger, alors que Lander se livre à l'errance dans son pays natal.

La forme du récit souligne la polyvalence de ce compagnonnage. Les gestes vont de la tendresse à la bagarre. La composition du film tient d'ailleurs plus de la description que de la narration. Lander déchire une photo liée à son passé, puis rencontre Winter ; après leur séparation, Winter déchire sa feuille de route. Or il nous a été montré que le verso d'une photographie pouvait devenir page à écriture. Le thème n'a d'autre fonction que d'exprimer aussi complètement que possible l'agencement de cette symétrie. C'est ainsi que Winter projette ses difficultés sexuelles avec la caissière d'un cinéma, pour laquelle il projette, montée en boucle ou en cercle vicieux, une partie de la bande-annonce d'un film porno, tandis que Lander imprime pour son père un numéro spécial et rétrospectif du journal dont celui-ci est directeur, lui reprochant la mort de sa mère, donc l'échec de sa propre vie amoureuse. Les mouvements de Winter sont nonchalants, et comme dépourvus d'intention, ceux de Lander sont déterminés, et se terminent souvent dans la brusquerie et l'agacement. Lander permet à Winter de reconnaître son passé, Winter aide Lander à sortir du sien.

Préférer la description au récit, c'est échanger une valise vide et des lunettes de soleil contre un cahier d'écolier, comme le fera Lander : gagner l'esquisse d'un sens en sacrifiant les fétiches de la mémoire et de la vision. Or, contrairement à la narration qui contraint à des enchaînements motivés, la description se développe et s'organise librement. Le nombre et la suite des épisodes qui illustrent le rapport des protagonistes ne sont pas définis à l'avance, ce qui autorise une forme riche et indépendante, en même temps qu'une grande souplesse dans le traitement de la temporalité. Dans la description que l'écolier fait de la gare, la mise en scène sépare trois types d'éléments : ceux qui appartiennent à toutes les gares, quai, horaire, rails, ballast ; ceux qui n'appartiennent pas en propre à la gare, arbres, ciel ; et ceux qui n'appartiennent qu'à cette gare-ci, le voyageur à la valise vide avec son œil au beurre noir. Les mêmes éléments existent dans *Im Lauf der Zeit*, mais ils sont intégrés les uns aux autres. Le mélange de différence et de ressemblance qui caractérise toute relation humaine intéressante est ici soigneusement individualisé, les lieux et les temps où se trouve située cette relation ne sont nullement indifférents.

Un seul exemple suffira à indiquer la solidité et la rigueur de cette forme : la thématique de la communication. C'est à la fois le transport et la signification. Lander rapporte que l'un de ses jeunes patients considérait les lignes comme des voies où des véhicules transportent des lettres ; le I et le E, par exemple, sont comme une moto et son side-car. Comme ils ont utilisé ce moyen de transport, Winter s'attribue le rôle du I, plus aigu et plus intelligent, et Lander ne proteste pas, sans doute parce qu'il n'ignore pas que les positions sont interchangeables ; de fait ils conduisent la moto tour à tour. Le camion de Winter, riche de moyens de communication non linguistiques, puisqu'il contient des appareils de projection et un juke-box, est camouflé linguistiquement en simple moyen de transport, puisqu'il porte les inscriptions d'un camion de déménagement ; néanmoins, la face interne de ses portes arrière laisse lire le nom d'Hermès, dieu des voyageurs, des voleurs, des messagers et de la communication. Cette dissimulation dans l'espace correspond à la dissimulation dans le temps pratiquée par Lander qui se fait d'abord passer pour un vulgaire pédiatre. Les véhicules forment d'ailleurs un système complexe. On opposera tout d'abord les moyens de transport terrestres aux moyens de transport fluviaux. Non seulement le chemin des premiers est souvent parallèle à un cours d'eau, qui matérialise l'allusion du titre, mais encore l'incompatibilité de ces deux types de mobiles est manifestée par la triste fin de la voiture de Lander, qui fonce à tombeau ouvert en direction du cours d'eau où elle s'arrête et coule. C'est en barque que les deux héros iront retrouver le passé de Winter. L'opposition terrestre-fluvial suggère un contraste entre la communication actuelle, réelle, et la communication magique avec le passé. Parmi les véhicules terrestres, on distinguera le groupe ferroviaire et le groupe non ferroviaire, l'opposition étant indiquée par de nombreux plans où un train passe sur la voie ferrée que longe le camion. D'un côté un véhicule social, de l'autre un incontestable individualisme. Les véhicules non ferroviaires se subdivisent en véhicules légers, inhabitables et dangereux (les autos, toujours accidentées, et le side-car) et en maisons roulantes (le camion). Le contraste est ici entre le risque et la sécurité. Enfin les véhicules légers comportent une différenciation : si les autos sont nettement suicidaires, le side-car est seulement régressif ; et c'est bien avec une immaturité sauvage que Lander le fauche à un camarade d'autrefois pour le faire resurgir du passé. Ainsi s'explique son affinité avec les premiers temps de l'écriture.

Cette mythologie de la communication n'est pas une allégorie, elle n'a pas un sens, elle ne transmet que du sentiment. On peut y voir la volonté de substituer au schéma du parallélisme celui du croisement. Traverser la rivière, le passage à niveau : la dernière rencontre entre les deux hommes remplace la route longeant les rails par le camion conduit par Winter croisant le train où voyage Lander. La mise en place et les mouvements d'appareil font une référence implicite à leur première rencontre. Mais, assis dans le sens inverse de la marche, Lander peut regarder Winter ; mais, cette fois, c'est Winter qui s'immobilise, insensiblement, il est vrai, pour que ce soit bien un croisement, et pas seulement un train qui passe devant un camion, et c'est Lander qui prend de la vitesse. Ce croisement suppose une convergence, donc une divergence, et les deux hommes sans s'entendre se disent leurs quatre vérités. Regarder à deux dans la même direction, comme le conducteur et son passager : non, la liberté de la rencontre est dans le croisement.

Autre rêverie sur la communication : abolir la différence du recto et du verso. Tandis que Winter dépose « une broderie de merde » sur un paysage blanc comme une page, Lander plonge sous la ligne d'horizon comme pour s'enfoncer jusqu'à l'autre côté. En s'opposant, en prenant chacun le rôle de l'autre, mais sous une forme tout à fait personnelle, puisque c'est le porteur d'images qui imprime sa marque et le préposé à l'écriture qui accepte la complexité du réel en s'y intégrant, les deux hommes se complètent. En dernière analyse, c'est la complémentarité du cinéma et de la langue qui est ainsi désirée. L'image cinématographique est arbitraire, mais commode dans la communication. La photographie renvoie à la solitude : un projectionniste capte dans un miroir le film qu'il est en train de passer, ce qui accentue à la fois l'inévitable isolement du spectateur de cinéma et le caractère solitaire de son activité masturbatoire. Les cabines de projection sont d'ailleurs toujours remplies de photos obscènes. En revanche, la langue apparaît toujours comme trop abstraite. C'est pourquoi le lieu idéal de la communication devient cette cabane de guet où les Américains ont laissé à la fois leurs pin-up et leurs graffiti : certes l'image ne s'y anime pas, mais la conversation y prend toute sa portée ; certes le téléphone ne permet pas plus qu'ailleurs à Lander d'entrer en communication avec cette épouse dont il a tant de mal à se séparer, mais que de présences se trouvent suggérées, et quel plaisir de pisser contre un tel mur !

Car, finalement, la dimension cinématographique de la communication est aussi sa dimension corporelle : depuis Rimbaud, les fonctions les plus humbles ne s'étaient jamais exercées avec tant de lyrisme. C'est pourquoi il ne faut pas, on ne peut pas accorder trop d'importance au message qu'à son départ Lander laisse à Winter : « Il faut tout changer. » Ce n'est qu'un écrit, qui reste, immobile et définitif. L'essentiel est ailleurs : dans l'émouvant.

En effet, ce film qui manie tant de thèmes à la mode, ne succombe à aucun moment à la tentation de l'intellectualisme froid. L'écriture est la loi du père, nous le savons ; l'analyse peut-elle engendrer autre chose que des analystes, et se produire autrement qu'au prix d'une sorte d'exploitation du patient, nous nous le demandons aussi ; la marge où l'on prétend trouver sa liberté est étroitement définie par la société à laquelle on prétend échapper, nous nous en doutions ; la valeur de jouissance de l'image ne va pas sans une aliénation, on s'est chargé de nous l'apprendre. Le film serait ennuyeux et plat, s'il ne faisait que reprendre ces vérités provisoirement élémentaires, et combien n'y a-t-il pas d'œuvres qui se contentent d'habiller de ce genre de maximes des corps complètement fanés ? Mais Wenders ne cite pas ces thèmes pour se dédouaner, il les met totalement en œuvre. Il les joue et il s'en joue, pour le plaisir du spectateur et le désespoir du critique. La mode eût exigé une pénible narration avec des accessoires reconnaissables ; mais il s'agit d'une description pleinement poétique, d'un film véritablement contemporain.

Martin Scorsese

Dès la fin des années soixante apparaît aux États-Unis la nouvelle génération de cinéastes des Jerry Schatzberg, Bob Rafelson ou Francis Ford Coppola, qui retint très tôt l'attention de Positif. *Martin Scorsese fut, quant à lui, repéré dès* The Big Shave, *en avril 1968 (n° 94). Mais la première critique porte sur* Bertha Boxcar *(n° 155), tout comme la première étude d'importance, intitulée « La Passion de saint Martin Scorsese » (n° 170, juin 1975). Comme son titre l'indique, elle n'élude aucunement ce catholicisme, qui lui aurait sans doute valu les foudres de la revue vingt ans plus tôt. Elle est signée Michael Henry, correspondant américain de* Positif, *dont l'œuvre critique (comme celle de Robert Benayoun, Gérard Legrand ou Alain Masson, par exemple) mériterait à elle seule une anthologie comparable à celles qui ont été fort justement consacrées à Roger Tailleur et Barthélemy Amengual. Michael Henry (Wilson) poursuit sa réflexion sur le cinéma de Scorsese quelques mois plus tard, en rendant compte de* Taxi Driver.

MICHAEL HENRY, « Qui veut faire l'ange... » (*Taxi Driver*), n⁰ˢ 183-184, juillet 1976.

MICHAEL HENRY

Qui veut faire l'ange...

Taxi Driver

« *Has Martin Scorsese gone Hollywood ?* » se demanda-t-on aux États-Unis lorsque le succès d'*Alice Doesn't Live Here Anymore* propulsa en tête du box-office le plus brillant des cinéastes indépendants new-yorkais. Loin de ses sources, le chantre de Little Italy allait-il faire le jeu du système ? Ce mystique à l'état sauvage renoncerait-il à ses illuminations singulières au profit des genres consacrés ? C'était mal le connaître. S'il avait pris ses distances en émigrant vers la Californie et en s'y engageant dans un projet en apparence plus « commercial », ce n'était pas tant pour s'imposer à l'establishment des studios que pour s'arracher à l'emprise de son milieu. Il lui fallait, paradoxalement, sortir de son élément pour reprendre son souffle. Peut-être même ne s'agissait-il que de survivre : « *I was killing myself in New York. Death. Pure death in New York* », avait-il alors répondu à ceux qui l'invitaient à se justifier [1]. S'il a maintenant trouvé sa place à Hollywood, il ne s'est pas délivré pour autant de ses obsessions : New York n'en reste pas moins le centre magnétique du continent, qui sait mieux que tout autre environnement l'électriser. Il semble voué à revenir périodiquement — au rythme d'un film sur deux ? — vers cette matrice à laquelle il doit ses visions les plus fulgurantes. La Ville est sa bouche d'ombre et il faut souhaiter qu'il ne se lasse jamais d'en consulter les oracles. Sur ce point, *Taxi Driver* ne saurait nous

---

1. Voir *Martin Scorsese*, in *Dialogue on Film*, volume 4, n° 7. The American Film Institute, Beverly Hills, avril 1975.

décevoir : il est, dès l'ouverture, une vibration particulière qui n'appartient qu'à l'auteur de *Mean Streets*. L'apparition du « yellow cab » qui tourne au ralenti dans les nuages de vapeur vomis par les égouts a la solennité d'un cérémonial. Le banal taxi de Robert De Niro surgit sur la scène de Manhattan comme une monture d'apocalypse. Avec la fascination mêlée d'effroi de qui revit un cauchemar familier, Scorsese célèbre ici la Ville retrouvée. Et il ne craint pas plus qu'au temps de *Mean Streets* de recourir à l'hyperbole pour en invoquer les maléfices. Excessive, cette imagerie infernale ? Sans doute, mais on sait qu'il ne faut pas attendre du voyant une approche sereinement réaliste. Il est trop pressé pour s'arrêter à la surface de l'univers qu'il met en scène, il lui faut d'emblée en exprimer la dimension fabuleuse. Que Bernard Herrmann ait prêté son concours à l'entreprise n'est pas pour nous étonner : il y a dans la sombre emphase de son instrumentation la même démesure, le même pressentiment d'une catastrophe imminente, la même certitude enfin qu'un souffle mortel enveloppe le décor urbain où l'on nous somme de pénétrer.

Si la tonalité tragique en est dès le générique aisément reconnaissable, *Taxi Driver* se distingue néanmoins des chroniques new-yorkaises qui ont, depuis ses tout premiers courts métrages, jalonné l'œuvre du cinéaste. On pouvait lire *Who's That Knocking at My Door ?* (1969), *Mean Streets* (1973) et *Italianamerican* (1975) comme autant de chapitres d'une autobiographie collective : avec la complicité de son ami Mardik Martin, Scorsese s'y faisait le mémorialiste de la communauté dont il est issu. Ici, où il n'est pas responsable du scénario, la perspective est tout autre : pour s'être associé à Paul Schrader, il doit sensiblement élargir son registre. Son scénariste lui apporte, en effet, une expérience de la Ville qui est loin de recouvrir la sienne. L'expérience d'un intellectuel qui s'inspire de Bresson et d'Ozu davantage que de Fuller et de Corman, qui est nourri des classiques de l'existentialisme plutôt que des séries « B » de la 42ᵉ Rue, et qui, insatisfait des exercices de style que furent *The Yakuza* et *Obsession,* ambitionne de transposer *La Nausée* dans un contexte américain. Le désespéré de *Taxi Driver* n'est pas un émotif. Comme ses modèles européens (Roquentin, *L'Étranger*, le *Feu follet* de Drieu), il souffrirait plutôt d'anesthésie affective. Il a, de toute évidence, moins de traits communs avec Scorsese, le catholique de Little Italy, qu'avec Schrader, le calviniste du lointain Michigan, dont De Niro porte d'ailleurs la tenue favorite. La personnalité de Travis, commentait l'auteur[1], est « bâtie comme un temple protestant ». Et le script précisait : « Il paraît venir d'un pays où il fait toujours froid. » Alors que *Mean Streets* enfermait ses protagonistes dans le cercle grouillant de l'East Side, *Taxi Driver* fait peu à peu le vide autour de son héros. Charlie et Johnny Boy se définissaient par rapport à un groupe ethnique d'autant plus cohérent qu'il était minoritaire ; Travis le « Wasp », qui n'a ni racines ni passé, et auquel a toujours manqué, nous avoue-t-il, « le sens du port d'attache », sort des Marines, autrement dit du néant. Pris dans un réseau de tabous et d'obligations, les premiers avaient un héritage à assumer : s'ils encouraient la mort, c'était pour avoir enfreint le code tribal et voulu franchir les limites de leur ghetto. Le second, lui, crève de ne s'être jamais intégré nulle part. Il est libre de sillonner la métropole en tous sens, mais à quoi bon cette liberté, si elle n'a pas

---

1. Voir « Screen Writer », un long entretien avec Paul Schrader par Richard Thompson, in *Film Comment*, New York, mars-avril 1976.

d'emploi ? Cette disponibilité, si elle suscite des fantasmes plus meurtriers encore ?

Taxi Driver et non *A* ou *The Taxi Driver*. Schrader et Scorsese n'ont pas voulu accrocher d'article à leur titre : c'eût été caractériser le personnage. Or celui-ci doit rester anonyme pour être exemplaire. Il ne représente ni une corporation ni une classe sociale : il est l'homme-miroir de la Ville, la plaque sensible sur laquelle elle impressionne sans relâche ses images dantesques. Travis n'est porteur d'aucune mythologie propre. S'il se voit surnommé « cowboy » par un de ses collègues, c'est par dérision, car il n'a de l'homme de l'Ouest que l'accoutrement. Cet introverti est si peu défini, si peu assuré de son identité, que partout où il passe — « uptown » ou « downtown » — il est en porte à faux. Lorsqu'on lui prête attention, on le juge sur les apparences ou on le prend pour ce qu'il n'est pas : Betsy veut voir en lui un mélange de prophète et de pourvoyeur de drogue, Sport pense avoir affaire à un policier en civil, Iris lui demande s'il n'est pas un agent de la brigade des stupéfiants, l'ouvreuse de cinéma à laquelle il tente de faire la conversation le suspecte des pires intentions et appelle son patron, le garde du corps de Palantine relève son adresse comme s'il pouvait être un postulant sérieux. Jusqu'à Palantine lui-même, qui est persuadé de se trouver en présence d'un citoyen responsable... « Tu dois trouver ta niche et t'y adapter », lui conseille Wizard, mais Travis ne peut entrer quelque part sans être immédiatement agressé, rabroué, bousculé, quand il n'est pas chassé ignominieusement. Là où chacun défend âprement son territoire, il apprend ce qu'il en coûte d'être un nomade. Même les gamins de Harlem savent lui signifier, à coups d'œufs pourris, qu'il est un intrus. Le Bellmore, rendez-vous des « cabbies », aurait pu être un refuge, mais la cafétéria n'est-elle pas envahie par des Noirs aussi arrogants que ceux qui tiennent le pavé de Times Square ? En outre, il y est le seul à ne pas avoir d'histoires croustillantes à raconter. Il est vrai que chacune de ses tentatives pour communiquer avec ses semblables tourne au désastre. Lorsqu'il jette son dévolu sur une femme, celle-ci est hors de sa portée : inaccessible comme Betsy, l'ange immaculé qu'il prétend « protéger », ou trop accessible comme Iris, l'enfant prostituée qui refuse d'être sauvée. En vertu d'une étrange symétrie, elles sont, l'une comme l'autre, part d'un territoire interdit. Il ne lui reste pour tout domaine que sa chambre. Une tanière où il est réduit à mimer des dialogues imaginaires devant un miroir. Une cellule où un « acte manqué » lui fait briser son poste de télévision, comme s'il voulait rompre un de ses derniers liens avec ce monde extérieur qui le rejette.

« Il y a deux enfers : celui qu'on peut toucher du doigt et celui qu'on sent dans son cœur », assurait déjà le Charlie de *Mean Streets* en étendant la main sur la flamme d'un cierge. L'enfer palpable de la Ville et l'enfer des âmes calcinées. Travis les connaît bien tous les deux, que *Taxi Driver* nous montre éprouvant à son tour sa vocation au martyre au-dessus de la flamme du gaz. Sa chambre en est le dernier cercle : au comble de la déréliction, De Niro y apparaît recroquevillé comme au fond d'un puits, écrasé par une plongée verticale qui semble figurer le point de vue de Dieu. La métaphore s'impose, irrésistiblement, à mesure que la mise en scène découvre le paysage mental du héros. L'enfer, Travis le côtoie journellement, sur les trottoirs où fourmille la faune indistincte des catins, des souteneurs et des drogués, dans son taxi où ses passagers répandent le sperme et le sang d'accouplements infâmes, et jusque dans les sphères de la bonne société : « Votre vie est en enfer et vous mourrez en enfer », dit-il à Betsy comme il dira plus tard, à Iris cette fois : « Tu ne peux vivre comme ça, c'est l'enfer. » Mais cet enfer qu'il promet aux autres, il le porte aussi en lui. N'a-t-il pas demandé à être affecté aux zones les plus dangereuses (« *Anytime ! Anywhere !* »)? Ne hante-t-il pas les salles pornographiques faute de trouver le repos ? Ne s'imagine-t-il pas être rongé par un cancer de l'estomac après avoir abusé des tranquillisants ? Cet « innocent » est aussi un voyeur et participe par là même de l'ordure qui l'environne. Scorsese lui fait garder le silence lorsque le mari trompé exhibe un Magnum 44 en menaçant de défigurer sa femme ou que le trafiquant d'armes vante sa panoplie avec la faconde d'un commis voyageur, mais ce report de la violence sur des comparses souligne le fait que c'est Travis et lui seul qui passera à l'acte, et de la façon la plus obscène qui soit. Qui veut faire l'ange fait la bête... *Mean Streets* ne disait rien d'autre, où dans ses moments de vague à l'âme mystique Charlie se rêvait en saint François d'Assise. Dans *Boxcar Bertha*, le syndicaliste finissait crucifié contre un wagon à bestiaux, mais pour avoir lui-même usé de la pire violence, il ne réussissait qu'à dévoyer une juste cause. C'est dans cette lignée des saints criminels que Scorsese inscrit Travis, le « solitaire de Dieu » égaré dans Babylone. Il nous le présente « essayant ses armes » comme un croisé revêt son armure. Mortifiant sa chair avec l'application du pénitent. Le réprouvé a enfin trouvé son rôle : celui d'ange exterminateur.

Il serait vain de chercher en *Taxi Driver* une étude sociologique du vigilantisme ou même l'observation phénoménologique d'un « cas ». Le point de vue adopté est celui d'un solipsiste qui a perdu contact avec la réalité. On peut le regretter dans la mesure où la campagne de Palantine ne trouve pas vraiment sa fonction de contrepoint dans l'économie du récit.

Nous y sommes cependant préparés dès le générique, où les yeux de De Niro, cadrés dans le rectangle d'un rétroviseur, se surimpressionnent sur les lumières mouvantes de la métropole. C'est à ce regard comme dissocié de son corps que renvoie l'iconographie puritaine du film. Obsédé par la souillure originelle, il ne capte du spectacle de la Ville que l'immondice. Il n'est pas jusqu'à l'hyperréalisme de certains inserts (l'aspirine effervescente, l'artillerie déployée sur du velours noir) qui ne trahisse son dégoût ou sa fascination pour la *matière*. Les extraits de son journal confirment, bien sûr, cette schizophrénie : dans ces pages s'est réfugiée la vie spirituelle de Travis. Il y transcrit ses tourments dans une prose poétique qu'on n'attend guère d'un être apparemment inculte et le plus souvent balbutiant. La voix même de De Niro semble alors changer de timbre. Voix intérieure du pécheur qui voudrait donner un sens à son épreuve, mais aussi commentaire des auteurs sur leur créature, qu'ils éclairent ainsi peu à peu sous son vrai jour. Car si, dans la rue, Travis est celui qui voit et qui juge, le rapport se renverse lorsque la mise en scène le surprend dans son intimité et révèle la profondeur de sa névrose. « Il doit être *compris*, mais non *toléré* », dit Schrader de son personnage. Ce que Scorsese traduit plastiquement, lors de l'holocauste final, en épousant la démarche du forcené d'une pièce à l'autre, de meurtre en meurtre, et en ne reprenant du champ que lorsque les forces de l'ordre entrent enfin, et pour la première fois, en scène. À cet instant précis, la caméra découvre, depuis les cintres, l'ensemble du décor baignant dans le sang de Travis et de ses victimes. Un vertigineux mouvement d'appareil refait ensuite, en sens *inverse*, le trajet de De Niro, glissant le long des murs eux aussi tachés de sang, pour aboutir à l'extérieur, sur le tableau traditionnel des badauds, des ambulances et des voitures de police... Travis n'a jamais eu droit à autant d'attentions de la part de la société. Lui qui s'était rasé le crâne à la façon des Indiens Mohawks comme pour retrouver la pureté de l'Amérique aboriginelle, le voilà entouré, reconnu, et en fin de compte récupéré par ses contemporains de la majorité silencieuse. « Un homme qui n'en pouvait plus s'est dressé contre la chienlit », confiait-il à son journal. Gageons qu'il n'est pas le seul « juste » de cette espèce à rôder dans les villes américaines.

Francis Ford Coppola

« *Nous avons appris avec émotion que nos confrères des* Cahiers du cinéma *ont découvert (en juillet 1979) l'existence de Francis Coppola, à qui ils n'avaient jamais consacré le moindre commentaire pendant ses quinze années d'activité* », *ironise* Positif *dans le n° 222 de septembre 1979, en prélude aux textes de Frédéric Vitoux et d'Olivier Eyquem sur* Apocalypse Now. *Défendu dès* Big Boy *(n*^{os} *86 et 87), en couverture dès septembre 1970 avec* Les Gens de la pluie *(n° 119), Francis Ford Coppola a toujours été, avec Martin Scorsese, l'un des cinéastes préférés de la revue parmi ceux de sa génération. Les films de George Lucas, Brian de Palma et Steven Spielberg ont eux aussi souvent été défendus, mais avec un peu moins de constance. Le cas Steven Spielberg n'est pas le moins intéressant des trois, qui provoqua une série de textes de collaborateurs extérieurs au comité de rédaction, nettement influencés par la psychanalyse :* « *L'érotisme anal dans* ET » *par Roland Benamou (n° 273, novembre 1983),* « *Cette autre préhistoire en nous, l'enfance* » *par Jean-François Tarnowski (n° 394, décembre 1993) et* « *Nous sommes dans la merde* », *par Jean-Marc Elsholz (n° 479, janvier 2001), ces deux études portant l'une et l'autre sur* Jurassic Parc.

FRÉDÉRIC VITOUX, « Conrad et Coppola au cœur des ténèbres » (*Apocalypse Now*), n° 222, septembre 1979. Frédéric Vitoux est romancier et essayiste.

FRÉDÉRIC VITOUX

Conrad et Coppola au cœur des ténèbres

Apocalypse Now

> « *L'horreur! L'horreur!* »
> JOSEPH CONRAD
> (*Au cœur des ténèbres*)

1

Avant la remontée du fleuve la remontée des faits. *Apocalypse Now* est inspiré librement d'une longue nouvelle de Joseph Conrad, *Heart of Darkness (Au cœur des ténèbres)*. Comme tous les récits de Conrad, celui-ci puise pour une large part dans les propres aventures survenues à l'auteur. En l'occurrence ses voyages sur le fleuve Congo, de Kinshasa à Stanley Falls, en 1890, à bord du vapeur *Roi des Belges* qu'il commanda en second puis comme capitaine.

Du livre au film, un seul détail nominal a été conservé : le patronyme du personnage central (qui est en même temps un personnage quasiment invisible, qui apparaît *in extremis*) : Kurtz. Ce Kurtz, on le sait désormais, a lui-même une origine indiscutable, un modèle que Conrad aurait pu rencontrer en Afrique, mais dont il entendit abondamment parler : le major anglais Barttelot assassiné deux ans plus tôt, en juillet 1888, dans son camp de Yambuya non loin de Stanley Falls (point limite de navigabilité du Congo). Sa tombe encore fraîche avait été creusée, comme celle de Kurtz, à quelques mètres du lieu où il avait été abattu, en pleine forêt [1]...

Il n'est sûrement pas inutile d'évoquer brièvement cette silhouette de départ.

Barttelot, type même de l'Anglais aristocratique et raffiné, avait été éduqué à Rugby puis à Sandhurst. À dix-neuf ans, il s'était retrouvé officier de l'armée britannique. Campagnes en Afghanistan, campagnes en Égypte... l'âge d'or du colonialisme donna à Barttelot toutes les occasions de s'illustrer et de faire carrière. Nous sommes en 1886. Quelque temps auparavant, Stanley, le jeune reporter de l'*Herald* de New York, avait connu la gloire en retrouvant tout au fond de l'Afrique centrale l'explorateur Livingstone. Cette année-là, Stanley décide de remonter une expédition du même genre. Pour rechercher cette fois le savant allemand Eduard Schintzer qui administrait le Soudan pour le compte de la Grande-Bretagne et que la chute de Khartoum, en 1885, coupa des Occidentaux. Bientôt Stanley est submergé par les candidatures de tous ceux qui rêvent de se joindre à sa nouvelle expédition. Parmi celles-ci, celle de Barttelot. L'officier est vivement recommandé à Stanley qui finit par l'engager et lui confier la responsabilité de l'arrière-garde de l'expédition. Passons rapidement sur les détails du voyage. En 1888, Barttelot se retrouve complètement distancé, isolé (volontairement isolé?) sur la rivière Aruwimi, près de Stanley Falls. Là, il ne veut plus entendre parler de sa mission. Il se retranche dans son camp. Il bascule dans la férocité la moins retenue. Dans l'horreur. Ses porteurs, il prend plaisir à les flageller, à les exécuter.

---

1. Cf. en particulier *Les Années de mer* de Joseph Conrad, par Jerry Allen, Denoël. 1968.

Près de cent seront enterrés en moins d'un an à proximité de son camp. Il engage une troupe de cannibales pour attaquer, massacrer et dévorer un autre groupe de Noirs. Et cela afin que Jamieson (le savant de son groupe) puisse photographier cette scène unique. Les têtes des Africains qu'il décapite, il les plante sur les piquets de la palissade qui protège sa case... C'est un Noir qui finit par l'abattre dans le dos, d'un coup de fusil, parce qu'il l'avait surpris à frapper sa femme...

De l'histoire de Barttelot, plusieurs points méritent d'être soulignés (qui amorcent déjà un commentaire du récit de Conrad et du film de Coppola).

Remarquons d'abord que trois autres Blancs figuraient dans le groupe de Barttelot. Aucun ne chercha jamais à raisonner son chef, à plus forte raison à se mutiner contre lui. Comme si la « folie » de Barttelot (par laquelle on chercha plus tard à expliquer sinon à justifier son comportement) paraissait beaucoup plus acceptable et, somme toute, naturelle, observée de tout près. Ou encore comme si cette « folie » s'avérait extrêmement contagieuse.

Ensuite, aucune expédition ne fut jamais montée par des Occidentaux pour chercher à empêcher Barttelot de nuire, alors que tout le Congo bruissait pourtant de ses « exploits ». Il fallut — dérisoirement — le geste d'un mari susceptible pour mettre fin à son règne. Autrement dit, l'Occident ne se culpabilisa guère d'une « horreur » aussi lointaine, qui tranchait sur celle du colonialisme ordinaire par sa gratuité plus que par son intensité.

Malgré tout, cette histoire divulguée en Angleterre puis en Europe en 1890 suscita un énorme scandale. Pourtant, et c'est curieux, la première publication de *Au cœur des ténèbres* dans le *BlackWood's Magazine* de mars et avril 1898 ne fut jamais rapprochée des exploits de Barttelot. Autrement dit, l'oubli retomba aussi vite que le scandale s'était levé.

2

Au cœur des ténèbres est de ces chefs-d'œuvre dont il est impossible de prendre la mesure en quelques mots. Par bien des aspects, il tranche singulièrement sur l'ensemble de l'œuvre de Conrad.

— Par son décor bien sûr, celui de l'Afrique noire que Conrad n'évoquera guère ailleurs que dans une courte nouvelle intitulée *Un avant-poste du progrès*.

— Par la puissance oppressive de sa dénonciation du colonialisme. C'est en Afrique que Conrad se trouva le plus violemment confronté à la violence mercantile exercée par les autres Blancs. Lui si peu romantique, si peu politique, qui s'intéressait davantage aux bateaux qu'à la mer (vers la fin de sa vie, il raconta à Saint-John Perse que s'il avait choisi la langue anglaise et s'il avait navigué sous pavillon anglais, c'est parce que, tout jeune homme, à Marseille, il avait été frappé par l'ordre et la propreté des navires britanniques, et c'était tout!), aux individus qu'aux groupes sociaux, aux conflits moraux qu'aux pressions économiques, il plongea en Afrique noire dans une effroyable *révélation* de ce cœur des ténèbres, ce cœur des individus mais aussi d'une civilisation qui maquillait sous une mascarade philanthropique ses expéditions coloniales. « Avant le Congo, je n'étais qu'un simple animal », confia Conrad plus tard au critique Edward Garnett. On sait qu'il ne se remit jamais de ce voyage, l'un de ses derniers. « Tout m'est antipathique ici. Les hommes et les choses, mais surtout les hommes », fait-il dire à son double — Marlow —, le narrateur de *Au cœur des ténèbres*. Et par les hommes, il entendait bien sûr les négociants et explorateurs blancs dont la conversation, note encore Marlow, « était celle de sordides boucaniers ; elle était cynique sans audace, cupide sans hardiesse et cruelle sans courage ; dans toute la bande, il n'y avait pas un soupçon de prévoyance ou d'intendance sérieuse : ils ne paraissaient même pas se douter que de telles choses fussent nécessaires à la conduite des affaires de ce monde. Arracher des trésors aux entrailles de la terre était leur seul désir, sans plus de préoccupation morale qu'il n'y en a chez le cambrioleur qui fracture un coffre-fort ».

— Enfin par la personnalité de ce personnage à la fois central et énigmatique du livre, Kurtz, à « l'intelligence parfaitement lucide » mais dont « l'âme était folle ». « Toute l'Europe avait collaboré à sa confection », écrivit Conrad de lui avec une lucidité terrible. Résumant ainsi d'une formule la portée de son livre.

Il est de coutume de placer l'œuvre de Conrad — de *Lord Jim* à *Sous les yeux d'Occident*, de *La Folie-Almayer* à *Une victoire* — sous le double signe de l'échec et de la deuxième chance. L'interrogation conradienne est morale par excellence : comment un individu donné dans un contexte donné peut-il oublier ses règles de vie, comment peut-il abandonner son navire et ses passagers, comment peut-il trahir et dénoncer ses compagnons de lutte clandestine ? Et comment peut-il ensuite oublier ou se racheter ? Bref, comment peut-il devenir un *autre* ?

Malgré les apparences *Au cœur des ténèbres* n'est pas si étranger, on le voit, à cette problématique. La fiancée de Kurtz disait de lui « qu'il était impossible de le connaître et de ne pas l'admirer ». Secrètement, Conrad se sentit plus proche de son personnage, plus *fasciné* par lui, que par les directeurs, sous-directeurs et autres agents médiocres de la « société des Transports du Haut-Congo » — ces colonialistes *ordinaires* (comme l'on parle du fascisme ordinaire) qu'il devait fréquenter ... Si bien qu'à l'interrogation conradienne rituelle : comment se racheter, comment expliquer en soi des attitudes aussi contradictoires ? succède, dans *Au cœur des ténèbres*, une interrogation quasi identique : comment deux personnages donnés comme distincts peuvent-ils se confondre ? Comment Kurtz et Marlow, aussi opposés l'un à l'autre, peuvent-ils être aussi le même personnage, se refléter comme un miroir ? Comment s'attirent-ils au point que chacun découvre dans l'autre le reflet de ce qui aurait pu être aussi ou encore sa destinée ? Comment l'autre peut-il être le même ?

On l'a compris : *Au cœur des ténèbres* débouche aussi sur le fantastique. Dans une nature qui est elle-même fantastique. Coppola n'est pas loin. Coppola et son Viêt Nam que peu d'années et de kilomètres isolent de l'Afrique de Conrad...

« Des arbres, des millions d'arbres, massifs, immenses, élancés d'un jet : et à leur pied, serrant la rive à contre-courant, rampait le petit vapeur barbouillé de suif, comme un misérable scarabée se traînant sur le sol d'un ample portique... Les longues avenues d'eau s'ouvraient devant nous et se refermaient sur notre passage, comme si la forêt eût enjambé tranquillement le fleuve pour nous barrer la voie du retour. Nous pénétrions de plus en plus profondément au cœur des ténèbres. Il y régnait un grand calme. Quelquefois, la nuit, un roulement de tam-tams, derrière le rideau des arbres, parvenait jusqu'au fleuve et y persistait faiblement, comme s'il eût rôdé dans l'air, au-dessus de nos têtes, jusqu'à la pointe du jour. Impossible de dire s'il signifiait la guerre, la paix ou la prière ... »

3

Rien d'étonnant, à la réflexion, que *Au cœur des ténèbres* ait obsédé le réalisateur des *Parrain* et de *Conversation secrète* (après avoir, entre autres, fasciné un Orson Welles qui envisagea un instant d'en tourner une adaptation en Amazonie, avant de réaliser *Citizen Kane*). Son thème central, celui de l'homme civilisé basculant dans la sauvagerie, avec son même raffinement et sa même culture (et du reste au nom de ce même raffinement et de cette même culture qui l'empêchent précisément de s'adapter à d'autres cultures, de se soumettre à d'autres climats), et cela dès qu'un milieu impénétrable favorise impunément l'abolition de son sens moral — ce thème-là rejoint bien des thèmes chers à Coppola. Car l'Amérique dont il n'a cessé de parler (et qui possède bien entendu ses propres jungles, d'asphalte ou non), il l'a traquée dans sa perfection civilisatrice et technologique la plus lisse, pour montrer ensuite comment la logique bloquée d'un tel système débouchait parfois sur « l'horreur » — ou, si l'on préfère, sur un total *décrochement* du sens moral.

Il faudrait revoir des films aussi différents que *Les Gens de la pluie*, les deux *Parrain* ou *Conversation secrète* avec cette optique, et reconsidérer tous leurs personnages ordinaires, paisibles, bons époux et bons éducateurs, Américains moyens par excellence, et poussés d'un seul coup (ou progressivement) à la dépression, au crime, à l'espionnage, à la folie (peu importe !), mais toujours poussés par la respectabilité du système, maquillés par la respectabilité du système, à agir comme si « leur âme était folle ».

On mesure mieux à quel point *Apocalypse Now* est proche alors de *Au cœur des ténèbres* comme de toute l'œuvre passée de Coppola.

Le film n'a pas conservé seulement, avec le patronyme de Kurtz, la présence de ce personnage-pivot qui éclaire toute l'œuvre. Comme *Au cœur des ténèbres*, *Apocalypse Now* est aussi un *récit*. Non pas conté en flash-back, certes, avec un récitant visible qui se souvient de ses aventures passées, mais bien malgré tout articulé, grâce à la voix off d'un récitant qui commente son aventure, autour de deux axes dramatiques qui ne cessent de se superposer, de jouer de leurs contrepoints : le temps de la parole, du commentaire, et le temps de l'action, de la découverte. Autrement dit le temps immobile de la réflexion morale et celui, linéaire, de la plongée dans l'horreur. L'apocalypse.

Car ce film, toujours comme *Au cœur des ténèbres*, est d'abord une exploration. La remontée d'un fleuve. Une quête initiatique (en forme de saison en enfer) qui se présente sous les aspects les plus convulsifs, les plus étouffants d'une progression topographique, d'une avancée dans un territoire qui relève autant de la géographie (les confins nord du Vietnam et du Cambodge) que de la morale.

Ce n'est pas tout. De manière encore plus explicite chez Coppola que chez Conrad, la fascination qu'exerce Kurtz sur le narrateur aboutit *in extremis* à leur identification virtuelle, le narrateur étant ici sur le point d'usurper la place de sa victime.

Au cœur des ténèbres fut rédigé, on l'a dit, à la fin du siècle dernier. En pleine période de colonialisme triomphant. *Apocalypse Now*, avec l'intervention américaine au Vietnam, évoque les derniers combats, les derniers soubresauts du colonialisme occidental ouvertement militaire. Et chez Conrad comme chez Coppola se retrouvent la même blessure, la même indignation, la même révolte, le même *traumatisme*. Pourtant, à presque un siècle d'écart, leur attitude diffère sensiblement face à cette violence. Comment s'en étonner ?

Au cœur des ténèbres — et c'est sa force — est construit comme une *découverte*. En remontant le fleuve, en plongeant au cœur de la sauvagerie, le narrateur voit peu à peu se profiler, s'épaissir, se charger d'horreur et de sang le personnage fantomatique de Kurtz. L'indignation de Conrad est morale. Et rétrospective. Il comprend seulement à la fin du voyage la *portée* de ce qu'il a vu. Bref, il découvre le colonialisme naissant en vivant puis en écrivant *Au cœur des ténèbres*.

La mauvaise conscience de Coppola est essentiellement politique. L'horreur qu'il dénonce n'est pas découverte par lui, dévoilée peu à peu au fil du voyage. Elle est *absolue* du début à la fin. Coppola, *a priori*, s'attendait au pire. Il était averti. Il savait ce qu'il allait voir. Aucune *progression*. Plus exactement, à mesure que ses héros remontent le fleuve, l'horreur qu'il présente ne fait que changer de couleur. D'objective — les horreurs de la guerre, le grotesque sanglant des clowns militaires, etc. — elle s'intériorise peu à peu jusqu'à déboucher, avec Kurtz, sur l'horreur intériorisée, personnalisée. Sur « l'âme même de la sauvagerie ».

Dramatiquement, la perspective du film se trouve donc complètement décalée. Relisons Conrad. La mission du narrateur de *Au cœur des ténèbres* n'a rien à voir avec Kurtz. C'est par hasard, c'est par surcroît que ce personnage vient peu à peu surprendre et contaminer une fiction qui, au départ, l'ignorait. Rien de tel dans *Apocalypse Now*. La mission du narrateur consiste précisément à mettre Kurtz hors d'état de nuire (de nuire à la mauvaise conscience des Occidentaux ; ce dont, nous l'avons constaté historiquement avec Barttelot, ils se moquaient bien en 1888 !). Autrement dit, dès le début du film, le héros-narrateur et partant le spectateur n'ignorent rien de ce personnage — point d'arrivée de la quête. Coppola insiste même. Au cours de la conversation que le héros — agent des forces spéciales américaines — a au début avec ses supérieurs, tout le personnage de Kurtz est décrit par le menu ; son raffinement extrême, sa culture, sa sensibilité, bref cette *exemplarité* qui rend en apparence plus incompréhensible encore sa sauvagerie découverte. Si l'on préfère, la morale du film se présente ensuite comme une formidable et oppressante paraphrase d'un discours initial. Comme une illustration et non comme une révélation d'une horreur encore inaperçue — mais déjà *apprise* avant que débute le voyage.

Faut-il voir là une limite ou un défaut du film de Coppola ? Je crois surtout que ce retournement de perspectives illustre encore une fois un retournement historique. Du colonialisme triomphant au colonialisme honteux. En 1890, l'Afrique révélait chez les Occidentaux des Kurtz en puissance. Près d'un siècle plus tard, ces Kurtz illustrent leur mauvaise conscience. Et comme pour dérisoirement exorciser leur culpabilité ou leur honte, les Occidentaux décident alors de les supprimer ...

En ignorant bien entendu ce que Conrad et Coppola, tout au bout de leur cauchemar, avaient bien pressenti : que ces exceptions sont en vérité leurs règles. Et que l'homme peut inventer toujours des « colonies » pour basculer sur l'autre versant de lui-même.

ANNÉES 1980

Ruy Guerra

La Nouvelle Vague venue d'Amérique latine dans les années soixante, comme celle d'Europe de l'Est, enchanta les rédacteurs de Positif. *Le cinema novo des Brésiliens Glauber Rocha et Carlos Diegues fut régulièrement loué (*Le Dieu noir et le Diable blond *orna, par exemple, la couverture du n° 73, de février 1966). Mais l'intérêt des critiques se porta également sur les films de Jorge Sanjinés en Bolivie, de Leopoldo Torre Nilsson en Argentine et d'Arturo Ripstein au Mexique. Une fois la vague passée, quand la presse internationale détourna son regard de ces territoires pour les laisser regagner l'oubli, le point fut encore régulièrement réalisé sur ces filmographies méconnues, à l'image de l'étrange carrière d'un Ruy Guerra : né au Mozambique, exilé au Brésil après avoir été formé à l'Idhec et avoir assisté Jean Delannoy et Georges Rouquier, il est l'auteur de* Les Fusils *(1963),* Tendres chasseurs *(couverture du n° 111, en décembre 1969),* Les Dieux et les Morts *(1970, couverture du n° 164 en décembre 1974) et de* La Chute *(1976), films décisifs aujourd'hui quasiment invisibles.*

PAULO ANTONIO PARANAGUA, « Ruptures et continuité » (*La Chute*), n° 227, février 1980.

Principaux ouvrages de Paulo Antonio Parana-

gua : Les Cinémas d'Amérique latine *(collectif)*, *Lherminier, 1981;* Amérique latine : luttes et mutations *(collectif), Maspero, 1981;* Le Tiers Monde en films *(collectif), Maspero, 1982;* Cinéma brésilien *(collectif), Festival de Locarno, 1983;* Le Cinéma brésilien *(dir.), Centre Georges-Pompidou, 1987;* L'Influence de la télévision sur le cinéma *(collectif), Cerf, 1987;* Le Cinéma cubain *(dir.), Centre Georges-Pompidou, 1990;* À la découverte de l'Amérique latine : petite anthologie d'une école documentaire méconnue, *Paris, BPI, 1992;* Le Cinéma mexicain *(dir.), Centre Georges-Pompidou, 1992;* Le Cinéma en Amérique latine : le miroir éclaté, historiographie et comparatisme, *L'Harmattan, coll. Images plurielles, 2000.*

PAULO ANTONIO PARANAGUA

Ruptures et continuité
À propos de « La Chute » de Ruy Guerra
et Nelson Xavier

à José Carlos Avellar et Ronald Monteiro

« Une idée dans la tête, une caméra dans la main », disait Glauber Rocha. « Avec le peuple devant », ajoutait Nelson Pereira dos Santos. « Mais pas en train de danser », précise Ruy Guerra. Cette phrase à rallonges condense quelques choix essentiels ayant présidé à l'évolution du *cinema novo*.

1. L'alternative

A Queda contribue à mettre en évidence une série de ruptures et une continuité [1]. Tourné en 1976, sorti au Brésil en avril 1978, c'était un pavé dans la mare stagnante du cinéma brésilien et d'un régime en crise. Le plus beau film brésilien de ces dernières années s'oppose en tout à l'orientation en vigueur chez les anciens du *cinema novo*, sous la protection envahissante de l'entreprise officielle Embrafilme. Il représente des options entièrement différentes de celles sous-jacentes à deux autres productions de la même année, devenues les modèles de haute performance du cinéma à l'ère d'Embrafilme : *Xica da Silva* de Carlos Diegues et *Dona Flor e seus dois maridos (Dona Flor et ses deux maris)* de Bruno Barreto [2].

Distance, en premier lieu, vis-à-vis de la représentation à l'écran du peuple réduit à des manifestations folkloriques. Jean-Claude Bernardet rapporte une anecdote éclairante. À l'époque du tournage de *Rio 40 Graus* (1953), Nelson Pereira Dos Santos, précurseur du *cinema novo*, enlevait avec un coup de pied toute trace de *macumba*. Dans sa vision néoréaliste des *favelas*, des bidonvilles misérables, il n'y avait pas de place, alors, pour les cultes d'origine africaine [3]. Vingt ans après, ses films *O Amuleto de Ogum* (1974) et *Tenda dos Milagres*

---

1. Voir la note d'Isabelle Jordan dans le compte rendu de Berlin 78 et l'entretien avec Ruy Guerra dans *Positif*, n° 207. Je tiens à préciser que je n'ai vu le film qu'une fois, il y a deux ans, dans le cadre mouvementé du Marché du Film, à Cannes, en 1978, sans avoir eu l'occasion d'une nouvelle vision, à l'heure où j'écris.
2. Voir critique de ce dernier dans *Positif*, n° 199.
3. Jean-Claude Bernardet, *Cinema bresileiro : propostas para uma historia*, éditora Paz e Terra, Rio de Janeiro, 1979. Une version française de ce texte fort stimulant paraîtra dans l'ouvrage sur *Les Cinémas d'Amérique latine* coordonné par Guy Hennebelle et Alfonso Gumucio Dagron (Filméditions).

(1977) regorgent de rituels, cérémonies, habits, objets et personnages de *candomblé* et *macumba*. Dans ce dernier film, il épouse les vues de l'écrivain populiste par excellence, Jorge Amado, chantre de la « parfaite intégration raciale » (et sexuelle) du Brésil, que le nouveau mouvement noir commence à démystifier.

Ruy Guerra s'inscrit en faux contre ce type de manipulation : « Qu'un documentaire enregistre ce qui fait partie de la mémoire populaire, c'est parfait, c'est même fondamental. Mais lorsqu'on prend ces formes et qu'on les insère à l'intérieur d'un discours qui se veut critique, il faut voir comment on manipule cette information et ces données. C'est là que ça devient dangereux... De quelle manière s'inscrit un *candomblé* dans un discours politique actuel ? On ne peut pas le considérer comme une forme de résistance au statu quo, contre l'impérialisme culturel, une forme révolutionnaire, juste parce qu'à un moment précis, pendant l'esclavage, il a été un élément d'agglutination au sein d'une culture tribale, un élément de résistance dans les rapports avec les Blancs. Aujourd'hui, le *candomblé* est une forme aliénante et d'accommodation [1]. »

Face à cette vague populiste sur les écrans de la « démocratie relative [2] », Ruy Guerra montre qu'un autre regard était possible. « *A Queda* a été pour moi le besoin de montrer un paysage humain qu'on ne voit pas dans le cinéma brésilien, des personnages

---

1. Entretien avec Ruy Guerra publié par *Cine-Olho*, n° 3 (décembre 1977), journal du Centre d'Arts Cinématographiques de l'Université Catholique de Rio.
2. Toute démocratie est relative, *dixit* l'ineffable général Geisel, passé de la présidence de Petrobras — entreprise étatique du pétrole, en tête des firmes du continent par le chiffre d'affaires — à la présidence de la République : un symbole parmi d'autres de l'importance du secteur étatique dans l'économie brésilienne ; le cinéma suit donc un modèle plus global.

vraiment populaires, en train de travailler, la masse ouvrière, même si l'analyse n'y est pas très poussée. C'était presque une nécessité d'ordre visuel, d'odeur, de couleurs[1]. » Le lieu du drame initial est lui-même une sorte de symbole de l'absurdité d'un modèle économique de développement dont le seul « miracle » constitue la survivance quotidienne des travailleurs surexploités l'ayant rendu possible. Ce chantier du métro carioca est resté pendant des années comme une plaie ouverte au centre de Rio de Janeiro. Dérision du gigantisme officiel : pour une ville dans laquelle circuler est devenu infernal, sans réseau métropolitain, une ligne de métro équivalente au parcours Étoile-Trocadéro[2].

Pas de messianisme, cependant, pas de travailleurs exemplaires, incarnations intemporelles de la conscience prolétarienne. En 1976, au Brésil, dans le cadre d'un mouvement ouvrier atomisé, sans grande tradition d'organisation et de luttes d'ensemble, cela aurait été particulièrement saugrenu. Quelques travailleurs s'expriment d'ailleurs dans *A Queda*, d'une manière qui laisse une faible marge aux illusions triomphalistes : « On mène une vie comme ça, sans rien d'important ; il n'y a rien à raconter. » Ou alors : « Nous sommes des gens sans histoire et nous sommes bien. » Ou encore : « Je n'ai rien à dire, à part qu'il a plu aujourd'hui. »

Les personnages du film renvoient aux spectateurs une image dialectique, pleine de contradictions. La démarche même du protagoniste, Mario,

---

1. *Cine-Olho, idem*.
2. Luiz Rosemberg Filho (qui joue un des patrons de *A Queda*) avait tourné dans ce même « trou » du métro de Rio certaines séquences de *Cronica de um industrial* (cf. *Positif*, n° 220-221, p. 51). Pour obtenir l'autorisation de le faire, il avait dû raconter au colonel de service, responsable de la sécurité, qu'il faisait un documentaire, pour que les générations futures connaissent les étapes de cette vaillante entreprise.

pourrait passer pour réformiste. N'essaie-t-il pas, simplement, de faire appliquer la loi, de s'assurer que la veuve de son copain touchera l'indemnité à laquelle l'accident du travail mortel lui donne droit ? Elles ne sont pas particulièrement progressistes, les lois brésiliennes, encore moins la législation du travail, qui empêche l'organisation indépendante de la classe ouvrière. Pourtant, on aurait tort de juger cette démarche avec des yeux habitués à d'autres réalités. Avec la modestie et la lucidité de son regard, *A Queda* est presque prophétique. En 1979, les ouvriers de la construction étaient en lutte au Brésil, à la pointe d'un mouvement social qui a quelque peu bousculé les plans de la dictature en crise et la transition en douceur du général Geisel au général Figueiredo (celui qui préfère l'odeur de cheval à celle du peuple). À Belo Horizonte, ces ouvriers du bâtiment, ces immigrés internes, venus du Nordeste misérable pour la plupart, ont exprimé une radicalisation qu'on ne soupçonnait pas. Le centre-ville a été mis sens dessus dessous, dans un climat d'émeute aux rationalités souterraines (ne touchez pas aux Volkswagen, juste les bagnoles de riches, y disait-on). Il ne s'agissait plus d'un seul magasin, comme dans *Os Fuzis*... Parmi les revendications : qu'on applique la loi, car les patrons de la branche ne déclaraient pas un grand nombre de travailleurs (comme José dans *A Queda*), pour éviter de payer leurs droits sociaux. Pour ramener le calme, il a fallu céder et faire venir d'urgence, de São Paulo, le dirigeant métallurgiste Lula, à projection nationale. Alors, réformiste, vraiment, la démarche de Mario ?

Dans le contexte du cinéma brésilien, les choix de Ruy Guerra et Nelson Xavier étaient plutôt révolutionnaires et prémonitoires. Ils ont porté témoignage sur les exclus du « miracle brésilien » et des écrans d'Embrafilme. Ils ont annoncé un « paysage humain » qui allait faire irruption, avec force, non plus sur le terrain de la seule fiction, mais sur celui du documentaire. Un cinéma politique, militant, est en cours d'affirmation au Brésil. On y trouve aussi bien un ancien du *cinema novo*, comme Leon Hirszman (*ABC da Greve*), que des cinéastes très jeunes, rejetant les stéréotypes et les dogmes, comme Sergio Toledo Segall et Roberto Gervitz *(Braços cruzados, maquinas paradas)* et d'autres d'une génération intermédiaire, tels que Renato Tapajos *(Greve de março)* et Joao Batista de Andrade *(Greve)*. Il n'y est plus question de démarches individuelles, mais d'actions collectives...

La filiation entre *A Queda* et ces toutes dernières expressions d'un cinéma qui se fait dans les marges étroites de la puissante Embrafilme est aussi affaire de mode de production. Dans une cinématographie dépendante, les choix matériels sont moins innocents encore qu'ailleurs. Vingt ans après la faillite des studios Vera Cruz, Embrafilme a voulu battre Hollywood sur son terrain, en créant ses propres fictions respectueuses des codes hollywoodiens, voire en stimulant des superproductions et la concentration dans l'aire de la production. Pas de place, dans ce schéma, pour le 16 mm, pour les médias légers, pour tout ce qui pourrait favoriser une démocratisation de la prise en charge de l'outil audiovisuel. *A Queda* a été tourné en 16 mm, ensuite « gonflé » en 35 mm. « Dans l'équipe, personne ne reçut ce qu'il méritait, le film s'est fait sur un mode à peu près coopératif, sans l'être tout à fait, ce qui me fait dire qu'il n'aurait pas vu le jour sans la passion qui nous anima tous[1] », raconte Nelson Xavier.

A Queda est exemplaire aussi par le refus du

---

1. In *Jornal do Brasil* du 30 avril 1978.

conformisme, de l'autocensure. « Il n'a jamais été aussi facile de tourner au Brésil et en même temps si difficile de dire quelque chose à travers le cinéma[1] », déclarait Ruy Guerra en 1977. En régime autoritaire, décidément, pousser les limites du permissible dépend en bonne partie de l'attitude des créateurs. Il y avait des risques, certes. *Iracema* de Jorge Badansky et Orlando Senna est resté inédit au Brésil jusqu'au début de 1980. Ruy Guerra et Nelson Xavier ont bénéficié du prix à Berlin : « Le film *A Queda*, qui a reçu l'Ours d'Argent au Festival de Berlin, se trouve en régime de liberté conditionnelle. Une semaine avant son départ pour l'Allemagne, l'œuvre était sous séquestre à la Censure. Elle n'a été libérée que pour quinze jours. Donc, on ne lui a permis que d'aller disputer un prix qu'elle a obtenu et ensuite elle devrait se recueillir de nouveau au cachot de l'obscurantisme culturel. Si le film n'avait pas été primé, il est probable qu'il serait interdit sur tout le territoire national. Avec l'Ours sur le dos, remis le jour même où le président de la République débarquait au pays dans lequel se tenait le Festival, l'affaire change d'aspect, si ce n'est d'orientation. Dans ce cas, l'*habeas corpus* d'*A Queda*, c'est l'Ours d'Argent[2]... »

2. 1963-1976

Treize années d'infortune séparent *Os Fuzis* et *A Queda*. Le Brésil et son cinéma ne sont plus les mêmes. Le consensus s'est brisé à droite et à gauche. Avant le coup d'État de 1964, c'est l'éclosion du *cinema novo*, financé par des banques et des

1. In *Jornal do Brasil* du 29 juillet 1977.
2. Rubrique « Informe JB » in *Jornal do Brasil* du 7 mars 1978.

mécènes bourgeois. Les écrans dénoncent les inégalités et les contradictions sociales, mais surtout, presque exclusivement même, à la campagne. Le Nordeste ou le *sertão* de Bahia deviennent des théâtres brechtiens, épiques. Un consensus nationaliste (*desenvolvimentista*, *desarrollista*, « développementiste »), non explicité, unissait la bourgeoisie industrielle et les cinéastes. Les seules contradictions ayant droit de cité étaient situées dans l'arrière-pays rural, « féodal », disaient les idéologues de service [1].

Os Fuzis (1963) mettait face à face, directement, les agents de la répression et les paysans dépossédés, faméliques. Mario (Nelson Xavier), José (Hugo Carvana) et Pedro (Paulo Cesar Pereio) s'interrogeaient sur leur rôle. Gaucho (Atila Ioro), le chauffeur de camion, ne s'interrogeait plus, il avait compris : il avait déjà quitté l'uniforme et il finira par rejoindre les victimes. C'était la première époque de ces personnages. La deuxième ne verra jamais le jour. Elle aurait dû nous montrer Mario abandonnant l'uniforme à son tour, à l'aube du nouveau régime militaire. Ruy Guerra, Mozambicain en exil, repart. *Sweet Hunters* sera tourné en France. Il travaillera comme comédien un peu partout. Au Brésil, il fera des chansons avec Baden Powell, Francis Hime, Chico Buarque de Hollanda, Milton Nascimento. Lorsqu'on avait peur de parler, la chanson brésilienne a dit beaucoup de nos espoirs et désillusions, sans doute mieux qu'aucune autre forme d'expression artistique. En 1970, au Brésil, également, Guerra réalise *Os Deuses e os Mortos (Les Dieux et les Morts)* [2].

---

1. Voir l'intéressante analyse idéologique de Jean-Claude Bernardet, dans *Les Cinémas d'Amérique latine, op. cit.*
2. Cf. *Positif*, n° 164.

La troisième époque, enfin, c'est *A Queda*. Les Nordestins, Ruy Guerra et Nelson Xavier les retrouvent, maintenant, dans la grande ville. Le déplacement du paysage est autant géographique que social. Quelques entrepreneurs aident à financer le film. Mais ce n'est plus la règle dans le cinéma brésilien. Le grand mécène intéressé, désormais, c'est l'État qu'un bon nombre d'illustres sociologues et cinéastes brésiliens persistent à considérer comme au-dessus des classes, neutre; il suffit de savoir l'investir pour s'en servir... *A Queda* ne respecte ni l'ancien consensus ni le nouveau. On ne nous cache pas le patronat, force immobiliste (en image fixe) à l'œuvre. On ne gomme pas les contradictions, on les traque, la caméra est à l'affût d'un détail, d'un geste, d'une hésitation de langage, plus «parlants» que la surface des mots.

Voici donc les anciens soldats d'*Os Fuzis*, à Rio de Janeiro, à la fin des années soixante-dix. Pedro porte toujours un uniforme quelconque, car, dit-il, «aujourd'hui, un homme sans uniforme ne vaut rien». José meurt dans un accident, car il était un bon ouvrier, il a grimpé sur les échafaudages sans ceinture de sécurité pour ne pas retarder le travail, disent ses camarades. Mario, ouvrier marié à la fille (Isabel Ribeiro) d'un sous-traitant de la construction (Lima Duarte), se porte à l'aide de la veuve (Maria Silva). Sa mémoire est constituée d'images d'*Os Fuzis*. Il rencontre l'opposition du système et entre en contradiction avec sa famille. Il finit seul, sans travail : « Des siècles d'attente reposent / Dans l'engrenage de mes côtes / J'ai dans les yeux des chimères / Avec l'éclat de trente bougies... » Le personnage de Mario fera, peut-être, l'objet d'un autre film. En attendant, Ruy Guerra a encore changé de paysage, il est revenu à son Mozambique natal, pour reconstituer le massacre de Mueda dans un long-métrage et collaborer à la mise sur pied d'un Institut du cinéma [1].

Ces première et troisième époques constituent autant la recherche d'un fil de compréhension globale de la société brésilienne, que le révélateur d'un hiatus de son cinéma. Les images noir et blanc d'*Os Fuzis* insérées dans les couleurs de *A Queda* appellent à réfléchir sur les ruptures et les cohérences des cinéastes. Ruy Guerra ne voit pas le Brésil avec le même regard en 1963 et en 1976, mais il peut accoler ses images, sans la crainte de révéler une incohérence d'attitude. Combien d'autres vétérans du *cinema novo* pourraient faire de même ? Les acquis du mouvement ont été officialisés, reconnus, encensés, et à la fois niés, souvent avec l'aide des réalisateurs eux-mêmes.

Il y a dix, quinze ans, les comédiens brésiliens souffraient d'un jeu marqué par leur expérience théâtrale (et d'une direction d'acteurs inexistante ou inexpérimentée). Aujourd'hui, on retrouve dans l'interprétation plutôt l'empreinte de la très influente télévision (avec à la tête une grande entreprise monopolistique, la TV-Globo, dont les feuilletons pénètrent déjà au Portugal et en Angola). Ruy Guerra a choisi une autre voie, associant à l'écriture et à la mise en scène l'acteur principal, Nelson Xavier. « Nous avons travaillé trois mois sur le scénario, raconte Guerra. Nous avons monté la production à six et tourné en quatre semaines. Tout était improvisé : le dialogue, l'action, la caméra n'avait pas de marquage, le décor était entièrement éclairé et chaque comédien allait là où il voulait. J'ai

---

1. Sur l'expérience audiovisuelle au Mozambique, on peut se reporter avec profit au chapitre que lui ont consacré Armand et Michèle Mattelart, dans *De l'usage des médias en temps de crise*, Éditions Alain Moreau, Paris, 1979.

dit aux acteurs seulement l'objectif de chaque scène, au point qu'on ne pouvait pas recommencer. Malgré cela, le film est devenu une matière dirigée, ce que je ne voulais pas. J'ai découvert qu'il ne suffit pas de donner la liberté aux comédiens et à la caméra, il faut avoir un langage journalistique, que je n'ai pas eu [1]. » Même ambition exprimée par Nelson Xavier : « Il n'y avait pas un vrai scénario. Nous voulions faire une sorte de reportage sur le moment... Mais s'il n'y avait pas de scénario préétabli, nous avions une structure donnée, ce qui permettait à chaque situation de se former sur le moment. Les acteurs improvisaient, mais dans le cadre d'une situation déterminée [2]. »

On n'en est plus à prôner en Amérique latine une « esthétique de la faim » (Glauber Rocha) ou un « cinéma imparfait » (Julio Garcia Espinosa). On préfère trop souvent la perfection bien rodée des images hollywoodiennes bien léchées. La beauté est pourtant convulsive... Ruy Guerra et Nelson Xavier ont surpassé le constat. Il y a peu de personnages dans le cinéma latino-américain aussi passionnants que leur caméra (Edgar Moura), inquiète, vibrante, avec une sorte de désespoir lucide. Il y a peu de moments d'aussi grand cinéma que ceux où s'affrontent leurs comédiens. *A Queda* est la revanche têtue de certains postulats de base qui avaient fait la richesse du *cinema novo*, sans pour autant en rester à une répétition mécanique de formules et procédés.

« Dans un prologue, avant le générique, se trouvent peut-être les seules images qui fonctionnent comme adjectifs dans *A Queda*. Un bâtiment

---

1. In *Jornal do Brasil* d'une date inconnue pour moi (vers 1977), reportage intitulé *Ruy Guerra, né a estrada, um balanço e um desabafo*.
2. In *Jornal do Brasil* du 30 avril 1978.

s'écroule vers l'intérieur, dans une implosion. Un dépôt d'ordures est fouillé par des gens pauvres à la recherche de restes encore utilisables. Des bœufs sont achevés dans un abattoir. L'histoire ne démarre qu'après ces images et à mesure que le film avance le spectateur sent mieux la signification de ces fragments. Il comprend que tout ce qui est raconté dans *A Queda* se passe dans une société qui connaît un processus d'implosion; qui possède un groupe dominé ramassant les ordures jetées par les dominateurs pour essayer de survivre; qui s'autodévore dans une violence comme celle vue dans l'abattoir : un coup sec de marteau dans la tête et une coupe profonde dans le cou [1]. »

Les slogans politiques d'un Brésil moulé par quinze ans de dictature militaire ont parfois un caractère inattendu. Pour conclure ces digressions sur le cinéma (et sur le reste), une phrase lue sur une banderole me vient à l'esprit : il n'y a rien de tel qu'un jour après l'autre...

---

1. José Carlos Avellar, *A implosao*, in *Jornal do Brasil* du 3 mai 1978.

Stanley Kubrick

Avec Apocalypse Now, 2001 : l'Odyssée de l'espace *et* Eyes Wide Shut *figurent parmi les films auxquels* Positif *a consacré le plus d'analyses. Mais le premier texte élogieux sur un film de Stanley Kubrick date de février 1957 (n° 21) et porte sur* Ultime Razzia. *Jacques Sternberg, futur scénariste de* Je t'aime je t'aime *d'Alain Resnais précise que Kubrick est « un nom à retenir » et n'hésite pas à comparer le jeune réalisateur américain de vingt-huit ans à Jules Dassin et John Huston — idée reprise et développée par Roger Tailleur qui intitule son propre article sur le film « Les Enfants de Huston » (n° 29, rentrée 1958). L'admiration de la rédaction ne fit que croître au fil de sa carrière. L'hommage posthume qui lui fut rendu fut donc exceptionnel : cinquante des plus grands cinéastes mondiaux lui composèrent un tombeau qui reste parmi les pages les plus émouvantes que la revue ait jamais publiées (n° 464, octobre 1999).*

JEAN-LOUP BOURGET, « Le Territoire du Colorado » (Shining), n° 234, septembre 1980.

Principaux ouvrages de Jean-Loup Bourget : Le Cinéma américain 1895-1980 : de Griffith à Cimino, *PUF, 1983;* James Dean, *Henri Veyrier, 1983;* Douglas Sirk, *Edilig, 1984;* Le Mélodrame hollywoodien,

Stock, 1985 (Ramsay, 1994) ; Hollywood, années 30 : du krach à Pearl Harbor, *5 Continents/Hatier, 1986* ; Lubitsch, ou la satire romanesque *(avec Eithne Bourget), Stock, 1987 (Flammarion, 1990)* ; John Ford, *Rivages, 1990* ; L'Histoire au cinéma : le passé retrouvé, *Gallimard, coll. Découvertes, 1992* ; Robert Altman, *Ramsay cinéma, 1994* ; Hollywood, la norme et la marge, *Nathan, coll. Fac Cinéma, 1998.*

JEAN-LOUP BOURGET

Le territoire du Colorado
Shining

L'on n'attendait pas de Stanley Kubrick un « bon petit film ». Tout s'y opposait : avant tout, bien sûr, la personnalité, le passé et les ambitions du metteur en scène, mais aussi le fait qu'il abordait pour la première fois de front le registre de l'horreur[1] (avec un scénario tiré par Diane Johnson et Kubrick lui-même du roman de Stephen King, l'auteur de *Carrie*), la légende et le mystère qui avaient entouré le tournage (échelonné de mai 1978 à avril 1979), la qualité « stellaire » de Jack Nicholson, le perfectionnisme de Kubrick, qui voulut que le film ne fût disponible pour les projections de presse que deux jours avant sa sortie en salles (et que la version montrée au public fût différente de celle qu'avaient vue les critiques), le budget de dix-huit millions de dollars... On attendait, du grand cinéaste doublé d'un méga-

---

1. Certaines des œuvres précédentes de Kubrick, *Killer's Kiss, Dr Strangelove, A Clockwork Orange* flirtaient avec le genre du film d'horreur, mais sans lui appartenir.

lomane, un monument ou un monstre. On a tout cela, et aussi, cette fois-ci (contrairement à ce qui s'était produit pour *Barry Lindon*), une presse divisée mais souvent favorable, et surtout un immédiat et très grand succès public, partagé avec *The Empire Strikes Back*, tourné, par coïncidence, dans les mêmes studios britanniques[1].

L'argument : Jack Torrance (Jack Nicholson), ex-enseignant qui souhaite se consacrer à l'écriture, est engagé pour veiller sur le vaste hôtel Overlook, dans le Colorado, pendant les mois d'hiver. Il s'y installe avec pour seule compagnie sa femme Wendy (Shelley Duvall) et leur petit garçon Danny. À l'instar de Danny, qui (comme le cuisinier noir Halloran) est doué d'une sorte de sixième sens, la clairvoyance qui donne son titre au film, l'Overlook semble le réceptacle de phénomènes surnaturels. Bientôt la neige isole complètement l'hôtel et la famille Torrance du monde extérieur. «Possédé» par l'esprit maléfique du lieu, hanté par des visions d'un autre âge, ou plus naturellement sous l'effet de la solitude absolue, Jack donne peu à peu des signes de fêlure, jusqu'à vouloir massacrer sa famille à coups de hache.

On remarquera tout d'abord la rigueur du découpage, le caractère concerté et comme implacable de la progression. Concentration graduelle de l'espace : d'une admirable séquence d'ouverture où l'on embrasse le panorama d'un grandiose paysage de forêts et de montagnes, on passe presque exclusivement à l'hôtel Overlook — lui-même gigantesque

---

[1]. Les comptes rendus très favorables (Jack Kroll dans *Newsweek*, Carlos Clarens dans le *Soho News*) ou plutôt favorables (Janet Maslin dans le *New York Times*) l'emportent sur les éreintements (*Variety*, *Village Voice*). Quant au box-office, voici Terry Semel de la Warner : « C'est une sortie record pour la Warner... un succès plus grand que *L'Exorciste*, plus grand que *Superman* » (cité dans le *New York Times* du 28 mai). On sait qu'en Amérique, succès et échecs sont instantanés... et parfois prématurés.

espace intérieur, pareil à un paquebot, et bientôt, comme je l'ai noté, isolé par les neiges —, et enfin au labyrinthe qui se trouve en face de l'hôtel et qui en constitue comme le modèle réduit, tout en étant le synonyme même d'un espace concentré, confiné.

Concentration graduelle du temps : la marche ralentie du calendrier est balisée par les intertitres qui, à un laps de temps d'un mois (depuis la fermeture de l'hôtel), font bientôt succéder des « chapitres » espacés de deux jours en deux jours, et désignent enfin les heures d'une même journée.

À cet égard comme à d'autres Kubrick a eu raison de supprimer l'avant-dernière séquence du film (on y retrouvait Ullman, le directeur de l'hôtel), qui introduisait une double rupture dans la progression spatiale et chronologique : il a renforcé ainsi l'« économie » de la construction. En raison inverse de cette progression, les visions de « fantômes » prolifèrent, et, d'abord brèves et réservées au seul Danny, hantent ensuite Jack et enfin jusqu'à Wendy elle-même.

On ne s'est pas fait faute d'observer que Kubrick claquemuré dans les studios d'Elstree pour y tourner *The Shining* reproduisait la situation de son personnage principal [1]. Inversement le personnage évoque le metteur en scène démiurgique : ainsi Jack se penche sur un modèle réduit du labyrinthe au centre duquel il voit, à la même échelle réduite, sa femme et son fils. Mais, enfilade de miroirs ou procédé swiftien, l'on est tantôt géant, tantôt nain, suivant à qui l'on a affaire. Miniaturisé dans le labyrinthe, Danny jouera en revanche avec des autos miniatures, comme s'il manipulait à distance le véhicule d'Halloran.

---

1. Harlan Kennedy dans « Kubrick Goes Gothic », *American Film*, juin 1980, p. 51.

Si Jack était tout à l'heure semblable à un dieu observant des insectes, il n'est lui-même, dans la séquence d'ouverture, qu'un point minuscule pour l'œil de la caméra qui vole sur les ailes du démon (comme dans *The Heretic* de Boorman). Symbolisme immémorial de la domination : on nous donne à entendre d'emblée que Jack est manipulé par des forces qui le dépassent; il est moins bourreau que victime. D'autant que cette extraordinaire ascension jusqu'à l'Overlook (car en quelques images on passe de la splendeur dorée des feuillages automnaux au vert persistant des conifères, puis à l'aridité des rochers et aux neiges éternelles) est accompagnée par la progression elle-même méthodique, inexorable, du *Dies Irae*...

Kubrick superpose donc deux textes dont la combinaison fait tout le prix de *The Shining* : le plus apparent pose évidemment la question de savoir si Wendy et Danny trouveront soit en eux-mêmes, soit dans une hypothétique aide extérieure, les ressources nécessaires pour résister à la folie homicide de Jack; plus subtilement, il s'agit de savoir si Jack Nicholson, « nature » exubérante, pittoresque et inventive jusque dans le macabre, sera lui-même victime d'une série de fantômes pour la plupart réglés comme des mécaniques. (Grady, parfait valet anglais, d'ailleurs traité par Jack de « Jeeves », me fait penser, avec ses gestes d'automate, à Woody Allen dans *Sleeper*.)

En d'autres termes, ce qui fait l'originalité de *The Shining* par rapport aux films de Kubrick qui le précèdent immédiatement, c'est l'interprétation de Jack Nicholson, une interprétation où il se souvient certainement de *One Flew Over the Cuckoo's Nest*. On est fort loin du falot Ryan O'Neal de *Barry Lindon*, des astronautes de *2001 : A Space Odyssey* auxquels on a pu reprocher, ici ou là, d'être moins « sympathiques » que l'ordinateur Hal, ou de la violence toute mécanique et distanciée de *A Clockwork Orange*. Rien de moins distancié que la scène prodigieuse de l'escalier, qui voit Wendy, une batte à la main, reculer pas à pas devant les provocations verbales et gestuelles de Jack déchaîné.

Le paradoxe de *The Shining*, c'est donc que cette force « vitale » qu'incarne Nicholson *acteur* est simultanément la pulsion de mort, aveugle et destructrice, du *personnage* Jack. Les apparences sont trompeuses : Nicholson, totalement « libre » dans son style, est en réalité programmé ; Shelley Duvall, qui a l'air d'une automate dépourvue de sensibilité, se révèle en définitive pleine d'énergie et d'une véritable volonté de survie (ceci rappelle son rôle et sa métamorphose dans *Three Women* d'Altman). Poursuivons : il est indéniable qu'à certains égards Kubrick n'échappe pas aux conventions du film d'horreur. Il se contente de les retourner.

Ainsi de la possession. Il semble d'abord que l'enfant — Danny — soit « possédé » par un être nommé « Tony ». « Tony » parle avec exactement la même voix de rogomme que Regan lorsqu'elle est possédée dans *L'Exorciste* de Friedkin. Mais en réalité la « possession » de Danny par Tony est bénéfique, salutaire ; et c'est bien plutôt (cf. ouverture) Jack qui, à son insu, est le véritable « possédé ».

Recensons rapidement les autres motifs du genre auxquels Kubrick a recours : le pacte avec le Diable (scène avec le barman Lloyd), la réincarnation ou la métempsycose (Jack a le sentiment d'avoir « déjà vu » l'hôtel — sentiment justifié entre autres par la dernière image du film), le vampirisme (la blessure de Danny au cou), la double vue et la télépathie (Danny, Halloran). Et surtout, bien sûr, les fantômes qu'abrite l'Overlook, vaste demeure hantée dans la tradition « gothique ».

Mais il s'agit ici de fantômes diurnes, ou plus précisément de fantômes qui se matérialisent de préférence à la lumière (artificielle) et non dans l'ombre qui leur est habituellement propice. Kubrick, suivant son inspiration éclectique, emprunte à des sources iconographiques variées, et assez révélatrices. Les jumelles viennent, me semble-t-il, de Diane Arbus. Le succube appartient à la tradition des danses macabres, de Baldung Grien en particulier (*La Marche à la mort*).

Ce fantastique n'est pas seulement celui de l'horreur. On note des allusions nombreuses aux contes de fées : l'interdiction de pénétrer dans la chambre 237 évoque *Barbe-Bleue*, et Jack se prend pour le Grand Méchant Loup ; surtout, Shelley Duvall et Danny sont dans le labyrinthe deux Chaperons Rouges, avant que l'enfant s'échappe comme magiquement par une fenêtre, puis ait recours à une ruse de Petit Poucet.

Ce fantastique ne dédaigne pas de se référer aux grands ancêtres du genre. Hitchcock (dont on n'a pas fini de mesurer l'influence !), très clairement, y compris, la musique aidant, telle séquence qui paraît un hommage appuyé à *Psychose* (mais on peut songer aussi, notamment pour la séquence d'ouverture, aux *Oiseaux*, et, pour l'utilisation du paysage à des fins dramatiques et épiques, à *La Mort aux trousses*). Mais encore : Ulmer et son *Black Cat*, dans la mesure où l'Overlook Hotel constitue en tant que tel un personnage plus qu'un décor du drame, et où, construit à l'emplacement de sépultures indiennes, il est l'objet d'une obscure malédiction (dans *The Black Cat*, la maison de style Art Déco/Bauhaus de Poelzig a été bâtie sur un sanglant champ de bataille. On rapprochera aussi *Elephant Walk* de Dieterle). Il y a d'ailleurs, dans *The Shining*, un « thème indien » dont relèvent la décoration du salon Colorado, le physique (les cheveux aile de corbeau) et certains vêtements de Shelley Duvall (Wendy).

De plus, sans même qu'on ait besoin de citer Wendy pour qui l'Overlook est « comme un vaisseau fantôme », les spectres mondains des années vingt, en tenue de soirée et buvant du champagne, rappellent le film de Robert Milton, *Outward Bound* (1930), avec Leslie Howard et Douglas Fairbanks, Jr., d'après la pièce de Sutton Vane : mélange d'aristocratie britannique et de symbolisme germanique, film authentiquement surréaliste, où l'on s'aperçoit peu à peu que tous les personnages, embarqués sur un paquebot de luxe, d'où tout équipage est absent et dont la destination est inconnue, sont morts.

Enfin, plus près de nous, ce n'est certainement pas faire injure à Kubrick que de remarquer, une fois de plus, que les grands esprits se rencontrent. C'est, par définition, chez Altman que Kubrick a dû chercher Shelley Duvall, dont l'air faussement égaré fait merveille. L'utilisation des couteaux de cuisine pourra faire songer à *That Cold Day in the Park* ou à *Images* du même metteur en scène, et la combinaison de la neige et d'espaces labyrinthiques au semis de polygones, à son *Quintet*.

Par ailleurs, il serait souhaitable que le succès mérité de *The Shining* invite à reconsidérer le scandaleux éreintement de *L'Hérétique* de Boorman[1]. J'ai déjà noté que l'ouverture de *The Shining* avait quelque chose du « vol de Pazouzou » dans *L'Hérétique*. Ce qui rapproche aussi Kubrick et Boorman,

---

1. Hélas ! La critique anglo-saxonne n'est pas près de faire son acte de contrition. Pour Jack Kroll, aveuglé par l'enthousiasme, *The Shining* serait « le premier film d'horreur appartenant au mode épique » (*Newsweek*, 26 mai 1980). *Variety*, qui déteste le film, n'est pas plus clairvoyant : « Vu les espérances qu'il déçoit, *The Shining* pourrait bien être le plus grave échec commercial de la Warner depuis *Exorcist II* » (28 mai 1980).

c'est le recours à un certain fantastique moderne (non futuriste), auquel participent les avions et les autoneiges (Sno-Cats).

Ce qui les sépare aussi est considérable... Tandis que Boorman laisse son imagination aller à la dérive, Kubrick contrôle soigneusement, jalousement ses effets. Ce qui n'empêche pas qu'il y ait, dans *The Shining* comme dans *The Heretic*, des scories un peu grossières, et, par exemple, certaine absurdité à entendre deux personnages dotés de pouvoirs télépathiques s'expliquer *verbalement* qu'ils s'entendent à demi-mot... Mais, dans l'ensemble, si Boorman se laisse dépasser par sa création, Kubrick tient à maîtriser la sienne. Maîtrise peut-être excessive, qui va contre son objet; déterminisme qui va jusqu'à la surdétermination : dans l'argument (en dehors de toute intervention surnaturelle, la conduite de Jack s'explique par l'abus ou par la privation d'alcool, par la claustrophobie, par l'altitude et le manque d'oxygène, par le surmenage et la hantise de la page blanche) comme dans le style ; on sera peut-être gêné par certains effets qu'on trouvera trop appuyés parce que trop contrôlés : quelques longueurs (scène des toilettes rouges), des scènes domestiques hallucinantes d'irréalité (comme dans *A Clockwork Orange*), et, de manière plus générale, une « effroyable symétrie » mise en valeur par les innombrables travellings avant ou arrière.

On a parfois l'impression qu'en vertu de ce principe symétrique tout va ici par deux : jumelles fantômes, Danny et Tony, appliques murales, Overlook doublé d'un labyrinthe qui en reproduit le plan... Inlassablement parcourus par l'enfant sur son tricycle, les couloirs labyrinthiques de l'hôtel équivalent aux corridors du temps dans *2001 : l'Odyssée de l'espace*. Ici aussi on voyage dans le temps, et non seulement pour remonter jusqu'à l'âge d'or des années vingt (qui jouent ici avec l'Art Déco le rôle habituellement dévolu chez Kubrick au XVIIIᵉ siècle) : dans une scène profondément étrange, Nicholson, juste avant de se remettre à boire, remonte le corridor avec des gestes simiesques, il *régresse* sous nos yeux.

Régression, retour du refoulé : à cet égard, *The Shining* assume la fonction traditionnelle du film d'horreur, « libérant » des instincts violents (beaucoup plus que sexuels), désignant la famille comme une très mince surface d'affection lisse, prête à craquer à la moindre sollicitation, au moindre choc. Par où l'on revient au thème que je signalais : la « libération » des instincts est ici ressentie comme dangereuse, la contrainte est justifiée, frein nécessaire aux pulsions criminelles d'un animal naturellement ou surnaturellement doué de méchanceté.

Maurice Pialat

« *Cet ensemble sur Jean Eustache et* La Maman et la Putain *constitue le premier volet d'une série d'études et d'entretiens consacrés à plusieurs cinéastes (Gérard Blain, Maurice Pialat, Jacques Rozier), dont les recherches, dans leur diversité et leur originalité, nous paraissent trancher radicalement avec les tendances dominantes du cinéma français actuel* », *lit-on en introduction du n° 157 de mars 1974. De fait, le n° 159 voit la publication de « Trois rencontres avec Maurice Pialat » après la sortie de* L'Enfance nue, Nous ne vieillirons pas ensemble *et* La Gueule ouverte. *Des trois cinéastes cités, Pialat sera le plus suivi par* Positif *qui distingua* Loulou *et* Van Gogh *en couvertures (n*[os] *235, octobre 1980, et 369, novembre 1991).*

ISABELLE JORDAN, « Le chercheur de réalité » (*Loulou*), n° 235, octobre 1980.

ISABELLE JORDAN
Le chercheur de réalité
Loulou

> « *Ils ne sont pas sentimentaux, mais ce qui compte pour eux, c'est les sentiments.* »
>
> Françoise dans
> *Nous ne vieillirons pas ensemble*

Le metteur en scène de *Loulou* n'est pas avare de déclarations et il fait preuve sur son travail d'une sincérité et d'une précision — sinon d'une équité — qui frappent le lecteur (voir l'entretien par Michel Ciment et Olivier Eyquem dans ce même numéro et aussi *Positif*, n° 159). Écrire sur Maurice Pialat, c'est poser quelques questions complémentaires et interroger ses films en son absence, depuis notre fauteuil dans le cinéma. Notre première incertitude touche à la place du spectateur dans l'œuvre de Maurice Pialat. Autant il est clair (Hitchcock l'expose assez longuement à Truffaut, par exemple) que le cinéma à dominante narrative voit dans le spectateur le destinataire frontal d'un récit qui s'ordonne uniquement selon la démarche qu'on fait suivre au public, qu'elle soit intellectuelle ou émotionnelle, autant le cinéma à dominante intimiste que Pialat illustre ici refuse d'utiliser les éléments fonctionnels du récit, ne s'adresse plus au spectateur comme lecteur d'événements liés logiquement, mais l'intègre comme témoin d'un instant, c'est-à-dire comme ignorant d'une histoire. Les moyens stylistiques de cette relation ne se réduisent pas d'ailleurs à des procédés de langage et le cinéaste a su intégrer des accidents et les utiliser dans le sens même où son œuvre se développe : aux plans-séquences de *Nous ne vieillirons pas ensemble*, il préfère dans *Loulou* des séquences plus montées, après que ce mode de récit lui a été imposé par les difficultés de tournage de *Passe ton bac d'abord* (plan de travail morcelé, absence de certains interprètes). Plusieurs fois dans *Nous ne vieillirons pas ensemble* la caméra est à la place d'un passager à l'arrière d'une voiture et la conversation que tiennent les protagonistes de dos à la fois exclut et intègre le spectateur, en dépit ou à cause de leur extrême proximité. Plus que devant d'autres films, on a l'impression quand on voit ceux de Maurice Pialat que la place du spectateur n'est pas exactement celle, abstraite, médiatisée que le cinéaste assigne à la caméra, mais celle du cinéaste lui-même comme faisant partie d'un espace qu'il partage avec les comédiens. Assez curieusement, les photos de tournage de *Loulou* le saisissent souvent à côté de ses acteurs, avec eux, comme appartenant au monde de ses personnages, comme s'il ne sortait du champ que le temps d'un échange entre eux qu'il suit avidement d'aussi près que s'il était resté là. Ces photos de tournage, je ne les cite pas en manière de preuve (il n'est pas le seul cinéaste qui répète ainsi), mais plutôt comme signe — et elles ont reçu son aval, elles ont elles aussi valeur de message. Il est allé au bout de cette mainmise sur l'espace lorsqu'il a interprété lui-même le maître d'école de *La Maison des bois*.

Proximité du spectateur aux personnages de *Loulou*, étroitesse du cadre donc, moins constante dans *Nous ne vieillirons pas ensemble* où pourtant le cadre est souvent cerné et rétréci par le pare-brise de la voiture, lieu de rencontre forcé des couples sans domicile commun. Le cadre, quand il est plus large dans *Nous ne vieillirons pas ensemble*, isole les personnages, les montre à la recherche de l'autre : le très beau plan de l'arrivée de Jean devant la maison de son père ; et aussi le dernier, magnifique également — et pas seulement pour la rareté des plans « mentaux » chez Pialat — de Marlène Jobert dans la mer, souvenir de Jean d'où il s'exclut, lui qui était présent dans le plan « réel ». Ces moments élargis où le personnage est lourd de sa solitude révèlent donc le décor dans une fonctionnalité réaliste et psychique, comme le jardin de la grand-mère de Catherine, qui se plaint de sa maison trop grande où personne ne vient plus la voir. De même le début de *Loulou* est comme une clé qui donne le ton du film : Dominique seule la nuit longe les boulevards sur le terre-plein, sous le métro aérien et voit fugitivement, tout proches, les visages d'un couple enlacé. Mais dans *Loulou* les personnages sont souvent très près les uns des autres, qu'ils soient très nombreux (le bal du début, le déjeuner chez Mémère, le café), ou qu'ils soient deux, proches l'un de l'autre, proches de nous. Loulou projette sa tête taurine contre celle de l'adversaire : au bal il cherche plus de son mufle insistant à forcer la réserve de Nelly qu'à mettre leurs corps en contact ; dans une scène parallèle, au café, il harcèle Bernard, le nouvel ami de Dominique, de la même manière, visage contre visage, attirance et agressivité empruntant le même langage gestuel. Lorsque Nelly se trouve pour la deuxième fois avec Loulou dans la chambre d'hôtel, elle en fait tout le tour (comme un chat dans une nouvelle maison rase les murs et ne se livre pas à découvert) dans un investissement impossible de l'espace qui se réduit, au plan suivant, au lit seulement.

Quel est donc le rôle du décor dans ce cadre serré, dans cette mise en scène rapprochée ? L'appartement de Nelly et André, la rue où Loulou reçoit un coup de couteau sont parmi les rares lieux un peu larges et ceux où le conflit est le plus ouvert. Ailleurs, il est comme en reflet sur les personnages, comme intériorisé et en correspondance avec leur comportement : le gris-bleu dénudé qui environne Nelly à l'hôpital après son avortement. Dans la première scène de *Nous ne vieillirons pas ensemble*, chez Jean, Catherine au lit avec lui déclarait que l'appartement lui donnait le cafard, lui semblait « mort, pas vivant, quoi ». Dans *Loulou*, André fait le même commentaire sur une rue récemment vouée aux antiquaires. Le rôle de cellule réduite que jouait souvent la voiture dans *Nous ne vieillirons pas ensemble* (et dans un film proche du cinéma de Pialat, *Extérieur nuit*, de Jacques Bral, voir dans ce même numéro, p. 66), est dans *Loulou* attribué au lit. Lit d'hôtel d'abord (avec l'effondrement comique du sommier), lit de l'ami qui héberge Loulou et Nelly, où l'arrivée d'une autre femme provoque la fuite de Nelly avec elle, lit d'hôtel encore où les deux jeunes femmes se sont réfugiées, lit d'hôpital où Loulou soigne sa blessure et où Nelly essaie de trouver une place. Lit fermé enfin, de l'appartement où Nelly essaie de reconstituer un décor proche de sa vie précédente et sur lequel on s'allonge tout habillé, sur lequel les copains posent une fesse mais qui n'est plus habité par deux corps cherchant à rompre une solitude. Lit, cadre minimal d'une vie passive (« Rien », répond Loulou quand on lui demande ce qu'il a envie de faire), non pas lieu de plaisir ou d'amour. (Le plaisir n'est d'ailleurs évoqué que face à d'autres personnages : « Il n'arrête pas », dit Nelly à André, « Ce qu'elle aime, c'est mes couilles », dit Loulou à Thomas.) C'est plutôt le lieu de l'inaction, du refus. « Quand je ferme la porte, j'oublie le reste du monde », dit Nelly à André, sans dire vraiment ce qu'elle trouve.

Proximité et expulsion, les deux aspects de bien des scènes chez Pialat. Expulsion, rejet, éviction, exclusion, une enfance sans cesse remise à nu. Dans *Loulou* un couple au café avec un bébé évoque l'autre enfant qui est en nourrice; « Parlons d'autre chose », dit la mère. Dans *Nous ne vieillirons pas ensemble* comme dans *Loulou* la famille est un organisme dont on fait partie, qu'on rejette, auquel on revient : dans le premier, Jean va demander à son père la bague de fiançailles de sa mère; Catherine, pour signifier une rupture définitive, dit : « Et puis, je ne veux plus que tu viennes chez mes parents » et toujours se protège derrière la présence de sa grand-mère, de son frère et de sa belle-sœur (Michel et Annie, les mêmes prénoms que le frère et la belle-sœur de Nelly dans *Loulou*), de ses parents. Loulou souhaite rencontrer la mère de Nelly et la présente à la sienne. Tous ses doutes sur sa liaison avec Loulou, Nelly les vit non pas à travers ses copains mais à travers la famille au cours du déjeuner chez Mémère. Cette journée qui se termine dramatiquement par l'expulsion de Pierrot, l'enfant adopté de Mémère, est aussi celle où Nelly, blafarde au soleil, la main ou le cou entourés d'un foulard rouge sang, est terrifiée par la violence de Thomas, et précède son avortement. Olivier Eyquem, dans une note à la fois brève et complète sur le film (*Positif*, n°ˢ 222-223, p. 81), remarquait que la faiblesse de Loulou contraint Nelly à la pire blessure. S'il a raison de définir ainsi l'avortement, assez paradoxalement je ne partage pas son explication du geste de Nelly, elle avorte par refus du milieu de Loulou, de son présent, autant que par manque de confiance dans l'avenir. D'ailleurs Pialat fait dire à Loulou, parlant de la mère et du frère de Nelly : « Ils doivent être contents », l'avortement est la conséquence d'un conflit de milieux tel que l'intériorise Nelly. (Il pourra dire plus tard, comme dans *Nous ne vieillirons pas ensemble* Jean aux parents de Catherine : « Elle a même été enceinte de moi, et je suis sûre que c'était de moi » et on lui répondra : « Il ne manquait plus que ça. ») Nulle analyse cependant chez Pialat de type sociologique de cet antagonisme de milieux, ou des causes politiques ou économiques des comportements. Sans reproche : « Je crois que de plus en plus de reconnaissance sera vouée aux artistes qui auront fait preuve, par silence, par abstention pure et simple des thèmes imposés par l'idéologie de l'époque, d'une bonne communion avec les non-artistes de leur temps. Parce qu'ils auront été dans le fonds réellement vivant de ce temps, dans son état d'esprit officieux — compte non tenu de ses superstructures idéologiques », écrit Francis Ponge à propos de Chardin. Quelques signes révèlent les distances : dans *Nous ne vieillirons pas ensemble* comme dans *Loulou* un livre est ainsi prétexte à ironiser (Loulou trouve à Nelly un air d'institutrice, Jean constate que Catherine fait des progrès). En aimant une personne d'un milieu différent de celui où ils vivaient et travaillaient jusqu'alors, Jean et Nelly s'expulsent eux-mêmes deux fois du couple qu'ils formaient auparavant. Mais l'un comme l'autre retrouvent le lit conjugal aux moments de grand désarroi et avec le même besoin, Jean lorsqu'il a perdu Catherine et Nelly lorsqu'elle est enceinte.

Ces retours disent une angoisse qui n'est pas autrement exprimée. Peu d'analyse en effet dans la bouche des personnages, sinon quelques ébauches à des tiers. Peu de sentiments déclarés aussi dans le couple Nelly-Loulou ; à peine plus entre Nelly et André, encore s'agit-il du passé. Le dialogue de *Loulou* n'a rigoureusement ni plus ni moins de sens que tout autre élément corporel, et il succède habituellement à un geste — violent — qui a été le premier message : la gifle d'André à Nelly, la bagarre entre Loulou et André. Les seules scènes où le dialogue vise à rationaliser le comportement, entre Nelly et André ou entre Loulou, Nelly et son frère, sont vouées d'emblée à l'incompréhension et à l'échec (Nelly tire la langue plutôt que de discuter). Le texte est cependant abondant, mais constitué d'un vocabulaire réduit et grossier (« Il me fait chier ce mec », « Dis pas de conneries ») qui appartient plus d'ailleurs à Nelly et André qu'aux copains de Loulou. Cinéma du comportement et non de l'événement ou du discours, et c'est là où il peut évoquer Cassavetes avec cependant moins d'éléments narratifs que chez le cinéaste américain. *Une femme sous influence* est un peu la suite de *Loulou* (si Loulou travaillait), avec cette femme étrangère au milieu de copains qui entourent son mari, ses exigences informulées, une entente physique ; mais la folie explicite et les conflits verbaux tirent plus le film américain vers le drame (voir *Positif*, n° 180, p. 11). *Loulou* reste du côté de l'instantané, avec une précision du cadre et une rigueur de la composition qui ne sont pas les préoccupations premières de Cassavetes, emporté par le flux d'un récit. Pialat réduit à son essence la dialectique du mot et du geste, dans une création d'un corps — langage où se concentre le cri du monde. Cézanne : « Une minute de la vie du monde s'écoule ! La peindre dans sa réalité et tout oublier pour cela ! Devenir cette minute, être la plaque sensible... donner l'image de ce que nous voyons en oubliant tout ce qui s'est passé avant nous... » Les personnages de Pialat, qui donnent d'eux-mêmes une image immédiate, semblent d'autre part oublier tout ce qui est au futur — ne pas vieillir ensemble, ne pas avoir d'enfant ensemble.

Cette réalité de l'instant, les cinéastes qui la recherchent ne sont pas des illusionnistes. Paroles ou gestes des personnages servent plus à débrider leurs tensions trop fortes qu'à communiquer avec le partenaire — cela dans le champ du film. Mais ce qui passe de l'écran vers le spectateur, ce n'est pas une copie conforme, c'est l'essence d'une réalité qui concentre dans une petite surface la réalité d'un autre monde, comme un coffret de santal renferme toute la forêt tropicale, comme un coquillage à l'oreille parle vraiment le langage de la mer.

John Boorman

Remarqué dès son deuxième long métrage, Le Point de non-retour *(n° 96, juin 1968), John Boorman est abonné aux couvertures de* Positif, *puisque huit de ces films y ont, pour l'heure, eu accès :* Zardoz, L'Hérétique, Excalibur, La Guerre à sept ans, Tout pour réussir, Rangoon, Le Général *et* Le Tailleur de Panama.

JEAN-PHILIPPE DOMECQ, « Glaive et terre vaine » (*Excalibur*), n° 242, mai 1981.

Principaux ouvrages de Jean-Philippe Domecq sur le cinéma : Projection privée, *Bordas, 1981;* Martin Scorsese : un rêve italo-américain, *Hatier, coll. Bibliothèque de Cinéma, 1986. Il est, par ailleurs, romancier et essayiste.*

JEAN-PHILIPPE DOMECQ

Glaive et terre vaine

Excalibur

Dans une interview de septembre 1973, John Boorman expliquait pourquoi il avait situé la fable de *Zardoz* dans le futur, déclarant notamment : « Je ne me sentais pas encore prêt à traiter à l'écran le cycle arthurien [1]. » Son attirance pour la légende du Graal ne relève pas seulement de l'intérêt culturel explicite, elle est aussi d'ordre inconscient, comme le révèlent certaines des préoccupations qui sous-tendaient ses films. Celles-ci étaient en tout cas assez parentes pour que, dès la sortie de *Point Blank* (1967), le second long métrage de Boorman, Michel Ciment voie en Walker, le protagoniste central du film, « un chasseur d'ombres à la recherche d'un Graal inaccessible, entouré d'un cortège de forces obscures et maléfiques, d'images de mort et de peur [2] ». De même, en 1970, à propos de *Leo the Last*, cette analogie thématique est suggérée en des termes évoquant le climat mythique des temps de malheur de la quête du Graal : « Si Leo est le roi pêcheur, détruit et affaibli par la maladie, si sa terre est devenue vaine, et si sa tâche est de la restaurer, les compagnons du Graal sont ces pantins qui vivent dans les sous-sols, et le Graal lui-même est un sucrier avec une fraise d'argent qui ne sert qu'à donner la mort [3]. »

Quant à la séquence d'ouverture d'*Excalibur*, avec l'épée d'argent émergeant des eaux brandie par une main féminine, elle évoque bien évidemment le finale de *Délivrance*. Arme du pouvoir et de l'unité féodale, née du règne aqueux, elle apparaît dans l'aura crépusculaire et la quiétude surnaturelle propres à la réalité quintessencée des mythes. L'image nous convie d'emblée à cette réalité : grain fluide, clarté cristalline mais sans brillance, à peine quelques scintillements liquides sur la lame

---

1. Michel Ciment, « Deux entretiens avec John Boorman », *Positif*, n° 157, p. 16.
2. Michel Ciment, « Un rêve américain », *Positif*, n° 96, p. 72.
3. Michel Ciment, « Le Guetteur mélancolique », *Positif*, n° 118, p. 38.

magique, tamisés par les tonalités de bleus lacustres, l'eau ruisselant au ralenti. Poésie d'eaux dormantes auxquelles les légendes arthuriennes ont prêté des vertus régénératrices. Le silence sera vite troublé par des rumeurs guerrières, et la seconde séquence développe un autre motif essentiel du Graal, celui des luttes intestines, avec pour élément le feu : des forêts flambent où s'entre-tuent des armures plutôt que des hommes, sang et boue mêlés. Ce sont là les deux pôles de lumière sacrée et de malheur profane entre lesquels se déploie le cycle des légendes arthuriennes. Le film de Boorman sera construit en analogie avec la périodicité circulaire de ces légendes.

Excalibur nous donne donc l'occasion de replonger dans certains mythes fondateurs de la culture européenne, et il n'est pas inutile de le souligner pour mesurer et l'attente du spectateur au seuil d'une telle œuvre, et l'ambition du spectateur au seuil d'une telle œuvre, et l'ambition, le risque de l'entreprise de Boorman dans le contexte de la production cinématographique contemporaine. Avec ce sujet d'une actualité inactuelle, Boorman a franchement opté pour un parti pris de l'image : les séquences d'ouverture préalablement détaillées laissent pressentir que nous sommes en présence d'un opéra cinématographique [1] où la fermeté de la vision sera mise au service d'une sur-nature et d'une typographie baroques.

Il faut souligner, comme l'a voulu Boorman lui-même, le caractère spectaculaire de ce film, où maints effets, maintes outrances même, contribuent à une théâtralisation d'ensemble. Le château du roi Arthur apparaîtra après instauration de l'unité politique et d'une éthique communautaire ; ce sont les

---

[1]. La bande-son est notamment constituée d'extraits de la *Tétralogie* wagnérienne et de *Carmina Burana* de Carl Orff.

temps de lumière, et les créneaux scintilleront de reflets d'amiante. Quand l'heure viendra de partir en quête des valeurs perdues, quand le cercle sacré de la Table Ronde sera brisé, pendant un tiers du film la gamme chromatique s'épaissit, couvrant tout de son ombre, les paysages d'Irlande, les feuillages où Lancelot et Guenièvre s'enlacent dans la ferveur d'un désir inquiet; les visages s'assombrissent, comme les armures. Et quand la possession du Graal sonnera l'heure de la renaissance, de la restauration des valeurs, on verra au premier plan éclore une corolle à l'accéléré, sur fond d'amandiers en fleur tandis que cavalent Arthur et ses chevaliers en armes. Si le cinéma nous donne le moyen d'observer la germination magiquement ramenée au rythme de gestes humains, notre émerveillement ne perd rien à ce qu'un cinéaste moderne nous le fasse revivre; il y a des « déjà-vu » qui sont comme les fables déjà connues.

En fait, si Boorman n'a pas eu peur des prestiges de l'image, aucune de ses outrances n'est excessive. Elles relèvent d'une esthétique du surnaturel requise par le propos d'*Excalibur*. Il en va de même de la composition des plans et jeux scéniques, rehaussant des personnages qui ne sont pas des psychologies, mais des types. L'expressivité primera donc sur l'ambiguïté. On ne sent pas le désir montant entre Guenièvre, la reine, et Lancelot; Boorman a respecté la dramaturgie mythologique, il s'est donc attaché à montrer comment cette faute éthique serait funeste pour les liens sacrés unissant les Chevaliers de la Table Ronde. Alors, comme la peste à Thèbes par la faute d'un seul, d'Œdipe, le profane envahit et pervertit le sacré et les liens humains, les lois, les cycles naturels en sont perturbés. Boorman a donné à cette phase du film une épaisseur d'infection, alourdissant les gestes, ralentissant le rythme des séquences, assourdissant les tons, altérant les visages et contrastant les clairs-obscurs. Les dernières séquences meurtrières qui dénoueront le drame sont notoirement construites selon une expressivité hiératique : s'affrontent Arthur et son fils rebelle, né de Morgane une nuit de sortilèges. Des armures et des heaumes de guerriers morts encadrent la scène, le père et le fils s'entre-tuent, glaive et lance entrecroisés au cœur du disque solaire rougeoyant.

Si ce registre d'images exacerbées paraît constamment maîtrisé, c'est qu'elles traduisent un regard à la fois fervent et distant, celui furibond et enchanté de Merlin qui, substitut de Boorman, déroule ses sortilèges avec la conscience de sa mission, mais en s'en jouant tout autant ; son sens de la dérision est inscrit dans l'usage même des pouvoirs du magicien[1]. Effrayé parfois et amusé, Merlin est le seul acteur de la fable et du film, l'homme-orchestre au pouvoir duquel toutes ces visions prennent réalité, et dans la malice duquel elles se résorbent — bref, Merlin-le-metteur-en-scène.

---

1. Dominé, il ne le sera jamais par ses sortilèges, mais par le seul charme d'une femme, Morgane, à laquelle il dévoilera ses secrets ; c'est le savoir magique ensorcelé par l'amour.

Andreï Tarkovski

Stalker *(n° 247, octobre 1981) fut la deuxième couverture consacrée au cinéma d'Andreï Tarkovski, après* Andreï Roublev *(n° 109, octobre 1969) et avant* Le Sacrifice *(n° 304, juin 1986). Tarkovski fut d'ailleurs l'un des quatre auteurs à bénéficier d'une anthologie Positif chez Rivages, avec Stanley Kubrick, John Huston et Federico Fellini. Mais au-delà de la passion suscitée par cette œuvre exceptionnelle une attention particulière fut toujours réservée au cinéma de ce qui est désormais l'ex-Union soviétique, dont cinq auteurs émergent : Serguei Paradjanov, Andrei Konchalovsky, Alexei Guerman, Gleb Panfilov et le Géorgien exilé à Paris, Otar Iosseliani.*

EMMANUEL CARRÈRE, « Troisième plongée dans l'océan, troisième retour à la maison » (*Stalker*), n° 247, octobre 1981.

Ouvrage d'Emmanuel Carrère sur le cinéma : Werner Herzog, *Edilig, 1982. Il est, par ailleurs, romancier et essayiste.*

EMMANUEL CARRÈRE
Troisième plongée dans l'océan, troisième retour à la maison
Stalker

> « *Évidemment, je suis très ignorant ;
> la vérité n'en existe pas moins.* »
>
> Franz KAFKA

1

Plus que leur seule réussite, l'énormité, l'évidence, l'exhaustivité de certaines œuvres inspirent une question et une inquiétude. Qu'est-ce que leur auteur pourra bien faire après ? Quelle tâche ne lui paraîtra pas dérisoire, une fois celle-ci menée à bien ?

Ainsi de Coppola après *Apocalypse Now*. Ainsi de Kubrick après chacun de ses derniers films depuis *2001*. De Resnais après *Providence*, de Tarkovski après *Solaris* et *Le Miroir*.

Ces quatre exemples me suffiront. Outre qu'ils permettent d'embrasser, sans oubli majeur, ce que le cinéma de ces dernières années a produit de plus grand, de plus définitif, ils offrent le mérite d'un autre dénominateur commun. Ce sont, au sens vrai du terme, des œuvres d'avant-garde, des expériences auxquelles seul leur accomplissement (davantage que leur budget) évite de porter l'étiquette : cinéma expérimental.

Que faire, maintenant ? se sont certainement demandé ces quatre cinéastes. Et la solution qu'ils adoptent, à moins de s'arrêter de tourner, c'est de travailler à ce qui leur paraît le plus éloigné, le plus différent de l'œuvre qu'ils viennent d'achever. La confrontation de ce nouveau travail avec ceux qui l'ont précédé ne pourra manquer, bien sûr, de faire voler en éclats cette différence, de rétablir l'unité inévitable dans l'œuvre d'un grand créateur. Mais tout se passe comme si la recherche forcenée de l'antithèse constituait un tremplin indispensable à la poursuite de l'œuvre. Kubrick, après *Barry Lindon*, tourne un film d'horreur contemporain et confiné. Coppola, à ce qu'il paraît, fait succéder aux atrocités guerrières d'*Apocalypse Now* les raffinements des *Affinités électives*, aux fastes de la superproduction hollywoodienne la modestie apparente d'un projet conçu à l'école du jeune cinéma allemand. Resnais, après la confidence bouleversante de *Providence*, après cette élégie tout anglo-saxonne, s'offre le scherzo hilarant et sec qu'est *Mon oncle d'Amérique*, ce film français par l'esprit (comme on dit de la musique de Rameau, ou de Ravel) jusqu'à être, selon le vœu de l'auteur, « franchouillard » par la lettre. (Et si je m'avoue, pour ma part, un peu déçu par cet exercice si brillant, que Robert Benayoun (*Positif*, n° 231) s'est du reste évertué à nous dire tout aussi intime et confidentiel, c'est peut-être parce que ce mouvement de balancier si légitime y est trop évidemment délibéré, que, prétexte de l'ouvrage, il en reste le moteur et le fin mot.)

J'ai gardé Tarkovski pour la fin. D'abord parce que c'est sur son film que j'écris aujourd'hui. Ensuite parce qu'il infirme mes dires. Ces remarques liminaires, qui avaient surtout pour but de le placer sur un pied d'égalité avec des artistes peut-être mieux connus et de le déclarer d'emblée un des quatre ou cinq plus grands cinéastes en activité, ne valent pas pour lui. Il me semble avoir atteint, dès son second film, à cette sorte de majesté de flux qui caractérise le seul Kubrick depuis quinze ans. En cela que la procession *Roublev-Solaris-Le Miroir-Stalker* formée de quatre unités dont chacune nous paraît un monde en soi, un univers dont on a peine à imaginer qu'il soit partie d'un tout, n'est guère comparable qu'à la trilogie *2001-Clockwork Orange-Barry Lindon*. Chacune de ces œuvres totales, autarciques, orgueilleusement uniques s'intègre pourtant à une trajectoire dont l'ampleur comme la détermination confondent. Loin d'être de ces chefs-d'œuvre, au sens artisanal du terme, qui sont récapitulation, visite d'un itinéraire bouclé (comme l'est, me semble-t-il, le *Kagemusha* de Kurosawa), ce sont, chaque fois, des expériences nouvelles, des conquêtes de territoires jusqu'alors étrangers à l'auteur (mais des panneaux indicateurs, dans les films précédents, en signalaient furtivement la direction) et souvent au cinéma lui-même.

Mais, si la démarche de Kubrick procède par ces négations dialectiques que j'ai évoquées, que Michel Ciment a analysées en détail (*Positif*, n° 186), celle de Tarkovski, au contraire, procéderait plutôt par surenchère. La même impression nous saisit, devant l'un et l'autre artistes. L'immensité de leur projet suggère un manque d'espace vital. Mais Kubrick nous fait volontiers songer à un conquérant qui, sitôt une région intégrée à son territoire, ferait voile vers les antipodes pour y découvrir des mondes nouveaux. Il nous semble capable d'une expansion indéfinie dans l'espace. Tarkovski, sans pour autant manquer à l'impératif d'un constant renouvellement, et plus sédentaire. Il annexe, le cas échéant, des régions limitrophes. Mais, le plus souvent, il s'acharne sur le même sillon, creuse, met au jour les strates qui servaient de fondations à son précédent ouvrage.

Que faire après *Solaris*? La question me paraît légitime, si distraitement qu'on ait accueilli ici ce film prodigieux. Tarkovski a tourné *Le Miroir*, tissu de remémorations enfantines à la construction très libre qui n'est, pourtant, que très superficiellement éloigné d'un film de science-fiction métaphysique et linéaire, et dont on pourrait, je pense, prouver qu'il est entièrement issu de *Solaris*. Irrigué, en tout cas, par le même lac souterrain (et je ne nierai pas que je pense à l'océan des souvenirs qui baigne la planète mystérieuse ; ce n'est pas une métaphore, j'y reviendrai). Parallèlement, *Solaris* et *Le Miroir* engendrent *Stalker*.

2

Stalker se déroule dans un espace *autre*, et c'est l'un des grands mérites du film que d'avoir imposé cet espace de manière convaincante. Un carton liminaire précise la donnée. Chute d'un météorite, visite d'extraterrestres, mutation imputable à quelque imprudence humaine ? On ne sait. Toujours est-il qu'un jour, un coin de campagne est devenu différent, dangereux. Des gens y ont disparu, des phénomènes inexplicables ont eu lieu, les bruits ont couru. On a même parlé d'une chambre secrète, au cœur de cette région bouleversée, où se réaliseraient les vœux les plus intimes, où l'on trouverait le bonheur. Ainsi est née la Zone. Du coup, on l'a entourée de barbelés et de miradors, on en a interdit l'accès. Des curieux, des aventuriers, des désespérés ont parfois l'audace d'y pénétrer, sous la conduite d'un guide. C'est une de ces expéditions illégales que nous raconte le film.

Son ouverture est un des moments visionnaires les plus saisissants que j'aie vus au cinéma. Tarkovski, qui porte également la responsabilité des décors, commence par imaginer l'univers qui entoure la Zone. Le pays ni la date ne sont précisés. Un paysage ferroviaire, des terrains vagues bourbeux, des baraquements, des bâtiments de brique noircie, parcourus de tunnels dédaléens où croupissent des eaux mortes, où, parfois, des coups de projecteurs jettent une lueur blême sur des tranchées suintantes : on peut penser au *Silence* de Bergman, à l'édifice grandiose et claustrophobique, zébré de clairs-obscurs, que la gare d'Orsay avait inspiré au Welles du *Procès*. Mais c'est surtout le cerveau noir de Piranèse qu'évoque cette gigantesque prison, filmée en sépia avec une terrifiante acuité. Déjà, le dehors se dissocie mal du dedans, l'architecture implacable, piégée, dissout toute stabilité. Le jeu des perspectives noyées d'ombres, échafaudées sur des cloaques, l'autorité obsédante des murailles aveugles composent un théâtre évidemment intérieur dont l'épouvante paraît davantage émaner du cauchemar des voyageurs que d'une réalité, si menaçante soit-elle.

Traversant des entrepôts désaffectés, empruntant des canalisations en principe asséchées, à pied, puis en jeep, puis dans une de ces draisines qui desservent les galeries de mine, les héros parviennent à déjouer la surveillance des flics postés autour de la Zone, à pénétrer dans celle-ci. La frontière passée, c'est un « trip » charbonneux qui s'achève. Le film devient en couleurs, le vrai voyage commence.

Des trois voyageurs, nous ne connaîtrons pas les noms, seulement les sobriquets qu'ils se donnent entre eux. Il y a les deux clients, l'Écrivain, apparemment poussé à cette extrémité par le désespoir, le manque d'inspiration, et le Professeur, qui paraît mû par la curiosité scientifique. Et puis leur guide, le Stalker, celui qui s'approche furtivement, qui est familier de la Zone et que, par dérision, l'écrivain surnomme Chingachgook, comme chez Fenimore Cooper. C'est lui qui, d'entrée de jeu, dévoile les lois du « no man's land ». Elles se résument aisément : il n'y en a pas. Tout peut arriver, tous les pièges sont possibles, à défaut d'être imaginables et l'on ne peut que prendre garde en sachant bien que cela ne sert pas à grand-chose. Il faut progresser à tâtons. La Zone réagira de manière imprévisible à tout ce que feront les hommes, le suscitera peut-être. Cet animisme même n'est pas systématique. On ne doit pas offenser l'entité, certes. Mais il est difficile de dire si l'on se comporte bien ou mal à son égard, puisqu'elle pourra opposer un démenti foudroyant à qui, de toute évidence, la respecte et la vénère, négliger à l'inverse de châtier celui qui n'observe pas le code empirique et déférent balbutié par le Stalker. Ainsi le Professeur, faisant fi des conseils de son guide, retourne en arrière (ce qui, à en croire celui-ci, est péché mortel) pour récupérer son sac où, de surcroît, il cache une bombe destinée à tout faire sauter à des kilomètres à la ronde. Le Stalker prédit qu'on ne le reverra jamais, que la Zone l'aura dévoré. Pourtant, lorsque l'Écrivain et lui auront péniblement progressé, traversé des épreuves, ils retrouveront le retardataire que quelques pas paisibles ont fait avancer d'un grand bond sur ce jeu de l'oie aux règles inconnues dont chaque case promet un abîme, et la dernière le bonheur. Même le Stalker, habitué aux foucades et aux incohérences du monstre, en est surpris. Mais il s'y fait ; après tout, « c'est la Zone », il n'a pas d'autre mot.

Le but des voyageurs, c'est la Maison, puis la Chambre. Au lieu de jouer, comme il le faisait dans *Solaris*, sur une image simple et géniale à la fois — l'océan imaginé par Stanislas Lem —, Tarkovski organise un emboîtement complexe autour du secret. Il y a une région sacrée (la Zone), au cœur de laquelle se cache un sanctuaire (la Maison), qui lui-même abrite un tabernacle (la Chambre). Un tel enfouissement favorise le voyage initiatique, davantage que l'immédiate révélation. Car c'est bien d'enfouissement qu'il s'agit. La quête s'oriente vers les profondeurs. S'il est bien forcé de tolérer la nature lors de la traversée de la Zone, *Stalker* n'en est pas moins un film d'intérieur (dans l'exacte mesure, cependant, où les *Prisons* de Piranèse sont des intérieurs : aucune limite ne permet de l'affirmer. L'idée même d'une voûte sous laquelle s'élèveraient ces voûtes vertigineuses, d'une muraille capable d'enclore la multiplication exponentielle de ces murailles, d'un palier ultime, supérieur ou inférieur, cette idée d'une clôture est impérieusement combattue). Une fois entrés dans la Maison (mais par où ? Ils n'empruntent aucune porte, aucune solution de continuité ne signale le passage du dehors au dedans), les voyageurs ne verront plus qu'épisodiquement la lumière du jour et se trouveront livrés au caprice d'une topographie incompréhensible, non euclidienne. Le Stalker les a bien prévenus : le chemin le plus court d'un point à un autre n'est pas ici la ligne droite, et quand même le serait-il, de toute manière, il n'y a pas de ligne droite. Ce postulat autorise à emprunter un parcours dont on voit mal comment une maison pourrait le contenir, et l'on songerait plutôt à un voyage rêvé au centre de la terre. Cela permet aussi à Tarkovski de se retrouver dans son élément. Rien ne serait plus indiqué qu'une analyse bachelardienne de son œuvre. On sait, depuis *Roublev*, qu'il détourne ses regards du ciel et des airs. Le feu, ici, ne paraît convoqué que pour la bonne règle de l'initiation. On plonge, en revanche, avec ferveur, dans les entrailles de la terre, où coulent des eaux dont le débit varie : cela va de la cascade au marécage. Ce cheminement ardu dans des ténèbres chtoniennes n'est pas pour autant, comme on pourrait le croire, un voyage dans l'inconscient. Ou plutôt, si, mais ce n'est pas celui des hommes, c'est l'inconscient du monde.

La partie centrale de *Stalker* est souterraine, donc, et dépourvue de tout point de repère. Des escaliers, des coursives, des canaux intérieurs, des grottes, des salles immenses et ensablées, des vestibules, soudain, dont les fenêtres reçoivent la clarté du jour, alors qu'on se croyait au fond de quelque cave : ces lieux hétérogènes, qui se succèdent sans apparence de logique, obéissent aux lois changeantes d'un univers où l'on ne monte ni ne descend, ne tourne ni à droite ni à gauche. On se borne à aller. Et la réussite du film doit tout à l'extraordinaire force visuelle que Tarkovski met au service de cette aberration topographique.

L'expédition, du reste, tourne court, puisque les voyageurs renoncent *in extremis* à franchir le seuil de la Chambre, que le Stalker découragé par leur stupidité les reconduit, on ne sait trop comment, à leur point de départ. La fin du film nous ramène à ce poste-frontière que nous avions quitté deux heures plus tôt, au café où le trio s'était retrouvé avant l'aventure, aux couleurs sépia. Contre toute attente, cette randonnée démentielle ne semble pas avoir marqué profondément les deux touristes. Ils retourneront, selon toute vraisemblance, qui à ses calculs et à ses « merdomètres », qui à sa feuille désespérément blanche — à moins que la visite de la contrée interdite ne fournisse la copie d'un reportage sensationnel. Ils n'ont trouvé ni le bonheur ni eux-mêmes. Quant au Stalker, c'est avec une légitime exaspération qu'il repensera aux vilains bonshommes qui ont profané le territoire dont il assure jalousement la garde. Voilà un voyage initiatique dont personne ne sort initié, sauf celui qui l'était déjà. Le mystère de la Zone demeure intact.

3

Film génial, *Stalker* n'est pas un film sans défauts, mais ses faiblesses patentes nous mettent sur la voie de richesses plus secrètes. Ainsi de certains aspects du scénario, et notamment du traitement des personnages. Le caractère initiatique du propos me paraît trop évidemment marqué — et *Solaris*, à cet égard, l'intégrait de façon plus satisfaisante. Les protagonistes traversent les épreuves de l'eau et du feu, le Stalker ne cesse de leur rappeler qu'il leur est impossible de revenir en arrière, que rien n'est jamais acquis dans la quête qu'ils ont entreprise. Surtout, leurs attitudes respectives par rapport à la Zone, au bonheur, à la réponse ultime que promet la Chambre, et devant laquelle ils se cabreront, illustrent une problématique connue, dont on veut bien qu'elle obsède Tarkovski — il n'est pas le seul —, mais qui demeure prisonnière d'oppositions très rhétoriques.

Pendant la première demi-heure, en fait jusqu'à l'entrée dans la Zone, les personnalités des trois voyageurs restent floues, indistinctes, on les confond même volontiers. Se détachant à peine de l'univers hagard et tortueux où la photographie sépia s'acharne à les engluer, ils ne sont que des silhouettes, des visages tendus, et nous apparaissent davantage comme les prolongements, les antennes humaines de l'angoisse ambiante que comme des individualités. On pense, encore une fois, aux figures minuscules, écrasées, qui hantent les *Prisons d'invention* de Piranèse, gravissent des escaliers en surplomb sur le vide, contournent des colonnes suintantes et se lancent sur les fragiles passerelles sans parapet que la frénésie noire de l'aquafortiste jette, sans leur assigner de but, entre les blocs cyclopéens. Leur traversée du miroir est gravée avec cette précision folle, hébétée, que peuvent nous procurer les hallucinogènes, où le « moi » abdique son despotisme pour n'être plus qu'un récepteur, la plaque de cuivre vierge où s'inscrivent les visions, corrodées par un acide dont on ne précisera pas la nature.

Mais, une fois la frontière franchie, la couleur apparue, le « moi » reprend ses droits. Et les « moi » des deux touristes sont envahissants et bavards. Ils ne cessent surtout de s'en prendre au « toi ». Jusqu'au dernier quart du film, ce sont eux qui tiennent la vedette. Le Stalker reste une énigme. Il guide, se lamente, implore, et son attitude craintive et pleurnicharde nous déconcerte — nous, les spectateurs, et ses deux coéquipiers — de la même manière que la Zone, dont il est le gardien, mais peut-être aussi l'ambassadeur. Il demeure en retrait, comme en réserve. Tout en suivant ses directives, sans se gêner pour le rabrouer, l'Écrivain et le Professeur se dressent l'un contre l'autre. Tout de suite, ils se chargent d'incarner deux manières d'être au monde, de concevoir la vie, qui s'expriment non par des plaidoiries alternées — chacun défendant les valeurs qu'il croit représenter —, mais par des invectives réciproques. L'Écrivain raille la curiosité scientifique du professeur, ses thermomètres, baromètres, « merdomètres », sa manie de l'analyse, dont, pourtant, l'intéressé ne nous donne aucune preuve. En récompense, le Professeur n'a pas de mots assez méprisants pour les billevesées d'une imagination d'ailleurs pauvre, qu'il prête à l'Écrivain, sans que celui-ci ne manifeste davantage ce tour d'esprit. Aucune de ces *weltanschaungen* artificiellement opposées ne trouve d'application concrète, comme si la Zone en rendait l'usage caduc. Elles n'existent que comme des souvenirs du monde extérieur, ancrés dans les obsessions des deux protagonistes. Ce sont des prétextes de haine, de pures constructions intellectuelles, privées d'un support observable dans les comportements, et même dans les propos de chacun lorsqu'il se risque à parler pour lui-même et non contre l'autre. Du reste, tous deux se ressemblent, même physiquement. Leur conflit larvé éclate à la faveur de pauses où ils se jettent à la figure l'image que chacun se fait de son adversaire, par laquelle il se définit négativement, tout cela sous l'œil inquiet du Stalker, qui sait bien la vanité de ces joutes dans la Zone. Ces discussions, qui occupent le devant de la scène durant toute la partie centrale du film, qui nous semblent en résumer le dessein (et alors, nous nous interrogeons : ce n'est que cela, c'est pour abriter ces querelles de vieux étudiants que Tarkovski a bâti ces décors stupéfiants, imaginé ce « trip » ?) sont, toutefois, en certains moments, insidieusement minées par les images, imposant un mystère autrement fascinant. Le plus curieux est que ces plages de « distraction » apparaissent au plus fort des palabres, comme si le loisir du cinéaste, soudain contemplatif, coïncidait avec celui de ses personnages qui, eux, profitent de la halte pour poursuivre leurs discours.

Dans la dernière partie, qui commence devant la Chambre, où les voyageurs n'entreront pas, et se chamailleront dans une attente dérisoire, assez fâcheusement évocatrice d'un théâtre de l'absurde déplacé en la circonstance, la figure du Stalker, brusquement, passe au premier plan. Le Professeur veut faire sauter la Chambre, et la Zone avec, au moyen d'une bombe qu'il a apportée. On le comprend, d'ailleurs ; la fréquentation du « Diamat » ne peut qu'inciter à cette mesure radicale contre un foyer d'obscurantisme qu'on soupçonne plus ou moins christianisant. Alors, le Stalker explose. Il plaide pour la Zone, pour la Chambre, qui sont tout ce qu'il a au monde, le seul espoir des malheureux comme lui, auxquels il peut venir en aide en les y conduisant. Ce n'est pas un plaidoyer en bonne et due forme qu'il développe, il ne sait pas argumenter à perte de vue, comme les deux autres, mais un long et sublime monologue, entrecoupé de sanglots, qui est le pivot du film. Le Stalker gémit, menace, frappe, supplie. La pauvre opposition entre l'Écrivain et le Professeur s'efface à ce moment, pour faire place à une autre, combien plus cruciale, que nous reconnaissons aussitôt. L'innocent contre les docteurs, le dénuement contre l'intrigue et l'argutie, la foi contre l'analyse. L'immense débat qui embrase *Les Possédés* de Dostoïevski fait irruption dans le film. Et l'on voit bien la position de Tarkovski, le mystique, le slavophile, l'homme des racines, de la terre et du limon. La Zone est la dernière enclave de la Foi, la dernière chance de l'Amour, le refuge de la Transcendance. Quant au Stalker mercenaire qui y véhicule les touristes, son allure, la ferveur inquiète et maladroite qui l'animait s'expliquent alors. Cet innocent blond, à la barbiche de Christ, à l'œil bleu, surgit comme un avatar de certain prince Mychkine, d'Aliocha Karamazov. Et, en face, c'est un hasard évidemment, mais révélateur, si l'Écrivain bourré jusqu'à la gueule de sarcasme, de hargne et de désespoir, qu'il exhale en insistant férocement sur leur dérision, avec son maintien voûté, sa manière de rencogner son visage usé par le mépris dans ses maigres épaules, dans son pardessus de clochard, si l'Écrivain m'a fait souvent penser au grand haineux que fut Louis-Ferdinand Céline, incarnation française et, comme son modèle, logorrhéique, de cet homme du souterrain dont l'inépuisable Dostoïevski a pris en charge l'amertume.

Les visiteurs se laissent fléchir par le désarroi de l'Innocent. Tarkovski escamote le voyage de retour. Il suffit de revenir aux tons sépia du début pour nous arracher aux sortilèges de la Zone. Les protagonistes se séparent et l'admirable avant-dernière scène, répondant à la première, conduit le Stalker chez lui, à la lisière de la Zone. Il suffoque littéralement d'une indignation sacrée, stigmatise ces hommes de savoir incapables d'amour et de foi. Il a la fièvre — pour un peu, on le dirait épileptique, afin de compléter certaine parenté. Sa femme lui ôte ses vêtements, le couche, le calme. Lorsqu'il est endormi, elle se tourne vers la caméra et, « alla Bergman », s'adresse à nous, nous dit que le Stalker est en fait un simple d'esprit, mais qu'il est doux et bon, qu'elle l'aime, qu'elle est bien auprès de lui et, malgré les difficultés, n'a jamais regretté son choix. Pour rester dans un ordre de références qui s'impose, cette déclaration évoque, les sexes renversés, l'amour que porte le Chatov des *Possédés* à la boiteuse à demi idiote, bafouée par Stavroguine et ses valets. De cet amour, de ce combat et de cette foi, *Stalker* nous offre un saisissant écho.

4

Tarkovski ne déploie pas seulement un train de prodiges autour d'un miracle. Le traitement visuel par lequel il les impose suffirait déjà, pourtant, à faire un chef-d'œuvre. Il ne se borne pas non plus à montrer et à juger l'éventail des réactions humaines devant ce miracle. La confrontation de ces réactions alimente pourtant un débat essentiel, dont des séquelles d'inégale importance (de certains écrivains de la dissidence russe à notre « nouvelle philosophie ») ont au moins le mérite d'attiser la modernité. Il nous parle aussi, directement, de ce miracle. Pas seulement de la manière dont il se manifeste, ni de ce qu'en font les hommes, mais encore de son essence. Cette approche, dans *Stalker*, n'emprunte pas des voies très aisées. Il faut s'aider de *Solaris* pour l'appréhender un peu mieux.

Je rappelle, en deux mots, la donnée de *Solaris*. Comme la Zone, cette planète lointaine est le théâtre d'événements inexplicables. Elle est entièrement recouverte par un océan bouillonnant, changeant, exerçant sur les scientifiques postés dans la station qui le surplombe une fascination dangereuse. Le héros du film, chargé d'enquêter sur place, découvre — progressivement et à ses dépens — que l'océan est une sorte d'immense inconscient collectif (j'écris cela pour le moment, sous bénéfice d'inventaire), où les pensées, les souvenirs, les rêves des hommes prennent corps pour venir les hanter. Solaris, notamment, ressuscite les morts. Ainsi le protagoniste vivra-t-il dans l'intimité de la femme qu'il a aimée, disparue depuis des années, et c'est à grand-peine qu'il échappera à l'envoûtement de ce fantôme insistant et tendre, indestructible aussi, puisqu'il vit dans sa mémoire. (Encore cette précision est-elle réductrice. Elle vaudrait si Solaris n'était qu'une projection du cerveau des hommes. Alors, si le héros avait oublié sa femme, il ne l'y retrouverait pas. Mais Solaris est beaucoup plus. En fait, c'est elle qui se projette dans les cerveaux humains et dicte leurs fantasmes.)

Avec cette histoire d'amour, l'une des plus déchirantes que je connaisse, *Solaris* n'a pas de mal à nous émouvoir davantage que *Stalker*, film en revanche plus impressionnant et austère. Mais le propos est évidemment le même.

On ne peut éviter, en parlant de Tarkovski, de faire tout converger vers *Solaris*. Parce que le sujet même de ce film, c'est la source de toutes les images, de tous les sentiments, de tous les rêves. Solaris prétend approcher, dévoiler même l'instance secrète d'où émanent tous les troubles de l'âme, tout ce que l'art s'efforce de prendre en charge. L'œuvre du cinéaste n'est qu'une série d'instantanés des lambeaux de vie qui flottent à la surface de son océan intérieur. Cet océan, il a eu l'audace de nous en offrir une vue d'ensemble dans un de ses films. C'est comme s'il nous disait : voilà le sanctuaire, la centrale où s'ourdissent, se composent et se décomposent mes rêves et les vôtres.

Il était inévitable qu'il aille ensuite y pêcher les souvenirs de son enfance, qu'il nous les livre dans l'apparent désordre qu'ils affectent lorsqu'ils dérivent entre deux eaux ou surgissent à la crête des vagues. *Solaris,* qui était voué à l'amour, indiquait déjà cette piste, en s'achevant sur l'image du père, comme si le retour extatique et confiant au réel, aux racines, aux premières années de la vie permettait de s'arracher à la magie de la planète (illusion bien précaire, comme je vais le dire bientôt, puisque tout émane de Solaris, y compris le père, la terre et les morts). C'est devant son propre père, le poète Arséni Tarkovski, que le cinéaste se prosterne dans *Le Miroir.* Ses vers en scandent le déroulement et ils feront irruption, de nouveau, dans la scène la plus belle et la plus énigmatique de *Stalker.*

Stalker où, encore une fois, sans se lasser, Tarkovski plonge dans l'océan. Sans doute, la métaphore a changé. Sans doute, c'est aux réactions humaines plus qu'au phénomène proprement dit qu'il s'intéresse ici au premier chef. La Zone se situe sur terre, mais, au cœur de son labyrinthe, c'est le même secret qui gît. Et, si sa définition est imprécise (est-ce le bonheur, la connaissance, la foi ?), c'est parce qu'il est la réponse à toutes les questions, la clé des énigmes que sont nos vies, et aussi, comme on va le voir, beaucoup plus que cela.

Quelques grands films de rêve s'achèvent sur un retour à la veille, à la réalité quotidienne. Il y a dans ces atterrissages, si fascinants que soient les sortilèges qui les précèdent, une sorte de plénitude, d'apaisement, de magie pure, qui remettent à leur juste place les puissances du songe, je crois. Ainsi, la fin des *Contes de la lune vague après la pluie,* d'autant plus bouleversante qu'elle succède à une fausse fin, où l'intuition de la splendeur du monde s'accompagnait d'un retour, celui-ci illusoire, à la félicité individuelle. Hélas, sur ce point, le potier déchante, mais son chagrin multiplie encore, en y mêlant de la résignation, la portée de l'acte de foi, d'adhésion au mystère de l'existence diurne qui est le dernier mot des *Contes*. La fin de *Providence*, aussi, où après une nuit de délicieux cauchemars, de travestis et de chausse-trapes, la Nature glorieuse, l'éclat d'un après-midi d'été encadrent le plus radieux quintette qui se puisse imaginer. Et puis, bien sûr, les fins de *Solaris*, du *Miroir*, de *Stalker*. Tarkovski est le cinéaste de ces retours à la maison. Au père, à la terre, à l'inanimé. Son goût de la nature morte, que soulignait justement Jean-Pierre Jeancolas (*Positif*, n° 206), le pousse alors à caresser les objets, à en révéler la lente, secrète palpitation. Vers le tiers de *Solaris*, le héros passe une soirée, comme une veillée d'armes, dans la maison de son père. Il erre dans les pièces vides, brûle de vieux papiers, fait quelques pas, à l'aube, dans la prairie humide de rosée où trotte un cheval. Je ne connais guère, dans tout le cinéma, de scène plus intime et plus pleine. Tout *Le Miroir* sort de cette séquence et est, si je puis dire, de la même eau.

Mais les scènes finales de *Solaris* et de *Stalker*, qui se répondent, sont riches d'une signification supplémentaire. L'astronaute a quitté Solaris. Il est revenu sur terre, croit avoir laissé au-dessus de lui, quelque part dans l'espace, dérivant à la surface d'un océan lointain, la femme qu'il a aimée, et qui ne sera plus, désormais, qu'un souvenir, peut-être une taraudante douleur quotidienne. Il regagne la maison de son père ; celui-ci l'attend sur le seuil. L'astronaute, sans mot dire, s'agenouille devant lui. La caméra prend alors son essor, surplombe la maison, devant laquelle les deux figures rapetissent. La campagne environnante nous apparaît, et ce finale est déjà d'une sereine beauté. Mais le cadre s'élargit encore, et nous révèle la maison, la campagne, entourées par les eaux. Une île minuscule sur une mer que nous avons reconnue, que nous croyions avoir quittée tout à l'heure. Revenu sur terre, on n'a fait que s'enfoncer plus profondément dans le mystère de Solaris. Outre qu'elle nous vaut, à ma connaissance, le plus beau plan final de l'histoire du cinéma, cette élévation décuple l'ampleur de la métaphore Solaris. À la plongée dans l'océan, dans ce vivier de souvenirs, de rêves et de regrets, succédait l'apaisement du retour à la maison. Mais le retour à la maison est encore une plongée dans l'océan. De cette conclusion naît, logiquement, *Le Miroir*.

Le final de *Stalker* répond, point par point, à celui de *Solaris*. La métaphore y est moins grandiose, mais plus secrète et inquiétante. J'ai décrit, tout à l'heure, le retour du Stalker, qui, épuisé, choqué, ruminant ses blessures, finit par s'abandonner au repos sous l'œil attentif de sa femme. La dernière séquence est construite autour de sa fille. Les touristes, au début, avaient fait allusion à cette enfant, présentée comme une sorte de mutante. De même que la descendance des habitants d'une région irradiée risque de présenter des malformations, la fille d'un Stalker, d'un natif de la Zone, ne pouvait que porter l'empreinte de celle-ci. On la disait cul-de-jatte, ou quelque chose de ce genre. Comme son visage fermé, opaque, passe au centre de l'écran, Tarkovski revient à la couleur, jusqu'alors réservée aux séquences qui se déroulent dans la Zone, nous signifiant sans ambiguïté que nous n'en avons pas fini avec elle, qu'il est illusoire de penser qu'on en est sortis. La scène évoque assez, d'ailleurs, ces pirouettes finales fréquentes dans les films fantastiques où, lorsque nous nous croyons enfin en sûreté, un détail anodin nous prouve que le monstre était, en fait, indestructible, que l'horreur continue. L'enfant, penchée sur une table, fixe seulement du regard les objets qu'on y a placés et, usant de facultés télékinétiques, les fait se mouvoir. Émanation de la Zone, elle en a les pouvoirs, la perfidie peut-être et, qui sait, le secret. Le débat dostoïevskien, dont le personnage du Stalker humilié incarnait un des termes, est passé au second plan. Le film s'achève sur un constat qui le dépasse de beaucoup, sur l'évidence de l'inconnaissable.

5

J'ai parlé tout à l'heure de l'océan comme d'une métaphore heureuse. C'est faux. Car, sans doute, l'océan charrie nos souvenirs et nos songes. Ce sont eux que Tarkovski ramène de chacune de ses plongées, eux qu'il étale, pêle-mêle, sous nos yeux. L'océan ressuscite la femme que nous avons aimée, ou encore notre enfance. Le miroir nous permet d'en fixer les images fugitives. Mais avant tout, il est l'océan.

Beaucoup plus qu'un symbole, qu'une caverne platonicienne à usage strictement humain, plus qu'un inépuisable réservoir de rêveries anthropomorphes, qui flottent à sa surface comme des nappes de pétrole ou de déchets sur les mers que nous connaissons, il est une entité autonome, irréductible à notre compréhension. C'est sur son mystère, sa nature inconnaissable que Tarkovski revient buter, en dernière instance. L'homme y retrouve son bien, et c'est un trésor inestimable et déchirant. Mais l'océan est bien davantage qu'une métaphore de notre inconscient. Ou alors, et c'est sans doute ce que chuchote

Tarkovski, l'inconscient n'est pas seulement notre inconscient. Je veux dire, pas seulement ce qui, de nous, nous est inconnu ou caché — ce serait une planète bien superflue que celle qui abriterait une aussi pauvre énigme. Mais encore tout ce qui nous est inconnu, et à quoi nous n'avons aucune part.

À ce stade, la rêverie métaphysique de Tarkovski abandonne l'anthropomorphisme. Il nous parle de l'homme en quête de lui-même. Soit. C'est un beau et vaste sujet. Mais aussi de l'homme en quête de ce qui n'est pas lui-même. Et encore de tout ce qui n'est pas l'homme, et à quoi l'homme ne peut même pas songer, vers quoi il serait bien en peine de se mettre en quête.

Et, si ses premières interrogations se traduisent parfois en termes rhétoriques ou allégoriques, celle-ci, faute de termes, faute de pouvoir même en saisir la portée, ne peut trouver de solution que dans la pure poésie. Plus de réflexion, alors, plus de discussions sur la foi et la supériorité de l'innocent sur l'intellectuel, plus de métaphores. Établir la supériorité de l'innocent parce que lui est en communication avec le Cosmos sert surtout à abandonner l'innocent et à se laisser aspirer, absorber par le Cosmos. C'est d'ordinaire au spectacle de la voûte céleste que les poètes empruntent le prétexte de leurs méditations sur la relativité de l'homme, l'immensité et l'inconnu de l'univers. Tarkovski, on l'a dit, s'en détourne, comme l'astronaute qui, abandonnant Solaris, regagne sa planète. Il regarde à ses pieds, scrute la terre et l'eau. L'eau, surtout.

En quelques moments, dans les trois derniers films du cinéaste, des plages vacantes sont soudain inondées, envahies par les eaux. Je ne connais pas, dans tout le cinéma, de plans plus denses et mystérieux que ces plans aquatiques. Les mêmes eaux calmes, qui coulent sur des galets, font lentement flotter des algues. Des bulles, parfois, crèvent leur surface. Elles irriguent, non plus la planète des spectres, mais le sol de la terre ferme, dans *Solaris*, dans *Le Miroir*, et dans cette prodigieuse scène de *Stalker* où elles emplissent l'image, la vouent à la seule contemplation, tandis qu'en fond sonore, l'Écrivain et le Professeur s'acharnent à illustrer une opposition dont nous n'avons que faire. Leur discours est saisi par l'hébétude, le Stalker, allongé dans le limon, se laisse fasciner par le flux, semble ne faire plus qu'un avec lui. De ce surprenant contrepoint, où l'image l'emporte si évidemment sur la parole, doit-on inférer que Tarkovski, au fond, n'attache pas trop d'importance à l'armature intellectuelle de son film, à son contenu humain ? Il les laisse, en tout cas, s'estomper sans remords, rendus à leur vacuité par l'évidence, l'appréhension physique du mystère. Ils ne sont plus qu'un bourdonnement, comme celui des insectes à la surface des eaux. Que nous soyons ces insectes, que les problèmes et les conflits qu'ils débattent soient les nôtres, c'est certain. Tous les artistes nous parlent de ces insectes. Tarkovski comme les autres, mais lui, il filme les eaux.

Agnès Varda

Son premier long métrage, La Pointe-Courte *(n°s 14-15, novembre 1955) avait été quelque peu boudé par la rédaction, qui lui reprochait d'être excessivement littéraire. Mais dès le deuxième,* Cléo de 5 à 7, *Roger Tailleur consacra au cinéma d'Agnès Varda l'un de ses textes les plus brillants :* « Cléo, d'ici à l'éternité » *(n° 44, mars 1962). Associée au groupe de la rive gauche représenté par Chris Marker et Alain Resnais, Varda fut donc, tour à tour, brandie comme un modèle alternatif au cinéma de la Nouvelle Vague ou rejetée comme assimilée à ce dernier* (Le Bonheur, *n° 70, juin 1965). Depuis lors, l'œuvre de Varda n'a cessé de susciter des commentaires passionnés et souvent enthousiastes, quelle que soit la forme de ses films, courts ou longs métrages, fictions ou documentaires, genre dans lequel elle figure aux côtés des plus grands : Marker bien sûr, Joris Ivens, Robert Kramer, Marcel Ophuls, Frederick Wiseman ou Raymond Depardon.*

FRANÇOISE AUDÉ, « Cris et chuchotements » (*Mur murs* et *Documenteur*), n° 250, janvier 1982.

Principaux ouvrages de Françoise Audé : Ciné-modèles, cinéma d'elles, *L'Âge d'Homme, 1981;* Ciné d'elles, cinéma français, *à paraître chez L'Âge d'Homme courant 2002*.

FRANÇOISE AUDÉ

Cris et chuchotements

Mur murs et Documenteur

Agnès Varda a dit que *Documenteur* est d'ombre et d'émotion. S'il est d'ombre, celle-ci n'a rien d'éteint. *Documenteur* n'est pas l'envers d'un endroit qui serait *Mur murs*. Lorenzo Codelli a dit son enthousiasme pour *Mur murs*, « un des plus beaux films sur l'art jamais faits [1] ». En effet imprégné de passion — il s'agit d'art mural, violent, intrusif, frappé de gigantisme et de véhémence — *Mur murs* où les cris prévalent sur les chuchotements, *Mur murs* est un film éclatant. Pour autant *Documenteur* n'est pas terne ou retenu.

Mur murs est un film dans la tradition Varda. Le meilleur peut-être de tous ses documentaires mais un film en quelque sorte — et le mot ne doit pas être pris en mauvaise part — de babillage (discours inventif et euphorique nourri d'imaginaire enfantin). Le texte crépite, à la fois autonome et indissociable des images. Comme — mais en plus grave — dans *Du côté de la côte*, *Ô saisons, ô châteaux*, *Salut les Cubains*, le spectateur-auditeur ressent une excitation. De l'enthousiasme et un certain vertige. On l'a dit et redit : l'intelligence caractérise Agnès Varda et son cinéma. Cinéma toujours à double vitesse, celle du premier degré du plaisir à la narration audiovi-

1. Festival de Cannes, *Positif*, n°ˢ 244-245.

suelle (raconter-filmer) et celle du second degré, là où reflet et réflexion sont interrogés, taquinés, bousculés. Agnès Varda n'est jamais dupe de ses paradoxes du verbe ou de l'image, jamais aliénée à ses calembours. Elle s'y adonne avec le sérieux tonique d'un Raymond Queneau. Avec parfois un peu de coquetterie mais Agnès Varda a dépassé le temps des dentelles. *Mur murs* en est totalement dépourvu. Son charme est plus âpre que séduisant. Elle y réussit ce qu'elle souhaitait atteindre dès 1962 : « séparer l'illustration de la vie et la vie elle-même [1] ». *Mur murs* est une apothéose autant qu'un aboutissement. C'est le triomphe de la narration lorsque est douloureux autant qu'exaltant le sentiment de la « séparation de corps » entre locuteur et allocution. Quand dans la dissociation de sa perception le spectateur se sent à la fois préservé et captivé. Intelligent par la grâce de la cinéaste qui lui fournit les armes pour se défendre et la nourriture pour se régaler.

Documenteur inspire au spectateur autre chose que la bonne conscience de la double vision. *Documenteur* s'adresse à la conscience : l'effet est pathétique. Certes le pathétique relève du domaine des émotions mais en les « nouant », on a la gorge nouée. En les mêlant de détresse muette ainsi que de grandeur sereine. Et cette fois, *a contrario* de ses démarches antérieures, Agnès Varda organise la fusion de l'illustration de la vie et de la vie elle-même. Les mots ne forment plus récit, ils récitent la vie. « Être séparée d'un homme c'est être en exil par rapport à tous les hommes. » C'est la voix off d'Émilie (Sabine Mamou), une femme seule avec son fils de neuf ans, qui le dit. Raymond Queneau affirmait : « La poésie est faite au moins pour être récitée. »

---

1. « *Agnès Varda de 5 à 7* » : propos recueillis par Pierre Uytterhoeven in *Positif*, n° 44, mars 1962.

Avec *Documenteur* Agnès Varda ne rompt pas avec ses racines mais elle est plus poète qu'intellectuelle. D'une poésie intense et dépouillée. *Documenteur* évoque les phrases de Peter Handke et l'univers spatial de Wim Wenders.

On n'y circule pas à travers les continents. On n'y parcourt pas le territoire avec tous les moyens de transport possibles ou imaginables comme dans *Au fil du temps* ou *Alice dans les villes*. Mais Émilie et Martin (Mathieu Demy) marchent. Ils se heurtent aux angles du labyrinthe cubiste où ils vivent. Ils errent sur la plage ou à la dérive des foules chicanos. À leur traîne, on participe à une solitude et une étrangeté analogues à celles des héros de Wim Wenders. Étrangeté d'étrangers. Couple adulte-enfant. Il insiste : « Je ne veux pas que tu m'laisses. » Depuis Alice — celle du cinéaste allemand — aucun enfant à l'écran n'a jamais été plus juste. Plus tragique. L'autonomie et l'exigence de Martin font mal. Où sont les rapports de dépendance ? Qui d'Émilie ou de Martin dépend plus l'un de l'autre ? Il y a les couples qui s'insultent, les couples qui s'aiment et ce couple mère-fils qui conjugue le français en terre américaine, perdu au bout du monde.

L'espace s'arrête à l'océan. Émilie, tout au long de ses journées de secrétaire dans une maison vide en bordure du Pacifique, n'a que son inertie mouvante face à elle : l'océan n'appelle pas au voyage. Il est limite ou référence de tout. L'absolu. Là, elle revoit en pensée le corps nu de l'homme qui lui manque. Un après-midi elle s'allonge nue sur un lit placé contre une grande paroi de miroirs. Elle se voit et elle est une peinture murale. En 1962, Agnès Varda disait déjà « un corps nu, c'est une mesure de beauté[1] ». Ses nus ne sont pas froids. Ils ont l'évi-

---

1. *Ibid.*

dence de l'océan et sa beauté. Ils évoquent ceux de Vallotton ou de Marquet. Les nus appartiennent à l'univers visuel et existentiel d'Agnès Varda. Ils sont sa signature et la marque la plus parfaite de son regard créateur et recréateur.

Enfin dans ce *Documenteur* qui semble le plus pacifié des films de la cinéaste, il y a la sensualité. L'échafaudage d'ondulations d'une caissière de supermarché, la main machinale qui natte une lourde chevelure brune et tant et tant de visages, de gestes furtifs et fugitifs constituent la complainte lyrique du film. La densité même de la vie dont Émilie et Martin sont partiellement frustrés. C'est pourquoi la paix gris-bleu d'*Interiors* qui unifie et polit *Documenteur* est celle de l'amour inassouvi. Celle aussi de la détresse d'une vieille femme schizoïde qui creuse le sable. Qui se creuse sa propre tombe ? Qui est qui ? *Documenteur* ou l'impossible documentaire sur la perte d'identité. Agnès Varda capte l'invisible. La mort est à fleur de grève. Elle affleure au long du Pacifique. Pas besoin de séisme, de raz de marée, de pont brisé. La mort est un reflet éclaté. Elle chuchote au fil des grains de sable.

Mais aussi, dans la foule mexicaine, dans la foule losangélienne, Martin saute au cou de sa mère. *Documenteur* ou l'amour quand même. *Documenteur* ou l'ombre, quand montent les angoisses, l'ombre de l'exil. Sa vérité même.

Michelangelo Antonioni

Michelangelo Antonioni est l'un des cinéastes qui divisèrent le plus radicalement la critique et les spectateurs. Il n'est qu'à se souvenir de l'accueil calamiteux réservé à L'Avventura, *projeté dans le cadre du Festival de Cannes 1960.* Positif *reconnut très rapidement en lui l'un des maîtres de la modernité cinématographique, en lui dédiant, dès juillet 1959, un numéro spécial particulièrement riche (n° 30, avec* Le Cri *en couverture). Sans doute Antonioni est-il d'ailleurs (avec Luis Buñuel, pour ne citer qu'un autre exemple) l'un des cinéastes qui concentrent plusieurs des meilleurs textes de l'histoire de la revue, dignes de cette étude écrite par Petr Král pour la sortie d'*Identification d'une femme.

PETR KRÁL, « Traversée du désert », n° 263, janvier 1983.

Principaux ouvrages de Petr Král : Le Burlesque ou Morale de la tarte à la crème, *Paris, Stock, 1984 (Ramsay Poche Cinéma, 1991);* Le Burlesque ou Parade des somnambules, *Paris, Stock, 1986. Il est, par ailleurs, poète et essayiste.*

PETR KRÁL

Traversée du désert

De quelques constantes antonioniennes

1. Le vide omniprésent

La plupart des films de Michelangelo Antonioni peuvent être résumés par l'image d'un monde envahi par le vide ; celui-ci y pénètre littéralement de toutes parts, comme dans un bateau accidenté, en menaçant de faire sombrer l'ensemble dans un océan de néant. Ce qui s'applique certes autant aux simples décors qu'à la destinée du (ou des) héros, progressivement submergé(s) par la solitude, le silence, le sentiment d'irréalité ou de vanité. Le parc au crime absent de *Blow Up*, celui, matinal et désert, qui entoure pour finir le couple de *La Nuit*, la plaine brumeuse et désolée du *Cri*, le désert de *The Passenger* (ou *Profession : reporter*) sont des paysages à la fois extérieurs et intérieurs, qui hantent autant les héros qu'ils sont hantés par eux. La menace qu'ils opposent à ceux-ci n'est pas un obstacle mais bien une absence : l'absence de sens, d'amour, de racines, un peu comme dans ce cauchemar que j'ai fait jadis, un des plus terrifiants qui soient, et où, seul dans une église nocturne, je m'affolais à mesure même que l'attaque à laquelle je m'attendais *ne venait pas* de l'obscurité ambiante.

La récente *Identification d'une femme* ne fait pas exception à la règle. Dès le premier plan, en plongée, le tapis dans l'entrée d'une maison, où se pose prudemment une valise (celle du héros), nous apparaît comme un fragile radeau au-delà duquel s'étend un carrelage gris comme un paysage absent, un désert dont le film sera la traversée. Plus tard, toujours en plongée, on débouchera de même, avec la barque du héros et de son amie, sur le vide de la « lagune ouverte » devant Venise, par cette autre porte d'entrée qu'est l'ouverture ménagée dans une rangée de balises. Dans une des « grandes » scènes du film, en plus, le héros qui cherche à échapper à un poursuivant, en compagnie d'une autre amie, se retrouve au milieu d'un brouillard qui ne lui renvoie de toutes parts que les échos de sa propre inquiétude, tel ce bruit de pas qui résonne sur la chaussée en l'absence de tout passant : là comme ailleurs, l'histoire du film apparaît à l'évidence comme celle d'un « polar » métaphysique, une enquête qui a pour objet, comme chez Gombrowicz ou... Wenders, le statut même de l'homme a cœur du réel. Repoussé en marge du monde, sans aucune prise sur lui, perdu dans la réalité comme dans un désert — ou comme une balise qui dérive en pleine mer —, loin de tout repère, l'homme, chez Antonioni, s'affronte d'abord lui-même, à la fois en témoin et en victime d'une dévalorisation générale.

Longeant, minuscule, une immense façade blanche qui envahit le reste de l'écran, Jeanne Moreau, dans *La Nuit*, résumait déjà cette interrogation et cette déchéance. Dans *Identification d'une femme*, le tête-à-tête haletant mais muet de l'une des héroïnes avec son propre reflet dans un miroir, en plein acte d'amour, est tout aussi significatif. Qu'on soit seul ou à deux, l'absence qu'on affronte est la même. Pas plus que le couple de *La Nuit*, s'ébattant rageusement dans la poussière du parc matinal, les amants d'*Identification* ne sauraient peupler le désert qui les entoure. Dans le vide de cette lagune que — comme il le dit lui-même — il ne saurait par ailleurs animer par sa seule imagination, le héros du film forme avec sa (seconde) amie comme le premier couple, suggérant que chaque amour, à lui tout seul, recommence à la fois le monde et son histoire. Mais cet espoir tourne aussitôt court : le couple se sépare, le vide a raison de la fragile alliance qu'il a conclue contre lui et que la simple absence d'obstacles, là encore, suffit à défaire (« Les ennuis commencent quand les rapports à deux sont normaux », remarque le héros au moment de la rupture). Dans *Le Cri*, de même, la promenade dans le décor « paradisiaque » d'une plage, loin de ressouder le couple que forment le héros et une prostituée, se termine par l'image des deux personnages se détournant définitivement l'un de l'autre, sur le fond d'un horizon plus silencieux que jamais.

L'acte d'amour, quant à lui, s'inscrit dans le vide et le silence comme un cri sans lendemain, un geste de révolte et de violence destiné à mourir avec l'instant. Dans les deux scènes d'amour d'*Identification d'une femme,* les corps des amants s'élancent littéralement sur le fond blanc des draps comme à travers un désert, sonde rageuse qui ne pénètre le vide qu'en pure perte, simple coup de griffe en l'air. Même pour aller chercher une culotte à côté du lit, une main tendue et solitaire en traverse encore la blancheur de cette façon-là, désespérée et frileuse. C'est d'ailleurs aussi de cette manière qu'Antonioni tourne (et fait jouer) les nombreux « tics » de son héros — cigarette éjectée d'un paquet, téléphone brusquement empoigné, agenda feuilleté —, s'enchaînant en une seule fuite en avant tout à la fois décidée et pleine d'embarras.

2. *Vies parallèles*

Comme Fellini, dont il s'approche parfois — pour mieux s'en éloigner — au point qu'il semble simplement reprendre un de ses films *(La Nuit* et *La Dolce vita)*, Antonioni joue beaucoup avec les arrière-plans. En même temps qu'il va constamment dans son « goût » du vide jusqu'à isoler ses héros sur un fond vierge, en gros plans, il les confronte systématiquement à des personnages anonymes qu'ils rencontrent en chemin dans la rue ou ailleurs, et qui les réinsèrent dans la multitude dont ils font partie. À la danseuse qui, dans *Les Nuits de Cabiria*, se maquille tranquillement dans sa loge, au fond de la scène, alors que l'héroïne joue sur celle-ci le psychodrame de sa vie, correspond ainsi le mannequin de *Le Amiche (Femmes entre elles)*, allant et venant entre deux amies — et rivales — qui s'affrontent verbalement dans les coulisses d'un défilé de mode.

Des méthodes semblables conduisent pourtant à des résultats différents. Alors que chez Fellini, les gestes des figurants se font constamment l'écho de ceux des protagonistes pour les faire sortir de leur solitude, pour les soulager du poids de leur destinée en les dissolvant dans le courant anonyme de la vie — serait-ce d'une façon ironique ou purement virtuelle —, leur rôle chez Antonioni est bien plus ambigu. Loin de tout accord « unanimiste », les destinées des héros et des personnages anonymes se croisent sans se rencontrer, comme pour au contraire mieux affirmer leur isolement et l'incompatibilité entre hommes en général. Les échos qu'ils renvoient les uns aux autres sont pour la plupart d'inconciliables parallélismes. La nageuse qui, dans *Identification d'une femme*, part de la piscine avec la jeune fille — manifestement lesbienne — auprès de qui le héros a vainement cherché des renseignements sur son amie en fuite, ne revient vers l'homme que pour récupérer la mule qui a quitté son pied ; si elle marche un instant à ses côtés, elle n'en est pas moins séparée de lui par l'épaisseur de tout un monde.

À l'occasion, cette incompatibilité se transforme en

opposition franche. Au moment même où, à la fin du film, le héros et son amie (n° 2) entament dans le hall d'un hôtel vénitien le dialogue qui les mènera à la rupture, on voit tout au fond du hall deux amants qui se rejoignent devant l'entrée, pour sortir joyeusement dans la rue, la main dans la main, par une porte-tambour. C'est de même qu'une nymphomane anonyme, dans *La Nuit*, se jetait sur Mastroianni alors qu'il quittait à l'hôpital un ami mourant, ou qu'une jeune fille contemplait le héros du *Cri* d'un regard plein de désir au moment précis où, effondré sur un divan, il murmurait désespérément le nom d'une amie absente. Nos désirs, nos ambitions, nos peines se ressemblent mais ne coïncident pas, la joie des uns se paie par la souffrance chez les autres.

Les nombreuses vitres de *La Nuit*, s'interposant sans cesse entre les personnages, rejoignent ici le regard effaré de l'enfant qui, dans *Le Cri*, surprend son père embrassant une femme dans un terrain vague, au milieu de dunes et de grandes bobines en bois. Une scène de *Zabriskie Point* relie d'ailleurs l'un à l'autre : celle où l'héroïne, après avoir contemplé des vieillards immobiles derrière la vitre d'un bistrot, affronte dans un autre terrain vague une bande d'enfants qui, le regard éteint, lui tâtent impassiblement le corps comme un objet étrange. Le héros de *Blow Up* n'a même besoin, pour éprouver une étrangeté semblable, que d'observer — à travers une autre vitre — l'amour d'un jeune couple de son âge... Au mieux, les autres envoient aux héros de l'horizon des signes à jamais fragmentaires et obscurs, sans abolir la distance qui les sépare d'eux ; ils ne sont que des silhouettes, à peine bruyantes, qui rôdent dans la brume sur le pourtour d'un village *(Le Cri)*, un homme anonyme qui, sans mot dire, apparaît en fumant sur un balcon d'en face *(La Nuit)*, un vieillard qui, dans un village dépeuplé, vous tient un discours dans une langue inconnue alors que près de là, appuyée contre un mur blanc, une jeune lunatique sort de sa bouche avec lassitude une énorme bulle de bubble-gum rose *(Profession : reporter)*.

Jusque dans leur rire — pourtant contagieux —, les inconnus que rencontre Jeanne Moreau dans *La Nuit* pendant sa promenade à travers une ville d'été qui l'investit littéralement de son silence, lui restent aussi étrangers que ces choses qu'elle examine, pour finir, dans une vieille cour, comme si elle voulait s'assurer de l'identité même du monde : un coucou cassé et jeté dans une flaque, un pan de mur humide qu'elle détache de la main comme une vieille peau. Le héros du *Cri* reste semblablement exclu même des fêtes qui, littéralement se déroulent sous son nez : quand il se réveille, la nuit, pour rejoindre le public d'un match de boxe donné juste en face de son auberge, il n'assistera plus, à travers l'entrée ouverte, qu'à l'applaudissement final d'une foule en liesse. Quoi qu'on fasse, les autres restent fatalement autres, étrangers et impossibles à rejoindre.

Aux yeux du héros d'*Identification d'une femme*, pour finir, sa propre amie rejoint les « étrangers » anonymes : quand elle reçoit le coup de téléphone qui lui annonce qu'elle attend un enfant (avec un autre), on l'aperçoit dans sa cabine, du point de vue du héros, sous le même angle oblique et comme furtif sous lequel, un peu plus tôt, le héros observait un boulanger dans sa boutique. La plus mystérieuse, la plus inaccessible chez les autres est justement leur « normalité » ; les gestes par lesquels ils s'inscrivent, on ne sait trop comment, dans l'ordre du monde et des choses. Quant à soi-même, par contre, rien n'y fait : on ne saurait se dépasser, pour devenir autre, que le temps d'une illusion. Vers la fin de *La Nuit*, le visage de Jeanne Moreau elle-même, riant sans bruit à côté d'un homme anonyme, derrière une vitre de voiture ruisselante de pluie, nous apparaît d'une façon semblable à celle dont lui apparaissaient jusque-là les autres : un employé assis à son bureau dans une cage de verre (qui n'est pas sans rappeler, déjà, un des tableaux clés d'Edward Hopper), son mari lui-même qu'elle a vu soudain s'avancer pour embrasser une autre, du haut d'une galerie vitrée. Mais elle ne rejoindra pas pour autant leur étrangeté ; il suffit que son soupirant inconnu sorte avec elle de la voiture, et qu'il tente de l'embrasser derrière un buisson, pour que le charme soit à nouveau rompu et que Moreau, refusant ses tentatives, se laisse reconduire auprès de son mari. Cette fois encore, elle ne changera ni de vie ni de peau.

3. *Les routes de l'exil*

À elle seule, une séquence d'*Identification d'une femme* résume plusieurs thèmes et motifs clés de l'œuvre d'Antonioni : celle où le héros cherche l'amie qui le fuit dans une maison anonyme et où, caché en haut d'un escalier en colimaçon sans balustrade, il la voit entrer dans un appartement situé plus bas, sans pour autant parler avec elle. On trouve là, réunis, à la fois le mystère quotidien des existences anonymes (les divers locataires qui entrouvrent leur porte au héros), l'obsession du vide (qui entoure l'inquiétant escalier), l'impossibilité de rencontrer l'autre, serait-ce dans l'amour, et également le don si rare du cinéaste de mettre en valeur les événements apparemment insignifiants, les temps morts et les silences mêmes de l'existence, pour leur faire justement porter l'essentiel du « message » (l'événement, ici, ne fait littéralement qu'un avec le silence où il se déroule, tout juste souligné par la musique discrète jouée par un pianiste inconnu). Mais ce n'est pas encore tout. Une autre constante antonionienne hante également la scène : le motif de l'exil.

L'escalier sans balustrade, le refuge provisoire qu'est pour l'héroïne l'appartement où elle rentre, la fin de la scène où le héros ressort dans la rue pour regarder simplement son amie, pour la dernière fois, derrière la vitre (encore une) de « sa » fenêtre — tout cela relève de l'image d'un homme errant, abandonné et cherchant en vain la protection d'un abri. Or tel est bien, à y regarder de près, le sujet même du film. Son héros n'est pas seulement un créateur en crise, en même temps artistique et affective. Divorcé de sa femme, c'est aussi un exilé à la recherche d'un foyer et d'une maison, à l'image de ceux dont il a été privé et qui sont soudain pour lui comme un Paradis perdu, à la suite d'on ne sait quelle faute — ou « chute » — fatale.

Ce thème était déjà lisible dans *Le Cri*, premier film antonionien à part entière et qui, par son caractère d'errance éclatée en épisodes autonomes, annonce cependant à l'avance la modernité d'un Wenders (avec d'autant plus de force, sans doute, que son auteur se contente encore d'être un metteur en scène rigoureux, sans cet exhibitionnisme trop manifestement « artistique » où il lui arrivera de donner par la suite). Là où les personnages de Wenders se cherchent en vain une destinée, ceux d'Antonioni, toutefois, se contenteraient d'un abri. Comme dans *Identification d'une femme*, le héros du *Cri*, rejeté par cette autre protectrice — à la fois maîtresse et mère — qu'est le personnage d'Alida Valli, parcourt le monde, dans le froid et la brume, espérant en vain découvrir un lieu où prendre racine. Aucune des maisons où il sera successivement logé — celle voisine d'une pompe à essence, au bord de la route, la cabane d'ouvriers près d'une rivière, celle d'une prostituée construite au pied d'un talus — ne sera le foyer recherché ; tout au mieux y passera-t-il quelques nuits, pas plus à l'abri de l'étrangeté ambiante que ces deux héros d'une BD de mon enfance qui, poursuivis, réussissent à se cacher dans une... hutte de castors, maison illusoire s'il en fut. La dernière cabane, celle où le héros emmène la jeune prostituée après l'avoir aidé à se sortir d'une maladie, ne résistera pas même à la pluie : traversant son toit de paille, l'eau y entrera à flots, pour chasser littéralement l'homme dans la nuit...

Profession : reporter (dont le titre original, « Le Passager », est à lui seul tout un programme) sera semblablement l'errance d'un solitaire dans le désert, loin de son pays d'origine et sans identité véritable ; elle se terminera, on le sait, par son assassinat dans un motel anonyme, sous les yeux des habitants du coin, indifférents, et que seul reliera à sa destinée un vertigineux mouvement de la caméra. Même *La Nuit* est encore une histoire d'exil. La femme — le personnage de Jeanne Moreau — est seulement ici celle qui, au lieu de le chasser, entraîne l'homme (Mastroianni) hors de la maison dans une errance nocturne, comme dans un exil commun. À la fin du film, sans pour autant se rapprocher l'un de l'autre, ils se retrouvent d'ailleurs à l'orée d'un parc, avalant ensemble la poussière, comme au seuil d'un Paradis d'où on viendrait de les chasser : entourés par la brume matinale, là encore, comme par l'hostilité même du monde, à jamais écartelés entre l'innocence d'un jardin premier et ces vêtements noirs qui collent à leur peau — bien qu'ils cherchent à faire l'amour — comme un deuil définitif et une marque indélébile de la civilisation.

Dès *Le Cri*, Antonioni parle de la solitude et de l'exil dans ses images mêmes : les personnages ne cessent de s'éloigner les uns des autres pour se laisser seuls dans le champ, la silhouette du héros, dressée sur un horizon vide, y trouve l'unique écho visuel dans celle, également solitaire, d'un grand arbre (avant de littéralement s'identifier, à la fin, à la solitude verticale d'une tour). Le cinéaste multiplie également des images d'entrées de maisons et de portes entrebâillées (souvent en enfilade), où les héros s'éloignent les uns des autres vers le fond du champ, par où ils s'épient « obliquement » (cf. la cabine téléphonique d'*Identification*) ou hésitent à se rejoindre. Tout son cinéma se joue en fait sur un seuil ambigu, à la frontière incertaine entre l'intimité d'un dedans et l'étrangeté d'un dehors où nous risquons à tout instant d'être chassés. Le tapis du premier plan d'*Identification* nous apparaît d'abord lui-même comme une — fausse — porte, avant que l'on comprenne qu'il ne s'agit pas d'une image « frontale » mais en plongée. En s'en détachant, après une brève halte, pour s'engager dans les profondeurs de son immeuble, le héros, de plus, ne se retrouve que faussement à l'intérieur, qui continue en fait à lui opposer la froideur d'un dehors : la porte d'une voisine se ferme à son passage, son propre appartement lui lance à la figure le bruit strident d'une alarme, comme s'il n'était qu'un voleur.

À la soirée où il accompagne son amie — et où il restera étranger à tout le monde — on le voit semblablement se tenir dans l'entrée d'une pièce, en jetant des regards furtifs vers son centre (vide), tout comme d'ailleurs un jeune invité pourtant familier de la maison. L'amie qui l'a introduit a d'abord elle-même commencé par reculer (en compagnie du héros) devant le seuil d'une autre « party », renonçant soudain à s'y rendre. Et elle n'est pas plus prête à fonder sa maison à elle : si elle propose à un des invités de venir un jour lui rendre visite, c'est qu'elle l'invite en fait — d'après ses propres mots — dans l'appartement du héros lui-même.

Malgré son « symbolisme » évident, la maison que les femmes d'Antonioni refusent à l'homme dépasse le seul rejet sexuel. Le héros d'*Identification d'une femme,* il est vrai, rencontre également chez elles des attitudes régressives qui tendent à l'exclure en tant que mâle : sous prétexte de retour à la nature, son ex-femme ne jouit plus qu'en faisant pipi, l'amie d'amie rencontrée dans la piscine plaide en faveur de la masturbation seule. La jeune fille, en plus, est de toute évidence lesbienne, tout comme probablement les deux femmes que le héros, étonné, découvre dans l'appartement de son amie disparue, au milieu d'étagères vides et après une dernière idylle avec l'amie où on les voit tous deux, nus, s'abritant sous un drap comme sous un toit flottant. Antonioni, ici, rejoint incontestablement Ferreri et sa vision « apocalyptique » de la séparation des sexes. Il y a cependant plus important : l'impossibilité même d'un abri, maison ou femme aimée, contre l'étrangeté du monde.

L'homme lui-même, ainsi, ne peut proposer à la femme qu'une « maison bâtie sur le vide », à l'image de celle où le héros d'*Identification* emmène sa (première) amie, et qui est littéralement minée par d'anciennes caves. La femme, elle, ne rejette pas tant l'idée d'un refuge pour échapper à ses « devoirs » que parce qu'elle accepte le froid et l'étrangeté du monde comme sa vérité. En visite dans la maison ci-dessus l'héroïne, refusant l'attitude peureuse de son partenaire, enlève soudain son pull *parce qu'il fait froid,* et qu'elle a envie de mieux l'éprouver. Le héros, pour sa part, cherche vainement à rendre la maison habitable en déroulant frileusement sous ses pieds un minuscule tapis, aussi perdu dans l'espace ambiant que celui du début l'était dans le hall d'entrée... La femme, il est vrai, ne connaît pas vraiment le sentiment d'exil ; quoi qu'il arrive, le monde est bel et bien le lieu qu'elle habite, et qui lui renvoie le reflet de son existence. Dans l'entrée de l'hôtel vénitien où le héros se sépare de sa seconde amie (comme celui du *Cri* s'est séparé de la prostituée dans l'entrée d'une auberge déserte et rangée pour la nuit), le héros seul, pour finir, regarde anxieusement dehors à travers la porte vitrée. La femme, malgré le caractère provisoire du lieu, regarde calmement vers l'intérieur. Nous savons, du reste, qu'elle attend aussi un enfant...

L'homme, quant à lui, ne trouve le havre que dans la mort. À la fin du *Cri*, le héros monte seul au sommet d'une tour qui se dresse, menaçante, dans la cour d'une usine où il a jadis travaillé, comme pour donner à sa solitude une figure définitive. L'usine est vide : ses ex-collègues eux-mêmes ne sont que de lointaines silhouettes à l'horizon, au fond du champ voisin où ils ont rejoint une manifestation de paysans qui se battent d'ailleurs contre l'expropriation, cette autre forme d'exil. Quand son ex-amie, qui l'a suivi à son insu, avance pour que l'homme l'aperçoive, il est trop tard : il glisse déjà du sommet, le long d'un escalier en spirale semblable à celui d'*Identification*, vers le sol gris et dur de la cour. Ce n'est qu'après cette chute, répétant celle qu'elle lui a fait elle-même subir en l'expulsant de sa maison, que la femme se penche sur le corps immobilisé à ses pieds : l'instant de la réconciliation est également celui du retour au sein originel, à la fois celui d'une mère symbolique et celui de la terre.

4. *Hors cadre*

Le cinéma d'Antonioni est évidemment plus que le reflet d'un monde en déroute ; la menace du néant, la solitude de l'homme, son exil, tous ces thèmes « négatifs » sont inséparables de la forme concrète que le cinéaste leur a donnée, et dont la poésie les tire à elle seule vers le « positif ». Le vide qui menace en permanence les images antonioniennes est à la fois une absence fatale de sens et une ouverture, un fond sur lequel le réel se recharge constamment de mystère. À travers les obscurs gestes de « figurants » anonymes aperçus contre le vide de l'horizon, à travers les gros plans de divers objets ou des protagonistes eux-mêmes, isolés contre le blanc d'un mur, le vieux monde prend un aspect jamais vu ; un mystérieux nid gris (*Identification*) ou une plaque de mortier (*La Nuit*) deviennent des planètes inconnues, un tas de planches ou un vieux tonneau rouillé nous cernent dans le silence d'insondables énigmes (la fin de *L'Éclipse*).

Le doute et l'incertitude dont elle est née planent certes en même temps sur l'énigme elle-même. Celle-ci n'est encore, au fond, qu'un simple vide, un « blanc » qui, à l'image du mystérieux nid du dernier film de l'auteur, vaut surtout par l'impossibilité où on est de le cerner, et qui laisse place à toutes les hypothèses. Dans le célèbre montage final de *L'Éclipse*, le mystère vient aussi — et d'abord — de notre incertitude quant au lien entre les différents objets qu'on nous présente successivement en plans rapprochés ; du va-et-vient fragile et hésitant de la pensée qu'ils se bornent à inspirer (et à « mimer »), sans pour autant s'enchaîner en propos univoque. La même hésitation marque d'ailleurs chez le cinéaste jusqu'à son montage « courant » ; discrètement saccadé, procédant autant par ruptures que par enchaînements, il laisse encore subsister entre les différents plans — et en leur marge — comme des blancs frémissants où le silence se glisse perfidement sous les gestes les plus simples.

Le mystère, chez Antonioni, n'en renaît pas moins constamment au rebours du vide, dont il est en quelque sorte le versant caché. Les lieux désolés et labyrinthiques où errent ces personnages — toutes ces plages et ces déserts comme toutes ces obscures cabanes, du *Cri* au sanglant décor du chalet dans *Le Désert rouge* — sont aussi des lieux hantés, des lieux où le trouble naît soudain de rien : de l'inexplicable présence, au milieu des dunes d'un terrain vague, de quelques bobines sans câble ou de la carcasse d'un piano *(Le Cri, Zabriskie Point)*, de l'échange de deux regards ou de deux gestes gênés, du mouvement affolé d'un groupe de séminaristes, dans le dos du héros, au cœur d'un dédale de murailles reflété par des miroirs déformants *(Identification d'une femme)*, du départ d'un personnage solitaire vers le fond du paysage où il trouve soudain comme un écho dans le passage fugitif d'un train *(Le Cri)*. Le désarroi devant la dévalorisation du monde actuel, de même, se double constamment chez Antonioni d'une fascination devant son étrangeté, où on peut lire en filigrane une interrogation sur le débordement possible de l'humain dans le cosmique, qui serait notre dernière chance. Les images finales d'*Identification d'une femme*, qui superposent d'une certaine façon l'énigme du soleil à celle de la femme restée inaccessible, sont en ce sens suffisamment éloquentes. L'étrangeté de la femme elle-même, dans le film, vient du reste autant de sa fuite que de son ouverture à l'inconnu, de ce qu'elle a d'imprévisible par rapport aux morales codées : d'un côté la provocante liberté d'une jeune employée, caressant ouvertement le sexe d'un mannequin d'étalage, de l'autre la « pureté » inattendue de la seconde amie du héros, sortie indemne de la fréquentation d'un patron séducteur.

Hanté par le vide, le cinéma d'Antonioni ne s'y enlise pas ; moteur même de son discours, il est ce qui, en alternant avec le « plein », fait au contraire mieux ressortir la présence et la respiration du réel. Toute en éclipses, cette œuvre ne fuit rien ; elle rappelle seulement comme peu d'autres que la vie, au-delà du « bruit et la fureur » de surface, continue d'être une troublante parole de silence.

Jack Lemmon

L'amour du cinéma passe tout naturellement par l'amour des acteurs. Du vibrant éloge funèbre de Marilyn Monroe par Ado Kyrou (« She », n° 48, octobre 1962) à la célébration des grandes actrices contemporaines du cinéma français dans le numéro de mai 2002, Positif s'est toujours plu à brosser le portrait des uns, à interviewer les autres. Michel Cieutat, avant Agnès Peck, a fait de ces esquisses l'une de ses spécialités. Ainsi, ce texte sur Jack Lemmon, acteur fétiche de Billy Wilder, cinéaste lui aussi important pour définir l'identité positivienne.

MICHEL CIEUTAT, « Un Arlequin d'Amérique », n° 271, septembre 1983.

Principaux ouvrages de Michel Cieutat : Martin Scorsese, *Rivages, 1986;* Les grands thèmes du cinéma américain, *Le Cerf, t. 1* (Le rêve et le cauchemar), *1988, t. 2* (Ambivalences et croyances), *1991;* Pierrot le fou de Jean-Luc Godard, *Lyon, Limonest, 1993;* Frank Capra, *Rivages, 1988 (rééd. 1994);* Oliver Stone *(avec Viviane Thill), Rivages, 1996,* Le Grand Atelier, de Peter Greenaway *(avec Jean-Louis Flecniokoska), Presses du Réel, 1988;* Pacino-De Niro, Regards croisés *(avec Christian Viviani), Dreamland, 2001.*

MICHEL CIEUTAT

Un Arlequin d'Amérique

Jack Lemmon

À Michel Ciment qui lui rappelait qu'il avait utilisé à plusieurs reprises Jack Lemmon, William Holden et Walter Matthau, Billy Wilder répondait : « Si c'est un film qui traite d'un *schlemiel*[1] séduisant et sympathique, c'est tout naturellement Lemmon. S'il s'agit d'un homme d'affaires, costaud, très américain, au visage carré, c'est Holden et si j'ai besoin d'un marrant quelque peu tortueux, le genre beau-frère de tout un chacun, je prends Matthau, on ne peut pas faire mieux. C'est comme glisser ses pieds dans une vieille paire de pantoufles[2]. » Lemmon est en effet l'acteur wilderien type et cela aussi bien du point de vue de la thématique que de celui du style de jeu et de travail. Les sept films qu'ils ont faits ensemble le prouvent bien et ce sont ceux-là en ce qui concerne Lemmon que l'histoire du cinéma américain en fin de compte retiendra, d'une part pour leur haute qualité d'expression cinématographique (ils sont très supérieurs, par exemple, aux sept films que l'acteur a tournés avec son autre metteur en scène de prédilection, Richard Quine) et de l'autre, pour leur façon sarcastique de mettre à bas le rêve

---

1. *Schlemiel* : mot yiddish signifiant « marqué par la malchance, maladroit, gauche » et venant de l'hébreu *she-lo-mo-il* (« qui ne vaut rien »).
2. *Billy Wilder, portrait d'un homme à 60 % parfait* d'Annie Tresgot et Michel Ciment, 1979 (diffusé sur FR3 le 6-6-81).

américain et ses sujets aliénés de la deuxième moitié du XXᵉ siècle. Quant au reste des prestations cinématographiques de Lemmon, qu'elles soient comiques ou dramatiques, elles se sont toutes révélées, après *Certains l'aiment chaud (Some Like It Hot)* et surtout après *La Garçonnière (The Apartment)*, directement infléchies par cette puissante « Wilder Touch » que Lemmon aura donc faite sienne plus ou moins consciemment.

Bitter Lemmon

Le regard de Wilder porté sur l'Amérique est celui d'un immigrant supérieurement intelligent, pratiquant l'humour et l'ironie, truffant le tout d'un zeste de gentillesse attendrie. Le personnage de Lemmon s'inscrit dans cette optique critique et aimablement moqueuse, car, lui aussi donc, prend à revers pratiquement toutes les caractéristiques de base du rêve américain.

De même qu'une grande partie des acteurs mythiques de l'âge d'or hollywoodien (Cooper, Stewart, Lewis), Jack Lemmon est apparu dans un premier temps tel un jeune homme candide au visage de petit garçon attardé *(It Should Happen To You, Cowboy, The Notorious Landlady)*, parfois gauche et gaffeur *(Mister Roberts, My Sister Eileen)*, associant toujours amour et vie familiale *(Phffft !, It Happened To Jane)*, affichant une bonté à toute épreuve (*Good Neighbor Sam, Kotch* — le seul film qu'il ait réalisé à ce jour dans lequel le personnage de Matthau est du pur Lemmon-phase a)[1], issu de la classe moyenne (dix-huit films), qui croit dans le bonheur et pratique

---

1. Jack Lemmon n'a interprété à ce jour qu'un seul rôle de (faux) méchant : celui du « Evil Professor Fate » de *The Great Race*.

l'optimisme (vingt-six de ses films se terminent bien). En cela Lemmon s'inscrit dans la tradition classique, calviniste et jeffersonienne, qui sous-tend l'idéologie fondamentale des États-Unis et par conséquent celle de Hollywood.

Mais l'originalité de Lemmon se trouve bien entendu ailleurs. Lemmon se montre pour la première fois à l'écran en 1953, à l'heure où l'Amérique adulte est économiquement prospère et où il lui est devenu psychosociologiquement nécessaire d'occulter les maux dernièrement apparus sur la planète, à savoir le péril atomique, la guerre froide, le maccarthysme, la lutte des minorités ethniques pour les droits civiques, la délinquance juvénile... La solution est alors puisée dans la béatitude matérielle offerte par la cité (et non plus le jardin) d'abondance : « Je consomme, donc je suis », telle est la nouvelle panacée. Dès *Une femme qui s'affiche (It Should Happen to You)*, son premier film, Lemmon se présente comme un être qui s'exclut de ce système : Judy Holliday plaît beaucoup au modeste cinéaste de documentaires que joue Lemmon, mais dès que cette femme « s'affiche » afin de vaincre l'anonymat urbain, il ne la suit plus et cède la place aux puissants de la ville. Il ne renouera avec elle que lorsque Holliday aura rompu avec la jungle. Wilder trouvera en ce Lemmon à la fois classique (l'innocent du XIXe siècle) et moderne (le rebelle du XXe siècle qui rejette l'aliénation) l'interprète parfait de ses scripts, pourfendeurs de philosophie hypocrite et utopique.

Grâce à Wilder, Lemmon deviendra à partir de 1959 l'incarnation idéale de l'Américain WASP[1] obsédé, stressé, frustré par ses aspirations qu'il ne parvient pas à concrétiser *(The Apartment, The Front Page)*, ce qui l'amène à se retrouver dans des situa-

---

1. White Anglo-Saxon Protestant.

tions inextricables *(Irma la Douce)* où l'homme pressé de réussir *(The Fortune Cookie)* fait place à un être harassé de toutes parts *(Some Like It Hot)* à qui ne s'offre plus comme échappatoire que la luxure *(Avanti!)* ou le suicide maintenant associé à la folie *(Buddy Buddy)*. Ces caractéristiques, qui se situent aux antipodes de celles prônées par les Pères Fondateurs de l'Amérique, seront entérinées par les autres cinéastes avec lesquels Lemmon travaillera par la suite : une mécanique survoltée plaquée sur un reste de vivant, il le sera chez Arthur Hiller *(The Out-of-Towners)* ou Melvin Frank *(The Prisoner of Second Avenue)*; un frustré qui de surcroît sera exploité jusqu'à la corde, il le sera sous la direction de Clive Donner *(Luv)* et de Richard Murphy *(The Wackiest Ship in the Army)*; un maladroit dominé (Lemmon apparaît souvent voûté), résigné, refoulé, névrosé, maniaque, défaitiste et misanthrope, il le sera devant les caméras de Melville Shavelson *(The War Between Men and Women)* ou celles de Gene Saks *(The Odd Couple)*; libidineux répondant à l'alliance d'Éros et de Thanatos[1], il se manifestera ainsi aussi bien dirigé par David Swift *(Under the Yum Yum Tree)* que par Donald Wrye *(The Entertainer)*.

Cette vision désacralisante, hautement wilderienne[2], du rêve américain n'est pas seulement propre au Lemmon de la comédie. Le Lemmon dramatique donne dès 1963, avec l'excellent *Days of*

---

1. Après *Irma la Douce, Under The Yum Yum Tree* et *Good Neighbor Sam*, on reprocha aux États-Unis à Jack Lemmon de devenir un comédien salace. Signalons par ailleurs que Jack Lemmon apparut à deux reprises en travesti au cinéma *(Some Like It Hot, Pepe)*, et joua une scène où il imite une ménagère dans *The Entertainer*. En septembre 81, il participa à un gala organisé au profit de Harvard University à nouveau déguisé en femme.
2. L'influence de Wilder sur Lemmon est telle que le second dirigea le tournage de *Kotch* affublé en permanence d'un chapeau comme en porte toujours le premier.

Wine and Roses de Blake Edwards, dans un registre identique et porte ainsi un coup fatal à ce qui finalement s'est confirmé dès le début des années trente comme étant une utopie de plus dans l'histoire de l'humanité.

L'aliénation par l'alcool *(Days)*, l'obsession de la survie à tout prix *(The Out-of-Towners, Save The Tiger, Airport 77, The China Syndrome)*, la hantise ou le constat de l'échec *(Luv, The Entertainer, Alex and the Gypsy)*, la peur face à la vieillesse et à la mort *(Kotch, Prisoner :* « J'ai encore de la valeur. Je vaux encore quelque chose » ; *Tribute)*, la reconnaissance d'un état de crise en lui et dans la société *(Missing)* font de ses personnages des solitaires profondément malheureux (« Je vivais comme Robinson Crusoé... au milieu de huit millions de personnes », dit-il dans *The Apartment*), des râleurs impuissants *(The War Between Men and Women)*, des rebelles avec cause mais sans moyen *(The April Fools, Missing)*, des hommes d'affaires qui ne savent pas y faire *(Cowboy, Tiger, Alex)*, des artistes au talent sabré par leur entourage immédiat *(Sam, How To Murder Your Wife, War, The Entertainer)*, bref des clowns tristes qui donnent dans l'humanisme *(Tribute :* « Si vous trouvez quelque chose de mieux que le rire, faites-le-moi savoir », prétend celui dont on dit qu'il sait vous offrir un hamburger en vous faisant croire que c'est un gueuleton), qui nous invitent à accepter nos limites (« Si vous ne pouvez pas vous payer le bonheur, au moins vous pouvez vous le louer », dit-il à propos de sa limousine dans *Tribute)* et à rechercher la sagesse, tel le Harry Hinkle face au petit message chinoisement lincolnien trouvé dans *The Fortune Cookie* : « On peut tromper tout le monde un certain temps, on peut tromper certaines personnes tout le temps, mais on ne peut jamais tromper tout le monde tout le temps. » Ce clown au rire moqueur et aux larmes cathartiques n'est toutefois pas un pessimiste, car il pense qu'une certaine re-naissance est possible à condition que l'on accepte de passer par la fuite (en Europe dans *The April Fools* et *Avanti!*), par l'obstination dans le désir de demeurer libre à tout âge et en toute circonstance *(Kotch)*, par la poésie *(War)*, par l'autodestruction *(Tiger)*, par le cri de la survie *(Towners, Prisoner)*, par le rire dans le désert *(The Entertainer)*. Jack Lemmon symbolise à lui seul le rire amer de l'Amérique face à son rêve à jamais démythifié [1].

Jack-of-all-trades

Quiconque a vu *The Out-Of-Towners* ou *Save The Tiger* sait que Lemmon peut donner dans le style paroxystique avec la même intensité que Pacino. Quiconque l'a vu dans *The China Syndrome* ou *Missing* sait qu'il peut atteindre une sobriété de jeu comparable à celle d'un Cary Grant. D'ailleurs Billy Wilder l'a comparé lui-même à ce dernier : « Il se situe entre Chaplin et Cary Grant, mais est complètement original. Les spectateurs en regardant simplement son visage peuvent savoir ce qui se passe dans son cœur et dans sa tête et ainsi avoir le plus grand rapport avec un acteur depuis Chaplin [2]. » En effet, la quintessence du jeu de Lemmon se situe dans son visage et plus particulièrement dans sa bouche utilisée de façon très élastique. Cette dernière lui permet souvent de débiter de manière très acrobatique ses textes qu'il interrompt constamment, pour les

---

1. Le rire de Lemmon est légendaire : il fait irrésistiblement penser à celui de Woody Woodpecker. On ne saurait être plus moqueur.
2. Cité par Joe Baltake, *The Films of Jack Lemmon*, New York, Citadel Press, 1977, p. 28.

reprendre à coups de staccato enroué, sa voix pouvant se perdre dans les nues de l'excitation la plus vive[1], ses yeux étayant cette agitation buccale par toute une série de roulements, d'« écarquillements » ou de rétrécissements divers (« *It's into the eyeballs*[2] », aime-t-il préciser), son cuir chevelu variant au rythme de ces trépidations. Son corps est lui aussi en mouvements permanents, ses jambes prenant des poses au seuil de l'instabilité, ses bras gesticulant dans le vide de la névrose. Son timing[3] est remarquable, instinctif, spontané, naturel, à l'image même du style de direction d'acteurs de Wilder, lequel improvise beaucoup sur les détails en laissant ses interprètes lui proposer des idées de jeu (ainsi fut trouvé le gag de la raquette de tennis pour égoutter les spaghetti dans *The Apartment*). Le jeu de Lemmon est l'un des plus justes, au sens musical du terme, de l'histoire du cinéma américain.

Lemmon n'a pas de méthode précise dans son travail. Doté d'un sens critique très aigu, il choisit ses scripts en fonction de la présence d'une ou de deux scènes qui permettent à « son personnage de réellement décoller[4] », en fonction d'un obstacle qu'il recherche et contre lequel il puisse bâtir sa scène à jouer, en fonction de son sentiment soudain de ne pas savoir comment interpréter le rôle.

« Je m'intéresse aux scripts qui exposent aux yeux des spectateurs le comportement humain d'une

---

1. Cf. sa manière de reprendre une phrase, après une interruption, à un très haut niveau comme le fait aussi Jerry Lewis.
2. *Playboy*, « 20 Questions : Jack Lemmon », vol. 28, n° 6, juin 1981, p. 194.
3. Lemmon a toujours aimé la manière rapide (15 mn de répétition seulement) de travailler à la TV à l'époque du direct. Une telle agitation crée en lui cette fébrilité de jeu qu'il exorcise par son fameux « *magic time* » qu'il lance à chaque début de prise, dont parlait Billy Wilder à M. Ciment dans *Positif*, n° 155, p. 8.
4. *The Films of Jack Lemmon, op. cit.*, p. 28.

manière révélatrice. En d'autres termes, j'espère que les spectateurs pourront se reconnaître dans les personnages de mes films (...) 80 % de l'art de jouer consistent à découvrir avec délice qui est réellement ce foutu personnage. Le reste n'est que de l'exécution [1]. »

Lemmon éprouve toujours beaucoup de difficulté à entrer dans ses personnages. Afin d'améliorer cette approche il a d'ailleurs eu recours à la psychologie et a étudié Adler, Jung... Il aime imaginer des conversations entre deux êtres dans une situation donnée et les joue tout seul chez lui en improvisant les deux textes, exercice qui lui permet de mieux s'identifier à ses rôles : « Je ne veux pas que le personnage me ressemble, je veux devenir le personnage [2]. » « La grande, grande, grande chose pour un acteur est de surmonter sa peur de s'exposer. Le jour où vous parvenez à vous laisser aller à travers le personnage et que vous ne vous préoccupez plus de savoir si quelqu'un rit ou est choqué, vous avez réussi. Pour moi cela tient de la psychanalyse [3]. » En conclusion pour Lemmon, la plus grande simplicité dans le jeu d'un côté, et de l'autre le désintéressement : « Vous jouez avec votre partenaire et non

---

1. Id., p. 34.
2. *Ciné-Regards*, « Jack Lemmon », FR3, 9 septembre 1979.
3. *The Films of Jack Lemmon, op. cit.*, p. 42. C'est ainsi qu'il a approché le rôle de Jack Godell de *The China Syndrome* : « J'ai juste essayé de voir quel genre d'homme il était. Je me suis rendu compte qu'il était un homme seul. Dans son combat contre la solitude il est tombé amoureux, non pas d'un autre être humain, mais de son travail. Je pense qu'il était marié. Je ne pense pas qu'il ait eu des enfants, mais je le crois divorcé pour la simple raison que sa femme s'est aperçue qu'elle était le deuxième amour de sa vie, son premier amour étant la centrale nucléaire. Et plus fort cet amour devenait, plus dramatique devenait l'action, parce qu'il devait soudainement s'isoler. Tout devenait la faute de cette castration. Il devait tourner le dos à tout ce qu'il aimait, à ce en quoi il croyait et il devait combattre afin de pouvoir continuer à le faire coûte que coûte. » *(Ciné-Regards, op. cit.)*

contre lui[1]. » « C'est cela qui différencie un grand acteur des autres. Il ne pense pas à ce qu'il peut faire pour lui, mais au contraire à ce qu'il peut faire pour la scène[2]. »

Acteur comique, acteur dramatique, acteur de composition, producteur avisé *(Cool Hand Luke)*, réalisateur doué *(Kotch)*, Jack Lemmon est certainement l'homme à tout faire et qui peut tout faire bien du cinéma américain. Serviteur bouffon de Billy Wilder, malicieux, crédule et gracieux, au masque facial multiforme, Jack Lemmon est, de toute évidence, l'Arlequin américain par excellence.

---

1. *Playboy, op. cit.*, p. 194.
2. *The Films of Jack Lemmon, op. cit.*, p. 42.

Raúl Ruiz

Ado Kyrou siégeait au jury du Festival de Locarno quand il découvrit un étrange film chilien intitulé Trois Tristes Tigres *(1968). C'est ainsi que naquit, dès son deuxième long métrage, l'admiration de* Positif *pour le fantasque Raúl Ruiz, que son exil en France n'a nullement aliéné.*

FRANÇOIS THOMAS, « L'échange souverain » (*Les Trois Couronnes du matelot*), n° 274, décembre 1983.
Principaux ouvrages de François Thomas : L'Atelier d'Alain Resnais, *Flammarion, 1989;* Citizen Kane *(avec Jean-Pierre Berthomé), Flammarion, 1992.*

FRANÇOIS THOMAS
L'échange souverain
Les Trois Couronnes du matelot

Parmi les mille et une références que Ruiz lui-même et des commentaires déjà nombreux ont assignées à ce film en passe de devenir mythique, il en est une qui fait curieusement défaut, bien que citée par Alain Masson à propos du *Territoire,* je veux parler de *L'Année dernière à Marienbad*. Au-delà de nombreuses parentés stylistiques (labyrinthe « borgésien », alternance de fixité et de mouvements de caméra vertigineux, truquages à la prise de vues, jeux sur les ruptures de lumière, influence de la bande dessinée américaine, réutilisation moderniste de procédés historiquement datés...), *Les Trois Couronnes du matelot* partage avec le film de Resnais une même incitation à la spéculation qui risque fort de masquer l'aspect concret et sensuel qu'il déploie à proportion — il n'est qu'à voir la façon dont Ruiz filme la danse et dont les mouvements des acteurs en sont contaminés : ballet rituel des marins qui se croisent sur le quai, matelot frappé à mort qui titube en esquissant un cha-cha-cha. La dérive de l'imaginaire n'empêche pas le film de prendre l'allure d'un récit ethnographique aux moments où il s'ancre le plus dans une culture quotidienne, comme pendant la fête d'adieu à Valparaíso. Les références érudites ou ésotériques se mêlent à d'autres, plus populaires. La tenue littéraire du matelot narrateur éclipse la multiplicité des niveaux de langue que, personnage de sa propre histoire, il adopte tour à tour. On pourrait continuer longtemps : ce film de fantômes est au plus haut point incarné, sa luxuriance vient de ce que Ruiz y juxtapose en permanence les contraires.

Il serait d'autant plus séduisant de s'engouffrer dans le flot des références qu'elles constituent les seuls repères tangibles auxquels on puisse s'accrocher, Ruiz s'ingéniant à brouiller tous les autres (sans parler de l'impossibilité de tout suivre). Leur examen, outre qu'il serait interminable (la culture d'un autodidacte s'éparpille dans des directions imprévisibles), ne saurait être pourtant qu'une étape préalable qui, une fois franchie, permettrait de saisir pleinement l'unité ruizienne d'une mosaïque apparemment dispersée aux quatre vents. Il faut au moins préciser que les références et citations littéraires les plus évidentes renvoient moins à des auteurs précis qu'aux traditions dans lesquelles ils s'inscrivent (récit-gigogne, contes et récits maritimes nordiques ou anglo-saxons); une des principales chaînes du film est du reste celle de la transmission du savoir. Et si *Les Trois Couronnes du matelot* évoque fréquemment Welles, c'est sans doute par une assimilation stylistique, y compris dans le domaine sonore, et par une poignée de citations directes, mais aussi et surtout par une inspiration puisée en partie aux mêmes sources: outre Milton Caniff et Coleridge, sont convoqués *L'Odyssée*, Cervantes, Stevenson, Conrad ou Isak Dinesen, que Welles a tous adaptés ou tenté d'adapter au cinéma, et *Moby Dick*, qu'il a monté au théâtre. Ruiz joue volontiers avec ces réminiscences culturelles: en renvoyant à un plan similaire de Budd Boetticher dans *La Chute d'un caïd*, la plongée verticale sur les trois matelots étendus sur le pont laisse présumer que ces dormeurs sont des morts, ce en quoi on n'a pas tort.

Quant à l'élucidation des mystères, assurément vaine, Ruiz en suscite doublement le désir: en prêtant à ses personnages une batterie d'argumentations métaphysiques, théologiques, scientifiques et surtout logiques; et en fournissant *in fine* une explication, certes surnaturelle mais dont on pourrait attendre qu'elle éclaire rationnellement le film. Cette clé donnée par l'étudiant («Dans le bateau des morts il faut toujours un matelot vivant. Je compris que c'était à moi de remplir cette tâche humiliante») se heurte néanmoins à bien des contradictions. Les marins fantômes du *Funchalense* tantôt craignent de périr par manque de sel, tantôt se laissent mourir dans un naufrage. L'un d'eux a écouté des fantômes lui raconter leur histoire, un autre maintient que sa découverte d'un cargo fantôme est « une vraie histoire de fantômes », ce qu'elle est doublement puisque c'est un fantôme qui la rapporte. La formule « Il imitait tout le monde, qu'il soit mort ou vivant » est rétrospectivement à double entrée : c'est peut-être aussi de l'imitateur qu'il s'agit, lequel est tour à tour un faux noyé et un faux vivant (il revient à la mort) ; mais s'il est bien question de ses modèles, il n'est pas sûr qu'il puisse trouver à terre des vivants à imiter, car les fantômes y sont légion, et il n'a pas grand choix à bord, puisqu'il ne s'y trouve qu'un seul matelot vivant. Encore ce point essentiel n'est-il pas avéré. Si, « pour acquérir le droit d'être admis sur le bateau, il fallait tuer quelqu'un du bord », cela implique qu'avant le meurtre il y ait deux matelots vivants. Et il n'est pas certain que le matelot narrateur soit l'un d'eux puisque, « blanc comme un suaire » avant même d'avoir embarqué, personnage parmi d'autres de l'histoire du commis voyageur, donc comme eux un fantôme, il apprendra sans sourciller qu'il fut renversé par un camion voilà bien des années (ou peut-être une seule). On le voit, le paradoxe du menteur énoncé au début du film (par un « aveugle » dont les yeux témoignent en très gros plan qu'il passe de vie à trépas) n'est dans *Les Trois Couronnes du matelot* qu'une antinomie parmi d'autres.

Le matelot dérobe sa mort à l'étudiant au « comportement suicidaire » qui, rêvant d'une fin réparatrice, se retrouvera pour comble d'infortune le seul vivant sur le bateau des morts. Cette permutation s'inscrit dans un cycle d'échanges qu'on devine immortel. Mais le moindre paradoxe des *Trois Couronnes du matelot* n'est pas de fonder une fiction cyclique sur la figure toujours renouvelée du double. Les personnages ont des doubles, en sont eux-mêmes, ou se dédoublent, tel l'étudiant qui parle de lui à la troisième personne, mais à la première dans les moments d'ennui. La figure récurrente de « l'autre » désigne tantôt la simple altérité (quand les fantômes du *Funchalense* surnomment ainsi le matelot vivant), tantôt, le plus souvent, un autre soi-même : l'imitateur face à ceux qu'il contrefait, ou encore face à son double, « l'autre », dont il parle volontiers. C'est parfois la même personne qui affirme à la fois l'altérité impliquée par la seule distinction entre soi et l'autre et la cohésion des parties (« Nous sommes tous un ») ou l'identité universelle (« Nous sommes tous pareils »), l'unité et la multiplicité. Ainsi une infinité d'années peut-elle être comprise, à certaines conditions, dans un seul instant. Pour les agresseurs de Tanger, Ali et Ahmed, l'un est l'autre et l'autre est l'un, l'envers devient l'endroit (le méchant le bon, le faible le fort, le pusillanime le décidé) : les deux frères se rejoignent seulement dans la conviction que le monde est l'envers de ce qu'il est. Dans telle zone de Valparaíso, les lois de la gravitation sont d'ailleurs inversées, et le commis voyageur marche au plafond. L'inversion régit des situations (pour s'évader de prison, il faut tuer ; pour se soustraire à la condition de matelot vivant, il faut se faire tuer), des comportements (l'étudiant en théologie, athée, se signe) et leur signification (la prostituée Maria choisit le matelot en l'ignorant superbement), des images (le profil droit d'une orpheline et l'ombre de l'autre sont placés en vis-à-vis), autant dire tout le film.

Que rien en ce monde et dans l'autre ne soit doué d'unicité, cela s'étend à l'histoire même du matelot, qui pratique à un degré rare la mise en abyme. Ayant du mal à s'exprimer face aux autres, il les écoute raconter leur vie, une histoire de fantômes trop courte pour être une histoire, ou une histoire drôle, et pourtant il gagne haut la main les concours d'histoires. Il entend ainsi des versions différentes de sa propre histoire, puis les rapporte à son tour aux marins du *Funchalense* en les déformant par de nouvelles variantes. Ce n'est ni la première fois qu'il raconte son histoire, ni la première fois que l'étudiant l'entend, dans d'autres versions il est vrai : histoire immortelle qui traîne dans tous les ports, mais histoire mortelle, cette fois, pour celui qui la raconte. L'étudiant découvre un détail omis dans les versions antérieures, « intéressant » puis « dégoûtant », qui seul justifie les dires initiaux du matelot : « Cette histoire est faite pour vous. » C'est le cycle des vers blancs (revenant aux marins après s'être métamorphosés en papillons) qui permet au cycle du renouvellement du matelot vivant de se réaliser. Le bon fonctionnement du piège suppose qu'il s'agisse d'une « histoire de plus », connue et jusque-là inoffensive, qui englobe donc toutes les histoires de marins passées, bien qu'inversement elle soit déjà contenue dans les livres des écrivains qui ont dépensé leur vie à raconter celle du matelot.

Le récit du matelot étant on ne peut plus intéressé, cela jette un doute sur sa véracité. Mais l'étudiant n'était-il pas amplement prévenu de ce dont il retournait, y compris de ce que le matelot partageait avec lui les dernières heures de son existence ? Si ce dernier a eu besoin de mentir, c'est sur un seul détail, la « règle cachée » — c'est sur le bateau même qu'il faut tuer quelqu'un du bord —, en dissimulant que l'échange pouvait également se faire à terre. La duperie serait si mince qu'il faut considérer le récit du matelot comme véridique. Quant à suspecter l'étudiant de mensonge, encore faudrait-il que ce soit lui, et non quelque écrivain anonyme, qui au premier plan du film tient la plume pour écrire les premières lignes de ce récit. Tout, dans *Les Trois Cou-*

ronnes du matelot, est rigoureusement vrai, même les affirmations les plus contradictoires, les erreurs de transcription du récit ou que « le monde est un mensonge ». Il ne faut probablement pas y voir le refus par Ruiz des principes d'identité et de contradiction[1], car les dépasser signifierait penser ensemble les contraires, leur combat et leur unité. C'est donc plutôt à Leibniz qu'il faudrait recourir[2] : chaque point de vue est vrai, et leur éventuelle concordance — d'une version de l'histoire à l'autre, ou entre deux plans du même axe — provient des raccordements préétablis par Dieu entre les points de vue monadologiques, que Dieu soit ici ou non le metteur en scène.

Sans vouloir dénier au style visuel des *Trois Couronnes du matelot* sa réjouissante gratuité, force est de constater qu'il repose lui aussi sur les données abstraites paradoxales dont le film est prolifique. Ruiz diversifie les points de vue axiaux plus encore que la focalisation narrative. Par une expérimentation visuelle de tous les instants, avec la complicité irremplaçable du chef opérateur Sacha Vierny, il désorganise la perception d'une unité spatiale qu'il faudrait reconstituer plan par plan au prix de visions répétées. Son montage multiplie les raccords forcés, outrés, mais en escamotant les repères qui nous conduiraient à réfléchir en termes de faux raccords : les raccords aussi sont tous « vrais ». Les angles de prise de vues nous privent souvent de la portion d'es-

---

1. Le débat logique renvoie à d'autres, théologiques (l'aumônier enseigne avec persévérance aux détenus le mystère de la Trinité) ou géométriques (l'étudiant, soutenant que le monde est à deux dimensions, renvoie dos à dos la droite et la courbe).
2. Outre qu'avec Ruiz aucune référence ne saurait passer pour saugrenue, je m'autorise ici de son récent entretien avec *Les Cahiers du cinéma* (n° 345, mars 1983) où, à propos des axes de prise de vues, il invoque Malebranche, auquel Leibniz a précisément répondu.

pace que partagent deux plans successifs. Le procédé est particulièrement déroutant en intérieurs, où les plans sont au reste fréquemment coupés par une cloison, par des ouvertures divisant l'image par des cadres dans le cadre. Passer d'une pièce à l'autre en gardant pour seul repère un personnage resté sur le seuil, ou camoufler au regard l'emplacement du lit de Maria quand est cadré l'ensemble supposé de sa chambre, c'est là deux moyens parmi d'autres de disloquer l'espace. Lorsqu'une scène est circonscrite dans une seule pièce, Ruiz emprunte alors à chaque plan les angles les plus divers sans guère nous consentir d'autre repère que la présence des murs. Et les personnages peuvent disparaître entre deux plans, ou voir leur présence soudain révélée par un changement d'axe.

Tenir jusqu'au bout ce parti pris de désorientation spatiale aurait signifié exclure du film tout raccord dans l'axe et toute reprise d'un même angle. Mais les quelques raccords dans l'axe des *Trois Couronnes du matelot* ne sont pas toujours identifiables comme tels tant est grande la distorsion de l'espace, et ils retrouvent ici toute leur force d'accélération irréaliste et arbitraire. Les reprises d'axes, y compris sous la forme de champs-contrechamps, sont fréquentes dans la confrontation en noir et blanc de l'étudiant et du matelot (la permutation ultérieure des deux protagonistes suppose leur disjonction initiale par le montage), mais, dans le récit haut en couleur du matelot, elles frappent comme des transgressions. Ces plans qu'on croit escamotés et qui reparaissent bientôt comme si de rien n'était, ces fantômes de plans sont le plus souvent de fausses reprises, de faux retours au champ : la couleur (ou les directions de regard, souvent trompeuses) a varié entre-temps, un plan fixe se sera mué en plan mobile, etc. Après un raccord dans l'axe qui couvre une distance déme surée, la rencontre du matelot avec le commis voyageur développe une série de champs-contrechamps qui tantôt effacent tantôt étirent la distance séparant les deux personnages ; dans le dernier plan, l'écart paraît de nouveau aboli, mais le matelot recule comme porté par un coussin d'air. Les emplois extrêmes de la profondeur de champ permettent les contrechamps les plus étirés, les plus déroutants (un officier vu depuis le pont supérieur du bateau, en plongée, succède à sa main qui passe imprévisiblement devant l'objectif au terme d'un prodigieux plan long enchaînant les panoramiques en tous sens) ou de curieux sauts en arrière : le nouveau plan dispose un objet en amorce qui estompe la permanence de l'axe, ou bien, à l'inverse, il relègue tout au fond du champ un personnage de dos après un plan vu à travers ses lunettes monstrueuses. Si, par-delà Welles et Milton Caniff, la profondeur de champ ruizienne paraît renouer avec son emploi plus pictural que dramatique chez Murnau (puis chez son assistant et accessoiriste Ulmer dans *Le Chat noir*), elle s'en distingue en ce que la plupart des amorces jouent d'une façon ou d'une autre avec le mouvement : manipulation d'objets au premier plan, jaillissement d'un objet venu de l'intérieur de l'image ou au contraire de derrière la caméra, entrées et sorties de champ redoublées, pivotement de l'amorce, premier plan qui se révèle bientôt n'être plus tout à fait le premier plan (la trame d'un tapis, devant laquelle se glisse encore une main tenant fil et aiguille), etc. Quelle panoplie !

Il faudrait encore souligner, pour ne citer qu'elles, la subtilité des distorsions temporelles, l'imprévisibilité des attitudes gestuelles du matelot, la virtuosité des plans longs et plans-séquences, l'incessante variation des couleurs (changements d'éclairage à vue en cours de prise, fondus enchaînés superposant deux mers de couleurs différentes, filtres bichromatiques engendrant une mer bleu et mauve dans le même plan), ou la complexité d'une des bandes sonores les plus *composées* de ces dernières années. La musique de Jorge Arriagada brouille elle aussi bien des repères : différenciant les ports au moyen de mélodies « exotiques », elle les amalgame pourtant quand le thème de Singapour revient inopinément à Valparaíso — il est vrai que telle lanterne du port chilien a sa réplique à Singapour, et tel quartier sa reproduction exacte à Bilbao. Il faudrait enfin, mais ce sera pour une autre fois, s'attacher à la tendresse et à l'humour que dissimulent la structure torturée et les richesses formelles d'un film dont le lecteur a compris qu'il est d'ores et déjà inépuisable.

Éric Rohmer

Les premières mentions du nom d'Éric Rohmer dans Positif *ne sont guère élogieuses (n° 20, janvier 1957). Elles ne concernent pas ses œuvres, mais les propos qu'il tient dans les n°s 61 et 65 des* Cahiers du Cinéma *(« La guerre des revues n'aura-t-elle pas lieu ? ») au sujet de cette petite revue qu'il accuse à la fois d'intransigeance, d'opposition systématique aux cinéastes défendus par les* Cahiers *et de suivisme (sur Brooks ou Aldrich). Devenu réalisateur, ses courts métrages et* Le Signe du lion *(1959) ne sont guère appréciés, pas plus que* La Collectionneuse *(1967). Cependant, avec* Ma nuit chez Maud *(1969) et surtout* Le Genou de Claire *(1970) s'amorce un tournant qui marque enfin le dépassement des conflits antérieurs. Dès lors, Rohmer, peu après Chabrol (*Les Biches, *1968), peut devenir, notamment sous l'impulsion de Gérard Legrand, un auteur régulièrement soutenu par* Positif.

FRANÇOIS RAMASSE, « Je sens que je vous complique la vie » (*L'Ami de mon amie*), n° 319, septembre 1987.

FRANÇOIS RAMASSE

« *Je sens que je vous complique la vie* »

L'Ami de mon amie

Est-il utile de rappeler que l'espace est consubstantiel au cinéma de Rohmer ? Évitant les premières topographies fictionnelles du cinéaste, un simple « panoramique » sur ses réalisations télévisuelles serait on ne peut plus révélateur non seulement de cet intérêt mais d'une attention passionnée à l'évolution de l'environnement urbain dans lequel s'inscrivent des personnages en constante mutation rohmérienne, personnelle et sociale et qui, bien sûr, les circonscrit, les modèle. Arrêtons-nous donc pour l'heure à la série des quatre émissions de 1975 intitulée, de manière aujourd'hui pour nous programmative, *Ville nouvelle*. En effet, quoique inachevée, s'y profilait déjà sous différents aspects Cergy-Pontoise où Rohmer a entièrement situé l'action et l'inaction de son sixième opus (comme les « Contes moraux », déjà) de la série des « Comédies et proverbes » au titre à nouveau typiquement rohmérien et clairement évocateur, au point qu'à l'attente toujours surprise du *Rayon vert* succèdent les attendus immanquablement surprenants de *L'Ami de mon amie*.

Dans la configuration géographique qui est celle de Rohmer, les *Quatre Aventures de Reinette et Mirabelle* marquent en quelque sorte, de l'une à l'autre des deux dernières « Comédies », le retour de la province et de la campagne à Paris, retour immédiatement prolongé par un décentrement inédit et significatif, l'implantation dans une ville nouvelle.

L'interlude est donc d'autant moins déplacé qu'il achève de placer l'œuvre rohmérienne sur une erre et dans une ère elles aussi nouvelles qui portent désormais incontestablement la joie de vivre à la clé. « En province, explique Rohmer, il semble qu'on aime bien avoir des ouvertures sur l'extérieur, avoir "pignon sur rue". À Paris, on s'enferme davantage, on s'isole, bien qu'on sache que le monde extérieur est là, à portée de la main. À Marne-la-Vallée, le paradoxe est qu'il y a des ouvertures sur l'extérieur, mais que dans cet extérieur il ne se passe rien, enfin, rien encore. Cela viendra plus tard (...). Pour l'instant, admettons que ce soit triste et glacé, mais cela pourra devenir extrêmement gai (...)[1]. »

Consacrées aux *Nuits de la pleine lune*, ces phrases synthétisent remarquablement l'itinéraire et l'évolution du cinéaste dans lesquels *L'Heure bleue*, première aventure de Reinette et Mirabelle, qui replace le nocturne dans le positif et remplace les « nuits chez... » par une « nuit avec... » placée sous le double — le triple, si l'on considère la composante astrale alors développée — signe de la femme et de l'amitié, tous éléments que prolonge *L'Ami de mon amie*, fait figure de pont tournant. En fait, amorcé de longue date, perceptible avec *Le Beau Mariage*, radicalisé par la brisure nette entre la douleur puis le bonheur à l'état brut des fins respectives des *Nuits de la pleine lune* et du *Rayon vert*[2], ce tournant n'est définitivement (si tant est que les deux coupures dans la cita-

---

1. « Le Celluloïd et la pierre », entretien avec Éric Rohmer par Claude Beylie et Alain Carbonnier, in *L'Avant-scène cinéma*, n° 336, janvier 1985, « Spécial Rohmer » (*Les Nuits de la pleine lune ; La Femme de l'aviateur ; Place de l'Étoile*), p. 8.
2. Cf., pour plus de détails, mes deux articles : « L'Horizon des ruptures » et « Le Bonheur est une longue patience », in *Éric Rohmer 2*, « Études cinématographiques », n°⁵ 149-152, Lettres Modernes, Minard, 1986.

tion précédente ne portent pas sur les germes d'altérations futures) effectif que dans *L'Ami de mon amie* qui, pour ainsi dire d'un seul geste, avec Cergy-Pontoise efface Marne-la-Vallée.

Car il suffit, dès les premières images, de l'assaut du bleu soutenu et du vert vif de la moderne architecture cerginoise pour que soit balayé le gris bleuté du frimas qui fige celle de l'autre ville nouvelle, et troublée sans rémission la symétrie qui aurait pu s'instaurer entre les deux. Au vrai, c'est d'une inversion qu'il faut parler, inversion à laquelle a concouru, outre le bleu de l'heure appréciée par Reinette, l'or du soleil qui dans son ultime rayon a uni Delphine et Jacques, pour la première fin sereine et dépourvue d'ambiguïté du cinéma rohmérien. Et au rythme d'une partition colorée fondée sur les teintes précitées — le bleu, le vert, le jaune — qu'un fascinant jeu sur les vêtements en particulier lui permet de moduler à son gré, Rohmer conduit histoire et personnages vers un dénouement non pas seulement heureux mais franchement joyeux qu'on jurerait dans le ton de certaines comédies américaines. C'est d'ailleurs la tonalité d'ensemble de *L'Ami de mon amie* qui est touchée par la grâce d'une gaieté presque sans partage, les seuls pleurs de Blanche (à l'inverse de Delphine qui, dans *Le Rayon vert*, dégouline jusqu'à l'avant-dernière séquence) concluant un moment de bonheur : le baiser de Fabien.

De cet univers le noir, c'est révélateur, a été banni. Et il n'est que de comparer au studio parisien de Louise dans *Les Nuits de la pleine lune* l'appartement de Blanche à Cergy pour comprendre le chemin parcouru : à l'image de la jeune fille et de son prénom celui-ci n'est que lumière et blancheur. De même la progression barométrique est indicative du basculement du réalisateur dans un optimisme incongru, mais — qu'on se rassure — nullement béat, qui donne à ses deux dernières « Comédies » une légère mais incontestable tournure de conte de fées : ne glisse-t-on pas d'un ciel passablement gris puis moutonneux à l'azur irradié de soleil d'une chaude journée d'été ? Cette saison toutefois, si elle reste celle de l'amour — dont, comme dans *Le Rayon vert*, l'avancée est signalée par la montée du rouge, sur la montre-bracelet de Fabien, par exemple —, marque, dans *L'Ami de mon amie*, la fin des passades, et (puisque Léa, à l'instar de Blanche, se fixe sentimentalement) l'avènement conjoint de ces inconciliables jusque-là vainement poursuivis par les héroïnes de la deuxième suite rohmérienne (que l'on songe à la Sabine du *Beau Mariage*) : l'extraordinaire et le solide (paradoxalement d'ailleurs, c'est la papillonnante Léa qui lance à la sérieuse Blanche : « Tu cherches l'extraordinaire, je cherche le solide »).

L'Ami de mon amie résoudrait-il les contradictions motrices du cinéma de Rohmer, parviendrait-il à marier, ou plutôt unir, le mariage ayant, depuis l'échec de Sabine, disparu de l'horizon des « Comédies et proverbes », les éternels contraires de la séduction et de l'élection ? L'alternative, déjà, avec la nouvelle série, avait changé, et les femmes occupant le devant de la scène, les hommes endossaient nécessairement les rôles du séducteur et de l'élu [1]. Mais la féminisation de plus en plus nette ne pouvait sans doute qu'impliquer d'autres modifications, à commencer par la confusion de ces deux rôles et la déshabilitation du personnage médiateur ici incarné par Léa elle-même, puis par Adrienne. Stratégie et modèle masculin déboulonnés, Blanche et Léa avaient libre cours de se tromper dans leur premier

---

1. C'est ce que n'a pas vu Marion Vidal dans son article « La Séductrice et l'élue : les héroïnes rohmériennes », *Positif*, n° 300, février 1986, p. 48.

choix, l'élu — Alexandre et Fabien respectivement n'étant en réalité que le séducteur passager et passage vers le véritable élu (Fabien et Alexandre respectivement...), la nuit de Fabien chez Blanche venant mettre un terme à une kyrielle de « nuits chez... » plus ou moins stériles ou consommées, en aboutissant à la formation du couple.

Orchestré avec une maestria confondante, éclairé par un humour insolent de brillant, ce chassé-croisé amoureux débouche sur l'image inversée de celle, négative dans tous les sens du terme, qu'offraient les « Contes moraux » qui retombaient inéluctablement sur le couple de départ, couple de compromis résigné, couple par défaut. L'échange — avec quelle habileté Rohmer joue sur le vaudeville, celui d'hier mais aussi celui d'aujourd'hui ! — opéré dans *L'Ami de mon amie* aboutit à la constitution, par affinité et non plus par décision, de couples finaux différents scellés par l'adéquation des partenaires. Le volontarisme qui présidait aux échecs des « Comédies et proverbes » à structure en boucle, donc fermée, c'est-à-dire jusqu'aux *Nuits de la pleine lune*, fait également ici long feu. Le « naturel » l'emporte donc dans la psychologie de personnages autrefois calculateurs et affectés, quand pas en représentation. Dehors, comme en écho, la « nature » a investi la ville, et la progression des sentiments de Blanche et de Fabien se conjugue en termes atmosphériques et selon les éléments. C'est ainsi que leur amour naît au fil de l'eau d'un plan sillonné, par les planches à voile, un jour où, comme le dit Fabien, « c'est intéressant au niveau du vent ».

Envisagé sous cet angle, où la ville devient lieu d'amour et de vacances, le cinéma de Rohmer mériterait d'être appelé d'invasion. Ne se concentre-t-il pas, qui plus est — ce sont les *Quatre Aventures de Reinette et Mirabelle* qui poussent cet aspect à l'extrême, représentent la quintessence de cette attention —, sur les faits les plus anodins, les situations les plus simples d'un quotidien magnifié dans un décor accepté ? Le pas décisif de Blanche, qui n'ira jamais, même si elle manque y accompagner Alexandre (qui met fin à ses tergiversations d'un autre âge rohmérien par un splendide : « Je sens que je vous complique la vie »), à Paris, est d'avoir choisi sa maison, de s'être installée, fixée, « mûre pour la vie à deux », Léa continuant seule, pour un temps, à osciller, telle Louise, entre deux lieux, chez ses parents à Saint-Germain-en-Laye, chez Fabien à Cergy-Pontoise. Or « Qui a deux maisons... » ; mais Léa, à la différence de Louise, décide d'être adulte et, suivant Blanche, se pose. Rohmer, lui, nous laissera-t-il en repos ?

Theo Angelopoulos

Le premier ensemble critique de Positif *sur Theo Angelopoulos date d'octobre 1975 et du* Voyage des comédiens *(n° 174). D'autres suivront régulièrement, lorsque figureront eux aussi en couverture* Les Chasseurs *(n° 194, juin 1977),* Alexandre le Grand *(n° 250, janvier 1982),* Paysage dans le brouillard *(n° 333, novembre 1988),* Le Pas suspendu de la cigogne *(n° 363, mai 1991),* Le Regard d'Ulysse *(n° 415, septembre 1995) et* L'Éternité et un jour *(n° 453, novembre 1998). La route est longue, parfois, pour arriver jusqu'à la Palme d'Or.*

YANN TOBIN, « L'arbre et la main » (*Paysage dans le brouillard*), n° 333, novembre 1988.

Principaux ouvrages de N.T. Binh (Yann Tobin) : Mankiewicz, *Rivages, 1986;* Lubitsch *(avec Christian Viviani), Rivages, 1991;* Bergman, le magicien du Nord, *Gallimard, coll. Découvertes, 1993;* Typiquement britannique : le cinéma britannique *(dir., avec Philippe Pilard), Centre Georges-Pompidou, 2000.*

YANN TOBIN

L'arbre et la main

Paysage dans le brouillard

Deux enfants grecs à la recherche d'un père hypothétique font une fugue vers l'Allemagne. Ils prennent un train et rencontrent, au cours de leur voyage initiatique, « le bien et le mal, la vérité et le mensonge, l'amour et la mort, le silence et le verbe » (Theo Angelopoulos). La fable est simple et simplement racontée et le bouleversant regard des enfants traverse calmement une collection de péripéties digne de *Sans famille*, accompagné par la chorégraphie incessante de cet œil mouvant que nous avons appris à connaître, de film en film : la caméra d'Angelopoulos.

La proie pour l'ombre

Dans un des plus beaux prologues de l'histoire du cinéma, Bergman nous montrait un enfant qui tendait la main, comme pour saisir un immense visage flou, à l'identité mal définie (*Persona*, 1965); lui faisait plus tard écho la célèbre et terrifiante photo d'un enfant juif, les mains sur la tête, pendant une rafle nazie. Angelopoulos construit son odyssée autour d'une correspondance similaire : l'enfant prédateur et l'enfant proie, la main tendue de la connaissance contre celle, crispée, de la domination.

Le frère et la sœur se tiennent par la main : lien indissoluble. Des doigts se tachent de sang : la connaissance passe aussi par la terreur (séquence du viol). Des mains levées saluent un drapeau, la foule s'immobilise et comme lors de la séquence « miraculeuse » de la neige, les deux gamins sont les seuls êtres mouvants d'un monde soudain figé. Dans un bistrot de gare où on attrape une volaille, dans un bar enfumé où on drague en silence, la main est prédatrice. Mais, guidée par un Dieu hélicoptère (encore une image bergmanienne), la main finit par indiquer l'arbre derrière le brouillard. Une silhouette imprécise, mais féconde qui valait bien l'abandon, au cours du récit, d'une série de « pères » indignes (l'oncle, le camionneur, le motard, le soldat...).

Climats

La neige, on l'a vu, paralyse les poursuivants. La brume les aveugle (séquences finales). La pluie les attendrit momentanément (le routier). Chez Angelopoulos, la météorologie favorise l'initiation. Et le climat insolite s'installe au milieu des intempéries. Une étrange noce sert de décor à la mort d'un cheval. Une barque mystérieuse permet de quitter les berges de l'atroce réalité, comme dans *La Nuit du chasseur* (1955).

Rails

Cocteau disait que le travelling était le contraire d'un mouvement : faites un travelling sur un cheval qui galope, il paraîtra immobile. C'est ce qui se passe dans ce film. Les enfants ne bougent pas. Ils voyagent en train, et ce sont les autres, et les paysages, qui défilent sous leurs yeux : ils se transforment en caméra sur les rails d'un immense travelling. Grâce à un découpage par fabuleux plans-séquences, cette caméra ne capte pas le monde, elle l'enrobe et l'embrasse. Est-ce nous qui bougeons, ou est-ce le monde pétrifié qui s'éloigne jusqu'à disparaître ? Protagonistes d'un précédent long métrage ici retrouvés (*Le Voyage des comédiens*, 1975), les comédiens eux-mêmes ne voyagent plus, et pour prouver combien ils se désincarnent, leurs costumes balayés par le vent sont exposés à la vente publique.

Cinéma

Le morceau de pellicule cinématographique que montre Oreste à Voula et Alexandre contient des images transparentes. Ce n'est pas de la pellicule vierge, puisqu'elle a été développée et tirée. Ce n'est pas non plus de la pellicule voilée. Bien qu'elle soit transparente, donc sans « impression », elle a tout de même été exposée, car le cadre de l'image y figure. C'est peut-être un bout d'amorce. Ou un brouillard surexposé. Ou mieux : une éclatante lumière. Un espoir, donc.

Krzysztof Kieślowski

De Krzysztof Kieślowski — repéré dans plusieurs festivals à la fin des années soixante-dix et qui s'est vu consacrer une critique et un entretien en février 1980 pour La Cicatrice, *montré en salle par la rédaction lors de sa semaine de films inédits (n° 217) —, on retient souvent la trilogie française sur laquelle son œuvre et sa vie s'achevèrent :* Bleu, Blanc, Rouge. *Mais son ensemble le plus ambitieux et le plus complexe reste* Le Décalogue, *passionnant ensemble de dix longs métrages supposés mettre en scène les commandements des tables de la Loi, dont* Positif *rendra compte par dix textes autonomes signés par dix rédacteurs différents à sa sortie en salles en mai 1990 (n° 351). En décembre précédent, un dossier avait déjà dit, entretiens à l'appui (avec Kieślowski et son scénariste, Piesiewicz), l'importance de cette somme, dont le premier volet à paraître sur les écrans (et en couverture de la revue, n° 346) s'intitulait* Brève histoire d'amour.

PASCAL PERNOD, « L'Amour des personnages » (*Brève histoire d'amour*), n° 346, décembre 1989.

PASCAL PERNOD

L'amour des personnages
Brève histoire d'amour

C'est de ne pouvoir se réduire à un style et à un ton exclusifs que la démarche de Kieślowski brille d'un éclat unique. *Brève histoire d'amour* vient le confirmer.

Il présente en effet une facture où la recherche des effets avoisine la plus grande simplicité. Le film s'ouvre sur un montage parallèle qui annonce un registre impressionniste et moderne, pour adopter ensuite le montage alterné systématique des regards, procédé on ne peut plus classique. Lorsque le personnage principal, Tomek, vole une lunette d'approche, son larcin nocturne est filmé comme un thriller, et ce qu'il va faire de l'objet nous laisse prévoir une version polonaise de *Fenêtre sur cour*. Les cadrages et les éclairages n'hésitent pas à souligner ce côté artificiel en contribuant au resserrement de l'espace et au confinement de la situation (des lumières blanches et fortes découpant l'image, la porte vitrée badigeonnée de rouge sur le palier de Magda, la plongée sur la cour de l'immeuble qui revient telle une rime visuelle). Et puis soudain, une caméra très mobile vient succéder à cet expressionnisme de studio recréé en décors naturels, précédant les personnages au grand jour comme dans *Le Profane* ou *Le Hasard*, ou décrivant la joie lyrique de Tomek amoureux.

La progression du récit offre une même ligne de ruptures, organisant le mouvement de chaque personnage par rapport à la vision qu'a sur lui le spectateur. Le vol de la lunette et l'usage qu'il en fait, la farce vengeresse qu'il monte à Magda en téléphonant aux employés du gaz pendant qu'elle fait l'amour nous rendent complices de Tomek. Mais sa jouissance, subitement, nous paraît malsaine : ce n'est plus la nôtre, pas plus que son accès de rage quand il donne un coup de poing dans le mur. D'ailleurs, nous allons même cesser de voir la fille par ses yeux, pour commencer à nous intéresser à elle en tant que personnage sujet. Kieślowski opère cette bascule avec une rapidité culottée dès l'aveu de Tomek à Magda : elle commence déjà à éprouver de la pitié dans sa colère, et quand il se met à repartir tout seul en longeant le mur, nous partageons de façon prémonitoire sa vision sur lui. C'est à ce moment que l'on sort complètement du thriller possible : l'objet du regard illicite étant averti, il se met à agir, et dévoile le dispositif. Puis, sa réaction de vengeance passée, le spectateur commence à désirer qu'elle forme un couple avec le garçon. Idée prématurée : Tomek n'est pas mûr pour faire partie intégrante d'un couple — il nous échappe, il sort du film au profit d'elle seule, et c'est d'elle, à présent, que l'on est complices, quand elle guette Tomek avec ses propres lorgnettes.

Le retournement de situation est parfait, donc, mais il ne s'est pas exercé au détriment d'un réalisme rigoureux et stylisé sans lequel sa force serait vaine. Tout cela n'est touchant, en effet, que d'être inscrit dans un contemporain universel (même si c'est Varsovie). Il s'agit bien d'une certaine vie sociale productrice de rituels comme l'émission de télévision *Miss Pologne*, le réveil que Tomek fait sonner à l'heure où Magda rentre chez elle, l'eau chaude qu'il prend dans la salle de bains... Et son voyeurisme est d'ailleurs parallèle à celui de sa logeuse devant la télé : même besoin de chair et de paillettes. Dans ce monde-là, les individus qu'on ne connaît pas semblent venus d'une autre planète, tels les deux amants de Magda (dont l'un s'avance, monstrueux, dans l'œil-de-bœuf), ou l'employée des postes irascible. L'humain est étranger à l'humain, et les objets acquièrent une importance et une présence d'intermédiaire entre les êtres. Tous ceux du film appartiennent par leur forme à la même famille que la lunette d'approche : celle de l'œil (la bouteille, le pendule, l'horloge, l'œil-de-bœuf, la poignée de la baie vitrée où se redessine, comme dans un iris, la figure féminine). Quand Tomek livre le lait, il cache la bouteille vide pour qu'elle lui ouvre et en mette une autre, et la caméra se déplace sciemment sur cet objet de verre, dont le bruit à la fois mat et cristallin emplit toute la bande-son : rien d'autre, entre eux, que cette surface et cet espace creux et plein en même temps.

À la mesure d'un monde où les réalités se protègent les unes des autres par d'infranchissables plans optiques, une violence sourde habite Tomek, gronde en lui, et le rend tout à fait passionnant. Pour se procurer la lunette, il doit briser une paroi vitrée qui éclate en mille morceaux sur le sol. Après la farce qu'il fait à Magda, sa frustration, plus excitée que soulagée, s'exaspère d'un coup de poing dans le mur. Quand lui-même reçoit un coup de poing en pleine poire, vengeance du mâle blessé dans son orgueil par un moins que rien comme lui, il retient une rage impuissante qui nous montre le degré de sa propre dignité bafouée. Le jeu des ciseaux, la tentative de suicide achèvent de renvoyer cette violence contenue au seul recours qui lui soit accessible : le masochisme plus que l'agressivité.

Cette sensibilité extrême des personnages, en quoi ils sont vraiment fouillés, permet d'apprécier pleinement la force du cinéma de Kieślowski. Porté au rêve d'amour, Tomek ne peut que le caresser, non l'accomplir, car la réalité, au lieu de l'en approcher, l'en détourne brutalement. Il ne peut en sortir sans se perdre : qu'il commence à donner de lui-même sous forme de paroles (« Je vous aime »), de sperme, ou de sang, et ce sont autant de fuites par lesquelles il se vide. Magda, en revanche, se remplit, se regonfle de ce qu'il perd. Elle n'est pas moins seule que lui, ses parties de jambes en l'air ne sont qu'imitation de l'amour, et elle le sait très bien (c'est en voulant lui communiquer ce cynisme qu'elle le brise — lui qui chérissait, à travers elle, un rêve). Kieślowski peint donc l'amour comme une vampirisation, qu'il applique magistralement au voyeurisme. Le voyeur initial, en effet, est absent de la fin du film, dévolue à Magda, qui prend son relais derrière la lunette, pour se voir enfin elle-même : il n'y a donc pas d'amour autrement que sous la forme d'une satisfaction à se sentir vu, aimé par autrui. Parallèlement, de l'immense solitude du voyeur on aboutit à la prise de conscience, par le personnage qu'il épiait, de sa propre misère : Magda se revoit, renversant la bouteille de lait, puis pleurant, avant d'être réconfortée par Tomek dans un fantasme qui n'a pas plus de réalité que ce que Tomek attendait lui-même de sa relation avec elle.

D'une manière plus symétrique que Hitchcock (dans *Fenêtre sur cour*, inversement, la femme s'offrait d'emblée à l'homme qui la refusait pour s'adonner à la résolution d'une énigme), Kieślowski amorce et clôture d'un même mouvement une déclinaison de solitudes. La logeuse, qui regarde aussi dans la lunette (et qui correspond au second personnage féminin de *Fenêtre sur cour*, joué par Thelma Ritter, humour morbide et sagesse populaire en moins), est un autre écho du même isolement : elle a besoin de la présence du jeune homme, qui remplace son fils. Sa main arrêtant celle de la jeune femme sur le poignet de Tomek annonce, en ouverture du film, l'entremêlement des sentiments qui attachent les êtres aux autres dans une chaîne *sans fin*, justifiant la conception de la mise en scène comme mise en relation des individus, sans qu'il y ait besoin, en un principe d'économie nécessaire, d'élargir le canevas, mais au contraire en le resserrant toujours plus jusqu'à l'essentiel : il n'y a pas d'amour, il n'y a que besoin d'amour.

À ceci près : l'amour qu'un cinéaste porte à ses personnages, et qu'un spectateur, par son truchement, se met à éprouver lorsque Grazyna Szapolowska rejette en arrière ses cheveux mouillés, éclaboussant le timide Olaf Lubaszenko, ou bien quand celui-ci, dans un très gros plan où il ressemble presque à James Dean, reste bloqué dans une terreur insurmontable de la femme, ou quand celle-ci encore, derrière une vitre de lumière, égrène comme un pauvre chapelet la ceinture de son vêtement, en pensant à lui.

ANNÉES 1990

Hou Hsiao-hsien

A Touch of Zen, *de King Hu fut, en mai 1975, la première couverture chinoise de l'histoire de* Positif, *accompagné par un récit de voyage trépidant d'Hubert Niogret (« J'étais à Hong Kong, je n'ai pas vu de films karaté, mais j'ai dîné avec Run Run Shaw et chanté avec lui* Happy Birthday to Lisa Lu *», n° 169). Après cette introduction hong-kongaise, poursuivie avec l'éloge de* Raining in the Mountain *du même King Hu (couverture du n° 257, en juillet 1982), ce sont plutôt des metteurs en scène de Chine populaire (Chen Kaige, voire Zhang Yimou) et surtout de Taïwan (Hou Hsiao-hsien, Edward Yang et Tsai Ming-liang) qui focalisèrent l'attention de la rédaction, même si Wong Kar-wai fut l'une des révélations de la décennie. Si ces derniers réalisateurs ont tous trois connu récemment de vrais succès publics (*Les Fleurs de Shanghai, Yi Yi *et* In the Mood for Love, *présentés au Festival de Cannes), la critique s'est efforcée de les faire découvrir dès leurs tout premiers films. Ainsi oublie-t-on trop souvent que Hou Hsiao-hsien a commencé à tourner en 1980 et que* Positif, *par exemple, a défendu ses œuvres et son regard unique dès sa découverte au Festival des Trois Continents à Nantes en 1984 pour* Les Garçons de Feng-kuei *(Grand Prix du festival, n° 295, septembre 1985). Mais il faudra attendre la sortie en* *salle d'*Un été chez grand-père, *son long métrage suivant, pour que lui soit octroyée une première critique en décembre 1988, accompagnée d'un premier entretien (n° 334).*

HUBERT NIOGRET, « Retrouver la mémoire » (*La Cité des douleurs*), n° 358, décembre 1990.
 Principal ouvrage d'Hubert Niogret : Akira Kurosawa, *Rivages, 1995.*

HUBERT NIOGRET
Retrouver la mémoire
La Cité des douleurs

Couronné à Nantes deux années de suite en 1983 et 1984 pour *Les Garçons de Feng-kuei* et *Un été chez grand-père* (seul film de lui sorti en France à ce jour) puis à Berlin en 1985 par la critique internationale pour *Le Temps de vivre et de mourir*, Hou Hsiao-hsien s'est vu consacré à Venise en 1989 par le Lion d'Or pour *La Cité des douleurs*. Sept ans après la révolution de palais qu'a représentée l'émergence de la nouvelle vague taïwanaise, ce film, financé en quasi totalité par le secteur privé, marque pour son auteur la reconnaissance d'une démarche qui n'a cessé d'interroger son propre passé et l'histoire de son pays d'adoption, et de le faire à travers une forme différente du discours formel dominant dans le cinéma taïwanais.

Dans la plupart de ses films, Hou Hsiao-hsien parle du passé à travers sa propre biographie. Comme les jeunes gens désemparés à la veille de l'enrôlement des *Garçons de Feng-kuei*, il a connu les frustrations d'un service militaire obligatoire aboutissant à deux années de rupture. Le monde adulte réfracté dans le regard d'un enfant de dix ans et d'une fillette de cinq ans dans *Un été chez grand-père* est évidemment issu de ses propres souvenirs et émotions. *Le Temps de vivre et de mourir* retrace la vie d'une famille partie de Chine pour Taïwan au moment des derniers sursauts de la Révolution chinoise, comme celle de Hou Hsiao-hsien qui s'installe à Taïwan en 1949 quand il a deux ans. « Une famille de mineurs typiquement taïwanaise, depuis plusieurs générations sur l'île, confrontée à des problèmes matériels », suivant les propos de Hou Hsiao-hsien [1], est au centre de *Poussière dans le vent*, traversé de références à l'absurdité de la division entre les deux Chine et la dureté de l'occupation japonaise.

Dans *La Cité des douleurs*, Hou Hsiao-hsien parle de l'histoire de son pays à une époque où il n'était pas encore né, dont il ne peut avoir de souvenirs directs. Le cinéaste est né en 1947, alors que la période couverte par le film, qui va de 1945 à 1949, correspond à la naissance dans l'île de Formose de la République de Chine, appelée Chine nationaliste par le reste du monde [2]. Le film commence avec la naissance du petit Ming (« Lumière »), au moment même où, dans la pièce voisine, le père entend à la

---

1. *Positif*, n° 334, décembre 1988.
2. Taïwan signifie « Chine libre ». Pour rappeler brièvement quelques points d'histoire essentielle : en 1945, Taïwan est redevenue province chinoise à statut particulier après la domination japonaise. L'île prend un statut ordinaire de province chinoise en 1947. La même année, la révolte des Taïwanais est réprimée par le général Chen Yi. En 1949, les Chinois nationalistes s'y réfugient. Les communistes tentent d'enrayer cette occupation. Le nouveau Parlement avec l'entrée du Kuomintang est élu en 1948. Pour davantage de précisions, voir les propos de Hou Hsiao-hsien dans ce même numéro, p. 11.

radio le discours de capitulation de l'empereur du Japon, mettant ainsi un terme à l'occupation japonaise sur l'île qui a duré cinquante et un ans, en a profondément marqué la culture et a laissé des traces dans les objets et gestes de la vie quotidienne. Le plan qui marque la fin de cette séquence, le changement de lieu, et le temps suivant, est un magnifique plan général sur Taïwan. Un autre monde est né, le monde moderne où naîtra à son tour le cinéaste, qui s'interroge ici sur ses racines en voulant retrouver la mémoire. Comme dans tous ses autres films, la radiographie horizontale (*La Cité des douleurs*) ou verticale (*Un été chez grand-père*) d'une famille est le tissu émotionnel qui nourrit le film, et qui établit peu à peu un tableau de la société. Plus encore que dans les autres films, Hou Hsiao-hsien montre des lieux, tels que les définissait Vincent Amiel : « Constamment les personnages de Hou Hsiao-hsien sont entre deux maisons, entre deux villages, entre deux gares[1]. » Et *La Cité des douleurs* contient à des moments charnières de l'histoire beaucoup de ces images exemplarifiées. Les changements de ton par déplacement des écrans sont ici accentués. Dans des films comme *Les Garçons de Feng-kuei*, *Le Temps de vivre et de mourir* ou *Poussière dans le vent*, qui s'attachent à la transition de l'adolescence et décrivent un milieu d'espace réduit dans un temps relativement peu évolutif, le ton est égal parce que les émotions s'expriment sur un même plan. *Un été chez grand-père*, en apparence d'un pointillisme serein, où la caméra se tient toujours à distance, cache déjà d'autres drames. Au-delà des jeux enfantins, une cassure familiale, un viol, des vols, la mort sans doute assez proche. Dans *La Cité des douleurs*, l'arrivée du frère Wen Leung dans le

---

1. *Positif*, n° 334, décembre 1988.

village, celle des blessés à l'hôpital et la bagarre commencée au couteau sont autant de moments qui prennent une accélération subite, se dramatisent fortement, et se bouclent dans une violence que l'on ne présupposait pas quelques secondes auparavant (la fête des pétards, l'affolement de l'hôpital, le mortel coup de feu). À d'autres enjeux, d'autres résolutions.

Autres ambitions narratives, autres structures. Même si la structure d'*Un été chez grand-père*, par son association de petites histoires en soi, était plus complexe qu'il ne semblait, celle de *La Cité des douleurs* est plus libre, plus ample, plus audacieuse. Amorcée dans le double visage du film précédent (*La Fille du Nil* entreprend d'être fidèle aux thèmes antérieurs, et d'approcher à leur manière le public adolescent dominant de Taïwan, de travailler aussi sur un temps réaliste et quotidien, et celui mythique de la fille du Nil) qui s'était cependant soldé par un échec narratif, *La Cité des douleurs* réussit ce qui était en germe de manière isolée dans d'autres films. La description familiale devient non seulement une critique historique, mais une vision personnelle des chevilles de l'histoire. Et son accomplissement plastique est l'aboutissement de son ambition narrative. La maturité venant, Hou Hsiao-hsien a donné à sa terre adoptive son miroir, son histoire. Film sûrement non exemplaire de la production taïwanaise, *La Cité des douleurs* l'est en tout cas pour la carrière de son auteur.

David Cronenberg

L'un et l'autre anglophones, David Cronenberg et Atom Egoyan sont les deux maîtres du cinéma canadien des années 1990. Mais Cronenberg est aussi, avec l'Américain David Lynch, le plus inventif des représentants du cinéma fantastique contemporain, l'un des seuls à s'interroger en profondeur sur les mutations du corps et des identités sexuelles, à l'ère de la mécanique, de l'informatique et des modifications technologiques et génétiques.

ALAIN GARSAULT, « Corps : substance solide et palpable », n° 359, janvier 1991.

ALAIN GARSAULT
Corps : substance solide et palpable

Tout le monde critique s'accorde sur cette évidence : David Cronenberg a pour principal sujet le corps. Ce que certains appelleront une thématique, « le thème cher à notre auteur », apparaît en effet dès son premier court métrage, *Transfer*. Mais dire cela, c'est ne rien dire : ce qui nous intéresse est **la manière dont Cronenberg traite le corps**, qu'il **le fasse de façon cinématographique, et avec style**.

Cronenberg traite le corps de deux façons. Ou il imagine et met en scène des manifestations et des altérations de la vie organique, ou il imagine et met en scène le pouvoir de l'esprit sur le corps et du corps sur l'esprit. Tantôt un être, pénétrant à l'intérieur du corps humain *(Frissons* [1], *Rage)* ou se mêlant au corps humain *(La Mouche)*, modifie l'apparence et la conduite de celui-ci, tantôt l'esprit modifie les pouvoirs du corps d'une façon monstrueuse *(Scanners, Videodrome, Dead Zone* en partie*)*. Ce qui sous-tend ces phénomènes et qui est peut-être le plus effrayant dans son principe et dans les images qu'elle produit est l'idée de la perméabilité, de la porosité, de la pénétrabilité du corps par autrui, qu'autrui soit un être humain *(Scanners)*, une créature d'origine inconnue *(Frissons, Rage)* ou un objet *(Videodrome)*. Ainsi le corps humain n'est plus ce volume fini, bien délimité qui constitue un être, le sépare radicalement, l'isole, le protège des autres êtres comme des objets : il peut être envahi physiquement *(Frissons, Rage)* ou psychiquement *(Scanners, Videodrome)*, il peut perdre son caractère humain *(La Mouche)*, il peut produire des êtres différents et pourtant inséparables de lui *(Chromosome 3)*, il peut recevoir un esprit différent *(Scanners)*, deux corps peuvent entretenir des liens si étroits que les esprits ne se distinguent plus *(Faux-semblants)*. Ou enfin — éloignement dû à l'origine étrangère du sujet — une prescience provoquée par un contact physique fait envahir la conscience par un élément hétérogène

---

[1]. Baptisté *Shivers* pendant le tournage, le film sortit sous le titre *The Parasite Murders* à l'étranger et *They Came from within* aux États-Unis.

(Dead Zone). Chaque fois, celui qui subit le phénomène ne peut supporter ce viol des lois de la nature qui est en même temps viol de l'être intime après avoir été viol du corps. L'invasion ou la fusion ne supprime pas l'humanité : elle crée au contraire chez l'homme qui en a conscience une tension qui lui fait désirer la mort *(Videodrome, La Mouche, Dead Zone, Faux-semblants)*.

La présence fréquente de la mort n'est pas une concession aux conventions du fantastique. La mort est la fin de tout, elle confirme le matérialisme de Cronenberg. Le pouvoir de l'esprit sur le corps n'implique aucune spiritualité : c'est une autre manifestation de la vie organique. Invasion ou mutation sont le plus souvent le résultat d'expériences médicales *(Frissons, Rage, Chromosome 3, Scanners, La Mouche)*. Le don acquis par le héros de *Dead Zone* lui permet de sauver des enfants de la mort ou la Terre d'une guerre nucléaire : il a des résultats pratiques, utilitaires, immédiats, et ne possède aucune autre portée. Trois dénouements font profondément ressentir ce matérialisme. Celui de *Rage* : le corps de l'héroïne est jeté parmi les ordures ; celui de *Videodrome* : le noir total occupe l'écran ; celui de *Faux-semblants* : les cadavres des jumeaux prennent place parmi les déchets qu'ils ont accumulés. À nouveau l'organique rejoint l'organique [1].

Sauf pour ces derniers exemples, nous avons plus parlé des scénarios, qui sont de Cronenberg, que de la représentation. Ce qui nous paraît caractériser la manière de Cronenberg en tant que cinéaste et cinéaste voué à l'horreur, c'est la tentative pour faire passer à l'image *le plus directement possible*, c'est-à-dire de la façon la plus crue qui crée le maximum

---

1. Par ce matérialisme, Cronenberg se différencie complètement de Carpenter qui ne cesse, lui, de traiter du Mal.

d'illusion, les métamorphoses du corps ou les productions de l'esprit. Qu'il expose des fusions aberrantes ou des créations extravagantes, il se fonde sur la répulsion que peut éprouver le spectateur à découvrir le caractère étrange de son propre corps. L'une des raisons de la force de Cronenberg tient à ce que, contrairement aux clichés des films d'horreur, le corps qui souffre n'est pas promis immédiatement à la mort, ce qui fait des autres films des films sur la boucherie au sens strict. Support d'un parasite *(Frissons, Rage)*, réceptacle de cassettes *(Videodrome)*, mélange d'homme et de mouche, le corps et l'esprit continuent de vivre.

Dans les séquences d'horreur, la mise en scène, c'est-à-dire la manière de représenter les éléments décrits ci-dessus, consiste en la recherche d'une perfection de l'illusion visuelle — Cronenberg illustre les progrès des truquages au cours des années soixante-dix non moins qu'il s'en sert — et en la froideur de l'enregistrement. Dès *Frissons*, avec le déplacement du parasite sous la peau du ventre de son hôte dans un plan qui montre le corps entier de la victime [1], la vérité apparente de l'image fait paraître naturelle la monstruosité. Une autre raison de la force de Cronenberg tient à ce que la conception de l'horreur chez lui est analogue à la nature du cinéma. C'est le produit d'une imagination qui se manifeste avec un tel degré de réalité qu'on n'en peut pas douter. L'insuccès de *Videodrome* provient, pour nous, de ce que ce film laisse trop directement, trop sensiblement comprendre qu'il met en scène le spec-

---

1. L'image illustre parfaitement le très beau récit de Roger Caillois « *Récit du délogé* » (dans *Cases d'un échiquier*, Gallimard, 1970) que Cronenberg ignore sans doute. La rencontre tend à confirmer une idée essentielle de Caillois : les inventions fantastiques sont en nombre limité et se retrouvent nécessairement d'un pays à l'autre, d'une époque à l'autre.

tateur même. Voilà qui est à la fois bien compliqué, et bien difficile à admettre.

D'ailleurs, plus que l'horreur qui résulte de spectacles hideux, atroces ou ignobles, Cronenberg suscite la répulsion en s'appuyant sur des sources de dégoût propres d'abord au public anglo-saxon : il s'attarde sur des fluides, des écoulements ou bien des contacts sensuels auxquels ce public a la réputation de répugner *(Chromosome 3)* ; il se fonde, comme on l'a relevé, sur le puritanisme. Le parasitisme ou la métamorphose sont souvent liés à la vie sexuelle : le parasite de *Frissons* déclenche une frénésie sexuelle, l'héroïne de *Rage* s'abandonne dans des cinémas pornos, Brundle acquiert des capacités surhumaines à mesure qu'il devient insecte *(La Mouche)* ; Renn veut s'unir à une image ou se laisser pénétrer par elle ; les frères Mantle tendent à représenter la séparation contraire à la vie du corps et de l'esprit. À l'inverse, l'héroïne de *Chromosome 3* réalise une parthénogenèse et enfante des êtres sans sexe ; le don mental du héros de *Dead Zone* le coupe de toute vie sexuelle. *Rage* en entier semble exprimer la crainte des maladies vénériennes — on surnomma Cronenberg : *The King of Venereal Horror* (« le roi de l'horreur vénérienne ») — et les instruments d'obstétrique inventés par Beverly Mantle, un refus de la maternité ou de l'anatomie du corps féminin.

Cronenberg ne se prive pas d'employer des objets d'allure symbolique : les parasites de *Frissons* et de *Rage* ont une forme phallique évidente ; dans le premier de ces deux films, tel personnage féminin est pénétré dans son bain par le parasite qu'elle régurgite par la bouche, un peu plus tard, au cours d'un baiser saphique. Mais le symbole n'a jamais ce seul caractère : la situation où il apparaît est si forte dans son naturel apparent qu'il prend diverses valeurs ; la mise en scène fait toujours prédominer l'illusion de la réalité par la froideur avec laquelle la situation est montrée.

La froideur existe dans la mise en scène comme dans le scénario. Cronenberg affectionne le cadre médical : médecins, chirurgiens, chercheurs, et aussi salles d'opération, de laboratoire, lieux au décor pauvre, fonctionnel. Le cadre médical aide à justifier certaines données ; à exposer les détails les plus pénibles avec vraisemblance. On observe dans ce cadre, prédominant dans *Faux-semblants*, les caractères principaux de la mise en scène : le peu d'abandon au sentiment, la chasse aux temps morts, la recherche de la rigueur, de la netteté qui va jusqu'à la nudité ; la rareté des mouvements d'appareil ; le goût pour les intérieurs aux éclairages artificiels et pour les plans de nuit ; la fidélité à des couleurs un peu éteintes (et parfois un brutal effet de contraste : les tenues incarnat des chirurgiens dans *Faux-semblants*) ; le refus, comme celui du sentiment, de la joliesse, une absence d'enjolivement, une dureté qui va jusqu'à la dysharmonie. Tout cela peut paraître comme autant de palliatifs à la minceur des budgets ; mais *Faux-semblants*, qui a profité de plus gros moyens, présente les mêmes caractères ; ils apparaissent bien ainsi comme des moyens artistiques.

La description qui précède pourrait amener à conclure que Cronenberg néglige la psychologie. *La Mouche* prouve, après *Videodrome*, qu'il n'en est rien, au contraire. Les deux films présentent l'horreur comme le résultat d'une lente préparation, la conséquence d'un mouvement intérieur profond du héros. Mais cette montée psychologique, et la crise de l'héroïne de *Chromosome 3* par exemple, est décrite en termes assez généraux pour avoir une large portée et intéresser le spectateur que n'attirent pas les seules séquences d'horreur. Celles-ci ne sont jamais la raison d'être du film, et le reste, le prétexte.

Se sont étonnés du caractère psychologique de *Faux-semblants* ceux qui n'avaient jamais été attentifs à cet aspect, se contentant de l'étiquette film d'horreur pour classer le film on sait trop comment.

Par exemple, les héros de Cronenberg sont tous des personnages qui ont le goût du risque, des expériences dangereuses, qu'une curiosité naturelle (première séquence de *Faux-semblants*), devenue passion, pousse à l'extrême, qui vont finalement trop loin. Ni méchants ni victimes complètement, ils sont le plus souvent détruits par ce qu'ils ont créé, et par ce qu'ils sont.

Par là, le cinéaste se rattache à une tradition cinématographique et aussi littéraire. Il y a dans ses personnages du savant fou *(Frissons, Chromosome 3, La Mouche)*, du docteur Frankenstein (dans *Faux-semblants* même), qui relève aussi, évidemment, des « histoires de double [1] ». Ses films, classés dans l'« horreur », appartiennent depuis son second long métrage *Crimes of the future* à la science-fiction, sauf *Faux-semblants* [2]. La science-fiction apporte plus qu'une justification : un support mythique. C'est ce support qui donne à la psychologie l'envergure que nous avons mentionnée.

Tous ces éléments forment une dramaturgie cohérente. L'action des films de Cronenberg se déroule dans un lieu quasi unique et fermé ; les échappées sur l'extérieur sont rares et ne font guère sentir l'espace. Elle met en scène un petit nombre de personnages, ce qui renforce l'impression d'enfermement. À l'extrême, *Videodrome* se limite au tête-à-tête entre

---

1. Selon la classification de *La Grande Anthologie du fantastique* de Jacques Goimard et Roland Stragliati (Presses-Pocket).
2. Deux titres de Cronenberg apparaissent dans la liste des cent films représentatifs du genre contenue dans l'*Encyclopédie de poche de la science-fiction* (Presses-Pocket, 1986) de Claude Aziza et Jacques Goimard : *Scanners* et *Dead Zone*.

Renn et son téléviseur, les jumeaux Mantle se claquemurent dans leur appartement *(Faux-semblants)*. L'action se fonde sur une donnée simple au caractère hyperbolique qui est développée jusqu'à ses conséquences extrêmes. Elle progresse de scène violente en scène violente, car il faut satisfaire un public particulier, selon un mouvement créé par la passion du personnage principal[1].

L'unité est renforcée et facilitée dans le domaine esthétique par le soutien des mêmes collaborateurs : à la photo, Mark Irwin (de *Chromosome 3* à *La Mouche*), pour les décors Carol Spier, pour la musique Howard Shore.

Est-ce assez dire que Cronenberg est un cinéaste à part entière, un metteur en scène digne de porter ce titre pour ce qu'il a de plus flatteur, un artiste qui possède un univers et un style à l'intérieur d'un (ou de plusieurs) genres et indépendamment de ces genres, même s'il semble que l'horreur soit pour lui un mode d'expression comme elle le fut, avec le fantastique, pour un Edgar Allan Poe ?

Qu'on lui reconnaisse ou non ce mérite ne nous importe guère en ces temps où la moindre œuvrette autorise celui qui l'a bricolée à se targuer, avec la complaisance d'une bonne part de la « critique », de titres plus ronflants. Cronenberg est pour nous un créateur d'images et d'atmosphères inoubliables : atmosphère de la clinique de *Chromosome 3*, atmosphère de solitude qui entoure le héros de *Dead Zone*, celui de *La Mouche*, atmosphère morbide et poignante de l'appartement des jumeaux Mantle dans *Faux-semblants* ; images du parasite (déjà citée) dans *Frissons*, de l'autre parasite qui niche sous l'aisselle de l'héroïne dans *Rage*, de ce que dévoile sous sa che-

---

1. Cela ne va pas sans négligence quant aux autres personnages ou à la vraisemblance.

mise l'héroïne de *Chromosome 3*, du duel final de *Scanners*, de la déformation du poste de télévision et de la transformation de la poitrine du héros dans *Videodrome*, de Brundle à demi perché dans l'angle de deux murs *(La Mouche)*, image finale, aussi bouleversante par la beauté de sa composition que par la richesse de l'émotion qu'elle provoque, des deux corps unis au dernier plan de *Faux-semblants*.

Woody Allen

On dit souvent de Woody Allen que, nullement prophète en son pays, il a été adopté par la critique française. C'est oublier un peu vite, d'une part, que ses premiers films furent souvent accueillis au mieux dans l'indifférence et, d'autre part, qu'une « carence de mise en scène » est régulièrement reprochée à ses dernières œuvres. Même s'il est un peu inconstant (comment ne le serait-il pas au rythme où il produit des films ?), Woody Allen, que Robert Benayoun fut l'un des premiers critiques à défendre dès 1975 (Guerre et amour, n° 175, novembre 1975), reste l'un des cinéastes américains les plus doués et les plus drôles.

VINCENT AMIEL, « Le tripatouilleur d'images », n° 362, avril 1991.

Principaux ouvrages de Vincent Amiel : Les Ateliers du 7ᵉ art, *Gallimard, coll.* Découvertes, *1995;* Kieślowski, *Rivages, 1995;* Krzysztof Kieślowski *(collectif), Éditions Jean-Michel Place, 1997;* Le Corps au cinéma, *PUF, coll.* Perspectives critiques, *1998;* Le Monde du spectacle *(avec Louis Dunoyer de Segonzac et Véronique Godé), Gallimard jeunesse, 1999;* Esthétique du montage, *Nathan, coll. Nathan-cinéma, 2001.*

VINCENT AMIEL
Le tripatouilleur d'images

Il y a des cinéastes dont la mise en scène excède le propos, dont le sens de l'espace, la sensibilité plastique, la propension aux architectures sonores se satisfont d'intrigues simples, de canevas dramatiques propres à laisser le geste et la lumière développer eux-mêmes leur gamme de subtilités. Ce sont par exemple Renoir et Ford, Bergman et Dreyer, Jean Vigo. D'autres intègrent l'image dans un discours plus large : ils accordent au verbe et à l'énonciation explicite une place prépondérante. Leurs images mêmes sont au service (plus ou moins fidèle) d'un propos discursif. Loin de faire du théâtre filmé, comme on les en a longtemps accusés, ou de l'illustration de textes littéraires, ils font simplement du cinéma moins pictural. À cette seconde catégorie appartiennent Sacha Guitry, François Truffaut, et sans doute Woody Allen. Leurs phrases vont plus vite ; elles annoncent l'image, et leurs mots vont jusqu'à la décrire parfois. Les dialogues et la voix *off* se mêlent, entraînant tour à tour le récit, jusqu'à ce que l'on ne sache plus très bien qui parle, même si l'énonciateur est toujours précisément choisi. Leurs films en fait ne racontent pas une histoire, ils parlent justement d'un récit. Ainsi du *Roman d'un tricheur* et du *Diable boiteux*, ainsi de *Jules et Jim* et de *L'Enfant sauvage*, d'*Annie Hall* et de *Crimes et Délits*. C'est une vision qui est filmée plutôt qu'une intrigue, et les personnages, aussi présents soient-ils, servent d'abord un narrateur, aussi discret qu'il apparaisse. L'invention formelle du *Roman d'un tricheur* ou d'*Annie Hall* n'est plus alors uniquement plastique, mais elle touche la totalité du film, sa composition, le mode de récit, la disparité du ton. La parole est plus fluide, et si ses résonances sont moins lourdes, elles sont plus diverses que ne le permet l'image. Cela ne veut pas dire que celle-ci lui soit servile : chez Truffaut l'émotion des séquences extérieures de *L'Enfant sauvage* naît du contrepoint qu'elles imposent au discours du narrateur, et le comique de Woody Allen, de la même manière, vient souvent du décalage entre le commentaire et la séquence filmée. Mais s'il y a contrepoint, c'est bien que la ligne directrice est ailleurs. Dans ce discours tout-puissant, le cinéaste new-yorkais s'est longtemps tenu. Ses rodomontades métaphysiques et ses déboires sexuels imprimaient à l'image leur rythme à la Groucho Marx. Qu'on se souvienne de gags du genre de celui du « lopin de terre hérité de ses ancêtres » auquel le héros de *Guerre et Amour* est si attaché qu'il le transporte dans sa poche...

Et puis Woody Allen ne s'est plus satisfait d'être le fils, même spirituel, de Sacha Guitry. C'est à partir d'*Intérieurs*, on le sait, que la lumière, la composition des plans, la direction des regards se chargent d'un poids dont elles n'avaient pas l'ambition jusqu'alors. Tous les films suivants en porteront la trace. Mais la liberté du verbe, celle des coq-à-l'âne et des métaphores, des contradictions assumées et des demi-vérités honteuses, cette liberté de louvoyer est difficile à ranger dans sa poche. Commence alors tout le travail de manipulation que Woody Allen effectue sur l'image.

Sur *les images* devrais-je dire, puisque c'est bien de leur multiplicité qu'il s'agit. De leur niveau de réalité, de leur statut, de leur place dans le récit. À partir du moment où le cinéaste décide d'associer plus étroitement les images à son potentiel expressif, il se voit aussi dans l'obligation de leur imprimer des mouvements plus divers. De quitter leur domaine de représentation conventionnel pour les « forcer » différemment, les façonner selon son propos. *Stardust Memories, Zelig, La Rose pourpre du Caire*, et aujourd'hui *Alice* relèvent de cette logique. Le cinéaste avait l'habitude de nommer l'invisible, de donner un nom aux choses cachées : discours psychanalytique, allusions métaphysiques, omniscience du narrateur. Si les images se chargent de l'énonciation, il faut qu'elles acceptent dans ce registre quelques transgressions. Ce sont les anamorphoses de *Zelig*, le noir et blanc de la mémoire, les fantômes d'*Alice*. La représentation réaliste n'est plus de mise, et elle devient même un piège pour le regard, en intégrant à ses images du monde les reflets du miroir, et en faisant jouer les faces dans le même espace. Cette interpénétration, explicitement revendiquée dans *La Rose pourpre du Caire* par le passage des personnages principaux de la salle de cinéma à l'écran, et inversement, joue autant sur l'abolition de la frontière entre fiction et réalité que sur le caractère fallacieux de la représentation visuelle. Or ce méli-mélo d'images réelles et d'images rêvées, d'images analogiques et d'images mentales, n'est jamais plus conséquent que lorsque le cadre de Woody Allen est d'une rigueur implacable. Lumière immobile, couleurs chaudes de la clôture, lisières de l'écran découpées au millimètre. Voyez les premières séquences d'*Alice* : l'atmosphère confinée de l'appartement (malgré sa taille), les façades des boutiques de luxe, l'antre saturé du médecin chinois composent des espaces sans fuite, sans respiration. Le cadre enserre plutôt qu'il ne suggère : l'ailleurs n'est pas sur ses bords, en un hors-champ interdit ; il ne peut qu'être en une autre image, *venant de l'intérieur*. Ici provoquée par l'opium, là par le cinéma. Cet enfermement, cet irrémédiable statisme, dont Woody Allen a appris depuis *Intérieurs* qu'il n'exige pas l'immobilité des corps, est l'un des leitmotive de ses derniers films. Et la nécessité d'y représenter d'hypothétiques apparitions met en relief l'impossibilité d'en sortir autrement. Dans cette unité de lignes et de couleurs (*September, Une autre femme*), dans ce décor déjà artificiel (les années trente de la *Rose pourpre*, l'environnement d'*Alice* dans lequel il faut « apprivoiser » la nasse à anguille avant qu'elle ne devienne un bibelot) la vie s'éteint peu à peu.

A contrario on notera dans les quelques images qui palpitent encore un parti pris esthétique opposé : c'est le dernier plan, dans lequel Alice a quitté ses attaches, et semble par la même occasion quitter le film. Puisque réapparaît alors la médiation du narrateur, et que le récit, devenant indirect, permet au personnage, enfin, de s'éloigner. Comme si la vie ne pouvait trouver à se développer qu'à cette seule condition de distance, dont nous parlions plus haut, qui est celle de *Hannah et ses sœurs* et d'*Annie Hall*.

Comme si, par-dessus tout, Woody Allen n'était entré dans le domaine des images que pour en faire exploser la force à coups de dénonciations. Lorsque l'angoisse nous serre, l'amertume, le désir, c'est toujours, dans ses films, au verbe de ses récits que nous le devons, au passé simple de ses images. Lorsque celles-ci nous installent au contraire, ici et maintenant, dans une réalité sans médiation apparente, c'est le simulacre qui s'étale, et la représentation qui s'effiloche. Deux séquences du couple dans *Alice* : l'une dans l'aquarium, l'autre dans un bar ; dans l'une et l'autre la caméra rapproche les visages, montre le lien, invite à l'émotion du sentiment. Et dans les deux cas l'image se révèle trompeuse : reflet d'un miroir, transparence de l'eau, la réalité n'était pas là où on la croyait. Le sentiment non plus. Allons ! Pour être beau parleur, Woody Allen n'en est pas moins homme de parole. Il ne faudra désormais le suivre dans ses images qu'en dressant l'oreille.

Quentin Tarantino

Les années 1990 se caractérisent également par l'émergence de jeunes talents américains : les frères Coen, Steven Soderbergh, Tim Burton, mais aussi James Gray, Lodge Kerrigan, Paul Thomas Anderson ou Todd Solondz. La découverte la plus controversée fut toutefois celle de Quentin Tarantino avec Reservoir Dogs, *puis* Pulp Fiction, *Palme d'Or à Cannes en 1994.*

OLIVIER DE BRUYN, « Orange sanguine » (*Reservoir Dogs*), n° 379, septembre 1992.

OLIVIER DE BRUYN

Orange sanguine

Reservoir Dogs

Reservoir Dogs est sans doute la plus belle révélation offerte par le cinéma américain depuis la double consécration des Coen l'an dernier (proximité temporelle qui signale s'il en était besoin la vitalité d'un certain cinéma d'outre-Atlantique). À l'instar de *Mil-*

ler's Crossing, le premier long métrage de Quentin Tarantino s'approprie un genre défini (le film de gangsters), mais s'éloigne de la structure du produit standardisé pour bâtir une œuvre absolument personnelle. Surtout, Tarantino profite des situations où il intègre ses personnages pour élaborer parallèlement rien de moins qu'une réflexion sur l'idée même de mise en scène. Le spectateur peut donc se satisfaire du déroulement fictionnel de surface et/ou se nourrir des interrogations que fait naître le film sur son propre processus de création.

L'organisation de *Reservoir Dogs* repose sur un hold-up raté dont nous ne verrons jamais les images. La narration se met en place *a posteriori*, dans un hangar où les truands ont convenu de se retrouver une fois leur méfait commis. Là, chaque personnage donne sa « version » des faits antérieurs. Les points de vue divergent tant sur la chronologie (les coups de feu ont-ils retenti avant ou après le déclenchement de l'alarme ?) que sur l'identité du mouchard, probablement l'un d'entre eux. *Reservoir Dogs* existe avant tout par cette relation orale d'événements perçus subjectivement, raison précise pour laquelle Tarantino choisit justement de ne pas nous les montrer. Le réalisateur nous oblige ainsi à construire en quelque sorte notre propre film, à l'image des personnages contraints de reconstituer constamment la linéarité des événements passés.

À cette première structure, qui figure l'épine dorsale de la fiction, s'adjoint une spirale temporelle qui joue au moins sur un double niveau. D'une part des flash-back très courts sur la fin du hold-up et l'échappée de chaque gangster de la banque (d'amples mouvements de caméra aèrent alors une fiction concentrée en général dans des lieux clos). D'autre part des blocs temporels autonomes qui renvoient à la préparation du « casse », à la réception de chacun de ses acteurs par Joe, le mentor de la bande. Ces éléments découpent le film en plusieurs parties ou chapitres, apparemment disjoints. Ils égarent primitivement le spectateur dans un enchevêtrement de pistes contradictoires.

Reservoir Dogs travaille donc à partir d'une idée centrale : l'écart. La fiction est construite sur l'idée de « projet » (en amont dans la chronologie, mais montrée *a posteriori*) et celle de « reconstitution » (en aval, mais présentée avant). De plus, le propre scénario établi par les personnages en vue du hold-up est fragmentaire puisque ces derniers ne sont jamais reçus ensemble par Joe, que Tarantino se garde bien (sauf en deux occurrences sur lesquelles nous reviendrons) de nous les montrer réunis lors de la phase de préparation. Parallèlement, l'arrivée des gangsters dans le hangar est progressive et aboutit chaque fois à un nouveau réseau de soupçons. Le principe de divergence prédomine ainsi dans toutes les étapes du film.

Les divers scénarios qui se révèlent et s'affrontent dans les dialogues s'inscrivent dans un dispositif de pure mise en scène : le hangar déjà évoqué. Mais à l'image du scénario de *Reservoir Dogs* bâti sur la problématique du plausible, la mise en scène de Tarantino dévoile des personnages obsédés par l'idée d'autoreprésentation. Scénario construit « à partir » d'un scénario, et mis en scène « à propos » d'une mise en scène, donc. Mais revenons en arrière. Qui sont ces personnages ? Le long prégénérique nous montre (première occurrence) les truands réunis dans un bar. Discussion oiseuse à propos d'une chanson de Madonna, altercation autour d'un pourboire à donner ou pas. À leurs patronymes se substituent des surnoms chromatiques (Mr. Pink, Mr. Orange, Mr. Blonde...) censés les protéger en cas d'arrestation policière. Ce sont moins à cet instant des caractères clairement individualisés que les membres indifférenciés d'un collectif obscur. Ils « jouent » aux durs et miment des coups de pistolet pour le moment imaginaires. Le spectateur perçoit leurs visages diurnes (ceux de leurs surnoms) avant de pénétrer leurs visages nocturnes (déjà suggérés par les costumes uniformément noirs). Ce dernier aspect se développera bien entendu dans le hangar, lieu clos que Tarantino prendra soin de scrupuleusement protéger de toute luminosité excessive venue de l'extérieur. Cette dichotomie de la lumière et de l'ombre est au cœur du film (non par juxtaposition, mais par contamination). Elle renvoie à un autre versant essentiel du film : l'alliage formel jamais démenti entre l'horrible et le comique (l'hyperbole domine et le film peut être vu comme une farce sanguinolente). La seconde occurrence, où nous voyons les gangsters réunis, constitue justement le moment le plus drôle du film, Mr. Pink jugeant non sans raison son surnom peu viril (notons en passant que l'absence des femmes dans le film pose l'homosexualité latente comme un des « possibles » psychologiques de certains personnages).

Rien d'étonnant à ce que le hangar soit donc le théâtre d'une représentation tragique et bouffonne (si l'on veut, Shakespeare dans la série B). Chaque nouvelle arrivée sur la « scène » (les personnages prennent soin de refermer la porte derrière eux comme pour insister sur le sentiment de réclusion) complique nécessairement les dialogues. Pendant ce temps, un homme gît au sol dans une mare de sang. Tarantino joue avec nos nerfs et notre perception en ne dévoilant que par intermittence dans le champ de la caméra la présence du moribond Mr. Orange. Que voulons-nous voir ? Qu'est-ce que le point de vue ? Voilà les deux questions posées par *Reservoir Dogs*, à ce titre étrangement proche — qui l'eût cru — du

Close Up de Kiarostami. À la première question renvoie la scène de torture qu'inflige Mr. Blonde au policier enlevé sur les lieux du hold-up. La séquence fonctionne moins sur ce qui est effectivement montré que sur l'idée même de torture et sa mise en scène (préparatifs musicaux, vestimentaires, etc.). Au moment où Blonde s'apprête à trancher l'oreille du flic, la caméra effectue d'ailleurs un panoramique pour trouver dans l'architecture du hangar une équivalence visuelle de l'organe (de façon similaire à la scène du lavabo dans *Barton Fink*). Surtout, la séquence repose sur son assise temporelle, elle épouse la durée exacte de la chanson sélectionnée par Blonde (le programme radiophonique « Billi K 70 » dont les ritournelles fonctionnent en décalage durant toute la fiction). Dans un film qui joue du chevauchement et du contrepoint, c'est ce temps réel qui use nos résistances et interroge notre voyeurisme.

À la seconde question correspond non seulement la structure en gigogne qui donne au film son caractère vertigineux par une succession de mises en abyme, mais également la disparité des moyens formels utilisés par Tarantino. C'est encore une fois la séquence du prégénérique qui annonçait par anticipation les modalités de la mise en scène (sa longueur se trouvant ainsi rétrospectivement justifiée). Tantôt fonctionne l'identification au personnage (jamais franchement en caméra subjective, mais toujours légèrement décalée comme pour instaurer une distance réflective minimale) : il en est ainsi lorsque la caméra effectue un travelling arrière et nous indique qu'une bonne partie de la première scène du hangar entre Mr. White et Mr. Pink a été suivie du point de vue de Mr. Blonde (ce qui, étant donné la séquence de torture évoquée plus haut, n'est évidemment pas indifférent) ; tantôt s'impose l'objectivité, ou plutôt le regard distancié, et Tarantino travaille alors avec des plans larges qui statufient les personnages dans des postures quasi géométriques s'harmonisant avec l'espace vide du hangar.

Les éléments formels et temporels susnommés atteignent sans doute leur acmé lors du chapitre consacré à l'itinéraire de Mr. Orange. Le statut de faux gangster de ce dernier l'oblige à « répéter » le rôle qu'il devra tenir devant Joe. La séquence en flash-back qui correspond à son récit intervient en dernier et est significativement la plus longue. Elle finit d'éclairer (narrativement) mais aussi d'obscurcir (quant aux limites de l'idée de représentation) le vertigineux travail du soupçon mis en œuvre dans le film. Orange raconte à Joe l'histoire qu'il a inventée de toutes pièces, mais un second flash-back s'insère dans le premier et Orange rentre alors dans sa propre fiction. Apparaît à l'écran une scène dont nous connaissons l'irréalité. Le spectateur est alors littéralement perdu.

Littéralement, certes, mais également délicieusement. Le plaisir reste en effet entier. *Reservoir Dogs* conserve l'efficacité du film de gangsters, mais se double d'un exercice d'intelligence. Les genres semblent aujourd'hui d'autant plus performants que leurs codes sont déconstruits sous nos yeux. Personne ne s'en plaindra. *Reservoir Dogs*, c'est accessoirement l'anti-télévision, et Tarantino, plus fondamentalement, un cinéaste déjà passionnant.

Jane Campion

Comme Quentin Tarantino, Jane Campion vit ses trois premiers films orner la couverture de Positif. *Car la revue se distingue également par son refus d'admettre le lieu commun hérité de François Truffaut, selon lequel le cinéma des antipodes, comme le cinéma anglais, serait nul et non avenu. Il suffit pourtant de revoir les films de Campion, mais aussi, en Australie, ceux de Peter Weir, de George Miller ou de Rolf de Heer, comme ceux, en Nouvelle-Zélande, de sa compatriote Alison Maclean pour invalider ce préjugé tenace.*

THOMAS BOURGUIGNON, « Un ange au piano » (*La Leçon de piano*), n° 387, mai 1993.

THOMAS BOURGUIGNON

Un ange au piano

La Leçon de piano

Comment croire au primat de la raison lorsqu'on s'attache à la peinture du désir de vivre et d'aimer et au mystère de la création ? Pour Jane Campion, « l'homme se croit un être de raison alors qu'il ne l'est pas, il est gouverné par tout autre chose [1] ». C'est à la contemplation de l'humain perdu dans le sommeil de la raison que la cinéaste nous invite, film après film, toujours plus profondément, plus intensément. Dans *The Piano*, l'héroïne dit avoir peur de sa volonté « si étrange et si forte », mais loin d'être un libre arbitre conscient, cette volonté s'apparente plutôt à l'inconscient et au « vouloir vivre ». Prenant pour modèle de cette anthropologie poétique des artistes féminines, la cinéaste tisse un réseau de correspondances secrètes entre l'art et la vie, dont le portrait de cette troisième femme est le plus sublime aboutissement. À mi-chemin du romantisme des *Hauts de Hurlevent* et des contes de fées dans l'esprit de *Barbe-Bleue*, *The Piano* est une merveille d'équilibre et de violence, de raffinement et de crudité, de passion et de retenue.

La grosse, la rousse et la muette

Prenant l'artiste comme modèle, la réalisatrice néo-zélandaise projette sur l'écran différentes facettes de ses doubles distanciés : l'enfant star du *show-business* (Sweetie), l'écrivain Janet Frame (*Un ange à ma table*) et maintenant une pianiste, Ada Chacune de ces femmes se distingue immédiatement des autres par son physique : Sweetie est grosse, Janet rousse et Ada muette. Elles se différencient également par une sensibilité que décuple leur imagination et qui laisse jaillir des images mentales : lors d'un cours de littérature, Janet voit Excalibur sortir du lac ; la fille d'Ada imagine son père

[1]. *Positif*, n° 347, janvier 1990.

qui s'embrase en dessin animé... Aussi chaque événement dramatique les ébranle jusqu'au tréfonds de leur être, mettant en danger leur fragile équilibre psychique. Cette réceptivité suraiguë les entraîne aux limites de la raison, aussi sont-elles souvent perçues comme folles, telles Sweetie qui se met à aboyer, Janet qui est considérée pendant des années — à tort — comme une schizophrène et Ada dont le mari se demande si « son cerveau n'est pas affecté ».

À cause de ce regard qui les condamne, les artistes de Jane Campion subissent toutes la tentation du désespoir, passant de l'ostracisme à la réclusion volontaire. Les premiers plans de *The Piano* sont recadrés par les doigts d'Ada et saturés de rouge. Ils expriment le désir de la cinéaste de nous placer au cœur de l'être, à l'intérieur de cette membrane pourpre qui métaphorise l'âme, et témoignent également de la peur de l'héroïne, de son enfermement : elle dissimule son visage et refuse de se dévoiler par la parole. On retrouve cette même image dans *Un ange à ma table*, lorsque Janet passe en train devant l'asile qu'elle aperçoit derrière ses doigts. Sweetie, trahie par son père, se réfugie dans un arbre, nue et peinte en noir, à l'instar des rites funéraires aborigènes ; Janet, rejetée par les vivants, se retire souvent dans un cimetière ; Ada, elle, se mure dans un silence de mort. Cette prison intérieure se double d'une muraille extérieure élevée par les hommes, qui enferment Janet dans un asile ; de même, Stewart retient sa femme prisonnière dans sa chambre.

Un théâtre d'ombres

Cinéaste de la douleur d'être *au* monde et de l'impossibilité d'être *dans* le monde, Jane Campion dévoile le monde intérieur de ces êtres tourmentés et fragiles, où les frontières entre l'extérieur et l'intérieur, l'infiniment grand et l'infiniment petit, la vie concrète et celle de l'esprit sont abolies. La représentation de *Barbe-Bleue* résume à merveille cette contagion de la vie par l'art puisqu'elle anticipe le drame à venir. Stewart est une figure de Henry VIII, qui vise à l'expansion de son royaume (il tente de prendre des territoires maoris, échange sa femme — *via* le piano — contre une terre) comme le monarque qui rattacha à l'Angleterre le pays de Galles, l'Irlande et l'Écosse. Il finira par enfermer Ada et manquer de la décapiter. Comme Anne Boleyn possédait un onzième doigt, Ada rejoint la « monstruosité » de sa devancière avec son index d'argent.

Cette veine fantastique, où la vie se dédouble dans l'art qui lui-même bouleverse l'existence, transforme les protagonistes en ombres, en esprits, en spectres. C'est le fantôme d'une gouvernante dont la silhouette se découpe sur une paroi vitrée qui prélude au départ d'Ada pour la maison de Stewart ; l'héroïne apparaît en ombre chinoise derrière un drap immaculé, lorsqu'elle demande à sa fille de porter une touche du piano à son amant. À chaque rupture le destin semble prendre la forme d'une ombre, dans ce théâtre tragique qu'est la vie.

La femme-piano

À cette perception de la vie transcendée par l'art répond une communication qui se passe de mots et dépasse la rationalité pour s'inscrire directement dans l'être de l'autre. Comme le dit Ada : « Je peux inscrire mes pensées en lui comme sur une feuille blanche. » Et une auditrice de reconnaître que sa musique « est comme un climat qui vous traverse ».

À l'inverse, les êtres normaux sont tous affectés d'un sens déficient, métaphore de leur incapacité à saisir l'autre et le monde dans leur globalité : Stewart ne comprend pas le maori et reste insensible à la musique, Baines ne sait pas lire, l'accordeur est aveugle... À cette communication discursive s'oppose donc celle d'Ada, qui se situe ailleurs, sur le plan des émotions, du corps (regards, gestes des mains, caresses, télépathie, odeurs). Somnambule, sa passion et sa révolte s'expriment directement sur son instrument.

Cette communication purement sensitive, sensuelle et sentimentale s'exerce surtout par le piano qui devient comme la métonymie d'Ada. En dehors du prologue et de l'épilogue, la voix *off* est tenue par l'instrument. Il devient également le substitut de son corps, dont il porte le parfum comme le remarque l'accordeur. Ces correspondances baudelairiennes font du piano le prétexte et l'instrument de la séduction : il est l'enjeu d'un marchandage amoureux, et Ada, sans en avoir conscience, joue des romances qui ensorcellent Baines et expriment plus sûrement qu'elle ne voudrait le reconnaître son amour pour lui. Une fois seulement, elle plaque quelques accords furieux qui l'éloignent lorsqu'il se montre trop entreprenant. L'amour de celui-ci passe par le don du Broadwood, qui annule un contrat qui faisait d'elle une « pute » et de lui un « misérable ». Son geste les sauve et libère la passion d'Ada. L'aspect du piano lui-même est soumis à cette aventure amoureuse et il sera amputé d'une touche, comme Ada d'un doigt. Enfin, le piano absent trouvera un substitut dans une table sur laquelle est gravé le clavier, comme le corps de Stewart, sur lequel Ada laisse courir ses doigts, servira de simulacre de celui de Baines.

Comme un climat qui vous traverse

Bien que Jane Campion soit une cinéaste des profondeurs de l'être, son style est loin de tirer vers l'abstraction. Il s'inscrit au contraire dans la réalité la plus concrète, à travers les corps, les paysages et les éléments qui renvoient aux états d'âme du héros. Le corps d'Ada est l'objet premier de la passion absolument romantique de Baines, qui en découvre et en adore la moindre parcelle, de la pointe de la bottine au grain de peau qui apparaît sous une maille défaite.

Les tatouages arborescents des Maoris évoquent les nervures des arbres, les dessins des fougères, et inscrivent l'homme dans le règne végétal. Jane Campion dépeint une humanité dont les pulsions sexuelles restent enfouies dans un inconscient occulté et terrifiant — dont la forêt est le symbole —, et les marques sur le visage de Baines l'apparentent à un faune des tropiques. Flora est encore une jeune fille en fleurs, mais déjà elle imite les jeunes Maoris qui se frottent contre les troncs en mimant l'acte sexuel. Stewart la punit et lui reproche de « faire honte aux arbres » ! L'attitude de ce dernier est très éclairante puisque aucune de ses relations sexuelles n'aboutira : il échoue à violer Ada au milieu des ronces du sous-bois ; un travelling latéral onirique, au milieu des mêmes lianes, prélude à sa deuxième tentative avortée, pendant le sommeil de sa femme. Les lieux où vivent les deux hommes les distinguent également. Baines vit au cœur d'une forêt encore vierge, tandis que Stewart a brûlé tous les arbres qui entouraient sa maison, et la clairière calcinée est aussi morte que sa sexualité stérile et perverse (les Maoris l'appellent « Couilles sèches », il se transforme en voyeur lorsque sa femme le trompe). Et sa maison semble flotter sur un lac de boue bien réaliste, mais qui métaphorise aussi une humanité engluée dans l'impossible sublimation des instincts.

Les zèles de Cupidon

Les relations entre Ada et sa fille sont d'une grande complicité et brossent — à travers Flora — la première esquisse d'une artiste épanouie et ouverte sur le monde. Leurs rapports trouvent un écho grotesque dans le couple que forment tante Morag et Nessie, rombières médisantes et vulgaires, dont la fille est le perroquet de la mère. Flora, elle, est une sorte de Cupidon qui s'égare, car ses zèles, qui lui font préférer le mari à l'amant, provoquent le drame mais favorisent, par des voies détournées, le triomphe de Vénus. La fillette est présentée d'emblée comme une messagère, capable de se déplacer par tous les moyens de locomotion (poney, patins à roulettes...). Elle fait en outre partie du chœur séraphique de la pièce de théâtre. C'est avec ses ailes d'ange, qu'elle ne quitte plus, qu'elle retrouve sa mère et la sauve du viol dans la forêt. Envoyée par Ada pour porter un message à Baines, Cupidon hésite. Après quelques pas sur les sentiers de Vénus, il retourne sur ses pas et bifurque vers la loi. Le voyage de la messagère est une merveille de mise en scène, qui alterne les contre-plongées, où elle semble voler, avec les plans où, minuscule silhouette qui se découpe sur la crête d'un mamelon, elle glisse et se hisse jusqu'au sommet suivant. Le deuxième message substitue l'index à la touche de piano, et la menace qui l'accompagne (un doigt par visite) rappelle, en démoniaque, le marchandage amoureux de Baines qui avait obtenu une touche noire par visite. À son insu, Cupidon s'est transformé en ange exterminateur pour mieux précipiter l'amour, et ses ailes qui planent sur l'eau, le lendemain matin, préludent à l'embarquement des amants.

Deux plans idéaux témoignent du point de vue des anges qui veillent sur le voyage d'Ada : la coque qui fend une mer turquoise et limpide ; la caméra qui survole des forêts d'un vert profond. Ces vues désincarnées sont à l'opposé de ce qu'observent les hommes dans leurs pérégrinations. Au premier plan fait suite celui de l'océan démonté et de vagues grises et écumantes ; au deuxième se raccordent les pieds des voyageurs dans la boue. Seul le point de vue de l'héroïne épousera celui de l'ange lorsqu'elle regardera la forêt, après que Baines lui aura rendu le piano et qu'elle aura eu la révélation de son amour pour lui : un zoom sur son chignon se raccorde en fondu enchaîné avec un travelling avant aérien dans les bois. De fait, la personnalité d'Ada est triple, selon le regard que les personnages portent sur elle. Dès son débarquement, tous les possibles sont épuisés : les Maoris la trouvent « pâle comme un ange », Stewart la voit comme une pièce de bétail et la juge « trop chétive », tandis que George la regarde avec compassion, comme une femme « fatiguée ». Elle sera finalement reconnue comme un ange par son mari qui vient de l'amputer d'un doigt et reconnaît : « Je t'ai juste un peu rogné l'aile. » Après ce crime, Ada s'écroule dans la boue et semble s'enfoncer jusqu'au tronc, comme un ange déchu.

Le récit parfaitement équilibré de *The Piano* adopte une structure en miroir, et aux mains des marins occidentaux, qui attirent Ada vers les abîmes de la mer et de la boue à son arrivée, répondent en écho les bras des Maoris qui l'arrachent aux gouffres et la tirent vers un ciel bleu, dans un ralenti saccadé, comme une renaissance au milieu d'un peuple d'anges, en apesanteur. Comme Janet Frame qui achevait son autobiographie en nous invitant à nous taire et à écouter le vent, comme l'enterrement où la vie de Sweetie s'écoulait dans la sève d'un grand arbre, les dernières images de *The Piano* sont celles d'un rêve de retour à l'harmonie cosmique, où l'héroïne se voit flotter dans les eaux azurées de l'océan, « là où aucun son ne naît », dans le monde du silence.

Manoel de Oliveira

L'extraordinaire carrière du cinéaste portugais Manoel de Oliveira (quatre-vingt-treize ans), qui a commencé en 1929 et s'est considérablement accélérée depuis 1981 et Francisca *(quasiment un film par an), explique que son nom jalonne presque toute l'histoire de la revue. Sa reconnaissance critique par* Positif *connut, à l'image de sa carrière, quelques éclipses prolongées. Mais les comptes rendus de ses douze derniers films furent enthousiastes, à l'instar de la critique de* Val Abraham *par Olivier Kohn et du texte sensible et pénétrant d'Alain Masson sur* Je rentre à la maison *(n° 487, septembre 2001).*

OLIVIER KOHN, « La mélancolie au miroir » (*Val Abraham*), n° 391, septembre 1993.

OLIVIER KOHN
La mélancolie au miroir
Val Abraham

Chaque nouveau film de Manoel de Oliveira témoigne d'une liberté irréductible, d'une démarche souveraine dont le seul guide est une exigence intacte, une intégrité de tous les instants qu'aucun compromis, d'aucune sorte, ne saurait venir troubler. Comment en irait-il autrement chez un cinéaste qui rejette les normes frileuses du commerce et n'hésite pas à présenter des œuvres aux durées aussi peu conventionnelles que *Le Soulier de Satin* (sept heures) ou *Le Jour du désespoir* (une heure et quart) ? Rien n'est plus éloigné de la révolte ostentatoire que cette intransigeance sereine, qui ne souffre aucun écart mais n'en appelle pas moins le spectateur à une intimité dans laquelle l'œuvre se donnera tout entière, sans coquetterie ni réserve. Celle-ci en restera marquée du sceau d'une nécessité, esthétique si l'on veut, à laquelle certains, par nature ou par fatalité, ne seront pas sensibles. Question de goût, et il n'y a pas à discuter là-dessus. L'étonnant serait que l'un d'eux parvienne à soutenir la gageure d'articuler une critique, de montrer du doigt une faille qui, par contraste, rongerait l'édifice de l'intérieur. Cela paraît impossible, tant est forte la cohérence qui impose l'ensemble et cristallise tous les éléments de la création, si agaçants qu'ils puissent être ailleurs lorsqu'ils relèvent de l'afféterie ou du maniérisme. Peut-être n'y a-t-il pas d'initiation possible à Manoel de Oliveira, et reste-t-on condamné, lorsqu'il est question de lui, à ne s'adresser qu'aux enthousiastes qui, même si leur attention a faibli ici ou là, ont le sentiment d'avoir toujours gardé leurs pas dans les siens.

Val Abraham entretient certains liens étroits avec *Madame Bovary*. Le livre d'Augustina Bessa Luis, dont il est l'adaptation, semble à la fois une nouvelle version de l'histoire racontée par Flaubert et une réflexion sur les thèmes et les valeurs qui en constituent les enjeux. Les transpositions immédiatement repérables concernent les noms des personnages

(Ema, Carlos), les péripéties (le bal, l'abandon du foyer, le suicide...) et les détails de certaines scènes (Carlos endormi au bal, la boîte de cigares oubliée par le premier amant, la mort de Carlos...). Là n'est pas l'essentiel. Le projet de De Oliveira ne consiste pas à donner un équivalent cinématographique au monde, aux idées, au style de Flaubert en prétendant s'effacer derrière eux, mais simplement à suivre la pente qu'ils lui suggèrent, après y avoir trouvé des interrogations personnelles que la lecture du roman a sans doute contribué à affiner, et peut-être à faire naître. Il donne ainsi l'adaptation la plus fidèle qui soit et rend à l'écrivain un hommage particulièrement émouvant en soulignant par le film même la fertilité de son art, capable de rencontrer et d'inspirer d'autres artistes.

De Oliveira intitule son œuvre *Val Abraham* comme Flaubert aurait pu nommer la sienne « le Pays de Caux ». Car un geste commun les pousse à enraciner leurs personnages et plus encore leur narration dans une terre dont on perçoit mieux les spécificités culturelles et géographiques que les frontières proprement dites (une « région »), convaincus qu'ils sont que l'universel n'affleure jamais aussi bien qu'incarné dans un particulier qui permet d'exprimer avec force des comportements et des valeurs fermement ancrés. Ainsi le film s'ouvre-t-il sur un plan de ce vallon au creux duquel s'abrite une rivière, et auquel le nom propre ajoute une nuance de commencement du monde, qui est déjà une promesse d'universalité. Ensuite, la caméra placée sur un train continue d'arpenter le paysage, empruntant cette fois un regard plus humain, celui par exemple du voyageur anonyme qui introduit tant de romans, et parmi d'autres celui de Flaubert. Il reviendra régulièrement scander les étapes du récit avant de le clore (implicitement, puisque l'on n'entend plus durant le générique final que le bercement lancinant et métallique des roues sur les rails). La même attention est portée aux lieux où prend place le destin d'Ema. Ces trois maisons dans lesquelles elle est successivement fille, femme et maîtresse, il nous semble pouvoir y vivre, tant la mise en scène nous invite à les habiter mentalement : l'une dont la terrasse borde la route et dont le jardin débouche sur des vignobles à flanc de colline, l'autre à laquelle il faut accéder par une cour et dont la véranda laisse voir un feu d'artifice, et la troisième qui se reflète dans la rivière, si proche d'elle que le canot qui y flotte en semble un appendice.

Ce qui se joue dans ces lieux si précis, si familiers, c'est l'éternelle tragédie du masculin et du féminin, du plus banal et du plus pathétique des rendez-vous manqués. « Le masculin est certain, le féminin est insoluble [1]. »

De Oliveira prolonge ici la lignée des cinéastes (ses cadets !), de Bergman à Antonioni, qui ont montré amoureusement des femmes exigeantes et idéalistes victimes de partenaires indignes d'elles, sans surprise, perdus dans leur lâcheté calculatrice et leurs maladresses insultantes. Dès le début du film, lors de la fête au village de Lamengo, le commentaire nous apprend qu'Ema voit l'étoile de fleurs suspendue dans la rue « comme un signe ». Mesurer sa vie à l'aune des signes et des symboles, c'est la vouloir presque comme une courbe déjà tracée, c'est la transformer à tout prix en destin. Voilà l'esquisse des aspirations héroïques d'une âme romanesque. Parallèlement, on remarque très tôt qu'Ema se tourne vers le passé avec une nostalgie profonde, lorsqu'elle se souvient, orpheline, du lit maternel, et même de l'utérus originel dont les replis lui sont rappelés par

---

1. Jean Baudrillard, *De la séduction*.

l'agencement labyrinthique et convergent des pétales d'une rose. Elle sera sans cesse et de plus en plus déchirée entre l'espoir d'une existence digne de ses rêves et le regret d'un passé meilleur à mesure que s'évanouiront ses illusions sublimes. Son mariage avec Carlos rend d'emblée évident le décalage entre l'évanescence féminine et une lourdeur terrienne qui confine à l'apathie. Alors qu'elle se penche encore à la fenêtre, les yeux écarquillés vers le lac, toute prête à en voir surgir un « poisson géant », lui, ébloui par un reflet malencontreux, laisse tomber à terre son alliance au moment de l'échange des anneaux. Et plus tard, lorsque, enceinte, elle tourne son visage vers le ciel et annonce à son mari que les étoiles lui sont comme une couronne, celui-ci l'imite sans comprendre dans une parodie involontaire et grotesque de son propre geste. C'est dans ce contexte qu'elle se découvre un goût de plus en plus poussé « pour les choses tristes » et en vient à dire : « Seul le passé bouge avec moi. » Car ses autres expériences amoureuses ne sont guère moins décevantes : Fernando Osorio, riche et séducteur, s'arrange une fois sa conquête achevée pour laisser Ema disposer de ses biens sans jamais plus la croiser ; le jeune Fortunato, craintif et impressionnable, finit par se laisser aller à un « mariage étriqué » ; enfin Narciso, le frêle violoniste qui de dos « ressemble à une femme », ne saura pas l'emmener plus loin que dans la garçonnière prévue par sa mère, Maria do Loreto (qu'Ema considère comme une sorte de rivale), à l'usage de son père, afin de garder toujours un droit de regard sur les maîtresses de celui-ci. Enfin, l'ultime déclaration que Caïres, le maître d'hôtel enrichi, lui fait sous la forme d'une offre de service particulièrement humiliante (rembourser les dettes de Carlos) l'envoie presque directement au suicide, sur le chemin duquel, en passant une dernière fois parmi les orangers (où elle entraîne la caméra dans le seul travelling de tout le film), elle retrouve *in extremis* le souvenir du temps de son enfance. C'est donc bien comme l'oscillation toujours douloureuse entre des aspirations déçues et le refuge provisoire du passé révolu qu'il faut comprendre la définition qu'elle donne d'elle-même en se comparant implicitement à une rose : « Je suis un état d'âme qui balance. »

Autant que du tempérament masculin, c'est de l'ordre des convenances, qui donne toujours le dessus aux hommes, qu'Ema est victime. Cet ordre rigide s'incarne dans une symétrie qui la renvoie sans cesse à un enfermement insupportable, et qui s'avère plus souvent féminine que masculine : les couples gémellaires que composent d'abord les deux tantes, puis les deux sœurs de Carlos, et enfin ses deux petites filles, couples implicitement asexués, vivant sur le mode malsain d'une complémentarité répétitive et autosuffisante d'où toute passion ou aspiration originale est absente, semblent donner forme aux normes sociales auxquelles correspond un rôle à endosser, successivement celui de jeune fille policée, de femme obéissante et de mère responsable, avec chaque fois une figure masculine à l'horizon, celle du père, celle du mari et, simple variante, celle du père de ses enfants.

Cette symétrie aliénante, Ema la rompt symboliquement par sa claudication, handicap physique et protestation bien visible contre un ordre qui privilégie la médiocrité et le superficiel, mais aussi la parole tournant à vide, non pas forcément qu'elle ne soit pas pertinente d'ailleurs, mais elle ne permet aucune communication authentique, comme l'illustrent les nombreuses discussions mondaines qui émaillent le film. De là vient l'évidence de la complicité avec Ritinha, la servante sourde-muette, que son manque précisément désigne comme seule personne capable d'entrer avec Ema dans un rapport de complémentarité profonde qui se passe des mots, de former avec elle le seul couple rayonnant (mais disloqué) du film, et la sensualité solaire qui se dégage des scènes où elles se trouvent ensemble auprès du lavoir en est un témoignage incontestable.

Pour cet environnement qui condamne la moindre aspérité, le moindre excès, la beauté d'Ema, comme étendard de son indépendance, constitue un danger mortel. Ses deux tantes la qualifient d'ailleurs de « sinistre », car « exprimant la limite de quelque chose ». C'est la placer du côté du Mal, auquel la jeune fille, dans sa révolte et par provocation, ne manquera pas de s'identifier, au point de le goûter « comme un mets raffiné ». La claudication, avec ses connotations diaboliques, achève le tableau d'une séduction ambiguë, tour à tour projetée sur Ema et voulue par elle, jusqu'à un vertige qui rend impossible de plus distinguer ce qui prédominait en elle, de l'innocence ou de la malignité, et qui en fait une digne sœur de la Tristana de Buñuel.

Enfin, cette dualité, qui rejoint l'oscillation entre projets et regrets dont il était question tout à l'heure, se rassemble, de manière transparente si l'on ose dire, dans les multiples « retours au miroir » qui ponctuent les étapes décisives de l'existence d'Ema. Elle s'y entrevoit d'abord, comme par un hasard, le jour de sa communion, et cette vision l'impressionne au point qu'elle en a un mouvement de recul et décide de cacher son handicap aux tantes qu'elle s'apprête à visiter. Dès son retour, *après* l'entrevue, c'est dans un miroir qu'elle se fixe autour du cou le pendentif à la croix que son père vient de lui offrir, avec sur le visage l'expression presque sacrilège d'une féminité se parant pour séduire. Puis, juste avant ses fiançailles avec Carlos, elle s'abîme dans une contemplation plus ambiguë, qui mêle la véritable naissance d'une séduction adulte, quasi prédatrice (voile, chapeau, puis cheveux dénoués), avec tous les espoirs qu'elle porte, et le sentiment diffus d'une séparation irrémédiable (« Son cœur avait perdu une sorte de contrainte, et avec elle un bonheur », affirme la voix *off*). Au bal, c'est le premier contact avec un autre homme qui s'effectue devant le miroir, lorsque la fleur tombée de ses cheveux lui est rendue par Lumiares, aussitôt frappé par sa beauté. Juste après ce bal, lorsque, de retour à la maison de Carlos, elle reste éveillée au clair de lune, elle semble se perdre dans une longue contemplation de son reflet, et l'éclairage des bougies qu'elle porte, ainsi que sa chemise de nuit la font ressembler à une lady Usher errant dans son suaire, dont elle partage l'expression de mélancolie intense, expression qu'elle retrouve devant son dernier reflet, juste avant le suicide. Devant, dans ce miroir récurrent, outil narcissique et tragique, ce sont toutes les tensions d'Ema qui se reflètent à l'infini, féminité rêveuse et révoltée dont la mélancolie semble devoir une ultime fois triompher.

Stephen Frears

Le cinéma britannique a toujours été présent dans les colonnes de Positif, *notamment dans les années soixante, à l'époque du* free cinema *de Tony Richardson, Karel Reisz et Lindsay Anderson. Trois réalisateurs dominent ce qu'on qualifie de « cinéma social anglais » dans les années quatre-vingt et quatre-vingt-dix : Mike Leigh et, plus inégalement, Ken Loach et Stephen Frears. Adoptant souvent une esthétique proche du documentaire, tous trois aiment jouer avec les codes des grands genres hollywoodiens, sans pour autant perdre de vue leur objectif : dénoncer par la fiction les effets du libéralisme depuis l'arrivée au pouvoir de Margaret Thatcher.*

EITHNE O'NEILL, « Le nom du père : on s'en fout ! » (*The Snapper*), n° 393, novembre 1993.

Principaux ouvrages d'Eithne O'Neill : Lubitsch ou la Satire romanesque *(avec Jean-Loup Bourget), Stock, 1987 (Flammarion, 1990);* Stephen Frears, *Rivages, 1994.*

EITHNE O'NEILL

Le nom du père : on s'en fout !

The Snapper

Le nouveau film de Stephen Frears (BBC Productions, 1993) est une comédie intitulée *The Snapper*, comme le roman dont il est l'adaptation. Le film s'inspire non seulement de la mince intrigue du livre écrit par Roddy Doyle[1], mais aussi du dialogue qui est l'élément essentiel de sa prose et la source de son humour. L'oreille pour le parler local constitue une des richesses de la littérature anglo-irlandaise du XXe siècle. On l'entend dans les nouvelles de Joyce : *Ivy Day in the Committee Room* est écrit presque uniquement sous forme de l'idiome dublinois, et Flann O'Brien l'exploite brillamment aussi lorsqu'il signe Myles na gCopaleen. Tant l'accent que le langage de la classe ouvrière sont assumés par une équipe d'acteurs irlandais avec un brio tel, dans le film de Frears, que l'éventualité d'une barrière régionaliste est triomphalement amortie. Après la déception du hollywoodien *Héros malgré lui*, Frears revient en force avec cette comédie familiale, haute en couleur, d'une obscénité cohérente, contenue dans des limites judicieuses et évitant le double écueil de la sentimentalité et du misérabilisme.

Le mot « *snapper* », dont on donne dix-neuf équivalents français, est exclusivement employé dans les quartiers ouvriers qui se situent au nord de la rivière Liffey pour dire gosse ; son synonyme en anglais est « *nipper* ». Les Curley habitent dans un pavillon de

---

1. Auteur de la célèbre trilogie de Barrytown. Le premier volet, *The Commitments*, a été, on le sait, porté à l'écran par Alan Parker ; le troisième volume s'appelle *The Van*.

cité ouvrière près de la baie de Dublin. À la contiguïté des pièces étriquées de la maisonnette à deux étages [1] correspond la promiscuité des rapports au sein de la communauté. L'intimité est vécue au vu et au su de tout le monde.

« *Il will live in Ringsend with a red-headed whore...* » («Je vivrai à Ringsend [2] avec une putain rousse...»)

Chez Kay (Ruth McCabe) et Dessie Curley (Colm Meaney), couple aux cheveux bouclés, le quotidien est un feu d'artifice multicolore. Les passions, éphémères ou durables, s'y coudoient; la raillerie mutuelle est ici aimante. Il y a six enfants : Sharon (Tina Kellegher), Craig (Eanna Macliam), Kimberley (Ciarra Duffy), Lisa (Joanne Gerrard), Sonny (Peter Rowen) et Darren (Colm O'Byrne). La caméra suit le pêle-mêle des changements incessants des plans, capte les claquements et les ouvertures intempestives des portes. On remplit l'intérieur de toutes les fureurs, pour le foot, le vélo, le chant, ou encore des exercices de majorette. Les jumeaux se chamaillent à cœur joie, la remise d'un cadeau d'anniversaire est une mise en scène ludique. Le chien se pelotonne contre le ventre rond de Sharon, enceinte à vingt ans d'un homme dont elle tait le nom. Kimberley, âgée de onze ans, met une minijupe et un collant bariolé pour attirer, comme lui dit le père indigné, « tous les jeunes chiens de la ville ». C'est le bordel.

Effectivement, devant la frustration de la télévision, Kay et Dessie n'ont qu'à « aller se promener » : « *Going for a ride* », dans l'idiome vernaculaire, veut dire « s'envoyer en l'air ». La spontanéité et la fidé-

---

1. Un vrai pavillon dublinois aurait été trop petit. On a eu recours à une reconstruction en studio.
2. Quartier ouvrier maritime, l'emblème des cités ouvrières de Dublin.

lité du lien conjugal constituent le pôle centripète du foyer, et en même temps la force indispensable pour que les jeunes, y compris Dessie, l'éternel gamin, vivent... ailleurs. Ainsi, on se retrouve au pub. Et on ramène rires, ragots, vomissures et marmot. À la fête de Noël du club de foot, Sharon se saoule et se fait sauter par George Burgess (Pat Laffan), *pater familias*, pitoyable et bedonnant quinquagénaire [1]. Ce fantoche poursuit Sharon, tantôt avec sa culotte souvenir, tantôt avec un — modeste — billet de banque, ou encore des déclarations pleurnichardes d'amour romantique, jurées « sur la Bible ». Sharon s'en fiche. On est tous d'accord : quoi de plus naturel, puisqu'on est mis au monde pour faire des *snappers*.

Flairant le coupable, Dessie et Craig amorcent une petite vendetta. Piètre elle aussi, l'action se limite à mettre la tête de George au carré. Pour satisfaire au besoin d'un père, Sharon invente un marin espagnol — toujours anonyme.

Obscénité exubérante

La vérité ne dépend ni de nomination ni de désignation. Et la vitalité déborde non pas du poing, mais de la bouche. Si les scènes familiales sont des vues d'ensemble, ou associées au dialogue, avec gros plan, entre père et fille, dans le pub, c'est une orgie de *chokers*, de très gros plans. La violence frearsienne éclate dans les visages. Des gueules ouvertes de Sharon et de ses trois copines, Mary, Jackie et Yvonne (la fille de George), de ces ouvertures

---

1. Cf. la comptine anglaise : « *Georgie, Porgie, Pudden'and Pie, / Kissed the girls and made them cry. / When the boys came out to play, / Georgie Porgie ran away.* » (« *Georgie, Porgie, tourte et boudin, / Embrasse les filles, les fait pleurer. / Lorsque les garçons sortent pour jouer, / Georgie ne sait que se défiler.* »)

labiales, roses et charnues, sortent des torrents d'obscénités vivifiantes. Obsédées, elles attirent et taquinent l'homme, par le mot, par le geste, s'érigeant phalliquement avec une exubérance indécente. Avec leur maquillage strident et leurs vêtements voyants, elles évoquent, à l'instar de l'homme, la verge : flûte, banana et aiguillon.

De l'autre côté du bar, Dessie et ses potes déversent leur sagesse universelle, leur grossièreté aidant, dans des flots de Guinness.

Pour les deux sexes, la ligne de démarcation entre fille et pute semble floue. Dès que la rumeur d'un séducteur-père se répand, Sharon se voit attribuer le nom de prostituée. Dans le pétrin, elle persiste à camoufler le nom du père, pour se rendre compte, à la fin, qu'elle vient de nommer sa fille nouveau-née, Georgina. Cet enfant couperosé, ratatiné et splendide est accueilli avec un éclat de rire.

Gynécée

Afin de comprendre et vivre, il faut entrer dans le gynécée. Le père, ayant déjà enfanté six fois, veut devenir l'accoucheur, la sage-femme de sa propre fille. Lors de l'accouchement, la bouche est grande ouverte, les gros plans du visage et du ventre alternent. Les contorsions de l'expression et de l'utérus renvoient non pas à l'acte sexuel, à peine esquissé, mais aux rictus des débauches verbales et physiognomoniques.

Le *snapper* n'est-il pas aussi Dessie le père, surprenant sa femme au lit avec de nouveaux jeux appris dans les livres sur l'anatomie féminine, et enfilant le jean que sa fille ne peut plus enfiler ?

Les temps ont changé

Dans ce film, dont la vitalité rappelle *Life Is Sweet* mais dans un registre plus rabelaisien, on voit une Irlande bien changée. Trêve de bondieuseries : aucune iconographie n'évoque le christianisme, le Christ lui-même est plus qu'un juron local : Jaysis ! Les valeurs traditionnelles se sont estompées, mais la solidarité de la famille s'en trouve peut-être renforcée.

Avec leur alimentation junk et comique, les Curley se mettent au diapason culturel de toutes les cités ouvrières de l'Occident.

Pourtant la vitalité dublinoise continue, symbolisée par la superbe maternité de Dublin, appelée la Rotonde (XVIIIe siècle) et connue des gynécologues du monde entier pour la fécondité, parfois, hélas ! monstrueuse, qu'elle abrite. Ainsi les vues de la mer si proche remontent-elles à très loin, comme un poète médecin de la fin du siècle (Oliver St. John Gogarty) le dit dans les vers émouvants qui concluent le poème cité ci-dessous :

> *And up the back garden,*
> *The sound comes to me,*
> *Of the lapsing, unsoilable, whispering sea*[1].

---

1. « *Et du fond du jardinet / Me vient le son de la mer / Qui s'écoule, chuchotante, immaculée.* »

Robert Altman

Avant Gosford Park *(n° 493, mars 2002),* Short Cuts *était la huitième et dernière couverture en date pour un film de Robert Altman, après* Brewster McCloud *(n° 134, janvier 1972),* California Split, Nashville, Quintet, Popeye, Fool for Love *et* The Player. *Altman s'est non seulement prêté une douzaine de fois au jeu des entretiens mais, et c'est plus rare, a aussi accepté la présence continue d'un rédacteur de la revue sur le plateau de tournage d'un de ses films. C'est ainsi que* Positif *publia en janvier 1976 un reportage de Michael Henry intitulé « Altmanscope, sur le plateau de* Nashville *» (n° 176), témoignage unique (malheureusement trop long pour être reproduit ici) sur les méthodes de travail d'Altman.*

JEAN-PIERRE COURSODON, « Carver in Altmanland » (*Short Cuts*), n° 395, janvier 1994.

Principaux ouvrages de Jean-Pierre Coursodon : 20 ans de cinéma américain *(avec Yves Boisset), CIB, 1961;* Keaton and Co, Les Burlesques américains du muet, *Seghers, 1965;* Laurel et Hardy, *L'Avant-scène cinéma, 1966;* W. C. Fields, *L'Avant-scène cinéma, 1968;* 30 ans de cinéma américain *(avec Bertrand Tavernier), CIB, 1970;* Buster Keaton, *Atlas-Lherminier, 1986;* 50 ans de cinéma américain *(avec Bertrand Tavernier), Nathan, 1991 (édition augmentée*

Omnibus, 1995); Warner Bros, rétrospective, *Centre Georges-Pompidou, 1991;* Le Dictionnaire du cinéma américain *(avec Bertrand Tavernier), Nathan, coll. Fac Cinéma-image, 1995.*

JEAN-PIERRE COURSODON

Carver in Altmanland

Short Cuts

Dans une nouvelle de Raymond Carver intitulée *Fat* (*Obèse*), la narratrice, une serveuse de restaurant, raconte à son amie Rita une « histoire » qui, comme c'est le plus souvent le cas chez cet auteur, n'en est pas une au sens traditionnel du mot, étant dépourvue d'intrigue, de péripétie et de chute (comme d'ailleurs la nouvelle elle-même qui sert de cadre à ce récit dans le récit). L'anecdote tient en quelques mots : la narratrice (on ne nous dit pas son nom) a servi un repas plantureux à un client extraordinairement corpulent. Elle décrit en détail le menu, banal sauf pour son abondance, et les propos anodins échangés avec le gros mangeur. Plus tard, au lit avec son mari, elle a soudain eu l'impression d'être devenue elle-même énorme (« *terrifically fat* »). « C'est une drôle d'histoire », commente Rita. « Mais je vois bien qu'elle ne sait pas quoi en penser », ajoute la narratrice à notre intention.

Rita est emblématique du lecteur de Carver, confronté à de fausses « histoires », contraint de décrypter sentiments et motivations à partir de rares indices aussi opaques qu'opiniâtrement behavioristes. Quant à la narratrice, on ne peut manquer d'y voir le substitut de l'auteur quand elle refuse, perversement, d'éclairer son amie interloquée (« Je lui en ai déjà trop dit », déclare-t-elle, ce qui *nous* prive, par la même occasion, d'une « clé » espérée). Certes, si le récit dans le récit n'a pas de chute, il n'est pas entièrement exact de dire qu'il en va de même pour la nouvelle. Celle-ci se termine en effet par une de ces « épiphanies » énigmatiques dont Carver est friand et qui semblent vouloir donner *in extremis* un *sens* à un texte jusque-là impénétrablement lisse ; mais sens paradoxal, car il reste lui-même incertain, clé qui n'ouvre aucune porte. En l'occurrence, la narratrice annonce soudain (s'adressant à nous, et non à Rita, qu'elle vient de décrire « attendant » — mais quoi ?) : « Ma vie va changer. Je le sens. » Ce sont les derniers mots du texte. Il appartient au lecteur d'établir le rapport entre cette illumination peu éclairante et ce qui précède [1].

Si je m'attarde sur cette nouvelle, qui ne figure pas parmi celles dont s'inspire *Short Cuts*, c'est qu'elle est extrêmement caractéristique de la stratégie carvérienne, et comme telle donne une juste idée de l'impressionnant tour de force réalisé par Altman et son coscénariste dans leur travail d'adaptation. Tour de force accompli, dans une large mesure, *contre* le matériau, car le minimalisme de Carver s'avère particulièrement réfractaire à la transposition cinématographique. Dans sa préface au recueil *Short Cuts*, publié à l'occasion de la sortie du film, et qui réunit les neuf nouvelles-sources de celui-ci, Altman nous avertit que les « puristes » et les « fans » de Carver ris-

---

1. Bien entendu, Carver joue ici avec une tradition du genre qui veut que la fin d'une nouvelle apporte un « élargissement » — vision, prise de conscience, résolution, morale... —, mais il en joue pour s'en jouer, démontrant par l'absurde ce qu'elle a de conventionnel et en poussant à l'extrême l'arbitraire. L'élargissement final, semble-t-il nous dire, n'importe quoi peut en tenir lieu désormais. De cette roublardise déconstructrice, on voit mal quel pourrait être l'« équivalent » cinématographique...

quent d'être choqués par les « libertés » qu'il a prises avec ces œuvres. Ces libertés sont en effet considérables (il ne pourrait guère en être autrement), et plutôt que de lire Carver avant une première vision du film, il est préférable de recevoir celui-ci comme s'il s'agissait d'un scénario original. Ce conseil vaut sans doute pour toute adaptation cinématographique, mais il me paraît particulièrement impératif dans le cas de *Short Cuts*. Le spectateur n'a pas trop de toute son attention pour absorber une œuvre aussi riche et complexe ; le jeu des comparaisons avec les sources, qui risque de le distraire, voire de gâcher son plaisir, peut venir plus tard.

Toute liberté prise avec un original est légitime pourvu qu'elle soit efficace et esthétiquement justifiée. Faut-il, par surcroît, qu'elle soit « fidèle » à l'esprit de cet original ? Vieille question (question « bateau », si l'on veut) que la critique cinéphilique, dans sa fascination fétichiste pour la seule « mise en scène », a toujours eu un peu trop tendance à contourner. Je me garderai bien d'essayer d'y répondre dans le cadre modeste d'une « critique » de film. Notons toutefois qu'elle se pose de façon, sinon plus aiguë, du moins plus particulière qu'à l'accoutumée dans le cas de *Short Cuts* qui s'inspire non d'*un* mais de nombreux textes dont la spécificité tient au genre auquel ils appartiennent — la nouvelle — alors que le travail d'adaptation tend à les constituer en un *ensemble*, et par là en quelque chose qui tient du roman (le roman étant par ailleurs la forme littéraire la plus « comparable » au film de fiction, qui n'aime guère les nouvelles et s'en inspire rarement [1]).

---

1. Il semble que producteurs et cinéastes aient toujours éprouvé une certaine défiance à l'égard de la nouvelle comme source d'inspiration. On expliquera cette défiance par le fait que la durée moyenne du film de fiction, qui s'est assez tôt fixée vers 80-90 minutes, est excessive pour la plupart des nouvelles (une his-

Même si on laisse de côté ce problème, peut-être trop « théorique », du passage d'une forme à l'autre, il n'est pas nécessaire d'être un puriste pour constater que la splendide réussite du film ne va pas sans quelque violence faite et à la lettre et à l'esprit des sources. Au niveau le plus évident, on remarque que la profession, le milieu social, la personnalité même de divers personnages ont été modifiés. Ainsi, dans *Jerry Molly and Sam*, l'ouvrier menacé de licenciement et sur le point de craquer devient un flic macho, dragueur et fabulateur (la plupart des personnages de Carver se situent socialement aux échelons inférieurs de la *middle class* ; Altman reconnaît les avoir « relevés d'un cran »). Plus radicalement, l'histoire, et en particulier la fin, de certaines nouvelles est profondément transformée, voire inversée. Dans *Jerry Molly and Sam*, le chien que le protagoniste harassé avait délibérément perdu refuse de le suivre et s'enfuit lorsque, pris de remords, son maître le retrouve et veut le reprendre ; dans le film, Gene ramène l'animal à la maison pour la plus grande joie des enfants... Curieusement, Altman sous-utilise certains textes au point d'en obscurcir la raison d'être. De *Neighbors* (*De l'autre côté du palier*)

---

toire courte demande un film court), sauf à les étoffer considérablement, et par là les dénaturer. Mais outre que cette durée ne s'est pas imposée par hasard (elle a dû répondre à un besoin, créé ou spontané, à tout le moins à un désir), on remarque que même à l'époque primitive où tous les films étaient courts (une ou deux bobines), on adaptait déjà des romans plutôt que des nouvelles, et des pièces en trois ou cinq actes (plutôt que des pièces en un acte, équivalent théâtral de la nouvelle). Et pendant la période faste d'avant le parlant où le court métrage était esthétiquement florissant et commercialement rentable (voir les comiques américains), on ne vit guère s'imposer de tradition du film de fiction court, en dehors justement de ce cas très particulier qu'était le comique burlesque. La nouvelle, au cinéma, n'est traitée comme nouvelle que dans ces « bout à bout » de courts métrages que sont les « films à sketches ». On ne saurait donc trop souligner l'aspect inhabituel et audacieux de l'entreprise d'Altman.

par exemple, il ne retient que le point de départ (un couple s'occupe de l'appartement d'un autre couple absent), et encore, non sans d'importants changements. Il en va de même pour *Collectors* (*L'Aspiration*), qu'il combine avec une autre histoire (inventée par lui) et qui ne lui sert qu'à fournir à cette dernière une conclusion comique un peu facile (c'est dans l'appartement entièrement dévasté par Stormy que le vendeur d'aspirateurs arrive pour procéder au nettoyage gratuit de tapis gagné par Betty dans un concours [1]). D'autres nouvelles, en revanche, sont développées et exploitées au-delà, peut-être, de leur potentiel, et certainement au-delà des intentions de leur auteur, ainsi *They're Not Your Husband* (*Ils t'ont pas épousée* [2]).

---

1. Chez Carver, l'intérêt de ces deux récits réside dans l'investissement progressif d'une situation initialement banale par un insolite qui engendre le malaise. Rien de cela ne subsiste chez Altman. C'est d'autant plus surprenant dans le cas de *Neighbours* que cette nouvelle recoupe le thème altmanien de l'échange de personnalité (*Images*, *Trois Femmes*), dont on aurait pu penser qu'il avait motivé le choix du texte par le cinéaste.

2. L'adaptation de cette nouvelle fournit un exemple particulièrement intéressant de la méthode d'Altman. Le protagoniste de Carver, un vendeur sans emploi dont la femme est serveuse de restaurant, surprend des propos désobligeants tenus sur le physique de celle-ci par deux clients (Doreen, la serveuse, n'est ni jeune ni svelte). Humilié, Earl demande à sa femme de suivre un régime amaigrissant. L'essentiel de la nouvelle décrit les efforts de la malheureuse pour perdre quelques kilogrammes. Avec un sens du paradoxe qui frise la perversité, Altman confie le rôle de Doreen à la filiforme Lily Tomlin (qu'il avait fait débuter à l'écran dans *Nashville* et qui, depuis, ne semble pas avoir grossi d'un gramme). Il ne peut donc plus être question de régime amaigrissant ; au lieu de reprocher à sa femme d'être trop grosse, Ed lui reproche maintenant de s'habiller trop court et de montrer son cul aux clients quand elle se penche. Détail, peut-être, mais détail qui change tout. Les efforts pour maigrir, leur succès modeste mais réel, la fierté du mari qui croit prendre sa revanche en tenant des propos flatteurs sur Doreen en plein restaurant, feignant de ne pas la connaître, tout cela disparaît, ou, dans le cas de la scène finale, perd beaucoup de son sens original (Doreen, chez Altman, n'a fait aucun progrès dans son apparence physique dont Ed puisse être

Les remarques qui précèdent n'entendent en rien diminuer la réussite du film, certainement l'une des œuvres majeures d'Altman, sinon son chef-d'œuvre. Il ne s'agit pas ici de cracher dans ce que le cinéaste appelle sa « soupe Carver », mais plutôt de décrire quelques-uns des ingrédients que le chef a utilisés et le traitement qu'il leur a fait subir pour obtenir ce brouet très spécial. Si l'on se demande le pourquoi des modifications et additions apportées par Altman, on constate qu'elles visent moins à renforcer la construction dramatique, ou la psychologie, qu'à enrichir le contrepoint des thèmes et motifs dans une composition essentiellement *musicale*. Si le chat de *Neighbours* est remplacé par des poissons d'aquarium, c'est peut-être surtout — plutôt que dans une problématique intention symbolique — pour que ces poissons « répondent » à d'autres : truites ramenées par le trio de pêcheurs, poisson rouge offert à Doreen par sa fille. De même se répondent le maquillage de clown de Claire (qu'elle partagera avec Stuart et le couple Marian-Ralph au cours d'une tumultueuse soirée) et les maquillages pour film d'horreur que Bill essaie sur Honey. La mort est un autre de ces motifs récurrents qu'Altman emprunte à Carver mais développe aussi indépendamment ; des trois femmes qui meurent dans le film, deux sont fournies par les sources, l'une par le cinéaste — avec en plus deux fausses mortes (dont l'une prémoni-

---

fier). Ici encore, Altman modifie et atténue la conclusion de la nouvelle, où Ed est de nouveau humilié, et cette fois publiquement, quand Doreen, après ses flatteries incongrues, révèle à tout le monde qu'il est son mari. En revanche, il étoffe cette brève nouvelle de diverses manières : Doreen devient l'automobiliste qui renverse Casey Finnigan, elle se voit dotée d'une fille (Honey), etc. La fin est remplacée par une joyeuse beuverie du couple. Ed, qui n'est plus chômeur mais chauffeur, n'est plus non plus le *loser* pitoyable de la nouvelle, mais un personnage pittoresque, presque flamboyant.

toire) : **Honey** maquillée en victime d'assassinat et photographiée par Bill, et Zoe, qui plus tard se suicidera, feignant la noyade dans la piscine de sa mère. Le thème des rapports parents et enfants adultes est également partagé. Le père qui raconte à son fils une vieille infidélité vient de Carver[1], mais les rapports mère-fille (Doreen et Honey, Tess et Zoe) sont un apport d'Altman. De plus, celui-ci entrelace les deux motifs de façon plus insistante que ne le faisait Carver. Au récit que Paul Finnigan fait à son fils Howard, le cinéaste ajoute l'histoire d'un accident qui faillit coûter la vie à Howard enfant, faisant ainsi écho à l'accident dont vient d'être victime le propre fils de Howard (qui va, lui, en mourir).

Le principe consistant à établir des rapports (familiaux, amicaux, amoureux...) entre des personnages provenant de nouvelles différentes, la transposition de personnages d'une histoire à une autre, les emprunts à des nouvelles ne faisant pas partie du corpus, l'apport, enfin, d'éléments inventés de toutes pièces par Altman (dont une « histoire » entière), autant d'options qui contribuent à créer une sorte de vision unanimiste aussi altmanienne que peu carvérienne, dont le moindre avantage n'est pas d'arracher *Short Cuts* à la catégorie ingrate et hybride du « film à sketches » où une approche plus littéralement respectueuse aurait risqué de confiner l'entreprise.

---

1. Dans une interview accordée à la revue américaine *Movieline*, Altman affirme avoir inventé cet épisode, qui est en fait emprunté à la nouvelle *Sacks* (*Rencontre entre deux avions*), extraite du recueil *What We Talk About When We Talk About Love* (*Parle-moi d'amour*). Le long monologue de Jack Lemmon reproduit à quelques modifications près le texte de Carver. Mais Altman est peut-être excusable de ne plus exactement savoir ce qui appartient à César. Notons que cet emprunt va lui aussi dans le sens du redoublement thématique, l'aveu d'infidélité de Paul répondant à celui de Marian à son mari (tiré de la nouvelle *Will You Please Be Quiet, Please ?*).

En fait, tout dans l'approche d'Altman tend à entraîner son film aux antipodes de l'univers de Carver dont il remplace l'intimisme, le laconisme, le regard stoïquement désespéré (l'œuvre de Carver pourrait porter en épigraphe la formule de Thoreau sur ce « désespoir tranquille » dans lequel vit la masse des humains) par une ampleur de vision stimulante, une sorte de mouvement perpétuel jubilatoire. Certes, le profond pessimisme du nouvelliste trouve un écho chez le cinéaste, mais le pessimisme de ce dernier, dont il est inutile de rappeler les multiples exemples passés, est souvent contredit, et ici plus que dans d'autres films, par l'enthousiasme créateur, la générosité de l'approche, l'humour aussi (qui chez Carver reste le plus souvent implicite ou potentiel). D'ailleurs, l'échelle du film, son *format* (écran large, pellicule 70 mm, son Dolby enveloppant), le simple fait qu'il s'agit d'un (très) long métrage, brassant situations et personnages multiples, suffiraient à radicalement démarquer *Short Cuts* de ce qu'il y a chez Carver de plus spécifique. Passer d'un auteur à l'autre, c'est passer de la miniature à la fresque, de la musique de chambre à la symphonie. Vaste fresque, *Short Cuts* est certes composé de miniatures carvériennes, mais que leur transplantation, leur multiplication, et ce qu'on pourrait appeler leur pollinisation croisée affectent et modifient profondément.

L'ampleur de la vision s'impose dès la séquence générique, véritable ouverture au sens opératique du terme, qui introduit une vingtaine de personnages principaux, les reliant par le leitmotiv visuel (et sonore) d'une formation d'hélicoptères pulvérisant un insecticide sur Los Angeles. Cette séquence, qui frappe par sa qualité épique, son atmosphère presque apocalyptique (les hélicoptères, qui évoquent ceux d'*Apocalypse Now*, ont une présence décidément menaçante, et on peut se demander si les réactions qu'ils engendrent chez certains personnages — Sherri inquiète des effets toxiques sur ses enfants — relèvent vraiment de la paranoïa), n'« annonce » pas vraiment la suite, elle remplit une fonction essentiellement formelle, encore qu'il soit permis d'y voir plus qu'un procédé d'introduction. Pour Altman, c'est une perturbation de l'ordre habituel des choses — qu'elle prenne la forme d'un embouteillage comme dans l'ouverture de *Nashville*, d'un tremblement de terre ou d'une pseudo-« attaque » aérienne — qui permet de rapprocher les personnages les plus divers, de créer une communauté, ou du moins son simulacre. Mais alors que les personnages de *Nashville* étaient rapprochés par une communauté d'intérêts (musique et/ou politique), ceux de *Short Cuts* n'ont en « commun », si l'on peut dire, qu'une certaine carence psychologique, leur apparente incapacité à communiquer, à sortir du solipsisme où chacun s'enferme (et en cela, Altman est entièrement fidèle à Carver).

Certains commentateurs américains ont fait grief à Altman d'avoir transposé à Los Angeles des nouvelles qui se situaient dans l'extrême nord-ouest du pays (l'Oregon, dont Carver est natif, l'État de Washington). Une telle critique paraîtra sans doute injustement tatillonne à un public européen — à juste titre, car Carver n'a rien d'un écrivain régionaliste, même si l'on prend cette étiquette dans son acception la moins limitative. Si parler d'« écrivain du Sud » à propos de Faulkner ou Eudora Welty est entièrement légitime, considérer Carver comme un « écrivain du Nord-Ouest » n'a guère de sens. Ses histoires témoignent d'un malaise national (pour ne pas dire international), d'une anomie de l'Amérique post-moderne qui ne saurait se localiser géographiquement. Altman, qui n'a pas oublié avoir produit jadis *Welcome to L.A.*, le premier film d'Alan Rudolph (œuvre composée, comme *Nashville* et *Short Cuts*, de multiples récits entrelacés [1]), invoque, pour justifier le choix de Los Angeles comme lieu géométrique des diverses actions du film, l'économie, la vraisemblance, et, de façon plus intéressante, l'atmosphère angelénienne (« Une ville immense où rien n'est stable, où tout le monde semble de passage... où l'on voit une pancarte *"À vendre"* sur presque toutes les maisons... »). Ses personnages à la dérive, sans racines, sans attaches, sans avenir, sont idéalement situés dans cette pseudo-ville dont l'immensité n'a d'égal que l'absence de caractère. L'anonymat des faubourgs où ils vivent est d'ailleurs le signe que le film pourrait se passer n'importe où. À la limite, la ville n'a guère d'importance ; il est significatif qu'Altman ait abrégé le titre, qui était initialement *Los Angeles Short Cuts*[2].

Comme l'annonce le cœur brisé qui lui sert d'affiche-logo, le film traite de la vie du couple (plus particulièrement de couples mariés) et de ses vicissitudes. On pourrait, parodiant le titre d'un autre film

---

1. *Short Cuts* contient d'ailleurs un hommage (inconscient ?) à Rudolph : l'extérieur du décor du club de jazz où se produit Annie Ross évoque celui du bar de *Choose Me*, et Altman le filme, comme Rudolph, de nuit, en contre-plongée et mouvement de grue descendant.
2. À cette transposition géographique s'en ajoute une temporelle (la plupart des nouvelles de Carver ont été publiées dans les années soixante-dix, *Short Cuts* se déroule aujourd'hui — en juin 1992, si l'on en croit un calendrier au mur d'une cuisine) qui, loin de trahir l'atmosphère originale, tend à la renforcer, dans la mesure où le climat économique et psychologique plutôt morose de ce début de décennie convient à la grisaille misérabiliste de l'univers carvérien plus que ne le faisait l'optimisme inflationniste des deux décennies précédentes (les personnages de Carver, souvent sans emploi, ou enfermés dans des métiers médiocres, vivent tous en marge du « rêve américain » ; leur présence n'est certainement pas déplacée en Californie, l'État où le taux de chômage est actuellement le plus élevé).

d'Altman, le rebaptiser *Huit Couples imparfaits*. Ni bons ni délicieux, ces mariages sont à des degrés divers dysfonctionnels, ou à tout le moins défectueux. L'incompréhension, le manque de communication entre les partenaires y sont généralisés. Peu soucieux de dresser un tableau équitable de la guerre des sexes en en renvoyant dos à dos les combattants, Altman charge systématiquement les personnages masculins, dont le comportement oscille le plus souvent entre l'odieux et le ridicule, qu'il s'agisse du donjuanisme et des mensonges perpétuels de Gene, de l'absurde jalousie rétrospective de Ralph, de la fureur destructrice de Stormy (autre jaloux abusif), des excès alcooliques et de la lâcheté d'Earl ou de la violence meurtrière de Jerry. Les femmes, qui se définissent en grande partie par leur façon de réagir à ces comportements masculins, font toutes preuve, par-delà leurs différences, d'une sensibilité, d'une humanité, d'un bon sens qui semblent échapper aux hommes — et aussi d'une bonne dose d'humour, nécessaire pour tenir le coup[1]. Le gouffre entre hommes et femmes se révèle, paradoxalement, de la façon la plus brutale à l'intérieur du couple qui paraissait le plus uni, lorsque Stuart raconte à Claire sa macabre découverte. Claire donne à l'insensibilité de son mari (et de ses deux amis) devant cette mort une interprétation qu'il ne peut (ou ne veut) pas comprendre (de la même façon — et c'est là encore un exemple de ces jeux d'échos et de miroirs dont le film est tissé —, Zoe interprétera de façon très per-

---

[1]. Je laisse à d'autres le soin de vanter, une fois de plus, le *casting* génial et la qualité de l'interprétation, mais tiens tout de même à insister sur le niveau exceptionnel de la performance des *comédiennes*, en particulier les peu connues Madeleine Stowe, Julianne Moore (dont on n'oubliera pas de si tôt la confession dénudée) et Frances McDormand ; mais, selon la formule consacrée, il faudrait toutes les citer...

sonnelle, et fatale, l'insensibilité de sa mère à la nouvelle de la mort de Casey — tant il est vrai que de tous les « tandems » du film, celui-ci, le seul qui ne soit pas un couple, fonctionne néanmoins comme les autres).

Seules les exigences de l'exploitation commerciale sauraient fixer des limites au métrage d'un film de conception aussi ouverte, dont Altman a remarqué qu'il pourrait se prolonger indéfiniment (plusieurs autres nouvelles furent adaptées puis éliminées du scénario avant le tournage, et Altman dit avoir écrit une suite à l'épisode Tomlin-Waits). La nécessité de clôturer une constellation de récits qui s'y refusent est peut-être le défi majeur qu'Altman a eu à relever. Il procède tout d'abord par un recours plus systématique au principe de *convergence* à l'œuvre dans tout le film : les couples Stuart-Claire et Marian-Ralph se retrouvent pour un dîner suivi d'une nuit de fredaines ; les couples Honey-Bill et Jerry-Lois vont ensemble en pique-nique ; Howard et Ann Finnigan rencontrent le pâtissier irascible et ont avec lui un échange réconfortant ; Earl et Doreen fêtent dans les libations une réconciliation temporaire ; le chien des Shepard retrouvé, la famille est à nouveau réunie... Encore faut-il à tout cela un *climax* unificateur ; quoi de plus logique, d'un point de vue strictement formel, qu'un tremblement de terre, pseudo-apocalypse qui fait écho à celle de l'ouverture ? Certes, on peut trouver gratuit et facile ce recours à un phénomène naturel qui relève plus du *deus ex machina* que des règles de la tragédie classique ou du drame « sérieux ». On songe (et Altman, facétieux, y a peut-être pensé aussi) à ces cataclysmes — typhons, éruptions volcaniques... — par lesquels jadis Hollywood aimait conclure certaines productions exotiques. Mais le séisme (qui par ailleurs, dans le contexte californien, n'est que trop vraisemblable) se révèle inoffensif ; ironiquement, sa seule victime l'est en fait d'une agression perpétrée au moment où il se déclenche (et qu'il camoufle par là en accident). Altman désamorce ainsi par l'ironie et la dérision ce que cette secousse destructrice pouvait avoir de grandiloquent. Faut-il au demeurant y voir un symbole, une métaphore communiquant quelque profonde banalité sur la société américaine d'aujourd'hui ? On le peut, certes, et on le fera, mais je préfère m'en abstenir, pour noter simplement, avec regret, que ce dernier quart d'heure est le seul moment décevant d'un film qui pendant près de trois heures tient le spectateur, quasi miraculeusement, sous le charme d'une invention apparemment intarissable. *Short Cuts* n'est sans doute pas « inférieur » à *Nashville*, mais sa fin est considérablement moins riche et signifiante que celle de cette œuvre phare des années soixante-dix. On pourrait contester le bien-fondé d'une comparaison entre les deux films si Altman ne donnait l'impression de vouloir ici faire écho à ce moment magique (à la fois, pour le citer, « cruel et émouvant ») qui concluait *Nashville*. L'attitude des deux couples peinturlurés batifolant dans un jacuzzi quelques heures après leurs violentes scènes de ménage n'évoque-t-elle pas celle de la foule chantant « *I don't worry me* » après l'absurde assassinat qui sert de *climax* au film de 1975 ?

Encore une fois, gardons-nous de lire intentions et message — qui ne seraient d'ailleurs rien de plus que cela, soit peu de chose — dans cette « reprise » où ne subsiste que la dérision, et n'imitons pas l'ineffable journaliste britannique de *Nashville* pour qui tout, dans le spectacle américain, était prétexte à délire d'interprétation. Acceptons plutôt, une fois de plus, le chaos d'Altman, qui, même si le cinéaste renonce à tenter (ou feindre) d'y mettre de l'ordre, reste, malgré tout, superbement fertile.

Nanni Moretti

L'une des spécificités positiviennes fut, dans les années soixante et soixante-dix, de soutenir que le vrai cinéma italien se trouvait, tout autant que chez Visconti, Fellini ou Antonioni, dans la comédie populaire, que la critique « sérieuse » avait parfois tendance à regarder de haut. Goffredo Fofi se fit ainsi le chantre des œuvres de Dino Risi et Mario Monicelli dans « La Comédie du miracle » pour la sortie du Fanfaron *(couverture du n° 60, avril-mai 1964), avant que Lorenzo Codelli ne reprenne le flambeau dans « La Partie cachée de l'iceberg » (n° 129, été 1971, sur Risi, Luigi Comencini...) et « Au nom des monstres italiens » (n° 142, septembre 1972). Tout comme Roberto Benigni (cinéaste moins important, mais nullement méprisable), Nanni Moretti est un héritier des burlesques américains et français, mais aussi, ce qui est parfois occulté, de la grande comédie qui permit au cinéma italien la conquête d'une audience internationale, aujourd'hui source de nostalgie.*

LORENZO CODELLI, « Nanni Moretti I, II, III » (*Journal intime*), n° 399, mai 1994.

LORENZO CODELLI

Nanni Moretti, **I, II, III**
Journal intime

I. « In vespa » / L'esprit

Il faut remonter à l'époque lointaine et innocente des enquêtes zavattiniennes comme *L'amore in città* (*L'Amour à la ville*, 1953) pour voir cent quartiers et rues de Rome devenir protagonistes actifs d'un film, être filmés avec autant de participation émotive, de nécessité intérieure. L'obsession, typiquement kubrickienne, de cette avancée ininterrompue, pénétrant avec la caméra entre les deux ailes d'une perspective infinie et perpétuellement changeante, devient pour Moretti le suprême plaisir de se faire filmer de dos pendant que, béat, il file en vespa dans la capitale déserte, ensoleillée, en plein mois d'août. La métropole enfin libérée de presque tous ces humanoïdes incommodes, comme dans *Le Fanfaron*. Et ses panoramiques gourmands, de bas en haut, ou ses travellings latéraux paisibles sur ces files d'immeubles, bourgeois ou populaires, anciens ou ultramodernes, se rattachent aussi à ces recherches d'identification historico-mythologiques des racines mêmes de Rome effectuées par Fellini dans sa *Roma* reconstruite en studio, ou par Vittorio Storaro dans sa *Roma imago urbis* autour de l'idée de *mare nostrum*.

La contemplation n'est pas acritique, exempte de conflits latents avec le paysage, mais l'œil de Moretti semble vouloir transformer en éléments positifs jusqu'à la pire spéculation immobilière. Les sentiers cachés dans la verdure de ceux qui avaient acheté le terrain à bas prix dans les années soixante (gens devenus aujourd'hui gros consommateurs à domicile de vidéocassettes), ou lugubres barres bétonnées du récent faubourg de Spinaceto, objets habituels de satire dans les « lieux communs », trouvent une explicite justification idéologique, presque une béatification, au cours de cette reconnaissance du cinéaste en vespa.

Avec son amie il recherche un appartement-terrasse idéal, avec vue, au sommet de buildings hors de prix, feignant de faire des repérages pour un film paradoxal. Rêves envieux de toute-puissance contemplative, de domination d'en haut du panorama. Mais la dialectique du transit continu, du « regarde et fuis », du refus de se fixer en un endroit précis, l'emporte sur le désir de s'installer en quelque permanence. Nous sommes en fait en train de suivre, pendant une demi-heure vraiment sublime, l'itinéraire mental d'un « décentré » chronique, d'un aspirant à un ailleurs permanent.

Les rares rencontres, les arrêts dus au hasard pour communiquer en phrases hachées son propre émerveillement, se révèlent des sommets d'incommunicabilité au sens antonionien, comme dans le finale déshumanisé, désert, de *L'Éclipse* : la star Jennifer Beals se moque doucement de lui, le traite de jeune fou ; un automobiliste gassmanien (l'acteur et le réalisateur Giulio Base) le laisse monologuer sans le contredire. La danse de quelques couples jeunes (pauvres mais beaux) sur un merengue que joue, en plein air, un orgue de barbarie exalte la frustration passagère du « voyeur » impuissant à se dissoudre dans les cadences des danseurs. D'étonnantes chansons, à plein volume, rythment cette chorégraphie périphérique sur deux roues, scandées intensément dans le casque du fuyard.

Après avoir souffleté en passant les petits films italiens de « déploration politique générationnelle » (par ailleurs épigones flatteurs du « morettisme »), le gyrovague en vespa saisit l'occasion d'un film hyperviolent (*Henry : Portrait of a Serial Killer*, 1990) de John McNaughton, vu en souffrant, en baissant les yeux, dans une salle à moitié vide, pour défouler sa rage ancienne, et agresser physiquement le délirant critique snob qui le lui avait conseillé dans les colonnes du quotidien gauchiste *Manifesto*. Dans le rôle du critique, Solon récidiviste qui refuse de se repentir de ses péchés, parodie, si l'on veut, de la pendaison du critique rêvée par Fellini dans *Huit et demi*, apparaît Carlo Mazzacurati, le collègue, l'excellent cinéaste que Moretti avait fait débuter en produisant son film *Nuit italienne* (*Notte italiana*, 1987).

Le dernier pèlerinage — ô combien antirhétorique ! le contraire de trop de célébrations insupportables — à la plage d'Ostie, vers ce terrain vague lugubre où Pasolini a été assassiné, interrompt *ex abrupto* mais ne conclut pas le périple en scooter. Moretti reste aussi tendu, curieux, même la mort du poète ne le freine pas dans sa rage d'aller, d'aller de l'avant...

II. « Iles » / Le masque

Un *intermezzo* un peu à la troisième personne, comme un pont entre deux chapitres ultrapersonnels. C'est encore, bien sûr, Nanni Moretti, et non son traditionnel *alter ego*, nomme Michele Apicella, tellement haï/aimé par les générations de fans, qui apparaît dans cet épisode. Mais le ton du récit, le jeu même du protagoniste renvoient aux satires furieuses des manies des mass media, *Sogni d'oro* (1981) ou *Je suis un autarcique* (*Io sono un autarchico*, 1976).

« *De persecuzione televisiva* », ou bien comment un

cher vieil ami à lui, intellectuel marxiste par excellence (interprété par le formidable acteur Renato Carpentieri, le « frère sage » du *Matematico napoletano* de Mario Martone) qui s'est retiré depuis longtemps et philosophe sur les grands systèmes dans une île sicilienne érémitique, en quelques jours, quelques étapes d'une île à l'autre, découvre l'existence de la télé et devient l'esclave du feuilleton américain *Beautiful*. Une némésis digne de *L'Ange bleu*.

Les aspects les plus vitaux de ce chapitre sont dans le regard amoureux qui cadre Stromboli, Salina, Panarea, Alicudi, petits morceaux d'Italie abandonnés. Paradis terrestre hélas peuplé de bambins dominateurs, d'insupportables touristes ravageuses, de politiciens « nouveau régime » — la figure hilarante du maire de Stromboli, qui voudrait installer sur son île une bande musicale d'Ennio Morricone et l'éclairage artificiel de Storaro, est interprétée par le regretté acteur napolitain Antonio Neiwiller (le prêtre assistant du *Matematico napoletano*, film qui a évidemment marqué Moretti autant qu'il m'a marqué). Mais, malgré tout, ce paradis terrestre semble *presque* non pollué. Revenir aux origines, là, *under the vulcano*, sur les traces de Rossellini et d'Ingrid Bergman, est-ce encore possible ? Tahiti et les Tropiques à notre porte...

III. « *Médecins* » / *Le corps*

Nick's Movie avec un *happy end*. Chronique reconstituée jour par jour de la mystérieuse maladie qui frappa l'auteur quelques années plus tôt. Il y a les gros plans sur de vraies ordonnances contradictoires que lui délivrèrent une douzaine d'incompétents Diafoirus, et un bref fragment documentaire que le téméraire Moretti tourna en vidéo durant un réel séjour à l'hôpital.

L'épilogue révèle que dès le début il s'agissait d'une tumeur maligne, qui fut heureusement opérée d'urgence, à temps. Le narrateur moraliste ajoute deux déconcertantes illustrations didactiques : chers spectateurs, lisez les encyclopédies médicales que vous avez chez vous, vous y apprendrez avec des mots simples comment une démangeaison de la peau peut révéler un cancer ; en outre, chaque matin au réveil, avant café et croissant, buvez un verre d'eau, ça chasse la maladie. Puis, peut-être, comme Moretti, regardez-vous, yeux fixes, dans le miroir de la caméra et réfléchissez sur votre Destin. Regard sceptique que le sien, certes pas triomphant malgré le péril évité. C'est le système sanitaire l'accusé numéro un, et bien sûr il ne représente qu'une partie pourrie d'un plus vaste système social absolument non fiable et même nocif pour l'homme comme pour le milieu. Il ne nous reste donc que l'autorédemption individuelle, au niveau de la conscience réfléchie. En somme, un « *Ecce Bombo !* » qui nous sauve du chaos.

Sortis indemnes du tunnel comme l'auteur martyr, nous n'aspirons alors qu'à réaliser nos minimes utopies quotidiennes : pour Moretti, comme on l'a vu, s'immerger en scooter dans les rues de sa ville, visiter certaines îles de la Méditerranée, ressouder certaines amitiés. *Caro diario* (*Journal intime*) doit être tout de suite revu entièrement, *ab ovo*, pour éprouver cette sensation, à la *Gertrud*, d'« *amor omnia* », de dissolution de son propre moi — esprit, masque, corps — dans l'extase du monde extérieur comme nous voudrions qu'il soit.

Abbas Kiarostami

La relecture des articles de Positif *sur le cinéma iranien rappelle opportunément que l'apparition sur la scène internationale d'Abbas Kiarostami ne fut pas sans précédent : des films de Dariush Mehrjui et de Bahrâm Beyzaï avaient été vus en festivals, quand ils n'avaient pas été distribués en salles* (Le Cycle, n° 216). *Le sol d'Iran était déjà cinématographiquement fertile. Et la terre d'accueil française était prête à recevoir les films de Kiarostami, mais aussi de Makhmalbaf père et fille (Mohsen et Samira), de Bahman Ghobadi et de Jafar Panahi.*

STÉPHANE GOUDET, « La reprise », n° 408, février 1995.

Principaux ouvrages de Stéphane Goudet : « Le Goût de la cerise » d'Abbas Kiarostami, *L'Avant-scène cinéma, avril 1998;* « Sonatine » de Takeshi Kitano, *Lille, Lycéens au cinéma, décembre 2000;* « Playtime » de Jacques Tati *(avec François Ede),* Les Cahiers du cinéma, *mai 2002;* Jacques Tati, *Les Cahiers du cinéma-CNDP, coll.* « Petits Cahiers », *juin 2002.*

STÉPHANE GOUDET

La reprise

Retour sur l'œuvre d'Abbas Kiarostami

Abbas Kiarostami dit volontiers ressembler tour à tour à chacun de ses personnages [1]. Son cinéma, quant à lui, ressemble à la réaction de Tahereh dans *Au travers des oliviers*, lorsqu'on explique à cette actrice de fortune qu'elle devra renoncer à la robe qu'elle rêvait de porter à l'écran parce qu'elle n'est pas conforme à la condition sociale du personnage qu'elle est censée incarner. Tahereh proteste et soutient que cette robe lui siéra parfaitement... une fois pratiquées quelques retouches ! Cette non-correspondance du vêtement et du personnage, préfigurant l'incompatibilité des deux protagonistes, trace une ligne de fracture entre le sujet et l'« objet de son désir ». Or cette ligne de fracture se trouve à l'origine de la fiction kiarostamienne et de la quête qu'entreprennent quasiment tous ses héros depuis *Le Passager*. Des héros entêtés qui, *ni vu ni connu*, n'hésitent pas à braver les lois et les traditions lorsqu'elles mettent en péril la concrétisation de leurs rêves. Kiarostami doit dès lors se sentir tout aussi proche de Hossein, l'analphabète opportuniste, qui, convoitant Tahereh — dont la seule activité est la lecture —, lui demande de tourner la page de son livre pour lui signifier la réciprocité de son amour. Condamné à la littéralité du geste — comme le héros du *Passager* faisant des photos sans pellicule —, Hossein utilise

---

1. Entretien avec Kiarostami : « Problématique de l'intervention chez Abbas Kiarostami », mémoire de DEA, Paris III, 1995. Toutes les citations ultérieures de Kiarostami sont extraites de cette série d'entretiens, publiée dans le n° 442 de *Positif*.

ce qui le sépare de la jeune actrice, et tente, comme tous les personnages du réalisateur, de faire sien ce qui lui est radicalement autre (le livre comme la femme). Il agit donc à la manière du cinéaste qui, s'efforçant de déchiffrer le grand livre de la nature humaine, voyage en terre inconnue (le nord de l'Iran, ses acteurs, leur milieu social...). Or le discours de Kiarostami modifie *lui aussi* le cours des événements[1] — même lorsque celui-ci prétend rester à distance, et *a fortiori* lorsqu'il essaie de réduire les écarts, de réparer les injustices et de cicatriser les blessures du réel. Car, à l'instar de Tahereh se proposant de retoucher sa robe, son cinéma cherche à s'imposer, parfois contre toute vraisemblance et tout « bon sens », comme un moyen d'intervention *dans* et *sur* le réel, moyen sans doute lui aussi inapproprié, mais seul susceptible de faire vivre les rêves. Au point qu'on pourrait parler ici d'un cinéma de la retouche, ou mieux encore d'un cinéma de la reprise, cherchant, avec des moyens quelque peu dérisoires, à raccommoder une réalité en proie à de nombreux déchirements : déchirements du « tissu social », et plus précisément du cahier dans *Où est la maison de mon ami ?*, du paysage dans *Et la vie continue...*, du « couple » dans *Au travers des oliviers* — pour citer les trois titres de la « trilogie » de Koker et Pochté — en attendant *Les Rêves de Tahereh*, son prochain film ?

Le cinéma de Kiarostami est par conséquent un « cinéma d'*intervention* », non seulement pour les métaphores politiques que suggèrent *Close Up*, *Les Chœurs* ou *Et la vie continue...*, mais surtout parce

---

1. Ce code « proposé » à Tahereh peut également constituer un aveu ou une mise en garde : interpréter, vouloir à tout prix saisir le réel et le rendre signifiant, c'est risquer d'empêcher les choses d'advenir !

qu'il aime à représenter « l'acte par lequel un tiers, qui n'était pas originairement partie dans une contestation judiciaire [et ajoutons, dans toute forme de "procès"], s'y présente pour y prendre part » (*Petit Robert*). Si le septième art peut jouer ce rôle de tiers (cf. *Devoirs du soir, Close Up, Au travers des oliviers...*), c'est que le metteur en scène iranien est bel et bien « quelqu'un qui "croit" au cinéma [1] ». On pourrait même proposer de placer en exergue de son dernier film — qui, à bien des égards, est un « anti-*Mépris* » — la citation apocryphe d'André Bazin : « Le cinéma substitue à notre regard un monde qui s'accorde à nos désirs. » Dans *Close Up* par exemple, le cinéaste s'attache à réaliser les rêves de tous ses protagonistes. Il donne à Mehrdad Ahankhah l'occasion de jouer dans un film, promeut par moments Sabzian metteur en scène ou monteur et intègre dans son œuvre la réalisation de son début de scénario (deux amis à moto, dont l'un prête à l'autre de l'argent...). Il lui offre en outre l'occasion de faire preuve d'un réel talent de comédien et de se rendre « utile à la société » en provoquant la rencontre entre le cinéaste Makhmalbaf, dont il a usurpé l'identité, et les Ahankhah, victimes de cette imposture. Kiarostami enfin tient la promesse de son protégé, puisqu'il transforme la maison de ces petits-bourgeois d'origine turque en un *vrai* plateau de tournage (à l'inverse de Hossein dans *Au travers des oliviers*, qui s'approprie le lieu — public — du tournage et se propose de le restaurer pour en faire un lieu — privé — d'habitation). « Le rêve du cinéma a conduit Sabzian en prison, et la réalité du cinéma l'a sauvé », conclut malicieusement le réalisateur, « mais provisoirement ! »

1. Serge Daney, « Images fondues au noir dans Téhéran sans visage », *Libération*, 3-4 mars 1990.

L'une des techniques de prédilection du cinéaste consiste à faire diversion, à masquer les vraies questions par de faux problèmes, à effacer les vraies coutures du film en attirant l'attention du spectateur sur de fausses coutures apparentes. Aussi Kiarostami peut-il se permettre dans *Et la vie continue...* de faire dénoncer à monsieur Ruhi le mensonge cinématographique qui, dans *Où est la maison de mon ami ?*, le faisait paraître plus vieux qu'il n'était en réalité, *tout en passant sous silence* le fait que cette plainte soit adressée à un simple acteur, désigné pour interpréter le rôle du metteur en scène ! Jouant les démystificateurs, Kiarostami trompe davantage encore le spectateur en renforçant sa croyance dans la fiction par un pseudo-discours de vérité, qui oppose — simplement sur le mode du « ceci n'est pas un film » — la réalité immédiate (apparemment mise à nu) et la fiction passée. Son art consiste donc à dénoncer le faux pour mieux le reconduire. Mais il se fonde sur la certitude que le leurre et le subterfuge facilitent voire conditionnent l'apparition et l'expression du vrai. Ainsi dans *Close Up* fait-il apparaître, dans l'enceinte du tribunal, les perches, les sources d'éclairage et l'équipe de tournage pour mettre en évidence « le rôle déterminant qu'ils jouent dans le déroulement même du procès » et dans son « dénouement favorable » (la clémence du juge). Mais il dissimule d'autant mieux son intervention lors des scènes reconstituées : début du film sans énonciateur explicite — ce que conforte la scène suivante où Kiarostami note l'adresse des Ahankhah, que nous connaissons déjà pour avoir longuement cherché leur maison dans la première séquence ; naïveté de Mehrdad, prêt à reproduire son erreur en payant le taxi du journaliste ; mise en scène de Sabzian qui semble être quasiment la première victime de l'imposture — un peu comme la « Déesse » de Satyajit Ray. Kiarostami ne se montre donc que pour mieux s'absenter. Aussi occulte-t-il son travail de démiurge en plaçant au premier plan, dans l'avant-dernière séquence, un problème technique, contingent, un « faux contact », entièrement factice mais ô combien parlant sur les rapports humains noués pendant la durée du film... Enfin le faux dispositif exposé aux spectateurs permet de cacher le mensonge, la manipulation consistant à poursuivre le tournage avec l'accusé et les plaignants alors que « le vrai procès était terminé neuf heures plus tôt », et ce naturellement en l'absence du juge, que le montage de Kiarostami se chargera néanmoins d'intégrer aux débats ! Comme pour s'octroyer le dernier mot dans le conflit de pouvoirs inhérent à cette situation de « face-à-face de l'art et de la loi » qui doit donner lieu à « deux jugements distincts », si possible convergents. Dans *Devoirs du soir*, le réalisateur prétend cette fois couper le son d'une scène de prière à la demande des autorités religieuses de son pays. Dès lors, celles-ci cautionnent bien malgré elles la scène en question qui, privée de son, n'en est que plus forte et plus subversive (au point que cette séquence a été totalement supprimée des copies iraniennes du film). Feignant l'humilité et le respect du sacré, Kiarostami redonne aux enfants, purs produits de l'école iranienne, un soupçon de vie, d'autonomie (étymologiquement, « se donner à soi-même sa propre loi ») et de liberté, en leur reconnaissant le droit de chahuter, de rompre les rangs et de jouer à battre non seulement leur propre coulpe, mais leurs voisins immédiats. Par ailleurs, lorsque le son subsiste — dans ce film fondé sur la parole itérative —, les enfants défilent et, chacun leur tour, récitent à la caméra leurs « leçons », apprises « par cœur », sous la menace de coups de règle ou de ceinturon : leçons sur l'inutilité des dessins animés ; leçons religieuses et patriotiques, avec réquisitoire contre Saddam Hussein ; leçons sur la légitimité des châtiments corporels. Le cinéaste semble alors reconstituer un *casting* et retrouver le sens métallurgique du terme, à savoir l'examen d'un « moulage » permettant la reproduction à l'infini d'un modèle. Le son met donc au jour l'endoctrinement, le matraquage physique *et* intellectuel, dont les enfants sont victimes dans ce type de systèmes éducatifs, que chaque génération nouvelle reprend malheureusement à son compte. Moins que la vérité, ce sont par conséquent les discours des parents qui ressortent de la bouche des enfants ! Mais le cinéma dans ces deux films parvient tout de même à se faire école de vigilance (« surveillons la surveillance »), à rendre justice et à soulager quelque peu la souffrance, tout en agissant directement ou indirectement sur des institutions dépourvues de l'humanité nécessaire à l'accomplissement de leur mission : « C'est le travail et la responsabilité de l'art de regarder les choses de plus près et de faire réfléchir, de prêter attention aux hommes, de chercher à les comprendre et d'apprendre à ne pas les juger trop vite. » Un travail qui n'exclut pas toutefois une certaine forme de violence, passant à la fois par le verbe, par l'interrogation (cette maïeutique allant souvent bien plus loin que l'image) et par le cadrage. Aussi n'est-il peut-être pas insignifiant que les « couples » séparés soient si nombreux chez Kiarostami. Au-delà de tout caractère autobiographique, cette donnée scénaristique semble en effet rejaillir sur toute l'esthétique du cinéaste, et en particulier sur sa conception du plan. *Le Rapport*, toujours interdit, donc inédit en France, montre, dès 1977, un personnage masculin condamné à lutter pour que tout dans sa vie reste en place et pour conserver — par la force — à la fois son emploi, son bureau et sa femme. Le plan chez Kiarostami garde aujourd'hui encore la force (y compris physique) de ce film, mais également toute l'ambivalence de ce très beau geste de la main, où, dans un même mouvement, le héros, décidé à gifler sa femme, finalement la retient au moment où elle tente de quitter sa voiture. Mettre en scène reste donc un acte potentiellement violent pouvant aller, dans *Devoirs du soir*, jusqu'à empêcher un enfant paniqué de sortir du champ pour rejoindre son ami (principe que reprendra à l'échelle d'un film entier *Où est la maison de mon ami*[1]?) et, dans *Les Élèves du cours préparatoire* (1984), jusqu'à réunir d'autorité deux enfants venant tout juste de se battre pour qu'ils se réconcilient et qu'ils promettent de ne jamais récidiver.

Nulle trace pourtant de naïveté chez Abbas Kiarostami (et pas davantage de complaisance dans la mise en scène — transitive — de soi). Croire aux pouvoirs et à la « magie du cinématographe » ne signifie nullement ne pas être conscient de ses limites. S'il offre à Sabzian la possibilité d'accéder à une forme de « reconnaissance », il n'en oublie pas pour autant que l'action du cinéma sur la vie est éphémère, voire « illusoire » : aussi la réalisation des rêves dans *Close Up* est-elle également viciée puisqu'elle ne permet pas vraiment aux personnages de changer de vie[2] et d'endosser une autre identité,

---

1. Si l'on considère *Où est la maison de mon ami*? comme un récit d'apprentissage, encore faut-il préciser qu'il s'agit autant d'un apprentissage du mensonge que de l'amitié. Ce mensonge étant d'ailleurs curieusement « cinématographique », puisqu'il se caractérise par la « reproduction analogique » et par la confection d'un faux écrit « à la place d'un autre », imposture qui définit, selon Sabzian, l'activité du réalisateur.
2. D'où la dureté de Kiarostami vis-à-vis de ses acteurs (qu'il se refuse à considérer comme tels pour qu'ils n'entretiennent aucune illusion sur leur avenir) dans l'admirable *Vérités et Songes* de Jean-Pierre Limosin, qui est à la fois une exégèse très pertinente de l'œuvre et sa continuation quasi parfaite (où l'imposture kiarostamienne, à laquelle se prêtent aussi bien l'émission *Cinéastes, de notre*

comme chacun d'eux le souhaiterait. Autrement dit, l'interprétation des personnages par leur propre modèle s'avère être *aussi* une manifestation de ces limites que l'auteur reconnaît à son art. « On ne pouvait pas s'imaginer — et je ne voulais pas lui faire croire non plus — que sa vie allait changer avec un seul film », déclare Kiarostami en parlant de Sabzian redevenu chômeur. De même, le remarquable court métrage *Avec ou sans ordre* (1981) s'attaque avec humour à l'illusion de la maîtrise. Commençant comme un film pédagogique faisant l'apologie de l'ordre (au nom de l'efficacité — une action/un plan), il se termine dans la confusion la plus totale, au grand dépit du cinéaste avouant (en voix *off*) perdre progressivement tout contrôle à la fois sur son film et sur la réalité dont il prétendait rendre compte — la régulation du trafic urbain, alors que la mainmise sur les jeunes écoliers lui était si facile dans la première partie du film !

Dans *Au travers des oliviers*, le metteur en scène fictif s'efforce lui aussi tant bien que mal d'infléchir le cours des événements pour favoriser l'histoire d'amour virtuelle de ses comédiens. Il incite fortement Hossein à poursuivre Tahereh, qu'il n'a probablement conservée (puisqu'elle ne sera jamais convoquée au bas de l'escalier pour apparaître dans le champ de sa caméra !) que pour « servir les intérêts » de son acteur. Mais le cinéma en tant que tel a sur ce couple improbable une action pour le moins ambivalente et des effets pervers. C'est d'une part le cri *off* « *Action !* » qui interrompt le geste de Tahereh

---

temps que Jean-Pierre Limosin lui-même, semble cette fois consister à faire réaliser le film par un autre que soi !). Dureté qui n'est d'ailleurs pas absente d'*Au travers des oliviers*, puisque Hossein ne parviendra jamais à faire oublier qu'il est aussi et surtout (« hors champ ») maçon et serveur.

au moment où elle s'apprêtait à révéler ses sentiments en tournant (peut-être) la page de son livre. C'est d'autre part le rituel du cinéma qui, allant à l'encontre des plus élémentaires règles de convenance, contraint Hossein à saluer Tahereh à trois reprises sans attendre sa réponse ! Mais inversement, lorsque Hossein, faisant montre de toutes les petites attentions possibles [1] pour séduire « sa promise », s'exclame : « Ça, c'est la vie ! », il oublie naturellement que seul le tournage lui permet de cohabiter à cet instant précis avec celle qu'il aime. Qui plus est, il néglige le fait que la scène — de ménage et de cinéma — qu'il répète incessamment avec elle, loin d'être purement fictive, pourrait bien *elle aussi* avoir valeur de prolepse ou d'anticipation, ce que confirme sa reconduction finale sur le plateau au sein des techniciens, « professionnels de l'organisation ».

Le cinéma de Kiarostami aime à jouer de ces contractions, incohérences et paradoxes temporels. Nombreux en sont les exemples dans ladite trilogie. Qu'on pense à cette fillette faisant la vaisselle dans *Et la vie continue...*, dont on filme *a posteriori* (*Au travers des oliviers*) le refus pur et simple de tourner ! Ou à l'apparition éclair de la scripte chez monsieur Ruhi dans *Et la vie continue...*, que Kiarostami commente ainsi : « J'ai voulu insérer une scène pour dire que je n'avais aucunement l'intention de reproduire exactement, "fidèlement", ce qui s'était passé le jour du tremblement de terre. J'ai rappelé à mes collaborateurs que si j'avais le pouvoir de retourner au jour même de la catastrophe — et quitte à le faire —, je

---

1. L'entretien de Kiarostami, dans *Vérités et Songes*, avec la *vraie* femme de « *monsieur Hossein* » (*sic*) contredira magnifiquement les promesses faites ici par le personnage masculin sur le partage des tâches ménagères.

préférerais remonter le temps et situer l'action du film la veille du séisme pour prévenir les gens : *"Demain se produira un terrible tremblement de terre, quittez le lieu, fuyez !"* Il me semblait donc impossible de revenir au jour du drame sans refaire l'histoire. *"Nous sommes en train de reconstruire le réel,* leur ai-je répété. *Et c'est cela le cinéma."* » C'est bien cette fois le spectateur que Kiarostami appelle à la clairvoyance en désignant cette autre fracture irréductible. Il parvient néanmoins à conserver toute son attention et à gagner progressivement son adhésion, en ayant notamment recours à des « mimétismes » extrêmement simples.

Toute scène de ménage est fondée sur la répétition des reproches. En ce sens, on peut parler au sujet d'*Au travers des oliviers* d'une « correspondance nécessaire » entre le contenu de la scène et la forme qu'elle emprunte (la multiplication des prises). Ce type de « mimétismes », très répandu dans l'œuvre de Kiarostami, lui permet, par exemple, de mettre en rapport le chemin, la parole et le déroulement du récit. D'où, dans notre trilogie « passagère », les retards systématiques, les fausses pistes (faux débuts et fausses fins), les errements et les labyrinthes, les surplace et les bégaiements. D'où également, dans *Et la vie continue...*, les « impasses » contraignant aux demi-tours, l'encombrement de la voie entraînant la suspension du dialogue, ou le superbe plan dans lequel deux enfants cherchent en voix *off* une commune mesure pour parier sur le vainqueur de la Coupe du monde de football. Rien à voir *a priori* entre ce dialogue apparemment *déplacé* et le chemin de terre qui défile plein cadre. Pourtant, le fait même que cette conversation soit sans issue et que les deux enfants ne parviennent pas à trouver un *terrain d'entente* (leurs préoccupations étant totalement disproportionnées) annonce la fin déceptive et ouverte du film[1]. D'où son évolution vers une forme de dépouillement et d'abstraction, scellant le déplacement définitif de l'objet de cette quête sur un *terrain éthique* et substituant à l'individuel (la recherche précise des deux acteurs de *Où est la maison de mon ami ?*) le collectif, le générique (les enfants croisés en cours de route sont tout aussi « importants » que ceux qui ont motivé ce voyage).

Si donc *Et la vie continue...* peut bien être vu comme un film d'aventures, c'est qu'il reconstitue pour ainsi dire « l'aventure éthique de la relation à l'autre homme[2] ». Après *Où est la maison de mon ami ?*, qui explorait subjectivement le sentiment d'injustice et montrait un enfant tentant de *faire entendre sa voix*, Kiarostami met en scène l'expérience toute personnelle — et difficilement transmissible — de la souffrance et du deuil. Il retrace ainsi les frontières entre soi et l'autre, peint l'homme en solitaire et définit son identité comme inaliénable. Ce qui ne l'empêche pas de construire son film sur le « souci d'autrui », ou, pour employer les termes de Lévinas, sur « la responsabilité *pour* autrui » — précisément fondée sur la crainte de sa disparition. Esthétiquement, ce rapport à l'autre repose principalement sur le traitement du son. S'aventurant dans les sous-bois, le père de Puya est attiré par les pleurs d'un

---

1. Comment aujourd'hui ne pas admirer la justification *rétroactive* du choix de ne pas montrer, à la fin de *Et la vie continue...*, les enfants recherchés depuis le début du film, par leur seul positionnement du « quatrième côté », qui ne pouvait logiquement être dévoilé avant *Au travers des oliviers* ? Avant d'assister au tournage de ce dernier film, les enfants avaient d'ailleurs occupé presque toutes les fonctions dans le dispositif cinématographique kiarostamien : simples destinataires de films pédagogiques (*L'Hygiène des dents*, *Les Couleurs*...), ils sont successivement devenus acteurs, « matière première », puis (*Et la vie continue...*) doubles et substituts du réalisateur, passant du geste de lever le doigt à ceux de désigner du doigt et de cadrer.
2. Emmanuel Lévinas, *Le Temps et l'Autre*, Quadrige/PUF, p. 11.

nouveau-né qu'il découvre couché dans un hamac, apparemment abandonné, quand, tout à coup, son fils qui dormait seul dans la voiture l'appelle à son secours. L'homme à cet instant est « à mi-chemin », partagé, tiraillé entre ce qui lui est proche, familier, et ce qui lui est étranger. Mais une troisième voix surgit, libératrice : celle de la mère, qui chantonne à quelques pas du hamac en ramassant du bois[1]. Le son dans cette scène appelle littéralement l'image. Il la convoque et la guide. On pourrait dès lors considérer le voyage que représente le film comme résultant de la volonté d'aller voir *par soi-même* l'étendue du désastre afin de mettre des images sur les mots effrayants d'une radio, tout en se rapprochant de la souffrance de l'autre, incarnée par un peuple littéralement coupé du monde[2]. Non seulement le son est à l'origine du mouvement, mais il semble quasiment insuffler la vie, lui donner naissance, ou renaissance. Ainsi le chant *off* du coq vient-il pour ainsi dire recoller les morceaux d'un coq en terre cuite, victime lui aussi du séisme, et le transfigurer en un coq tout en chair, en os et en voix. Comme si le son pouvait à lui seul ressusciter la vie et faire surgir des décombres une aube nouvelle et l'espoir de lendemains qui chantent... Mais c'est alors qu'une grand-mère, tout de blanc vêtue, sort de chez elle, se superpose au coq et emprunte son image en parvenant

---

1. « Pour qu'il puisse y avoir un existant dans cet exister anonyme, il faut qu'il y devienne possible un départ de soi et un retour à soi, c'est-à-dire l'œuvre même de l'identité », É. Lévinas, *ibid.*, p. 31.
2. Comparant le cinéma à la télévision, Kiarostami confie : « Si j'avais eu moi-même une caméra [au moment de mon premier voyage], le cri des gens m'aurait sans doute attiré vers eux, et je n'aurais peut-être pas su résister à la tentation de les filmer en train de gémir ! Heureusement, le cinéma a une spécificité : il oblige à réfléchir avant de tourner [...] et contraint le cinéaste à prendre son temps. »

(sans l'aide du réalisateur!) à extraire son tapis des ruines. Or c'est cette même grand-mère qui, dans le film suivant (après retournement des points de vue dominants sur son personnage comme sur le séisme), refusera à Hossein la main de sa petite-fille...

Chez Kiarostami, à n'en plus douter, non seulement la vérité, mais la réalité est féminine. À l'image des deux Tahereh dans *Au travers des oliviers* ou de ces femmes voilées qui, en formant un cercle, exécutent une fermeture au noir avant le générique, elle est, aux yeux du réalisateur iranien, une force de résistance ou d'opposition (à la fois farouche et impénétrable) qui ne laisse guère de prises à ses « prétendants », se dérobe à leurs regards, et ne s'adresse à eux que dans le cadre fictionnel d'une conversation imposée, conventionnelle, éminemment quotidienne et répétitive. Qui peut alors s'étonner encore de ce que l'eau de source (ou la réalité) ait besoin de passer par les conduites et les robinets (ou la fiction) pour parvenir jusqu'aux villageois isolés de *Et la vie continue*...

Takeshi Kitano

Les films de Takeshi Kitano ont été découverts en France dans le plus grand désordre. Sonatine *(1993) a été vu à Cannes dans la sélection « Un certain regard » en 1993, avant que l'on puisse assister à des projections de* Jugatsu (Boiling Point) *et autres* Scene at the Sea, *pourtant antérieurs. La perspective sur l'œuvre cependant n'en fut pas profondément altérée. Car ce grand film alterne, comme la plupart des autres, l'ultraviolence stylisée et l'indolence ludique, avec une virtuosité inégalée, sinon par* Hana-Bi *en 1997.*

JEAN A. GILI, « La mort d'un yakusa » (*Sonatine*), n° 411, mai 1995.

Principaux ouvrages de Jean A. Gili : Howard Hawks, *Seghers, 1971;* Francesco Rosi, Cinéma et pouvoir, *Le Cerf, 1977;* Le Cinéma italien, *2 vol., UGE, 1978 et 1982;* Luigi Comencini, *Edilig, 1981;* La Comédie italienne, *Henri Veyrier, 1983;* L'Italie de Mussolini et de son cinéma, *Henri Veyrier, 1985;* Le Cinéma italien : De « La Prise de Rome » (1905) à « Rome, ville ouverte » (1945), *Centre Georges-Pompidou, 1986;* Le Cinéma italien à l'ombre des faisceaux, 1922-1945, *Institut Jean-Vigo, 1990;* Paolo et Vittorio Taviani, entretiens au pluriel, *Institut*

Lumière-Actes Sud, 1993; Le Cinéma italien, *Éd. de la Martinière, 1996;* Nanni Moretti, *Gremese, 2001*

JEAN A. GILI
La mort d'un yakuza
Sonatine

Remarqué parmi les meilleurs films présentés dans la section « Un certain regard » au Festival de Cannes 1993 (*Positif,* n°s 389-390), *Sonatine* surprend par sa capacité à échapper aux codes du film de genre. Les films de yakuzas, qui mettent en scène des gangsters organisés en une mafia toute-puissante dans le monde des affaires, prolifèrent au Japon, pour un public avide de sensations fortes et d'aventures de malfrats transformés en héros modernes. Des affrontements sanglants, d'une violence quasi abstraite, charpentent les récits. *Sonatine* joue d'ailleurs sur des références obligées, pour montrer des combats à la loyale où l'on décharge son revolver sans même se protéger des balles de l'adversaire, ou pour décrire des comportements sadiques où l'on obtient la soumission d'un félon en le soumettant au supplice de la noyade, et où l'on arrache la confession d'un ennemi en transperçant sa cuisse de coups de revolver lentement appliqués. Mais tout cela ne relèverait que de la pure gratuité inhérente au spectacle si le propos n'était ailleurs. Takeshi Kitano n'inscrit son film dans un genre défini que pour mieux le subvertir ou mieux l'utiliser à des fins insolites : en fait, plus qu'au film de yakuzas, *Sonatine* pourrait faire penser au film noir américain, et même à un certain cinéma français des années cinquante où des gangsters vieillissants rêvent de raccrocher, mais se laissent entraîner dans un dernier coup que l'on pressent, bien sûr, « foireux ».

Murakawa, le protagoniste — interprété par Takeshi Kitano lui-même —, est un homme fatigué d'exercer une violence fonctionnelle et sans merci ; il est aussi sans doute las d'un passé dont on ne sait rien, mais que l'on peut imaginer comme une longue succession de règlements de comptes, de brutalités en tout genre, d'exécutions sommaires et d'applications de contrats sanglants. Murakawa — homme sans attaches — rêve d'une vie différente. Non pas tant que la violence ou le danger lui soient devenus insupportables, mais parce qu'il commence peut-être à avoir la nostalgie d'un autre type de rapport avec l'existence, notamment avec les femmes : Murakawa révélera plus avant dans le récit qu'il est demeuré d'une grande ingénuité dès lors que se présente une relation fondée davantage sur les sentiments que sur une attirance physique immédiate. Ainsi, envoyé à Okinawa pour y rétablir l'ordre entre deux bandes rivales, il comprend très vite qu'on l'a éloigné de Tokyo pour l'éliminer ; et il trouve, dans cette menace de mort qui pèse sur lui, la confirmation que la vraie vie est ailleurs, que le sens de l'existence peut soudain se cristalliser autour d'une nouvelle appréhension de l'amour et de l'amitié.

Menacé dans son repaire — qu'on a fait exploser dans l'espoir de le supprimer —, il se réfugie avec ses hommes dans une maison abandonnée située à l'écart de toute habitation, au bord d'une plage idyllique. Commence alors l'étrange dérive d'un groupe d'hommes désœuvrés qui retrouvent le goût du jeu et de l'acte ludique, loin de la violence urbaine qui, jusque-là, constituait leur cadre de vie. Kitano invente une étrange chorégraphie de danses, d'amusements sur le sable, de jeux pervers — où le chef impose à ses hommes une roulette russe dont il est le seul à savoir qu'il n'y a aucune balle dans le barillet —, d'actes révélateurs, tel ce simulacre de sumo dans un cercle magique tracé sur le sable. Dans ce temps comme suspendu qui s'instaure, dans ce moment d'autant plus envoûtant que la mort continue à rôder et qu'un étrange promeneur exécute de basses besognes meurtrières, Murakawa fait la connaissance d'une jeune femme, dont il s'éprend sans presque s'en apercevoir. Fragile et spontanée, fascinée par le mutisme de l'homme et par sa présence rassurante, elle occupe de plus en plus les pensées de Murakawa. Mais il est trop tard pour échapper au destin. Le yakuza, fatigué de ses crimes, n'a plus d'échappatoire. Pour venger ses hommes assassinés, il n'a d'autre alternative que la violence ; il réussit à éliminer, dans un carnage final, tous les responsables de sa mise à l'écart et de la destruction de sa bande. Loin du bain de sang, là-bas sur la plage, Miyuki l'attend, en vain. Sorti indemne de l'affrontement, Murakawa se sait désormais condamné : pour échapper aux hommes qui seront immanquablement lancés à ses trousses et qui, en quelque lieu que ce soit, le retrouveront, pour éviter aussi d'être confronté au bilan d'une vie qu'il sait dans une impasse, il se suicide...

En une construction savante, qui fait alterner les moments de violence fulgurante et les parenthèses apparemment gratuites d'une « vacance » entre deux « travaux », Kitano installe un rythme singulier, ménageant un suspense, non pas tant dans l'intrigue, ou dans le développement du récit, que dans la façon dont son film va jouer sur les registres qu'il a instaurés ; moments de pure poésie visuelle, gags inattendus — comme la douche improvisée qui laisse en suspens les corps savonnés, soudain privés de rinçage avec l'arrêt de la pluie —, digression sensuelle sur la beauté d'un corps de femme, explosions de violence réglées comme un opéra funeste. On a parfois rapproché le film de Kitano d'un courant du cinéma américain, celui des frères Coen et de Quentin Tarantino, une approche qui renouvelle le genre du film noir ou du « polar ». Une certaine liberté de ton pourrait justifier la comparaison : à l'évidence, toutefois, *Sonatine* est lesté d'une dimension d'humanité qui fait défaut aux marionnettes sanglantes de Tarantino. Si l'on veut faire des rapprochements, ce serait plutôt avec James Gray, qui, avec son *Little Odessa*, retrouve la même intensité du regard et charge ses personnages d'un poids équivalent de détresse existentielle. Jouant davantage des temps morts que des décharges de violence, des silences que des détonations — encore que la musique tienne dans le film une place importante —, Kitano s'offre le luxe d'une mise en scène contemplative, dans un registre qui appelle surtout l'efficacité et la surenchère figurative. Il inscrit, dans le cadre rigide du film d'action, une méditation métaphysique sur le sens de la mort.

Tim Burton

Sans avoir publié de grand texte théorique à son sujet, Positif s'est toujours intéressé au cinéma d'animation, lui consacrant régulièrement depuis son n° 14 (novembre 1955) articles et dossiers spéciaux articulés autour des œuvres de Jiří Trnka, Jan Švankmajer, Tex Avery, Norman McLaren ou, récemment, Hayao Miyazaki (n° 494, avril 2002). On sait que Tim Burton fut formé à l'école des studios Disney. L'essentiel de ses œuvres fut chaleureusement reçu par Positif. Mais Gilles Ciment crut bon de revenir sur son unique long métrage d'animation à ce jour (n° 412, avec Ed Wood *en couverture) tout en rappelant que* L'Étrange Noël de Monsieur Jack *était aussi un film de Henry Selick.*

GILLES CIMENT, « L'auteur, l'auteur ! » (*L'Étrange Noël de Monsieur Jack*), n° 412, juin 1995.

Principal ouvrage de cinéma de Gilles Ciment : Cinéma et bande dessinée *(dir.), Corlet, Télérama, 1990.*

525

GILLES CIMENT
L'auteur, l'auteur !

*Henry Selick, Tim Burton
et L'Étrange Noël de Monsieur Jack*

Plus étranges encore que ce Noël détourné par Monsieur Jack furent les termes et arguments adoptés par la critique pour en rendre compte. Partout on salua le nouveau film « de » Tim Burton, le surdoué de Hollywood. Paternité authentifiée par le titre original du film, *Tim Burton's* « *The Nightmare before Christmas* », et par les affiches françaises, qui annonçaient « Tim Burton présente... » comme elles eussent annoncé « Walt Disney présente » si le film avait été produit dix ans plus tôt, quand l'idée en germa dans l'esprit de Burton, dessinateur sur *Taram et le chaudron magique*. Que *Positif* se soit laissé porter dans ce sens [1] passe encore, car la revue ne manque pas de s'affirmer par ailleurs comme l'un des rares relais du cinéma d'animation en France : ce dossier, après bien d'autres, en est un gage ; et faut-il rappeler que c'est au sujet de son premier film d'animation, *Vincent*, présenté il y a douze ans au Festival d'Annecy par les studios Disney, que nous manifestâmes la première fois pour Tim Burton un intérêt jamais démenti depuis ? Mais pour d'autres, qui se gargarisent de l'« univers » de l'auteur de *Batman* et de *Edward aux mains d'argent*, il s'agit au pire de prendre en marche le train médiatique, comprenant tardivement que ces films avaient un *auteur* ; au mieux de se tenir à la surface d'une vague qui les

---

1. Voir le compte rendu de Venise 1994 par Yann Tobin (*Positif*, n° 405, p. 70), et la critique du film par Laurent Vachaud dans le n° 406, p. 6.

submerge, ne voyant que ce prétexte de l'*auteur* Burton pour s'intéresser à un film d'animation. Film qu'il leur sembla bien difficile de traiter comme n'importe quelle production des « studios de l'*infâme* Disney », comme l'écrit sans rire un chroniqueur gardien de la « politique des auteurs [1] », glissant au passage qu'ici « l'auteur n'est même pas l'auteur ».

S'il règne une telle confusion, ce n'est pas exactement parce que l'auteur n'est pas l'auteur, mais parce qu'il faut au critique soit adopter une ligne logique afin de choisir qui est l'auteur du film — le réalisateur Henry Selick ou le producteur et inspirateur de l'idée originale Tim Burton —, soit rendre objectivement à César ce qui appartient à César. Cela n'était certes pas à la portée de tous ceux qui écrivaient là sur un film d'animation sans en avoir guère vu auparavant (au point d'avouer être passés par un « moment d'adaptation »).

La logique d'abord : si l'on veut considérer que *L'Étrange Noël de Monsieur Jack* est un film de Tim Burton parce que celui-ci en a eu l'idée originale, qu'il l'a produit et qu'un certain nombre d'éléments évoquent ses précédents films, alors tout ce qui a servi à construire ce fameux « univers burtonien » s'écroule. Rappelons en effet que le scénario de *Pee Wee's Big Adventure* était déjà écrit quand fut recruté Burton, lequel n'était pas davantage l'auteur du scénario de *Beetlejuice*, que *Batman* et sa suite doivent beaucoup — c'est un euphémisme — aux personnages de *comics* créés par Bob Kane et Bill Finger et déclinés par d'autres, de Neal Adams à Frank Miller (mais il est vrai que la plupart des critiques de cinéma apprécient autant la bande dessinée qu'ils connaissent le cinéma d'animation)... Quant aux élé-

---

1. Thierry Jousse, « Pierrot lunaire », *Les Cahiers du cinéma*, n° 486, p. 24.

ments récurrents, ils « appartiennent » à Tim Burton dans la mesure où il les emprunte avec constance à *Frankenstein*, aux films joués par Vincent Price et aux traditions de Noël. Si l'on considère que Burton a fait œuvre d'*auteur* à travers tous ces films (ce que pour ma part je ne nierai pas) en interprétant et en offrant une vision personnelle d'idées étrangères, alors on est forcé de reconnaître le même mérite à Henry Selick et son équipe, eux qui ont mis de la chair sur le « squelette » que représentaient le poème de Tim Burton, *Cauchemar avant Noël*, et ses quelques croquis.

Ce sont donc quelques injustices auxquelles sont habitués les auteurs de films d'animation [1] qu'il s'agit ici de mettre en lumière : tout attribuer à Tim Burton et réduire le film à sa dimension, son esthétique « burtoniennes », c'est en effet oublier ou nier un certain nombre de facteurs. Si Catwoman, dans *Batman, le Défi*, portait un costume aux coutures voyantes, si le nom de Beetlejuice (« Jus de scarabée ») provenait d'une mauvaise compréhension du mot « Bételgeuse », si le maire de Halloweentown éclaire Jack à l'aide d'un gros projecteur où sont agglutinées des chauves-souris, si la voix d'Am, l'un des trois garnements chargés d'enlever le « Perce-oreilles », est confiée à Paul « Pee Wee » Reubens... cela ne fournit pas à l'*Étrange Noël*... plus de liens avec les autres films de Burton qu'avec ceux de Selick ou de ses collaborateurs. Après avoir suivi la même formation, dans le programme expérimental d'animation de Jules Engel à CalArts, Selick et Burton sont devenus amis en travaillant ensemble chez

---

[1]. Pendant des années, les films sortis des studios de Burbank étaient estampillés Walt Disney, sans que jamais ne fussent mis en valeur leurs réalisateurs. Comble de malchance pour Selick, ce film d'animation produit par Touchstone (filiale « adulte » de Disney) est estampillé Tim Burton !

Disney au début des années quatre-vingt : il y a donc plus de dix ans que l'idée de l'*Étrange Noël*... est implantée également dans l'esprit de Selick, selon ses propres dires. Et elle ne pouvait que le séduire, lui dont les courts métrages, de *Seepage* à *Slow Bob in the Lower Dimensions*, évoquent la collision de mondes (au sens propre dans *Slow Bob*, puisque ces mondes sont matérialisés par des boules de billard). L'aspect visuel du film, s'il se réfère à quantité d'obsessions et de modèles de Tim Burton (à ceux déjà cités, ajoutons les illustrateurs Edward Gorey et Charles Addams), subit également l'influence des artistes qu'admire Henry Selick : innombrables sont les plans qui évoquent tour à tour les tableaux non abstraits de Wassily Kandinsky, les affiches et animations de Ian Lenica, les ombres chinoises de Lotte Reiniger, le climat oppressant de *La Nuit du chasseur* de Charles Laughton, le redoutable merveilleux d'*Alice* de Jan Svankmajer... Eric Leighton, superviseur de l'animation sur l'*Étrange Noël*..., déclare sans hésiter : « À mes yeux, ça ressemble plus à certains films auxquels j'ai travaillé auparavant avec Henry qu'à *Batman*[1]. » Quoi de plus naturel quand le noyau de l'équipe de l'*Étrange Noël*... était le même que celui des collaborateurs de *Slow Bob* ?

Dans un film d'animation en *stop motion* de cette envergure, nécessitant plusieurs équipes travaillant parallèlement sur plusieurs plateaux, et dont l'écriture (ou la réécriture) est considérablement conditionnée par les réactions des *storyboarders* puis des animateurs eux-mêmes, l'influence de certains collaborateurs de création se fait facilement sentir. Un exemple suffira à s'en convaincre : l'équipe d'animateurs comprenait quelques Britanniques de talent,

---

[1]. Dans *Le Livre du film « L'Étrange Noël de Monsieur Jack »*, de Frank Thompson, Dreamland Éditeur, Ruillé-sur-Loir, 1994.

parmi lesquels Paul Berry dont le court métrage *The Sandman*, coréalisé avec Colin Batty et Ian Mackinnon, a été sélectionné pour les Oscars et remporta le Premier Prix du court métrage à Annecy [1]. Rares sont les critiques de cinéma qui, à peine clos le Festival de Cannes, peuvent faire le déplacement bisannuel en Haute-Savoie; les autres sont donc tout excusés de n'avoir pas vu ce conte trouble évoquant, dans un décor expressionniste, un marchand de sable qui, le soir venu, arrache les yeux des enfants pour les offrir à ses gloutons oisillons blottis dans un nid accroché à la Lune. Le mélange du merveilleux enfantin (le marchand de sable est d'ordinaire un personnage positif) et de l'épouvante morbide, aussi bien que la plastique même des marionnettes et l'esthétique des décors gothiques, tout dans l'*Étrange Noël...* renvoie davantage à ce premier film prometteur qu'à *Vincent* et *Frankenweenie*, les premiers pas de Tim Burton, même si un certain nombre de motifs y étaient déjà présents.

On a répété à l'envi, pour accréditer l'idée d'un film *de* Burton, que ce dernier avait constamment contrôlé la réalisation, laissant à Selick un rôle d'« exécution ». Henry Selick précise pourtant [2] : « C'est comme s'il avait pondu un œuf que j'aurais couvé, si bien qu'il en vint à ressembler un peu à chacun de nous. C'était mon boulot de le faire ressembler à un "film de Tim Burton", ce qui n'est pas si différent de mes propres films. Je ne veux pas tirer la couverture à moi, mais il n'était pas ici à San Francisco quand on l'a fait. Il est venu cinq fois en deux

---

1. Voir le compte rendu du Festival d'Annecy 1993, *Positif*, n° 398, p. 82.
2. Dans un entretien avec Leslie Felperin paru dans le numéro de décembre 1994 de *Sight & Sound*, où Selick, modeste et très « professionnel », fait montre d'un grand pragmatisme quant au fait d'être éclipsé par son producteur vedette.

ans, et n'a pas passé ici plus de huit ou dix jours en tout. C'est plutôt comme s'il avait écrit un livre pour enfants et nous l'avait donné, et nous sommes partis de là. » Or qui songerait à nier que l'animation est bien aussi, comme le reste du cinéma, affaire de mise en scène, d'idées de réalisation, voire de truquages ? À qui ajoutera que c'est avant tout une question de visions graphiques, je répondrai qu'il y a du chemin des quelques croquis de Burton aux marionnettes du film, comme en témoigne le superbe *Livre du film* de Frank Thompson — 192 pages reproduisant le poème original, le scénario intégral avec toutes les chansons, une longue enquête sur la réalisation, émaillée de nombreux propos de collaborateurs artistiques et techniques, le tout illustré par les croquis initiaux de Tim Burton, de nombreux dessins préparatoires, des extraits du *storyboard*, des photos du film et de sa fabrication (Dreamland Éditeur).

Retenu loin des marionnettes par les tournages de *Batman, le Défi* et de *Ed Wood*, Tim Burton producteur choisit deux collaborateurs chargés de garantir le respect de sa vision des ombres et de la lumière (il y a donc bien ambiguïté dans la formulation du titre : le «*Tim Burton's*» affirme-t-il le rôle prépondérant du producteur considéré comme auteur ou bien, comme dans les récents «*Bram Stoker's Dracula*» ou «*Mary Shelley's Frankenstein*», la revendication d'une certaine fidélité à un auteur adapté?). Curieusement, l'intervention de ces deux garants sera finalement assez peu « burtonienne ». Rick Henrichs, déjà coréalisateur de *Vincent* et conseiller visuel sur tous les films de Tim Burton, eut un rôle important : il commença par projeter à l'équipe tous les films de Ladislas Starevitch ! Danny Elfman, auteur de toutes les musiques de Tim Burton depuis *Beetlejuice*, a composé pour l'*Étrange Noël*... une partition bien différente, d'abord due au choix initial d'en faire une comédie musicale ; démarche à l'opposé de celle adoptée pour *Batman*, puisque Burton avait alors écarté le principe d'un *musical* malgré les suggestions de Prince — dont on peut écouter l'album siglé de la chauve-souris afin de juger combien c'était une excellente idée pour une adaptation de bande dessinée. Plus tard, Danny Elfman composera la musique d'une autre adaptation de *comics*, en partageant avec Stephen Sondheim, pour *Dick Tracy*, une partition beaucoup plus orientée vers le *musical*. Il semble s'être souvenu de cette association pour l'*Étrange Noël...*, comme l'a justement fait remarquer Laurent Vachaud.

À partir du poème de Burton, Elfman composa une chanson, *La Complainte de Jack*, puis une deuxième, puis les autres. Mais si c'est ensuite Caroline Thompson, compagne d'Elfman et déjà scénariste de *Edward aux mains d'argent*, qui écrivit le scénario, on retiendra d'abord qu'elle remodela considérablement celui-ci en fonction des observations des *storyboarders*, et qu'il fut profondément réécrit par Henry Selick et son équipe en cours de réalisation, à mesure que le film prenait forme *visuellement*. Les animateurs se sont bel et bien approprié le sujet pour en faire leur film. Selick avoue par ailleurs regretter n'en avoir pas fait un film muet !

Des effets pervers de la « politique des auteurs » poussée jusqu'à l'absurde : César était nu et Dieu trop vêtu.

Peter Greenaway

Le foisonnement baroque des œuvres de Peter Greenaway, son maniérisme de comptable délirant avaient de quoi déconcerter la critique française, héritière de Descartes et d'André Bazin, qui déjà trouvait souvent Fellini « excessif ». Ces caractéristiques ne pouvaient au contraire que susciter la curiosité d'une revue traversée par des courants surréalistes, pataphysiciens et oulipiens, dont Lewis Carroll avait toujours été l'un des maîtres à (dé)penser.

GUY SCARPETTA, « La volupté des signes » (*The Pillow Book*), n° 431, janvier 1997.

Principaux ouvrages de Guy Scarpetta ayant trait indirectement au cinéma : Une île *(roman), Grasset, 1996;* L'Artifice, *Grasset, coll. Figures, 1988;* L'Impureté, *Grasset, coll. Figures, 1985. Il est, par ailleurs, essayiste et ancien membre du groupe* Tel Quel.

GUY SCARPETTA
La volupté des signes
The Pillow Book

D'où vient l'effet de fascination exercé par le dernier film de Peter Greenaway, *The Pillow Book* ? Peut-être, d'abord, du *thème* lui-même, tel qu'il apparaît dans son noyau initial, à partir duquel l'intrigue va s'engendrer. À Kyoto, dans les années soixante-dix, une jeune enfant japonaise a reçu, pour son anniversaire, un cadeau insolite : son père, calligraphe célèbre, lui a écrit ses vœux sur le visage, d'un pinceau trempé dans l'encre, avant de tracer son nom sur sa nuque (écho d'une séquence mythique japonaise, plusieurs fois rappelée dans le film : « Lorsque Dieu créa l'être humain, il fit une première figurine de terre glaise, dont il peignit les yeux, les lèvres et le sexe. Puis, de peur que les hommes n'oublient leur propre nom, il en peignit un pour chacun d'eux »). La vie affective et sexuelle ultérieure de ce personnage, Nagiko, en sera marquée, si l'on peut dire, de façon indélébile ; elle ne cessera par la suite de chercher l'amant idéal, celui qui saura doublement la satisfaire : par le plaisir charnel, et aussi (surtout ?) en se servant d'elle comme d'un livre, en la caressant du pinceau, en couvrant son corps d'idéogrammes...

Voilà donc pour le « noyau ». Le film, ensuite, comme la plupart du temps chez Greenaway, ne va cesser de déraper, de bifurquer, de se ramifier, de se déplacer, et de métamorphoser les affects qu'il a d'abord suscités Nagiko, ainsi, va rencontrer un amant « étranger », Jérôme, un traducteur anglais, qui l'amènera à renverser le schéma (le fantasme) initial et à devenir à son tour la « calligraphe » de ses amants (c'est là, soit dit en passant, l'un des ressorts narratifs de presque tous les films de Greenaway : la réversibilité du désir). Transgression qui fera évoluer peu à peu le climat du film, de la sensualité vers la cruauté, d'Éros vers Thanatos : Jérôme, à l'instar de Roméo dans la pièce de Shakespeare, mourra en simulant un suicide ; son éditeur (qui était aussi son amant) fera déterrer son cadavre, découper sa peau calligraphiée, qu'il transformera en livre. Nagiko lui proposera une sorte d'échange : elle lui offrira des jeunes gens au corps calligraphié par ses soins, contre la cession du livre qu'est devenu le corps de Jérôme (autre thème spécifique de Greenaway : le rôle du « contrat » dans les errances érotiques)... Mais l'intérêt du spectateur ne cesse aussi de dériver, sinon de se disperser, en fonction des digressions (ou des contrepoints) qui viennent sans fin se greffer sur ce récit-tuteur, et lui assurer une « profondeur » plurielle et insistante : l'évocation du livre de Sei Shônagon, *Notes de chevet*, écrit mille ans avant cette histoire, et qui suscite un foisonnement d'images secondaires ; les plans récurrents d'un défilé de mode (autre façon de couvrir les corps de « signes »), qui viennent tout à la fois ponctuer et multiplier la continuité narrative.

Un tel dispositif, en somme, repose sur un système très strict d'équivalences (métaphoriques), qui fonctionne comme le véritable moteur du récit filmique, dont les épisodes successifs ne sont guère que des variations : équivalence entre l'acte sexuel et l'écriture (pointée par une citation de Sei Shônagon), entre la peau et le papier, entre le pinceau et le pénis, entre le corps et le livre (d'où, notamment, l'« échange » final : métaphore prise à la lettre). Où l'on aurait tort de ne voir qu'un simple déplacement fétichiste : car la calligraphie, ici, n'est pas seulement un substitut de la sexualité — elle *est* sexuelle de part en part, *en soi*. Ce qui renvoie à la spécificité de l'Orient en la matière, c'est-à-dire à ce qui distingue la calligraphie de notre « écriture » : en Occident, la « chair » procède du « verbe » — en Orient, c'est la « trace » qui crée le monde ; en Occident, l'écriture est projective, frontale — en Orient, elle est verticale et semble émaner de la surface elle-même (du « support »), qui suscite ses gestes et ses rythmes (c'est la technique dite du « poignet creux ») ; en Occident, l'écriture est économique (ramenée à la combinatoire d'un nombre très restreint de signes) et a pour fonction de transcrire la parole, objectivement (tout au plus la graphologie tente-t-elle d'y déceler une « psychologie », au demeurant des plus sommaires) — en Orient, la calligraphie, à l'inverse, est multiple (le nombre des signes est beaucoup plus vaste que celui des sons qu'ils impliquent) et relève de la dépense physique, au-delà de toute rumination mentale. En elle s'annule la frontière entre « écriture » et « dessin » : lieu d'une énergie pulsionnelle, d'une tension nerveuse immédiatement visible, d'une pulsation sensuelle. Sans oublier (car c'est aussi l'un des ressorts du film) que la calligraphie orientale suppose aussi un équilibre précis entre « contrôle » et « déchaînement » — ce qui est, bien entendu, la marque même de tout érotisme un tant soit peu élaboré.

Or le tour de force de Greenaway, c'est qu'il ne se contente pas de *représenter* cela (même s'il sait restituer de façon éblouissante la jouissance en jeu dans cette « écriture à même la peau ») : il va jusqu'à *transposer* ce registre calligraphique, en donner un véritable équivalent filmique. C'est ainsi qu'il reprend, ici, le dispositif quasi obsédant de tous ses grands films antérieurs : la conjonction d'un cadre précis, d'une structure arbitraire, d'un catalogue ou d'une liste à remplir, et d'un débordement pulsionnel incessant de cette structure, d'un *excès* au sens de Bataille (c'est-à-dire d'une transgression du système, impliquant le lien trouble entre l'érotisme et la mort, entre le désir et la violence ou la cruauté). Or cela, à bien y penser, c'est le principe même de la calligraphie orientale : le « cadrage » de l'écriture dans les colonnes, la dépense gestuelle qui s'y déploie. De même, là où la calligraphie se perçoit comme un palimpseste (où se superposent dessin, trace, « double fond » vocal et écrit des significations), l'écriture filmique de Greenaway s'appuie sur des plans pluriels, où l'écran, si l'on peut dire, est « surpeuplé » (le jeu des images dans l'image, la perception simultanée de plusieurs *couches* de significations ou d'informations). C'est même en cela, sans doute, que Greenaway innove le plus : en substituant à l'alternative classique du cinéma, dès lors qu'il s'agit de montrer un contraste (le champ-contrechamp *ou* la profondeur de champ; la tension entre les plans *ou* la tension à l'intérieur du plan), le frayage d'une troisième voie; tout un jeu, notamment, d'*incrustations*, qui viennent doubler ou parasiter l'homogénéité des images. Et cela, soit pour susciter des échos à distance, des courts-circuits ou des raccourcis temporels (le retour récurrent du visage peint de la petite fille, comme le rappel mnémonique d'une « scène primitive »); soit pour surcoder le récit central par toute une exubérance d'images contrapuntiques ou métaphoriques (notamment, ici, celles qui « incarnent » les listes d'objets ou de sensations déclinées par le livre de Sei Shônagon).

D'où, si l'on veut, la double composition d'un tel film : structuré d'abord par l'ordre d'une intrigue (même si son enjeu est fuyant), où les images s'enchaînent selon un développement qui établit une relation causale entre les plans contigus; mais aussi selon ce jeu d'échos, où s'articulent les chaînes secondaires d'images dérivées, à travers les motifs d'associations (les métaphores visuelles) ou le défilé (en contrepoint) d'une nomenclature. Le récit, chez Greenaway, correspond ainsi, au sens fort, à une véritable *forme* (enchevêtrée, polyphonique, mais rigoureuse) : suffisamment multiple pour pluraliser les centres d'intérêt du spectateur (en une sorte d'éparpillement de sa fascination), mais en même temps suffisamment cohérente pour éviter la dispersion (le fétichisme du plan isolé). Autrement dit chaque image peut être savourée pour elle-même (nul cinéma, aujourd'hui, qui soit plus « découpé »), mais en même temps reliée à cette dérive (métaphorique ou métonymique) de l'imaginaire, dont cette découpe est la condition. Ce qui renvoie, encore une fois, au principe même du jeu érotique : jamais plus « débordant » que s'il accepte la clôture de son espace, et les règles de son rituel.

Ce jeu d'échos, donc, répond à un double statut : fonctionnel, d'abord, c'est-à-dire lié aux résurgences dont est tramée la fiction (Nagiko surprend Jérôme avec son éditeur, dans une situation scabreuse : cela fait immédiatement surgir l'écho d'une situation identique, où ce même éditeur apparaissait comme l'amant du propre père de Nagiko); mais aussi « musical », au sens où chaque image homogène est *accompagnée* par une série de contrepoints ou de variations fuguées. De même, pour y revenir, que l'écriture idéogrammatique garde trace des signes du « concret » à travers leurs assemblages abstraits (on sait qu'Eisenstein, déjà, avait établi la parenté troublante entre cette écriture et l'art du cinéma, où les « idées » ne peuvent naître que du choc des représentations). C'est sans doute en fonction de cette pluralité *interne au plan* (c'est là ce qui distingue Greenaway de l'Eisenstein des années vingt) que le travail formel d'un tel film s'éloigne de l'obsession traditionnelle du hors-champ (celle que Bazin avait pointée en distinguant le « cadre-cache » du « cadre-cadre ») : s'il y a un mystère ou une énigme dans le cinéma de Greenaway (ce qui sollicite puissamment l'imaginaire du spectateur), il ne réside pas dans ce qui est évacué de l'image, mais plutôt, en quelque sorte, dans son *trop-plein*[1].

Or ce trop-plein des signes, comme dans l'art baroque, peut aussi déboucher sur une paradoxale sensation de vide (une exténuation du sens par son exaspération et sa prolifération). D'où l'impact saisissant, dans *The Pillow Book*, de ces images (métaphores anticipées du thème funèbre ou macabre qui surgira à la fin) où l'écriture, après avoir été tracée, s'efface : livres brûlés (comme si la calligraphie se consumait d'elle-même), ou signes peints sur le corps et dilués par la pluie. Dans la collection des amants de Nagiko, l'écriture partage ainsi avec l'acte sexuel ce que l'on pourrait nommer le risque d'un anéantissement. C'est même en cela que le jeu (celui de l'érotisme *comme* celui de la calligraphie) est inépuisable, sans cesse à relancer ; il n'implique rien de définitif, en ceci qu'il ne saurait exister de coïncidence *parfaite* entre le support et la trace, entre le corps et l'écrit (entre les deux pôles de la métaphore) : relation sans fin suspendue, disjointe, à reconduire, comme si le désir en jeu excédait toujours ses objets (même la mort, dans cette fiction, ne vient rien *sceller*).

---

[1]. Ce qui rattache *The Pillow Book* à un film comme *Prospero's Books* (dont il représente quelque chose comme l'envers « oriental »). Autre procédé, chez Greenaway, visant au même effet : la façon dont, dans *The Baby of Mâcon*, l'effet d'étrangeté ne se situe ni dans le champ ni dans le hors-champ, mais en quelque sorte *en avant* ; ce que suggère le long travelling arrière du plan final, qui pousse à l'exaspération, jusqu'au vertige, le jeu baroque du spectacle dans le spectacle.

Il y aurait encore, on le devine, mille choses à dire à propos d'un film aussi foisonnant — à commencer par la façon dont les « couches de signes » supplémentaires (bande sonore, décors, ornementations) participent du palimpseste. Mais sans doute vaut-il mieux insister sur l'extraordinaire sensualité qui se dégage (en grande partie grâce à la fabuleuse actrice qu'est Vivian Wu) de ces plans qui constituent le noyau fantasmatique du récit : ceux où les idéogrammes sont tracés, au pinceau, sur un corps dénudé. Quelque chose de frémissant, de caressant, d'intensément troublant, comme si l'on touchait là à une volupté interdite et raffinée : car cette façon de prendre une métaphore ou une image (ici : « le livre de ton corps ») au sens littéral relève bien entendu de l'art (érotique au possible) du *dévoiement*. Il est convenu, on le sait, de désigner du terme de « perversion » cette façon de dévoyer les fonctions sexuelles, de transgresser sexuellement les normes de la sexualité elle-même, d'accorder valeur de jouissance à ce qui n'a en principe pour fonction que de la préparer, de l'accompagner ou de la symboliser. Eh bien, peut-être que le trouble qui nous saisit devant ces scènes relève au fond de ceci, qui désigne le caractère exceptionnel d'un tel film : le coup de génie de Greenaway, ce n'est pas seulement d'avoir réalisé là l'un de ses chefs-d'œuvre, mais encore d'avoir proprement réussi (comme le Bataille de *L'Histoire de l'œil* ou le Kawabata des *Belles Endormies*) à *inventer une perversion*.

Tsai Ming-liang

Avec Hou Hsiao-hsien, Edward Yang et Tsai Ming-liang, le cinéma de Taïwan s'est affirmé ces dernières années comme l'un des plus passionnants qui soient. Révélé par Les Rebelles du Dieu Néon, *présenté lors des Festivals de Berlin et de Nantes en 1993, puis par* Vive l'amour, Lion d'Or à Venise en 1994 — *célébré en même temps que* Chungking Express *de Wong Kar-wai (couverture du n° 410, avril 1995) —, Tsai, l'auteur de* The Hole *et récemment de* Et là-bas quelle heure est-il ?, *a jusqu'à présent sans doute réalisé son film le plus important et le plus intense en 1997, sous un titre faussement paisible et bucolique :* La Rivière *(couverture du n° 439, septembre 1997).*

NOËL HERPE, « En ma fin est mon commencement » (*La Rivière*), n° 439, septembre 1997.

Principaux ouvrages de Noël Herpe : René Clair ou Le Cinéma à la lettre *(dir.), AFRHC, 2000;* Le Film dans le texte, L'Œuvre écrite de René Clair, *Éditions Jean-Michel Place, 2001.*

NOËL HERPE

En ma fin est mon commencement
La Rivière

L'impression immédiate que laisse *La Rivière*, en regard des deux premiers films de Tsai Ming-liang, c'est celle d'un cercle qui achèverait de se refermer sur lui-même, d'un pessimisme qui se radicaliserait jusqu'à l'angoisse absolue. Et, certes, on ne retrouve pas ici les contrepoints burlesques qui offraient à *Vive l'amour* une ligne de fuite, et venaient introduire dans la représentation obsédante du désespoir un très discret décalage. Dans *La Rivière*, le « système Tsai Ming-liang » est assumé dans son intégralité : plus que jamais, il se fonde sur la composition d'un espace faussement ouvert, d'un infini urbain où la transparence ne cesse de se heurter à toutes sortes d'obstacles. Au sein de l'apesanteur apparente où ils évoluent, les personnages restent prisonniers d'un devenir irréalisable, d'une virtualité éternelle : le père ne traversera jamais réellement la vitre du fast-food, à travers laquelle il observe les déambulations du gigolo ; la mère est vouée à accompagner indéfiniment les va-et-vient de l'ascenseur et le ressassement des scènes érotiques, à ne posséder l'objet de son désir que dans une simulation solitaire ; le fils fait l'amour dans l'obscurité, avec une jeune fille dont l'anonymat semble préfigurer celui de son propre père dans le cadre du sauna... Les visages et les corps se croisent sans se reconnaître, les (très rares) paroles tombent dans le silence et semblent n'obéir qu'à des impulsions machinales : on a bien affaire à une logique posthumaine, qui s'apparente un peu à celle des réseaux informatiques dans la mesure où toute étrangeté y est annulée par la prolifération des possibles.

Comme celui de *Vive l'amour*, le monde de *La Rivière* se place ainsi sous le signe du même, d'une répétition stérile et qui paraît éluder toute rencontre avec l'autre : l'image emblématique de cette aliénation, c'est bien sûr celle du père qui n'arrête pas de déployer ses efforts pour contenir une eau qui n'en finit pas de se répandre. Mais à cette répétition s'ajoute une nouvelle dimension, qui tout ensemble la prolonge et en modifie paradoxalement le sens : celle de l'enfermement. Autour des trois protagonistes, la scène s'est ici rétrécie sous le poids d'une fatalité mystérieuse, comme par un interdit de sortir aussi impérieux que celui qui frappait les naufragés de *L'Ange exterminateur*. Il ne s'agit pas seulement du fils, condamné à réintégrer le cercle de famille et à y tourner en rond dans l'attente d'une improbable guérison ; mais le père même, dans l'une de ses excursions extraconjugales, se voit renvoyé à sa solitude par le jeune prostitué, qui ne s'offre que pour mieux se reprendre et rétablir autour du vieil homme un tabou énigmatique. Du huis clos de l'appartement à ceux de l'ascenseur ou du sauna, on voit se reproduire une malédiction identique qui est à la fois celle du cercueil et du miroir — comme si, en cette fin des temps, le noyau familial venait reprendre en charge l'uniformité universelle, et en remettre au jour l'origine chaotique.

Au bout du compte, il s'agit bien pour Tsai Mingliang de reconstituer un théâtre, une dramaturgie ancestrale au sein de laquelle chacun pourrait réinvestir son propre rôle, et recouvrer sa figure en même temps que son masque. Toute l'initiation du fils est encadrée par deux scènes primordiales et antinomiques : au commencement, la mort (telle qu'il est censé l'incarner pour les besoins d'un tournage, lui-même filmé sur le mode d'un *making of* démystificateur) ; à la fin, le retour aux sources dont le déroulement revêt, à l'inverse, la grandeur tragique d'une descente aux enfers, et impose dans le cours monotone du récit une rupture spectaculaire. C'est que la représentation ordinaire ne peut s'interrompre qu'en radicalisant ses artifices, en allant au fond du mensonge qui la constitue. C'est au moment précis de la suprême méprise (l'accouplement du père et du fils dans l'obscurité) que peut avoir lieu une forme de renaissance, de *re-connaissance* : reconnaissance du désir interdit qui empêchait toute communication entre le père et le fils, ou même entre le père et les substituts du fils ; reconnaissance de l'un par l'autre, dans une altérité essentielle, mais qui n'a pu être révélée que par la confusion œdipienne. Alors les visages arrivent enfin à se voir (fût-ce, dans un premier temps, au prix d'une gifle incongrûment vaudevillesque) ; ils peuvent surtout s'exposer au regard de la caméra, eux qui jusqu'ici s'y dérobaient et ne s'inscrivaient que dans un pragmatisme inexpressif. Comme l'avant-dernière scène de *Vive l'amour*, la fin de *La Rivière* nous montre deux hommes dans un lit et qui ne se font pas face ; mais le spectateur, sur le visage du père comme sur celui du jeune Xiao-kang, est invité pour la première fois à lire les signes de l'amour.

Dès lors, il est permis de relire le film tout entier en y cherchant des signes et un sens ; il est naturel, par exemple, de prétendre interpréter l'omniprésence de l'eau — métaphore d'un inconscient tantôt stagnant (la rivière), tantôt évacué, mais toujours récurrent (la fuite du plafond) et *in extremis* délivré par l'orage — par les larmes du père... Dans un univers soumis à l'inertie et à l'aveuglement de l'objet, Tsai Ming-liang a bien recours à la parabole mythique pour réconcilier l'humain avec lui-même, pour le ramener vers cette conscience de soi dont l'a brutalement frustré la société industrielle. Mais ce qui fait la singularité (et la pureté) de cette parabole, c'est qu'elle n'adopte jamais la hauteur d'un discours moral univoque ou d'un symbolisme trop signifiant ; c'est qu'elle reste étroitement liée à la matière, à son évidence naïve comme à son ambiguïté infinie. Si la délivrance intervient, ce n'est qu'au terme d'un ressassement litanique qui épouse et épuise l'opacité des choses, jusqu'à ce qu'un secret s'en échappe comme naturellement. On a le sentiment que le réalisateur s'installe à l'intérieur de ce monde objectif avec quoi se sont confondus ses personnages, qu'il s'identifie à chaque détail de leur voyage au bout de la nuit, de telle sorte que le jugement du spectateur ne peut que rester en suspens, partagé entre l'impression de la caricature, le frisson religieux et le malaise physique. Par exemple, le calvaire du fils n'est jamais mis en scène en tant que tel, à une distance qui en simplifierait la lecture : il passe par un réseau de symptômes rigoureusement impossibles à interpréter, par un arsenal de solutions qui s'annulent mutuellement, depuis l'usage de l'exorcisme jusqu'à celui de l'acupuncture, aussi christique que grotesque.

Si Tsai Ming-liang s'affirme comme un cinéaste de la maîtrise absolue, s'il enferme ses personnages et le spectateur dans une comédie humaine de plus en plus rigide, c'est pour s'ouvrir d'autant mieux à l'aléatoire ; on pourrait parler d'un néoréalisme obsessionnel, où la vision s'enrichit de ses propres limites, où la contemplation obstinée du néant finit — comme chez Rossellini — par faire obscurément affleurer l'être. Et sans doute un tel art a de quoi dérouter, qui ne propose ni remède ni discours social, qui se borne scrupuleusement à regarder, fût-ce l'insignifiant, fût-ce l'impensable ; mais c'est justement dans cette apparente passivité, dans cet abandon ultime à la dérive des êtres et des éléments, que peut ressusciter le mouvement même du désir.

Chantez maintenant !

Comme son ami et collaborateur Chris Marker, Alain Resnais a toujours été l'une des références majeures de l'histoire de Positif, *au point d'être aujourd'hui choisi par les rédacteurs pour constituer un recueil de tous les articles que la revue a consacrés à ses films depuis cinquante ans* [1]. *Son dernier film en date,* On connaît la chanson, *fournissait l'occasion d'une interrogation sur la place de la chanson dans le cinéma français, à l'heure où plusieurs cinéastes internationaux se confrontaient simultanément, et avec des fortunes diverses, au genre de la comédie musicale (du réjouissant* Tout le monde dit « I Love you » *de Woody Allen à l'irritant* Dancer in the Dark *de Lars von Trier).*

CLAIRE VASSÉ, « Paroles dans les airs », n° 444, février 1998.

Principal ouvrage de Claire Vassé : Cent pour cent court : cent films pour cent ans de cinéma français *(dir. avec Jacky Évrard), Côté court, 1995.*

---

1. Cf. *Positif*, revue de cinéma, *Alain Resnais*, Paris, Gallimard, coll. « Folio », 2002.

CLAIRE VASSÉ

Paroles dans les airs

En comparant Mankiewicz et toute une tradition du cinéma français, Benoît Jacquot met en évidence la particularité de la parole dans celui-ci : « Mankiewicz, un cinéaste extrêmement parlant, ne met pas en scène le même rapport des corps et des paroles, même si la parole a un rôle moteur dans ses films. C'est toujours un rôle instrumental, magnifique et brillantissime, mais c'est un rôle comportemental, gestuel, très anglo-saxon. Alors que chez les Français, c'est une détermination presque ontologique : ces corps ne sont corps que parce qu'ils parlent[1]. » C'est peut-être ce qui explique la quasi-inexistence du genre de la comédie musicale dans l'Hexagone, comme si se mettre à chanter des mots tellement constitutifs de notre essence n'était rien de moins qu'une remise en question de notre nature humaine, un acte bien trop important pour être effectué à la légère, par pur divertissement. Jouer avec les airs, c'est en quelque sorte jouer avec le feu pour tout un pan du cinéma français, dont le recours à la chanson est souvent symptomatique d'une rupture. Il y a par exemple le cas de la Nouvelle Vague qui, avec Godard, Truffaut, Varda ou Demy, a fait chanter Boby Lapointe, Anna Karina, Anouk Aimée, Corinne Marchand ou Jeanne Moreau. Cette incursion de la chanson allait de pair avec une dispersion des voix et de leurs formes qui, du monologue au ressassement, en passant par la citation et la voix *off*, mettaient la parole dans tous ses états. Sous l'assaut conjugué des grands penseurs de la complexité de

1. *Les Inrockuptibles*, n° 131, 17-23 décembre 1997, p. 43.

l'âme humaine que sont Virginia Woolf, Joyce ou Proust, relayés par l'école du Nouveau Roman, le sujet en crise avait besoin de se faire entendre différemment. Sans oublier la cassure de la Seconde Guerre mondiale qui, en faisant reculer les limites de l'horreur, faisait exploser les notions d'humanité et d'individu. La chanson était aussi le médium idéal pour entraîner les mots dans le souffle de liberté que revendiquait la nouvelle génération de cinéastes.

Aujourd'hui, il semble bien que la chanson redevienne, sinon centrale, du moins très présente dans notre cinéma. Les jeunes gens de *L'Âge des possibles* reprennent en chœur la chanson de *Peau d'Âne*, la femme médecin de *J'ai horreur de l'amour* passe en boucle un disque de Joe Dassin, l'héroïne d'*En avoir (ou pas)* avoue au cours d'un entretien d'embauche dans une conserverie de poissons qu'elle rêve d'être chanteuse, le jeune séducteur de *Conte d'été* est musicien et compose des chansons. Et il y a la série « Tous les garçons et les filles de leur âge », dont chaque épisode est structuré autour d'une scène de danse et dont l'esprit d'époque passe par les chansons. Mais c'est bien évidemment dans le dernier film de Resnais que réapparaît avec le plus d'éclat la chanson. On pourrait presque parler de fanfaronnade pour *On connaît la chanson*, qui va jusqu'à *remplacer* des dialogues par des extraits en play-back de chansons populaires, alors qu'on s'était contenté généralement jusqu'ici de les *contaminer* par la magie et l'irréel de ces voix chantantes[1]. Ce parti pris est tellement fort, il semblait si intenable que l'on ne peut pas ne pas penser que sa brillante réussite tient à sa pertinence, à une véritable nécessité, révélatrice

---

1. Hormis chez Jacques Demy bien entendu, seul cinéaste français à s'être vraiment confronté à la comédie musicale.

d'un certain état de notre rapport au monde, au sujet, à la fiction, au cinéma. Reste à savoir lequel...

Un leitmotiv court tout le long de *On connaît la chanson* : la perte des identités. D'emblée, Camille et Nicolas ne se souviennent plus de leurs noms respectifs lorsqu'ils se retrouvent au coin d'une rue. Il y a Odile, qui se méprend sur l'identité de la femme de l'homme qu'elle n'a pas embauché et soupçonne Nicolas de tromper sa femme, alors que c'est elle la femme trompée. Elle qui pense que l'on a sept sosies dans le monde fige sa sœur Camille dans une image : celle de la jeune femme intelligente et brillante, qui doit toujours aller bien. « Résiste » est son mot d'ordre, qu'importe que Camille s'évanouisse — c'est-à-dire s'absente d'elle-même. Simon, lui, se prend les pédales dans sa double identité professionnelle d'auteur dramatique et d'employé d'agence immobilière, et vient *malgré lui* à la crémaillère apocalyptique d'Odile. Marc laisse croire à Camille que ses reniflements sont ceux d'un chagrin d'amour — et non d'un trivial gros rhume. « Tu voudrais tellement que je sois différent que tu voudrais que je sois quelqu'un d'autre », constate amèrement Nicolas lors de son unique entrevue avec sa femme. Cette valse des identités en crise se fait dans l'« ère du vide » : les personnages sont dépressifs, errent dans des appartements vacants ou consacrent leur temps à une thèse sur les paysans de l'an 1000 au lac de Paladru — autant dire sur rien —, simplement « pour faire parler les cons ».

C'est dans cette atmosphère de déperdition que l'utilisation de la chanson chez Resnais prend toute son ampleur. Les personnages se voient dépossédés de leur voix et de leurs paroles, remplacées par des bribes de chansons populaires dont la qualité première n'est ni la profondeur ni l'expression d'une richesse intérieure et complexe. Cette dépersonnalisation est par ailleurs accentuée par la négligence de l'identité sexuelle, chacun des protagonistes pouvant être associé à une voix de l'autre sexe. Sans aller aussi loin, l'inadéquation entre les chansons et leurs interprètes supposés est perceptible à d'autres moments, notamment avec la figure de Dussollier auquel sont attribuées, de manière inattendue voire farfelue, deux chansons qui lui ressemblent peu : *Vertige de l'amour* et *Quoi ma gueule*.

Mais cette incapacité des chansons à coller aux événements et à leurs interprètes n'est pas figée en principe. Il arrive que jaillisse de ces airs populaires un sentiment de vérité, comme si quelques notes de musique suffisaient parfois à saisir un moment ou un caractère. C'est par exemple le cas avec le personnage de Marc, dont le principe moteur semble assez justement résumé par le *J'aime les filles* de Dutronc. Loin d'afficher un quelconque mépris envers l'art mineur de la chanson, Resnais poursuit sa réhabilitation des formes culturelles les moins nobles, après avoir rendu hommage à la bande dessinée (*I Want to Go Home*) ou au feuilleton (*Smoking/No Smoking*). Sans aucun cynisme — du type « Que notre époque s'exprime et communique en chansons en dit long sur sa pauvreté de pensée et de rapports humains » —, Resnais a une franche croyance dans le potentiel expressif de la chanson, qui passe par la reconnaissance d'une mémoire et d'un inconscient collectifs — déjà au centre de *Mon oncle d'Amérique*. Cette revendication d'un dénominateur commun dont on ne peut faire l'impasse pour saisir le genre humain est particulièrement explicite lors de la scène où Jane Birkin chante sa propre chanson. L'apparente adéquation entre le corps et la voix relève ici du vertige puisque la chanteuse est en réalité doublée par elle-même, sur une chanson qui a déjà circulé quelques minutes plus tôt à travers le corps de Simon et Nicolas. C'est dire combien la force d'expression individuelle d'une chanson, même quand elle semble émaner directement de son interprète, est avant tout investie d'une charge collective[1].

Si la forme chantée revitalise la création cinématographique aujourd'hui, c'est néanmoins d'une manière bien différente qu'au moment de la Nouvelle Vague. Il s'agissait alors surtout de libérer les paroles, notamment des contraintes temporelle — de la diction habituelle — et narrative — raconter et faire sens — qui pèsent sur tout discours réaliste. C'était en quelque sorte revenir au temps du muet. Dans *On connaît la chanson*, le projet est tout autre puisque Resnais, metteur en scène par excellence de l'imaginaire et de la fantaisie, sacrifie pourtant à l'impératif de réalisme que constitue la synchronisation des voix. Et l'une des prouesses du film est justement de nous faire accepter cette convention, *a priori* intenable, de greffer des morceaux de chansons sur les dialogues les plus prosaïques, dans les conditions les plus quotidiennes. La grande question ici n'est pas tant de s'évader dans les *airs* que de tenter de les apprivoiser pour les faire siens. D'une manière moins radicale, c'est aussi le défi de *L'Âge des possibles*, qui s'ouvre sur de brefs extraits radiophoniques de chansons censés définir chacun des personnages, et qui finira par imposer des chansons dans leur totalité, interprétées par les protagonistes eux-mêmes : c'est *Toulouse*, chantée par Denise, ou

---

1. C'est peut-être là une des raisons pour lesquelles la chanson est presque totalement absente dans l'univers de Desplechin. Explorateurs des méandres de la pensée dans ce qu'elle a de plus résolument intime et individuel, les dialogues de *Comment je me suis disputé...* se distinguent par une intelligence et une subtilité rares, qui ne pourraient en aucune façon être pris en charge par la chanson, à laquelle revient davantage l'expression d'une pensée plus commune et collective.

la chanson de *Peau d'Âne* entonnée par Agnès et Béatrice, puis reprise en chœur par tout le groupe, bien bel exemple d'appropriation progressive des airs [1].

L'enjeu actuel semble bien là, dans cette tentative d'assimilation de la chanson, comme si l'exaltation, la joie et les envolées lyriques qu'elle porte en elle étaient encore trop lourdes à assumer, quelles que soient les velléités de tourner la page sur ces lendemains de l'« ère du soupçon » qui n'en finissent pas d'être désenchantés. Car ré-enchanter le monde ne va pas de soi, et c'est pourquoi le passage crucial du parlé au chanté [2], du marché au dansé, hante *Haut, bas, fragile* de Rivette. C'est sans doute pourquoi aussi les personnages de *On connaît la chanson*, s'ils accèdent au chant par intermittence, n'y abandonnent pas complètement leur corps dans le prolongement naturel qui serait de se mettre à danser. Cette réticence des corps, on la retrouve dans un très beau moment de parole en mouvement de *Oublie-moi*. Nathalie ressasse une phrase (« Il y a un truc que j'ai pas compris ») et tourne dans l'escalier, tout cela sur fond musical. C'est que musique, paroles et mouvement ne fusionnent pas forcément pour s'épanouir en comédie musicale. Tourner en rond plutôt que de

---

1. La place de la chanson de Joe Dassin dans *J'ai horreur de l'amour* est également révélatrice. Écoutée de manière obsessionnelle par le médecin Annie Simonin, elle est symptomatique d'une certaine régression, une manière de tourner en rond — symbolisée par le tourne-disque, d'autant plus lorsque le disque se met à dérailler... Mais elle est aussi le socle dans lequel va prendre racine une identité en train de se constituer. Et le fait que la chanson soit reprise au générique de fin non plus interprétée par Dassin mais par l'un de nos plus contemporains chanteurs français, Miossec, illustre bien que nous ne sommes pas face à un simple phénomène régressif et nostalgique.

2. Très présent chez Resnais, notamment à deux moments : celui de la chanson de Jonasz, *J'veux pas qu'tu t'en ailles*, que le minimalisme de la mélodie rapproche de la parole, et lorsque la jeune femme du restaurant prononce ces mots d'une chanson de Piaf : « *Non, rien de rien, non, je ne regrette rien...* »

s'évader vers un ailleurs semble le propre d'une génération dont la difficulté majeure est de s'extraire d'elle-même pour se confronter et s'enrichir à l'aune d'autres horizons [1].

Mais, si le cinéma d'aujourd'hui est lourd de cet obstacle-là, il est également empli de la volonté de le surmonter. Et la chanson en est le vecteur parfait, qui se fond en nous, épouse apparemment nos sentiments les plus intimes, afin de nous donner des ailes assez grandes pour réenvisager un nouvel espace de croyance et de fiction. Ce n'est certainement pas un hasard si l'épisode de la série « Tous les garçons et les filles » le plus imprégné par la chanson, *Travolta et moi*, était aussi celui qui abordait de plein fouet cette question, en mettant en scène une possible histoire d'amour sur le mode du pari — au sens de la bravade adolescente la plus bête au départ, pour aboutir à la foi la plus romanesque et la plus folle. Pas un hasard non plus si *Y aura-t-il de la neige à Noël ?* se terminait sur une chanson d'Adamo, qui participait ainsi à la prise en charge de l'univers du conte sous-jacent tout le long du film. C'est également la chanson qui permet au héros de *Conte d'été* de sortir de la ronde inextricable — et à vrai dire un peu vaine — de ses amours estivales. Histoire d'aller prendre l'air Ailleurs, là où on lui lancera peut-être ce défi que le cinéma français aurait bien raison de relever : « Vous chantiez ? Eh bien, dansez maintenant ! »

P.-S. : Le défi vient justement d'être relevé avec intelligence et créativité par le jeune cinéaste français Olivier Ducastel, qui a réalisé *Jeanne et le gar-*

---

1. Explicite également, une autre scène du film où un petit ami de Nathalie lui traduit les paroles d'une chanson de Lou Reed, d'une manière chaotique et hachée : il y a bien volonté de s'approprier d'autres choses, mais la voix est cassée, l'harmonie n'est pas là.

çon formidable, une comédie musicale dont la sortie est prévue fin mars. Le film exploite avec vivacité les potentialités du genre pour mettre en scène les malaises et les espoirs de notre époque. Là encore, chanter et danser n'est pas chose facile, et il est révélateur que les deux personnages principaux soient dans une situation paradoxale eu égard au genre : celle de l'immobilisme. Jeanne est standardiste, condamnée à être assise toute la journée à un comptoir[1], figée dans un discours commercial et impersonnel. Plus funestement, Olivier se voit peu à peu dépossédé de son corps, atteint du sida, puis définitivement anéanti lors de la cérémonie de crémation. Quant à la chanson, ce n'est pas toujours un tourbillon de vie et de mots, comme le fait amèrement remarquer Pierre après avoir chanté à Jeanne la tragédie de cette maladie du siècle : « Je crois que j'ai *glacé* la conversation. » La comparaison avec Demy[2] est parlante, notamment le fait que les *deux sœurs*, bien que nées le même jour, ne sont pas pour autant *jumelles*. Nées à quelques années d'écart, elles symbolisent un désir de coïncidences esquissé mais pas totalement assumé, comme c'est aussi le cas avec le personnage de Pierre, ami commun de Jeanne et d'Olivier sans que jamais aucun des trois ne le sache. De la même manière, le flot lyrique qui submerge les chansons de Demy est ici amorcé, mais au bout du compte toujours refusé : Jeanne claque la porte au nez du coursier lui chantant avec emphase son amour, et Olivier résiste à la déclaration d'amour, chantée de Jeanne : « Ça n'a plus d'importance. »

[1]. Ce qu'elle fait d'ailleurs remarquer ironiquement à son petit ami qui lui demande de l'attendre : « Où veux-tu que j'aille ? »
[2]. Dont l'ombre plane sans être écrasante. C'est là une des grandes réussites du film que d'avoir su échapper au simple hommage nostalgique pour s'approprier personnellement le genre.

C'est dire combien les envolées que promettait le genre finissent par retomber, à l'image de Jeanne trébuchant dans une allée du cimetière où est en train de s'évanouir en fumée le corps de son amant. La dépression n'est pas pour autant absolue, car la comédie musicale apporte ses bouffées d'oxygène qui éclairent *in extremis* le visage de Jeanne d'un sourire. Et qui nous soufflent de nouveaux discours capables de prendre à bras-le-corps les grands fléaux de notre société, des radicalisations enchantées des slogans clamés par les manifestants d'Act-Up en quelque sorte.

Lætitia Masson

De nombreux talents ont éclos en France dans les années quatre-vingt-dix. Cédric Kahn, Arnaud Desplechin, Jacques Audiard, Bruno Dumont, Laurent Cantet, François Ozon sont autant de metteurs en scène sur lesquels on peut désormais parier. Mais le phénomène le plus visible de la décennie a trait au nombre de femmes qui exercent avec talent cette profession, jusqu'alors si masculine, de réalisateur. Sont apparues notamment Catherine Breillat, puis Pascale Ferran, Noémie Lvovsky, Patricia Mazuy et Lætitia Masson, qui comptent aujourd'hui parmi les cinéastes français de tout premier plan.

PHILIPPE ROUYER, « La gazelle et le détective » (*À vendre*), n° 451, septembre 1998.

Principaux ouvrages de Philippe Rouyer : Initiation au cinéma, *Edilig, coll. Médiathèque, 1990 ;* Le Cinéma gore : une esthétique du sang, *Le Cerf, coll. 7ᵉ art, 1997.*

PHILIPPE ROUYER
La gazelle et le détective
À vendre

La parenté de ce second long métrage de Lætitia Masson avec le précédent, *En avoir (ou pas)*, est accentuée par le choix de l'excellente Sandrine Kiberlain pour en interpréter l'héroïne. L'Alice du premier film se définissait comme une girafe, alors que la France Robert d'*À vendre* est comparée à une gazelle. Mais toutes deux sont des filles d'aujourd'hui qui partent à l'aventure pour se faire une place dans la société. Le parcours d'Alice, de Boulogne-sur-Mer à Lyon, était direct et linéaire. Celui de France Robert, qui la conduit de sa « Champagne pouilleuse » à Roissy, Paris, Grenoble, Marseille et New York, est plus sinueux ; il est reconstitué par Luigi Primo, détective privé engagé par son ami Pierre Lindien pour retrouver sa fiancée disparue le jour de son mariage.

Les codes du film noir qui affleuraient dans *En avoir (ou pas)* servent ici de colonne vertébrale. Dans la grande tradition hollywoodienne, la majeure partie de l'intrigue est présentée sous la forme d'un long flash-back amorcé par une séquence d'ouverture au présent, quelques heures avant la résolution de l'enquête. Le soin avec lequel le détective enregistre ses observations sur son dictaphone favorise le recours à la voix *off*, autre figure imposée du genre. L'intrigue est menée à la manière d'une course-poursuite. En un mois, Primo refait le chemin emprunté par la fugitive durant ses deux années d'errance. Chaque lieu, chaque personne retrouvé engendre autant de flash-back dans le flash-back que la réalisatrice maîtrise avec l'aisance du Tarantino de *Pulp*

Fiction. Ce dispositif permet de croiser le portrait d'une femme à travers le regard d'un homme et le portrait d'un homme qui se trouve en cherchant une femme. Surtout, il accentue l'inévitable identification entre le chasseur et sa proie (« Je suis France Robert », répète inlassablement Primo), qui apparaissent comme les deux faces d'une même médaille. L'une se jette à corps perdu (ou plutôt vendu) dans les relations physiques, l'autre observe une abstinence sexuelle qu'il dit remonter à « deux ans, une semaine et trois jours ». Lui a renoncé à tout commerce avec le monde. Elle pense que tout est commerce.

Comme dans *En avoir (ou pas)*, la richesse du cinéma de Lætitia Masson naît de sa singulière façon de rapprocher les contraires. L'héritage du film noir américain sublime la chronique chère au jeune cinéma français dans d'incroyables fulgurances de mise en scène (la découverte, dans un stade, de la trahison du premier amour). Le décalage temporel accentue le caractère tragique des aventures de France qu'on sait d'avance vouées à l'échec : avant qu'on assiste à la naissance de l'idylle avec le banquier, on entend déjà le détective demander à ce dernier pourquoi il a rompu. En même temps, cette intrusion du romanesque dans le quotidien (voir la curiosité des interlocutrices de Primo face à son métier) prolonge les audacieux mélanges entre fiction et réalité pratiqués par la cinéaste. La mise en scène de l'entretien avec les parents de France, qui se lamentent sur l'avenir de leur ferme plus que sur le destin de leur fille, se calque sur le modèle des reportages télévisés, en plans fixes et regards caméra, dans une salle à manger très kitsch ornée de napperons et d'images pieuses. D'autres rencontres filmées sur un mode naturaliste s'opposent aux séquences qui relèvent ouvertement de la fiction, interprétées par des acteurs connus. Tous réussissent à faire exister leurs personnages en quelques plans. C'est à regret qu'on les quitte, avec la pensée que chacune de leur histoire aurait pu inspirer un autre film. Cette impression est amplifiée par les ruptures de style et de ton qu'impose la cinéaste à chaque épisode. Au traitement documentaire de la partie champenoise filmée en lumière naturelle succède ainsi le vaudeville bourgeois du couple infidèle, puis la *furia* rougeoyante de la boîte où se prostitue Mireille (Chiara Mastroianni, magnifique). Comme dans son premier long métrage, Lætitia Masson se permet tout, les zooms et les ralentis, les plans fixes et les cadrages tremblés en caméra à l'épaule. Mais aucun effet n'est gratuit. La mise en scène s'adapte aux états d'âme et aux mouvements du corps de France qui poursuit inlassablement ses chimères en monnayant ses charmes pour ne pas s'attacher.

Avoir fait de cette éternelle fugitive une adepte de la course à pied (d'où son surnom animal) est une très belle idée. Ses multiples séances de footing et d'entraînement font écho à son impossibilité à rester en place ; elles renvoient aussi à ses échappées belles dans son imaginaire. On se souvient alors des photographies de la championne olympique Marie-José Pérec punaisées sur les murs de sa chambre de jeune fille. Mais cette tentation du romanesque finit toujours par achopper sur le réel. L'épilogue new-yorkais, qui aurait dû être l'aboutissement des rêves de France, vire à la catastrophe. Au milieu des carcasses de viande pendues aux crochets des abattoirs, puis chez le client du prostitué black homosexuel, elle éprouve soudain un profond dégoût pour le commerce de toutes ces viandes. L'argent, qui jusqu'alors servait de trait d'union entre le social et l'affectif, devient sale, comme les images granuleuses tournées en vidéo numérique. Primo, qui, en bon héros de film noir, était progressivement tombé amoureux de l'objet de son enquête, devra lui aussi déchanter. Sa rencontre avec France vers laquelle conduit le montage alterné tourne court et l'amène à trahir son seul ami.

Tout n'est pourtant pas perdu. Après avoir chacun de leur côté fait table rase de leurs illusions, Primo et France décident *in fine* de se retrouver. Peut-être pourront-ils construire quelque chose ensemble. Mais ça, Lætitia Masson préfère ne pas le filmer de peur qu'une fois encore la vie ne gâche un beau rêve.

Terrence Malick

Les groupes identifiés de réalisateurs font souvent de l'ombre aux individualistes. Alain Cavalier et Michel Deville ont ainsi sans doute pâti d'être apparus au moment de la Nouvelle Vague sans lui appartenir. De même, les œuvres de Schatzberg, Raffelson ou Malick sont bien moins connues que celle des movie bratts, Scorsese, De Palma, Lucas, Coppola ou Spielberg. Pourtant, en seulement trois films en vingt-cinq ans, Terrence Malick s'est affirmé comme l'un des rares poètes lyriques du cinéma parlant, y compris à travers l'évocation de la guerre du Pacifique dans La Ligne rouge.

CHRISTIAN VIVIANI, « L'harmonie de la disharmonie », n° 457, mars 1999.

Principaux ouvrages de Christian Viviani : Le Western, *Henri Veyrier, 1982;* Les Séducteurs du cinéma américain, *Veyrier, 1984;* Francis Ford Coppola *(avec Jean-Paul Chaillet), Rivages, 1987;* Frank Capra, *Les Quatre Vents, 1988;* Ernst Lubitsch *(avec N.T. Binh), Rivages, 1991;* Pacino-De Niro, regards croisés *(avec Michel Cieutat), Dreamland, 2001.*

CHRISTIAN VIVIANI
L'harmonie de la disharmonie
Terrence Malick

Ceux qui avaient reçu en plein cœur *La Ballade sauvage* et *Les Moissons du ciel*, ceux dont les yeux ont été à jamais éclaboussés par la triste beauté qui sourdait à chaque plan des deux films s'inquiétaient à juste titre, comme Bertrand Tavernier et Jean-Pierre Coursodon à la fin de la note qu'ils ont consacrée à Terrence Malick dans *50 Ans de cinéma américain* : « Espérons qu'il ne suivra pas l'exemple de Salinger et qu'il ne nous laissera pas seulement (si l'on peut dire) ces deux poèmes fulgurants et uniques. » Vingt ans après *Les Moissons du ciel*, *La Ligne rouge* le confirme : deux films « uniques », c'est peut-être une coïncidence ; trois films d'une telle qualité abolissent le caractère unique et lui substituent la plénitude d'une œuvre. On ne voit pas seulement les récurrences et les obsessions se mettre en place : Terrence Malick est de ces cinéastes exceptionnels dont le regard et la sensibilité évoluent, dont le discours se développe. Qu'il me soit donc permis de rassembler certaines idées, surtout pour les lecteurs trop jeunes pour connaître les pages qu'ici même Jean-Loup Bourget (n° 218) et Michel Ciment (n° 225) ont consacrées à un cinéaste à la fois admiré par ceux qui le connaissent et finalement peu étudié.

Constantes

BESTIAIRE   Une poignée d'insectes qui grouillent. Un envol d'oies sauvages. Un oisillon ou un poisson-chat qui agonise. Une attaque de sauterelles. Un papillon ou un perroquet multicolore. Animaux petits et gros placent l'œuvre de Terrence Malick sous le signe du cycle. Symbole de vie car symbole de mort, le bestiaire intervient souvent par inserts, son caractère immuable ainsi abstrait du conflit humain. Posé sur lui comme un commentaire. La vie va et vient, tandis que les hommes, eux, semblent aller vers leur anéantissement. Jean-Loup Bourget avait déjà noté que dans *Les Moissons du ciel* les créatures aquatiques liaient l'homme aux forces primitives et obscures : juste avant que ne s'épanche la nostalgie de la vie primitive, le crocodile qui plonge dans la vase en désamorce le pittoresque éventuel (c'est le premier plan de *La Ligne rouge*). Tout comme le commentaire, le bestiaire mélancolise et transcende à la fois.

COMMENTAIRE   Les trois films utilisent un commentaire *off*. Dans *La Ballade sauvage*, la fugue sanglante du jeune couple criminel était racontée par l'héroïne, Holly, *teen-ager* à la voix blanche, presque indifférente, aussi loin du récit dont elle était la protagoniste que la caméra l'était le plus souvent des scènes les plus chargées d'émotion. Dans *Les Moissons du ciel*, c'était une fillette, Linda, qui intervenait de loin en loin sur un ton enjoué, vif, parfois drôle, pour raconter la périphérie d'un fait divers crapuleux à la James Cain. Dans *La Ligne rouge*, Malick a recours à un système de voix *off* très complexe, un soldat prenant le relais d'un autre : le commentaire garde son aspect décalé et distanciateur (le ton en est littéraire, poétique, parfois métaphysique ; les angoisses exprimées dans le « courant de conscience » sont souvent contredites par les affirmations du dialogue notamment dans le cas du lieutenant-colonel Tall), mais le système de relais le destine également à susciter l'empathie.

ITINÉRAIRE   La ballade sauvage de Kit et de Holly les arrache à une petite ville du Nebraska et les entraîne vers les *Badlands* du Dakota. Autre couple maudit, celui des *Moissons du ciel* quitte la grisaille urbaine chicagolaise pour l'immensité solaire du Texas, puis, le crime commis, reprend la fuite. Dans *La Ligne rouge*, l'itinéraire se vide du sens du devenir : il apparaît, disparaît, resurgit et stagne. Dans *Les Moissons du ciel*, le passage de la ville à la nature est une célébration. Dans *La Ligne rouge*, le passage de la nature au bateau et du bateau à Guadalcanal sont représentés comme des arrachements, itinéraires dans lesquels on tranche comme dans la chair. L'immensité turquoise est zébrée dans le lointain par le mouvement du navire militaire. Au plan suivant, le soldat Witt est dans le bateau, face au sergent-chef Welsh. La section centrale du film, la plus longue, raconte l'interminable prise d'une colline tenue par les Japonais : elle produit une impression d'enlisement, elle nie la notion même d'itinéraire. Les distances s'abolissent même quand le lieutenant-colonel Tall, à qui quelques instants plus tôt le capitaine Staros parlait par téléphone, surgit près de lui. Les inserts de nature et d'animaux célèbrent la permanence d'un au-delà que l'itinéraire suspendu refuse aux hommes.

LUMIÈRE   *La Ballade sauvage* utilisait trois chefs opérateurs différents. Dominé par le travail stupéfiant de Nestor Almendros, *Les Moissons du ciel* avait pourtant recours, lors de son finale, à Haskell Wexler : on n'y voyait, littéralement, que du feu. *La Ligne rouge* est confié à John Toll, qui s'était jusqu'à présent surtout illustré dans une certaine joliesse académique (*Braveheart, Légende d'automne*). Qu'il s'adresse à des chefs opérateurs de génie ou à des débutants, Terrence Malick leur impose son univers[1]. On trouve dans les trois films une véritable quête mystique de la lumière solaire. Les incendies dans *La Ballade sauvage* et *Les Moissons du ciel*, les explosions dans *La Ligne rouge* ne sont que les simulacres de cette lumière mystique, une dérisoire tentative démiurgique. La lumière filtre à travers les fenêtres, comme aveuglante (les intérieurs dans *La Ballade sauvage* et *Les Moissons du ciel*, les flash-back dans *La Ligne rouge*). Le soleil est suspendu haut dans le ciel ; dans *La Ligne rouge*, il domine le promontoire dérisoire de la colline. Les personnages semblent tendre vers lui, sous le coup de quelque phénomène de tropisme. La quête de la lumière pousse les héros les plus vils vers le haut : le ciel et les nuages dominent *La Ballade sauvage* et finissent par engloutir Kit. Les criminels des *Moissons du ciel* sont fascinés par la lune. Les soldats de *La Ligne rouge* fixent le soleil (comme pour rappeler *Les Moissons du ciel*, la lune vient se substituer au soleil dans un des rares épisodes nocturnes du film).

SOUBRESAUTS   Avant de quitter la maison paternelle, Holly, dans *La Ballade sauvage*, jette dans l'herbe son poisson-chat qui, à l'agonie, gigote. Au milieu d'une attaque, dans *La Ligne rouge*, un oisillon blessé à mort bat de l'aile à fendre l'âme[2]. Les humains aussi sont agités de soubresauts. Le fermier tué par Kit et Holly (*La Ballade sauvage*), Sam Shepard tué par Richard Gere à l'aide d'un tourne-

---

[1]. Ce que confirmait avec une émouvante modestie Nestor Almendros, interrogé dans notre n° 225.
[2]. On pense bien entendu à l'aigrette agonisante de *La Forêt interdite* de Nicholas Ray.

vis (*Les Moissons du ciel*), le sergent Keck qui a machinalement dégoupillé sa grenade (*La Ligne rouge*). Les corps sont déchiquetés, démembrés. Nouvelle image de la vie. Celle qui se retire maintenant. Malick n'arrête pas de décliner, comme autant de stances d'une prière obstinée, les manifestations de la vie organique.

STRUCTURE   *La Ballade sauvage*, *Les Moissons du ciel* et *La Ligne rouge* sont des sujets on ne peut plus différents. La vision du cinéaste les harmonise pourtant. Pour cela, Malick revient inlassablement à une structure ternaire. *La Ballade sauvage* en fixait une fois pour toutes le déroulement : premier mouvement, l'arrachement ; deuxième mouvement, la conquête ; troisième mouvement, la fuite. *Les Moissons du ciel* reprenait le schéma trait pour trait. *La Ligne rouge* innove pour la dernière partie où la débâcle se substitue à la fuite ; cependant, la résurgence du souvenir paradisiaque du soldat Witt vient jouer le même rôle que la fuite dans les nuages au dernier plan de *La Ballade sauvage*. La boucle est bouclée.

Influences

CINÉPHILIE (voir également Murnau) Dans *La Ballade sauvage*, Martin Sheen évoque James Dean, jusque dans son attitude « crucifiée » au fusil (cf. *Géant*, réalisé par le père du coproducteur de *La Ligne rouge*, George Stevens). Le périple qui mène de la ville à la campagne, les visages noircis par le labeur, dans *Les Moissons du ciel*, citent King Vidor. Dans *La Ligne rouge*, le plaisir cinéphilique devient nécessité : les nombreux acteurs masculins célèbres, convoqués pour prêter leur visage à un héros collectif aux multiples aspects, surgissent sans crier gare, l'un prenant le relais de l'autre sans que rien ne nous ait préparés à sa venue.

MURNAU   On a évoqué *City Girl* à propos de l'irrésistible élan agreste des *Moissons du ciel*. On aurait pu le citer aussi à propos de cette exigence esthétique de Malick qui ramène tout à la lumière éblouissante. Ou encore à propos de cette manière de découper l'espace d'un intérieur gothique en lames enchâssées les unes dans les autres à la manière de ces « boîtes à perspective » chères aux peintres flamands. Murnau utilisait ce rationnement spatial dans *La terre qui flambe* ou dans *Le Poids d'un secret*. Malick trouve le moyen de replacer cette obsession dans les flash-back de *La Ligne rouge*. Par ailleurs, il faut sans doute remonter à *Tabou* pour retrouver la fluidité cristalline, l'éblouissement solaire si bouleversants dans le prologue de *La Ligne rouge*. Reprise de *Nosferatu* également, cette contre-plongée qui transforme les mâtures en une monstrueuse toile d'araignée déchirant un ciel blanc, ou encore cette main où grouillent les insectes qui cite la brèche du cercueil où grouillent les rats, dans le même film.

TRANSCENDANTALISME   Michel Ciment a déjà évoqué tout ce qui transparaît de Whitman ou d'Emerson, de leur poésie et de leur pensée, dans les deux précédents films de Terrence Malick. *La Ligne rouge* reprend cette source d'inspiration en une élévation qui est à la fois géographique et individuelle. Malick affirme une nouvelle singularité : il n'est pas seulement un cinéaste américain intellectuel (au fond, Ford, Vidor et bien d'autres l'étaient déjà), mais il se revendique ainsi. Fierté téméraire dans un pays qui n'a pas encore digéré sa méfiance à l'égard de la cérébralité et qui pousse souvent l'intellectuel à devenir honteux de sa condition. Incidemment, on retrouve cet anticonformisme (qui, déjà depuis Walt Whitman, possède une longue histoire dans la culture américaine) dans les choix musicaux : Éric Satie voisine avec James Taylor, Carl Orff avec Nat « King » Cole, Ennio Morricone avec Saint-Saëns ou Hans Zimmer avec Gabriel Fauré. Le syncrétisme est l'une des clés culturelles et philosophiques du cinéaste. Ce syncrétisme, que l'on retrouve dans les sources picturales de Malick, prend par ailleurs une incarnation inédite et splendide en la personne du héros multiface que constituent les différents interprètes de *La Ligne rouge*.

Perspective

COLLECTIF *La Ballade sauvage* se concentrait sur un couple dont l'un des membres était l'observateur. *Les Moissons du ciel* se concentrait sur un trio auquel venait se greffer un observateur extérieur (Linda, la petite fille). *La Ligne rouge* ouvre encore la démarche : un observateur à plusieurs regards, un groupe d'hommes envisagé comme un héros unique, au visage et à la voix changeants, les pulsions et les rêves de chacun (l'épouse du soldat Bell) devenant ceux de tous. En élargissant progressivement son champ de personnages, entre son premier et son dernier film, Terrence Malick est passé de la sclérose autarcique à la fusion collective. Le cinéaste, s'il reste secret, embrasse de film en film un univers plus vaste, un matériau humain plus diversifié, une ambition de plus en plus tragique.

L'œuvre de Terrence Malick présente cette singularité : elle est si rare et si riche qu'à chaque film elle pourrait se refermer sur elle-même. Pourtant, chaque nouveau film, si inattendu, si miraculeux soit-il, rouvre l'œuvre et y laisse pénétrer de nouveaux éléments. Ouverte, elle rebondit sur la musique, sur la peinture, sur la dramaturgie. Rarement un cinéaste contemporain nous aura donné, au-delà de l'aspect tourmenté de son inspiration, un tel sentiment de plénitude dans son art. Nous sommes ici au cœur du paradoxe de la création : pour chanter la disharmonie de l'homme et de son environnement, l'artiste trouve la forme la plus pleine, la plus harmonieuse. Terrence Malick ou l'harmonie de la disharmonie.

chaque nouvel life of loathede, of miraculeux
soleil route trouve et se loise penchet de mon
vacet et amant. Ouvitai, elle retombit sur la
musique, sur la peinture, sur la dramaturgie. Rare
ment un cinéaste contemporain pour aura donné
a-delà de l'art un sentiment de son inspiration, un
tel sentiment de plénitude dans son art. Nous
sommes ici au cœur du paradoxe de la création :
plus changé la distance entre l'homme et de son
environnement, l'artiste trouve la force la plus
dense. Sophie, barbouilleuse Terence Malick ou
l'harmonie de la déchirure.

De A à Z

Une revue ne se compose pas seulement de critiques développées sur deux à quatre pages. On peut malheureusement rendre compte de la majeure partie des dix ou quinze films qui sortent chaque semaine en un ou deux feuillets de mille cinq cents signes chacun... voire moins. Le record historique de la notule la plus courte est sans doute détenu par Éric Derobert, auteur de cette ligne mémorable sur XY de Jean-Paul Lilienfeld : « Z ». Ou l'on se souvient que Positif *a toujours été une revue impertinente, souvent drôle et généralement sensée : Z comme zéro, comme série, comme chromosome inconnu, comme terminaison d'alphabet, le souffle court et l'esprit déjà ailleurs.*

ÉRIC DEROBERT, « *Sur un air d'autoroute*, de Thierry Boscheron », n°s 473-474, juillet-août 2000.

ÉRIC DEROBERT

Sur un air d'autoroute
de Thierry Boscheron

Je vais vous raconter
Un' comédie branchée
Aux couleurs fluo qui veul'nt en j'ter
Le héros, un peu gourde
Perd un' de ses esgourdes
Juste avant d'accumuler les bourdes
Il cherch', faisant l'mariolle
Au milieu des bagnoles
Sa feuille et son ex un peu frivole

L'scénario ingénu
Sur un air saugrenu
Moque Belges et curés
Sur un air éculé
Dans l'décor de *Trafic*
Sur un nerf peu caustique
L'humour est en déroute
Sur un air d'autoroute
Ah! ah! ah! ah!
Du coup, c'est pas tell'ment chouette
Ah! ah! ah! ah!
C'est pas Tati, patatras!

(Sur l'air de *La plus bath des javas*, de Trémolo et Georgius)

Avant-propos : « Le cinéma au présent » par
   Stéphane Goudet   7
Pour le plaisir : bref survol de cinquante années
   positives (Michel Ciment)   14
Une critique sans classicisme (Alain Masson,
   n° 375, mai 1992)   24

ANNÉES 1950

LUIS BUÑUEL : *Los Olvidados*
   Bernard Chardère, « De l'honnêteté », n° 1,
   mai 1952   31

FEDERICO FELLINI : *Les Vitelloni*
   Bernard Chardère et Roger Tailleur, n° 11, septembre 1954   47

MAURICE BURNAN
   Paul Louis Thirard, « Une question mal connue : les débuts de Maurice Burnan »,
   n° 13, mars-avril 1955   53

ANDRZEJ WAJDA : *Kanal*
   Ado Kyrou, « Canaux sanguins », n°s 25-26, rentrée 1957   63

ROBERTO ROSSELLINI
   Marcel Oms, « Rossellini : du fascisme à la
   démocratie chrétienne », n° 28, avril 1958   73

INGMAR BERGMAN : *La Prison* et *Les Fraises sauvages*
   Roger Tailleur, « L'aller et le retour », n° 31, novembre 1959   91

ANNÉES 1960

CINÉMA ET POLITIQUE
   Michèle Firk, « Cinéma et politique 2 », n° 34, mai 1960   101

JOSEPH LOSEY : *Temps sans pitié*
   Bertrand Tavernier, « Les vaincus », n° 35, juillet-août 1960   113

MARIO BAVA : *Le Masque du démon*
   Jean-Paul Török, « Le cadavre exquis », n° 40, juillet 1961   119

LA NOUVELLE VAGUE
   Robert Benayoun, « Le roi est nu », n° 46, juin 1962   127

JERRY LEWIS
   Robert Benayoun, « Jerry Lewis, Man of the Year », n°ˢ 50-51-52, mars 1963   139

SATYAJIT RAY
   Michel Ciment, « Le monde de Satyajit Ray », n° 59, mars 1964   157

JOHN HUSTON : *La Nuit de l'iguane*
   Raymond Borde, « La Nuit de l'iguane » n°ˢ 64-65, rentrée 1964   169

ANNÉES 1970

JEAN-MARIE STRAUB ET DANIÈLE HUILLET : *Othon*
   Michel Ciment et Louis Seguin : « Sur une petite bataille d'*Othon* », n° 122, décembre 1970   179

AKIRA KUROSAWA : *Dodes'kaden*
   Bernard Cohn, « Un humaniste sceptique », n° 131, octobre 1971   191

LEONARD KASTLE : *Les Tueurs de la lune de miel*
Michel Pérez, « L'opéra vériste et le fait divers », n° 131, octobre 1971 — 197

NAGISA OSHIMA : *La Cérémonie*
Louis Seguin, « Présentation de *La Cérémonie* », n° 143, octobre 1972 — 205

MIKLÓS JANCSÓ : *Psaume rouge*
Jean-Pierre Jeancolas, « Vers le corpus sacré de la révolution », n° 147, février 1973 — 209

CLAUDE SAUTET : *Vincent, François, Paul et les autres*
Michel Sineux, « Tu disais, la banlieue... », n° 163, novembre 1974 — 221

ORSON WELLES : *Vérités et Mensonges*
Gérard Legrand, « De Xanadu à Ibiza (et retour) », n° 167, mars 1975 — 233

BERTRAND TAVERNIER : *Que la fête commence*
Jacques Demeure, « Avant l'heure des brasiers », n° 168, avril 1975 — 245

FRANCESCO ROSI
Barthélemy Amengual, « D'un réalisme "épique" », n° 181, mai 1976 — 257

WIM WENDERS : *Au fil du temps*
Alain Masson, « Hermès au verso », n°ˢ 183-184, juillet-août 1976 — 275

MARTIN SCORSESE : *Taxi Driver*
Michael Henry, « Qui veut faire l'ange... », n°ˢ 183-184, juillet 1976 — 285

FRANCIS FORD COPPOLA : *Apocalypse Now*
Frédéric Vitoux, « Conrad et Coppola au cœur des ténèbres » n° 222, septembre 1979 — 295

ANNÉES 1980

RUY GUERRA : *La Chute*
Paulo Antonio Paranagua, « Ruptures et continuité », n° 227, février 1980 — 309

STANLEY KUBRICK : *Shining*
Jean-Loup Bourget, « Le territoire du Colorado », n° 234, septembre 1980 — 323

MAURICE PIALAT : *Loulou*
Isabelle Jordan, « Le chercheur de réalité », n° 235, octobre 1980 — 333

JOHN BOORMAN : *Excalibur*
Jean-Philippe Domecq, « Glaive et terre vaine », n° 242, mai 1981 — 343

ANDREÏ TARKOVSKI : *Stalker*
Emmanuel Carrère, « Troisième plongée dans l'océan, troisième retour à la maison », n° 247, octobre 1981 — 349

AGNÈS VARDA : *Mur murs* et *Documenteur*
Françoise Audé, « Cris et chuchotements », n° 250, janvier 1982 — 371

MICHELANGELO ANTONIONI
Petr Král, « Traversée du désert », n° 263, janvier 1983 — 377

JACK LEMMON
Michel Cieutat, « Un Arlequin d'Amérique », n° 271, septembre 1983 — 393

RAÚL RUIZ : *Les Trois Couronnes du matelot*
François Thomas, « L'échange souverain », n° 274, décembre 1983 — 403

ÉRIC ROHMER : *L'Ami de mon amie*
François Ramasse, « Je sens que je vous complique la vie », n° 319, septembre 1987 — 413

THEO ANGELOPOULOS : *Paysage dans le brouillard*
Yann Tobin, « L'arbre et la main », n° 333, novembre 1988 — 421

KRZYSZTOF KIEŚLOWSKI : *Brève histoire d'amour*
Pascal Pernod, « L'Amour des personnages », n° 346, décembre 1989 ... 425

ANNÉES 1990

HOU HSIAO-HSIEN : *La Cité des douleurs*
Hubert Niogret, « Retrouver la mémoire », n° 358, décembre 1990 ... 433

DAVID CRONENBERG
Alain Garsault, « Corps : substance solide et palpable », n° 359, janvier 1991 ... 439

WOODY ALLEN
Vincent Amiel, « Le tripatouilleur d'images », n° 362, avril 1991 ... 449

QUENTIN TARANTINO : *Reservoir Dogs*
Olivier De Bruyn, « Orange sanguine », n° 379, septembre 1992 ... 455

JANE CAMPION : *La Leçon de piano*
Thomas Bourguignon, « Un ange au piano », n° 387, mai 1993 ... 461

MANOEL DE OLIVEIRA : *Val Abraham*
Olivier Kohn, « La mélancolie au miroir », n° 391, septembre 1993 ... 471

STEPHEN FREARS : *The Snapper*
Eithne O'Neill, « Le nom du père : on s'en fout ! », n° 393, novembre 1993 ... 479

ROBERT ALTMAN : *Short Cuts*
Jean-Pierre Coursodon, « Carver in Altmanland », n° 395, janvier 1994 ... 485

NANNI MORETTI : *Journal intime*
Lorenzo Codelli, « Nanni Moretti I, II, III », n° 399, mai 1994 ... 499

ABBAS KIAROSTAMI
Stéphane Goudet, « La reprise », n° 408, février 1995 ... 505

TAKESHI KITANO : *Sonatine*
Jean A. Gili, « La mort d'un yakusa », n° 411, mai 1995 519

TIM BURTON : *L'Étrange Noël de Monsieur Jack*
Gilles Ciment, « L'auteur, l'auteur ! », n° 412, juin 1995 525

PETER GREENAWAY : *The Pillow Book*
Guy Scarpetta, « La volupté des signes », n° 431, janvier 1997 533

TSAI MING-LIANG : *La Rivière*
Noël Herpe, « En ma fin est mon commencement », n° 439, septembre 1997 541

CHANTEZ MAINTENANT !
Claire Vassé, « Paroles dans les airs », n° 444, février 1998 547

LÆTITIA MASSON : *À vendre*
Philippe Rouyer, « La gazelle et le détective », n° 451, septembre 1998 557

TERRENCE MALICK
Christian Viviani, « L'harmonie de la disharmonie », n° 457, mars 1999 563

DE A À Z :
Éric Derobert, *Sur un air d'autoroute*, de Thierry Boscheron, n°ˢ 473-474, juillet 2000 573

COLLECTION FOLIO

Dernières parutions

3337. Angela Huth — L'invitation à la vie conjugale.
3338. Angela Huth — Les filles de Hallows Farm.
3339. Luc Lang — Mille six cents ventres.
3340. J.M.G. Le Clézio — La fête chantée.
3341. Daniel Rondeau — Alexandrie.
3342. Daniel Rondeau — Tanger.
3343. Mario Vargas Llosa — Les carnets de Don Rigoberto.
3344. Philippe Labro — Rendez-vous au Colorado.
3345. Christine Angot — Not to be.
3346. Christine Angot — Vu du ciel.
3347. Pierre Assouline — La cliente.
3348. Michel Braudeau — Naissance d'une passion.
3349. Paule Constant — Confidence pour confidence.
3350. Didier Daeninckx — Passages d'enfer.
3351. Jean Giono — Les récits de la demi-brigade.
3352. Régis Debray — Par amour de l'art.
3353. Endô Shûsaku — Le fleuve sacré.
3354. René Frégni — Où se perdent les hommes.
3355. Alix de Saint-André — Archives des anges.
3356. Lao She — Quatre générations sous un même toit II.
3357. Bernard Tirtiaux — Le puisatier des abîmes.
3358. Anne Wiazemsky — Une poignée de gens.
3359. Marguerite de Navarre — L'Heptaméron.
3360. Annie Cohen — Le marabout de Blida.
3361. Abdelkader Djemaï — 31, rue de l'Aigle.
3362. Abdelkader Djemaï — Un été de cendres.
3363. J.P. Donleavy — La dame qui aimait les toilettes propres.
3364. Lajos Zilahy — Les Dukay.
3365. Claudio Magris — Microcosmes.
3366. Andreï Makine — Le crime d'Olga Arbélina.
3367. Antoine de Saint-Exupéry — Citadelle (édition abrégée).
3368. Boris Schreiber — Hors-les-murs.

3369.	Dominique Sigaud	*Blue Moon.*
3370.	Bernard Simonay	*La lumière d'Horus (La première pyramide III).*
3371.	Romain Gary	*Ode à l'homme qui fut la France.*
3372.	Grimm	*Contes.*
3373.	Hugo	*Le Dernier Jour d'un Condamné.*
3374.	Kafka	*La Métamorphose.*
3375.	Mérimée	*Carmen.*
3376.	Molière	*Le Misanthrope.*
3377.	Molière	*L'École des femmes.*
3378.	Racine	*Britannicus.*
3379.	Racine	*Phèdre.*
3380.	Stendhal	*Le Rouge et le Noir.*
3381.	Madame de Lafayette	*La Princesse de Clèves.*
3382.	Stevenson	*Le Maître de Ballantrae.*
3383.	Jacques Prévert	*Imaginaires.*
3384.	Pierre Péju	*Naissances.*
3385.	André Velter	*Zingaro suite équestre.*
3386.	Hector Bianciotti	*Ce que la nuit raconte au jour.*
3387.	Chrystine Brouillet	*Les neuf vies d'Edward.*
3388.	Louis Calaferte	*Requiem des innocents.*
3389.	Jonathan Coe	*La Maison du sommeil.*
3390.	Camille Laurens	*Les travaux d'Hercule.*
3391.	Naguib Mahfouz	*Akhénaton le renégat.*
3392.	Cees Nooteboom	*L'histoire suivante.*
3393.	Arto Paasilinna	*La cavale du géomètre.*
3394.	Jean-Christophe Rufin	*Sauver Ispahan.*
3395.	Marie de France	*Lais.*
3396.	Chrétien de Troyes	*Yvain ou le Chevalier au Lion.*
3397.	Jules Vallès	*L'Enfant.*
3398.	Marivaux	*L'Île des Esclaves.*
3399.	R.L. Stevenson	*L'Île au trésor.*
3400.	Philippe Carles et Jean-Louis Comolli	*Free jazz, Black power.*
3401.	Frédéric Beigbeder	*Nouvelles sous ecstasy.*
3402.	Mehdi Charef	*La maison d'Alexina.*
3403.	Laurence Cossé	*La femme du premier ministre.*
3404.	Jeanne Cressanges	*Le luthier de Mirecourt.*
3405.	Pierrette Fleutiaux	*L'expédition.*
3406.	Gilles Leroy	*Machines à sous.*
3407.	Pierre Magnan	*Un grison d'Arcadie.*

3408.	Patrick Modiano	*Des inconnues.*
3409.	Cees Nooteboom	*Le chant de l'être et du paraître.*
3410.	Cees Nooteboom	*Mokusei!*
3411.	Jean-Marie Rouart	*Bernis le cardinal des plaisirs.*
3412.	Julie Wolkenstein	*Juliette ou la paresseuse.*
3413.	Geoffrey Chaucer	*Les Contes de Canterbury.*
3414.	Collectif	*La Querelle des Anciens et des Modernes.*
3415.	Marie Nimier	*Sirène.*
3416.	Corneille	*L'Illusion Comique.*
3417.	Laure Adler	*Marguerite Duras.*
3418.	Clélie Aster	*O.D.C.*
3419.	Jacques Bellefroid	*Le réel est un crime parfait, Monsieur Black.*
3420.	Elvire de Brissac	*Au diable.*
3421.	Chantal Delsol	*Quatre.*
3422.	Tristan Egolf	*Le seigneur des porcheries.*
3423.	Witold Gombrowicz	*Théâtre.*
3424.	Roger Grenier	*Les larmes d'Ulysse.*
3425.	Pierre Hebey	*Une seule femme.*
3426.	Gérard Oberlé	*Nil rouge.*
3427.	Kenzaburô Ôé	*Le jeu du siècle.*
3428.	Orhan Pamuk	*La vie nouvelle.*
3429.	Marc Petit	*Architecte des glaces.*
3430.	George Steiner	*Errata.*
3431.	Michel Tournier	*Célébrations.*
3432.	Abélard et Héloïse	*Correspondances.*
3433.	Charles Baudelaire	*Correspondance.*
3434.	Daniel Pennac	*Aux fruits de la passion.*
3435.	Béroul	*Tristan et Yseut.*
3436.	Christian Bobin	*Geai.*
3437.	Alphone Boudard	*Chère visiteuse.*
3438.	Jerome Charyn	*Mort d'un roi du tango.*
3439.	Pietro Citati	*La lumière de la nuit.*
3440.	Shûsaku Endô	*Une femme nommée Shizu.*
3441.	Frédéric H. Fajardie	*Quadrige.*
3442.	Alain Finkielkraut	*L'ingratitude. Conversation sur notre temps*
3443.	Régis Jauffret	*Clémence Picot.*
3444.	Pascale Kramer	*Onze ans plus tard.*
3445.	Camille Laurens	*L'Avenir.*

3446.	Alina Reyes	*Moha m'aime.*
3447.	Jacques Tournier	*Des persiennes vert perroquet.*
3448.	Anonyme	*Pyrame et Thisbé, Narcisse, Philomena.*
3449.	Marcel Aymé	*Enjambées.*
3450.	Patrick Lapeyre	*Sissy, c'est moi.*
3451.	Emmanuel Moses	*Papernik.*
3452.	Jacques Sternberg	*Le cœur froid.*
3453.	Gérard Corbiau	*Le Roi danse.*
3455.	Pierre Assouline	*Cartier-Bresson (L'œil du siècle).*
3456.	Marie Darrieussecq	*Le mal de mer.*
3457.	Jean-Paul Enthoven	*Les enfants de Saturne.*
3458.	Bossuet	*Sermons. Le Carême du Louvre.*
3459.	Philippe Labro	*Manuella.*
3460.	J.M.G. Le Clézio	*Hasard* suivi de *Angoli Mala.*
3461.	Joëlle Miquel	*Mal-aimés.*
3462.	Pierre Pelot	*Debout dans le ventre blanc du silence.*
3463.	J.-B. Pontalis	*L'enfant des limbes.*
3464.	Jean-Noël Schifano	*La danse des ardents.*
3465.	Bruno Tessarech	*La machine à écrire.*
3466.	Sophie de Vilmorin	*Aimer encore.*
3467.	Hésiode	*Théogonie et autres poèmes.*
3468.	Jacques Bellefroid	*Les étoiles filantes.*
3469.	Tonino Benacquista	*Tout à l'ego.*
3470.	Philippe Delerm	*Mister Mouse.*
3471.	Gérard Delteil	*Bugs.*
3472.	Benoît Duteurtre	*Drôle de temps.*
3473.	Philippe Le Guillou	*Les sept noms du peintre.*
3474.	Alice Massat	*Le Ministère de l'intérieur.*
3475.	Jean d'Ormesson	*Le rapport Gabriel.*
3476.	Postel & Duchâtel	*Pandore et l'ouvre-boîte.*
3477.	Gilbert Sinoué	*L'enfant de Bruges.*
3478.	Driss Chraïbi	*Vu, lu, entendu.*
3479.	Hitonari Tsuji	*Le Bouddha blanc.*
3481.	Daniel Boulanger	*Le miroitier.*
3482.	Nicolas Bréhal	*Le sens de la nuit.*
3483.	Michel del Castillo	*Colette, une certaine France.*
3484.	Michèle Desbordes	*La demande.*

3485.	Joël Egloff	«*Edmond Ganglion & fils*».
3486.	Françoise Giroud	*Portraits sans retouches (1945-1955)*.
3487.	Jean-Marie Laclavetine	*Première ligne*.
3488.	Patrick O'Brian	*Pablo Ruiz Picasso*.
3489.	Ludmila Oulitskaïa	*De joyeuses funérailles*.
3490.	Pierre Pelot	*La piste du Dakota*.
3491.	Nathalie Rheims	*L'un pour l'autre*.
3492.	Jean-Christophe Rufin	*Asmara et les causes perdues*.
3493.	Anne Radcliffe	*Les Mystères d'Udolphe*.
3494.	Ian McEwan	*Délire d'amour*.
3495.	Joseph Mitchell	*Le secret de Joe Gould*.
3496.	Robert Bober	*Berg et Beck*.
3497.	Michel Braudeau	*Loin des forêts*.
3498.	Michel Braudeau	*Le livre de John*.
3499.	Philippe Caubère	*Les carnets d'un jeune homme*.
3500.	Jerome Charyn	*Frog*.
3501.	Catherine Cusset	*Le problème avec Jane*.
3502.	Catherine Cusset	*En toute innocence*.
3503.	Marguerite Duras	*Yann Andréa Steiner*.
3504.	Leslie Kaplan	*Le Psychanalyste*.
3505.	Gabriel Matzneff	*Les lèvres menteuses*.
3506.	Richard Millet	*La chambre d'ivoire...*
3507.	Boualem Sansal	*Le serment des barbares*.
3508.	Martin Amis	*Train de nuit*.
3509.	Andersen	*Contes choisis*.
3510.	Defoe	*Robinson Crusoé*.
3511.	Dumas	*Les Trois Mousquetaires*.
3512.	Flaubert	*Madame Bovary*.
3513.	Hugo	*Quatrevingt-treize*.
3514.	Prévost	*Manon Lescaut*.
3515.	Shakespeare	*Roméo et Juliette*.
3516.	Zola	*La Bête humaine*.
3517.	Zola	*Thérèse Raquin*.
3518.	Frédéric Beigbeder	*L'amour dure trois ans*.
3519.	Jacques Bellefroid	*Fille de joie*.
3520.	Emmanuel Carrère	*L'Adversaire*.
3521.	Réjean Ducharme	*Gros Mots*.
3522.	Timothy Findley	*La fille de l'Homme au Piano*.
3523.	Alexandre Jardin	*Autobiographie d'un amour*.
3524.	Frances Mayes	*Bella Italia*.

3525.	Dominique Rolin	*Journal amoureux.*
3526.	Dominique Sampiero	*Le ciel et la terre.*
3527.	Alain Veinstein	*Violante.*
3528.	Lajos Zilahy	*L'Ange de la Colère (Les Dukay tome II).*
3529.	Antoine de Baecque et Serge Toubiana	*François Truffaut.*
3530.	Dominique Bona	*Romain Gary.*
3531.	Gustave Flaubert	*Les Mémoires d'un fou. Novembre. Pyrénées-Corse. Voyage en Italie.*
3532.	Vladimir Nabokov	*Lolita.*
3533.	Philip Roth	*Pastorale américaine.*
3534.	Pascale Froment	*Roberto Succo.*
3535.	Christian Bobin	*Tout le monde est occupé.*
3536.	Sébastien Japrisot	*Les mal partis.*
3537.	Camille Laurens	*Romance.*
3538.	Joseph Marshall III	*L'hiver du fer sacré.*
3540	Bertrand Poirot-Delpech	*Monsieur le Prince*
3541.	Daniel Prévost	*Le passé sous silence.*
3542.	Pascal Quignard	*Terrasse à Rome.*
3543.	Shan Sa	*Les quatre vies du saule.*
3544.	Eric Yung	*La tentation de l'ombre.*
3545.	Stephen Marlowe	*Octobre solitaire.*
3546.	Albert Memmi	*Le Scorpion.*
3547.	Tchékhov	*L'Île de Sakhaline.*
3548.	Philippe Beaussant	*Stradella.*
3549.	Michel Cyprien	*Le chocolat d'Apolline.*
3550.	Naguib Mahfouz	*La Belle du Caire.*
3551.	Marie Nimier	*Domino.*
3552.	Bernard Pivot	*Le métier de lire.*
3553.	Antoine Piazza	*Roman fleuve.*
3554.	Serge Doubrovsky	*Fils.*
3555.	Serge Doubrovsky	*Un amour de soi.*
3556.	Annie Ernaux	*L'événement.*
3557.	Annie Ernaux	*La vie extérieure.*
3558.	Peter Handke	*Par une nuit obscure, je sortis de ma maison tranquille.*
3559.	Angela Huth	*Tendres silences.*
3560.	Hervé Jaouen	*Merci de fermer la porte.*
3561.	Charles Juliet	*Attente en automne.*

3562.	Joseph Kessel	*Contes.*
3563.	Jean-Claude Pirotte	*Mont Afrique.*
3564.	Lao She	*Quatre générations sous un même toit III.*
3565	Dai Sijie	*Balzac et la petite tailleuse chinoise.*
3566	Philippe Sollers	*Passion fixe.*
3567	Balzac	*Ferragus 1833.*
3568	Marc Villard	*Un jour je serai latin lover.*
3569	Marc Villard	*J'aurais voulu être un type bien.*
3570	Alessandro Baricco	*Soie.*
3571	Alessandro Baricco	*City.*
3572	Ray Bradbury	*Train de nuit pour Babylone.*
3573	Jerome Charyn	*L'homme de Montezuma.*
3574	Philippe Djian	*Vers chez les blancs.*
3575	Timothy Findley	*Le chasseur de têtes.*
3576	René Fregni	*Elle danse dans le noir.*
3577	François Nourissier	*À défaut de génie.*
3578	Boris Schreiber	*L'excavatrice.*
3579	Denis Tillinac	*Les masques de l'éphémère.*
3580	Frank Waters	*L'homme qui a tué le cerf.*
3581	Anonyme	*Sindbâd de la mer et autres contes.*
3582	François Gantheret	*Libido omnibus.*
3583	Ernest Hemingway	*La vérité à la lumière de l'aube.*
3584	Régis Jauffret	*Fragments de la vie des gens.*
3585	Thierry Jonquet	*La vie de ma mère!*
3586	Molly Keane	*L'amour sans larmes.*
3587	Andreï Makine	*Requiem pour l'Est.*
3588	Richard Millet	*Lauve le pur.*
3589	Gina B. Nahai	*Roxane.*
3590	Pier Paolo Pasolini	*Les anges distraits.*
3591	Pier Paolo Pasolini	*L'odeur de l'Inde.*
3592	Sempé	*Marcellin Caillou.*
3593	Bruno Tessarech	*Les grandes personnes.*
3594	Jacques Tournier	*Le dernier des Mozart.*
3595	Roger Wallet	*Portraits d'automne.*
3596	Collectif	*Le nouveau testament.*
3597	Raphaël Confiant	*L'archet du colonel.*
3598	Remo Forlani	*Émile à l'hôtel.*
3599	Chris Offutt	*Le fleuve et l'enfant.*

3600 Marc Petit	*Le Troisième Faust.*
3601 Roland Topor	*Portrait en pied de Suzanne.*
3602 Roger Vaillant	*La fête.*
3603 Roger Vaillant	*La truite.*
3604 Julian Barnes	*England, England.*
3605 Rabah Belamri	*Regard blessé.*
3606 François Bizot	*Le portail.*
3607 Olivier Bleys	*Pastel.*
3608 Larry Brown	*Père et fils.*
3609 Albert Camus	*Réflexions sur la peine capitale.*
3610 Jean-Marie Colombani	*Les infortunes de la République.*
3611 Maurice G. Dantec	*Le théâtre des opérations.*
3612 Michael Frayn	*Tête baissée.*
3613 Adrian C. Louis	*Colères sioux.*
3614 Dominique Noguez	*Les Martagons.*
3615 Jérome Tonnerre	*Le petit voisin.*
3616 Victor Hugo	*L'Homme qui rit.*
3617 Frédéric Boyer	*Une fée.*
3618 Aragon	*Le collaborateur.*
3619 Tonino Benaquista	*La boîte noire.*
3620 Ruth Rendell	*L'Arbousier.*
3621 Truman Capote	*Cercueils sur mesure.*
3622 Francis Scott Fitzgerald	*La sorcière rousse.*
3623 Jean Giono	*Arcadie...Arcadie.*
3624 Henry James	*Daisy Miller.*
3625 Franz Kafka	*Lettre au père.*
3626 Joseph Kessel	*Makhno et sa juive.*
3627 Lao She	*Histoire de ma vie.*
3628 Ian McEwan	*Psychopolis et autres nouvelles.*
3629 Yukio Mishima	*Dojoji et autres nouvelles.*
3630 Philip Roth	*L'habit ne fait pas le moine.*
3631 Leonardo Sciascia	*Mort de L'Inquisiteur.*
3632 Didier Daeninckx	*Leurre de vérité et autres nouvelles.*
3633. Muriel Barbery	*Une gourmandise*
3634. Alessandro Baricco	*Novecento : pianiste*
3635. Philippe Beaussant	*Le Roi-Soleil se lève aussi*
3636. Bernard Comment	*Le colloque des bustes*
3637. Régine Detambel	*Graveurs d'enfance*
3638. Alain Finkielkraut	*Une voix vient de l'autre rive*

3639.	Patrice Lemire	*Pas de charentaises pour Eddy Cochran*
3640.	Harry Mulisch	*La découverte du ciel*
3641.	Boualem Sansal	*L'enfant fou de l'arbre creux*
3642.	J.-B. Pontalis	*Fenêtres*
3643.	Abdourahman A. Waberi	*Balbala*
3644.	Alexandre Dumas	*Le Collier de la reine*
3645.	Victor Hugo	*Notre-Dame de Paris*
3646.	Hector Bianciotti	*Comme la trace de l'oiseau dans l'air*
3647.	Henri Bosco	*Un rameau de la nuit*
3648.	Tracy Chevalier	*La jeune fille à la perle*
3649.	Rich Cohen	*Yiddish Connection*
3650.	Yves Courrière	*Jacques Prévert*
3651.	Joël Egloff	*Les Ensoleillés*
3652.	René Frégni	*On ne s'endort jamais seul*
3653.	Jérôme Garcin	*Barbara, claire de nuit*
3654.	Jacques Lacarrière	*La légende d'Alexandre*
3655.	Susan Minot	*Crépuscule*
3656.	Erik Orsenna	*Portrait d'un homme heureux*
3657.	Manuel Rivas	*Le crayon du charpentier*
3658.	Diderot	*Les deux amis de Bourbonne*
3659.	Stendhal	*Lucien Leuwen*
3660.	Alessandro Baricco	*Constellations*
3661.	Pierre Charras	*Comédien*
3663.	Gérard de Cortanze	*Hemingway à Cuba*
3664.	Gérard de Cortanze	*J. M. G. Le Clézio*
3665.	Laurence Cossé	*Le Mobilier national*
3666.	Olivier Frébourg	*Maupassant, le clandestin*
3667.	J. M. G. Le Clézio	*Cœur brûle et autres romances*
3668.	Jean Meckert	*Les coups*
3669.	Marie Nimier	*La nouvelle pornographie*
3670.	Isaac B. Singer	*Ombres sur l'Hudson*
3671.	Guy Goffette	*Elle, par bonheur, et toujours nue*
3672.	Victor Hugo	*Théâtre en liberté*
3673.	Pascale Lismonde	*Les arts à l'école. Le plan de Jack Lang et Catherine Tasca*
3674.	Collectif	*« Il y aura une fois ». Une anthologie du Surréalisme*

Composition Bussière
et impression Bussière Camedan Imprimeries
à Saint-Amand (Cher), le 26 avril 2002.
Dépôt légal : avril 2002.
Numéro d'imprimeur : 21126-020971/1.
ISBN 2-07-042185-6./Imprimé en France.

6377